Dunkle Liebe

DAS BUCH

Der Cop Remy Boudreaux liebt seinen Job: Unbestechlich und knallhart sorgt er in den dunkelsten Ecken von New Orleans für Recht und Ordnung. Seine Fähigkeiten als Gestaltwandler kommen ihm da nur zugute. Noch mehr liebt Remy allerdings die Bayous, die üppig wuchernde Sumpflandschaft rund um New Orleans. Nur hier kann er dem Leoparden in sich ungehindert freien Lauf lassen. Doch dann wird Remy beauftragt, im Fall einer mysteriösen Mordserie zu ermitteln, die das legendäre French Quarter in New Orleans erschüttert. Dort begegnet er eines Abends in einem Club der Jazzsängerin Bijou, einer Frau von geradezu betörender Sinnlichkeit. Bijou erweckt eine bisher unbekannte Leidenschaft in Remy, und kopfüber stürzt er sich in eine heiße Affäre mit ihr. Und auch Remys Leopard erkennt in Bijou seine Seelenverwandte. Doch die junge Frau hat keine Ahnung, dass sie ebenfalls eine Gestaltwandlerin ist und dass sie kurz davorsteht, sich zum ersten Mal in eine Leopardin zu verwandeln. Ein Prozess, der ebenso schmerzhaft wie gefährlich ist – sowohl für Bijou als auch für ihre große Liebe Remy ...

DIE LEOPARDENMENSCHEN-SAGA:
Erster Band: *Wilde Magie*
Zweiter Band: *Magisches Feuer*
Dritter Band: *Wildes Begehren*
Vierter Band: *Feuer der Wildnis*
Fünfter Band: *Dunkle Liebe*

DIE AUTORIN

Christine Feehan wurde in Kalifornien geboren, wo sie heute noch mit ihrem Mann und ihren elf Kindern lebt. Sie begann bereits als Kind zu schreiben und hat seit 1999 bereits mehr als dreißig Romane veröffentlicht, die in den USA mit zahlreichen Literaturpreisen ausgezeichnet wurden und regelmäßig auf den Bestsellerlisten stehen. Auch in Deutschland ist sie mit ihrer *Schattengänger*-Saga, der *Leopardenmenschen*-Saga, den *Drake-Schwestern* und der *Sea-Haven-Saga* äußerst erfolgreich.

Mehr zu Autorin und Werk erfahren Sie unter:
www.christinefeehan.com

Christine Feehan

Dunkle Liebe

ROMAN

Aus dem Amerikanischen
von Ruth Sander

HEYNE

Titel der amerikanischen Originalausgabe
LEOPARD'S PREY

MIX
Papier aus verantwortungsvollen Quellen
FSC® C014496
FSC
www.fsc.org

Verlagsgruppe Random House FSC® N001967
Das für dieses Buch verwendete FSC®-zertifizierte Papier
Super Snowbright liefert Hellefoss AS, Hokksund, Norwegen.

Deutsche Erstausgabe 10/2015
Redaktion: Sabine Kranzow

Printed in Germany
Umschlaggestaltung: Nele Schütz Design, München,
unter Verwendung von Shutterstock/NAS CRETIVES
Satz: Greiner & Reichel, Köln
Druck und Bindung: GGP Media GmbH, Pößneck
ISBN: 978-3-453-27035-0
www.heyne-fantastisch.de

www.twitter.com/HeyneFantasySF@HeyneFantasySF

Für Erin Galloway, in Liebe

1

Ein Bayou ist kein Ort für Ängstliche – insbesondere bei Nacht. Alligatoren, Schlangen und manchmal auch Großkatzen warten nur darauf, dass man einen Fehler macht. Seltsame Lichter und Kreaturen, ob Dämonen oder Raubtiere, geistern dann dort durch den dunklen Bayou. Schnell hat man die Orientierung verloren und verläuft sich im endlosen Gräsermeer und den nebelverhangenen Zypressen. Ein falscher Schritt, und man sinkt so tief ein, dass man nie wieder an die Oberfläche zurückkommt.

Remy Boudreaux liebte den Bayou. Am Tag und in der Nacht. Dort fühlte er sich zu Hause, und so würde es immer sein. Er liebte die abergläubischen Menschen dort, die Heiler und Zauberer. Das Essen. Die Sümpfe. Sogar die verfluchten Alligatoren. Die schwüle Hitze und den Sonnenuntergang, wenn die goldene Sonne im Wasser zerfloss.

Und dann war da noch New Orleans. Eine Stadt, auf die er sehr stolz war. Egal, wie oft die Natur – oder der Mensch – sie zerstörte, die Stadt erhob sich immer wieder wie ein Phönix aus der Asche, schöner und stärker als zuvor. Das war seine Stadt. Sein Bayou. Sein Sumpf. Und sein Volk.

Die Menschen in den Bayous und Sümpfen gingen Tag

für Tag ihrer Arbeit nach und baten nicht um Almosen. Sie fischten und jagten und fingen Krabben und Krebse für ihre Familien. Falls es einmal Ärger gab, zogen sie es vor, die Angelegenheit selbst zu regeln, denn die Familien in den insektenverseuchten Sümpfen und Gewässern lebten nach eigenen Regeln. Sie baten nicht um Erlaubnis oder Entschuldigung, nahmen das Leben, wie es kam, und genossen es. Die meisten lebten in großen, lauten Familien und nutzten jede Gelegenheit, um zu feiern. Sie waren beste Freunde oder schlimmste Feinde, leicht reizbar, aber auch sehr hilfsbereit.

Remy hatte die ganze Welt bereist, war aber immer wieder in die Bayous zurückgekehrt – und zu seinen Leuten. Er liebte sie alle so heiß und innig, wie nur ein Cajun sein Volk lieben konnte – oder ein Leopard sein Rudel. Was er dagegen verabscheute, war Mord. Diese Leute standen unter seinem Schutz und niemand drang in seine Welt ein, brachte jemanden um und kam ungeschoren davon.

Remy war groß und breitschultrig und hatte die unverkennbar kräftige Muskulatur seiner Art. Sein pechschwarzes Haar wirkte immer etwas struppig, und seine Augen waren entweder kobaltblau oder, wenn nötig, auch von dem kalten Blau eines Gletschers. Es sei denn, sein Leopard drängte hervor, dann wurde sein Blick starr und aufmerksam – und seine Augen sehr grün. Seine Gesichtszüge waren wie gemeißelt, das Kinn ausgeprägt. Er hatte fast immer einen Stoppelbart und eine Narbe am Hals, wie von einem Messer – oder einer Kralle.

Mit Remy Boudreaux legte sich niemand gern an. Er war ein typischer Cajun, geboren und aufgewachsen in den Bayous. Und eher Tier als Mensch. Seine Raubtierinstinkte halfen ihm bei der Arbeit als Kriminalkommissar. Der Ruf, dass er nicht mit sich spaßen ließ, eilte ihm aus gutem Grund voraus, und er nahm es persönlich, wenn in seiner Stadt oder seinem Bayou ein Mord geschah.

Es gab nur wenig Mondlicht, und das Wasser glänzte schwarz, als das Propellerboot darüberglitt. Hohe Gräser ragten zu beiden Seiten empor und bildeten einen schmalen Kanal. Die Schilfwände waren dicht und undurchdringlich und machten es unmöglich hindurchzusehen. Remys Bruder Gage steuerte das Boot mit leichter und sicherer Hand durch die trügerischen Gewässer.

»Bist du sicher? Glaubst du, es ist derselbe Killer? In dem Fall müssten wir das FBI verständigen«, sagte Remy. Doch sein Bauchgefühl gab ihm bereits die Antwort. Gage machte keine Fehler, schon gar nicht, wenn es um Mord ging.

Gage Boudreaux war der Sheriff der Gemeinde. Er und seine Männer waren verantwortlich für die Bayous und die umliegenden Gebiete, und seine Miene war momentan finster, denn was Mord anging, dachte er genauso wie Remy.

»Der Tote ist in einem der Camps am Rande des Sumpfes gefunden worden, auf der anderen Seite von Fenton's Marsh.«

Remy fluchte leise. »Und zwar von Saria, nicht? Sie schleicht immer noch nachts im Sumpf herum, um ihre Fotos zu machen. Ich hatte gehofft, dass Drake unsere kleine Schwester in den Griff bekommt.«

Gage schnaubte. »Saria hat sich noch nie im Leben von irgendjemandem etwas sagen lassen. Das weißt du doch, Remy. Und da sie ihren Mann um den kleinen Finger wickeln kann, ist er da keine große Hilfe. Jedenfalls war sie klug genug, alles unberührt zu lassen. Aber sie hat Fotos gemacht, nur für den Fall, dass etwas oder jemand sich am Tatort zu schaffen macht, während sie Hilfe holt.«

»Im Sumpf gibt es kein Handynetz, deshalb sollte sie nicht allein dort hingehen. Nicht auszudenken, was alles passieren könnte. Außerdem ist das nicht die erste Leiche, die sie da draußen gefunden hat. Man sollte meinen, dass Drake genug Verstand hat, um zu wissen, dass es nachts im Sumpf gefährlich ist«, blaffte Remy.

Manchmal trieb seine erheblich jüngere Schwester ihn in den Wahnsinn. Seit sie laufen konnte, lebte sie nach ihren eigenen Regeln. Die Hälfte der Zeit hatte ihr betrunkener Vater sie vergessen, und ihre Brüder waren meistens mit ihrem eigenen Leben beschäftigt gewesen, daher hatte sie getan, was sie wollte – und tat es immer noch. Obwohl sie mit einem Mann wie Drake Donovon verheiratet war, der sich von niemandem etwas sagen ließ – außer von ihr.

Saria hatte kein Problem damit, nachts im Sumpf fotografieren zu gehen. Remy musste zugeben, dass sie viel Geld mit diesen Bildern verdiente und als Tierfotografin immer bekannter wurde, doch das, was sie tat, war gefährlich, also musste sie damit aufhören. So einfach war das.

»Wow, Bruder«, sagte Gage. »Bei dir scheint sich ja einiges zusammenzubrauen. Aber Saria einen Vortrag zu halten ist sinnlos. Genauso gut könntest du in den Wind reden. Sie wird dir stumm zuhören und nicken, als hätte sie alles verstanden, und dann tut sie einfach, was sie sich in den Kopf gesetzt hat.« Gage zuckte die Achseln. »Andererseits, wenn sie überhaupt auf jemanden hört, dann auf dich.«

»Ich habe nicht vor, Saria zur Rede zu stellen«, erklärte Remy. Er hatte es schon vor langer Zeit aufgegeben, sich direkt mit ihr anzulegen, es sei denn, es ging nicht anders. Sie schien immer zu wissen, wie ernst es ihm wirklich mit seinen Drohungen war. Sie einzusperren war die einzige – aber extrem gefährliche – Lösung. Denn wie jeder anständige Leopard wehrte sie sich meist dagegen.

Remy wollte keine weiteren Details über den Tatort hören. Er machte sich gern ein eigenes Bild, deshalb fragte er nicht weiter nach dem Fund im Sumpf. Der Serienmörder, der vor vier Jahren New Orleans unsicher gemacht hatte, hatte vier Tote in zwei Wochen hinterlassen, dann war er wieder verschwunden. Wenn es sich um denselben Killer handelte, war zu befürchten, dass es nicht bei diesem einen Toten bleiben würde und dass niemand sich in Sicherheit wiegen konnte, bis der Mörder gefasst war. Die Sümpfe und Bayous waren sehr einsam und erstreckten sich über ein großes Gebiet. Der Mörder hatte also ein großes Spielfeld.

Remy war nicht nur als Cajun geboren und aufgewachsen, sondern auch als Gestaltwandler. Er gehörte zu einer kleinen Gruppe von Leopardenmenschen, die sich vor langer Zeit in dieser Gegend angesiedelt hatten, und nicht nur nahm er gelegentlich die Form einer Raubkatze an, er besaß auch all ihre Charakterzüge. Das Wilde in ihm lauerte stets dicht unter der Oberfläche, und seine Gefühle waren ebenso heftig wie sein Temperament. Ob Eifersucht und Zorn oder Liebe und Loyalität, er empfand alles gleich stark. Da Leopardenmenschen keine Möglichkeit hatten, ihre animalische Seite ganz zu unterdrücken, lebten sie nach besonderen Regeln und mussten sich vor dem Anführer des Rudels verantworten – in diesem Fall Drake Donovon. Diese Regeln waren gnadenlos und brutal, aber notwendig, um die Meute unter Kontrolle zu halten. Einige von ihnen heirateten untereinander, andere gingen Beziehungen mit normalen

Menschen ein, die gewöhnlich nichts von ihren Fähigkeiten wussten und auch nie davon erfahren würden. Dass man sich verwandeln konnte, musste vor denen, die nicht dazu imstande waren, unbedingt geheim gehalten werden – selbst vor engen Familienmitgliedern.

»Drake und Saria haben einen Pensionsgast«, lenkte Gage das Gespräch vorsichtig in eine andere Richtung. »Eine Freundin von Saria. Sie sind zusammen zur Schule gegangen.«

Sein kühler, sachlicher Ton täuschte Remy nicht einen Moment, denn der aufgeregte Unterton, der besagte, »Ich habe eine Neuigkeit, die dich umhauen wird«, war ihm nicht entgangen.

Remy reagierte nicht. Der einfachste Weg, jemandem etwas zu entlocken, das er gern ausgeplaudert hätte, war, so zu tun, als interessiere man sich nicht dafür. Daher schaute er stumm auf das schwarze Wasser vor dem Bug.

Gage räusperte sich missmutig. »Du wirst dich wohl niemals ändern. Es ist Bijou Breaux, die Tochter des berühmtesten Rockstars aller Zeiten. Sie ist endlich wieder da. Ihr Vater ist schon vor vier Jahren gestorben. Alle hatten gedacht, sie würde eher zurückkommen.«

Remy erinnerte sich an riesengroße, kornblumenblaue Augen mit einem so verstörten Blick, dass er manchmal das Bedürfnis gehabt hatte, das Kind auf die Arme zu nehmen und es in Sicherheit zu bringen. Von ihrem Vater hatte Bijou das Talent, die Menschen mit ihrer Stimme zu bezaubern. Das wusste Remy ganz genau, denn er hatte ihre Karriere verfolgt.

»Ich glaube, es war nicht leicht, die einzige Tochter eines so berühmten Mannes zu sein. Er ist an einer Überdosis gestorben, Gage. Was an Drogen und Frauen durch sein Haus gegangen ist, muss furchtbar für das Kind gewesen sein. Früher war die Polizei fast ständig in der Villa, weil irgendetwas Schlimmes passiert war.«

»Ein armes reiches Mädchen also?«, fragte Gage spöttisch.

Als Remy ihn kühl ansah, verschwand das Grinsen aus dem Gesicht seines Bruders. »So würde ich es nicht ausdrücken, obwohl die Kinder in der Schule sie Tag und Nacht gehänselt haben. Ich glaube, dabei ging es immer um ihren Vater.«

»Sie hat Millionen geerbt, und das Geld fließt immer weiter«, bemerkte Gage. »Nur dass du's weißt, Bruderherz. Geld kann vieles wettmachen.«

»Auch eine schlimme Kindheit? Das glaube ich kaum«, erwiderte Remy. »Ihr Daddy war verrückt. Jeder im Bayou und in New Orleans hat das gewusst, aber er ist damit durchgekommen. Er hatte sie alle in der Tasche. Die Polizisten und die Lehrer, die behaupteten, sie sei ein unbegabtes, schwieriges Kind mit wahnsinnigen Stimmungsschwankungen.«

»Vielleicht *war* sie ja ein schwieriges Kind«, meinte Gage.

Das spärliche Mondlicht, das für einen Moment auf Remys Gesicht fiel und seine wie in Stein gemeißelten Züge erhellte, zeigte, dass er seinem Bruder einen eiskalten Blick zuwarf. »Vielleicht hat ihr Vater die Lehrer einfach bestochen, so wie die Polizisten und die Richter und alle anderen, die mit ihm in Kontakt kamen. Vielleicht bist du nur ein wenig zu jung, um dich daran zu erinnern, wie Bodrie Breaux wirklich war.«

»Sind nicht alle Rockstars wild auf Drogen und Frauen?« Gage zuckte lässig mit den Schultern. »Seine Musik war jedenfalls großartig. Es kann doch nicht so schlimm gewesen sein, als Tochter einer Legende aufzuwachsen.«

»Wirklich? Ich habe mehr als einmal gehört, wie die Kinder sie auf der Straße gehänselt haben. Und als sie in der Highschool war, hat ihre beste Freundin mit ihrem Vater geschlafen und dann versucht, ihn zu erpressen. Zumindest hat Saria es mir so erzählt, und ich glaube ihr, obwohl Bodrie es damals bestritten und Bijou und das Mädchen der Lüge bezichtigt hat. Wie sollte sie bei einem so berühmten Vater echte Freunde von denen unterscheiden, die sie nur benutzen wollten, um an ihren Daddy heranzukommen?«

Gage sah ihn über die Schulter mit einem Blick an, der Remy ein wenig verlegen machte, auch wenn er nicht wusste, warum. Das Kind hatte ihm immer leidgetan. Es hatte damals nur aus Augen und einer wilden Haarmähne bestanden und immer eine so missmutige, störrische Miene an den Tag gelegt, als wäre es jederzeit bereit, sich zu verteidigen.

»Du scheinst ja viel über das Mädchen zu wissen.«

Remy zuckte leicht mit den Achseln. »Ich habe ihr ein- oder zweimal geholfen. Und manchmal hat Saria von ihr erzählt, wenn ich mal wieder zu Hause war.« Zweimal hatte er Bijou und Saria von einer Party geholt, die aus dem Ruder gelaufen war. Beide Male waren die Mädchen nüchtern gewesen, aber ein paar von den sehr betrunkenen Halbwüchsigen hatten sie für leichte Beute gehalten. Nun, die Jungs hatten Glück gehabt, ungeschoren davonzukommen, denn Bijou Breaux ließ sich nichts gefallen und Saria auch nicht. Die beiden hatten praktisch vom Moment ihrer Geburt an ums Überleben kämpfen müssen. Doch beide hatten ein weiches Herz, das sie in Schwierigkeiten bringen konnte, wenn sie sich mit den falschen Menschen einließen. Kein

Wunder, dass Saria und Bijou Freundinnen geworden waren. Beide waren Einzelgängerinnen und hatten schnell erwachsen werden müssen.

»Ich gebe zu, dass ich nicht viel für sie übrighatte, als sie jung war«, sagte Gage. »Sie war immer so abweisend. Ich habe sie nie lächeln gesehen, nicht ein einziges Mal.«

Doch Remy erinnerte sich an ein kleines zaghaftes Lächeln. Es hatte so gewirkt, als hätte sie Angst, zu viel von sich zu verraten. Sie hatte beide Arme fest um sich geschlungen und das Gesicht hinter dem langen Haar verborgen, was seine Aufmerksamkeit auf ihre Augen und die unglaublich langen, fedrigen Wimpern gelenkt hatte. Dann hatte ihr schön geschwungener Mund sich zögernd verzogen, und sein Herz hatte einen Moment ausgesetzt, als er einen Blick auf das junge Mädchen erhaschte, das für sein Alter viel zu viel gesehen hatte und in großer Gefahr schwebte.

»Doch, manchmal hat sie gelächelt. Vielleicht warst du nur so wie alle anderen und hast sie nach dem äußeren Anschein beurteilt. Ich wette, du hast sie für hochnäsig gehalten.«

Gage hielt den Blick auf das schwarzglänzende Wasser gerichtet und steuerte das Boot in einem Bogen durch eine schmale Öffnung im Schilfgras in einen Kanal, der in den Sumpf hineinführte.

»Weil sie hochnäsig *war.*«

Remy schüttelte den Kopf und hielt im Wasser vor ihnen nach Alligatoren Ausschau. Bijou Breaux war als Kind so verstört gewesen, weil sie in einem verdammt schlimmen Umfeld aufwuchs. Kein Geld der Welt konnte wiedergutmachen, was in Bodries Villa geschehen war. Das eine Mal, als Remy sie mit Drogen erwischt hatte, hatte er so eiskalt reagiert, dass er selber nicht verstehen konnte, wie sehr seine Gefühle mit ihm durchgegangen waren. Er hatte ihr die Drogen abgenommen und sie weggeworfen, ohne weiter zu fragen, wem sie eigentlich gehörten. Sein Leopard war kaum davon abzuhalten gewesen, sich auf die Männer in jenem exklusiven Hotelzimmer zu stürzen. Selbst nachdem er die drei krankenhausreif geschlagen und Bijou aus dem Zimmer gezerrt hatte, war das Tier kaum zu bändigen gewesen.

Dann hatte er zu seinem Entsetzen etwas Unverzeihliches getan, denn seine Wut hatte, Gott vergebe ihm, ein Ventil gebraucht. Er hatte nicht gewusst, was er mit dem Mädchen anfangen sollte, nur dass er es auf keinen Fall den Behörden überlassen wollte. Also hatte er Bijou bei den Schultern gepackt und sie so fest geschüttelt, dass ihr Kopf hin und her schleuderte und ihre Augen feucht wurden. Sie hatte nicht einmal mit der Wimper gezuckt und ihn unverwandt angesehen. Er hatte seine Wut einfach nicht zügeln können. Obwohl er wusste, dass sie sich gegen ihren Vater, die Situation, in der sie sich befand, und das korrupte Polizeidezernat richtete, in dem er damals gearbeitet hatte, und nicht gegen das kleine, verwirrte Mädchen. Er hatte den Frust über seine Hilflosigkeit an diesem Kind ausgelassen.

Bijou war acht Jahre alt gewesen und hätte sich bei ihrem Vater über ihn beschweren oder ihn anzeigen können. Er hatte nie eine Frau geschlagen, und erst recht kein kleines Mädchen, und wenn er einen Mann dabei erwischt hätte, dass er ein Kind so fest schüttelte, wäre er dazwischengegangen. Doch Bijou ließ alles stoisch über sich ergehen.

Schließlich hatte er sie so unsanft auf die Füße zurückgestellt, dass sie dabei fast umgefallen wäre. Ohne einen Laut von sich zu geben, hatte sie ihn fragend angesehen. Sie hätte ihm drohen können. Oder ihn beschimpfen. Alles Mögliche tun oder sagen können, was einem klugen Kind mit zu viel Geld einfiel, insbesondere einem mit einem Vater, für den kein Preis zu hoch war, um egal wen zu bestechen. Jedenfalls hatte er damit gerechnet. Und auf ihre Vorwürfe gewartet.

Doch sie hatte ihn nur lange angesehen. Ganz ernst und ruhig. »Warum hast du das getan?«, hatte sie dann ehrlich erstaunt gefragt.

»Was zum Teufel ist mit dir los, Bijou?« Hastig hatte er sich von ihr abgewandt, denn das Tier in ihm war immer noch so wütend, dass er es kaum zurückhalten konnte. Alle, die mit ihr feiern wollten, waren älter gewesen – zwischen achtzehn und fünfundzwanzig –, und seltsamerweise waren es ausschließlich Männer gewesen, die mit ihrem Vater befreundet waren. Er hätte zu gern seinen Leoparden auf sie losgelassen, anstatt sie nur zu verprügeln. »Du bist nicht wie er.« Natürlich war Bijou klar, von wem er redete. Von ihrem Vater, dem legendären Rockstar, den alle verehrten – außer ihm. »Du bist wie deine Mutter, nicht so wie er. Was zum Teufel hast du dir dabei gedacht? Willst du es zulassen, dass sie dich völlig zerstören? Willst du das?«

Bijou runzelte die Stirn, presste die Lippen fest zusammen und holte vorsichtig Atem, ehe sie ihm antwortete. »Das interessiert doch keinen.«

»Oh doch. Mich interessiert es. Und dich sollte es auch interessieren. Hast du auch nur die geringste Ahnung, was heute vielleicht passiert wäre, wenn ich nicht gekommen wäre?«

»Ich habe damit gerechnet zu sterben.« Das Mädchen hatte alt geklungen – viel zu alt. Und sehr müde und ehrlich. Dann hatte sie beide Arme um sich geschlungen.

Ihm war fast das Herz stehengeblieben. Schlimmer noch,

ihm hatten die Augen gebrannt. Wie konnte ihr Vater sie nur in der Art Gesellschaft lassen, mit der er selbst sich Tag und Nacht umgab? Es war das allererste Mal, dass Remy schuldbewusst an seine kleine Schwester gedacht hatte, die ohne Aufsicht im Sumpf herumstreifte und sich zu Hause allein um ihren betrunkenen Vater kümmerte, während ihre Brüder ihr Leben lebten.

Am liebsten hätte er Bijou noch einmal geschüttelt. Doch gleichzeitig hatte er das Bedürfnis, sie irgendwo hinzubringen, wo sie in Sicherheit war. Aber wohin? Es gab keinen Ort, an dem ihr Vater sie nicht aufspüren würde, um sich dann von allem Ärger freizukaufen.

»Ich sollte dich windelweich prügeln, dass du auch nur an so etwas gedacht hast. Du bist doch kein Feigling, Bijou, also solltest du dich auch nicht so verhalten.« Dann hatte er die Hände fest auf ihre schmalen Schultern gelegt. Doch diesmal war er ruhig geblieben und hatte dem Drang widerstanden, sie wieder zur Zielscheibe seines Zorns zu machen. Ohne zu blinzeln, hatte sie ihm in die Augen gesehen. »Hörst du mich? Das wird nie wieder vorkommen. Ja?«

Den Blick fest auf ihn geheftet, hatte sie den Kopf geschüttelt.

»Versprich es. Ich will, dass du es mir sagst. Du lässt die Finger von Drogen, Alkohol und allem anderen, was dein Vater dir anbietet.«

»Ich lasse die Finger von Drogen und Alkohol«, wiederholte sie leise und entschlossen.

»Jetzt bringe ich dich nach Hause und rede ein Wörtchen mit deinem Vater.« Er hätte dem Mann gern eine Tracht Prügel verabreicht, so wie er es ihr angedroht hatte, falls er sie noch einmal mit Drogen erwischte.

Das war der Moment, in dem sie ihn angelächelt hatte. Mit diesem zaghaften Lächeln, das so gewirkt hatte, als wüsste sie, was er vorhatte. »Es wird nichts nutzen, aber trotzdem vielen Dank.«

Das Kind hatte dagestanden und sich bei ihm bedankt, obwohl er soeben die unverzeihliche Sünde begangen hatte, es so hart zu schütteln, dass es wehgetan hatte. Und es hatte recht, was ihn nur noch wütender machte. Selbst sein Vorgesetzter würde ihm keine Rückendeckung geben. Er musste Bijou in die Villa mit den Swimmingpools, dem Heimkino, der Kegelbahn, den Drogen und dem Alkohol zurückbringen und sie der offenen Korruption und Verderbtheit ausliefern, die dort herrschte.

Auf der Fahrt vom Hotel nach Hause hatte Bijou kein Wort gesagt. An den Einfahrtstoren hatte ein Wachmann gestanden, der sie durchgewinkt und gleich im Haus Bescheid gegeben hatte. Vor der Tür der 3000-Quadratmeter-Villa hatte Remy sie zurückgehalten.

»Weißt du, was ich da eben gemacht habe, dass ich dich so angefasst habe, das war falsch. Niemand, auch kein Polizist, hat das Recht, dich so zu behandeln, schon gar nicht, wenn er wütend ist.«

»Tut es dir leid?«, hatte sie gefragt.

Weder ihre Stimme noch ihr Gesichtsausdruck hatten verraten, wie sie darüber dachte.

Mit gerunzelter Stirn hatte er nachgedacht. Sie hatte die Wahrheit verdient, aber er war nicht sicher, ob er die Wahrheit kannte. Er hatte aus dem Bauch heraus gehandelt, denn sein Leopard hatte geschäumt vor Wut. Aber, nein, es war nicht richtig gewesen, dennoch ...

»Ich weiß nicht, was ich darauf antworten soll, Bijou.« Er

war brutal ehrlich zu ihr und sich. »Ich weiß nicht, was ich sonst hätte tun sollen, damit du mir zuhörst oder ...« Er verstummte, obwohl er wusste, dass er frustriert war, weil er keine Ahnung hatte, was er mit einem achtjährigen Kind anfangen sollte, das bereits erwachsen war und sich unaufhaltsam selbst zerstören würde.

Er machte sich nichts vor. Auch gute Menschen ließen sich kaufen. Weil sie Familie hatten und das Geld brauchten. Die Polizisten konnten sich ein Zubrot verdienen, wenn Bijous Vater da war und sie als Leibwächter oder Sicherheitsleute anstellte. Oft gab es als Sonderzulage sogar ein paar junge, hübsche Frauen. Bodrie Breaux würde sich niemals für seine Taten verantworten müssen, es sei denn, es gab wirklich einen Tag des Jüngsten Gerichts. Und genauso war es mit all den anderen, deren Aufgabe es war, dieses Kind zu schützen, die stattdessen jedoch Bodries Geld annahmen.

Wenn er Bijous Vater verhaftete, würde er seinen Job verlieren, genau wie Bijou gesagt hatte. Er konnte ihr nicht widersprechen und konnte ihr auch nicht erklären, warum es ihn so zornig gemacht hatte, sie in diesem Hotelzimmer zu sehen, umgeben von Drogen und Männern, die sie sicherlich missbraucht hätten, wenn es nicht einem anderen Gast seltsam vorgekommen wäre, dass ein Kind mit drei älteren Männern in einem Hotelzimmer verschwand.

Er fasste an Bijou vorbei nach der Klinke, öffnete die Haustür und bedeutete ihr vorauszugehen. Sie straffte die Schultern, hob das Kinn und verzog die zarten Züge zu einer trotzigen Miene. Dann schüttelte sie ihre wilde Mähne, damit das Haar ihr in die Augen fiel, und marschierte vor ihm her ins Haus.

Auf dem Marmorfußboden lagen Nadeln herum, und auf

dem Mahagoni-Couchtisch waren mehrere Linien Kokain und eine Schale mit Pillen angerichtet. Leere Flaschen, in denen Wein und andere alkoholische Getränke gewesen waren, waren im Raum verstreut. Mehrere Bandmitglieder in verschiedenen Stadien von Nacktheit flegelten sich auf Kissen und Sofas, angeschmiegt an eine oder manchmal mehrere junge Frauen. Überall standen Schachteln mit unbenutzten Kondomen, die benutzten waren achtlos auf den Boden und die teuren Teppiche geworfen worden. Bodrie Breaux lag nackt und benommen zwischen zwei ebenfalls nackten Frauen.

Bijou sah gar nicht hin. Sie hatte den viel zu alten Blick fest auf ihn gerichtet und sah ihm sein Entsetzen zweifellos an. »Tu es nicht. Wenn du ihn verhaftest, ist er in einer Stunde wieder draußen, und du bist deine Dienstmarke los. Mach dir nicht die Mühe. Mir wäre es lieber, wenn du hierbleiben würdest.«

»Wer sind diese Frauen?« Mit dem Kopf deutete Remy auf die zwei Frauen bei Bodrie. Eine hatte verschmierten Lippenstift im Gesicht, und ihre Brüste waren mit Lippenstift bemalt. In ihrem Bauchnabel hing noch ein Rest Kokain.

»Die eine ist meine Lehrerin und die andere mein Kindermädchen. Sie bekommen ein Vermögen für etwas, das mit mir gar nichts zu tun hat.« Bijous Stimme war nicht bitter, sondern müde und resigniert. »Wenn er sie leid wird, feuert er sie und stellt neue ein.«

»Kann ich dich irgendwo anders hinbringen?«

Sie hatte die Achseln gezuckt. »Wohin denn? Ich habe keine anderen Verwandten. Ich weiß nicht, wo die Familie meiner Mutter lebt. Es gibt nur mich und Bodrie.« Wieder zuckte sie die Achseln. »Ich habe nur das hier. Und hier geht es immer so zu.«

»Ich kann dich nicht hierlassen.« Entschieden hatte er den Kopf geschüttelt. Eher würde er sich erschießen. Er würde nie wieder schlafen können, wenn er ein Kind in einer solchen Umgebung allein ließ. Er konnte in der Polizeistation darüber nachdenken, sobald er sie in Sicherheit gebracht hatte. »Geh zum Auto. Ich bringe dich zu Pauline Lafont, ihr gehört das Gasthaus Lafont Inn.«

»Ich kenne Pauline«, erwiderte Bijou und sah sich im Zimmer um. Zum allerersten Mal wirkte sie wie das Kind, das sie war. Ihre Schultern sackten herab, und einen Augenblick lang schwammen ihre Augen in Tränen. Dann blinzelte sie und stürzte an ihm vorbei zur Tür.

Als sie im Streifenwagen saßen, kritzelte Remy seine Privatnummer auf ein Stück Papier und reichte es ihr. »Wenn du in Schwierigkeiten gerätst, ruf mich an.«

Pauline hatte Bijou die Nacht über bei sich aufgenommen, ganz wie er sie kannte. Dann war er zur Polizeistation zurückgefahren, hatte mit seinem Captain gesprochen und sich auf seinen Rat hin vom Dienst freistellen lassen. Es hatte lange gedauert, bis ihm beim Gedanken an die Villa nicht mehr schlecht geworden war, und noch länger, bis er sich verzeihen konnte, wie er mit der Situation umgegangen war. Bijou brauchte jemanden, der sich um sie kümmerte, nicht jemanden, der sie so fest schüttelte, dass ihre Zähne dabei zusammenschlugen. Und er hätte verdammt noch mal ihre Partei ergreifen sollen, selbst wenn es ihn den Job gekostet hätte. Aber er war zu angewidert gewesen von seinen Kollegen, von sich selbst und ganz besonders von Bodrie Breaux.

Diese Begegnung mit Bijou hatte sein Leben verändert.

Er hatte New Orleans verlassen und war in die Armee eingetreten. Außerdem war er so oft wie möglich verreist, um zu sehen, ob es auf der Welt noch andere Leopardenmenschen gab, und wenn ja, wie sie mit ihrer wilden Seite umgingen. Er wollte lernen, wie er sich besser beherrschen konnte, und dann wieder nach Hause gehen, um etwas zu verändern, die Welt besser zu machen. Nach seiner Rückkehr war er Bijou einige Male zufällig begegnet, meist wenn sie in irgendwelchen Schwierigkeiten steckte, doch sie war seinem Blick stets ausgewichen. Soweit er wusste, ging sie zwar auf Partys, trank aber nicht und nahm keine Drogen.

»Sie ist bloß ein Kind«, sagte Remy laut. »Sei nicht so streng mit ihr.«

Gage lachte amüsiert, was Remy so ärgerte, dass er sich wünschte, er könnte sich einmal gehen lassen und seinen kleinen Bruder aus dem Boot stoßen.

»Nein, Bijou ist kein Kind mehr. Sie ist eine atemberaubende, umwerfend schöne Frau.«

Gages bewundernder Tonfall brachte Remys Herz aus dem Takt und ließ den Leoparden tief im Innern fauchend die Krallen ausfahren. Er fühlte sich immer noch verantwortlich für das Kind und würde Bijou verdammt noch mal als solches betrachten, obwohl er wusste, dass Gage recht hatte und sie mittlerweile erwachsen war. Doch etwas an Gages selbstzufriedenem, geheimnisvollem Getue ließ bei ihm die Alarmglocken schrillen. Ihm entging irgendetwas. Wachsam hob Remy den Kopf und richtete die kobaltblauen Augen auf seinen Bruder.

»Saria hat sie doch nicht dabeigehabt, oder?« Er kannte die Antwort, ehe sein Bruder sie gab. Das leise Knurren, das ihm unversehens entschlüpfte, versetzte den Sumpf in hellen Aufruhr. »Sie ist noch keine zwei Minuten zu Hause, und schon stecken die beiden wieder in Schwierigkeiten.«

Gage sah kurz zu ihm herüber und konzentrierte sich dann schnell wieder darauf, den Weg durch einen Zypressenhain zu finden. Er drosselte die Geschwindigkeit und steuerte um die dicken, abgebrochenen Stämme herum, die aus dem Wasser ragten. »Sie haben einen Toten gefunden, Bruder. Aber sie haben ihn nicht umgebracht.«

»*Fils de putain*«, fluchte Remy leise. »Es ist schon schlimm genug, dass Saria nachts im Sumpf herumläuft, aber dass sie Bijou mitnimmt, ist absolut lächerlich. Glaub bloß nicht, dass ich mir die beiden nicht vorknöpfe. Ich hab eine verdammte Wut auf Drake.«

»Na, dann kannst du dich ja gleich mit ihm anlegen«, sagte Gage. »Er passt auf das Opfer auf und hält Alligatoren und anderes Getier von ihm fern.«

Als das Boot um eine Kurve bog, erleuchteten helle Lichter den Sumpf direkt vor ihnen. Das Brummen eines Generators mischte sich mit dem beständigen Summen der Insekten. Alligatoren gaben aus verschiedenen Richtungen deutlich ihr Missfallen kund und erinnerten die Menschen daran, dass jeder Schritt, den sie machten, tödlich sein konnte. Zypressen ragten aus dem Wasser, und von beinahe jedem Ast hingen lange Moosschleier herab, die sich im sanften Wind wiegten.

Remy stieg aus dem Boot. Auf dem schwankenden Untergrund sanken seine Stiefel einige Zentimeter ein, daher zog er sich hastig auf festen Boden zurück. Der Sumpf roch nach Verfall und Tod. Und auch der Blutgeruch war sehr stark. Drake Donovon begrüßte Remy mit einem festen Händedruck.

Die Kraft seines Schwagers überraschte ihn immer wieder. Der Dreitagebart, die breiten Schultern und die muskulöse Brust ließen ihn furchteinflößend wirken, doch er sah nicht nur stark aus, sein Griff war wirklich schmerzhaft. Dabei war Remy selbst ein außergewöhnlich starker Mann.

Drake hatte etwas Ruhiges und Beständiges an sich, eine Gelassenheit, die die meisten Leopardenmenschen niemals erreichten. Doch er konnte nicht nur das hitzige Temperament seines Leoparden unter Kontrolle halten, er konnte auch ein Rudel aus Alphatieren führen und sie dazu bringen, loyal sein. Remy hielt ihn für einen fairen Mann, und die anderen Leoparden dachten genauso, was eine große Hilfe war, wenn das Gesetz des Dschungels herrschte.

»Ist mit Saria alles klar?«, fragte Remy.

Drakes kühle grüne Augen bekamen goldene Flecken. »Ja, ihr geht's gut, danke. Die Entdeckung der Leiche hat sie etwas mitgenommen, aber Saria lässt sich nicht so leicht unterkriegen.«

Das war Drakes Art zu sagen, dass Saria seine Frau war und niemand ihr vorschreiben würde, was sie zu tun hatte. Eine deutliche Warnung.

Remy kreuzte den Blick mit seinem Schwager. »Du bist für sie und ihren Gast verantwortlich.« Mit dem Kinn deutete er auf ein Häufchen Erbrochenes ein paar Schritte entfernt auf dem Boden. »Das ist nicht von Saria, also wohl von Bijou. Keine von beiden hätte ohne Begleitung hier draußen sein sollen, das weißt du. Sie hätten dem Mörder in die Hände fallen können. Ich will nicht, dass meine Schwester oder irgendeine andere Frau so etwas zu Gesicht bekommt.« Sein direkter, wütender Blick konnte vom Anführer des Rudels als Herausforderung verstanden werden. Aber Saria und

Bijou hatten am Ort eines grausamen Mordes nichts zu suchen, verdammt noch mal.

Drake zuckte nicht mit der Wimper. »Saria ist Saria, Remy. Du und deine Familie seid verantwortlich dafür, dass sie so geworden ist, wie sie ist. Ich werde meine Frau nicht schlagen, weil sie von Kindesbeinen an tun durfte, was sie wollte, und ich werde sie auch nicht auffordern, sich zu ändern. Ich habe mich in eine unabhängige Frau verliebt.«

Remy hob die Achseln. Da Saria nun verheiratet war, war ihm die Verantwortung für die Faxen seiner Schwester abgenommen. »Vielleicht solltest du sie begleiten, wenn sie nachts in den Sumpf geht, wenigstens bis der Killer gefangen ist.«

Ein langsames Grinsen machte Drakes harte Gesichtszüge weich, und das amüsierte Funkeln in seinen grünen Augen hatte die goldenen Punkte schon fast verdrängt.

»Sieht so aus, als wolltest du mich loswerden. Du weißt doch, dass deine Schwester mir ein Messer in den Leib rammen würde, wenn sie auch nur einen Moment den Eindruck hätte, dass ich sie als Aufpasser in ihren kostbaren Sumpf begleiten will. Wenn du so versessen darauf bist, das Rudel zu übernehmen, sag es nur, Remy. Es gehört dir. Ihr habt mich doch sowieso durch einen faulen Trick zum Anführer gemacht, du und deine verrückten Brüder.«

Die Fähigkeit, gefährlich werdende Situationen zu entschärfen, war ein Charakterzug, den Remy an seinem Schwager sehr bewunderte – und für einen Anführer überaus wichtig. Remy hatte es nie geschafft, Saria in den Griff zu bekommen, und ihr Ehemann schaffte es auch nicht. Sie ging ihren eigenen Weg. Dennoch hatte Remy keinen Zweifel, dass Drake, wenn nötig, ein Machtwort sprechen würde, und dass Saria, die meistenteils sehr vernünftig war, dann auf ihn hörte – hoffentlich. Er konnte sich nicht vorstellen, dass sie sich ihrem Mann widersetzen würde, wenn es um ihre Sicherheit ging.

Er nickte zustimmend und erlaubte sich ein kleines Grinsen. »Das hättest du wohl gerne, Kumpel. Aber ich nehme dir das Rudel nicht ab.«

»Obwohl ich dir deine Schwester abgenommen habe«, bemerkte Drake.

Remy schüttelte den Kopf und richtete seine Aufmerksamkeit auf den Tatort. Alle warteten darauf, dass er mit der Arbeit begann, doch selbst nach all den Jahren bei der Mordkommission musste er sich wappnen, falls es sich um denselben Serienmörder wie früher handeln sollte.

Das Opfer hing am Ast einer Zypresse, und genau wie bei den anderen, die vor vier Jahren in den Innenhöfen von New Orleans gefunden worden waren, war sein Tod grausam und brutal gewesen. Insekten bedeckten jeden Zentimeter der Leiche. Das Blut war in Strömen geflossen und hatte sich in dunklen, feuchten Pfützen gesammelt. Es war bis in die nahen Büsche und Bäume gespritzt, was darauf hindeutete, dass das Opfer lebendig gewesen war, als der Mörder darauf eingestochen hatte. Dann hatte der Mörder den Leichnam aufgeschnitten und ihm Brust- und Rippenknochen entnommen. Auch die linke Hand war abgetrennt worden.

Remy schloss kurz die Augen. Es war unmöglich, das Opfer nicht zu erkennen, obwohl Schwärme von Insekten es umschwirrten. Auch das verzerrte Gesicht des Toten war voller Fliegen, doch jeder im Bayou wusste, dass dieses rote Karohemd zu einem Krabbenfischer namens Pete Morgan gehörte.

Pete war ein netter Kerl gewesen. Ein guter Ehemann, Vater und Freund. Er hatte sein ganzes Leben in den Bayous verbracht. War dort geboren und aufgewachsen. Und das rote Karohemd war sein Markenzeichen gewesen. Er besaß mehrere davon und trug nie etwas anderes, es sei denn, es war Sonntag. Remy war mit ihm zur Schule gegangen, zum Fischen, und er war damals Trauzeuge bei seiner Hochzeit. Er hatte mit ihm getrunken, als sein erstgeborenes Kind eine Woche nach der Geburt gestorben war, und sich mit ihm gefreut, als zwei Jahre später ein gesunder Sohn das Licht der Welt erblickt hatte.

Ohne darauf zu achten, ob jemand ihn sah, bekreuzigte Remy sich. Einen grausamen Mord zu sehen war jedes Mal schwer, aber das Opfer zu kennen, machte es noch zehnmal schwerer. Er holte tief Luft und zwang sich, den Leichenfundort zu mustern, ließ sich Zeit, sich an den Gedanken zu gewöhnen, dass sein Freund tot war und dass sein Ende grausam gewesen war.

Er wusste, warum Gage kein Wort zu ihm gesagt hatte. Natürlich hatte auch er Pete erkannt. Genau wie Saria. Es war sogar möglich, dass Bijou ihn erkannt hatte. Gage brauchte jemanden, der einen unvoreingenommenen Blick auf den Tatort hatte. Er glaubte an Remy und seine Fähigkeiten, deshalb hatte er es zugelassen, dass sein Bruder den gleichen Schock bekam wie alle anderen.

»Dieser Mörder kennt keine Angst«, sagte Remy vorsichtig, stellte aber fest, dass seine Stimme professionell und ruhig klang. »Jedes Boot in der Nähe hätte ihn sehen können, und dennoch hat er sich Zeit gelassen.« Er drehte sich um und sah Drake an. »Das Opfer ist noch nicht sehr lange tot.« Das hieß, dass Saria und Bijou den Mörder nur knapp verpasst hatten. Vielleicht hatte er sie sogar kommen hören.

Drake nickte kühl wie immer. »Das war Saria bewusst.«

Doch Remy interessierte es nicht, ob es Saria bewusst gewesen war. Er wollte, dass es Drake bewusst wurde, denn nun war er sicher, dass sie es mit demselben Killer zu tun hatten. Alle Indizien sprachen dafür. Der Mörder gab sich keine Mühe, Beweise zu verbergen – oder er war sich nicht darüber im Klaren, dass er seine Handschrift hinterließ. Das erste Mal hatte Remy das Werk dieses Mannes in einer historischen Bed-and-Breakfast-Pension im berühmten Garden District gesehen, wo das Opfer mitten in einem Hof neben einem Springbrunnen gehangen hatte. Der Anblick war ebenso albtraumhaft schrecklich gewesen wie das furchtbare Spektakel vor seinen Augen.

Das arterielle Blut war überallhin gespritzt. Die Leiche hatte an einem grotesken Galgen gehangen, und die linke Hand war abgehackt, in Öl getaucht und mit Kerzen an den Fingern auf obszöne Weise auf einem sehr ordentlichen und sauberen Altar aufgestellt worden. Dieser Altar hatte einen krassen Gegensatz zu dem chaotischen Rest gebildet.

Remy wandte sich dem Altar zu, der neben der Leiche im Sumpf aufgebaut worden war, und zwar, wie er wusste, exakt anderthalb Meter entfernt, genau wie bei den anderen vier Morden vor vier Jahren. Es gab keinen Zweifel dran, dass derselbe Killer am Werk gewesen war. Und wenn er dasselbe Muster verfolgte wie damals, würde es mindestens drei weitere Morde geben, bis er fertig war. Jedem Opfer würden andere Knochen entnommen werden, während es noch lebend am Strang hing. Manche starben am Schock und am Blutverlust, andere durch Ersticken.

Der Killer war wagemutig und immer gut vorbereitet. Er ließ sich Zeit, obwohl die Verbrechen oft in einer Gegend begangen wurden, wo er jederzeit entdeckt werden konnte. Dennoch schien er nie in Eile zu geraten, wie der jeweils präzise ausgerichtete Altar zeigte, der so gar nicht zu dem wüsten Mordschauplatz passen wollte. Wenn Remy es nicht besser gewusst hätte, hätte er vermutet, dass es sich um zwei Täter handelte, doch nachdem er die Fotos betrachtet und verglichen hatte, war er zu dem Schluss gekommen, dass es nur einen Mörder gab. Und dass das Opfer ihm völlig gleichgültig war.

Es war offenbar nicht menschlich für ihn. Das Einzige, was er von ihm wollte, waren die Knochen; alles andere schien ein persönliches Ritual zu sein. Er brachte das Knochensammeln so schnell wie möglich hinter sich, indem er das Opfer aufschnitt. Das Blutbad und dass der Knochenspender noch lebte, bemerkte er anscheinend gar nicht. Erst dann wurde der Mörder ruhiger und nahm sich Zeit, den Altar herzurichten. Aber was immer er auch tat, er schien dabei wie besessen zu sein – es sei denn, es gab zwei Täter –, was Remy mehr als einmal ausgeschlossen hatte.

»Ist das Voodoo?«, fragte Gage.

Finster zuckte Remy die Achseln. Er glaubte nicht, dass sie es mit einem Voodoo-Altar zu tun hatten, obwohl es sehr danach aussah. Manche der Objekte wurden zwar auch von Voodoo-Zauberern benutzt, doch als er Eulalie Chachere befragt hatte, eine anerkannte Voodoo-Priesterin, hatte sie ihm gesagt, dass dieser Altar nicht einmal für schwarze Magie richtig gewesen wäre. Trotzdem würde er sie noch einmal befragen. Sie war Expertin auf dem Gebiet, und wenn jemand herausfinden konnte, was dieser Altar zu bedeuten hatte, war sie es. Außerdem kannte er sie und vertraute ihr. »Du wirst zu Eulalie gehen müssen, Gage. Sie hat schon damals mit mir zusammengearbeitet, daher kennt sie die alten Tatorte. Sie wird keine Details verraten. Du kannst dich auf sie verlassen.«

»Ich hatte gehofft, dass du an diesem Fall mit mir zusammenarbeiten wirst«, gestand Gage. »Du bist der Mordexperte, nicht ich. Und der Mörder ist noch nicht fertig.«

Nein, das war er nicht. Remy hatte einen siebten Sinn für solche Dinge, selbst wenn er die Vorgehensweise des Mörders nicht schon gekannt hätte. Dieser Killer würde wieder zuschlagen und zwar bald.

Remy nickte. »Ich spreche mit Eulalie. Sie wird uns helfen. Und Saria und Bijou muss ich auch befragen.« Er seufzte. Mit Bijou über etwas Unangenehmes zu reden war das Letzte, was er wollte. Er hatte Jahre gebraucht, um sich selbst zu verzeihen, wie er damals mit ihrer schlimmen Kindheit umgegangen war. Er hatte gehofft, dass sie diese Geschichte beide hinter sich lassen konnten, wenn sie sich als Erwachsene einmal über den Weg liefen.

Remy zwang sich, den Leichnam seines Jugendfreundes zu betrachten. Solange Pete für ihn nur »das Opfer« gewesen war, hatte Remy die Realität eine Weile verdrängen können, um seine Arbeit zu erledigen, doch nun ließ die Trauer sich nicht länger unterdrücken. »Habt ihr seine Angehörigen verständigt?«

»Das mache ich gleich«, sagte Gage.

Remy atmete tief durch. Er sollte derjenige sein, der die Nachricht überbrachte. Immerhin war er Petes Trauzeuge gewesen. Doch als er den Mund öffnete, um es zu sagen, schüttelte sein Bruder den Kopf.

»Ich war auch mit ihm befreundet«, sagte er. »Und ich bin mit seiner Frau zur Schule gegangen. Du hast genug zu tun. Du ziehst immer den Kürzeren, denn ich möchte dich bitten, in diesem Fall die Leitung zu übernehmen. Da kann ich es dir wenigstens ersparen, mit Amy reden zu müssen.«

»Danke«, erwiderte Remy. »Sag ihr, dass ich später vorbeikomme.«

»Der Fotograf ist schon fertig, und die Spurensicherung wartet. Ich wollte, dass du dir erst ein Bild machst, ehe irgendetwas verändert wird. Saria hat ebenfalls Fotos gemacht. Sie hat alles, was sie gesehen hat, dokumentiert und Bijou dazu veranlasst, dasselbe zu tun. Unsere Schwester hat ein Auge für Details. Ich habe ihr gesagt, dass du sicher mit ihr reden möchtest. Die beiden warten in der Pension auf dich.«

Remy nickte und umkreiste den Tatort. Irgendwo in der Nähe musste ein blutbespritzter Plastikoverall mit Kapuze versteckt sein – selbstgemacht, mit akkuraten, gleichmäßigen Stichen zusammengenäht – und Plastikhandschuhe und Überzüge für die Schuhe. Er fand das, was er suchte, die üblichen anderthalb Meter von der Leiche entfernt auf der anderen Seite des Altars. Diesmal lag der weggeworfene, blutige Overall halb im Matsch, denn der Killer hatte eine Zypresse am Rand der Wassers gewählt, sodass er nicht gut Platz hatte, um ein sichereres Versteck zu finden. Ein Fehler etwa?

Remy runzelte die Stirn. Das sah dem Killer nicht ähnlich. Er machte keine Fehler, und der Aufbau des Altars und das Verstecken des Overalls gehörten zu einer strengen Routine, von der er noch nie abgewichen war. Die Plastiksachen hätten in sicherer Entfernung zum Wasser entsorgt werden sollen, das hieß, er hätte sich einen Baum aussuchen müssen, der weiter landeinwärts stand. Remy wandte sich um und musterte den Zypressenhain. Es gab viele andere Bäume, an die der Mörder die Leiche hätte hängen können.

Er musterte die Spuren im Gras. Sie führten zu verschiedenen Bäumen, aber immer wieder zurück zu dem, an dem der Mörder Pete aufgeknüpft hatte. »Bist du sicher, dass der Tatort unberührt ist? Dass Saria und Bijou nicht hier herumgelaufen sind? Und von euch auch niemand?«

Drake schüttelte den Kopf. »Wir haben uns gehütet.«

Remy nickte und ging vorsichtig zurück zu dem Baum, an dem Petes Leiche hing. In die alte Zypresse hatten im Laufe der Jahre viele Menschen ihre Initialen geritzt. Die Buchstaben *P* und *M* waren kürzlich durchgestrichen worden. Plötzlich regte sich sein Leopard und mit ihm die Erinnerung. An genau dieser Stelle hatten die Jugendlichen, die an den Bayous oder in den Marschen und Sümpfen lebten, sich gern zum Feiern getroffen. Das wusste er noch von früher. Auch *seine* Initialen und die seiner Geschwister waren in den Stamm geritzt.

»Er hat diesen Ort nicht zufällig ausgewählt«, sagte Remy. »Er wollte diesen besonderen Baum für seine Tat benutzen. Sieh dir das mal an, Gage. Der Fotograf soll den ganzen Stamm ablichten.«

Remy musterte die alten Schnitzereien. Der Ort war über zwei verschiedene Kanäle leicht zu erreichen und ein guter Treffpunkt, an dem die Eltern einen nicht finden würden. Liebespärchen hatten ihre Initialen in den Stamm geritzt und ein Herz darum herum gemacht. Andere hatten sich einfach nur zum Spaß dort verewigt. *S* und *B* stand definitiv für seine Schwester Saria. Er fragte sich, ob die zwei großen

Bs wohl für Bijou standen, auch wenn er sich nicht vorstellen konnte, dass sie bei einer Party im Sumpf dabei gewesen war. Er brauchte eine Liste von allen Initialen und eine Aufschlüsselung, zu wem sie gehörten, und das sagte er Gage. Wenn der Killer seine Opfer danach aussuchte, wer an dieser Stelle gefeiert hatte, wählte er sie dann mittlerweile nicht mehr zufällig aus, sondern gezielt? Oder war das schon immer so gewesen?

2

Remy stand vor dem Lafont Inn und betrachtete das große, viktorianisch angehauchte Schlösschen. Die Pension zeugte von der altertümlichen Eleganz einer längst vergangenen, aber sehr beliebten Ära. Das abgelegene Schmuckstück stand ein Stück vom Ufer des Sees entfernt, wo Zypressen Kiefern- und Eichenhainen gewichen waren. Marsch, Sumpf und träg fließende Bayous waren von der Pension aus leicht zu erreichen. Und nach den Ausflügen konnten die Gäste im kühlen Schatten der Bäume ein paar Schritte vom Ufer in der Hängematte liegen und sich von der Brise umfächeln lassen, die über den See wehte.

Der weiß-hellblaue Anstrich ließ das Haus mit der Umgebung verschmelzen, wenn der Nebel vom See und den Bayous heranzog. Eine umlaufende Veranda und große Balkone im ersten Stock luden die Gäste dazu ein, in breiten Schaukelstühlen mit reichen Schnitzereien bequem alle Arten von Vögeln und Tieren zu beobachten.

Das Gasthaus war über hundert Jahre im Besitz der Familie Lafont gewesen. Miss Pauline Lafont hatte das Haus von ihrer Großmutter geerbt, die einen Dubois geheiratet hatte. Damals war der Name des Anwesens geändert worden, doch als Pauline vor einigen Jahren beschlossen hatte, das Haus zu modernisieren und zu einer Frühstückspension zu machen, hatte sie dem Familiensitz wieder den ursprünglichen Namen gegeben. Am Tag von Sarias Hochzeit mit Drake hatte sie Saria die Pension geschenkt, denn Pauline hatte keine eigenen Kinder und sah in Remys kleiner Schwester die Tochter, die sie nie gehabt hatte. Daraufhin hatte sie den Mann ihrer Träume geheiratet, den sie ihr ganzes Leben lang geliebt hatte – Amos Jeanmard.

Remy rieb sich die Augen. Er wollte nicht wie Amos werden, der sein persönliches Glück dem Überleben der Art geopfert hatte. Amos hatte sich mit der falschen Frau verbunden, einer, die sich ebenfalls verwandeln konnte, und hatte viele Jahre mit ihr zusammengelebt. Erst nach ihrem Tod hatte er Pauline geheiratet, die Frau, die er wirklich liebte. Remy konnte ihn zwar verstehen, war es aber leid, allein zu sein. Er wollte eine Familie, eine Frau, die auf ihn wartete. Er hatte die ganze Welt bereist und sich in den Regenwäldern umgesehen, um eine Frau zu finden, die ihn nicht nur körperlich anzog, sondern auch imstande war, mit einem Mann wie ihm zu leben. Doch er hatte die Hoffnung, der Frau zu begegnen, die er lieben konnte, beinahe aufgegeben.

Leoparden waren gefährliche Raubkatzen, blieben aber trotz ihrer Wildheit und Unbezähmbarkeit nicht gern allein. Doch ein Gestaltwandler konnte nicht einfach irgendeine Frau nach Hause bringen, denn wenn das Tier in ihm reizbar und gefährlich wurde, ging es dem Mann ebenso. Dann konnte auch der Sex vor Ungeduld rau werden. Er selbst hatte sich gut unter Kontrolle, doch in letzter Zeit hatte sein Leopard jede negative Charaktereigenschaft an den Tag gelegt, die diesen Katzen eigen war.

Remy seufzte und zwang sich, durch die Bäume zur Pension zu gehen. Er war schon fast zweiundsiebzig Stunden im Dienst gewesen, auf der Suche nach Beweisen in einem Mordfall im French Quarter, und hatte sich gerade auf dem Heimweg befunden, als Gage ihn angerufen hatte.

Nun war er nervös und rastlos. Seine Muskeln hart und verspannt. Und seine Gedanken ein wenig wirr. Kein gutes Zeichen mitten in einer Morduntersuchung und erst recht nicht passend für ein Treffen mit seiner freiheitsliebenden Schwester. Darüber, dass sie nachts im Sumpf gewesen war, brauchte er kein Wort zu verlieren, sie würde auch so wissen, was er davon hielt, und in der Defensive sein. Wenn er ehrlich zu sich selbst war, konnte er es ihr nicht verdenken.

Sein Leopard brauchte Auslauf. Eingesperrt zu sein bekam dieser Spezies nicht gut. Wenn die Katzen nicht hin und wieder freigelassen wurden, wurde der Mensch genauso gefährlich wie das Tier. Er jedenfalls war noch nie im Leben so unruhig gewesen, nicht einmal seinerzeit im Dschungel.

»Saria«, rief Remy. »Wo bist du, Süße?« Er ging durch den dunklen Eingangsflur, und wie immer in solchen Situationen bediente er sich der schärferen Raubtiersinne. Er sah auch ohne Licht gut und atmete tief ein, um alle Gerüche wahrzunehmen.

In der Pension duftete es immer, denn es schien einen endlosen Vorrat an frischem Kaffee zu geben, und man konnte sicher sein, dass seine Schwester einen großen Topf Suppe oder Hackbällchen in Bratensoße auf dem Herd stehen hatte. Durch die heimeligen Kamine, das frisch gebackene Brot und das bodenständige Essen war es Saria und Drake gelungen, dem alten Haus ein einladendes Ambiente zu verleihen. Neben dem kräftigen Aroma von Kaffee und

Gewürzen fing Remy auch einen Hauch Lavendel auf. Ohne nachzudenken, folgte er dem leichten, anziehenden Duft durch den Flur in die Küche.

»Saria? Ich hätte gern eine Tasse Kaffee. Wo zum Teufel bist du?«, rief er wieder. Sie hätte doch wissen müssen, dass er kommen würde, egal, wie spät es war. Wenn auch nur, um zu sehen, ob es ihr gut ging.

»Saria ist in der Dunkelkammer und entwickelt ihre Fotos. Ich kann dir eine Tasse Kaffee machen, wenn du möchtest.« Die Stimme, die aus der Küche kam, war so rauchig, dass er an dunkle Nächte, seidene Laken und sündhaften Sex denken musste. Doch gleichzeitig war sie auch samtig und weich, wie ein Whiskey, der dennoch auf dem ganzen Weg nach unten brennt.

Erstaunt über das heftige Begehren, das diese erstaunliche Stimme in ihm auslöste, schloss Remy die Augen. Keine Frau sollte sich so anhören dürfen. Ein so sinnliches, aufreizendes Timbre verschaffte ihr eine unfaire Überlegenheit über Männer.

Langsam drehte Remy sich um. Niemand konnte den Erwartungen entsprechen, die diese erotische Stimme mit dem gedehnten Südstaatenakzent geweckt hatte, die zu verruchten, wilden Nächten einzuladen schien. Die Frau stand an die Wand gelehnt, eine Hand auf der Hüfte, und sah ihn mit riesengroßen Augen an. Augen, die er niemals vergessen würde. Früher hatten sie ihr ganzes Gesicht eingenommen. Sie waren kornblumenblau und von unglaublich langen, dichten Wimpern gerahmt, die genauso dunkel waren wie die Haarmähne, die ihr ins Gesicht fiel. Ein wunderschönes Gesicht mit makelloser Haut.

Und als ob die schimmernde Haut und das dichte schwarze

Haar, das der Frau über den Rücken fiel, nicht genug gewesen wäre, um einen Mann auf die Knie fallen zu lassen, hatte sie noch dazu eine sportliche Figur mit weichen, üppigen Kurven. Die langen Beine waren schlank, die schmale Taille betonte den Schwung von Brüsten und Hüften, und der große Mund mit den vollen Lippen weckte so viele Träume, dass sie für ein ganzes Leben gereicht hätten. Diese Frau war einfach umwerfend, und er wollte sie sofort haben.

Remy war entsetzt über seine Reaktion. Sein Leopard war kaum noch zu bändigen. Jeder Muskel schmerzte von der Anspannung, einen uralten, unbezwingbaren Trieb zu unterdrücken, denn sein dickes, hartes Glied verlangte, *sofort* befriedigt zu werden. Nie im Leben hatte er so intuitiv und heftig nach einer Frau verlangt. Er war kein sanfter Mann, sein Leopard war zu aggressiv, aber er hatte gelernt, sich zu beherrschen, und er hielt sowohl den Mann wie auch den Leoparden fest im Zaum. Was zum Teufel hatte Bijou Breaux an sich, dass er derart außer Kontrolle geriet?

Remy war dankbar für die Fähigkeit, in allen Lebenslagen ein ausdrucksloses Gesicht zu bewahren. Bijou war sechzehn Jahre jünger als er – ein gottverdammtes Baby –, und er sollte nicht körperlich auf sie reagieren, ganz gleich wie sexy sie war. Das war absolut falsch.

Nun presste sie kaum merklich die Lippen zusammen und schlug nervös die Augen nieder, doch er hatte ihren leicht gekränkten Blick dennoch gesehen. »Wahrscheinlich erinnerst du dich nicht mehr an mich. Ich bin mit Saria zur Schule gegangen.«

Sie trat einen Schritt vor – zu nah an ihn heran. Der Leopard in ihm verlangte stürmisch nach Freiheit. Das Verlangen nach dieser Frau zu unterdrücken fiel ihm so schwer, dass ihm fast übel wurde. Er ballte die Hände, um den Drang zu beherrschen, ihre wunderbare Haut zu berühren. Der Lavendelduft, den sie verströmte, trieb ihn fast in den Wahnsinn. Dann streckte sie ihm die Hand entgegen.

»Ich bin Bijou Breaux.«

Sollte er um sein Leben rennen oder den Retter spielen? Er wollte ihr nicht wehtun. Sie war von anderen schon genug verletzt worden. Remy fluchte innerlich. Er konnte es nicht ertragen, für diesen gekränkten Blick verantwortlich zu sein, nicht ausgerechnet er. Er würde sie retten und ihr sagen, dass er sie nicht vergessen hatte.

»Ich vergesse nie ein Gesicht, Bijou«, sagte er. Oder Augen wie ihre. Was zum Teufel war mit ihr geschehen, seit sie ein Kind gewesen war? So ein Mund sollte verboten werden. »Natürlich erinnere ich mich an dich.« Er nahm ihre Hand und wusste sofort, dass es ein Fehler gewesen war, Körperkontakt herzustellen. »Schön, dich wiederzusehen.« Herrgott noch mal. Was redete er da? Er konnte keinen Schritt gehen, alles tat ihm weh, und sein Leopard schäumte vor Wut.

Die Hand mit den schlanken Fingern war schmal und zitterte leicht, als sie die seine schüttelte – oder es zumindest versuchte. Schließlich hielt er sie mit beiden Händen fest und suchte ihren Blick. Sofort schlug sie die Augen nieder, als wollte sie ihre Gedanken vor ihm verbergen. Offensichtlich hatte sie Schwierigkeiten, Menschen zu vertrauen.

»Bist du nur zu Besuch, oder willst du bei uns bleiben?« Ohne sie loszulassen, wartete er auf eine Antwort. Ganz ruhig und aufmerksam, das Tier in ihm wachsam und sprungbereit.

»Ich habe einen Club im French Quarter gekauft. Und ich möchte für immer bleiben.« Sie lächelte ihn an und zeigte dabei kurz ihre perfekten weißen Zähne. »Es ist schwer wegzubleiben. Ich glaube, die Bayous gehen dir ins Blut und lassen dich nie wieder los.«

Ihre Stimme war wie ein Streicheln. Sie ging ihm direkt unter die Haut und heizte ihm so ein, dass sein Glied fest gegen die Hose drückte. Schnell ließ Remy ihre Hand wieder los, damit er sie nicht auf seine stramme Erektion presste, die sich wohl nicht so bald legen würde.

»Und du wohnst in der Villa deines Vaters?« Verdammt. Da er sich nicht bewegen konnte, musste er das Gespräch aufrechterhalten. Er war dankbar dafür, dass kein Licht an war.

»Die würde ich lieber abbrennen, bevor ich einen Fuß hineinsetze.«

Der rauchige, samtene Klang stand in krassem Gegensatz zum Inhalt der Worte. Remy brauchte einen Augenblick, um zu begreifen, was sie wirklich gesagt hatte. Er war zu sehr damit beschäftigt, sein wildes Begehren nach ihr zu zügeln. Er sagte sich, dass sie ein Baby war. Kaum mehr als ein Kind. Und er war ein gottverdammter Perverser, dass er so an sie dachte, ganz zu schweigen davon, dass er fast die Kontrolle verloren und sich auf sie gestürzt hätte.

Sein Leopard war sehr temperamentvoll, deshalb versuchte er, das kräftige, ungestüme Tier jederzeit im Griff zu haben. Es wäre das erste Mal, dass er von ihm sexuell beeinflusst wurde – und zwar in einem höchst unpassenden Moment. Remy zwang seine chaotischen Gedanken zur Ordnung. Bijou würde die Villa lieber niederbrennen, als noch einmal einen Fuß hineinsetzen. Und was sagte das über ihre Kindheit aus? Das Traurige war, dass er vermutlich der Einzige war, der das je verstehen würde.

»Wirst du die Villa verkaufen?«, fragte er mitfühlend. Äußerlich war sie eine Frau, doch irgendwo in ihr steckte noch ein kleiner Teil von dem Kind, das nie eine Kindheit gehabt hatte.

Bijou drehte sich um und ging anmutig zur Theke mit der Kaffeekanne. Das lange Haar fiel wie ein seidener Wasserfall über ihren Rücken, fast bis auf den hübschen Po hinab.

»Ich weiß nicht. Bodrie war so berühmt, und alle liebten ihn.«

Ihre Stimme blieb weich und sinnlich, verriet keine Spur von Bitterkeit, doch Remy fiel sofort auf, dass sie Bodrie Breaux weder *Dad* noch *Daddy* nannte.

»Nicht alle«, widersprach er, während er prüfte, ob er wieder gehen konnte. Das Mitleid mit Bijou half ihm, das unbändige Verlangen zu unterdrücken. Es gelang ihm, zum Tisch hinüberzugehen und mit dem Fuß einen Stuhl heranzuziehen, auf den er sich fallen ließ und die Beine ausstreckte, um den Druck in der Jeans zu lindern.

Bijou wandte den Kopf und sah ihn durch lange, fedrige Wimpern und schwarzseidene Haarsträhnen an. »Sei vorsichtig, Remy, man kann Morddrohungen bekommen, wenn man ihn nicht gebührend bewundert.«

Ehe Remy ihren Gesichtsausdruck deuten konnte, hatte sie sich schon wieder abgewandt und schenkte ihm Kaffee ein, als hätte sie nicht soeben eine Bombe hochgehen lassen.

Remy atmete tief ein, um die gefährliche Wut zu unterdrücken, die ihn bei ihren Worten gepackt hatte. Leise fluchend atmete er wieder aus und setzte sich anders hin, um die angespannten Muskeln zu lockern und den Adrenalinstoß zu verarbeiten. »Was für Morddrohungen? Hast du etwa welche bekommen, Blue?« Ihr Spitzname war ihm einfach herausgerutscht. Er hatte sie nie mit Blue angeredet, sie aber früher meist so bezeichnet, wenn er mit Saria über sie gesprochen hatte.

Aus irgendeinem Grund kam ihm, sobald er sie sah, das Lied »Blue Bayou« in den Sinn. Ihr tiefschwarzes Haar glänzte in der Sonne, fast blau und auch ihre Augen waren auffallend blau.

»Trinkst du deinen Kaffee schwarz?«

»Selbstverständlich.« Er grinste sie an. »Wie alle Cajuns.«

Ein kurzes Lächeln ließ ihre Augen leuchten. »Ein echter Mann eben. Wie konnte ich das vergessen? Du hast mir immer Angst eingejagt.«

»Wirklich?«, fragte Remy und hob eine Braue. Dabei wusste er genau, dass er imstande war, jedem eine Mordsangst einzujagen.

Bijou nickte langsam und setzte sich ihm gegenüber an den Tisch. Sie mochte zwar glauben, dort in Sicherheit zu sein, doch sie war immer noch in seiner Reichweite, und irgendwo in seinem Hinterkopf spielte sich wieder dieser Film ab – in dem er sich auf sie stürzte, sie an die Wand drückte und ihr die Kleider vom wunderschönen Leib riss.

»Daran hat sich bis heute nichts geändert«, gestand sie und sah verlegen zu Boden. Offensichtlich wartete sie darauf, dass Saria ihr zu Hilfe kam.

Die sexuelle Spannung im Raum war fast genauso konkret spürbar, wie sich beide der gegenseitigen Anwesenheit bewusst waren.

»Schön zu hören«, sagte Remy mit einem kleinen Schmunzeln, das die angespannte Atmosphäre lockern sollte. »Du wolltest mir gerade von den Morddrohungen erzählen.«

Bijou seufzte und nahm einen kleinen Schluck von dem Kaffee, den sie sich selbst eingeschenkt hatte. »Ich schätze, da ich damit angefangen habe, kann ich jetzt nicht so tun, als gäbe es sie nicht.« Sie senkte den Kopf und ließ das Gesicht hinter dichten Haarsträhnen verschwinden.

Remy beugte sich über den Tisch und schob ihr die wilde Mähne hinters Ohr. Überrascht riss sie die Augen auf und begegnete seinem Blick. Dann fuhr sie sich mit der Zunge über die Unterlippe. Remy sah, dass ihre Brüste sich unter dem T-Shirt schneller hoben und senkten. Er dachte darüber nach, warum sie wohl kein Licht gemacht hatte.

Wutschnaubend verlangte sein Leopard nach Freiheit. Das Tier war immer schwierig, aber so wild und entschlossen war es noch nie gewesen. Ohne Bijous Gesicht aus den Augen zu lassen, rang Remy die Katze nieder, obwohl sie sich fauchend dagegen wehrte. Es war das erste Mal, dass sein Leopard auf eine Frau reagierte. Konnte es sein, dass Bijou eine Gestaltwandlerin war? Über ihre Mutter war nur wenig bekannt. Außerdem war es fast unmöglich zu sagen, ob eine Frau eine Artgenossin war. Nur wenn sie das Han Vol Don durchlief – wenn die Raubkatze zu genau derselben Zeit rollig wurde, in der die Frau ihren Eisprung hatte –, reagierten Leoparden auf sie. Manchmal jedoch überschnitten sich die beiden Fruchtbarkeitszyklen nie, und die Katze kam nie zum Vorschein.

»Hat man dich bedroht?«, hakte Remy nach. Er würde nicht lockerlassen, selbst wenn es ihn innerlich zerriss. Schnell zog er die Hand zurück, weg von der seidigen Haarmähne und der zarten Haut.

Bijou zuckte die Schultern. »Ach, das passiert fast jeden Tag. Ich bekomme so viele Drohungen, dass man sie einfach nicht ernst nehmen kann. Manche Fans meines Vaters denken, ich hätte kein Recht auf sein Geld; schließlich war ich nicht bei ihm, als er starb. Und es war kein Geheimnis, dass wir uns nicht verstanden haben. Die Klatschblätter haben ja ständig darüber berichtet. Bodrie war gern in den Schlagzeilen, deshalb hat er die Zeitungen immer wieder mit Geschichten über unser so genanntes Zerwürfnis gefüttert.«

Remy trommelte mit den Fingern auf den Tisch. Sein Leopard war erregt wie nie zuvor, und er brauchte ein Ventil für die rastlose Energie. Bijou saß ihm direkt gegenüber, aber so pervers war er verdammt noch mal nicht. Er musste damit aufhören, sie als Frau zu sehen, und sie stattdessen als Opfer betrachten. Als jemanden, der Hilfe brauchte. Sie wurde mit dem Tode bedroht, da war es nur natürlich, dass er sich Sorgen um sie machte. Als Polizeibeamter war es seine Pflicht, nachzuhaken und Fragen zu stellen. Schließlich war sie mit seiner Schwester befreundet und wohnte sogar in ihrer Pension. Wenn Bijou in Gefahr war, war Saria es auch. Somit hatte er allen Grund, diese Drohungen ernst zu nehmen.

Leider war er einfach zu alt, jeden Unsinn zu glauben – insbesondere den, den er sich selber einredete. »Und das geht schon seit Bodries Tod so?«

Bijou nickte. »Ja. Anscheinend sollte das Haus zu einer Art Pilgerstätte werden.«

»Wenn du ihn nicht beerbt hättest, wer dann?«

»Ich bin seine einzige rechtmäßige Erbin und in seinem Testament namentlich erwähnt. Es gab viele junge Leute, die behauptet haben, er wäre ihr Vater, aber die DNA-Vergleiche haben das widerlegt.«

»Über wie viel Geld reden wir?«

Bijou sah ihm in die Augen. »Du hörst keine Nachrichten, oder?«

»Ist mir zu deprimierend. All diese Morde stimmen mich traurig.«

Sie lächelte schwach. »Hunderte von Millionen, und jeden Tag werden es mehr.«

Remy war sprachlos. Sie schenkte den Morddrohungen, die sie erhielt, keinerlei Beachtung, dabei war sie über hundert Millionen Dollar schwer? Menschen mordeten schon für ein Paar Schuhe, von so viel Geld ganz zu schweigen. »Sind die Drohungen in Form von Briefen gekommen?«

Bijou schüttelte den Kopf. »Remy, du musst einen Mord aufklären. Das ist doch nur dummes Zeug. Einige von Bodries Fans sind verrückt. Sie haben ihn verehrt und tun es offenbar immer noch. Ich habe mein Leben lang mit so etwas gelebt. Ich bin nach Hause gekommen und habe mir an dem Ort, den ich liebe, einen Club gekauft, über dem ich zu wohnen gedenke. Ich lasse nicht zu, dass Bodrie mein Leben bestimmt, jetzt nicht mehr.«

Sie hatte mehr Geld, als man ausgeben konnte, aber sie war nach Hause gekommen, in die Bayous. Der ungestüme Drang in ihm legte sich. Er konnte wieder atmen und war auch wieder Herr über seinen Körper. Sein Leopard hatte sich entspannt und streckte sich träge. Remy trank noch einen guten Schluck Kaffee und sah Bijou dabei über den Tassenrand an.

»Trotzdem möchte ich diese Briefe sehen. Wenn du sie nicht bei dir hast, gib mir den Namen deines Rechtsanwalts oder deines Kontaktmanns beim FBI, dann ermittle ich von da aus weiter.« Sein Tonfall verriet, dass er sich mit einem Nein nicht abspeisen lassen würde.

»Wenn du darauf bestehst.«

Nun, da er wusste, dass er seinen Willen bekommen würde, wurde er noch ruhiger. »Wie lange bist du schon hier?« Denn sollten es länger als ein paar Tage sein, würde er seine Schwester umbringen.

Bijou sah sich in der großen, heimeligen Küche um. »Ist es nicht interessant zu sehen, was ein Haus zu einem Heim macht? Miss Pauline war so gut zu mir. Ich bin oft hierhergekommen oder zu Saria gegangen, wenn ich es im Haus meines Vaters nicht mehr ausgehalten habe. Keine von beiden hat mich je verraten, egal, wie viel Geld Bodrie den Leuten in den Bayous und Sümpfen geboten hat, damit sie ihm sagen, wo ich bin.«

Sie war so schön, dass es wehtat. Diese Haut, dieses lockige Haar, diese gedehnte, aufreizende Sprechweise und diese kussfreudigen Lippen. Als sie von *Verrat* sprach, hätte er sich am liebsten über den Tisch gebeugt und herausgefunden, wie gern diese Lippen wirklich küssten.

»Ich bin viele Jahre auf Reisen gewesen«, sagte Remy, denn es erschien ihm doch wesentlich klüger, sich weiter mit ihr zu unterhalten, statt über sie herzufallen. »Aber ich wusste, dass ich immer hier zu Hause sein würde. Die Hitze, die Mücken, all das ist – Heimat.«

»Ganz genau.«

Bijou stützte das Kinn in die Hand und sah ihn ruhig an. »Warum hast du mich Blue genannt? Das hast du schon mal gemacht, vor langer Zeit.«

»Wirklich? Ich glaube, ich habe ein gutes Gedächtnis, aber ich kann mich nicht daran erinnern, diesen Fehler gemacht zu haben, als du noch ein Kind warst.« Und er sollte besser damit anfangen, sich darauf zu besinnen, dass sie immer noch ein Kind war. Nur dass ihre Augen für ihr Alter zu alt und zu weise waren.

»Aber es hat mir gefallen«, gab sie zu. »Du gehörst zu den wenigen Menschen, die sich je um mich gekümmert haben. Dass du mich Blue genannt hast, hieß nur, dass du mir einen Spitznamen gegeben hast. Das machen Menschen, wenn sie jemanden mögen, zumindest habe ich es mir damals so erklärt.«

Sie brach ihm das Herz, obwohl sie es ganz offensichtlich nicht darauf anlegte. Dann schenkte sie ihm dieses Lächeln, das ihre Augen nie ganz erreichte, und redete mit ihrer rauchigen Stimme ganz sachlich weiter. Sie wollte kein Mitleid und würde sich darüber aufregen, wenn ihr jemand solches entgegenbrächte.

Also zwang Remy sich, lässig die Achseln zu heben, und widerstand dem Drang, sie in die Arme zu ziehen und an sein Herz zu drücken. Offenbar weckte sie in ihm den weißen Ritter, der sie vor allen Übeln bewahren wollte. »Du hast mich an ›Blue Bayou‹ erinnert.« Er würde ihr nicht erzählen, dass er jedes Mal »Bijou« statt »Bayou« verstand, wenn er das Lied hörte.

»Da ich die Bayous liebe«, sagte Bijou, indem sie sich mit einer ungewollt aufreizenden Bewegung das Haar über die Schultern warf, »habe ich nichts gegen diesen Spitznamen einzuwenden.«

Wie alt war eigentlich Saria? Vielleicht älter, als er dachte. »Was zum Teufel hast du dir dabei gedacht, mitten in der Nacht mit meiner verrückten Schwester im Sumpf herumzulaufen?«

Remy schaute auf, denn Saria kam mit einem Lächeln auf dem Gesicht durch die Tür. Er hatte sie bereits erwartet. Sie war eine Artgenossin und bewegte sich absolut geräuschlos, doch sein Geruchssinn hatte ihm verraten, dass sie auf dem Weg von der Dunkelkammer hierher war.

Saria lachte ihn an. »Vielleicht hältst du mich nicht mehr für verrückt, wenn du diese Bilder siehst, Remy. Ich habe Bijou gebeten, alles aufzuschreiben, woran sie sich erinnern kann, ihre Eindrücke und sogar die Geräusche, die sie gehört hat, und ich habe dasselbe getan. Außerdem haben wir nicht über den Tatort geredet, damit wir unsere Erinnerungen nicht gegenseitig beeinflussen.«

»Sehr gut«, lobte Remy.

»Das kommt davon, wenn die Brüder bei der Polizei sind«, erwiderte Saria fröhlich.

Sie breitete die Fotos, die sie entwickelt hatte, vor ihm aus. Dann schien ihr zum ersten Mal aufzufallen, dass kein Licht an war. »Warum sitzt ihr denn im Dunkeln?«

»Ich bin hier nur zu Besuch«, sagte Remy. »Ich habe darauf gewartet, dass du aus deiner Kammer herauskommst, damit ich dir einen Vortrag über Sicherheit halten kann, den du natürlich nicht hören willst. Und dabei habe ich deinen köstlichen Kaffee getrunken.«

Saria legte einen Arm um seinen Hals und gab ihm einen Kuss auf die Wange, eine liebevolle Geste, die seine kleine Schwester sich nur selten erlaubte, was ihm verriet, wie sehr es sie erschüttert hatte, den Toten zu finden. Sanft tätschelte er ihren Arm.

»Das war Pete Morgan, nicht?«, fragte Saria und trat einen Schritt zurück.

Aber sie war nicht schnell genug. Remy hatte nicht nur den Anflug von Angst, sondern auch ihr Zittern bemerkt. Seine Schwester war ein zähes kleines Ding, doch die Leiche eines Freundes zu finden, der auf so brutale und grausame Weise ermordet worden war, war sicher eine furchtbare Erfahrung. Saria machte das Licht an und ging zur Spüle, um sich ein Glas Wasser zu holen.

»Ja. Tut mir leid, Kleines. Das muss schrecklich für dich gewesen sein.«

Saria drehte sich zu ihm um und lehnte sich an die Küchentheke. »Wie machst du das bloß? Gage und die anderen haben es meistens mit Raufereien oder der Suche nach Kleinkriminellen zu tun, aber du musst dir ja andauernd Mordopfer ansehen.«

Remy fiel auf, dass Bijou heftig blinzelte, so als ob das plötzliche Licht sie störte. Doch er wusste es besser. Sie hatte immer so getan, als sei sie hart im Nehmen, als könne ihr nichts etwas anhaben, aber sie hatte ein weiches Herz. »Die meisten Mordfälle in dieser Gegend sind recht einfach zu lösen. Meist geht es um dumme Streitereien, Rache, oder so etwas Ähnliches, und nicht um einen Serienmörder, der Leute aufschlitzt, die ich persönlich kenne.«

»Ich werde dieses Bild lange Zeit nicht aus dem Kopf bekommen, wenn überhaupt jemals«, gestand Bijou.

Besorgt musterte Remy sie. Er brauchte kein Licht, um die Qual zu sehen, die in ihrem Blick lag. Im Stillen verfluchte er seine Schwester. »Was genau habt ihr eigentlich nachts im Sumpf gemacht?«

»Ich wollte Bijou das Nest zeigen, das ich immer wieder fotografiere. Ich habe einen wirklich großen Auftrag an Land gezogen, von einer Bildagentur, die möchte, dass ich die Flora und Fauna im Sumpf zu jeder Tageszeit ablichte«, erklärte Saria. »Ich soll die Atmosphäre dort einfangen, zu jeder Jahreszeit.«

Remy verkniff sich eine sarkastische Erwiderung. Man sollte dieser Agentur die Bilder vom Mord schicken, dann würde der Firma sicher klar werden, in welche Gefahr sie seine kleine Schwester brachte. Doch Saria hätte seinen Zynismus ebenso ignoriert wie seinen guten Rat. Sie ging ihren eigenen Weg und traf ihre eigenen Entscheidungen. Er konnte es ihr nicht vorwerfen. Vielleicht lag es an seinem Schuldgefühl, dass er sie nun überbehütete. In ihrer Kindheit, als sie ganz allein durch den Sumpf gestreift war, hatte er ihr keine Beachtung geschenkt. Niemand hatte auf sie geachtet, so wie bei Bijou. Und sie war die Erwachsene im Haus gewesen, nicht ihr ständig betrunkener Vater.

»Remy«, sagte Saria liebevoll.

Er sah zu ihr auf. Sie sah so jung aus und gleichzeitig so erwachsen. Genau wie Bijou. Kein Wunder, dass die beiden sich angefreundet hatten, ohne jemandem davon zu erzählen. Sie hatten gute Gründe gehabt. Remy seufzte.

»Ich hatte eine schöne Kindheit«, sagte Saria. »Hör auf, dir Vorwürfe zu machen. Ich finde es reizend, dass du mich beschützen willst, aber ich bin jetzt erwachsen. Du kannst dich nicht um jeden kümmern.«

»Aber ich kann es versuchen, verdammt«, erwiderte ihr Bruder und schaute zu Bijou hinüber.

Sie schenkte ihm ein schwaches Lächeln. »Ich verstehe, warum du darauf beharrst, dass ich dir die Sache mit den Morddrohungen erkläre. Du hast einen starken Beschützerinstinkt, Remy, aber ehrlich gesagt ist die Familie, auf die du aufpasst, schon groß genug, auch ohne mich.«

»Mach dir doch nichts vor, Blue«, erwiderte er barsch, obwohl er ihr gern geglaubt hätte.

Bijou wurde rot und sah ihn finster an. Ach, zum Teufel.

Sollte sie sich doch selber um ihre Angelegenheiten kümmern. Ganz gleich, wie oft er sich sagte, dass sie noch ein Baby war, sein Körper war offenbar anderer Meinung. Seine Instinkte verrieten ihm, dass mehr an dieser Sache war, als man mit bloßem Auge sehen konnte. Und die Instinkte der Leoparden waren sehr gut. Nie im Leben hatte er sich in einer solchen Zwickmühle befunden.

Saria starrte ihn sprachlos an. Dann schaute sie zwischen Bijou und Remy hin und her, schüttelte den Kopf und ließ sich auf einen Stuhl fallen.

»Erzähl mir von deiner Mutter«, forderte er Bijou auf und steckte die Fotos in einen Umschlag, ohne sie genauer anzusehen. Bestimmt waren sie großartig, daran zweifelte er nicht. Sarias Können war weithin bekannt, und ihr Ruf verbreitete sich schnell. Aber er wollte Bijou nicht noch mehr zumuten.

»Von meiner Mutter?«, wiederholte sie leise, sodass ihre Stimme noch rauchiger und erotischer klang. »Aber ich weiß nichts von ihr. Nur das, was Bodrie mir über sie erzählt hat. Er hat sie nach einem Konzert hinter der Bühne getroffen und war sofort von ihr fasziniert. Konnte die Augen nicht mehr von ihr lassen. Aber ehrlich gesagt ging es ihm bei den meisten Frauen so.«

Remy war bewusst, dass Saria ihn und Bijou scharf gemustert hatte. Sie war clever, und sie wusste, dass er keinen Spaß an Plaudereien hatte. Wenn er etwas fragte, dann hatte er einen Grund. Er war gut darin, freundlich und interessiert zu klingen, die Leute, mit denen er sich unterhielt, in Sicherheit zu wiegen und wie zufällig Fragen einzuflechten, sodass am Ende keiner mehr wusste, was er eigentlich von sich preisgegeben hatte. Wenn er also die unangenehme

Frage nach Bijous Mutter aufbrachte, wollte er etwas herausfinden.

In diesem Augenblick warf Remy ihr einen vielsagenden Blick zu, und Saria presste die Lippen zusammen, denn sie hatte begriffen, dass sie den Mund halten sollte.

»Hat er gelegentlich über ihre Familie gesprochen? Wo kam sie her?«

Bijou zuckte die Achseln. »Er hat mal erzählt, dass sie irgendwo in der Nähe von Borneo geboren ist. Er hat immer gesagt, sie sei sehr exotisch gewesen, aber über ihre Familie hat er nie gesprochen. Ich hatte den Eindruck, dass sie alle tot waren.«

»Du besitzt sehr viel Geld, Blue«, bemerkte Remy. »Warum nimmst du dir nicht einen Privatdetektiv und findest es heraus?«

»Warum?« Über den Rand ihrer Kaffeetasse hinweg sah Bijou ihn ruhig an. »Warum sollte ich das jetzt noch wissen wollen? Es ist ja nicht so, als ob Bodrie nicht in der ganzen Welt bekannt gewesen wäre. Er war doch ständig auf Tournee. Ich sollte das wissen, denn bei den allermeisten hat er mich mitgeschleppt.« Sie trank noch einen Schluck von dem duftenden Kaffee und zuckte wieder die Schultern. »Als ich ein Kind war, hätte ich meine Verwandten gebraucht. Allein das Wissen, das es da draußen jemand gibt, der zu mir hält, hätte mir geholfen, aber nichts ist passiert. Sie haben mich einfach bei ihm gelassen.«

Wieder bemerkte Remy keine Bitterkeit in ihrer Stimme. Nur Resignation. Sie hatte akzeptiert, dass die meisten Menschen ihren Vater liebten, ja sogar verehrten, und dachten, er könne nichts falsch machen. Sie tat einfach, was sie wollte, lebte ihr Leben und entschuldigte sich nicht dafür.

»Wenn ich Bijou wäre und so viel Geld geerbt hätte«, sagte Saria zu Remy, »würde es mir, glaube ich, schwerfallen, jemandem zu trauen, der plötzlich auftaucht und behauptet, mit mir verwandt zu sein. Für Geld tun die Menschen verrückte Dinge.«

»Daran gewöhnt man sich, Saria«, erklärte Bijou. »Das habe ich schon in der Schule gelernt. Echte Freundschaft ist etwas Kostbares, deshalb habe ich dich ja immer so gern gehabt. Und ich wusste, wenn ich nach Hause komme, würde sich zwischen uns nichts geändert haben.«

Remy war noch nie im Leben stolzer auf seine Schwester gewesen, obwohl sie in seinen Augen ohnehin etwas Besonderes war. Dass ein so misstrauischer Mensch wie Bijou absolutes Vertrauen in seine Schwester hatte, obwohl sie sich seit mehreren Jahren nicht mehr gesehen hatten, ließ seinen Respekt vor Saria noch wachsen.

Sarias Lachen löste die Spannung ein wenig. »Ja, ich bin immer noch das wilde Mädchen, das in den Sümpfen herumstromert. Ich liebe das. Ich brauche nicht viel, um glücklich zu sein.«

Bijou schmunzelte. »Ich habe mir den kleinen Club gekauft, weil ich dachte, ich könnte dort auftreten. Ich lasse gerade die kleine Wohnung darüber renovieren.«

»Du willst tatsächlich über dem Club wohnen?« Remy wäre fast aufgesprungen, brachte es aber fertig, äußerlich ruhig zu bleiben. War das Mädchen wahnsinnig geworden? Bijou hatte mehr Geld als die meisten Menschen auf der Welt, war selbst eine feste Größe in der Unterhaltungsindustrie, hatte zugegeben, dass sie Morddrohungen bekam, und wollte ohne Sicherheitsvorkehrungen direkt über dem Club wohnen, in dem sie auftrat.

»Also ich dachte, das wäre eine gute Idee«, sagte Saria, und ein Runzeln ihrer Stirn zeichnete sich dabei ab, denn sie wusste, was es zu bedeuten hatte, wenn die Stimme ihres Bruders besonders leise und sanft wurde. »Was ist denn falsch daran?« Fragend schaute sie von Bijou zu Remy.

»Es hat nichts zu bedeuten, Remy«, bemerkte Bijou. »Das habe ich dir doch gesagt.«

»Es ist nur so, dass sie Morddrohungen bekommt«, erklärte Remy seiner Schwester. »Absolut nichts Ernstes, weißt du?«

»Dein Sarkasmus gefällt mir nicht«, sagte Bijou mit großen Augen. »Du warst doch früher nicht so.«

»Du hast es nur nicht bemerkt, weil du ihn angehimmelt hast, obwohl er es gar nicht verdient hat«, meinte Saria und lachte wieder. »Er ist ziemlich herrschsüchtig und lässt einen nie vergessen, dass er es ist, der das Sagen hat.«

Bijou lief rot an. »Ich habe ihn gar nicht angehimmelt«, widersprach sie. »Und diese Eigenschaft habe ich an ihm durchaus bemerkt.«

»Es besteht ein gewisser Unterschied zwischen jemandem, der herrschsüchtig ist und jemandem, der wirklich das Sagen hat, was bei mir zutrifft«, korrigierte Remy milde. »Jedenfalls ist es eine gute Idee, mich anzuhimmeln. Das gefällt mir.«

Saria verdrehte die Augen und lachte fröhlich. Da Remy sie einige Wochen nicht gesehen hatte, hatte er vergessen, wie gut er sich in ihrer Gesellschaft fühlte. Sie wirkte glücklich und entspannt, führte ein offenes Haus und lachte viel und gern. Wann war aus dem wilden Kind von früher nur ein so anderer Mensch geworden? Natürlich ließ sie sich immer noch nichts vorschreiben, aber neuerdings wirkte sie nicht trotzig, sondern selbstsicher, und er war gerne mit ihr zusammen. Ihre Zufriedenheit war ihr anzusehen und färbte auf andere ab, und auch ihre Lebensfreude war ansteckend. Sie war, wie deutlich zu sehen war, zur Frau geworden und mit einem Mann verheiratet, der eher in seiner Altersklasse war als in ihrer. Und sie war glücklich.

»Du wirst einfach bei mir bleiben«, sagte Saria zu Bijou, und dabei wurde ihre Stimme plötzlich ernst. »Wenigstens bis Remy sich alles angesehen hat und wir sicher sein können, dass du dort gut aufgehoben bist. Das wird lustig«, fügte sie hinzu. »Ich habe dich so vermisst.«

»Eine gute Idee«, bestätigte Remy. »Sorg dafür, dass ich alles bekomme, was die Morddrohungen betrifft, Blue, alles, was du schriftlich oder mündlich hast – ausnahmslos.«

Bijou schüttelte den Kopf. »Ich fühle mich völlig überfahren. Und das ist mir nicht mehr passiert, seit ich dreizehn war.«

»Irgendjemand muss doch auf dich aufpassen«, sagte Remy. »Insbesondere wenn du mit meiner Schwester im Sumpf herumstreunen willst.«

Saria trat ihm unter dem Tisch vors Schienbein. »Ich streune nicht mehr herum, mein Lieber. Inzwischen ist das mein Beruf. Ich verbringe so viel Zeit damit, den Sumpf zu fotografieren, dass kaum mehr welche bleibt, um die Pension richtig zu führen oder etwa Gästetouren anzubieten.«

»Gästetouren?«, wiederholte Bijou. »Du führst Touristen durch den Sumpf und die Bayous?«

»So habe ich Drake kennengelernt«, erklärte Saria. »Ich war seine Führerin. Vielleicht solltest du das übernehmen. Du könntest am ...«

Remy knallte seine Kaffeetasse auf den Tisch. »Okay, das

reicht. Ich werde dich im Bayou ertränken, Saria. Ich hätte es gleich nach deiner Geburt tun sollen. Ich wusste, dass du mir Ärger bereiten würdest. Blue wird *keine* Wildfremden durch den Sumpf führen. Sonst schieße ich ihre Kunden über den Haufen.«

Saria beugte sich quer über den Tisch zu Bijou hinüber und formte mit den Lippen stumm das Wort »herrschsüchtig«.

»Anscheinend hast du nicht genug zu tun, Remy«, bemerkte Bijou. »Oder du möchtest einfach mal wieder jemanden über den Haufen schießen.«

»Ein bisschen von beidem«, sagte Remy. »Aber da du unverschämtes Ding nun wieder in New Orleans bist, werde ich zweifellos alle Hände voll zu tun haben.«

»Ja natürlich.«

»Willst du wirklich hierbleiben?«, fragte Remy. »Für immer?«

Bijou nickte und sah ihm mit ihren strahlend blauen Augen direkt ins Gesicht. »Ich bin es leid zu kämpfen, Remy. Bei dem Versuch, jemand zu sein, der ich nicht bin, habe ich eine Menge Fehler gemacht. Ich mag dieses Leben einfach nicht, das ständige Reisen, die vielen Hotels, die Leibwächter, die Belagerung durch Paparazzi und Fans. Ich bin schon vor einiger Zeit zu dem Schluss gekommen, dass ich anscheinend das Gefühl hatte, mit Bodrie konkurrieren zu müssen, was natürlich unmöglich war.«

»Aber du hast eine wundervolle Stimme«, sagte Remy und trommelte mit den Fingern auf den Tisch. Wieder baute sich dieser gefährliche Druck in ihm auf. Er spürte, wie seine Muskeln sich erwartungsvoll spannten, so als würde er sich jeden Augenblick auf eine Beute stürzen, und ihm war bewusst, dass Saria ihn beunruhigt musterte. Als Artgenossin reagierte sie instinktiv wachsam auf seine veränderte Körperhaltung.

»Vielen Dank. Mein Problem ist, dass ich singen und komponieren muss. Das ist in mir drin und will raus. Ich erwarte nicht, dass ihr das versteht. Es ist einfach ein persönliches Bedürfnis. Aber ich möchte keine großen Tourneen mehr machen und auch keinen Rock and Roll mehr singen. Ich bin nicht Bodrie, und ich will es auch nicht sein. Ich liebe Blues und Jazz, und ich spiele Klavier, nicht Gitarre. Und ich liebe es, Saxophon zu hören. Ich könnte mit den besten Rockstars auftreten, aber das ist nicht das, was ich mir wirklich wünsche. Alle sagen, dass ich keinen Erfolg haben werde, wenn ich statt Rock and Roll das mache, was mir lieber ist. Dass meine Fans mir nicht folgen werden. Aber ich muss es tun. Mein Manager hat gesagt, ich hätte kein Talent für Blues und Jazz, aber ich liebe diese Musik, und ich möchte es versuchen.«

»Das ist doch Unsinn, Blue, du hast großes Talent.« In Remy rumorte es. Sein Leopard brauchte Auslauf. Er sollte zusehen, dass er bald aus dem Haus kam. Er wusste selbst nicht, warum es ihm so schwerfiel zu gehen. Bei Saria war es einfach zu gemütlich.

»Wir werden sehen, nicht wahr?« Wieder warf Bijou ihm ein kleines Lächeln zu. »Ich werde gelegentlich in meinem Club auftreten, dann werden wir ja sehen, ob jemand kommt.«

Saria warf Remy einen Blick zu, der fragte: »Was zum Teufel ist los mit dir?« Aber er konnte seiner kleinen Schwester ja schlecht sagen, dass *alles* an Bijou Breaux seinen Leoparden reizte.

»Oh, das wird schon klappen«, sagte Remy ehrlich. Ihre Stimme war etwas Besonderes, sinnlich und sündhaft sexy. Die einheimischen männlichen Singles würden in Scharen in ihren Club kommen. Und alle männlichen Touristen auf der Suche nach einem Abenteuer würden sich ebenfalls dort einfinden. Schon allein bei dem Gedanken hätte er am liebsten mit den Zähnen geknirscht. Außerdem verdarb ihm der immer heftiger hervordrängende Leopard die Laune.

Seine Haut juckte. Kinn und Gelenke schmerzten. Jeder Sinn war geschärft. Remy sog den Lavendelduft, der im Raum hing, tief in seine Lungen. Er würde Bijou Breaux selbst in der dunkelsten Nacht finden, ganz egal wie schwach die Spur war.

»Wusstest du eigentlich, dass deine Augen die Farbe ändern, wenn das Licht in einem bestimmten Winkel auf sie trifft?«, fragte Bijou. »Manchmal werden deine dunkelblauen Augen plötzlich grün und glühen im Dunkeln, wie bei einer Katze. Ich erinnere mich, dass ich als kleines Mädchen häufig deine Augen beobachtet habe. Ich habe sogar öfter von ihnen geträumt.«

Die Falten auf Sarias Stirn vertieften sich. »Hattest du Angst vor ihnen?«

»Hätte ich wohl haben sollen, aber so war es nicht. Ich fand die Veränderung sogar irgendwie beruhigend.« Bijou schenkte Remy ein weiteres scheues Lächeln, das sein Blut in Wallung brachte. »Denn trotz all seiner Herrschsucht hat dein Bruder eine ziemlich beruhigende Wirkung.«

Remy streckte die Beine aus, um den schmerzlichen Druck im Schritt zu lindern, und atmete tief durch. Es freute ihn, dass Bijou offenbar keine Angst hatte vor der Katze in ihm. Auch wenn sie nicht ahnte, dass die glühenden Augen die Nähe des Raubtiers anzeigten. Er wollte nicht, dass sie Angst vor ihm hatte – oder vielleicht stimmte das nicht so ganz. Aber in jedem Fall musste er vernünftig bleiben und dafür sorgen, dass sein Leopard sich nicht zeigte.

Remy nahm die Fotos und die beiden versiegelten Gedächtnisprotokolle an sich. »Gage wird später noch kommen, um euch Fragen zu stellen. Sagt ihm, dass ich Sarias Fotos und eure Berichte mitgenommen habe. Er hat mich gebeten, ihm bei diesem Fall zu helfen, deshalb komme ich vielleicht noch mal wieder und verhöre euch noch einmal.« Er stand auf und betrachtete seine Schwester kühl. »Wehe, du gehst in den Sumpf, solange dieser Irre frei herumläuft. Er ist gefährlich.« Dann wartete Remy. Reglos, wie ein Raubtier auf der Lauer.

Schließlich seufzte Saria. »Ich bin nicht so dumm, wie du denkst, mein Lieber. Ich habe nicht die Absicht, dorthin zu gehen, solange ein brutaler Serienkiller da draußen ist.«

»Ich habe dich nie für dumm gehalten, nur für sehr abenteuerlustig«, widersprach Remy.

Nun, da er das Versprechen seiner Schwester hatte, erlaubte er sich, sich an Bijou zu wenden. Sobald er seine Aufmerksamkeit auf sie richtete, wusste er, dass er einen Fehler begangen hatte. Als sie durch ihre langen Wimpern mit ihren unglaublich blauen Augen zu ihm aufsah, wurde ihm klar, dass er verloren war. Dieser verbotene Mund. Dieses Haar. Es war ihm egal, dass sie genauso alt war wie seine Schwester. Alles war ihm egal, verdammt. Bijou Breaux würde ihn oft zu sehen bekommen.

»Ich will *alles*, was du an Morddrohungen hast. Bring sie morgen gegen Mittag in mein Büro. Sonst gibt es Ärger, Bijou.«

Sie lächelte schwach und winkte leicht zum Abschied. Remy zögerte nicht länger. Er machte auf dem Absatz kehrt und beeilte sich, aus dem Haus zu kommen, ehe er – oder sein Leopard – sich zum Narren machte.

3

Remy starrte auf die Bilder, die Saria vom Ort des Verbrechens gemacht hatte. Dazwischen lagen die Fotos des Tatortfotografen. Mit gerunzelter Stirn schaute Remy immer wieder auf die Aufnahmen auf seinem Tisch, denn sie stimmten verflixt noch mal nicht überein. Saria war ein Profi. Sie machte keine Fehler. Sie hatte jeden Teil des Tatorts mit ihrem Zoomobjektiv abgelichtet. Dabei war sie so methodisch vorgegangen, dass die Fotos aneinandergelegt ein sehr genaues und detailgetreues Abbild des Tatorts wiedergegeben hätten. Und genau das war das Problem.

Remy seufzte und fuhr sich zum hundertsten Mal mit beiden Händen durchs Haar. Auf jedem Foto, das ein Objekt vom Altar zeigte, lag ein entsprechender Beweisbeutel. Doch einer davon passte nicht zu Sarias Bildern. Seine Kollegen führten das darauf zurück, dass sie keine Erfahrung als Tatortfotografin hatte, aber er wusste es besser. Nichts brachte Saria lange durcheinander, und sie hatte ständig mit ihren Brüdern und Drake zu tun, die allesamt sehr methodisch vorgingen, wenn sie Verbrechen aufzuklären hatten. Ihre Arbeit war tadellos – also musste, nachdem Saria ihre Bilder geschossen hatte und bevor der Tatortfotograf eingetroffen war, irgendjemand etwas auf den Altar gelegt haben.

Remy betrachtete die Bilder, die den Altar als Ganzes zeigten. Auf dem Boden ausgelegte Steine bildeten einen rechteckigen Rahmen. Diese Steine waren nicht wahllos gesammelt worden, sondern alle flach und oval, und der Abstand zwischen ihnen betrug jeweils exakt zweieinhalb Zentimeter. Das wusste er, weil er mehrere Male nachgemessen hatte. Wie konnte ein Mörder so überaus präzise sein? Nahm er etwa ein verdammtes Lineal mit, wenn er Menschen töten ging? Oder hatte er einfach ein so gutes Auge, dass er sich nicht um einen einzigen Millimeter vertat?

Die grausige Hand des Toten war in Öl getränkt worden und dann exakt in der Mitte des Altars im vorderen Bereich aufgestellt worden. Nach den letzten Morden war Remy sicher, dass es sich bei dem Öl um Babyöl handelte. Er kannte sogar die Marke. Der Versuch, darüber den Täter zu finden, hatte sich als Sackgasse erwiesen. Der Mörder hatte das Babyöl verwendet, das am beliebtesten war. An jeden Finger der Hand war eine schwarze Kerze gebunden worden, die der Täter dann angezündet hatte.

Genau siebeneinhalb Zentimeter hinter der Hand, exakt in der Mitte des Altars, stand eine Schale mit dem Blut des Opfers. Die Schale war aus Plastik – ebenfalls nicht zurückzuverfolgen, obwohl sie es natürlich versuchen würden. Leider war diese besondere Art von Picknickausstattung in jedem beliebigen Laden zu bekommen. Die Schale war immer mit genau einem halben Liter Blut gefüllt. Wie konnte der Mörder diese Menge so exakt abmessen? Eine weitere große Frage.

Hinter der Schale, wieder genau siebeneinhalb Zentimeter entfernt, lag das Herz des Toten, drapiert wie eine Opfergabe. Auf dem Altar verteilt lagen Dinge, die offensichtlich aus dem Sumpf stammten. Spanisches Moos, ein Blatt von dem Baum, an dem der Tote gehangen hatte, eine Muschel, drei unterschiedliche Vogelfedern und Blätter von verschiedenen Pflanzen, alles Dinge, die gleich neben dem Tatort zu finden waren. Nichts war vom Killer mitgebracht worden, und es gab keinen einzigen Fingerabdruck.

Ihm ging es um die Länge der Kerzen auf Sarias Bildern. Sie waren, wenn er richtig schätzte, etwa zweieinhalb Zentimeter herabgebrannt, und nur die Schale mit dem Blut war zu sehen. Auf den Bildern des Tatortfotografen dagegen schienen die Kerzen etwas kleiner zu sein, auch wenn das schwierig zu beurteilen war. Außerdem lag halb in und halb neben der Schale mit dem Blut eine geknotete Schnur, die auf Sarias Bildern nicht zu sehen war. Weder auf denen vom ganzen Altar noch auf den Nahaufnahmen von der Schale mit dem Blut. Die Bilder waren klar und deutlich. Die dünne Schnur mit den sieben Knoten tauchte erst auf den Bildern des Tatortfotografen auf, die mehrere Stunden nach Sarias gemacht worden waren.

Wie lange hatten Saria und Bijou gebraucht, um zur Pension zurückzukehren und Drake zu informieren? Daraufhin hatte Drake einen Generator und Lampen besorgt und zum Tatort gebracht. War der Killer die ganze Zeit über dort gewesen? Hatte er zugesehen, wie Saria die Bilder gemacht hatte, und danach sein Ritual zu Ende gebracht? Bijou war auch dort gewesen. Wie nahe war der Mörder den beiden Frauen gekommen?

Saria und Bijou mussten die Zeremonie unterbrochen haben, die der Täter nach jedem Mord abhielt. Der Drang, das zu tun, war offenbar so stark, dass er sich im Sumpf versteckt hatte, bis die Frauen gegangen waren, damit er sein Ritual zu Ende bringen konnte. Das war die einzige Erklärung für die Unterschiede zwischen den Fotos.

Bei der Vorstellung, dass Saria und Bijou einem brutalen Serienkiller so nah gekommen waren, beschleunigte sich sein Pulsschlag. Remy wischte sich über den plötzlich trocken gewordenen Mund. Er würde mit Saria reden müssen, ob es ihr passte oder nicht. Er würde versuchen, ihr zu erklären, dass sie nicht nur sich selbst, sondern auch ihre Freundin in Lebensgefahr gebracht hatte.

Der Killer kannte keine Angst. Das hatte er oft genug bewiesen. Er tötete sein Opfer, weidete es kaltblütig aus und vollzog dann diese bizarre Zeremonie, obwohl er jederzeit entdeckt werden konnte. Doch das schien ihn nicht zu stören.

Remy nahm das Foto, das Saria vom Altar gemacht hatte, und verglich es mit dem des Tatortfotografen. Das Interessanteste war, dass es auf dem Altar keinerlei Blut gab. Nicht einen Tropfen. Das hieß, dass er nach dem Mord und dem Zerschneiden des Opfers errichtet worden sein musste. Aber ... Remy studierte die Fotos. Es gab tatsächlich nicht einen einzigen Tropfen Blut auf dem Boden innerhalb des Steinrechtecks, während rundherum alles mit Blut bespritzt war, nur diese Stelle war frei davon.

»Er hat ihn abgedeckt«, sagte Remy laut. »Er hat da, wo er den Altar machen wollte, den Boden abgedeckt. Er wollte keine Blutspritzer auf seinem kostbaren Opfertisch.«

Wieder seufzte er laut. Auch diese Erkenntnis brachte ihn der Lösung des Falles nicht näher. Selbst die Bilder und Akten von den vorherigen Morden, die das FBI geschickt hatte, halfen ihm nicht weiter. Er hatte keine Ahnung, ob irgendetwas auf dem Altar eine besondere Bedeutung hatte. Es schien sich um ein Voodoo-Ritual zu handeln, aber wenn es so war, ähnelte es keinem, das er in all den Jahren in den Bayous miterlebt hatte. Die Voodoo-Religion hatte viele Anhänger in ihrer Gemeinschaft, und er respektierte sie und jene, die sie praktizierten. Doch was immer der Killer zelebrierte, es hatte nichts mit dem zu tun, was Remy kannte.

Plötzlich roch er Lavendel, und kaum hatte er den nunmehr vertrauten Duft aufgefangen, hörte er schon das leise Raunen, das durch das Großraumbüro ging, und danach einen leisen, bewundernden Pfiff. Rasch sah Remy sich um. Sein Herz klopfte vor Freude und Erregung.

Bijou ging durch das Büro, und alle Köpfe drehten sich nach ihr um. Sie trug eine enge Jeans, die ihre Kurven betonte, und eine einfache roséfarbene Bluse, in der sie sehr elegant aussah. Ihre dichte Haarmähne war im Nacken zu einem langen, komplizierten Zopf geflochten, doch einige Strähnen, die sich daraus gelöst hatten, ringelten sich um ihr Gesicht und lenkten den Blick auf dessen perfekte Proportionen, die makellose Haut, die wunderschönen Augen und den traumhaften Mund.

Leise fluchte Remy vor sich hin. Musste sie so verdammt sexy sein? Konnte sie nicht gehen wie eine normale Frau? Sie musste doch merken, dass sie von gaffenden Männern umgeben war, trotzdem kam sie mit wiegenden Hüften und diesem kleinen Lächeln auf ihn zu, das ihn so reizte. Auch sein Leopard sprang freudig erregt auf. Sie war wahrhaftig atemberaubend. Er konnte es den anderen Männern nicht übelnehmen, dass sie sie anstarrten, aber er musste es nicht mögen – und sein Leopard hasste es, wie er wutschnaubend kundtat. Bijou Breaux weckte eben immer das Tier in ihm.

Remy schüttelte den Kopf und stand auf. Er kannte dieses kleine Lächeln, das ihre Augen nicht erreichte. Es ließ sie elitär wirken, ein wenig hochnäsig und völlig unerreichbar. Bijou hielt den Blick fest auf ihn gerichtet, und er kam sich vor, als wäre er der einzige Mann im Raum, ihr weißer Ritter, der ihr zu Hilfe eilte, wenn sie nicht einmal wusste, dass sie Hilfe brauchte.

Sein Herz klopfte wie wild. Bijou konnte auf eine Bühne hinausgehen und sich vor Tausenden von Menschen die Seele aus dem Leib singen – er wusste es –, er hatte einige ihrer Konzerte auf YouTube gesehen. Doch sie hasste es, als sie selbst aufzutreten. Sie wirkte entspannt, aber er wusste es besser. Er kannte sie. Er konnte in ihr lesen wie in einem Buch: Durch das Großraumbüro mit all den gaffenden Männern zu gehen fiel ihr nicht leicht. Und sie ließ ihn nicht aus den Augen, weil er ihr half, die Aufgabe zu meistern. Sie tat so, als wären die anderen nicht da. Als gäbe es für sie nur ihn.

Mit langen, entschlossenen Schritten überbrückte Remy die Distanz zwischen ihnen, ohne den Blickkontakt zu unterbrechen. Sobald er bei ihr war, legte er eine Hand um ihren Nacken, küsste sie demonstrativ auf die Wange und zeigte, dass sie unter seinem Schutz stand, indem er sie an sich zog. Dann hob er den Kopf und ließ seinen berühmten Blick durch das Büro schweifen, sodass alle sich schnell wieder ihrer Arbeit zuwandten.

Sein Leopard war dicht unter der Oberfläche, seine Haut juckte, das Kinn schmerzte, und seine Zähne fühlten sich schärfer an. Auch seine Augen schienen sich verändert zu haben, sie hatten die Farbe gewechselt und glühten wie Katzenaugen. Ohne Rücksicht darauf, dass seine Kollegen noch gesehen hatten, dass er sich einer Frau gegenüber so verhielt, atmete er Bijous Duft ein. Er wollte sogar, dass die anderen ihn so sahen, damit sie verstanden, dass er sie warnte.

»Blue.« Er sprach sie absichtlich mit dem Spitznamen an, den er ihr gegeben hatte, um die Begrüßung vertraulicher zu machen und eine Verbindung herzustellen. »Du kommst, um mir die Briefe zu bringen.«

»Du hast mir ja keine andere Wahl gelassen.« Sie schaute weder nach links noch nach rechts, nur auf sein Gesicht.

Als er ihre sinnliche Stimme hörte, durchlief es Remy heiß. Offenbar fiel es ihr nicht sonderlich schwer, ihn und seinen Leoparden zu becircen. »Richtig«, sagte er, während er einen Arm um ihre Taille legte und sie wieder auf die Tür zuführte. »Schauen wir uns das beim Essen an. Ich bin die ganze Nacht hier gewesen und habe heute Morgen vergessen zu frühstücken.«

Als er sie berührte, war es, als bekäme er einen elektrischen Schlag, als würden zwischen ihnen Funken sprühen. Er glaubte sogar, ihren Herzschlag zu hören. Sein Leopard bedrängte ihn hart, doch er behauptete sich und behielt die Kontrolle.

»Das ist nicht gut für dich, Remy«, sagte Bijou missbilligend, was seine Aufmerksamkeit auf ihre volle Unterlippe lenkte. »Du brauchst jemanden, der auf dich aufpasst.«

»Wäre das etwas für dich?«

Ihre blauen Augen verdunkelten sich, und sie schlug hastig die Lider nieder, um es zu verbergen. »Du sollst doch ziemlich herrschsüchtig sein. Da kann ich leider nicht viel ausrichten. Irgendjemand hat mir nämlich mal gesagt, dass ich Probleme mit Autoritätspersonen habe.«

Unwillkürlich musste Remy lachen. Er erinnerte sich, dass er genau das zu ihr gesagt hatte, als sie ungefähr dreizehn gewesen war und er sie und Saria von einer Party im Hause seines eigenen Vaters weggeholt hatte. Er war zu einem kurzen Besuch daheim gewesen und hatte die beiden in der Bar erwischt. Bijou war frech geworden, und er hatte ihr die Leviten gelesen, als er sie und Saria zu Pauline gebracht hatte. Pauline war wohl die Einzige, bei der die beiden sich gut benehmen würden.

»Stimmt doch auch.«

»Ich habe nur nie jemanden kennengelernt, der eine echte Autoritätsperson gewesen wäre«, widersprach Bijou mit ihrer rauchigen, verführerischen Stimme.

Remy wickelte sich ihren langen, dicken Zopf um die Hand und zog ihren Kopf zurück, damit er nicht unversehens ihren sinnlichen Mund küsste. »Du musst nur die Augen aufmachen, Blue. Sieh mich an.«

Sie lachte leise und aufreizend, etwas, dass so überraschend und so untypisch für sie war, dass es ihn ebenso erregte wie ihre Stimme.

»Lieber nicht, Remy, besonders wenn du mich herumkommandieren möchtest. Du wärst mir zu ... *herrisch.*« Wieder lachte sie leise und sanft, und wieder wurde ihm heiß.

»Du hast zu viel Zeit mit meiner Schwester verbracht«, bemerkte Remy und hielt vor der Tür zu dem kleinen Café gegenüber der Polizeistation an.

Bijou versteifte sich. »Du möchtest essen gehen? In einem Restaurant? In der Öffentlichkeit?«

»Wo denn sonst?« Remy verstärkte den Griff um ihre Taille. »Bei mir bist du sicher.«

Bijou zuckte die Achseln. »Na gut, wenn du möchtest, aber ich kann dir nicht sagen, ob du bei mir sicher bist.«

Remy hielt die Tür auf, und Bijou schlüpfte hindurch, trat aber gleich zur Seite und wartete auf ihn, als die Köpfe im Café sich wandten und ein leises Murmeln begann. Die Menschen erkannten sie. Wie hätte es auch anders sein können? Ihr Gesicht war jahrelang in allen Klatschblättern gewesen, und inzwischen war sie selber berühmt. Bijou wirkte ruhig und gefasst und setzte gerade die leicht hochnäsige Rühr-mich-nicht-an-Miene auf, die sie auch auf dem Weg durch das Großraumbüro getragen hatte.

Schnell trat Remy an sie heran, und sie suchte beinahe unbewusst an seiner Schulter Schutz. Dann legte er einen Arm um sie, damit alle, die ihn kannten – und das traf auf die meisten Anwesenden zu – diese besitzergreifende Geste sahen. Bijou fand offenbar nichts Besonderes daran und entspannte sich wieder.

»Möchtest du eine Nische oder einen freistehenden Tisch?«

Freundlich lächelte Remy die dunkelhäutige, gut gelaunte Kellnerin an. »Gib uns lieber eine Nische, Thereze, eine Ecke, in der wir sitzen können, ohne dass man uns bemerkt.«

Thereze lachte laut auf. »Dafür ist es wohl ein bisschen zu spät.«

Remy sah sich um und bemerkte, dass Dutzende von Handys hochgehalten wurden, um einen Schnappschuss zu ergattern. Und als die Menschen im Café anfingen, wie wild auf ihre Tastaturen einzuhämmern, stieß er einen tiefen Seufzer aus.

»Folgt mir, ich tu mein Bestes.« Thereze führte sie durch das Café nach hinten und lächelte Bijou über die Schulter an. »Ehe Sie gehen, müssen Sie mir ein Autogramm geben, zur Not auch auf einer Serviette. Für meinen Mann, Emile. Er kocht hier, und er ist Ihr größter Fan, das können Sie mir glauben, meine Liebe.«

Bijou nickte. »Natürlich. Das mach ich doch gern.«

»Vielleicht könnten Sie auch ein Bild mit ihm machen. Das hängen wir dann an die Wand«, fügte Thereze hinzu. »Dieses Café hier gehört uns, und er wäre überglücklich, wenn Sie das für ihn täten.«

Bijou rückte enger an Remy heran, und er schaute auf sie herunter. Ihr Lächeln blieb und es war echt, aber ihre angespannte Haltung verriet, dass sie sich nicht wohlfühlte.

»Kein Problem«, stimmte Bijou zu, doch ihre rauchige Stimme war noch eine Oktave tiefer gesunken.

Remy wartete, bis sie Platz genommen und die Speisekarten bekommen hatten und Thereze davongeeilt war, um ihnen Wasser und Brot zu holen. »Macht es dir wirklich etwas aus, dich mit Emile fotografieren zu lassen? Ich kenne ihn fast mein ganzes Leben lang, und er ist ein netter Kerl.«

Bijou zuckte die Achseln und vermied es, ihn anzusehen, indem sie die Speisekarte studierte. »Natürlich nicht. Ich habe doch gesagt, dass ich nichts dagegen habe, oder?«

Sie klang lässig und heiter, selbst für so gut geschulte Ohren wie Remys. Trotzdem glaubte er ihr nicht. Er fasste über den Tisch, drückte mit einer Hand die Speisekarte herunter und hob mit der anderen ihr Kinn an, sodass sie ihm in die Augen sehen musste.

»Sag's mir. Täusch, wen du willst, aber nicht mich. Was ist los?«

Eindringlich musterte sie sein Gesicht. Dann fasste sie einen Entschluss, zögerte aber noch. Ohne sie loszulassen, wartete Remy ruhig ab.

»Es macht mir nichts aus, mich mit jemandem fotografieren zu lassen«, sagte sie endlich mit deutlicher gewordenem Akzent, »aber du kannst dir nicht vorstellen, was passiert, wenn man einmal damit anfängt.« Sie zuckte leicht mit den Achseln. »Ach egal. Wenn das Essen gut ist, war es das wert.«

Das halbe Lächeln, das sie zu verbergen versuchte, sagte ihm, dass sie nicht übertrieb. Irgendetwas würde passieren, wenn sie ein Bild mit Emile machte.

»Ich werde dich hier nicht allein lassen, Blue«, versicherte Remy ihr. »Was immer auch passiert, ich bleibe bei dir.«

»Sag das noch mal, wenn wir ein paar Stunden hier gewesen sind.«

»Stunden?«

Bijou nickte. »Zuerst kommen die netten Leute und bitten um ein Autogramm. Dann kommen die etwas mutigeren und fragen, ob ich mich mit ihnen fotografieren lassen würde. Danach die, die meinen, ich schulde ihnen etwas, weil sie meine oder Bodries Musik hören. Und dazwischen wird es ein paar richtig böse Menschen geben, die mir einen Vortrag halten wollen und mir sagen, dass ich kein Talent habe und nur vom Ruhm meines Vaters lebe.« Wieder zuckte sie die Achseln.

Remy ließ sie los und sah sie finster an. »Wenn das wirklich so ist, warum zum Teufel läufst du dann ohne Leibwächter herum?«

Bijous lange Wimpern flatterten kurz, dann schaute sie ihn an. Ihr Blick war amüsiert. »Ich dachte, ich hätte einen dabei.«

»Ich meine es ernst.«

Thereze stellte zwei Gläser Wasser auf den Tisch, schenkte Remy eine Tasse Kaffee ein und sah seine Begleiterin fragend an.

Bijou nickte lächelnd. »Ich hatte vergessen, wie stark der Kaffee in New Orleans ist«, gestand sie. »Und wie heiß es hier ist.«

»Und dazu die vielen Mücken«, fügte Thereze hinzu.

Bijou nickte bestätigend. »Obwohl sich die Mücken anscheinend nicht so auf mich stürzen wie auf andere Menschen. Ich werde nur ganz selten gestochen. Wird wohl etwas mit meinem Blut oder meinem Geruch zu tun haben. Wie auch immer, ich bin froh darüber.«

»Möchten Sie noch etwas?«, fragte Thereze.

»Nein, danke.«

Remy wartete, bis die Kellnerin wieder gegangen war. »Warum hast du keinen Leibwächter, wenn die Menschen dich so behandeln, Blue?« Er hatte nicht vor, das Thema fallen zu lassen. Sie konnte nicht einfach über die Frage hinweggehen. Er wollte eine Antwort. Bijou war schwer zu durchschauen, aber nicht für ihn. Das war schon immer so gewesen. Er ließ sich nicht von ihr ablenken.

Bijou seufzte. »Ich hatte vergessen, wie stur du bist, wenn du etwas willst.«

Dann rührte sie stumm und geistesabwesend mit einem Löffel in ihrem Kaffee herum. Mit der Geduld eines Raubtiers auf der Lauer, die ihm bei seinen Verhören stets gute Dienste geleistet hatte, wartete Remy. Sie war wie ein wildes, misstrauisches Tier, unsicher, wem sie vertrauen konnte. Er würde ihr beweisen, dass Verlass auf ihn war.

Endlich schaute sie auf und ließ den Blick noch einmal

suchend über sein Gesicht wandern. »Ich bin heimgekommen, Remy. Ich möchte ein Zuhause haben, und dies ist meine letzte Gelegenheit. Ich habe so lange gekämpft, dass ich einfach nur müde bin. Ich will keine Platten mehr machen und keine Konzerte mehr geben. Ich möchte ein ruhiges, beschauliches Leben führen. Ich muss singen, deshalb habe ich den Club gekauft, aber ich brauche ein Zuhause. Das mit dem ewigen Herumreisen bin ich leid.«

»Du bist eine sehr erfolgreiche Sängerin.«

Sie lächelte ihn an. »Ja, ich kann nicht behaupten, dass ich keinen Erfolg gehabt hätte. Nicht so viel wie Bodrie, aber doch mehr als die meisten, und dafür bin ich dankbar. Ehrlich. Ich glaube, ich musste mir beweisen, dass ich es schaffe, und das habe ich. Jetzt möchte ich nur noch nach Hause.«

Remy sah sie ohne einen Wimpernschlag unverwandt an und zwang sie, den Blickkontakt zu halten. »Warum, Blue? Das mit dem ruhigen, beschaulichen Leben kaufe ich dir nicht ab. Nicht einen Augenblick.«

Errötend sah Bijou zu Boden und versteckte die blauen Augen hinter den fedrigen Wimpern. »Aber es ist mit ein Grund, Remy. Ich weiß nicht, wie ich es dir sonst erklären soll. Indem ich versucht habe, Bodrie zu übertrumpfen, habe ich viel zu lange einen Kampf gekämpft, den ich nicht gewinnen kann. Ich habe festgestellt, dass es dumm war, es überhaupt zu versuchen. Wozu? Er war mein Vater. Nicht das Monster, für das ich ihn gehalten habe, oder der Gott, für den andere ihn immer noch halten. Ich bin keine Zehnjährige mehr, die sich verzweifelt nach der Liebe ihres Daddys sehnt.«

»Jeder braucht Liebe und eine Familie«, sagte Remy.

Bijou presste die Lippen zusammen. »Ich brauche Ruhe. Und ein Heim. Ich bin nicht wie er. Ich habe eine Stimme, aber ich habe *beschlossen*, keine Rockmusik mehr zu machen. Ich brauche mich nicht dafür zu entschuldigen oder mich über die Meinung anderer ärgern. Ich brauche nicht jedem zu gefallen. Es hat lange gedauert, die Dinge zu lernen, die Miss Pauline mir vor so langer Zeit beibringen wollte. Ehrlich gesagt hat mir mein Leben nicht gefallen. Ich möchte ein anderes führen.«

»Miss Pauline hat uns allen Dinge beibringen wollen, die wir ewig lang nicht verstanden haben. Aber wir sprachen gerade über Leibwächter«, drängte Remy sie sanft.

Sie verbarg etwas vor ihm. Sie hatte es sogar zugegeben, doch sie würde ihm nicht mehr verraten, noch nicht. Er konnte es ihr nicht verübeln. Sie hatte ihn jahrelang nicht gesehen. Die seltsame Zuneigung, die er für sie empfunden hatte, als sie noch klein gewesen war, war aus dem Bedürfnis entstanden, ein Kind beschützen zu wollen. Nun war aus dem Kind eine Frau geworden, und seine Gefühle für sie waren so heftig, dass er sie kaum unterdrücken konnte.

»Wenn ich mich wie ein ganz normaler Mensch benehme, werden die Leute mich auch so behandeln. Irgendwann wird sich niemand mehr etwas dabei denken, wenn ich allein durch die Stadt gehe. Dann habe ich mein Leben wieder.« Entschlossen schlug Bijou die Speisekarte auf, für sie war das Gespräch offensichtlich beendet. »Was kannst du mir empfehlen?«

Remy ließ sie davonkommen, obwohl er nicht ganz ihrer Meinung war. »Alles. Emile hat dieses kleine Café zur ersten Adresse am Ort gemacht.« Er trank einen Schluck Kaffee und erlaubte sich dabei, Bijou wirklich anzusehen. »Ich finde dich wunderschön, Blue.« Das war einfach die reine Wahrheit, und es gab keinen Grund, sie zu verbergen.

Sie zu betrachten tat nicht nur körperlich weh. Auch die anderen Männer im Raum und die Art, wie die Leute sie angafften, waren ihm zuwider, und das Raubtier in ihm tobte vor Wut. Er musste tief atmen, um es ruhig zu halten, während er Bijou bewunderte.

»Vielen Dank, Remy. Es ist nett, dass du das sagst, aber du starrst mich an.«

»Ich weiß. Aber daran wirst du dich gewöhnen müssen.«

Thereze unterbrach sie, um die Bestellung aufzunehmen. Sobald sie wieder gegangen war, öffnete Bijou den Mund, um etwas zu erwidern, doch als Remy ganz leicht den Kopf schüttelte, schwieg sie, ohne eine einzige Frage zu stellen. Sein Leopard lag geduckt auf der Lauer, und Remy roch Minze und Limonade. Er wandte den Kopf und sah, dass zwei junge Mädchen sich näherten. Teenager. Beide nervös und ängstlich und sichtlich aufgeregt.

Remy bemerkte den tiefen Atemzug, den Bijou machte, ehe sie sich den Mädchen mit einem freundlichen Lächeln zuwandte.

»Könnten wir ein Autogramm haben?«, fragte das eine, während das andere Mädchen aussah, als würde es jeden Augenblick in Ohnmacht fallen.

»Natürlich«, antwortete Bijou bereitwillig und nahm den angebotenen Kuli und den Block. »Wie heißt ihr? Wohnt ihr hier in New Orleans?«

»Ich bin Nancy, Nancy Smart, und das ist meine Cousine, Alexandria. Wir wohnen beide hier«, sagte Nancy eifrig. »Wir waren auf Ihrem Konzert in Lafayette. Es hat uns sehr gefallen.«

»Mir auch«, sagte Bijou, während sie etwas auf den Block schrieb. »Bei dem Konzert in Lafayette habe ich mich gefühlt, als wäre ich nach all den Reisen nach Hause gekommen, zu Freunden.«

»Ich habe gehört, dass Sie sich hier einen Club gekauft haben. Werden Sie dort auch auftreten?«, fragte Nancy mutig, als sie den Block wieder an sich nahm und an die Brust drückte. »Dürfen dann auch Minderjährige kommen?«

»Das ist eine gute Frage. Ich müsste mal darüber nachdenken, wie wir ein paar besondere Abende anbieten können, sodass für jeden etwas dabei ist«, sagte Bijou. »Danke für die Anregung.«

Nancy strahlte. »Ich hoffe, das klappt.«

Die beiden Mädchen stolperten fast übereinander, als sie kichernd wieder zu ihrer Nische zurückliefen. Bijou verschränkte die Finger und lächelte matt. »Tut mir leid.«

»Du brauchst dich nicht zu entschuldigen. Das lässt sich wohl kaum vermeiden.«

»Ich hoffe, dass ich auch das jüngere Publikum halten kann«, sagte sie. »Die Art von Musik, die ich liebe, ist bei den Jugendlichen nicht besonders populär.«

Ihre Stimme verblüffte ihn immer wieder. Die Mischung aus rau und sinnlich ging ihm jedes Mal unter die Haut.

»Hast du die Drohbriefe dabei?«

Bijou nickte und zog ein Päckchen aus der Tasche. Der in einen Plastikbeutel eingewickelte Briefstapel war mindestens vier Zentimeter dick. »Das sind diejenigen, die mir am meisten Sorgen bereiten. Es gibt noch viel mehr, aber das sind die schlimmsten. Mein Manager hat mir geraten, sie irgendwie einzupacken, damit man, wenn nötig, Fingerabdrücke nehmen kann.« Mit einem Finger schob sie das Päckchen über den Tisch. »Ich wünsche dir viel Spaß beim Lesen. Man braucht dafür wirklich Sinn für Humor.«

Sie spielte mit ihrem Wasserglas und drehte es langsam im Kreis.

»Bijou.« Remy sprach im tiefsten, eindringlichsten Ton, den seine Stimme hatte. »Sieh mich an.«

Sie schaute auf, und als er ihre verräterischen, kornblumenblauen Augen sah, war es wie ein Schlag in die Magengrube. »Hat irgendjemand oder irgendetwas dir Angst gemacht?« Sie reagierte nicht, aber er konnte die Antwort an ihren Augen ablesen. »Du kannst es mir verraten. Sag es mir einfach.«

Abwehrend legte sie eine Hand an den Hals, auf eine dünne Silberkette, die im Ausschnitt ihrer Bluse verschwand, fast so, als wäre diese Kette eine Art Talisman. »Es ist einfach dumm. Anscheinend werde ich etwas paranoid. Ich dachte, wenn ich bei einer Freundin wohnen würde – also bei Saria – könnte ich mir über einiges klar werden. Sie ist so vernünftig.«

Remy widerstand dem Drang, laut zu schnauben. Tatsächlich war Saria trotz ihres Freiheitsdrangs sehr vernünftig und eine treue Freundin.

»Schon vor Bodries Tod habe ich hin und wieder Drohungen bekommen, nichts wirklich Ernstes, nur dass ich nicht wissen würde, wie eine gute Tochter sich gegenüber ihrem Daddy verhalten sollte und dass ich wohl ein paar harte Lektionen zu lernen hätte.« Sie deutete mit dem Kopf auf das Päckchen. »Er folgt einem bestimmten Muster und schreibt mir schon seit Langem. Als ich meine eigene Karriere startete, hatte er ein neues Thema. Ich hätte kein Talent. Ich sollte nicht versuchen, aus dem guten Namen meines Daddys Vorteile zu ziehen, und wenn ich nicht damit aufhörte, würde es für mich gefährlich werden.«

Sie brach plötzlich ab und presste die Lippen aufeinander, denn zwei weitere Menschen näherten sich. Diesmal handelte es sich um ein älteres Pärchen, vermutlich in den Sechzigern.

»Ma'am. Miss Breaux?« Der Mann hielt Bijou eine Serviette hin. »Würde es Ihnen etwas ausmachen, uns ein Autogramm zu geben? Mr. und Mrs. Chambridge.«

Die Frau lächelte unsicher. »Wir versuchen, alle Ihre Konzerte zu besuchen.«

»Und wir haben alles, was Sie aufgenommen haben, zu Hause«, fügte Mr. Chambridge hinzu.

»Natürlich«, sagte Bijou. »Ich freue mich, Ihnen ein Autogramm geben zu können. Wie nett von Ihnen, dass Sie in meine Konzerte gehen und mich unterstützen.«

Als ob sie die Tür zu einem Haus geöffnet und alle hineingebeten hätte, standen die Menschen im Café hastig auf und näherten sich ihr, drückten ihr Papier, T-Shirts, Servietten und sogar einen Rucksack zum Signieren in die Hände. Bijou zierte sich nicht, sondern war freundlich und nett zu jeder einzelnen Person in der Menge, die sich um ihren Tisch drängte. Dennoch heizte die Stimmung sich sehr rasch auf. Remy stellte fest, dass er all diese Menschen gern zurückgeschoben hätte, insbesondere jene, die Bijou an Armen und Schultern berührten oder »zufällig« ihr Haar streiften.

Es war, als hätten sich Schleusentore geöffnet, die nicht mehr zu schließen waren. Remy begann, sich unwohl zu fühlen. Sein wütender Leopard war so nah, dass das Fell unter der juckenden Haut schon zu spüren war. Und je enger die Menge sich um Bijou drängte, desto unruhiger wurde er. Jeder, der ihr Böses wollte, konnte leicht an sie herankommen und ihr ein Messer in den Rücken stechen oder sie erschießen.

Er rieb sich das schmerzende Kinn und versuchte, die gespannten Muskeln zu lockern. Bijou gab weiter Autogramme und sprach kurz mit jedem Einzelnen, und genau wie sie vorausgesagt hatte, wurden die Menschen immer zudringlicher und baten sie, sich mit ihnen fotografieren zu lassen. Dann posierte Bijou mit diesem sanften Lächeln. Ein ums andere Mal.

Immer mehr Menschen kamen in das Café, wahrscheinlich angelockt durch die Nachrichten ihrer Freunde. Zwei Männer bahnten sich einen Weg durch die Menge. Thereze protestierte und versuchte, durch die Menschentraube zu kommen, um das Essen zu servieren. Die Männer, die sich zu Bijou vorgedrängt hatten, wurden immer lästiger, fragten sie nach ihrer Telefonnummer und nach ihrer Adresse, und als Bijou nur lächelnd den Kopf schüttelte, fluchte einer und nannte sie *Schlampe*.

Remy war so schnell auf den Beinen, dass sein Leopard näher gewesen sein musste, als er selber gedacht hatte. Blitzschnell hatte er den Mann am Hals gepackt und auf den Tisch gedrückt.

»Das reicht. Alle gehen wieder dahin, woher sie gekommen sind. Und du darfst dich jetzt entschuldigen«, fügte er an seinen Gefangenen gewandt mit täuschend leiser Stimme hinzu. Sicher glühten seine Augen, denn er konnte sehen wie eine Katze und war so aggressiv wie der Leopard, der ihm seine Kraft geliehen hatte.

Während die Menge sich eilig zerstreute, murmelte der Mann eine Entschuldigung. Remy erlaubte ihm, sich wieder aufzurichten, hielt ihn aber an einem Arm fest. »Ich kenne dich. Du bist Ryan Cooper. Du bist vor ein paar Jahren hergezogen und arbeitest im Striplokal. Ich weiß, wo du wohnst. Wenn du Miss Breaux irgendwelchen Ärger machst, egal welchen, statte ich dir einen Besuch ab, und der wird nicht angenehm sein. Habe ich mich klar genug ausgedrückt?«

»Ja«, sagte Cooper mit einem Blick zu seinem Freund. Brent Underwood. Remy kannte ihn nur, weil er öfter mit Robert Lanoux, einem Gestaltwandler, herumlungerte. Underwood wich rasch seinem Blick aus.

Remy ließ Cooper so abrupt frei, dass er einige Schritte zurücktaumelte, ehe er sich umdrehte und fast aus dem Café rannte. Wachsam sah Remy ihm nach und verfolgte seinen Rückzug über die Straße. Cooper war ein bulliger Türsteher. Er versorgte die Kunden des Striplokals mit Drogen und ließ manchmal auch minderjährige Jungs hinein, verführte sie frühzeitig dazu, am Feierabend Sex und Drogen zu konsumieren. Remy beschloss, mit Robert ein Wörtchen über Cooper und Underwood zu reden.

Thereze stellte das Essen auf den Tisch.

»Es tut mir leid«, sagte Bijou. »Manchmal passiert das und macht alles kaputt.«

»Ich schlage vor, ihr geht durch die Küche hinaus, wenn ihr fertig seid«, meinte die Kellnerin. »Diese Leute sind ja verrückt.«

Dankbar dafür, dass er seinen Gesichtsausdruck immer unter Kontrolle hatte, ließ Remy sich wieder auf seinem Stuhl nieder. Immerhin war Thereze die Erste gewesen, die um ein Autogramm und ein Foto gebeten hatte.

»Wenn du mein Leibwächter wärst, würde ich wohl alle zehn Minuten verklagt«, meinte Bijou. Dann schenkte sie ihm ein richtiges Lächeln, eins, das auch ihre Augen erreichte. »Ich mein ja bloß.«

»Er hat es doch darauf angelegt«, knurrte Remy grimmig. »Er hätte den Mund halten sollen.«

Bijou beugte sich vor und legte eine Hand auf seine: »Wahrscheinlich ist alles, was du getan hast, gefilmt worden, einfach nur weil du bei mir warst. Und du bist bei der Polizei. Du darfst die Menschen nicht so behandeln. Du hast großes Glück, wenn du nicht am Ende bei YouTube landest.«

»Zähl mir noch einmal die dummen Gründe auf, warum du keinen Leibwächter hast.« Sein Leopard war nicht zu beruhigen. Er verspürte den unwiderstehlichen Drang, sie über die Schulter zu werfen und aus dem Café zu tragen. Was danach bestimmt geschehen würde, wollte er nicht zugeben, nicht einmal vor sich selbst.

»Du hast dich nicht sehr verändert«, bemerkte Bijou, während sie das Essen auf ihrem Teller hin und her schob.

»Da täuschst du dich, Blue.« Remy sah ihr mit seinem starren, konzentrierten Raubtierblick direkt in die Augen. »Ich habe mich sogar sehr verändert. Wenn ich dich heute zu deinem Daddy zurückbringen würde, würde ich ihn windelweich prügeln und ihn wegen Vernachlässigung seiner Vaterpflichten ins Gefängnis werfen lassen. Ich würde die Bundespolizei rufen und sie den Laden aufräumen lassen, wie ich es vor all den Jahren hätte tun sollen. Also denk nicht eine Minute, dass ich noch so wäre wie der Idiot, der dich damals enttäuscht hat. Ich habe mich wie ein Feigling benommen, als ich dich bei ihm gelassen habe.«

Bijous volle, verführerische Lippen verzogen sich ungläubig. »Hältst du dich wirklich für einen Feigling, Remy? Erst einmal hast du mich in jener Nacht nicht bei ihm gelassen, sondern zu Pauline gebracht. Außerdem hast du mir das Leben gerettet. Ehrlich. Du hast mich vor einer großen Dummheit bewahrt. Glaub bloß nicht, dass ich ohne dich hier wäre, denn das stimmt nicht.«

Als Remy klar wurde, dass sie als Kind ans Sterben gedacht hatte, packte er sie wütend an der Bluse, doch sie ließ sich nicht einschüchtern.

»Ohne dich wäre ich nicht mehr hier, Remy«, wiederholte sie ganz ehrlich.

»Verdammt noch mal, Blue, wenn du so weitermachst, bekommen wir Ärger. Warum zum Teufel hast du keine Angst vor mir? Das ist unvernünftig.«

»Wer sagt denn, dass ich keine Angst vor dir habe? Alle fürchten sich vor dir. Selbst ich kann das sehen. Nun iss. Du hast nicht gefrühstückt.«

Remy zwang sich, sie loszulassen. Was sollte er tun? Sie über den Tisch ziehen und sie nehmen? Selbst wenn er das gern gewollt hätte, er hatte gelernt, sich zu beherrschen. Er musste nur irgendwie Abstand bekommen, weg von diesem verführerischen Hauch von Lavendelduft.

»Ich bin heißhungrig«, gab er offen zu, ohne Rücksicht darauf, ob sie die Worte richtig deutete.

Doch offensichtlich hatte sie keine Probleme, ihn zu verstehen, denn ihre makellose Haut färbte sich rosa. »Iss einfach, Remy. Alle starren uns an.«

Er seufzte und nahm einen Bissen. Das Essen war scharf und genauso gut, wie er es in Erinnerung hatte. Emile war ein großartiger Koch. »Die Abendkarte ist noch besser. Hier kann man nicht reservieren, und die Leute warten stundenlang, um einen Platz zu bekommen.«

»Das Essen ist wirklich köstlich«, stimmte Bijou ihm zu. Dann grinste sie ihn an. »Ich muss zugeben, dass ich gerne gut esse.«

»Das ist eins der Probleme, wenn man aus New Orleans stammt. Dann liebt man Essen, Musik und Spaß.«

»Das heißt, ich muss täglich Sport treiben«, sagte Bijou, »aber wenn ich so leckere Sachen essen kann, ist es das wert.«

Remy senkte den Blick auf das verführerische Essen. »Du wolltest mir gerade erzählen, warum du plötzlich, nach all dieser Zeit, wegen dieser Drohbriefe Angst bekommen hast.«

Bijou schnitt ihm über ihre Gabel hinweg ein Gesicht. »Du bist wie ein Pitbull.«

Remy nickte ernst. »Und ich bin stolz darauf.«

»Bodrie hat neben der Villa noch einige andere Immobilien besessen, die ich neben dem Copyright für seine Musik, der Plattenfirma und allem anderen geerbt habe. Zum Beispiel eine Art Hüttendorf, in dem er gern feierte.« Sie sah ihn belustigt an. »Weil er in den Hotels, der Villa und anderen Räumlichkeiten noch nicht genug gefeiert hatte.«

»Der arme Mann. Ich kann mir nicht vorstellen, dass Bodrie Breaux sich sehr lange in einem Hüttendorf aufgehalten hat, so luxuriös es auch gewesen sein mag. Eine Wolke von Mücken hätte gereicht, um ihn zu vertreiben.«

»Wie wahr. Darüber hat er sich am meisten beschwert. Aber es gefiel ihm, sich als Cajun darzustellen. Er hat fast immer eine Kameracrew mitgenommen, die sein Bedürfnis, zu seinen Wurzeln zurückzukehren, dokumentieren sollte.« Bijou schob sich noch einen Bissen in den Mund und kaute nachdenklich, während sie Remy ansah. »Vor ein paar Tagen bin ich zu diesem Hüttendorf gegangen und habe festgestellt, dass auf die Innenwände ein riesiges Auge gemalt worden ist. Die ersten paar Male, als mir dieses Auge begegnet ist, habe ich an einen Kinderstreich gedacht. An so etwas wie ›Du wirst beobachtet‹, aber am Ende war überall ein

Auge an der Wand, sogar in der Villa. Ich bin nicht dort gewesen, doch die Hausverwaltung hat mir gesagt, dass irgendjemand dort eingebrochen ist und die Wand im Eingangsbereich verschandelt hat.«

»Und?«, fragte Remy, als sie verstummte.

»In Bodries Hütte hing ein totes Tier, das offenbar dort auch getötet worden ist. Alles war sehr dramatisch in Szene gesetzt, und mit dem Blut hat jemand *Du bist die Nächste* an die Wand geschrieben. Ich habe ein Foto gemacht, nur für den Fall, dass es eine echte Drohung sein könnte und nicht nur von einem Idioten stammt, der in die Klatschblätter kommen möchte.«

Remy fluchte leise. »Was zum Teufel hast du dir dabei gedacht, so lange zu warten, bis du damit zu mir kommst?«

»Ich wollte nicht schon wieder gerettet werden«, gab Bijou zögernd zu. »Ich hasse es, dass du mich damals so gesehen hast, so hilfsbedürftig.«

Remy widerstand dem Drang, erneut zu fluchen. Schließlich war nicht zu leugnen, dass sie seinen Beschützerinstinkt weckte, aber verdammt noch mal, damals war sie acht Jahre alt gewesen. »Erzähl mir den Rest.«

Bijou stieß den Atem aus und sah ihn böse an. Unwillkürlich musste Remy lachen. »An den Blick erinnere ich mich. Den macht dir keiner nach. Es tut mir leid, dass ich dir auf den Wecker falle, aber ...«

»So hörst du dich aber nicht an«, widersprach sie und legte die Gabel weg, um ihn zu mustern.

Dann griff sie nach der dünnen Silberkette, die sie trug, und spielte geistesabwesend damit herum, sodass der Anhänger gelegentlich aus dem Ausschnitt ihrer Bluse lugte und Remy einen Blick auf das ungewöhnliche Schmuckstück werfen konnte. Es sah teuer aus – wie die Art von Schmuck, den ein Mann einer Frau schenkte, an der er sehr interessiert war.

»Du könntest recht haben. Erzähl mir einfach alles, denn irgendwann bekomme ich es ja doch heraus.« Unfähig, sich zurückzuhalten – ein weiterer Kontrollverlust, für den *sie* verantwortlich war –, fasste er über den Tisch und zog den Anhänger aus ihrem Ausschnitt.

Er war rund, dreidimensional und wunderschön. Remy sah sofort, dass es ein Werk von Arnaud Lefevre sein musste, einem berühmten Bildhauer, der auch ausgefallenen Schmuck entwarf. Dafür wurden fünfstellige Summen gezahlt und für seine Skulpturen sechsstellige. Eine der besten Galerien in New Orleans vertrat ihn. Hin und wieder stellte Arnaud seine Werke auch in anderen Galerien weltweit aus, und das war jedes Mal ein großes, festliches Ereignis.

»Wo hast du das her?«

»Arnaud hat es mir geschenkt«, sagte Bijou. »Ist es nicht schön?«

»Gehst du mit ihm aus?«, fragte Remy lässig, obwohl er alles andere als lässig war.

Bijou runzelte die Stirn und hörte auf zu essen. »Ich dachte, wir reden über die Morddrohungen.«

»Jetzt nicht mehr. Jetzt reden wir darüber, ob du mit Arnaud Lefevre ausgehst.«

4

Bijou musterte sein völlig ausdrucksloses Gesicht. Remys Augen hatten sich verändert, das strahlende Blau war zu einem leuchtenden Dunkelgrün geworden. Er wirkte lauernd, doch sie stellte fest, dass sie diesen Blick nicht nur faszinierend, sondern sogar erregend fand und wie gebannt zurückstarrte. Er wirkte sehr überlegen und selbstsicher und erinnerte mehr denn ja an einen Fels in der Brandung.

Sie fand ihn einfach großartig. Fast ihr ganzes Leben lang hatte sie von diesem Mann geträumt. Jedes Mal, wenn sie in Not gewesen war, war er gekommen und hatte sie dazu gebracht, etwas Besseres aus sich zu machen. Er hatte an sie geglaubt, zumindest hatte sie sich das eingebildet. Er war ihr weißer Ritter geworden, der Mann, der ihr in ihren dunkelsten Stunden zu Hilfe geeilt war. Sie hatte sich an sein Vertrauen in sie geklammert, und was er zu ihr gesagt hatte, war das Mantra ihres Lebens geworden. Er hielt sie für stark – nicht für feige – und sie hatte ihr Bestes getan, um seinen Erwartungen zu entsprechen. Sie hatte das Versprechen, das sie ihm gegeben hatte, nie gebrochen. Nicht ein einziges Mal, egal, wie groß die Versuchung gewesen war.

Er war wunderschön – auf eine sehr maskuline Art, denn

abgesehen von den Wimpern hatte er nichts Weibliches an sich. Seine Schultern waren breit, und seine kräftigen Muskeln zeichneten sich bei jeder Bewegung deutlich unter der Kleidung ab. Sie hatte mit ihm geflirtet – sie hatte sich nicht zurückhalten können –, und er war darauf eingegangen. Es war seltsam, aber bei ihm fühlte sie sich wohler als bei irgendeinem anderen Menschen.

»Arnaud ist ein Freund von mir. Ich bewundere seine Kunst und habe vor ein paar Jahren in einer New Yorker Galerie eine Skulptur von ihm gekauft. Er hatte gerade eine Ausstellung dort, so habe ich ihn kennengelernt. Anscheinend mag er meine Musik.«

»Alle mögen deine Musik.«

»Wenn du glaubst, er wäre ein Stalker oder er würde mir Drohbriefe schicken, muss ich dich leider enttäuschen. Er hat übrigens meine Privatnummer und könnte mich jederzeit anrufen. Alle paar Monate muss ich die Nummer wechseln, dann schicke ich ihm die neue.« Der Gedanke, dass der elegante Arnaud Lefevre den Sumpf aufsuchen und irgendwo Augen an die Wände malen würde, war lachhaft.

Remy runzelte die Stirn. »Und wieso habe ich deine Nummer nicht?«

Bijou unterdrückte ein Lachen. Ihr war selten nach Lachen zumute, aber aus irgendeinem Grund fühlte sie sich, wenn sie bei Remy war, froh und glücklich. »Möchtest du sie denn haben?«

Ihr Pulsschlag beschleunigte sich, als er nickte. Sie bemühte sich, das Herzklopfen zu unterdrücken, als sie nach seinem Telefon griff. Er wirkte so ernst. Ihre Hand zitterte, als sie ihre Nummer eintippte und ihm das Handy zurückgab.

Remy schaute auf die Nummer und lächelte. »Blue?«

»Mein Codename, falls dein Handy mal geklaut wird.« Sie grinste scheu.

Sie war an falsche Bewunderer gewöhnt. Die Menschen suchten ihre Nähe und Freundschaft meist nur aufgrund ihres Namens – weil sie Bodries Tochter war oder weil sie selber als Sängerin sehr beliebt war. Das wollte sie nicht von ihm, doch er war auch nicht die Art Mann. Bei ihm hatte sie das Gefühl, dass er in sie hineinsehen konnte – dass er sie durchschaute wie kein anderer.

Sie hatte ihm die Gründe genannt, die sie bewogen hatten, nach Hause zu kommen, aber es steckte noch mehr dahinter. Es war ihr nie gelungen, eine Beziehung aufzubauen, einem Mann genug zu vertrauen, um ihn an sich heranzulassen. Sie hatte immer nur an Remy gedacht, und keiner hatte dem Helden ihrer Kindheit das Wasser reichen können. Er war ein überlebensgroßes Vorbild, mit dem sie jeden Mann verglich. Sie wusste, dass sie Probleme hatte, anderen zu vertrauen, insbesondere Männern. Das schlechte Benehmen ihres Vaters und sein Mangel an Loyalität hatten dauerhafte Spuren hinterlassen. Immerhin gab es Remy ... Er war der einzige Mann, der je zu ihr gehalten hatte – der einzige, der sie genug gemocht hatte, um sogar die Beherrschung zu verlieren, als sie etwas sehr, sehr Dummes getan hatte.

Warum musste er nur so unglaublich schön sein? Darauf war sie nicht vorbereitet gewesen.

»Wenn ein Mann reich und berühmt ist, heißt das noch lange nicht, dass er auch gut ist«, sagte Remy. »Das solltest du doch am besten wissen, Blue.«

Bijou griff nach der dünnen Kette und entzog sie ihm. Was wollte er damit sagen? Glaubte er etwa, er könnte sie behandeln wir ein dummes, achtjähriges Gör? Sie hatte ihre Lektion schon vor Jahren gelernt. Doch ehe ihr eine passende Antwort einfiel, hatte Remy den Plastikbeutel mit dem Briefstapel in die Hand genommen und betrachtete ihn von allen Seiten.

»Was hier drin hat dich so erschreckt, dass du nach Hause gekommen bist?«

Das klang, als hielte er sie für einen Angsthasen. »Deine Schwester sagt, dass du ein Sturkopf bist und furchtbar lästig werden kannst. Und ich fange an, ihr zu glauben.«

Seine blauen Augen bohrten sich eindringlich in ihre, als er sich zu ihr über den Tisch beugte. Sie konnte sich nicht mehr rühren. »Nein, tust du nicht, denn du magst mich.«

Ihr Herz setzte einen Schlag aus, und in ihrem Bauch begannen Millionen von Schmetterlingen zu flattern. Sie war ganz sicher gewesen, dass sich der Held ihrer Kindheit bei ihrer Heimkehr als ein Produkt ihrer Fantasie entpuppen würde. Dabei war der echte Remy viel beeindruckender und attraktiver, als sie jemals gedacht hatte. Er war ein Traum von einem Mann. Fürsorglich. Lustig. Intelligent. Er hatte alles, was man sich wünschen konnte, und das hatte sie nicht erwartet.

»Ja, ich schätze, man könnte dich charmant nennen«, gab sie widerwillig zu, obwohl sie am liebsten laut gelacht hätte. Sie war gern mit ihm zusammen. Mehr noch, sie fühlte sich bei ihm geborgen, und das war ihr schon lange nicht mehr passiert. Offenbar war sie dabei, sich bis über beide Ohren zu verlieben.

»Blue.« Remys Stimme war weich wie Samt. »Glaub mir, ich mag es, wenn du mich so ansiehst, aber ich möchte eine Antwort. Was hat dich so erschreckt?«

Bijou zwang sich, den zärtlichen Tonfall zu ignorieren und sich auf seine Frage zu konzentrieren. Dazu musste sie den Blick abwenden, denn anscheinend konnte sie sich nicht sattsehen an diesem Gesicht mit dem markanten Kinn, dem dunklen Bartschatten und den seltsamen Katzenaugen. Sie riss sich zusammen. Sie fühlte sich ein bisschen so wie ein Teenager, der mit seinem ersten Schwarm ausgeht. Diese Phase der Entwicklung war an ihr vorübergegangen, und es war verstörend, sie zu einem so späten Zeitpunkt zu erleben.

»Als ich noch ein Teenager war und mit Bodrie in der Villa gelebt habe, hatten wir zwei heftige Auseinandersetzungen. Danach hat irgendjemand mit roter Farbe ein riesiges Auge an meine Schlafzimmerwand gesprüht. Ein paar Monate nach Bodries Tod war dasselbe Auge mit derselben roten Farbe auf das Pflaster in meinem Vorgarten gemalt. Das war zwar lästig, hat mir aber keine große Angst eingejagt.« Sie fuhr sich mit beiden Händen durchs Haar und lehnte sich zurück.

Wie konnte sie unter einem so bohrenden Blick erklären, warum sie wegen der Morddrohungen nicht mehr unternommen hatte? Sie war damit groß geworden. Auch Stalker kannte sie schon aus ihrer Kindheit. Als Teenager und Studentin hatte sie regelmäßig mit beidem zu tun gehabt. Doch bei neun von zehn solcher Drohungen hatte sich herausgestellt, dass jemand versuchte sie einzuschüchtern, weil sie nicht mit ihm ausgehen wollte.

»Drohungen und Stalker sind nichts Besonderes, wenn man Bodries einziges Kind ist. Ich wollte ein normales Leben führen ...«

Remy knurrte. Man konnte es nicht anders nennen. Und

es klang furchteinflößend. Rasch suchte sie wieder seinen Blick.

»Wie zum Teufel willst du ein normales Leben führen? Du besitzt ein gottverdammtes Vermögen, Blue. Du bist die Tochter des widerlichsten Menschen auf dem ganzen Planeten, und du bist eine berühmte Sängerin. Ein wenig Schutz wäre vielleicht keine schlechte Idee, wenn du einigermaßen intelligent bist.«

Bijou presste eine Hand gegen ihren Bauch, der mit einem Mal schmerzte. »Wenn du mich weiter beleidigen willst, lassen wir das besser, Remy. Dann sag ich gar nichts mehr.« Sie hatte noch nie mit irgendjemandem über ihr Leben gesprochen. Und es fiel ihr nicht leicht, es ausgerechnet mit Remy zu tun. Verdammt sollte er sein. Sie war völlig überrumpelt von seinem guten Aussehen und seiner düsteren, sinnlichen Art und hatte vergessen, dass er immer noch glaubte, sie wäre zwölf. »Danke für das Essen, aber ich habe noch einiges zu erledigen.« Bijou griff nach dem Päckchen mit den Briefen.

Remy packte sie am Handgelenk und drückte ihre Hand auf den Tisch. »Du hast sicher bemerkt, dass es mir gleichgültig ist, was man über mich denkt. Ich kann dich auch hier und jetzt über die Schulter werfen und dich irgendwo hinbringen, wo wir in aller Ruhe miteinander reden können. Kannst du dir vorstellen, wie viele Videos und Bilder dann bei YouTube auftauchen?«

Bijou sah ihn wütend an, wagte aber nicht, irgendetwas zu sagen. So starrten sie sich nur eine lange Weile an, in der Remy nicht einmal blinzelte. Nicht ein einziges Mal. Irgendwann wurde ihr bewusst, dass er mit dem Daumen immer wieder über ihr Handgelenk strich. Es fühlte sich wie ein

Streicheln an, und nach ein paar Minuten konnte sie an nichts anderes mehr denken als an diese kleine Bewegung, bei der es sie heiß überlief.

»Ich hätte das nicht sagen sollen«, gab er zu. »Ich weiß, wie schlau du bist. Und ich habe in den Zeitungen mehr als einmal gelesen, dass du kluge Entscheidungen getroffen hast, was die Geschäfte betrifft. Es liegt einfach daran, dass ich viel mehr über die menschliche Natur weiß als du. Ich habe beinahe alle schlimmen Dinge gesehen, die Menschen einander antun können. Ich möchte nur nicht, dass dir etwas passiert.«

Sie *war* bereits bis über beide Ohren verliebt. Trotz all ihres Geldes und ihrer Erfahrungen, trotz des Lebens, das sie geführt hatte, hatte sie sich nie zuvor ernsthaft von einem Mann angezogen gefühlt, und nun verguckte sie sich plötzlich in Remy. Immer wieder redete sie sich ein, dass sie sich nur zu ihm hingezogen fühlte, weil sie den Mann, dem immerhin so viel an ihr lag, dass er imstande war sie anzubrüllen, früher vergöttert hatte. Er dagegen sah in ihr offenbar immer noch das Kind.

»Ist schon in Ordnung.« Vorsichtig versuchte sie, ihm ihre Hand zu entziehen, in der Hoffnung, dass er den Wink verstand und sie endlich losließ.

»Nein, ist es nicht«, widersprach er. »Wir können nicht beide so hitzköpfig sein. Du musst lernen, ruhiger zu werden, Blue. Stalker und alle, die eine Gefahr für dich darstellen, werden mich immer in Rage bringen.«

Sie war wie hypnotisiert von der Art, wie er sie mit seinen dunkelblauen Augen fixierte, und der streichelnde Daumen auf ihrer bloßen Haut machte sie schwindlig. Während Remy leicht amüsiert in seinem gedehnten Südstaatenakzent auf sie einredete, kam es ihr so vor, als stürze sie ganz langsam von einer Klippe. Wie sollte sie jemals besonnener werden, wenn er schon, ohne etwas dazu zu tun, so sexy war, sie so sehr reizte?

»Ich bin nicht hitzköpfig«, widersprach sie. »Du dagegen hast diesbezüglich einen gewissen Ruf.«

Remy nickte. »Den habe ich mir auch verdient, also solltest du dich darauf einstellen, *Chere*. Erzähl mir den Rest.«

»Dann unterbrich mich nicht ständig«, erwiderte Bijou.

Sie hatte das Gefühl, dass es nur einen Weg gab, sich vor seinem Cajun-Charme zu retten – sofort weit weg zu laufen. Sie musste unbewusst versucht haben, sich von ihm zu lösen, denn seine Finger schlossen sich wie ein Schraubstock um ihr Handgelenk und hielten sie fest.

»Gern, wenn du mit den Ablenkungsmanövern aufhörst«, verlangte er.

Unwillkürlich musste Bijou lachen. »Jetzt verstehe ich, warum Saria sagt, dass du immer deinen Willen bekommst. Du bist sehr hartnäckig, aber auch sehr charmant.«

»Vielen Dank.«

Sie schüttelte den Kopf. »Das sollte kein Kompliment sein.«

Remy klopfte auf die Briefe.

Bijou seufzte. »Angst habe ich erst später bekommen. Ich war in LA, als ich wieder ein Auge entdeckt habe. Und nachdem ich in eine Wohnung in der Nähe der Uni gezogen war, fand ich eins in der Kommode, in der Schublade mit meiner Unterwäsche.«

Remy setzte sich gerader hin. »Er war in deinem Haus? In deinem Schlafzimmer?«

Bijou nickte. Es war ihr peinlich, es zuzugeben. »Das Auge

war auf einem Höschen. Wieder mit Farbe aufgesprüht.« Sie spürte, dass sie wider Willen rot anlief.

»Und du bist nicht zur Polizei gegangen?«

Remys Stimme war so leise geworden, dass Bijou erstarrte und sich ihre Nackenhaare aufstellten, denn sie hatte die Gefahr erkannt, die hinter diesem täuschend ruhigen Ton lauerte.

»Das liegt daran«, erklärte sie hastig, »dass der Stalker, wer immer es auch sein mag, am Anfang nur dieses dumme Auge hinterlassen hat – das war alles. Doch seit ungefähr einem Jahr fügt er auch noch Botschaften hinzu: dass ich mich schuldig gemacht hätte und dass ich dafür bezahlen müsste.«

Als Remy etwas sagen wollte, hob sie abwehrend die Hand. »Das ist schwierig für mich, Remy, also lass mich einfach weitererzählen. Dann fing er an, in Bodries Häuser einzubrechen, und danach kamen drei Briefe, die alle von ihm stammen, da bin ich mir sicher. Und sie waren nicht sehr nett. Das geht nun schon seit Jahren so, ohne dass ich den Mann je zu Gesicht bekommen hätte, nur dieses dumme Auge starrt mich immer wieder an. Aber diese Briefe ...« Als sie Remys entschlossenen Gesichtsausdruck sah, verstummte Bijou.

Er musste bemerkt haben, dass sie zitterte, denn er hielt nach wie vor ihr Handgelenk umklammert. Sie konnte vor ihm nichts verbergen. »Vielleicht verstehst du mich, wenn du sie liest. Sie sind recht anschaulich. Außerdem beobachtet er mich neuerdings. Überall, selbst in meinem eigenen Haus. Er muss irgendwie eingedrungen sein und eine Möglichkeit gefunden haben, jeden meiner Schritte mitverfolgen zu können.«

Remy schaute an ihr vorbei nach draußen, dann richtete er den Blick wieder auf sie. »Ich möchte, dass du dich ein wenig nach links drehst und über die Straße schaust. Da steht ein Mann, auf dem Rasen hinter dem Baum. Er beobachtet uns, seit wir hier hineingegangen sind. Sag mir, ob du ihn schon einmal gesehen hast.«

Er hatte ganz ruhig und entspannt dagesessen und sich nicht anmerken lassen, dass er den Mann vor dem Café entdeckt hatte. Sie war so mit Remy beschäftigt gewesen, dass sie den Kerl nicht einmal bemerkt hätte, wenn er direkt neben ihr gestanden hätte. Selbst jetzt schaffte sie es kaum, die Augen von Remy loszureißen. Sie war wie hypnotisiert von seiner Stimme und den Augen mit dem starren Raubtierblick, ein hilfloses Opfer seines gefährlichen Charmes und ihrer eigenen Heldenverehrung.

Ihr Herz klopfte heftig, und ihr Mund wurde trocken bei der Vorstellung, vielleicht im nächsten Moment die Identität ihres Verfolgers herauszufinden. Beruhigend strich Remys Daumen über ihr Handgelenk. »Wird er nicht weglaufen, wenn er merkt, dass ich mich nach ihm umsehe?«

»Glücklicherweise habe ich ein Handy und vier Brüder. Schau ihn dir an. Wenn er es bemerkt und sich aus dem Staub macht, setze ich die Jungs auf ihn an.«

Wann immer Remy mit seinen Brüdern auftauchte, war das stets beeindruckend. Bijou hatte immer zu einer so großen, lauten Familie gehören wollen. Ohne noch länger zu zögern, wandte sie den Kopf und sah geradeaus über die Straße.

Der Mann hatte wirres Haar und einen Bart und schien ungefähr vierzig zu sein. Er war ein gutes Stück entfernt, aber er beobachtete sie tatsächlich durchs Fenster. Als ihre

Blicke sich trafen, schaute er schnell weg, drehte sich auf dem Absatz um und eilte davon.

Bijou runzelte die Stirn. »Ja, den Mann habe ich schon öfter gesehen, Remy. Ich bin in so vielen Clubs gewesen und habe so viele Konzerte gegeben, dass ich es nicht mit letzter Sicherheit sagen kann, aber ich glaube, Rob kennt ihn, Rob Butterfield, mein Manager.«

»Der Mann war nicht der Einzige, der dich beobachtet hat, Blue. Ryan Cooper, dieser Idiot, tut so, als wäre er mit seinem Wagen beschäftigt, achtet aber nur auf dich.«

»Er hat sein Autogramm nicht bekommen«, meinte Bijou. »Du hast ihm Prügel angedroht, als er frech wurde. Vielleicht möchte er gern eins haben und wartet darauf, dass ich ohne dich herauskomme.«

»Da kann er lange warten. Ich gehe zum Voodoo-Laden, um mit Eulalie Chachere zu sprechen. Und du kommst mit.«

Bijou blinzelte und drückte die Schultern durch. Das hatte eher nach einem Befehl als nach einer Einladung geklungen, aber vielleicht war sie nur zu empfindlich. Sie war zu schnell unter seinen Bann geraten und sollte sich besser zurückziehen. »Ich habe heute Nachmittag noch einiges zu tun.« Sie hatte eigentlich einen Spaziergang durchs French Quarter machen wollen, um wieder mit der Umgebung vertraut zu werden, ehe sie zur Pension zurückkehrte. Nichts Dringliches also, aber ein Akt der Selbsterhaltung. Wenn sie noch länger mit Remy zusammenblieb, war sie unwiderruflich verloren.

Plötzlich lächelte er sie an, und ihr stockte das Herz. Dieser Mund, diese Lippen, diese strahlend weißen, kräftigen Zähne. Ihr wurde flau im Magen.

»Ich bitte dich, mir Gesellschaft zu leisten. Ich habe dich

gerne um mich, auch wenn du ein wenig hitzköpfig bist.« Sein Gesicht wurde wieder ernst. »Ich möchte mit Eulalie über den Altar reden, den der Killer hinterlassen hat. Aber vielleicht regt dich das zu sehr auf.«

Bijou wurde wütend. Er hielt sie *wirklich* für ein Baby. Bei Saria hätte er nie daran gedacht, dass es sie aufregen würde, über die Details eines Mordes zu reden. Wieder errötete sie. Das sagte er sicher, weil sie sich am Tatort übergeben hatte. Der peinliche Beweis war leider deutlich zu sehen gewesen.

»Nein, es würde mir nichts ausmachen mitzukommen und zu hören, was die Voodoo-Mambo dazu zu sagen hat«, erwiderte sie spitz. »Von mir aus können wir gleich losgehen.« Sie wusste, dass sie sich verärgert und streitsüchtig anhörte, aber sie konnte nichts dagegen tun. In letzter Zeit war sie öfter rastlos und launisch. Sie war schon immer leicht reizbar gewesen, aber im Moment war sie noch empfindlicher als sonst. Sie wollte etwas tun, aber sie wusste nicht was. Manchmal tigerte sie die ganze Nacht hin und her und versuchte, nicht an die verlockende Dunkelheit zu denken, die sie zu rufen schien.

Das langsame Grinsen, das sich auf Remys Gesicht breitmachte, scheuchte in ihrem Bauch unzählige Schmetterlinge auf. »Du bist wirklich ein kleiner Hitzkopf, Blue.« Sein amüsierter Seufzer brachte ihr Herz aus dem Takt. »Ich glaube, ich muss dich etwas zügeln.«

Entnervt verdrehte sie die Augen. »Das kann ich selber.«

Remy fing ihren Blick auf und hielt ihn fest. Er hatte einen aufreizenden Ausdruck in den Augen. »Das betrachte ich als Herausforderung, *Chere*. Bestimmt kann ich dafür sorgen, dass du die Zügel loslässt, wenn ich es darauf anlege.«

Sein Ton war ganz einfach unverschämt, und seine Worte ließen sie an Dinge denken, die sie sich nicht vorzustellen wagte. In letzter Zeit hatte sie zu viele Nächte erlebt, in denen es ihr unmöglich erschienen war, weiter wie eine Nonne zu leben. Aus heiterem Himmel war ihr plötzlich so heiß geworden, dass sie sich am liebsten nackt ausgezogen und auf einen Mann gestürzt hätte. Das nächste Mal, wenn das passierte, würde sie wohl an Remy Boudreaux denken und sich die verrücktesten Dinge vorstellen. Sie hatte ja schon damit angefangen und würde so verschlossen sein müssen wie eine Auster, wenn er ihre Gedanken nicht lesen sollte.

»Lass uns gehen, ehe die Leute in der Nische da drüben genug Mut gefasst haben, um herüberzukommen und um ein Autogramm zu bitten«, schlug Remy vor.

»Aber ich habe deiner Freundin versprochen, etwas für sie zu signieren und ein Bild mit ihrem Mann zu machen«, sagte Bijou. »Das muss ich noch erledigen, ehe wir aufbrechen können.«

»Wir wollten doch sowieso durch die Küche verschwinden«, sagte Remy. »Aber das bringst du besser schnell hinter dich, sonst geht das Theater wieder los.«

Verärgert sah Bijou ihn an. Eine reine Schutzmaßnahme, sonst hätte sie sich ihm an den Hals geworfen. Sie konnte seiner Anziehungskraft einfach nicht widerstehen. »Das ist doch nicht meine Schuld. Aber du hast recht«, gestand sie nach einem schnellen, nervösen Blick auf die kleine Gruppe in der Nische, die sie nicht aus den Augen ließ. »Wenn wir nicht bald gehen, werden wir sehr lange hierbleiben müssen.«

Remy warf Geld auf den Tisch und erhob sich lautlos und geschmeidig wie eine Katze. Auch die Art, wie er sich sonst bewegte, und das graziöse, aber dennoch maskuline

Spiel der Muskeln unter der Kleidung hatte etwas Raubtierhaftes.

Bijou merkte, dass sie immer weiter in seinen Bann geriet. Er war der einzige Mann in ihrem Leben, der ihr je etwas bedeutet hatte, und sie hatte es zugelassen, dass er in ihren Träumen zum Helden wurde. Dabei war er sechzehn Jahre älter als sie und sah in ihr immer noch das verstörte kleine Mädchen. Er konnte ja nicht wissen, dass sie ihrem Alter stets weit voraus gewesen war – sie hatte schnell erwachsen werden müssen und frühzeitig gelernt, selbst auf sich aufzupassen.

Als sie aufstand, stellte er sich vor sie, schirmte sie mit seinem kräftigen Körper vor den Blicken der anderen Gäste ab und reichte ihr die Hand. Das Herz klopfte ihr bis zum Hals. Sie konnte nichts dagegen tun. Ihr Puls raste, er musste es merken, doch er trat nur wortlos hinter sie, legte eine Hand auf ihren Rücken und führte sie zur Küche, weg von den anderen.

Bijou gestattete es sich, noch ein klein wenig länger in ihren Träumen zu schwelgen. In seiner Gegenwart fühlte sie sich sicher und geborgen, etwas, das sie seit ihrem achten Lebensjahr nicht mehr erlebt hatte. Damals, als er gekommen war, um sie vor sich selbst zu retten. Sie reichte ihm genau bis zur Schulter, und nie war ihr die Nähe eines anderen menschlichen Wesens so bewusst gewesen wie in diesem Moment.

Bijou sog die Luft ein. Sie hätte die Gerüche der Küche riechen müssen, doch stattdessen füllte nur sein Duft ihre Nase. Sie hätte schwören können, dass sie ihn allein anhand seines Duftes in einer Menschenmenge wiederfinden konnte. Er schien in jede Pore zu dringen und mit dem Blutstrom durch ihre Adern zu kreisen.

Thereze hielt ihnen die Tür auf, und sie gingen eilig hindurch. Emile erwartete sie mit einem gespannten Lächeln, die Augen auf Bijou gerichtet.

»Ich hoffe, das Essen hat Ihnen geschmeckt«, begrüßte er sie.

»Oh ja, es war fantastisch«, sagte Bijou. »Sie sind ein großartiger Koch. Ich habe schon in einigen wirklich guten Restaurants gegessen, und deshalb kann ich Ihnen nur bestätigen, dass Sie ein Meister Ihres Fachs sind.«

Es fiel ihr leicht, ehrlich zu sein, denn sie hatte das Essen wirklich genossen. Emile wirkte anders als die berühmten Köche, die sie kannte, auch wenn ihr auffiel, dass seine Küchenmannschaft es nicht wagte, sich ihr zu nähern, nicht einmal, als er ihr seine Schürze zum Signieren gab. Irgendjemand hatte einen speziellen Stift besorgt, mit dem man auf Stoff schreiben konnte, und die Schürze war offensichtlich brandneu. Emile war also vorbereitet gewesen.

Bijou nahm den Stift und schrieb bedächtig einen kurzen Kommentar, in der sie das Café und das wunderbare Essen lobte, fügte noch hinzu, wie sehr sie sich gefreut habe, den Koch kennenzulernen, und unterschrieb dann.

»Ich hoffe, Sie beehren uns bald wieder«, sagte Emile, der beinahe platzte vor Stolz.

»Wir brauchen noch ein Bild«, mahnte ihn Thereze und hielt eine Kamera hoch.

»Nein, nein, das ist nicht nötig. Ich möchte Sie nicht belästigen«, sagte Emile, stellte sich aber dennoch neben Bijou und legte einen Arm um ihre Schultern.

Bijou schaute zur Küchentür. Gott sei Dank konnte niemand sie sehen, und ein Ansturm von Menschen, die sich mit ihr fotografieren lassen wollten, würde ausbleiben. Dann sah sie Remy an. Seine dunkelblauen Augen schimmerten grünlich und waren fest auf Emile gerichtet. Er wirkte ... bedrohlich. Es gab kein anderes Wort dafür. Als ob er Emile gleich in Stücke reißen würde.

Mit einem Mal hatte sie Angst vor ihm. So reglos und ganz auf Emile konzentriert, erinnerte er eher an ein Tier als an einen Menschen. Das Haar in ihrem Nacken richtete sich auf, und tief in ihr erwachte etwas Wildes. Sie spürte, wie es von ihr Besitz ergriff und wie sie Remy plötzlich mit demselben starren Blick ansah, mit dem er Emile fixierte. Dann blinzelte sie, und die seltsame wilde Anwandlung legte sich wieder, so als hätte es sie nie gegeben. Manchmal hatte sie das Gefühl, dass irgendetwas mit ihr nicht stimmte, denn solche kurzen Aussetzer gab es immer wieder.

Endlich sah Remy sie an, und sein Gesichtsausdruck wurde weich. Aufmunternd zwinkerte er ihr zu.

Ihr Puls raste. Da war er gewesen – der perfekte Grund, ihm nicht zu trauen. Sich nicht von ihm einwickeln zu lassen. Sie wusste nicht, was gerade geschehen war, aber sie wusste, was sie gesehen hatte. Sie war eine gute Menschenkennerin und hatte erkannt, dass Remy brandgefährlich war. Hinter der äußerst charmanten, reizvollen, attraktiven und faszinierenden Fassade – ja, jedes Adjektiv, mit dem eine Frau ihren Traummann beschreiben würde, musste aufgezählt werden –, verbarg sich etwas Unheimliches. Sie war gewarnt worden. Sie konnte es nicht leugnen, so gern sie es auch gewollt hätte. Unter der Oberfläche ihres Kindheitshelden lauerte etwas Dunkles, Furchterregendes.

Verdammt noch mal – *so* eine Frau wollte sie doch nicht werden. Sie lächelte in die Kamera, während sie sich eingestand, dass dieser kurze Augenblick der Wahrheit nichts an ihrer Schwärmerei für ihn ändern würde. Er brauchte sie nur anzulächeln und sie mit diesem warmen Blick anzusehen, und schon hatte sie das Gefühl, als ob er nur sie sähe, nicht alles und jeden um ihn herum, was der Wahrheit viel näher kam.

Remy streckte eine Hand aus, und sie legte ihre ohne jedes Zögern hinein. Und das sogar ohne sich dabei eine dumme Gans zu schelten, weil sie sich nicht in Sicherheit brachte, solange es noch möglich war.

Dann beugte er sich herab und brachte den Mund so nah an ihr Ohr heran, dass sein warmer Atem ihr einheizte, und riet ihr: »Denk nicht so viel nach.«

Wer dachte zu viel nach? Sie ganz gewiss nicht, schon gar nicht, als er ihre Hand an den Mund zog, sie flüchtig küsste und dann auf seine Brust legte – direkt über sein Herz. Das war ihr endgültiger Untergang. Der Beleg dafür, dass sie in Sachen Liebe und Männer völlig unbedarft war, denn es war ihr nicht mehr wichtig, was das alles zu bedeuten hatte. Ihr war nur noch wichtig, dass Remy ihre Hand an seine Brust drückte und sie seinen ruhigen Herzschlag spüren konnte.

Eilig führte er sie durch den Hintereingang aus dem Café und die Straße hinunter zu dem Voodoo-Laden, der einen Block entfernt war. Willig ging sie mit ihm und genoss es, so dicht neben ihm herzugehen.

»Ich mag Männer nicht besonders«, gestand sie aus einem inneren Bedürfnis heraus.

»Ich weiß«, sagte er völlig unbeeindruckt.

»Ich wollte es dir nur sagen«, beharrte sie. »Du musst mir zuhören, Remy.« Es war ihr egal, ob sie sich zum Narren machte. Es musste gesagt werden. Sie sah gut aus, sie würde nicht so tun, als wüsste sie das nicht, aber ihre Kindheit hatte ihr Schaden zugefügt. Sie konnte mit Männern nichts anfangen. Sie ließ sie nicht an sich heran. Sie könnte keine körperliche Beziehung mit ihnen haben, weil sie es sich nicht gestattete, mit jemandem so intim zu werden.

Vielleicht hatte sie Remy ja falsch verstanden, aber sie wollte ihn nicht an der Nase herumführen. Sie wusste, dass sie mit ihm geflirtet hatte, von ihm fühlte sie sich körperlich sogar so angezogen, dass sie sich am liebsten wie eine Katze an ihm gerieben hätte, aber sie wusste auch, dass sie nie über dieses Anfangsstadium hinauskommen würde. Sie wollte sich lieber zum Narren machen, als ihn in dem Glauben zu lassen, dass er irgendeine Form von körperlicher Beziehung mit ihr haben könnte.

»Ich höre dir doch zu. Es ist nur so, dass du gerade Unsinn redest, Blue. Warte noch ein Weilchen, dann zeige ich dir, was ich meine. Auch wenn du danach wahrscheinlich wütend auf mich bist und versuchst wegzulaufen«, erwiderte er leicht amüsiert.

Wieder hatte sie keine Ahnung, was er meinte. Er konnte recht rätselhaft sein, wenn er wollte.

»Darum geht es nicht«, sagte sie. »Ich bin kein Feigling. Mag sein, dass mir übel wird, wenn ich den Tatort eines brutalen Mordes sehe, aber ich laufe nicht weg, nicht einmal vor Stalkern.«

»Das ist gut, denn bald wirst du noch einen haben.«

»Sehr lustig.« Damit war der Versuch, ihm zu sagen, dass sie, egal, wie charmant er war, nie mit ihm schlafen würde, wohl gescheitert. Für One-Night-Stands war sie nicht geeignet, weil sie – es war traurig, aber wahr – nicht genug Vertrauen in die Menschen hatte, um mit irgendjemandem in einem Bett zu schlafen, selbst wenn es sich dabei um einen so netten Mann wie Remy handelte. Aber er wollte ja nicht hören, also war das nun sein Problem.

Sein leises Lachen schreckte sie aus ihren Gedanken und ließ sie vor Verlegenheit erröten. Sie war so verwirrt, wenn sie bei ihm war – so beschäftigt mit ihrer kindischen Heldenverehrung, dass sie nicht mehr geradeaus denken konnte.

Remy packte ihre Hand fester und blieb vor der Treppe zum Voodoo-Laden abrupt stehen. Sie war ihm so nahe, dass sie seine Wärme und das Knistern zwischen ihnen spüren konnte. Bijou starrte auf seine Hemdknöpfe. Sie musste auf ihren Selbsterhaltungstrieb hören. Doch er hatte offenbar andere Vorstellungen. Mit einem Finger hob er ihr Kinn und zwang sie, ihm in die Augen zu sehen.

Neben Aufmunterung war auch noch etwas anderes darin zu sehen. Eine faszinierende Mischung aus dunkler Lust und echter Zuneigung. Langsam zog er sie an sich und brachte den Mund nah an ihren heran. Dann streiften seine Lippen zart über ihre, und das Gefühl war zu schön, um zurückzuschrecken.

»Ich werde dich gleich küssen, Blue. Also tu nichts Unüberlegtes.«

Sie blinzelte. »Warum?«

»Weil ich genau weiß, wie man eine öffentliche Erklärung abgibt.« Dann legte er eine Hand um ihren Hals und senkte den Kopf um die wenigen Millimeter, die ihn noch von ihrem Mund trennten.

Die Zeit blieb stehen, und der Boden bebte, als seine Lippen sich auf ihre legten und sich aufreizend bewegten. Dann knabberte er an ihrer Unterlippe, und Bijou schnappte nach Luft. Sofort schob er die Zunge in ihren Mund, spielte mit ihrer und führte sie zielstrebig über den Rand der Klippe, von der sie schon einmal gestürzt war. Lichter tanzten vor ihren Augen, als sie im Fallen an ihm Halt suchte. Er war derjenige, der den Kuss beendete, sich langsam zurückzog und sie auf die Mundwinkel küsste, ehe er sich wieder aufrichtete.

Bijou blinzelte heftig und versuchte, auf die Erde zurückzukommen. Sie atmete tief durch, hielt sich an Remys Händen fest und sah sich hilfesuchend um. Sie fühlte sich, als gehöre ihr Körper nicht mehr ihr, sondern ihm, dabei hatte er sie nur geküsst.

Wieder blinzelte Bijou und sah zu den Häusern auf der anderen Straßenseite hinüber. Davor parkten dicht hintereinander zwei Autos, aus denen Kameras lugten, und auf der Straße stand ein Mann, der anhand seines Fotoapparats sofort als Profi zu erkennen war. Er gehörte zu den Typen, die ihr öfter folgten, und war auf der Jagd nach kompromittierenden Bildern für die Klatschblätter. Sein Name war Bob Carson, und er hatte ihr schon öfter das Leben schwer gemacht. Auch Ryan Cooper stand da und starrte sie an einen Baum gelehnt finster an.

»Remy«, zischte sie und hielt in der Bewegung inne. »Das bringt dich in die Schlagzeilen, das wird im Internet und überhaupt überall sonst auftauchen. Bist du verrückt geworden?«

»Nein, ich wollte eine Erklärung abgeben, und ich glaube, das habe ich auch getan. In ein paar Minuten werden sich die Spekulationen und Gerüchte wie ein Lauffeuer verbreiten, nicht nur in New Orleans, sondern überall. Ich warte nur darauf, dass diese Videos erscheinen.«

Er wirkte so selbstzufrieden, dass Bijou ihn am liebsten geohrfeigt hätte. »Du weißt nicht, was du getan hast. Die Leute werden denken ...« Sie verstummte und presste eine Hand auf den Mund. Er hatte keine Ahnung, wie heftig der Sturm werden würde, den er gerade heraufbeschworen hatte.

»Genau«, sagte er äußerst zufrieden und heiter.

Bijou schüttelte den Kopf. »Remy, du willst doch sicher nicht, dass die Klatschpresse hinter dir her ist. Diese Leute werden dir überallhin folgen und schreckliche Dinge über dich und uns berichten. Sie könnten dafür sorgen, dass du deinen Job verlierst. Sie werden versuchen, dein Telefon anzuzapfen und dich in deinem Haus abzuhören. Nichts in deinem Leben ist ihnen heilig oder tabu. Ich möchte nicht, dass du das durchmachst.«

Unbeeindruckt nahm Remy ihre Hand. »Lass uns ins Haus gehen.«

»Remy, du hörst mir nicht zu. Ich habe mit Profis über Stalker geredet, und es könnte sein, dass du dich gerade als Ziel angeboten ...« Sie brach ab, denn ihr wirrer Verstand hatte plötzlich begriffen. Er hatte sie nicht geküsst, weil ihm danach war, sondern weil er wusste, dass die Paparazzi ihnen auflauerten und diesen Schnappschuss verbreiten würden. Er hatte sich absichtlich zur Zielscheibe gemacht und sie für dumm verkauft.

Sie versteifte sich. »Ich gehe jetzt.«

»Du gehst mit ins Haus, damit die Kameras deinen kleinen Wutausbruch nicht mitbekommen«, erklärte Remy und griff an ihr vorbei nach der Tür, öffnete sie und schob Bijou hindurch. »Wir reden später darüber, wenn wir allein sind.«

Wütend wartete Bijou, bis er die Tür wieder geschlossen hatte. »Ich brauche keinen Beschützer, Remy. Ich bin nicht mehr acht Jahre alt, falls es dir noch nicht aufgefallen sein sollte. Du kannst damit aufhören, dich wie ein Ritter zu benehmen und mir ständig zu Hilfe zu eilen.«

Er grinste sie an. »Ich habe bemerkt, dass du kein Kind mehr bist, Blue. Sonst hätte ich dich doch niemals so geküsst, wie ich es gerade getan habe.« Er schaute an ihr vorbei und grinste noch breiter. »Eulalie, wie schön, dich zu sehen.«

Bijou atmete tief durch und drehte sich zur Besitzerin des Ladens um. Eulalie Chachere war eine vollendete Schönheit mit makelloser, schwarzer Haut, schokoladenbraunen Augen und dichten Wimpern. Sie war sehr groß und hatte eine wunderbare Figur, sodass Bijou sich auch ihr gegenüber wie ein kleines Kind vorkam.

»Remy! Bist du gekommen, um einen Liebestrank zu kaufen?«, zog Eulalie ihn auf, während sie die Arme um seinen Hals legte und ihn auf beide Wangen küsste.

Mit einem zischenden Geräusch stieß Bijou den Atem aus. Es tat plötzlich weh, als sie ihre Finger bewegte. Auch ihre Nägel brannten seltsam, und ihr Kinn fühlte sich an, als hätte es einen Schlag abbekommen. Sie sah Eulalie nur noch verschwommen, denn vor ihren Augen flimmerte es, und alles war rot und gelb.

Remy küsste Eulalie auf die Wange und schob sie dann entschlossen zur Seite, damit er zwischen der Voodoo-Priesterin und Bijou stand. Dann nahm er Bijous Hand und streichelte sie beruhigend, rieb sanft ihre Fingerknöchel, schaute sie dabei aber nicht an. Bijou hielt das für eine gute Idee, denn ohne ersichtlichen Grund war sie plötzlich sehr wütend geworden. Weil Eulalie Remy so offen und herzlich begrüßt hatte, als wäre er ein alter Freund – oder vielleicht sogar mehr.

»Ich glaube, das wird nicht nötig sein ... jedenfalls noch

nicht«, sagte Remy. »Wir werden sehen. Vielleicht bitte ich dich später einmal darum.«

Bijou fuhr sich mit der Zunge über die Zähne. Er klang, als würde er flirten. Offenbar flirtete er mit jeder Frau, die in seine Nähe kam. Sie verspürte den unwiderstehlichen Drang, sich mit ausgefahrenen Krallen auf ihn zu stürzen – oder auf Eulalie. Sie konnte sich nicht entscheiden, wer das bessere Ziel war.

Remy umklammerte ihre Hand fester und trat so nah an sie heran, dass sie seine Wärme spüren konnte. Dann drückte er ihre Finger, als wollte er ihr etwas von seiner Stärke abgeben. Sie sah ihn an. In seinen Augen schimmerte dieses seltsame Grün. Fast unmerklich schüttelte er den Kopf und flüsterte ihr ins Ohr: »Einfach weiteratmen.«

»Gut, dass du vorher angerufen hast, Remy«, sagte Eulalie, die die Spannung im Raum offenbar nicht bemerkte. »Ich wollte eigentlich für ein paar Wochen wegfahren. Aber ich habe die Abreise auf morgen verschoben, damit ich dir helfen kann. Geht es um den Mann, der die Morde vor ein paar Jahren verübt hat, die, von denen du mir Fotos gezeigt hast?«

Bijou nahm alles im Raum überdeutlich wahr. Die Anordnung der Dinge. Die Gerüche. Die Position der Fenster. Sie bemerkte auch, dass im Hinterzimmer, hinter dem Perlenvorhang, jemand wartete – ein Mann, der irgendwie zu Eulalie gehörte, denn er roch nach ihr. Außerdem hörte sie besser, sogar so gut, dass sie die Unterhaltungen vor dem Laden verfolgen konnte und wusste, dass einige Fans und ein paar Paparazzi draußen auf sie warteten.

Sie hielt sich an Remys Hand fest und zwang sich zu atmen. Ein, aus. Dann legte sich diese seltsame Übererregung allmählich und ließ sie matt und erschöpft zurück. Was in

Dreiteufelsnamen war mit ihr los? Man hatte ihr schon immer vorgeworfen, launisch zu sein, doch nun war sie wirklich viel leichter reizbar. Und gierig nach Sex. Ihre Haut spannte, als wäre sie zu eng geworden, und schlimme Kopfschmerzen kündigten sich an.

Remy legte einen Arm um ihre Schultern und zog sie an sich. Noch vor einer Minute hatte sie ihm die Augen auskratzen wollen; nun war sie einfach nur dankbar, dass er da war und sie stützte. Sie sollte besser wieder ihren Therapeuten aufsuchen, denn offenbar lagen ihre Nerven blank.

»Ja, ich glaube, dass es sich um denselben Mann handelt, Eulalie«, sagte Remy zur Voodoo-Priesterin, damit sie ihre Aufmerksamkeit nicht auf Bijou richtete. »Hast du dir die Fotos schon angesehen?«

Eulalie runzelte die Stirn. »Wenn es derselbe Mann ist, ist sein Altar im Vergleich zu damals besser geworden, aber er kennt sich mit den Praktiken nicht richtig aus.«

»Anscheinend betreibt er schwarze Magie und ruft Dämonen zu Hilfe, oder?«

Eulalie lächelte ihn an. Bijou konnte es nicht vermeiden zu bemerken, dass Eulalies Braids ihre wunderbaren Wangenknochen betonten und dass das Lächeln ihre dunklen Augen zum Strahlen brachte. »Ah, du hast dich in das Thema eingearbeitet. Ich glaube, das macht der Mann auch, aber er ist noch nie bei einer Zeremonie dabei gewesen. Er wirft alles durcheinander. Auch wenn ich zugeben muss, dass sein Altar wesentlich authentischer ist als noch vor ein paar Jahren.«

»Aber er ist kein Anhänger des Voodoo-Glaubens?«, hakte Remy nach. »Ein *Bokor* vielleicht? Einer, der keine weiße, sondern schwarze Magie ausübt?«

Eulalie schüttelte den Kopf. »Jedenfalls nicht im traditionellen Sinn. Normalerweise gilt ein Menschenopfer in unserer Religion als äußerst verwerflich. Leider kann ich nicht behaupten, dass so etwas niemals vorkommt. In jeder Religion gibt es Menschen mit sadistischen Neigungen, die vor allem Macht ausüben wollen, aber das ist sicherlich die Ausnahme, und, Remy, ich würde davon erfahren.«

Remy legte die Stirn in Falten, hob die Hand, die mit Bijous verflochten war, und fuhr sich mit ihren Fingerknöcheln nachdenklich übers Kinn. Sie fand die Geste etwas seltsam, aber auch sehr intim. Offenbar war er so ans Flirten gewöhnt, dass er so etwas nicht einmal mehr bemerkte, dennoch konnte sie nicht den Willen aufbringen, ihm ihre Hand zu entziehen.

»Warum glaubst du nicht, dass er Voodoo praktiziert?«

Nun war es Eulalie, die ihre Stirn in Falten legte. »Nichts an seinen Ritualen ist richtig. Er verändert sie so, wie es ihm gefällt, und das tut man einfach nicht. Ich würde sagen, er hat nie einen Lehrer gehabt, zumindest glaube ich das. Wo ich Wasser benutzen würde, nimmt er Blut. Und als Opfer nimmt er ein echtes Herz, während ich einen Apfel benutze.«

»Er verfälscht also die überlieferten Rituale«, wiederholte Remy, um sich zu vergewissern.

»Ja, genau. Aber er vermischt sie auch untereinander, deshalb glaube ich, dass er alles nur aus Büchern hat. Die Hand des Gehängten muss abgetrennt werden, während er noch am Baum hängt, aber dann würde sie über einem Feuer getrocknet. Wenn der Mörder tatsächlich wüsste, was er tut, könnte er sich vielleicht eine Art Diener erschaffen, der seine Befehle ausführt. Außerdem hat er Kerzen an die Finger gebunden, aber wenn man die Hand vorher in Öl getränkt hat, um die Finger als Kerzen zu benutzen, würde man das nicht tun.«

»Was mich besonders interessiert, ist die Schnur mit den Knoten.«

Irgendetwas an Remys Tonfall, obwohl er lässig, vielleicht sogar zu lässig klang, ließ Bijou aufhorchen. Was auch immer es mit dieser Schnur auf sich hatte, war für Remy von großer Bedeutung.

Eulalie nickte. »Ach ja, die passt überhaupt nicht ins Bild. Die sieben Mal geknotete Schnur kannst du dazu benutzen, jemanden an dich zu binden und in dich verliebt zu machen, aber sie sollte unter ein Kissen gelegt werden, nicht in eine Schale mit Blut. Er hat die Schnur mit dem Blut rot gefärbt, aber das ist nicht dasselbe. Und nirgendwo auf dem Boden sind Symbole. Oder Schutzzeichen. Es gibt keinen Gott und keine Gottheit, nicht einmal einen Dämon, den er direkt anruft. Nichts, was darauf schließen lässt, was er vorhat. Diese Rituale sind heilig, Remy. Wir missbrauchen sie nicht, und wir wagen es nicht, dabei Fehler zu machen. Man sollte nicht damit herumspielen.«

»Vielen Dank, Eulalie«, sagte Remy. »Kann ich dich auf deinem Handy anrufen, wenn ich noch Fragen habe?«

»Natürlich. Ich helfe dir, so gut ich kann«, versicherte Eulalie. »Warum ist diese Schnur so wichtig?«

»Weil sie noch nie zuvor auf dem Altar war«, sagte Remy.

5

Rastlos, aber ohne ein Geräusch zu machen, tigerte Remy in Sarias dunkler Küche herum. Sein Leopard bedrängte ihn heftig, und er wusste, dass er dem Tier Auslauf gewähren sollte, doch das war gefährlich, wenn sein Verdacht zutraf.

Er vermutete, dass Blue eine Artgenossin war. *Ganz* sicher war er sich zwar nicht, aber er überlegte bereits, was das für sie bedeutete. Bijou hatte keine Ahnung, wer ihre Mutter war, und selbst wenn ihre Mutter noch gelebt hätte, hätte sie ihrer Tochter nichts von den Leopardenmenschen erzählen dürfen, solange nicht feststand, dass Bijou die Fähigkeit zur Verwandlung geerbt hatte. Bodrie war kein Leopardenmensch gewesen und hatte sicher nicht gewusst, was in seiner Tochter steckte.

Weibliche Leoparden zeigten sich nur, wenn der Zyklus der Frau und der Katze sich überschnitten. Nur dann konnte die Leopardin zum ersten Mal zum Vorschein kommen. Diese Zeit war für männliche Leoparden extrem gefährlich. Blue würde äußerst anziehend wirken, auf ungewollte Annäherungen aber launisch und gereizt reagieren.

Vor ein paar Tagen, im Voodoo-Laden, als Eulalie ihn auf

die Wange geküsst hatte, war das erstaunliche Blau ihrer Augen zu einem tödlichen Gletscherblau geworden. Doch vielleicht wünschte er sich auch nur, dass Bijou die Frau war, die er gesucht hatte. Er hatte es schon fast aufgegeben, die richtige zu finden, doch nun war Bijou wieder in sein Revier gekommen, und trotz des Altersunterschiedes musste er ständig an sie denken. Sie war wunderschön, faszinierend und intelligent. Sie hatte Talent und einen Sinn für Humor. Und er war gern mit ihr zusammen.

Er war Manns genug sich einzugestehen, dass er ein starker, dominanter Typ war, der eine Frau brauchte, die ihm Kontra bieten konnte, wenn er zu herrisch wurde, was Saria ihm öfter vorwarf. Und seine Karriere war ihm wichtig. Er glaubte, dass er die Welt besser machen konnte und er war oft sehr lange fort. Er brauchte eine unabhängige Frau, die ihr eigenes Leben führte und eine eigene Karriere verfolgte, ihn aber genauso brauchte wie er sie.

Vor einigen Tagen, als er mit Bijou zusammen gewesen war, hatte sein Leopard sich von einem eifersüchtigen, wütend fauchenden Raubtier urplötzlich in einen Schmusekater verwandelt. Dieser Augenblick war nun vorüber und der Geruch der rolligen Katze nicht mehr vorhanden, aber aus irgendeinem Grund hatte sein Leopard Bijou Breaux akzeptiert.

Remy roch seine Schwester, noch ehe sie in die Küche kam. Auch sie bewegte sich völlig lautlos und machte sich nicht die Mühe, das Licht anzuknipsen. Dann erstarrte sie plötzlich und drehte sich langsam zu der stockdunklen Ecke um, in der er stand.

»Remy?«

»Warum schläfst du nicht?«, fragte er.

»Drake ist nicht da. Er ist gestern nach Texas gefahren, zu

Jake und Emma. Wir wollten sie eigentlich überreden, uns besuchen zu kommen, aber Emma hat gerade herausgefunden, dass sie schwanger ist, und Drake meint, Jake ist nahe dran, die Nerven zu verlieren. Die Ärzte waren nicht sicher, ob sie noch einmal ein Kind bekommen kann. Sie wäre ja fast im Wochenbett gestorben. Jake wollte kein Baby mehr, aber anscheinend funktioniert Geburtenkontrolle bei Leoparden nicht besonders gut.«

»Jake Bannaconni verliert die Nerven?« Remy schüttelte den Kopf. »Der Mann ist aus Stein.«

»Stimmt, es sei denn es geht um Emma und die Kinder«, wandte Saria ein. »Drake sagt, Jake macht sich schreckliche Sorgen um Emma. Er ist völlig außer sich, dass sie wieder schwanger ist. Drake ist hingefahren, um ihn zu beruhigen.«

»Das kann er auch wirklich gut.«

»Ich vermisse ihn. Ich dachte, wenn ich eine heiße Schokolade trinke, geht es mir besser.« Sie schenkte ihm ein kleines Lächeln. »Dann gehe ich nicht in den Sumpf. Ich hasse es, allein im Bett zu liegen, deshalb fahre ich in den Nächten, in denen Drake nicht da ist, meist los, um die Nachtaufnahmen zu machen. Dann ist es ohne ihn nicht so schlimm.« Sie klang geistesabwesend, so als hielte sie eine wichtige Information zurück.

»Danke, dass du auf mich hörst.« Remy wählte seine Worte mit Bedacht. »Ich weiß, dass es dir schwerfällt, deine Gewohnheiten zu ändern, insbesondere da du deinen Vertrag erfüllen musst. Ich bin wirklich dankbar, dass ich mir keine Sorgen um dich machen muss.«

»Du hörst dich müde an.«

Remy angelte mit dem Fuß nach einem Stuhl, ließ sich darauf nieder und musterte seine Schwester. Sie wirkte ungewöhnlich angespannt. Gewöhnlich war Saria sehr beherrscht und selbstsicher und scherte sich nicht um die Meinung anderer Leute. Es sah ihr nicht ähnlich, über Drakes Abwesenheit so beunruhigt zu sein.

»Bin ich auch«, gestand er. Bei Saria musste man vorsichtig vorgehen. Man durfte nicht zu direkt sein. Aber manchmal konnte man sie mit ein paar Anreizen aus der Reserve locken. Er kannte sich mit Befragungen aus, und hin und wieder gelang es ihm, seine unabhängige Schwester dazu zu bringen, ihm zu erzählen, was sie bedrückte – denn irgendetwas lag ihr auf der Seele. Er rieb sich den Nacken, denn er wusste, dass sie es auch im Dunkeln sehen konnte. »Reden wir doch ein wenig.«

Saria ging zur Küchentheke und legte eine Hand auf die Kaffeemaschine, um zu prüfen, ob sie noch warm war. »Möchtest du Kaffee?«

»Nein. Ich glaube, ich bin schon völlig überdreht und brauche keinen Kaffee, um in Schwung zu bleiben.«

»Du bist immer so, wenn du dir Sorgen machst, Remy. Liegt es an dem Mord an Pete?«

Remy zuckte die Achseln. »Wenn der Killer nach dem gleichen Muster verfährt wie vor vier Jahren, wird er heute oder morgen Nacht wieder zuschlagen, und ich bin nicht näher an ihm dran als damals. Trotz all der Beweisstücke, die er am Tatort zurücklässt, haben wir bislang keinen Hinweis auf den Täter. Ich habe nicht einen einzigen Verdächtigen, also wird er noch einen unschuldigen Menschen töten. Jemanden, der vielleicht Familie hat. Pete war ein verdammt netter Kerl.«

Beruhigend legte Saria eine Hand auf die Schulter ihres Bruders. »Ja, das war er. Diesmal wirst du ihn fassen, Remy, ich weiß es.« Sie zog einen Stuhl heran, setzte sich neben Remy und wandte sich ihm zu. »Ich weiß, dass du immer meinst, du wärst für alle anderen verantwortlich, aber das stimmt nicht. Du kannst nicht jeden beschützen.«

»Ich schätze, das stimmt«, sagte Remy. »Aber deshalb fühle ich mich auch nicht besser. Gage und ich haben Tag und Nacht an diesem Fall gearbeitet und sind keinen Schritt weitergekommen. Deshalb bin ich ehrlich dankbar, dass du aus dem Sumpf herausbleibst, ganz egal aus welchem Grund.«

Saria presste die Lippen zusammen und lehnte sich zurück. Es war so weit. Sie war kurz davor, sich ihm anzuvertrauen, brauchte aber noch einen Moment. Demonstrativ massierte Remy sich noch einmal den Nacken und stöhnte leise.

»Ich habe eine Neuigkeit für dich«, sagte Saria zögernd, ohne ihn direkt anzusehen. »Ein Grund, warum ich nicht in den Sumpf gehe, ist, dass ich ein Baby bekomme und kein Risiko eingehen möchte.«

»Saria!« Damit hatte er nicht gerechnet. Remy beugte sich vor und legte eine Hand auf ihre. »Freust du dich denn nicht? Was ist los? Hast du es Drake gesagt?« Er würde seinen Schwager in den Hintern treten, weil er Saria allein gelassen hatte, obwohl sie offensichtlich ganz durcheinander war.

Saria schüttelte den Kopf. »Nein, habe ich nicht. Vor seiner Abreise habe ich es nur vermutet. Den Test habe ich erst gemacht, als er weg war. Ich war mir nicht ganz sicher, ob ich es wissen wollte, aber dann war das Ergebnis positiv, was mich zugegebenermaßen etwas schockiert hat.«

»Ihr habt also verhütet«, riet Remy. »Und es hat nicht funktioniert?«

»Ja, offensichtlich. Männliche Leoparden sollten einen Warnhinweis tragen.« Saria schnaubte leise, mied seinen Blick aber immer noch.

Remy wusste nicht, ob sie sich über männliche Leoparden mokierte oder ob sie kurz davor war zu weinen – was bei Saria nicht häufig vorkam. Aber wenn sie den Tränen nahe war, ging er gerade über ein Minenfeld. »Möchtest du kein Baby?«, fragte er geradeheraus. Dem Problem aus dem Wege zu gehen führte wahrscheinlich nur dazu, dass Saria dichtmachte. Sie hatte Drake nichts erzählt, obwohl sie ihn anrufen konnte, aber sie hatte es nicht getan. »Ist zwischen dir und Drake alles in Ordnung?«

Müde presste Saria die Hand an die Stirn und stützte sich mit dem Ellbogen auf dem Tisch ab. »Uns geht es gut. Das ist es nicht.« Sie seufzte, sah aber immer noch nicht auf. »Es liegt an mir, Remy. Ich hatte nie eine Mutter – und eigentlich auch keinen Vater.« Endlich schaute sie ihn an, und er sah die blanke Angst in ihren Augen. »Woher soll ich wissen, wie man eine gute Mutter ist? Es ist ja nicht so, als kämen Babys mit einer Bedienungsanleitung auf die Welt. Man geht wohl davon aus, dass eine Mutter schon alles weiß, ehe sie ein Kind bekommt.«

Remy beging nicht den Fehler, spontan zu antworten, sondern dachte über das, was Saria ihm anvertraut hatte, gründlich nach. Sie hatte Angst davor, Mutter zu werden, und wenn er ehrlich war, konnte er es ihr nicht verdenken. Sie war nicht alt genug, um ihren Vater als glücklichen Mann gekannt zu haben. Als seine Frau krank geworden war, hatte er angefangen zu trinken, und nach ihrem Tod war das zu einem Dauerzustand geworden. Saria hatte sich praktisch selbst großgezogen.

»Ich verstehe dich«, räumte er nachdenklich ein. »Du hattest nicht gerade eine Musterfamilie, oder? Ich war dir bestimmt keine Hilfe.«

»Das habe ich nicht gemeint«, versicherte sie ihm hastig und sah ihn mit ihren dunklen Augen an. »Vielleicht war ich hin und wieder wütend auf euch alle, aber hauptsächlich deswegen, weil ich mich ausgeschlossen fühlte, nicht weil ich allein mit *Pere* war.«

»Trotzdem hätte ich besser auf dich achtgeben sollen. Er hat sich nie richtig um dich gekümmert.«

»Ich habe mich nie gerne gängeln lassen, Remy«, gab Saria zu. »Und du warst weit weg. Bei der Armee, auf Reisen. Ihr hattet alle euer eigenes Leben.«

»Das ist keine Entschuldigung, Saria. Denn Tatsache ist, dass du auf unseren Vater aufgepasst hast. Ganz allein. Als du noch ein kleines Mädchen warst. Du hast das Haus sauber gehalten und für ihn gekocht. Du hast gefischt und Alligatoren gejagt. Du kannst einfach alles. Wieso sollte es dir schwerfallen, ein Baby zu haben?«

»Das ist nett von dir, Remy«, sagte Saria. »Und ich wünschte, ich könnte dir glauben. Aber ich habe furchtbare Angst.«

Remy legte die Stirn in Falten, versuchte aber, ganz ruhig zu bleiben. »Denkst du daran, das Baby nicht zu bekommen und Drake nichts davon zu sagen?« Er konnte sich nicht vorstellen, dass seine Schwester so etwas tun würde. Sie war so ehrlich, dass es fast schon an Dummheit grenzte.

Sarias entsetztes Gesicht machte die Antwort überflüssig.

»Natürlich nicht. Ich werde es ihm sagen. Ich muss nur vorher einen klaren Kopf bekommen, und das ist im Moment nicht ganz einfach.« Sie rieb sich die Schläfen, als hätte sie Kopfschmerzen. »Es kam mir eigentlich ganz gelegen, als Jake anrief und Drake sich verpflichtet fühlte, nach Texas zu fahren. Ich war in letzter Zeit nicht besonders nett.«

»Zu Drake?«, fragte Remy.

»Ich bin schrecklich launisch und gereizt. Ich kann es nicht richtig beschreiben.« Saria schnitt ein Gesicht, und an ihren Augen war zu sehen, dass sie sich Vorwürfe machte. »Ich habe festgestellt, dass ich eifersüchtig auf Bijou bin, und sie ist eine meiner ältesten Freundinnen«, gestand sie hastig und verschämt. »Dabei bin ich normalerweise nicht eifersüchtig. Wirklich nicht, Remy. Bijou ist – verstört. Sie braucht Freunde. Sie braucht mich, und ich führe mich auf wie eine dumme Gans. Natürlich nicht vor ihren Augen, aber ich stelle fest, dass ich innerlich das Bedürfnis habe, ihr die Augen auszukratzen, insbesondere wenn Drake im Haus ist.«

Remy atmete tief durch und setzte sich gerader hin. Da war sie. Die Bestätigung, die er gebraucht hatte. »Das ist in Ordnung, Saria ...«

»Nein, ist es nicht«, beharrte sie. »Ich möchte nicht so sein, schon gar nicht einer Freundin gegenüber. Es hat mir nie etwas ausgemacht, wenn eine Frau attraktiv war – was sie ja ist. Bijou *braucht* mich jetzt. Irgendetwas macht ihr Angst, deshalb ist sie nach Hause gekommen. Da kann ich mich doch nicht in eine eifersüchtige, fauchende Katze verwandeln, nur weil ich schwanger bin.«

»Ich bezweifle, dass es daran liegt«, beruhigte Remy sie.

Wütend starrte Saria ihn an. »Woran denn sonst? Ich bin *nie* so gewesen. Ich klammere mich nicht an meinen Mann. Ich glaube nicht, dass er mich betrügen würde. Und ich bin nie grundlos gemein gewesen, schon gar nicht zu ihm. Er hat sich noch nicht beschwert, aber sicher tut er das bald, und ich habe es verdient.«

»Er wird es verstehen«, versicherte Remy ihr. Drake war ein geduldiger Mann und wurde nur gewalttätig, wenn es nicht anders ging. Normalerweise war er ruhig und bedächtig, und Remy konnte sich nicht vorstellen, dass er Saria Vorwürfe machen würde.

»Ich wünschte, es ginge nur um Drake«, sagte Saria. »Ich bin so eifersüchtig auf die arme Bijou, dass ich schreien könnte. Manchmal möchte ich mich ohne jeden Grund auf sie stürzen und ihr die Augen auskratzen, und das ist noch eine höfliche Umschreibung.«

Sie zwinkerte heftig, und Remy stockte das Herz. Offensichtlich kämpfte sie mit den Tränen, und es war nicht fair, sie denken zu lassen, dass sie plötzlich so eifersüchtig war, weil sie schwanger war und sich davor fürchtete, Mutter zu werden. Weil sie keine Eltern gehabt hatte.

»Ich glaube, Bijou ist eine von uns und steht kurz vor dem Han Vol Don«, sagte Remy ruhig.

In der darauffolgenden Stille hörte er nichts als das Ticken der Uhr und Sarias schnellen Herzschlag. Ihre Augen waren groß geworden vor Überraschung. Sie machte den Mund auf, aber kein Laut kam heraus. Dann schüttelte sie stumm den Kopf. Remy nickte nachdrücklich.

Mit gerunzelter Stirn sprang Saria auf und begann, unruhig herumzulaufen. Dann schüttelte sie noch einmal den Kopf. »Remy. Nein. Das ist unmöglich. Ihr Vater ...«

»Ich weiß, dass ihr Vater kein Leopardenmensch war, aber über ihre Mutter und deren Familie wissen wir nicht das Geringste. Es wäre durchaus möglich, und ich bin so gut wie sicher, dass ich recht habe. Deine Leopardin reagiert auf die Nähe einer anderen Leopardin, die kurz vor dem Han Vol Don ist. Weil sie paarungsbereit wird, während dein Mann in der Nähe ist und du schwanger bist.«

»Das ist einfach verrückt.« Immer wieder schüttelte Saria den Kopf. »Bijou ist ...«

Gleichzeitig mit seinem Leoparden sprang er ihr zur Seite. »Sag nicht, dass sie nicht stark ist. Du weiß ja nicht, was sie alles durchgemacht hat. Jeder kann mal an seine Grenzen geraten. Bijou geht seit ihrer Kindheit ihren eigenen Weg.«

Statt einer Antwort sah Saria ihn nur anklagend an. Remy wusste, dass er einen Fehler gemacht hatte, indem er Bijou so hastig verteidigt hatte, ohne dass seine Schwester auch nur ein böses Wort über sie gesagt hatte. Normalerweise passierte ihm so etwas nicht – und Saria wusste das. Stumm fluchte er in seiner französischen Muttersprache vor sich hin, ließ sich aber nichts anmerken.

»Remy ... *nein.* Du wirst ihr nicht nachstellen. Es ist mir ernst damit. Du hast sie bereits zum Weinen gebracht.« Saria starrte ihn mit funkelnden, dunkelbraunen Augen an, in denen das Menschliche und das Animalische sich mischten. »Ich kann sie nachts weinen hören. Sie weigert sich, mit mir darüber zu reden, daher weiß ich, dass sie deinetwegen weint.«

»Ich habe sie auch gehört«, gestand Remy und streckte sich, um die steifen Muskeln zu dehnen. Sarias Sofa war sehr bequem, und er wünschte, er hätte sich darauf schlafen gelegt. Er wurde langsam zu alt dafür, auf einem kleinen Stuhl auf dem kalten Balkon zu schlafen, so wie er es seit drei Nächten tat. »Wie kommst du überhaupt darauf, dass ich etwas damit zu tun habe, wenn sie weinen muss?«

»Ich kenne dich, Remy. Du bringst die Menschen dazu,

alles Mögliche zu gestehen, und ich bin sicher, dass du dieses arme Mädchen in die Enge getrieben hast.« Wieder fixierte sie ihn empört. »Du hast sie doch nicht angerührt, oder?«

»Das geht dich nichts an, Schwesterlein. Sie wird von einem Stalker verfolgt. Sie nimmt das nicht besonders ernst, aber ich sage dir, Saria, dieser Mann ist gefährlich, und er wird nicht aufhören. Er ist sogar *äußerst* gefährlich, so einer, der eine Frau am Ende umbringt, wenn er sie nicht haben kann.«

Saria überlegte stumm, fixierte ihn aber weiter mit ihren Katzenaugen. Dann schüttelte sie wieder den Kopf. »Was hast du vor, Remy?«

»Er wird es nicht mögen, wenn sie einen Freund hat. Er wird wütend werden und einen Fehler machen, dann schnappe ich ihn mir.«

»Nein«, widersprach Saria heftig.

Für eine Frau, die so viel jünger war als er, war sie sehr mutig, fand Remy. Die meisten Menschen – ob Mann oder Frau – trauten sich nicht, sich mit ihm anzulegen. Derartige Skrupel hatte seine Schwester nicht. Er hob eine Braue, sagte aber nichts.

»Es ist mir ernst, Remy. Sie ist ... sehr sensibel. Du kannst nicht so tun, als wärst du ihr Freund, nur um den Stalker aus der Deckung zu locken. Ich kenne dich. Du meinst sicher, sie dürfte nichts davon wissen, weil sie sonst nicht natürlich reagiert. Aber du kannst nicht so tun, als hättest du sie gern ...«

Beide fingen die Duftmischung aus Lavendel und Leopard in genau der gleichen Sekunde auf. Sofort war Remy an der Tür, in dem Moment mehr Leopard als Mensch. Das Tier in ihm war fuchsteufelswild geworden und verlangte wutschnaubend nach Freiheit. Er mochte sich gar nicht vorstellen, wie Sarias Katze sich aufführte, nachdem sie ein Weibchen gewittert hatte, das bald paarungsbereit sein würde.

»Ich gehe«, stieß er knapp hervor. »Du solltest auch von hier verschwinden. Lauf zu meinem Haus im Bayou.«

Saria hatte sichtlich Mühe, ihre Leopardin zu bändigen. »Bijou hat mich gehört, Remy.« Ihre Stimme klang heiser und kehlig, und das Fell drückte fordernd gegen die Haut.

Zischend stieß Remy den Atem aus. Es gab keine Zweifel mehr, Bijou war eine Gestaltwandlerin, und das Tier in ihr war kurz davor, sich zum ersten Mal zu zeigen. Dann würden alle Männer im Rudel verrücktspielen, und Drake, der Einzige, der die anderen zur Vernunft bringen konnte, war nicht da. Fluchend tappte Remy auf leisen Sohlen durch den Flur. Bijou hatte alles mit angehört, was Saria gesagt hatte, und sie würde glauben, es wäre die Wahrheit. Hätte es ja auch durchaus sein können. Niemand zweifelte daran, dass er genau das tun könnte, um einen gefährlichen Feind zu ködern. Bijou hatte allen Grund, ihrer Freundin zu glauben. Verdammt. Selbst Saria glaubte, was sie gesagt hatte, und sie war seine Schwester.

Schnell folgte Remy dem flüchtigen Duft der Leopardin durchs Haus. Bijou würde nicht wissen, warum sie so empfindlich war. Sie hatte keine Ahnung, was mit ihr geschah – oder geschehen würde. Sein Rudel war degeneriert. Es gab kein anderes Wort dafür. Es hatte so lange isoliert gelebt, dass keiner mehr gewusst hatte, wie eine Gemeinschaft von Gestaltwandlern funktionierte – bis Drake aufgetaucht war.

Einige Leopardenmenschen hatten untereinander geheiratet – und Monster produziert. Andere hatten normale Menschen geheiratet und das Rudel geschwächt, da über

Generationen hinweg nicht genug Nachwuchs produziert worden war. Die Situation war kompliziert, obwohl Drake sich bemühte, Richtlinien aufzustellen. Er schickte die jüngeren Männer in den Regenwald, damit sie Partnerinnen fanden, aber das war nicht ganz leicht. Sobald einer von den Männern den Geruch eines Weibchens kurz vor dem Han Vol Don aufschnappte, würden alle hinter ihr her sein.

Remy fletschte die Zähne. Keiner würde mehr sicher sein. Bijou musste sofort und unmissverständlich in Besitz genommen werden, damit alle wussten, dass sie vergeben war. Sonst würde ein Chaos ausbrechen, bei dem die Männer leicht aufeinander losgehen konnten. Drake hatte Wunder gewirkt, aber es war nicht leicht, die seit Jahren schwelenden Probleme des Rudels zu lösen.

Remy konnte auf die Sekunde genau sagen, wann Bijou bemerkte, dass er ihr folgte. Ihre leisen Schritte wurden schneller, und beinahe gleichzeitig strich ein Luftzug durchs Haus, der ihm verriet, dass sie durch die Vordertür zu ihrem Auto lief. Er nutzte die Kraft seines Leoparden, der beim Laufen leicht eine Geschwindigkeit von 35 Meilen pro Stunde erreichen konnte und längst wusste, dass das Weibchen, das er begehrte, vor ihm floh, und sprang ihr nach, überbrückte mit einem einzigen Satz mehr als sechs Meter. Bijou nestelte mit zitternden Fingern an den Autoschlüsseln herum. Sicher hatte sie Schmerzen, weil ihre Katze sie so bedrängte. Gerade als sie die Autotür aufschließen wollte, landete er hinter ihr und riss ihr die Schlüssel aus der Hand.

Wütend drehte sie sich um und schlug nach ihm. Doch sein Leopard bewahrte ihn vor ihren spitzen Nägeln. Die Leopardin hatte Bijou beschützt, indem sie kurz die Krallen ausgefahren hatte. Remy war ihnen nur knapp entgangen und zog sich hastig ein paar Schritte zurück, um aus der Gefahrenzone zu gelangen.

Bijou hatte offenbar keine Ahnung, was gerade passiert war, und merkte auch nicht, dass ihre Augen beinahe aquamarinblau leuchteten. Ihre Haut war fast durchsichtig, die Haarmähne wild. Nie hatte er eine Frau gesehen, die so leidenschaftlich wirkte, so anziehend. Sein Leopard war durch die Pheromone, die sie verströmte, außer Rand und Band und verlangte von Remy, sie sofort zu nehmen, ob sie bereit dazu war oder nicht.

Remy hielt die Nase in den Wind. Er hatte Angst, dass er in Richtung Bayou wehte, wo so viele andere Männer diesen flüchtigen, aber äußerst verlockenden Duft aufschnappen konnten. Offenbar konnte Bijou das Verlangen nach Sex nicht mehr unterdrücken, denn wenn er die Situation richtig deutete, wollte sie aus ebendiesem Grund in die Stadt. Da sie ganz offensichtlich keine Frau für eine Nacht war, musste sie völlig verängstigt und verwirrt sein.

»Gib mir die Schlüssel«, fauchte sie ihn an.

Das Blut rauschte wild durch seine Adern. Ihm war glühend heiß, und jeder Muskel tat weh. Er schmeckte Lavendel, sog den Duft in die Nase und sah sie mit seinem bohrenden Raubtierblick an. Dann schüttelte er langsam den Kopf. »Besser nicht, Blue. Du willst in die Stadt, um etwas zu tun, das du morgen bereuen wirst.«

Sie wurde knallrot. »Das geht dich nichts an.« Fordernd streckte sie eine Hand aus.

Remy merkte, dass er den Punkt erreicht hatte, an dem es kein Zurück mehr gab. Nie im Leben hatte er ein so dringendes, überwältigendes Verlangen gespürt. Auf irgendeine seltsame Weise erkannte er sie wieder. Er wusste, dass ihre

Begegnung leidenschaftlich und heftig sein würde, denn es kam ihm fast so vor, als würde er jeden Zentimeter an ihr kennen, als hätten sie das alles schon öfter getan. Mit einer Hand packte er sie am Handgelenk und zog sie an sich, mit der anderen fasste er in ihr Haar und riss ihren Kopf zurück. Dann küsste er sie hart. Die Welt um ihn herum explodierte in einem roten Nebel, und als sie sich an ihn schmiegte, bebte die Erde.

Leoparden hatten rauen, manchmal sogar brutalen Sex, und Remys Leopard war nie weit weg. Seine wilde Seite machte ihm in jeder Lage zu schaffen, aber am schlimmsten war es beim Sex. Selbst bei der Arbeit musste er sein Temperament im Zaum halten und seine heftigen Emotionen unterdrücken, aber er hatte nie, niemals die Kontrolle verloren. Bis jetzt. Irgendetwas in ihm ging zu Bruch, als er die Lippen auf ihre drückte. Seine eiserne Selbstbeherrschung war plötzlich dahin und hinterließ nichts als ein loderndes Feuer, das nicht mehr einzudämmen war.

Er küsste sie so gierig, dass sie keine Gelegenheit hatte zu atmen oder zu protestieren. Fuhr mit der Zunge über ihre Lippen und verlangte Einlass, den sie ihm willig gewährte. Er konnte es kaum erwarten, Haut an Haut mit ihr zu sein, und als sie die Hände unter sein Hemd schob, war er endgültig verloren. Sie stieß leise Laute aus, die an ein Schnurren erinnerten, und schien sich ebenfalls verzweifelt danach zu sehnen, ihm nah zu sein.

Mit dem letzten Rest von Verstand hob er sie hoch und trug sie um das Haus herum zum Hintereingang, wo der See an die Ufer schwappte und sie vor den neugierigen Augen von Stalkern und Paparazzi geschützt waren. Dabei küsste er sie immer wieder, lenkte sie mit seinen langen, berauschenden Küssen ab, während er auf ihren Balkon sprang und irgendwie die Glastür zu ihrem Zimmer aufschob.

Sobald sie im Haus waren, stieß er sie gegen die Wand und riss ihr die Bluse herunter, um an ihre weiche Haut zu gelangen. Erst als sich mit einem seltsamen Geräusch in ihrem Rücken ein Riss auftat, wurde ihm bewusst, wie heftig der Dang war, sie zu berühren. Und zu nehmen. Seit er sie zum ersten Mal gesehen hatte, hatte er an nichts anderes mehr gedacht. Die Wand war ihm völlig egal, wichtig war nur, jedes Stückchen Stoff zu entfernen, das sich zwischen ihm und ihrer weichen Haut befand.

Die letzten drei Nächte hatte er, während sie schlief, auf einem Stuhl auf ihrem Balkon gesessen – als stummer Wächter. Ihr Duft hatte ihn umweht und ihm die ganze Nacht so schmerzliche Erektionen beschert, dass er nicht richtig schlafen konnte. Instinktiv hatte er immer gewusst, dass sie ihm gehörte, und nachdem er sie angefasst hatte, war er sich ganz sicher gewesen.

Sie trug einen mitternachtsblauen Spitzenbüstenhalter, der sündhaft sexy war und ihre prallen Brüste kaum fassen konnte. Ihre harten Nippel ragten verführerisch daraus hervor und keuchend bot Bijou sie seinem hungrigen Mund an. Ihr Brustkorb war schmal, ihre Taille schlank, und tief auf ihren Hüften saß eine lockere Schnürhose. Sie war so wunderschön und sinnlich, wie sie da vor ihm stand, die Lippen geschwollen von seinen Küssen und die Augen leicht verschleiert vor Lust.

Er drückte sie an die Wand, legte die Hände auf ihre Brüste und staunte über die wunderbar weiche Fülle. Dann senkte er den Kopf, um sie zu kosten. Bijou schnappte nach Luft und presste seinen Kopf so fest an sich, dass ihr Herzschlag in seinen Ohren dröhnte, während er sich an ihr weidete.

Sein Mund glitt über ihre zarte Haut und verwöhnte ihre Nippel durch die Spitze hindurch. Er konnte nicht mehr länger warten. Hastig zog er ihr den BH herunter, sodass sich ihre vollen Brüste ihm noch näher darboten. Dann nahm er eine Brust in die Hand und saugte an der anderen. Aufstöhnend drängte Bijou sich an ihn und umklammerte seinen Kopf. Dann schlang sie ein Bein um seinen Oberschenkel und rieb sich aufreizend an ihm. Sie war so verdammt sexy, dass er den Verstand verlor.

Er liebkoste ihre Brüste, erst die eine, dann die andere, zog mit den Zähnen sanft an ihrem Nippel und leckte dann schnell darüber, um den Schmerz zu lindern. Seine Geliebte reagierte auf jede Berührung, jede noch so kleine Zärtlichkeit mit wachsender Leidenschaft. Er wollte, dass sie ihn genauso begehrte wie er sie. Dass sie sich genauso sehr nach ihm verzehrte wie er sich nach ihr.

Bijou stand in hellen Flammen, brannte von innen heraus. Ihr Körper fühlte sich an, als gehöre er ihr nicht mehr, doch sie hatte sich darin nie wohler gefühlt. Das ergab einfach keinen Sinn. Sie hatte gemütlich in ihrem Zimmer gesessen und war in die Pläne für die Renovierung der Wohnung über dem Club vertieft, als sie plötzlich unruhig geworden war. Ein drängendes Verlangen hatte sich ihrer bemächtigt.

Ihre Brüste hatten geprickelt und gespannt. Sich geschwollen und heiß angefühlt. Die Haut war zu empfindlich und zu eng geworden. Selbst die Kleider waren ihr unangenehm gewesen. Eine Hitzewelle nach der anderen hatte sie überrollt und ihre niederen Instinkte geweckt. Sie hatte nicht mehr stillsitzen können und war von Sinneseindrücken überflutet worden, die sich nicht kontrollieren ließen. Da war sie aus dem Zimmer geflüchtet, vor sich selber weggerannt, und vor der juckenden Haut und dem sehnsüchtigen Pochen zwischen den Beinen.

Sie hatte doch gewusst, dass Remy sich zu ihrem Beschützer aufschwingen würde. So war er nun mal. Sie hatte es von Anfang an gewusst. Er fühlte sich verantwortlich für sie, und als sie ihm gestanden hatte, Angst vor einem Stalker zu haben, hatte sie ihm den passenden Grund geliefert. Aber sein Kuss hatte ein Feuer entfacht, das sie nicht mehr löschen konnte, ganz egal, wie oft sie sich einredete, dass er nur für die Kameras und die Klatschblätter gedacht gewesen war – um den Stalker zu reizen. Also warum hatte es ihr so wehgetan, als sie hörte, dass Saria genau dasselbe dachte wie sie? Warum hatte es sich angefühlt wie ein Stich ins Herz?

Verstört war sie weggerannt, von einem so überwältigenden Bedürfnis getrieben, dass sie kaum Luft bekam. Dabei war sie nie vor irgendetwas davongelaufen. Sie war eine Kämpferin, sie traf ihre Entscheidungen mit dem Kopf, nicht aus dem Bauch heraus. Doch diesmal konnte sie nicht denken. Das Blut kreiste zu erregt durch ihre Adern. Sie wollte nur noch eins: laufen. Sie hatte keine Ahnung, was sie tun würde, wenn sie in die Stadt kam. Sie war doch wohl nicht auf der Suche nach einem Abenteuer für eine Nacht ... Und dann war Remy da gewesen, sehr ruhig und gelassen, ganz Herr der Lage, so als ob ihn nichts ihn aus der Fassung bringen könnte.

Wie immer hatte er gleich die Kontrolle an sich gerissen, nach dem charmanten, aber auch enervierenden Muster: Du bist so jung, aber ich bin alt und weise. Sie liebte sein

Selbstvertrauen, doch gleichzeitig hasste sie es auch, und genau das zeigte, wie durcheinander sie mittlerweile war. Als er ihr feixend die Autoschlüssel aus der Hand gerissen hatte, war sie furchtbar wütend geworden.

Dabei wurde sie sonst niemals wütend. Jedenfalls nicht in dem Maße, dass sie unversehens den unwiderstehlichen, *lächerlichen* Drang verspürte, jemandem das Gesicht zu zerkratzen. Sie hatte ihm die Haut vom Schädel reißen wollen – um dieses selbstzufriedene Lächeln ein für alle Mal auszulöschen. Einen Moment lang hatte sie sogar daran gedacht, sich auf ihn zu stürzen und ihn zu beißen. Das passte gar nicht zu ihr. Ihre Ohren hatten gedröhnt, ihre Hände geschmerzt, ihre Knöchel waren angeschwollen, und ihre Finger hatten sich gebogen wie Krallen, sie hatte es kaum aushalten können.

Dann hatte er sie mit einem Ruck an sich gezogen.

Ihr war flau geworden, und das Pochen zwischen ihren Beinen schneller und dringlicher. Dann hatte er sie beim Haar gepackt und ihren Kopf zurückgezogen. Sie hätte sich wehren müssen, treten, schreien und weglaufen sollen, doch stattdessen war ihr nur der Schweiß ausgebrochen. Jede Faser in ihrem Körper hatte sich nach ihm gesehnt, und tief in ihr war etwas Wildes, Ungehemmtes erwacht.

Ihr war siedend heiß geworden von der Lüsternheit, die sie antrieb. Sie hatte gar nicht gewusst, dass sie so starke Gefühle haben konnte. Es hatte kein Zurück mehr gegeben. Kein Halten. Kein Überlegen. Nur noch diese Gefühle. Er hatte einen Feuersturm entzündet, den keiner mehr löschen konnte. Sie wollte ganz nah bei ihm sein, Haut an Haut. Alles andere war unerträglich. Sie hörte ihr eigenes sehnsüchtiges Wimmern, konnte aber nicht damit aufhören. Seine

Küsse waren so betörend, dass sie nicht genug bekommen konnte.

Es war das erschreckendste und erregendste Erlebnis, das sie je gehabt hatte, und sie fühlte sich weiblich wie nie. Jede Rundung ihres Körpers und die Wirkung, die sie auf Remy hatte, war ihr deutlich bewusst. Und sie genoss es, ihn anstacheln zu können, ihn in den Wahnsinn zu treiben, war aber gleichzeitig auch entsetzt – weil sie nicht aufhören konnte. Es ging einfach nicht. Es gab keine Möglichkeit, Atem zu schöpfen oder einen Schritt zurückzutreten und nachzudenken.

Sie wurde von ihrem Körper gesteuert, nicht von ihrem Verstand. Oder von ihrem Herzen. Sie wollte, dass er sie streichelte, ihre Brüste küsste, die Finger in sie hineinschob. Sie wollte, dass er sie nahm, dass er die Leere füllte, das schreckliche Brennen linderte, das nicht mehr aufhören wollte und sie dazu brachte, sich verzweifelt nach diesem einen Mann zu sehnen.

Den gierigen Mund auf ihrem, nahm er sie in die Arme und drückte sie an seine Brust. Sie konnte nicht genug bekommen von seinen Küssen. Sie liebte seinen Geschmack und war schon fast süchtig nach seinem wilden, exotischen Aroma. Sie hatte das Gefühl abzuheben, wie auf Wolken zu schweben, und die kühle Brise vom See her machte die Erfahrung noch intensiver.

Remys kräftige Muskeln pressten sich an ihre erhitzte Haut. Sie musste sich ausziehen, sie war so empfindlich, dass sie die Kleider nicht mehr ertrug. Ihr war so heiß, dass sie fürchtete, sie würde das alles nicht überleben. Sie registrierte kaum, dass sie in ihrem Zimmer war, wollte auch gar nicht genauer wissen, wie sie dort hingelangt war. Gebieterisch stieß er sie gegen die Wand und riss ihr von der gleichen Ungeduld getrieben einfach die Kleider vom Leib.

Sie hatte ihn immer schon unbeherrscht sehen wollen und gern gewusst, ob sie die Macht hatte, ihn an den Rand des Wahnsinns zu treiben. Doch sie hätte niemals gedacht, dass es so sein würde – wie ein unkontrollierbares Feuer, in dem sie beide verbrannten. Es war, als hätte jemand ein Streichholz angezündet und Brandbeschleuniger über sie gekippt, damit sie in Flammen aufgingen, sobald ihre Lippen sich trafen.

Ihr Herz klopfte vor Angst. Sie konnte die Angst sogar schmecken. Sie wusste nicht, was sie tun sollte, nicht einmal, wie man Sex hatte. Remy dagegen schien genau zu wissen, was er tun musste. Wie um alles in der Welt sollte sie mit ihm mithalten? Selbst wenn sie sich von ihren Instinkten leiten ließ, was sollte sie tun, wenn es so weit war? Doch auch diese Fragen hielten sie nicht auf, denn sie schienen das Feuer nicht löschen zu können. Sie konnte nicht aufhören, ihn zu küssen, zu berühren und sich an ihm zu reiben wie eine rollige Katze.

Plötzlich hob Remy den Kopf. Seine Augen glühten in diesem seltsamen Smaragdgrün, eindringlich fixiert auf die ihren. Er wirkte wie ein Raubtier auf dem Sprung. Der stechende Blick jagte ihr einen Schauer über den Rücken, trotzdem ließ er sie nicht los.

»Du weißt, dass es für uns beide kein Zurück gibt.«

Bijou versuchte, klar zu denken. In ihrem Kopf war ein seltsames Dröhnen, und ihr Körper bewegte sich wie von selbst, rieb sich an ihm wie eine Katze. Ihre Brüste sehnten sich nach seinem Mund, und sie lechzte danach, dass er die Leere zwischen ihren Beinen füllte. Er wollte ihr etwas mitteilen, aber es war eine Feststellung, keine Frage. Und sein seltsamer, glitzernder Blick war so gebieterisch, dass sie abwechselnd von Panik und Erregung gepackt wurde.

»Ich meine es ernst, Bijou, es ist zu spät, um aufzuhören.«

Remy sah die Angst und Verwirrung in ihren Augen. Auch er konnte die Kleidung auf der Haut kaum noch ertragen und wusste, dass es ihr ebenso ging. Es war so weit. Sein Leopard war schon in den besten Zeiten schwierig, und nachdem Bijous Leopardin sich erhoben und ihn erhört hatte, begehrte er sie mit jeder Faser seines Körpers, bei jedem Atemzug. Mit so heftigen Gefühlen hatte er nicht gerechnet. Es war überraschend und ein wenig verrückt, wenn man bedachte, dass er sich sonst immer so gut unter Kontrolle hatte.

Sicher würde sein Leopard ihr sein Mal aufdrücken. Verdammt. Sogar *er* wollte ihr sein Mal aufdrücken, als Warnung an alle anderen Männer, ihr nur ja fernzubleiben. Es war ein wildes, primitives Bedürfnis, das er einfach nicht ignorieren konnte. Andererseits konnte er nicht nur seinen Leoparden dafür verantwortlich machen, dass er die Hände nicht von ihr lassen konnte. Wenn er ganz ehrlich war, hatte er sich selbst belogen, als er sich eingeredet hatte, dass er Bijou küsste, damit das in die Boulevardpresse kam und ihren Stalker aufscheuchen würde, denn er hatte sie küssen *wollen*, vom ersten Augenblick an. Nein, er hatte sie küssen *müssen*. Und nachdem er es getan hatte, war er verloren gewesen.

Er war süchtig nach ihr. Konnte nicht mehr aufhören, sie zu küssen. Würde nie mehr damit aufhören. Ihr Geschmack hatte sich ihm unauslöschlich eingeprägt, war ihm unter die Haut gegangen und in jede Zelle gedrungen, sodass er ohne sie nicht mehr leben konnte. Er musste sich immer wieder an ihrem wilden, flüchtigen Duft berauschen. Diese ganz persönliche Mischung aus Lavendelduft und Pheromonen verfolgte ihn Tag und Nacht. Er hatte sich nur zurückgehalten, weil er wusste, dass ihre Leopardin kurz vor dem Erscheinen war und bei ihr einen unberechenbaren Sexualtrieb wecken würde. Er war skrupellos genug gewesen abzuwarten, sie zu beobachten und nahe bei ihr zu bleiben, damit kein anderer die Gelegenheit bekam, sich zwischen sie beide zu drängen.

Ihr Mund war unwiderstehlich. Die volle Unterlippe, die an einen Schmollmund erinnerte, brachte ihn um den Verstand. Wieder küsste er sie, er war unersättlich. Keine andere würde ihm je so gefallen. Das war sicher. Sie war die Richtige, wie für ihn gemacht. Er drückte sie fest an die Wand und küsste sie immer wieder, während sie ein Bein um seinen Oberschenkel schlang. Dann hob er den Kopf, um Luft zu schnappen. Es gab Dinge, die gesagt werden mussten. Erklärungen, die notwendig waren, doch er konnte nicht klar genug denken, nicht wenn ihre Leopardin so nah war. Bald würde sie sich zeigen. Vielleicht am nächsten Tag. Oder am übernächsten. Vielleicht sogar schon in dieser Nacht.

Die Vorstellung, dass Bijou in der Not zu ihm gekommen war, stachelte ihn an. Er wusste, dass es morgen Tränen und Vorwürfe geben würde, wenn ihre Leopardin sich nicht zeigte. Sie würde verwirrt sein. Vielleicht sogar wütend. Aber er konnte nicht lange genug innehalten, um ihr zu erklären, dass sie eine Gestaltwandlerin war. Sie würde ihm wohl ohnehin nicht glauben, und sie war – genau wie er – nicht in der Verfassung zu warten. Er konnte nur hoffen, dass ihre Leopardin hervorkam und alles gut werden würde.

Er strich mit dem Daumen über ihre verführerische Unterlippe. »Du wirst Angst haben, Blue. Ich weiß es, dann musst du mich ansehen. Niemanden sonst. Ich werde dir helfen. Sieh mich nur immer an.«

Mit Nippeln, die hart und rot waren von seinen Küssen, stand sie in ihrem blauen Spitzen-BH keuchend vor ihm – eine Versuchung, der er unmöglich widerstehen konnte. Ehe sie etwas erwidern konnte, küsste er sie erneut. In ihren Augen war zu viel Verwirrung und Angst. Sie fürchtete sich davor, dass er zu rau sein würde, aber er konnte nicht sanft sein, selbst wenn er sich noch so sehr bemühte. Sein Leopard bedrängte ihn zu hart, und da das Weibchen sich bald zeigen würde, war das Tier noch wilder als sonst und würde es ihm schwer machen, zärtlich zu sein.

Bijou schmeckte besser als der köstlichste Wein, den er je gekostet hatte. Er versuchte, sich zu zügeln, zumindest so viel Selbstbeherrschung aufzubringen, dass er sie mit Sicherheit nicht verletzen würde. Er schaffte es sogar, den Kopf einige Zentimeter zu heben, die Stirn an ihre zu drücken und in ihre erstaunlichen, blauen Leopardenaugen zu schauen. Dann strich er ihr das Haar zurück und versuchte, sie beruhigend anzusehen, obwohl er bereits dabei war, ihr ohne jede Rücksicht die Unschuld zu rauben.

Er war viel zu erfahren, um nicht zu bemerken, dass sie noch Jungfrau war, doch seinem Leopard war das völlig egal und ihrer Leopardin ebenso. Besitzergreifend strichen seine Hände über ihre nackte Haut. Sie gehörte ihm, jetzt und für alle Zeit. Ihre Haut war weich wie Seide, und er bedeckte sie mit einer heißen Spur von Küssen, die von ihrem Mund, den Hals hinunter wieder zu ihren Lippen zurückführte, denn er konnte nicht anders. Er musste sie küssen und berühren. Er hatte schon lange keine Wahl mehr.

6

Bijou stieß einen leisen, kurzen Schrei aus, der Remy weiter anstachelte. Er musste Haut an Haut mit ihr sein. Das Blut strömte so heiß durch seine Adern, dass sein ganzer Körper schmerzte. Er knabberte spielerisch an einer Brustwarze, während er an der anderen zog. Er wollte, dass sie mehr als erregt war, weit mehr als nur bereit. Er würde es nicht zulassen, dass sie weglief oder ihre Meinung änderte. Er war nicht mehr zu bremsen.

Sie wand sich zwischen ihm und der Wand und gab einen Laut zwischen Schmerz und Freude von sich. Da packte er sie bei den Schultern, drehte sie herum, presste sie an die Wand und erlaubte ihr nicht, sich weiter zu bewegen, bis er gnadenlos jedes Stück Stoff entfernt hatte, das ihn stören konnte.

Dann warf er schwer atmend, um seine Raubtierinstinkte zu zügeln, die eigenen Kleider ab. Danach küsste er sich an ihren Beinen hoch, rieb den Kopf an ihrem festen Po und brachte sie zum Schreien, indem er zweimal hineinbiss, das zweite Mal so fest, dass ein Abdruck zurückblieb.

»Remy, das ist zu viel«, wimmerte sie. Sie zitterte am ganzen Leib. Die Arme waren flach an die Wand gedrückt, den

Kopf zur Seite gedreht, versuchte sie, ihn durch ihr langes Haar anzusehen.

Er presste sich der Länge nach an sie, schob eine Hand zwischen die Wand und ihren flachen Bauch und ließ sie zu ihrem Venushügel wandern. Sie war ganz heiß, und seine Hand glitt so unglaublich geschmeidig über ihre Haut, so etwas hatte er noch nie gespürt. Er steckte einen Finger in sie hinein, den sie aufstöhnend umklammerte, während sie unwillkürlich mit den Hüften zuckte. Remy küsste sie auf den Hals, legte die Stirn auf ihre Schulter und zeigte ihr mit dem Finger ganz langsam, was er mit ihr vorhatte.

Unfähig stillzuhalten, rieb Bijou keuchend den Po an ihm. Erbost bohrte er die Zähne so tief in ihre weiche Haut, dass sie jammerte. Dann wurde es in ihr so feucht, dass er zwei Finger in sie hineinschieben konnte.

»Was machst du?« Ihre Stimme klang krächzend. Heiser. Verzweifelt.

Er leckte die Wunden an ihrer Schulter. »Ich mache dich bereit.«

»Ich weiß nicht, was ich tun soll«, gestand sie. »Ich bin noch nie mit einem Mann zusammen gewesen.« Sie holte tief Luft. »Hilf mir, Remy. Ich möchte, dass es dir gefällt.«

Er hatte es gewusst. Tief im Innern hatte er gewusst, dass sie auf ihn gewartet hatte. Langsam zog er die Finger aus ihr heraus und hielt sie sich vor die Nase. Sie roch überall nach Lavendel. Selbst da. Er schleckte die Finger ab. »Du schmeckst sogar nach Lavendel. Dieser Duft treibt mich noch in den Wahnsinn.«

Ehe sie etwas erwidern konnte, riss er sie mit harten Händen herum, trug sie zum Bett und breitete sie wie ein Festmahl darauf aus. Überrascht holte Bijou tief Luft, doch er gab ihr keine Chance zu protestieren, drückte einfach den Mund auf ihren und raubte ihr den Atem, küsste sie so lange, bis sie nachgab und sich entspannte und sich erneut rastlos an ihm rieb.

Dann nahm er ihre Arme, streckte sie über ihrem Kopf aus, drückte ihre Handgelenke in die Matratze und schob ein Bein zwischen ihre Schenkel, damit sie sich für ihn öffnete. So scheu sie auch war, ihr Duft machte ihn wild. All die Jahre hatte er sich immer so leer gefühlt. Zuerst hatte er versucht, die Nächte mit irgendwelchen Frauen zu verbringen, und als das nicht funktionierte, hatte er sich auf seine Karriere konzentriert. Aber nichts hatte geholfen, bis zu dieser Nacht. Bis diese Frau gekommen war. Er hatte sie noch nicht genommen, doch ihr Geschmack und ihr Duft stillten seine Sehnsucht und zogen ihn unwiderstehlich an. Er kannte sie. Ohne sie würde er nie mehr vollständig sein.

Vielleicht hatte sie ihm immer gefehlt. Vielleicht lauerte sein Leopard deshalb immer so dicht und gereizt unter der Oberfläche. Auf eine seltsame, primitive Art erkannte er sie wieder. Sie gehörte ihm. Und er ihr. Remy legte eine Hand unter ihr Kinn und bog ihren Kopf zurück, damit sie ihm ihre Kehle darbot. Dann küsste er ihren langen, schlanken Hals. Sie roch so gut, und ihre Haut war so weich.

Gedrängt vom Paarungstrieb der immer näher kommenden Leopardin, wand sie sich keuchend unter ihm, und bei jedem Atemzug drückten ihre Brüste sich verführerisch an ihn. Er küsste ihren Hals, ihr Dekolleté, ihre Brüste und blies seinen warmen Atem über die Spitzen.

Dann schaute er in ihre leuchtenden Katzenaugen. Sie waren wunderschön. Ihre Leopardin war nah und feuerte sie an. Sie konnte nicht aufhören mit den aufreizenden Bewegungen, die das Dröhnen in seinen Ohren immer lauter werden ließen.

Remy strich über ihren Hals, am Schlüsselbein entlang und legte eine Hand auf ihre Brust. Das heftige Auf und Ab ihres Brustkorbs war ungeheuer anziehend. Er senkte den Kopf und legte die Lippen um den freien Nippel. Bijou schrie und zappelte unter ihm. Doch er drückte sie mit seinem Gewicht nieder und saugte und knabberte nach Belieben.

Das leise Wimmern, das ihr dabei entschlüpfte, brachte ihn um den Verstand. Heftig zog er an einem Nippel, während er den anderen zwischen den Fingern rollte. Stöhnend bäumte Bijou sich auf. Er wusste, dass sie für so raue Spiele zu unerfahren war, aber er konnte sich nicht beherrschen. Es gefiel ihm, wie sie jedes Mal, wenn er zog und zerrte, bockte und sich wehrte.

»Remy!«, versuchte sie, ihn zu erreichen, doch er drückte ihre Hände nur tiefer in die Matratze.

»Schsch, Blue, lass mich nur machen«, ermahnte er sie. Dann gab es kein Halten mehr für ihn, ihr sinnlicher Duft war zu verlockend.

Bijou konnte die Augen nicht losreißen von dem Mann, von dem sie fast ihr ganzes Leben geträumt hatte. Niemand hatte je an ihn herangereicht. Niemand hatte je dafür gesorgt, dass ihr Körper so verzweifelt nach Sex verlangte, dass ihre Brüste schmerzten oder dass ihr Schoß heiß und feucht wurde.

Remy war wunderschön. Es gab kein anderes Wort dafür. Er war der hinreißendste, anziehendste Mann, den sie je kennengelernt hatte. Sie hatte ständig von ihm geträumt, heiße, erotische Träume, an die sie sich am anderen Morgen nicht zu erinnern wagte. Er war groß, breitschultrig und durchtrainiert, und dennoch bewegte er sich mit einer Grazie, die sie so sehr bewunderte, dass es ihr manchmal den Atem verschlug.

Seine Hände, die sich auf ihren empfindlichen Brüsten und den weichen Schenkelinnenseiten rau anfühlten, wussten offenbar, was sie taten. Dazu hatte er den verführerischsten Mund, den sie je an einem Mann gesehen hatte. Und er setzte ihn gut ein. Manchmal zwickte und biss er sie auch mit seinen kräftigen weißen Zähnen, hin und wieder sogar so fest, dass sie protestierte. Dann linderte er den Schmerz mit seiner zärtlichen Zunge.

Schwer atmend, warf sie den Kopf hin und her, ohne ihn aus den Augen zu lassen. Nun schob er sich zwischen ihre Schenkel und legte sich auf sie.

»Halt still, Blue. Auf diesen Moment habe ich lange gewartet.«

Seine Stimme war rau vor Hunger, und seine Augen leuchteten beinahe golden. Er sah aus, als würde er sie gleich verspeisen. Ihr Herz schlug wie verrückt, und wenn sie noch einen Rest Selbsterhaltungstrieb gehabt hätte, wäre sie um ihr Leben gerannt, doch dazu sehnte sie sich zu sehr nach ihm und dem, was er mit ihr anstellen würde.

Sie konnte es kaum erwarten und wand sich hemmungslos, um ihn zu reizen und zu locken. Sie wollte, dass er genauso zügellos war wie sie, und hielt sich an den Laken fest, um, wie befohlen, die Arme ruhig zu halten.

Er küsste sich an ihren Brüsten zu ihrem flachen Bauch hinunter. Als er seine Zunge in ihren Nabel steckte und sie neckisch kreisen ließ, stieß sie zischend den Atem aus und hob die Hüften. Doch er drückte sie nur lässig zurück und zwickte sie wieder warnend mit den Zähnen, was sie nur noch mehr erregte.

Dann begann er, ihre Schenkel zu streicheln, und sie erschauerte am ganzen Körper. Sie hätte schwören können, dass ihre Temperatur weit über normal war. Jedes Mal, wenn seine Hand über ihre Beine glitt, floss es heiß aus ihr heraus, und tief in ihr zogen sich sämtliche Muskeln sehnsüchtig zusammen.

Mit seinen seltsamen Katzenaugen sah er auf sie herab und betrachtete den feuchten Schoß zwischen den sich windenden Hüften. Dann wurde sein Mund weich, und ein äußerst selbstzufriedenes Lächeln erschien auf seinem Gesicht, so als hätte sie damit bewiesen, dass sie ihm gehörte, ihm allein. Und wahrscheinlich war es auch so. Bijou schluchzte auf.

»Bitte, Remy. Ich halte das nicht aus. Du musst etwas tun.«

Sie konnte nicht glauben, dass sie so bettelte. Ihn geradezu anflehte. Unter anderen Umständen wäre ihr das äußerst peinlich gewesen, doch sie stand in Flammen und konnte nicht anders. Alles an ihr bebte und zitterte. Irgendetwas musste geschehen. Ganz egal was. Sie ertrug das nicht länger. Laut wie ein grollender Donner konnte sie ihr Blut in den Ohren rauschen hören.

Mit seinen unglaublich breiten Schultern spreizte er ihre Beine. Gespannt hielt sie die Luft an, als er langsam den Kopf senkte. Zuerst spürte sie nur seinen Atem. Dann blies er über ihren Venushügel, und all ihre Muskeln spannten sich erwartungsvoll. Abgesehen vom Klopfen ihres Herzens war es absolut still im Raum.

Ohne den Kopf zu heben, sah er sie von unten an, und

einen Moment fürchtete sie sich vor ihm. Dann knurrte er wie ein hungriges Tier, das sich auf seine Beute stürzt, und sie zuckte ängstlich zusammen und krallte die Finger tiefer in die Laken.

Als er zum ersten Mal über ihre feuchtheißen Schamlippen leckte, schrie sie auf und begann, am ganzen Leib zu zittern. Wenn er sie nicht niedergedrückt hätte, wäre sie wohl geflüchtet.

Er hob den Kopf und starte sie vorwurfsvoll an. »Halt still«, befahl er ihr.

In dem Augenblick wurde ihr klar, dass auch er die Kontrolle verloren hatte. Dass er sie beherrschte, hieß also nicht unbedingt, dass er sich selbst im Griff hatte. Er hatte gesagt, dass es kein Aufhören und kein Zurück geben würde, und nun erkannte sie, warum das so war. Er war mit ihr über den Rand der Klippe gegangen, und nun wanden sie sich beide in den Fängen einer Leidenschaft, die ihnen keine andere Wahl mehr ließ.

Wieder leckte er sie. Seine Zunge war viel rauer, als sie es vermutet hätte. Bijou schnappte nach Luft, und ihre Bauchmuskeln verkrampften sich. Ihre Brüste spannten und schmerzten. Doch er hielt sie mit einem Arm fest und labte sich an ihr wie eine große Katze, die sich genüsslich einen endlosen Strom warmer Milch einverleibt. Während die Muskeln ihrer leeren Scheide sich zusammenzogen und noch mehr Milch produzierten, die gierig aufgeschleckt wurde, warf sie den Kopf von einer Seite zur andern.

Die Wellen der Lust, die sie überliefen, waren so stark, dass sie, ohne es zu merken, mit den Nägeln die Bettlaken zerfetzte. Das musste ein Ende haben. Sie glühte vor Hitze und bekam kaum noch Luft, doch er hörte nicht auf, machte selbst dann noch weiter, als sie ihn gegen die Schultern stieß, um ihn zu warnen, dass er zu weit ging.

Unerbittlich ließ er die Zunge kreisen, und sie kam ihm immer wieder mit dem Becken entgegen. Dann spürte sie seine Zähne an ihrer empfindlichsten Stelle und explodierte, zersprang, drückte sich wimmernd vor Lust an ihn. Endlich leckte er ein letztes Mal über die bebende, geschwollene Stelle, kniete sich hin und zog ihre Hüften an sich.

Sein Gesicht war wie in Stein gemeißelt, die Augen halb geschlossen, der Blick so dunkel vor Verlangen, dass er unwiderstehlich war. »Du gehörst mir«, flüsterte er.

Obwohl er so leise gesprochen hatte, dass er kaum zu verstehen gewesen war, hallten die Worte in ihrem Herzen und ihrer Seele nach, als hätte er sie laut herausgeschrien.

»Mir allein.« Seine Penisspitze drückte gegen ihre feuchte Scheide. »Verstehst du? Du gehörst mir.«

Sich selbst aufzugeben, damit er in sie eindrang, schien ein geringer Preis zu sein, denn das Dröhnen in ihrem Kopf war zu einem dauernden, drohenden Donnern angeschwollen. Sie wusste sich nicht anders zu helfen und nickte gespannt und flehentlich. Der innere Trieb, der sie danach lechzen ließ, genommen zu werden, war nicht zu unterdrücken. Sie würde alles tun, was er wollte.

Langsam schob er seinen heißen, dicken Penis in die schlüpfrige Enge, die ihn erwartete.

»Alles an dir. Du gehörst mir mit Haut und Haaren.«

Sie war verkommen, schamlos und lüstern, aber es war ihr egal. Sie schluchzte vor Glück. Sie musste ihn haben. Nichts anderes konnte das schreckliche Brennen, das unerträgliche Verlangen lindern. Nichts anderes diesen wilden, hemmungslosen Trieb befriedigen.

»Ja. So ist es«, zischte sie. »Bitte, Remy. Tu es.«

Da stieß er zu, bohrte sich wie ein Rammbock in ihre jungfräuliche Scheide und versenkte sein hartes Glied in ihr. Heiße Blitze durchzuckten sie, während er sie mit seinen rauen Händen an den Hüften festhielt und immer wieder tief in sie hineinstieß.

Sie hatte keine Zeit, Atem zu schöpfen oder Schmerzen zu spüren, ehe die Lust sie überrollte. Hastig griffen ihre Muskeln nach ihm und umschlossen ihn warm und pulsierend. Ihre Scheide war viel zu eng. Er war so groß und dehnte sie gnadenlos, doch das steigerte das schmerzliche Vergnügen nur. Ihre Anspannung wurde immer größer, die innere Hitze unerträglich. Doch es gab kein Entrinnen. Keine Möglichkeit aufzuhören.

Wieder und wieder stieß er so heftig zu, dass sie am ganzen Körper bebte, grub die Finger in ihr Fleisch und zog sie bei jedem Stoß an sich und heizte ihr weiter ein. Sie öffnete den Mund, um zu schreien, zu betteln, doch er machte einfach weiter, die Augen halb geschlossen, das Gesicht starr vor Lüsternheit.

Das Bett schaukelte so sehr, dass es ein Eigenleben zu haben schien, ein unheilverkündendes Geräusch verriet, dass ein Brett im Fußboden splitterte, doch er ließ sich nicht aufhalten. Er hämmerte auf sie ein wie ein Wilder, so hart und aggressiv, dass sie Angst hatte zu zerreißen. Trotzdem wollte sie nicht, dass er aufhörte. Ob sie diese hitzige sexuelle Vereinigung überlebte, war nicht wichtig. Wichtig war nur dieser lebende Presslufthammer, der wie im Rausch auf sie eindrosch.

Sie hörte sich selbst um Gnade flehen, doch das Dröhnen in ihren Ohren sprach eine andere Sprache. Sie brauchte ihn einfach. Sie stand in Flammen und wollte mit ihm verbrennen. Er wurde immer dicker und die Reibung immer stärker, und sie glaubte schon, von ihrem Körper würden tatsächlich Flammen auflodern. Aber auch das war ihr gleichgültig, Hauptsache, er fand einen Weg, sie von diesem furchtbaren Druck, diesem unerträglichen Verlangen zu befreien.

So steigerten sie sich immer weiter in den Rausch der Lust hinein. Remys Gesicht war eine Maske wilder Entschlossenheit. Er stieß immer schneller zu, und bei jedem Mal wurde ihr Flehen dringlicher. Die Explosion begann täuschend langsam, griff dann aber schnell auf den ganzen Körper über.

Bijou schrie und versteifte sich. Spürte, wie sein dicker Penis in ihrer heißen Umklammerung pulsierte. Dann versteifte auch Remy sich, zögerte, stieß zu, bohrte sich tief in sie hinein und spritzte seinen warmen Samen an ihre zarten Wände.

Bijou rang nach Luft, während ihr Körper von Wellen der Lust erschüttert wurde, die ihn gnadenlos molken, um auch den letzten Tropfen aus ihm herauszupressen. Dann fuhr sie mit der Zunge über die trockenen Lippen und zwang sich, die Augen offen zu halten, damit sie Remy sehen konnte. Schweißtropfen hingen in seinem Haar, und auch ihr rann der Schweiß am Gesicht herunter und sammelte sich zwischen ihren Brüsten.

Sie konnte sich nicht mehr bewegen. Ihr Körper fühlte sich so schlaff an, als wäre sie nur eine Puppe aus Stoff. Sie hatte Angst davor, wie er reagieren würde. Sie war wie von Sinnen gewesen. Wie besessen. So hatte sie sich noch nie aufgeführt, und das erschreckte sie. War sie am Ende doch wie Bodrie?

Remy beugte sich zu ihr herab und küsste sie sanft auf

die Augenwinkel. Es fühlte sich so an, als wären sie feucht. Dabei weinte sie gar nicht. Sie würde es sich nicht erlauben, sich wie ein Kind zu benehmen, nicht solange Remy in ihr steckte und an ihren feuchten Schenkeln Blut und Samen hinunterliefen.

Remy küsste sie auf die Mundwinkel und die Brustspitzen und rollte sich mit einem leisen Stöhnen von ihr herunter. Selbst dabei überlief sie eine Hitzewelle, so als ob dieses schreckliche Begehren sich einfach weigerte zu verschwinden. Bijou presste die Lippen fest zusammen und legte einen Arm über die Augen. Sie war widerlich. Unersättlich. Was zum Teufel war mit ihr los?

Sie hatte wilden, verrückten und sehr rauen Sex gehabt. Sie war wund. Jeder Muskel tat weh, aber tief in sich verspürte sie schon wieder den Drang, sich mit ihm zu vereinen. Vielleicht war sie sexsüchtig, aber es zu wissen und es zu ignorieren waren zwei verschiedene Dinge. Das Feuer zwischen ihren Beinen wurde immer heißer und das Verlangen nach Sex so stark, dass es kein Hunger mehr war, sondern pure Gier. Sie musste hier weg, weg von Remy.

Vorsichtig rollte sie sich aus dem Bett und landete auf Händen und Füßen.

»Was zum Teufel machst du?«, blaffte Remy.

Bijou warf ihm einen Schulterblick zu. Sie wusste, dass es falsch gewesen war, sich vor ihm zu fürchten. Er war zwar ruppig gewesen, aber jedes Mal, wenn er sie berührt hatte, hatte er dafür gesorgt, dass sie Lust empfand. Sie war einfach zu empfindlich und erregt. Sie verstand nicht, warum sie sich nicht befriedigt fühlte, und fand das irgendwie erschreckend. Ihr eigenes Benehmen war mindestens genauso erschreckend für sie wie seins.

Seine Augen erinnerten wieder einmal an eine Raubkatze kurz vor dem Sprung. Sie gab nur einen leisen Laut von sich, der ihre Verwirrung – oder schlimmer noch – ihre Lüsternheit verriet, und lief auf allen vieren vor ihm weg.

Noch bebend vor Lust, aber schon wieder hungrig, verängstigt und verwirrt von ihren unerklärlichen Bedürfnissen versuchte sie, ihm zu entkommen. Sie war den Tränen nahe, denn sie hatte keine Ahnung, wie sie von einer frigiden Frau, die kein körperliches Interesse an Männern gehabt hatte, zu einer so unersättlichen, sinnlichen Kreatur werden konnte, die ihn erneut zu verführen versuchte.

Er knurrte warnend und war blitzschnell über ihr, packte sie von hinten an der Taille, drückte seine pralle Erektion an ihre feuchte Pforte und hielt sie fest, während er in sie eindrang. Sie war noch so nass, dass es ihm hätte leichtfallen sollen, aber dem war nicht so, denn sie wehrte sich gegen den Übergriff und gab nur zögernd nach. Das schmerzte natürlich ein wenig, aber es machte ihr nichts aus. Es steigerte ihre Lust sogar, wie sie beschämt feststellte. Was war nur mit ihr los?

Remy fuhr mit der Zunge über ihren Rücken und leckte die kleinen Schweißperlen ab. Sein heißer Atem streifte sie, als er sich schleckend und knabbernd an ihrem Rückgrat zum Nacken hocharbeitete. Dann zog er sie ganz eng an sich und verharrte still. Sie versuchte, sich zu befreien, doch er ließ es nicht zu. Hielt sie einfach fest und wartete.

Wieder begann ihr Herz wie wild zu klopfen. Ihre Brüste baumelten vor ihren Augen, und ihr Haar hing in feuchten Strähnen bis auf den Boden herab, als sein dickes Glied sich tiefer bohrte, ihre engen Scheidenmuskeln so sehr dehnte, wie sie es nicht für möglich gehalten hätte.

Wieder streifte sie sein heißer Atem, und sie hätte schwören können, dass sie einen Augenblick lang Pelz am Rücken spürte. Dann gruben sich lange, rasiermesserscharfe Eckzähne in ihre Schulter und hielte sie nieder. Sie schrie und schlug um sich, doch er gab nicht nach, bis sich tief in ihr wieder dieses Wilde, Animalische erhob. Ihre Haut begann zu prickeln, und ihr Schoß brannte. Sie senkte den Kopf und atmete gegen den Schmerz an, ließ sich auf Remy und diesen verrückten, brutalen Sex ein. Was immer das in ihr war, es hieß ihn willkommen. Es brauchte ihn und gierte nach diesem hemmungslosen Sex.

Langsam zog Remy die Zähne wieder zurück und leckte ihre Wunden. Dann begann er, sich zu bewegen, ritt sie gnadenlos hart, bis das Feuer, das sie verzehrte, sich in ihrer wunden Scheide konzentrierte. Trotzdem wollte sie nicht, dass er aufhörte. Seine Aggressivität stimulierte sie mehr als alles andere und bescherte ihr schließlich einen unaufhaltsamen, überwältigenden Orgasmus.

Als Remy hastig in ihr Haar fasste und ihren Kopf zurückzog, durchfuhr sie ein so lustvoller Schmerz, dass ihre Muskeln ihn mit aller Kraft umklammerten. Doch er hörte nicht auf und ihr Orgasmus auch nicht. Alles an ihr zitterte und bebte wie verrückt. Bijou hörte sich selber schreien, als sie auf einen neuen Höhepunkt zusteuerte und Remy sich in ihrem pulsierenden Innern entlud.

Sie war zu schwach, um sich aufrecht zu halten, und wäre auf dem Boden zusammengebrochen, wenn Remy sie nicht festgehalten hätte.

»Was in aller Welt hast du mit mir gemacht?«, fragte sie leise. »Bin ich krank?«

»Nein, bist du nicht«, versicherte er ihr und küsste sie auf den Nacken.

Bijou schnaubte ungläubig. Sie war sicher, dass irgendetwas mit ihr nicht stimmte, aber sie hatte nicht die Kraft, sich zu streiten. »Ich will mich nicht rühren. Wirklich nicht. Ich bin so erschöpft, dass ich hier schlafen möchte. Lass mich einfach liegen.«

Stumm ließ Remy sie los. Ohne sich nach ihm umzusehen, sackte sie auf der Stelle zusammen und schloss die Augen. Sie hörte, wie er zum Bett ging, das unter seinem Gewicht ächzte und quietschte. Dann gab es ein Geräusch, als würde irgendetwas zerfetzt, doch wenn sie ehrlich war, hatte sie keine Lust, den Kopf zu heben, selbst wenn sie es gekonnt hätte. Es fühlte sich gut an, einfach so dazuliegen und ihrem normaler werdenden Herzschlag zu lauschen.

Das schreckliche Dröhnen hatte aufgehört, und im Moment fühlte sie sich befriedigt, auch das Brennen zwischen ihren Beinen hatte sich gelegt. Voller Angst, dass der Sexualtrieb wieder erwachen könnte, kniff sie die Augen zu, um Remy nicht anschauen zu müssen, denn sie befürchtete, dass allein er der Auslöser war. Sie hoffte, dass sie nur einschlafen und wieder aufwachen musste, um festzustellen, dass das alles nur ein erotischer Traum gewesen war. Obwohl sie niemals so lebhaft träumte. Und sie hatte sich Sex mit Remy nie so perfekt und aggressiv vorgestellt, auch wenn sie als Künstlerin sehr fantasievoll veranlagt war.

Schließlich hörte sie Wasser in die Wanne laufen und roch Lavendelduft. Sie konnte sich nicht mehr rühren. Remy musste gehen. Es war nett von ihm, dass er ihr ein Bad einließ, aber sie wollte nicht mit ihm diskutieren, selbst wenn sie dazu imstande gewesen wäre. Aber sie konnte nicht einmal aufstehen. Überzeugt davon, dass es genau das Richtige war, hielt sie die Augen fest geschlossen.

»Nun komm schon, Blue. Du musst ein heißes Bad nehmen.«

Es gelang ihr, eine Handbewegung zu machen, die ihn verscheuchen sollte. »Geh weg. Remy. Bitte. Ich bleibe hier liegen. Ich möchte schlafen und morgen über alles nachdenken.«

Er lachte leise. »Wenn du nicht in diese Wanne steigst, *Chere*, kannst du morgen nicht mehr laufen. Na los.«

Ohne auf ihr protestierendes Gemurmel und ihre matte Gegenwehr zu achten, hob er sie hoch und drückte sie an seine Brust. Es war ungerecht, dass er noch Kraft hatte, während sie keinen Finger mehr rühren konnte. Sie fühlte sich herrlich müde, ausgelaugt und dekadent.

In einem geheimen Winkel ihres Hirns war sie sehr froh und zufrieden – wenn auch völlig schockiert –, dass sie es geschafft hatte, mit Remy Boudreaux mitzuhalten. Dass er sie überhaupt gewollt hatte und sogar darauf bestanden hatte, dass sie sich zu ihm bekannte.

Ihr wurde klar, dass ihre Schenkel klebrig waren und dass sie schrecklich aussehen musste.

Wie zog man sich elegant aus der Affäre, wenn man so wilden Sex gehabt hatte? Sie hatte keine Ahnung, aber bald musste sie die Augen aufschlagen, denn sie wusste, dass Remy sie ansah. Sie fühlte seinen durchdringenden, klugen Blick auf sich ruhen.

Sie atmete tief durch und öffnete die Augen, sah aber nicht ihn an, sondern das Zimmer, das sie von Saria gemietet hatte. In einer Wand klaffte ein Loch, von dem mehrere Risse ausgingen, und die Wand über dem Bett hatte tiefe Kratzspuren, so als ob ein großes Raubtier seine Krallen hineingebohrt hätte. Das Bett stand ein wenig schief wegen der zerbrochenen Diele, die Laken waren nur noch blutige Fetzen, und eine Lampe lag zerbrochen auf dem Boden.

»Oh mein Gott.« Sie schlug die Hände vors Gesicht. »Was soll ich Saria erzählen? Wir haben ihr schönes Zimmer ruiniert.«

Sie würde nicht nur Remy bei Tageslicht begegnen müssen, es war auch nicht zu verhindern, dass Saria herausfand, was sich in diesem Zimmer abgespielt hatte. Wie wild sie es mit Remy getrieben hatte.

»Ich stecke dich jetzt ins Bad. Mach dir keine Gedanken, *Chere*. Das bringen wir wieder in Ordnung. Das Wasser wird etwas brennen, ich habe Salz hinzugegeben.«

Er stieg mit ihr in die Wanne und setzte sich langsam. Sie war viel zu erschöpft, um sich darum zu kümmern, wie sie ins Wasser kam, doch in dem Augenblick, in dem ihr Schoß in die Hitze eintauchte, versuchte sie, sich aus seinen Armen zu befreien. Remy hielt sie fest und sorgte dafür, dass sie im Wasser blieb.

»Du brauchst das, ob du es glaubst oder nicht.«

Bijou schnappte nach Luft, doch die Hitze begann bereits, ihrem wunden Körper gutzutun. »Ich schätze, du hast recht«, gab sie widerwillig zu. »Aber du musst damit aufhören, mich herumzukommandieren.«

Remy lachte leise und schob sie von seinem Schoß herunter zur anderen Seite der großen Wanne. »Darauf kannst du lange warten, Frau. Also spar dir die Mühe.«

Bijou ließ den Kopf an den Wannenrand sinken und klappte die Augen zu. »Meine Arme fühlen sich wie Pudding an. Und laufen kann ich wohl auch nicht mehr.«

»Warte noch ein paar Minuten. Das Bad macht dich im Nu wieder munter, Blue.« Remy räusperte sich und wartete, bis sie ihn unter ihren langen Wimpern hinweg ansah. Er war sehr zerknirscht. »Hör mal, Schatz, ich wusste, dass es für dich das erste Mal war, und hätte mehr auf dich achten sollen. Ich habe mich nicht entsprechend gezügelt, und ich entschuldige mich dafür.«

Müde schloss Bijou wieder ihre Augenlider. Ein Lächeln umspielte ihre Unterlippe. Diese traumhafte Unterlippe, an der er am liebsten ständig geknabbert hätte.

»Ist das dein Ernst, Remy? Ich glaube, es ist etwas zu spät, um jetzt noch darüber nachzudenken, oder? Ich weiß, dass es dir aufrichtig leidtut, aber das ist nicht nötig, nachdem wir so zusammen waren.« Sie runzelte die Stirn. »Oder hat man immer so Sex, denn dann habe ich etwas verpasst.«

Sie hatte nicht ganz unrecht. Dennoch wünschte er sich, er wäre zumindest am Anfang etwas sanfter gewesen. Das Wort »Sex« hatte ihn leicht zusammenzucken lassen, weil sie nicht von Liebe gesprochen hatte, wie jede andere Frau es getan hätte. Es stimmte ja, dass sie wilden, brutalen Leopardensex gehabt hatten, aber dennoch ...

Er verstand nicht, warum ihre Leopardin sich nicht gezeigt hatte, und es bereitete ihm ein wenig Sorge. Auch wenn er sicher war, dass er sie zu Recht für eine Gestaltwandlerin hielt. Er hatte sogar das Gefühl gehabt, dass sein Leopard auf die Leopardin reagierte, die er in ihr vermutete, doch Bijou hatte sich nicht verwandelt.

Er fuhr sich mit beiden Händen durchs Haar und betrachtete sie. Sie sah müde aus, und um den Hals herum hatte sie Flecken und Wunden. Sein Leopard hatte sie in den Nacken gebissen, um klarzustellen, dass sie ihm gehörte. Sie war wund und erschöpft und voller Scham. Wie sollte er ihr das alles erklären?

»Normale Menschen haben anderen Sex«, antwortete Remy ehrlich, »deshalb bleibst du besser bei mir.«

Wieder lächelte Bijou matt. »Aber mehr als eine Woche mit dir würde ich vielleicht nicht schaffen.« Sie errötete, vermied es aber immer noch, ihn anzusehen.

Er konnte sich vorstellen, wie sie sich fühlte. Sie hatte alle Hemmungen abgelegt und konnte sich nicht erklären, warum. Wenn er nun einfach sagte: »Weißt du Liebling, wir zwei sind Leopardenmenschen«, würde sie wahrscheinlich schreiend weglaufen, und er konnte es ihr nicht mal übelnehmen. Er hätte versuchen sollen, gleich am Anfang mit ihr zu reden, aber da war er schon zu erregt gewesen, zu versessen darauf, sich mit ihr zu vereinen.

»Jedenfalls würde es eine tolle Woche werden«, erwiderte Remy in heiterem Tonfall. Es war immer noch möglich, dass er sie verlor. Sie war überfordert und hatte Mühe, sich nicht für ihr Tun zu schämen, obwohl es nichts gab, wofür sie sich schämen musste.

»Tatsächlich?« Sie hob das Kinn. »Warum hast du nie geheiratet?«

Das war die schwierigste Frage, die sie ihm stellen konnte. Er drehte sie um und griff nach dem Shampoo, um ihr die Haare zu waschen. »Ich habe nicht die richtige Frau gefunden und bin lieber allein geblieben, als mich mit der falschen einzulassen. Es ist nicht leicht, mit mir zusammen zu sein. Meine Frau wird viel Verständnis haben müssen, also wollte ich ganz sicher sein, ehe ich mich binde.«

Er massierte ihr den Kopf, damit sie sich entspannte. Die Bisswunde in ihrem Nacken war tiefer, als er beabsichtigt hatte. Schuldbewusst beugte er sich vor und drückte einen sanften Kuss auf die Wunde. Bijou schien sich treiben zu lassen, während er ihr das Haar wusch, es abtrocknete und zu einem dicken Zopf flocht.

Plötzlich riss sie sich von ihm los, wandte den Kopf und sah ihn mit weit aufgerissenen Augen entsetzt an. »Remy«, setzte sie an, als wäre sein Name ein Talisman und er ihr weißer Ritter, der einzige Mann, dem sie traute in der Not.

Schnell riss er sie hoch, zog den Stopfen aus der Wanne, hob sie heraus und wickelte sie in ein Handtuch. Sie war so empfindlich, dass sie bei der kleinsten Berührung erschauerte. Unsicher befeuchtete sie die Lippen und sah ihn mit glänzenden Augen an. »Es geht schon wieder los. Ich spüre es – es ist wie ein Feuer, das mich verbrennt. Ist das deine Schuld, Remy? Hast du mich etwa unter Drogen gesetzt? Mir irgendetwas eingeflößt, damit ich so werde? Oder bin ich eine Nymphomanin? Hab ich es im Blut?«

Remy schüttelte den Kopf. »Rede keinen Unsinn. Nichts von alledem. Du solltest nur wissen, dass es ansteckend ist, wenn du so bist. Es ist ein gemeinsames Problem, und wir werden es zusammen meistern, Blue. Sieh mich an, ich habe vor kaum einer Stunde mit dir geschlafen und könnte schon wieder.«

Bewundernd schaute Bijou auf seine stramme Erektion, was ihn noch mehr erregte. Sie hatten gerade erst heftigen Sex gehabt, aber das spielte keine Rolle mehr. Er wusste, dass sie wund war und Ruhe brauchte. Die brauchte er ebenfalls, verdammt noch mal. Doch auch das schien keine Rolle zu spielen. Sein unberechenbares Glied hatte einen eigenen Willen, genau wie ihr armer geschundener Körper.

Er legte eine Hand um ihren Nacken und beugte sich vor. »Ich habe drei Nächte hintereinander auf deinem blöden Balkon gesessen, so angespannt, dass ich dachte, ich würde in Stücke brechen, wenn ich es wage, mich zu bewegen. Deshalb habe ich mir erotische Geschichten ausgedacht und mir vorgestellt, wie du vor mir kniest und deine wunderschönen Lippen um mein Glied legst, um mich zu erlösen.«

Bijou biss sich auf die Unterlippe und sah ihn mit ihren blauen Augen an. Ihr Blick traf ihn wie ein Schlag in die Magengrube. Dann streckte sie die Zunge vor und leckte sich über die Lippen, als reize sie der Gedanke. »Das würde ich auch gern, Remy. Ich habe oft davon geträumt, dich auf diese Weise zu verwöhnen, doch ehrlich gesagt, weiß ich nicht wie. Aber ich lerne schnell«, fügte sie hastig hinzu. »Ich habe sogar Bücher darüber gelesen, nur für den Fall, dass du mich einmal darum bitten würdest. Ich wollte dich nicht enttäuschen.«

»Das kannst du gar nicht, Bijou. Wenn es dir Spaß macht, bist du auch gut darin. Wenn du das wirklich tun möchtest und wenn es dir gefällt, mich im Mund zu haben und auf diese Weise zu befriedigen, kannst du gar keinen Fehler machen.«

»Würdest du mir helfen, es zu lernen? Wenn du mir sagst, was du möchtest, und Geduld hast ...« Sie verstummte.

Ihr bittender Tonfall rührte ihn. Sie wurde schon wieder rastlos. Das Han Vol Don stand ganz kurz bevor, und ihre Leopardin war offensichtlich ein sehr leidenschaftliches Tier. Sie würde Bijou keine Pause gönnen, denn ihre Hormone trieben sie zur Paarung.

Wortlos legte er die Hände auf ihre Schultern und bedeutete ihr, vor ihm niederzuknien. »Ich bin ein sehr guter Lehrer«, sagte er rau.

Er würde das nicht lange aushalten, denn er war genauso ungeduldig wie sie. Er würde bald in sie eindringen wollen. Nicht nur Bijou gehorchte einem Trieb, auch er konnte nicht aufhören, sich rücksichtslos immer wieder mit ihr zu paaren.

Welcher Mann hätte auch widerstehen können, wenn sie mit dem langen Zopf auf dem Rücken vor ihm kniete und mit Augen zu ihm aufsah, die dunkel waren vor Verlangen? Er konnte es kaum erwarten, dass sie den Mund um sein Glied legte, das vor Vorfreude bereits zu tropfen begann.

Ihr Atem ging schnell, und ihre Brustspitzen waren steil aufgerichtet. Er war so dankbar für ihre Leidenschaft, dass er fast selber auf die Knie gefallen wäre. Mit dem Fuß schob er ihre Beine ein wenig auseinander, um mehr von ihr sehen zu können. Auch sie war bereit und lüstern und leckte sich die Lippen, als könnte sie es kaum erwarten, ihn zu kosten.

Schon stieg dieser unverkennbare Lavendelduft auf, den sie verströmte, um ihn wild zu machen. Sie war wie er und würde jede erotische Lektion, die er ihr erteilte, freudig lernen. Er ließ ihr Zeit, ihn zu mustern, dann fasste er sie am Zopf und zog ihren Kopf zurück. »Erkunde mich mit deiner Zunge. Lern mich kennen. Alles an mir. Ich gehöre dir, also nimm dir Zeit und amüsier dich.«

Er war sich nicht ganz sicher, ob er ihr genug Zeit lassen konnte, aber er brauchte das jetzt. Zuerst berührte sie ihn nur zögernd mit den Händen und streichelte ihn so sacht, dass er gern wohlig geknurrt hätte. Dann wurde sie selbstsicherer, fasste an seine Hoden, spielte vorsichtig damit und legte dann schließlich die Hand um sein dickes Glied. Als sie ihn zum ersten Mal mit der Zunge berührte, hauchzart und federleicht, warf Remy den Kopf in den Nacken. Er würde diese Nacht nicht überleben.

Um ihr Mut zu machen, strich er mit den Handrücken

zärtlich über ihre Wangen. Mehr konnte er nicht tun. Er war zu sehr damit beschäftigt, sich zurückzuhalten. Blitze durchzuckten ihn, wenn ihre Zunge ihn streichelte, und dann saugte sie auch noch an seinem schweren Hodensack. Das würde nicht gut gehen, nicht wenn sie weiter so sinnlich war und alles tat, um ihm zu gefallen. Das würde er nicht aushalten.

»Leg den Mund um mein Glied, und lutsch es.« Seine Stimme gehorchte ihm schon fast nicht mehr, er konnte nur noch raue Befehle geben.

Bijou fuhr mit der Zunge an seinem Penis entlang und umkreiste die Spitze. Dann leckte sie darüber und nahm ihn in ihren warmen Mund. Zischend stieß Remy den Atem aus. Als sie endlich begann, spielerisch an seinem harten Glied zu saugen, dachte er nicht mehr daran, ihr irgendetwas beizubringen. Er konnte sie nicht länger probieren lassen, wenn er sie noch nehmen wollte.

Ihr Duft war wie der Ruf der Wildnis, zu verlockend, um ihn zu ignorieren, nicht einmal für das Vergnügen, sich von ihrem wunderbaren Mund verwöhnen zu lassen. Auch sie bewegte bereits lüstern die Hüften, tat aber dennoch ihr Bestes, um seine Wünsche zu erfüllen.

Er zog sie an den Haaren und wartete, dass sie zu ihm aufsah. Ihre Augen hatten fast nichts Menschliches mehr, sie glitzerten wie Edelsteine in der Nacht.

»Ich muss dich haben, *Chere*. Auf der Stelle. Du wirst noch viel Zeit haben, mich so liebzuhaben, aber im Moment brauche ich etwas anderes.« Er zog sie hoch und deutete auf das Bett. »Knie dich hin.«

Gehorsam tat Bijou wie befohlen. Das zeigte Remy, dass auch sie ihre Erschöpfung vergessen und alle Hemmungen abgelegt hatte. Der Trieb war für sie beide unwiderstehlich. Er konnte nur noch dafür sorgen, ihre Vereinigung trotz aller Leidenschaft so angenehm wie möglich zu machen.

Am Ende, als der Morgen schon dämmerte, fiel Bijou endlich in einen unruhigen Schlaf. Remy wusste nicht mehr, wie oft er sie genommen hatte, nur dass sie bei jedem neuen Höhepunkt vor Freude geschrien hatte.

Er betrachtete sie, wie sie lang ausgestreckt quer über dem Bett lag. Seine Finger und die Zähne des Leoparden hatten Spuren hinterlassen. Er hatte ihr sein Mal aufgedrückt und sie, wie es bei den Leopardenmenschen üblich war, auf primitive Art als seine Gefährtin gekennzeichnet. Doch das diente einem Zweck. Es sollte Rivalen abschrecken und sicherstellen, dass die Leopardin, wenn sie erschien, sich nur mit dem Mann ihrer Wahl zusammentat. Bijou Breaux gehörte nun ganz offiziell und für immer ihm allein.

7

Sieht so aus, als hätte jemand eine Mordswut auf dich«, sagte Gage, als er sich, die Hände in die Hüften gestemmt, das verwüstete Apartment seines Bruders ansah.

Amüsiert registrierte Remy, dass sein kleiner Bruder sich schützend vor ihn gestellt hatte. Natürlich konnte er Gage, falls es Ärger geben sollte, schnell beiseiteschieben, aber es würde ihn eine oder zwei Sekunden kosten. Andererseits war es ein gutes Gefühl zu wissen, dass auch sein Bruder den Drang verspürte, andere zu beschützen – in diesem Fall ihn.

»Das hatte ich gehofft«, gestand Remy recht zufrieden. Dann sah er sich in der kleinen Wohnung um, die er in New Orleans gemietet hatte. Sein wahres Zuhause war in den Bayous, doch manchmal war es lästig, nachts hinausfahren zu müssen, deshalb hatte er eine Zweitwohnung in der Nähe der Polizeistation.

»Er hat alles kurz und klein gehauen«, sagte Gage. »Ich glaube nicht, dass noch irgendetwas heil ist.«

»Hier gibt's nichts Wertvolles«, erwiderte Remy und ließ den Blick langsam durch das Wohnzimmer der Wohnung schweifen.

Alles war zerschlagen. Die Beistelltische, die Lampen und der Fernseher, der an der Rigipswand gehangen hatte, in der nun ein riesiges Loch klaffte. Das Sofa und die Kissen waren aufgeschlitzt, und die Füllung hing heraus.

»Anscheinend war er richtig in Rage«, sagte Gage und sah seinen Bruder an. »Was hast du denn getan?«

Remy zuckte die Achseln. »Bloß ein Mädchen geküsst.«

»Hoffentlich war sie es wert«, sagte Gage und trat näher an seinen Bruder heran, um ins Schlafzimmer zu schauen.

Remy merkte genau, in welchem Augenblick Gage den Duft auffing. Die Augen weit aufgerissen vor Überraschung, sah er sich zu ihm um.

»Was zum Teufel hast du bloß getan?«, fragte er und drehte sich ganz herum, um Remy ins Gesicht sehen zu können. »Du riechst nach Bijou. Ich kenne ihren ...« Er verstummte überrascht, denn nun hatte er auch die wesentlich flüchtigere Unternote des Duftes wahrgenommen. Scharf sog er die Luft ein. »Sie ist ...«

Remy nickte. »Eine von uns. Und sie gehört *mir*«, betonte er unmissverständlich. »Dieser miese Kerl hat sie verfolgt. Und ich lasse ihn nicht ungestraft davonkommen.«

Gage hob eine Hand und schüttelte den Kopf. »Warte mal eine Minute. Ich muss kurz nachdenken. Du sagst, dass Bijou Breaux *dir* gehört? Diese Multimillionärin, die mit einem silbernen Löffel im Mund geboren wurde? Die Tochter einer *Legende*? Hast du den Verstand verloren?«

»Das hat man mich schon öfter gefragt, und die Antwort ist immer dieselbe.« Lässig zuckte Remy die Achseln, doch die Hände an seinen Seiten ballten sich zu Fäusten, und der Schmerz in den Fingerknöcheln verriet ihm, dass sein Leopard dicht unter der Oberfläche war.

»Mach dir doch nichts vor, Remy. Sie sagt, sie will nach New Orleans zurückkommen und ein einfaches Leben führen. Aber glaubst du, dass sie hierherpasst? Sie ist nie eine von uns gewesen. Sie ist reich, elegant und führt ein verdammt unruhiges Leben. Sie ist an Auftritte auf dem roten Teppich mit Stars und Privatjets gewöhnt. Das ist nicht unsere Welt und wird es auch nie sein. Dass sie zurückgekommen ist und sich den Club und dieses süße kleine Apartment gekauft hat, war doch nur eine Laune.« Gage legte eine Hand auf den Arm seines Bruders. »Sie wird dir das Herz brechen, denn sie wird nicht bleiben.«

»Pass auf, was du sagst, Gage. Sie ist meine Gefährtin. Keiner wird sie mir wegnehmen. Und ich lasse es nicht zu, dass irgendjemand – meine Brüder eingeschlossen – ihr das Leben schwermacht. Sie wird hierbleiben, denn sie gehört zu mir, ob sie es weiß oder nicht«, sagte Remy fest und entschlossen. Vielleicht würde sie tatsächlich versuchen, vor ihm davonzulaufen, aber sie würde nicht weit kommen.

Er fürchtete, dass er sich nur über seinen Bruder ärgerte, weil Gage seinen eigenen Sorgen Ausdruck verlieh. Bijou gehörte nicht in die Bayous – er dagegen schon. Und sie gehörte auch nicht in ein degeneriertes Leopardenrudel – sie hatte etwas Besseres verdient. Geld bedeutete ihm nicht sehr viel, für ihn war es nur ein Mittel, um gut durchs Leben zu kommen, und der Umfang ihres Vermögens war ohnehin unvorstellbar. Er interessierte sich nicht für Bijous Geld, sondern für sie. Sie war eine reiche Lady, genau wie sein Bruder gesagt hatte, und nur deshalb so versessen auf ihn, weil ihre Leopardin sie dazu trieb. Was, wenn das Tier nie zum Vorschein kam?

»Vor einer Woche hast du nicht einmal gewusst, dass sie

wieder in der Stadt ist, Remy. Und nun benimmst du dich wie ein Idiot und verlockst einen verrückten Fan zu Gewalttaten, damit du den Helden spielen kannst.«

Remy lächelte, doch seine Augen hatten zu funkeln begonnen. Er merkte es daran, dass er nur noch verschwommene Hitzebilder sah. »Du musst sie ja nicht mögen, Gage, aber du solltest sie respektvoll behandeln. Denn ich werde sie bis aufs Blut verteidigen. Sie ist die Richtige für mich. Und nur zu deiner Information, ich hätte mich bei jeder Frau, die bei mir Schutz sucht, wie ein Idiot benommen, um ihren Stalker aus der Deckung zu locken. Bijou hat mich nicht darum gebeten. Ich habe es so gewollt.«

Gage machte den Mund auf, klappte ihn wieder zu und schüttelte den Kopf. »Vielleicht hast du dich diesmal übernommen, Bruder. Aber ich helfe dir. Wenn du Bijou Breaux unbedingt haben willst, dann sollst du sie haben.«

Remy holte tief Luft. Überall in der Wohnung roch es nach dem Stalker. Er hatte zwar keine verwertbaren Spuren hinterlassen, konnte aber nichts dagegen tun, dass sein Geruch dort hängenblieb, denn anders als an den Tatorten des Serienkillers gab es in Remys Apartment keinen Blut- und Angstgeruch, der es einem Leoparden schwermachte, eine Witterung aufzunehmen.

»Kennst du den Geruch?«, fragte er seinen Bruder.

Auch Gage schnupperte. »Nein. Aber ich würde ihn wiedererkennen, falls der Mann mir über den Weg läuft.«

»Setz das Rudel auf ihn an. Ich will, dass alle nach ihm suchen. Sobald irgendjemand den Geruch aufschnappt, soll er mich anrufen.« Remy hörte sich nicht nur so an, als gäbe er Befehle. Er war das Familienoberhaupt, und seine Brüder hatten zu gehorchen. Und wenn Drake nicht da war, gehorchte ihm auch der Rest des Rudels, das er nun auf Bijous Verfolger hetzte.

Der Stalker wurde immer wütender auf Bijou, doch das war nichts im Vergleich zu der Zerstörungswut, die er hier in der Wohnung an den Tag gelegt hatte. Remy trat näher an die breite Wohnzimmerwand mit dem großen Loch heran. Dort hing ein Foto aus einem Klatschblatt, auf dem Remy Bijou küsste, und ein weiteres Foto, auf dem er mit erhobenem Kopf direkt in die Kamera schaute. Er stand so vor Bijou, dass er ihr Gesicht fast verdeckte, doch es gab keinen Zweifel, dass sie es war.

Sein Gesicht war mit schwarzem Marker übermalt worden – bestimmt wasserfest. Ungefähr da, wo Bijous Bauch war, war ein Messer in das Bild gestoßen worden, und danach war es wiederholt mit zunehmender Kraft in seine Brust gerammt worden. Die Spurensicherung hatte ihm bereits gesagt, dass es auf dem Messer keine Fingerabdrücke gab und es wohl nicht zum Täter zurückzuverfolgen sein würde, doch das war ihm nicht wichtig. Der Stalker war in seine Falle getappt, und nun war es nur noch eine Frage der Zeit, bis einer von ihnen ihn am Geruch erkannte.

»Ich kümmere mich drum«, sagte Gage, »aber pass auf dich auf.«

Remy ging durch die kleine Wohnung zum Schlafzimmer weiter hinten. »Hier ist er sehr methodisch vorgegangen.« Er sah über die Schulter zu Gage zurück. »Er hat etwas gesucht.«

Mit hochgezogenen Augenbrauen näherte sich Gage. Da gab es nichts in dem Zimmer, das nicht auf den Kopf gestellt oder zerstört worden war. »Und was?«

»Einen Beweis, dass Bijou hier gewesen ist.«

Wieder klappte Gage überrascht den Mund auf und zu. »Verdammt, Bruder. Das ist nicht gut.«

»Aber er hat nichts gefunden«, konstatierte Remy. »Ich habe nicht vor, sie einer solchen Gefahr auszusetzen. Es war schon riskant genug, sie in der Öffentlichkeit zu küssen. Ich war ziemlich sicher, dass der Kerl mir auf den Pelz rückt, und wusste, dass er zufrieden sein würde, wenn er herausfindet, dass sie nie hier gewesen ist.«

»Du bist ein großes Risiko eingegangen«, bemerkte Gage. »Sieh nur, wie wütend er ist, Remy. Er tut praktisch so, als gehörte sie ihm. Bijou schwebt in echter Gefahr, und dieser Kuss hat die Lage wahrscheinlich noch brenzliger gemacht.«

»Es war ein kalkuliertes Risiko«, gestand Remy. »Der Kerl sollte sich zeigen.« Er deutete auf das Bett. »Ich glaube, damit wollte er mir etwas sagen.«

Von dem Bett war nichts mehr übrig, nicht einmal der Rahmen. Die Matratze war zerschlitzt, zerstochen und zerfetzt und ihre Innereien im ganzen Raum verteilt. Remy war dankbar, dass die gute Matratze in seinem Haus im Bayou war. An die Wand war wie im Wohnzimmer mit triefender roter Farbe ein riesiges Auge gemalt, dessen Bedeutung klar war. Er wurde beobachtet. Und Bijou auch.

»Die Botschaft ist angekommen«, murmelte Remy. »Sag unseren Leuten, sie sollen vorsichtig sein, Gage. Wenn einer den Mann entdeckt, soll er sich nicht mit ihm anlegen. Er soll mir nur sagen, wer es ist.«

Gage nickte. »Ich trommle das Rudel zusammen.«

»Ich muss zur Pension zurück. Saria ist weg, weil ihre Leopardin es nicht aushalten konnte, mit Bijou zusammen zu sein.«

»Hat Bijous Leopardin sich schon gezeigt?«, fragte Gage vorsichtig.

»Nein.« Remys abrupte Antwort lud nicht gerade zu weiteren Fragen ein.

Doch Gage ließ sich nicht beeindrucken. »Hat sie es von ihrer Mutter oder von Bodrie?«

»Von Bodrie bestimmt nicht«, stellte Remy fest. »Der war kein Gestaltwandler.«

»Bist du sicher?«, fragte Gage. »Er war doch bekannt für seine Sexorgien. So etwas kann vorkommen, wenn ein Leopard keine Gefährtin hat.«

Remy schüttelte den Kopf. »Nein, das hätte ich bemerkt. Es wäre meinem Leoparden aufgefallen. Ich habe ihn ein paar Mal getroffen.« Ihm war deutlich anzuhören, dass er Bodrie Breaux verabscheute, er konnte nicht anders. Ein acht Jahre altes Kind in einem Raum voller nackter Menschen und Drogen zu lassen – bei der Vorstellung wurde ihm einfach schlecht. Und jedes Mal, wenn er daran dachte, wie leicht er es sich gemacht hatte, indem er Bijou einfach bei Pauline abgeladen und sich aus dem Staub gemacht hatte, hätte er sich am liebsten selbst in den Hintern getreten. »Bodrie war kein Gestaltwandler«, wiederholte er.

»Woher willst du das so genau wissen? Es ist doch nicht so, als hätten wir in unserem Rudel nicht genug Ärger gehabt mit verrückten Halbleoparden, die Dinge getan haben, die sie nicht tun sollten. Schau dir Bannaconnis Familie an. Oder unsere Nachbarn, die Tregres. Nicht alle Leoparden sind anständig«, erinnerte ihn Gage.

Wütend drehte Remy sich zu ihm um. »Was redest du da für einen Unsinn?«

Gage wich nicht einen Schritt zurück, obwohl er Remys

Katzenaugen bemerkte. »Das ist kein Unsinn. Ich weiß, dass du Bodrie nicht leiden konntest. Du hast nie darüber geredet, warum, aber du wirst deine Gründe haben. Ich mochte seine Musik, aber ich kannte ihn nicht. Das war kein Angriff auf Bijou.«

Remy atmete tief durch. Der widerliche Geruch des Stalkers machte ihn ganz krank. »Entschuldige, Gage. Ich bin etwas nervös. Ihre Leopardin hat sich gestern nicht gezeigt, und wenn sie wach wird ...« Er schüttelte den Kopf. »Sie ist keine Frau für eine Nacht. Ich bin gestern ziemlich aggressiv gewesen, und sie war noch Jungfrau. Ich muss zu ihr und ihr erklären, was vorgeht, ehe sie sich entschließt Reißaus zu nehmen.«

»*Wahnsinn.* Bist du verrückt geworden, Remy? Sie war unschuldig, und du hast sie *allein* gelassen? Was, wenn ihre Leopardin meint, sie sei bereit, und du bist nicht da? Wenn sie in die Sümpfe oder in die Bayous läuft und das halbe Rudel hinter ihr her ist, ob du sie gezeichnet hast oder nicht? Du weißt doch, was mit den Männern passiert, wenn ein Weibchen rollig wird.«

»Sie ist erschöpft.« Remy sah auf die Uhr. Risiken gab es immer. Man musste sie nur richtig abwägen. Ihm blieb nicht mehr viel Zeit, deshalb hatte er ja seinem Bruder aufgetragen, das Rudel zum Apartment zu bestellen, wenn die Spurensicherung fort war.

»Na hoffentlich.« Missbilligend schüttelte Gage den Kopf. »Du bist ein verdammt guter Polizist und schlau dazu, aber von Frauen hast du keine Ahnung, Bruder.«

Remy fing an, sich mehr als unwohl zu fühlen, weil er Bijou allein gelassen hatte. Gage hatte recht, auch wenn er es ihm gegenüber nicht zugeben würde.

»Hast du mit Saria gesprochen? Ist sie wieder in der Pension?« Gage klang besorgt.

Remy wurde klar, dass er sich zu sehr auf seinen Ruf verlassen hatte. Die Männer im Rudel waren mit ihm aufgewachsen. Sie kannten ihn und seinen Leoparden. Nur wenige konnten hoffen, ihn im Kampf zu besiegen, selbst wenn sie es zu zweit versuchten, so wie bei Drake. Wer sich mit einem Boudreaux anlegte, bekam es mit allen zu tun. Remy war dafür bekannt, dass er jeden Fehler schnell und erbarmungslos bestrafte, und die Männer waren immer vor ihm zurückgeschreckt, wenn er sie zum Kampf aufforderte. Doch ein ungebundenes Weibchen war eine Seltenheit im Rudel. Außerdem war Bijou berühmt und steinreich. Dazu noch bildschön und intelligent. Vielleicht hatte Gage nicht ganz unrecht, und er hatte die Angst überschätzt, die das Rudel vor ihm hatte.

Ihm wurde flau im Magen. Ja, es war dumm gewesen, sie zu verlassen. Er musste so schnell wie möglich zur Pension zurück.

Stöhnend schlug Bijou die schweren Lider auf. Sie fürchtete sich nicht nur vor dem Morgenlicht, sondern auch vor sich selbst. Schon bei der kleinsten Bewegung durchzuckten sie heftige Schmerzen. Jeder einzelne Muskel tat weh. Sogar die, von deren Existenz sie noch gar nichts gewusst hatte. Sie stöhnte wieder und schlug die Hände vors Gesicht. Die letzte Nacht war die allerschönste, aufregendste Nacht ihres Lebens gewesen. Warum konnte sie nicht einfach zugeben, dass sie jede Minute genossen hatte, und danach einfach weitermachen wie bisher?

Warum lag sie im Bett und glaubte, sie könnte Remy nie

wieder ins Gesicht sehen? Sie war doch erwachsen, Herrgott noch mal. Warum konnte sie nicht in der Nacht wilden Sex mit ihm haben und ihm am nächsten Tag selbstbewusst gegenübertreten? Sie atmete bedächtig aus und zwang sich, sich aufzusetzen. Dann zog sie die Knie an und wiegte sich sanft vor und zurück. Weil sie traumatisiert war, deswegen. Verkorkst und völlig verdorben. So etwas hatte sie noch nie gemacht. Was war bloß in sie gefahren?

Sie war absolut hemmungslos gewesen. Seufzend fuhr sie sich mit den Händen übers Gesicht. Hatte es denn ausgerechnet Remy sein müssen? *Ihr* Remy? Ihr Held? Der Mann ihrer Träume? Sie hatte eine Nacht mit ihm verbracht und ihre Jungfräulichkeit geopfert, um wilden, animalischen Sex zu haben. Sie hatte Dinge getan, die sie sich nie ausgemalt hätte – von denen sie nicht einmal gewusst hatte –, und sie hatte es geliebt. Was Sex anging, war sie offenbar irgendwie pervers.

Sie hatte immer gedacht, sie sei zu schüchtern und gestört, weil sie ihren Vater immer wieder bei seinen Sexorgien gesehen hatte. Wie oft mochte sie ihn dabei erwischt haben, wie er es in der Küche, dem riesigen Wohnzimmer oder auf der Terrasse am Pool mit einer Frau trieb? Er hatte nicht einmal aufgehört, wenn sie aufgetaucht war, nur kurz aufgeschaut und gefragt, was sie wollte.

Sie war ungefähr drei gewesen, als ihr allmählich aufgegangen war, was er mit diesen Frauen machte. Den Kindermädchen, Haushälterinnen, Putzfrauen, die kamen und gingen, sobald er sie leid wurde. Als sie sieben gewesen war, war ihre Lehrerin zu ihnen in die Villa gekommen, um mit Bodrie zu reden, weil seine Tochter so häufig in der Schule fehlte. Er hatte die Frau auf der Stelle vernascht, fast noch auf der Vordertreppe, direkt vor ihren Augen. Als er sich dann weigerte, die Lehrerin wiederzusehen, hatte sie versucht, über seine Tochter an ihn heranzukommen. Und als dieser Plan dann fehlschlug, hatte sie Bijou fortan gehasst und ihr das Leben schwer gemacht.

Wie hatte sie nur wie Bodrie werden können? Mit Remy würde sie selbst im Vorgarten Sex haben. Oder auf der Motorhaube ihres Wagens. Egal wo. Sie würde nicht einmal merken, dass sie an einem öffentlichen Ort war. Sie war eine Nymphomanin. Es gab keine andere Erklärung.

Bijou gab einen Laut von sich, der an ein leises Wimmern erinnerte, und wiegte sich tröstend. Remy war kein Vorwurf zu machen. Sie war kurz davor gewesen, in die Stadt zu fahren und irgendjemanden zu verführen, wenn nötig – Gott helfe ihr – auch einen völlig Fremden. Wenigstens vor dieser Erniedrigung hatte er sie bewahrt.

Wie konnte eine Frau, die sich weigerte, Sex mit einem Mann zu haben, selbst wenn sie halbwegs an ihm interessiert war, zu einer total verrückten Sexsüchtigen mutieren? In den letzten paar Tagen war auch ihr Verhältnis zu Saria schlechter geworden. Hatte sie etwa unabsichtlich mit Drake geflirtet? War es möglich, dass sie zu den Frauen gehörte, die mit dem Mann ihrer besten – und *einzigen* – Freundin schliefen?

Wieder stöhnte Bijou und schlug die Hände vors Gesicht. Ihr erster Impuls war, die Koffer zu packen und sofort aus New Orleans zu verschwinden, doch sie wusste aus Erfahrung, dass man vor sich selber nicht weglaufen konnte. Niemand konnte das. Das einzig Gute daran wäre gewesen, dass sie Remy nicht mehr begegnen musste und sich vor ihm nie wieder wie ihr Vater aufführen würde.

Außerdem wollte sie Saria als Freundin nicht verlieren. Doch alles, was sie tun konnte, war, sich zu entschuldigen und auszuziehen. Sie konnte im Hotel wohnen, bis ihr Apartment renoviert war. Remy aus dem Weg zu gehen würde nicht leicht sein, wenn er es darauf anlegte, sie zu treffen, aber sie musste es schaffen, denn in seiner Gegenwart traute sie sich selbst nicht. Und vielleicht, hoffentlich, hing die körperliche Anziehungskraft, die er auf sie ausübte, irgendwie damit zusammen, dass sie immer von ihm geträumt hatte. Vielleicht ginge er ihr ja aus dem Kopf, nachdem sie nun mit ihm geschlafen hatte.

Ja. Genau. Sie holte tief Luft. Es gab keine andere Erklärung. Die Wahrheit war, sie war genau wie ihr Vater. Dabei hatte sie immer behauptet, sie würde ganz anders werden und verantwortungsbewusst sein. Sie hatte geschworen, das komplette Gegenteil ihres Vaters zu sein, und da war sie nun – eine Wildkatze im Bett. Unfähig, sich zu beherrschen. Sie hatte es nicht einmal mehr versucht, nicht ein einziges Mal, seit Remy sie geküsst hatte. Sie spürte seinen Mund noch auf ihrem, seinen verführerischen Geschmack noch auf der Zunge.

Sie musste sich zwingen, ihre schmerzenden Glieder zu bewegen. Jeder Schritt in Richtung Badezimmer erinnerte sie daran, dass sie alles falsch gemacht hatte. Die Laken, die im Wäschekorb lagen, waren voller Blutflecken. Remy hatte sie dort hineingesteckt, doch sie waren zerrissen und nicht mehr zu benutzen, und sie wollte nicht, dass Saria sie entdeckte oder gar wusch.

Stöhnend betrachtete sie sich im Spiegel. Sie hatte dunkle Ringe unter den Augen. Die Lippen wirkten geschwollen, und rund um den Hals waren Knutschflecken, die von dort über die Brüste nach unten führten. Errötend dachte sie daran, wie die Innenseiten ihrer Schenkel aussehen mussten.

Um munter zu werden und noch etwas Zeit zum Nachdenken zu haben, ging sie unter die Dusche. Dabei musste sie unwillkürlich daran denken, wie Remy ihr ein heißes Bad eingelassen hatte, während sie auf dem Boden döste. Er hatte sie in die Wanne gesteckt, ihr vorsichtig das Haar gewaschen und es zu einem Zopf geflochten. Es war immer noch feucht und würde auch so bleiben, wenn sie den Zopf nicht löste und es trocknete. Sie hatte sich so ... umsorgt gefühlt. Seine Hände waren sehr sanft gewesen, ganz anders als der beinahe brutale Sex. Sie konnte sich nicht erinnern, dass irgendjemand ihr jemals das Gefühl gegeben hätte, dass er sich um sie sorgte. Abgesehen von Remy, der sie in der Nacht, als sie beschlossen hatte, ihr Leben zu beenden, aus jenem Hotelzimmer gezerrt hatte.

Sie glitt an der Wand der Dusche herab, hockte sich auf die Fliesen und ließ das heiße Wasser über sich laufen. Es dauerte einige Minuten, bis sie bemerkte, dass sie weinte. Sie war so lange allein gewesen, trotz der vielen Menschen um sie herum. Sie war ihr ganzes Leben von Managern und Betreuern umgeben gewesen – und dennoch einsam. Sie hatte sich immer nach einer Familie gesehnt. Einem echten Freund. Einem Menschen, dem es etwas ausmachte, ob sie tot oder lebendig war.

Nur Remy hatte sich um sie gekümmert, und Saria. Deshalb war sie zu den beiden zurückgekehrt, weil sie etwas suchte, das ihr nie vergönnt war. Sie hatte genug Geld, um sich zu kaufen, was sie wollte, aber niemanden, mit dem sie ihr Leben teilen konnte. Sie wusste, dass sie psychische Schwierigkeiten hatte. Sie hatte hart daran gearbeitet, sie zu überwinden, aber nach wie vor fiel es ihr nicht leicht, jemandem zu vertrauen.

Langsam atmete sie aus und zwang sich aufzustehen. Sie hatte einen Fehler gemacht, aber sie brachte es nicht über sich, den einfachen Weg zu gehen und zu verschwinden. Sie war nach New Orleans gekommen, um etwas zu beweisen. Sie liebte ihre Heimatstadt. Die Menschen und die Musik. Die wunderschönen Bayous und die Sümpfe. Das Essen und die Fischerboote. Das Lachen der schwer arbeitenden Menschen. Die Sonnenuntergänge und die Vögel. Sie liebte sogar die Alligatoren. New Orleans war der einzige Ort auf der Welt, an dem sie sich zu Hause fühlte. Sie würde sich nicht von ihrer eigenen Dummheit aus der Stadt jagen lassen.

Langsam zog sie sich an und schminkte sich sorgfältig. Wenn sie mit Saria reden und ihre Sünden gestehen wollte, wie sie auch aufgenommen werden mochten, musste sie sich ein wenig wappnen. Sie fühlte sich extrem verletzlich, und wenn sie Saria verlor, würde das wohl ein schwerer Schlag für sie sein, den sie nicht so schnell verwinden konnte.

Sie hörte, dass das Handy, das sie auf dem Nachttischchen liegen gelassen hatte, das Lieblingslied ihres Managers spielte. Das Lied war fünf Jahre alt, eines der ersten, das beinahe auf Anhieb an die Spitze der Charts gestürmt und ein echter Hit geworden war. Sie mochte nicht rangehen. In letzter Zeit hatte sie häufiger mit ihrem Manager gestritten. Nun, eigentlich hatte er mit ihr gestritten. Über ihren Entschluss, mit den Tourneen und den großen Konzerten aufzuhören.

Sie hatte Remy nicht erzählt, dass ihr Manager sehr böse auf sie war. Als sie sich entschlossen hatte, diesem Zirkus ein Ende zu setzen, waren viele Leute sehr verärgert gewesen, und sie konnte es ihnen nicht vorwerfen – sie hatte ihnen viel Geld eingebracht. Sie überließ es der Mailbox, die Nachricht entgegenzunehmen – wie immer in den letzten Tagen. Sie schämte sich, dass sie den Anrufen aus dem Weg ging, aber sie konnte es nicht ertragen, sich schon wieder wegen derselben Sache anschreien zu lassen, nicht, nachdem sie in diesem desaströsen Zustand aufgewacht war.

Seufzend steckte sie das Handy in die Tasche und versuchte zu ignorieren, dass sie immer wieder von einem Juckreiz überfallen wurde. Es kam ihr fast so vor, als striche etwas Lebendiges unter ihrer Haut entlang, das sich kurz wieder beruhigte, bis die wellenförmige Bewegung von Neuem begann. Mit einem Mal verspürte sie den Drang, sich am Handlauf der Treppe abzustützen und über das Geländer zu springen. Ihre Gelenke schmerzten, ihre Finger verbogen sich, und die Spitzen fühlten sich an, als würden sie jeden Augenblick aufplatzen. Jeder Muskel tat weh, und ihre Haut spannte, als wäre sie für ihr Knochengerüst zu klein geworden.

Unten angekommen, machte Bijou Kaffee und stellte fest, dass außer ihr niemand da war. Drake und Saria waren fort und sie der einzige Gast, also hatte sie noch etwas mehr Zeit, in Ruhe über alles nachzudenken. Es war äußerst seltsam, aber anscheinend hatte ihr Geruchssinn sich verbessert. Fast hätte sie verfolgen können, auf welchem Weg Remy durch das Haus gegangen war.

In dem Moment, in dem sie seinen Geruch auffing, überlief sie eine Art Hitzewelle, und ihr wurde heiß im Bauch. Schnell schloss sie die Augen und wechselte die Richtung, sie brauchte frische Luft. Sein Duft war überall um sie herum und raubte ihr den Atem.

Das Handy vibrierte, und sie zog es so ungeduldig hervor, dass sie es fast fallengelassen hätte. Ihr Herz klopfte, und das

Atmen fiel schwer. *Remy Boudreaux*. Ihre Hand begann zu zittern. War sie immer schon ein so erbärmlicher Feigling gewesen? Mit bebenden Fingern steckte sie das Handy wieder in die Tasche und strich sich mit beiden Händen über die Schenkel, so als könnte sie die Wirkung, die er auf sie hatte, auf diese Weise aufheben.

Ihr Kiefer schmerzte unerträglich. Ihre Zähne schienen über Nacht gewachsen zu sein und fühlten sich zu groß an. Auch das schreckliche Jucken ließ einfach nicht nach, und sie kratzte sich am Arm, damit es aufhörte. Doch dabei riss sie sich die Haut so tief auf, dass die Wunde heftig blutete. Sie fluchte auf Französisch, wie sie es schon als Kind getan hatte, nur immer so leise, dass ihre Lehrer das Vergehen nicht der langen Liste hinzufügen konnten, die sie bereits angesammelt hatte. Der Tag fing ja gut an.

Bijou betrachtete den blutigen Kratzer am Arm. Sie sah aus, als wäre sie von einer Raubkatze angefallen worden, und sie fühlte sich auch so. Der Kratzer war ungewöhnlich tief und lang. Verstört betrachtete sie ihre Fingernägel. Sie waren nicht gerade kurz, aber auch keine Krallen. Kopfschüttelnd wickelte sie sich ein Handtuch um den Arm, das sie in ihrem Auto gefunden hatte.

Sie brauchte Ablenkung, und das hieß, sie musste weg von der Pension, in der es überall nach Remy roch. Sie setzte sich in den Wagen, machte die Musik an und fuhr los. Am Abend hatte sie einen Auftritt im Club, aber bis dahin konnte sie sich vielleicht eine kleine Pause gönnen und ein wenig herumfahren. Aus irgendeinem Grund löste Remys maskuliner Duft bei ihr ein Gefühlschaos aus.

Je weiter sie sich von der Pension entfernte, desto ruhiger und gefasster wurde sie. Nach ein paar Meilen hatte sie nicht mehr das Gefühl, nach Luft ringen zu müssen. Sie konnte wieder richtig atmen und stieß einen erleichterten Seufzer aus. Selbst das schreckliche Brennen zwischen den Beinen hatte sich glücklicherweise gelegt – hoffentlich für längere Zeit.

Sie fuhr durch die Bayous und entspannte sich allmählich. In der Nacht konnte es auf diesen Straßen unheimlich sein. Insbesondere wenn man mit all den seltsamen Geräuschen und Geschichten von Geistern und wilden Kreaturen in den Sümpfen und Bayous groß geworden war.

Fast hätte sie den SUV übersehen, der im Schatten eines Zypressenhains am Wasserrand stand. Sie sah ihn erst im letzten Moment und bremste so schnell, dass sie sich selber über ihre kurze Reaktionszeit wunderte. Sie befand sich auf einer wenig befahrenen Straße, und falls der SUV versehentlich davon abgekommen war, steckte der unbekannte Fahrer vermutlich in Schwierigkeiten, denn so weit draußen gab es kein Handynetz. Bijou setzte zurück und steuerte ihr kleines Auto vorsichtig in den Hain hinein, parkte aber weit vom Wasser entfernt.

Auch beim Aussteigen war sie sehr vorsichtig, denn ihr war bewusst geworden, wie abgelegen die Gegend war. Als sie zögernd um den SUV herumging, sah sie zuerst ein Jackett, das achtlos über die Motorhaube geworfen worden war, und dann einen Mann, der darüber gebeugt mithilfe von zwei Schraubkarabinern ein Seil am Abschlepphaken befestigte.

»Ist alles in Ordnung?«, fragte sie leise, um ihn nicht zu erschrecken.

Als er sich überrascht zu ihr umdrehte, fiel ihr ein Stein vom Herzen. Sie hatte gar nicht bemerkt, wie angespannt sie gewesen war. Sie kannte den Mann. Es war Arnaud Lefevre, der berühmte Bildhauer, dessen Werke sogar im Louvre in Paris standen. Seine Arbeiten wurden für fünfstellige Summen verkauft, und er war ihr Freund und grinste sie nun im Schatten eines Zypressenhains am Rande des Sumpfes an. Er trug einen makellosen Tausend-Dollar-Anzug, ein weißes Hemd und Wanderstiefel. Er war eben ein Exzentriker, aber auch ein sehr vielseitiges Talent.

»Was um alles in der Welt machst du da?«, fragte Bijou. »Du kannst doch nicht einfach allein hierherfahren. Das ist eine gefährliche Gegend, Arnaud.«

»Aber das mache ich öfter.« Er kam auf sie zu, umarmte sie, küsste sie zur Begrüßung auf beide Wangen und ließ sie wieder los. »Ich habe das hier schon vor Jahren entdeckt, für mich eine wahre Fundgrube.«

Bijou lachte, denn mit einem Mal fühlte sie sich völlig unbeschwert. »Du bist immer für eine Überraschung gut, Arnaud. Aber warum kommst du im Anzug her? Das hier ist ein Sumpf, falls es dir noch nicht aufgefallen ist.«

Arnaud zog eine schwarze Augenbraue in die Höhe. »Ich trage immer einen Anzug, meine Liebe. Das solltest du doch wissen. Man kann nie wissen, wem man mitten im Nirgendwo begegnet, und man sollte stets einen guten Eindruck machen.« Er griff nach ihrem Arm. »Möchtest du mir erzählen, wie das passiert ist?«

Mit gerunzelter Stirn schaute Bijou auf den Arm herunter und nahm vorsichtig das Handtuch ab, das sie um den Kratzer gewickelt hatte. »Ich weiß es beim besten Willen nicht, Arnaud.«

Sanft drehte er den Arm hin und her. »Es sieht so aus, als hättest du dich mit einer sehr großen, wütenden Katze angelegt. Hast du dich etwa mit einer anderen Frau gezankt?«

Bijou entzog ihm den Arm. »Natürlich, wie immer.«

Lachend ging Arnaud um sie herum zur Beifahrertür und öffnete sie. »Ich habe Kaffee und Essen dabei. Möchtest du irgendetwas?«

»Gern. Was hast du denn mit dem Seil am Abschlepphaken vor?« Suchend sah Bijou sich nach Bergen um. »In Louisiana wird nicht viel geklettert.«

»Jedes Mal wenn ich dich sehe, wundere ich mich wieder über deinen Akzent.« Arnaud warf ihr einen Blick über die Schulter zu. Seine grauen Augen funkelten amüsiert. »Und dass du kletterst, hatte ich auch vergessen. Schau mal da hinunter.« Er deutete auf den Rand der Böschung, wo es fast zehn Meter abwärtsging, vorbei an erodierendem Gestein, Erde und Wurzeln. Ein Baum stand bereits schräg, weil er vom eigenen Gewicht langsam nach unten gezogen wurde.

Vorsichtig ging Bijou zu den Bäumen am Rand und spähte über die Kante. »Da willst du runter? Willst du etwa Alligatoren jagen?«

Knorrige Zypressenbäume ragten wie riesige Strichmännchen aus dem Wasser, die Äste wie moosbehangene Arme. Das Wasser, das sich um die deformierten, dürren Stämme ringelte und an einen schmalen, nur Zentimeter hohen Felsvorsprung schwappte, wirkte dunkel und abschreckend.

»Nein, Steine«, sagte Arnaud. Er kam näher auf sie zu und reichte ihr über die Schulter hinweg einen Becher Kaffee. »Du trinkst ihn schwarz, nicht?«

Bijou nahm den Becher und sah ihn verständnislos an. »Steine?«

»Für meine Arbeit. Wenn ich sie zermahle, bekomme ich viele außergewöhnliche Farben und Konsistenzen. Ich sammle sie überall. Entgegen der allgemeinen Annahme kann man in Louisiana einige wunderschöne Steine und Kristalle finden, man muss nur wissen, wo man danach suchen muss. Direkt unter uns, in der Böschung, befindet sich eine sehr schöne Ader aus Achat. Das mag für dich nicht sonderlich aufregend klingen, aber für mich und meine Arbeit sind diese Farben perfekt. Ich schaffe es nicht allzu häufig, hierherzukommen, deshalb achte ich darauf, dass ich jedes Mal, wenn ich da bin, ein paar Steine mitnehme.«

»Das ist kein Witz, oder?«, fragte Bijou. Arnaud klang nicht nur ehrlich, sondern auch aufgeregt wie ein kleines Kind.

»Nein, diese Steine haben eine faszinierende Farbe und genau die richtige Beschaffenheit für meine Arbeit. Ich breche nicht viele heraus, nur einige wenige bei jedem Besuch, sodass ich hoffentlich nicht zur Erosion der Böschung beitrage.«

Mit einer Hand zog Arnaud einen Stuhl hervor, klappte ihn geschickt auf und stellte ihn in den Schatten der Zypressen. »Setz dich, und trink deinen Kaffee.« Dann zog er einen zweiten Stuhl aus dem Auto und ließ sich neben Bijou nieder.

»Du weißt aber schon, dass hier ein Mörder herumläuft, oder?«, fragte Bijou so sanft wie möglich. Sie hasste es, seine Begeisterung zu dämpfen, aber er musste gewarnt werden. Sie war nie auf den Gedanken gekommen, dass Arnaud Lefevre in die Sümpfe fahren könnte, um nach Steinen für seine Arbeit zu suchen. Er wirkte sehr attraktiv und elegant in seinem Tausend-Dollar-Anzug und den Wanderstiefeln, für die er sicher auch ein Vermögen bezahlt hatte. Sie wusste, dass er recht abenteuerlustig war, aber sie wäre nie darauf gekommen, dass er im Sumpf unterwegs sein könnte – schon gar nicht allein.

»Ich habe so etwas gelesen«, gestand er. »Aber wie groß ist mein Risiko? Ich bin nur ein paar Mal im Jahr hier und fahre zu Plätzen, die außer mir niemand kennt. Hier herum gibt es sehr viel Land, und ich bezweifle, dass meine Pfade und die des Killers sich jemals kreuzen werden.«

Besorgt musterte Bijou ihn über ihren Kaffeebecher hinweg. »Trotzdem solltest du nicht allein hierherkommen.«

»Jetzt bist ja bei mir, da brauche ich mir keine Sorgen mehr zu machen«, bemerkte er.

Bijou verdrehte die Augen und lachte wider Willen. Es machte ihr Spaß, mit ihm zusammen zu sein. Das war schon immer so gewesen. Aber wenn er arbeitete, zog er sich zurück und konzentrierte sich ganz auf seine Kunst. Wenn er etwas Neues erschuf, bemerkte er um sich herum nichts und niemanden mehr.

Arnaud beugte sich vor, griff nach ihrer Halskette und zog den Anhänger hervor, den er selber entworfen hatte. »Ein sehr schönes Stück«, sagte er ganz sachlich, so als wäre es nicht von ihm. »Ich habe Chambersit dafür verwendet, ein seltener Kristall, den man hier in der Gegend finden kann, und außerdem zermahlenes versteinertes Palmholz. Ich habe den Anhänger extra für dich gemacht, und da ich wusste, dass der Ort, den du dein Zuhause nennst, in Louisiana liegt, habe ich dafür gesorgt, dass beinahe alles daran aus deinem Heimatstaat kommt.«

»Manchmal bist du so lieb zu mir, dass ich weinen könnte, Arnaud«, sagte Bijou ehrlich. Warum fühlte sie sich eigentlich nicht zu ihm hingezogen? Er war sehr attraktiv, hatte sein eigenes Geld – war also sicher nicht hinter ihrem her –, und wenn sie zusammen waren, lachten sie viel und redeten über Gott und die Welt. Ihre Gespräche waren immer sehr interessant und lebhaft. In seiner Gegenwart konnte sie sich sogar entspannen. Außerdem hatten sie einige gemeinsame Hobbys – wie zum Beispiel Klettern. Sie hätte gewettet, dass er, genau wie sie, im Kofferraum seines Autos seine Ausrüstung immer dabei hatte. Er war noch öfter unterwegs als sie, und trotzdem ... Trotzdem funkte es zwischen ihnen nicht – weder bei ihr noch bei ihm.

Bijou seufzte. Nur Remy zog sie geradezu magisch an. Nur Remy hatte sie immer vertraut, obwohl es ihr nicht bewusst gewesen war. Was er wohl von ihr dachte nach ihrem Benehmen in der vergangenen Nacht?

»Sag's mir«, drängte Arnaud und beugte sich vor. »Ich sehe doch, dass dich etwas bedrückt. Ich hab dir von der geheimen Achatader erzählt und verrate dir, wo sie ist, wenn du mir verrätst, was dich beschäftigt«, neckte er sie sanft.

Bijou warf ihm ein Lächeln zu. Niemals würde sie irgendjemandem erzählen, wie unglaublich schamlos sie sich letzte Nacht aufgeführt hatte. Sie zuckte die Achseln. »Mein Manager ist sehr, sehr böse auf mich. Und ich kann es ihm nicht verübeln.« Das war die pure Wahrheit, daher fühlte sie sich nicht allzu schlecht, dass sie Arnaud etwas vormachte. Gereizt schob sie sich die Haarsträhnen hinters Ohr, die sich aus ihrem Zopf gelöst hatten und ihr immer wieder störend ins Gesicht fielen. Sie hätte das Haar trocknen sollen, ehe sie die Pension verließ. Es würde bei ihrem Auftritt am Abend bestimmt schrecklich aussehen. »Ich habe mich entschlossen, keine Tourneen mehr zu machen. Ich möchte mich hier niederlassen, nur noch in meinem Club singen und meine Musik im Studio aufnehmen. Dann werde ich sehr viel weniger verdienen.«

»Und er wohl auch«, brachte Arnaud das Problem auf den Punkt. Dann lehnte er sich zurück und sah sie an. »Hab ich den nicht mal kennengelernt? Wie hieß er noch, Rob, und weiter?«

Bijou nickte. »Rob Butterfield. Du hast ihn kurz in New York getroffen, als ich bei einer von deinen Ausstellungen war. Ich habe ein schlechtes Gewissen, dass ich nicht mehr auf Tour gehen will, aber ich möchte dieses Leben einfach nicht mehr führen. Er sagt, ich wäre selbstsüchtig und würde nur an mich denken.« Sie seufzte. »Wahrscheinlich stimmt das sogar, aber ehrlich gesagt konnte ich so nicht mehr leben. Ich bin nicht für das Rampenlicht gemacht. Ich mag es nicht. Versteh mich nicht falsch, ich liebe Musik, und ich muss einfach singen, der Teil macht mich glücklich, doch alles andere ...« Sie verstummte und sah ihren Freund ein wenig hilflos an.

Wenn Außenstehende ihr Leben betrachteten, hatten sie sie immer beneidet. Sie hatte einen berühmten Vater, mehr als genug Geld und konnte tun, was sie wollte. Sie hatte eine Stimme, die die Kritiker einhellig als rauchig und sinnlich zugleich beschrieben, sie konnte Tausende in ihre Konzerte locken und in der ersten Woche nach dem Erscheinen leicht über eine Million Alben verkaufen. Leute von außen würden sich fragen, was zum Teufel mit ihr nicht stimmte. Genau wie ihr Manager. Mach weiter, hatte er gesagt. Mach weiter, egal, wie unglücklich dich dieses Leben macht.

Arnaud beugte sich vor, legte eine Hand auf ihre und lächelte sie an. »Am Ende musst du das tun, was du für richtig hältst, Bijou. Ich komme an diesen Ort, weil er mich inspiriert, aber ich könnte hier nicht das ganze Jahr über leben. Schon allein die Mücken würden mich in den Wahnsinn treiben.«

Er lachte über sich selbst und brachte auch Bijou damit zum Lächeln.

»Ich bin lieber in New York. Wegen dem Nachtleben und dem ganz eigenen Rhythmus der Stadt. Das regt mich an. Auch in Paris bin ich gern, und, ob du es glaubst oder nicht, in Istanbul. Ich liebe es zu reisen und die Welt zu sehen, doch danach muss ich wieder in mein Atelier.«

»Hast du eigentlich überall, wo du hinkommst, geheime Orte, an denen du Steine suchst?«, zog Bijou ihn auf.

»Selbstverständlich.« Arnaud trank seinen Kaffee aus. »Hast du Lust, mit mir auf die Suche zu gehen?«

»Ich habe heute Abend einen Auftritt im Club, aber das ist noch ein paar Stunden hin. Wenn es nicht zu lange dauert«, erwiderte Bijou.

Zu zweit waren sie wohl in Sicherheit. Wer auch der Mörder war, er suchte sich Opfer aus, die allein unterwegs waren – zumindest war es bisher so gewesen. Jedenfalls hatte sie keine Lust, zur Pension zurückzukehren und mit ihrem Manager oder Remy zu reden. Im Sumpf mit Arnaud auf Schatzsuche zu gehen war vielleicht genau das Richtige.

»Ich sag dir was, *Chere,* du kommst jetzt mit mir, und heute Abend komme ich in deinen Club und lade dich nach der Show zum Essen ein.«

Was hatte sie schon sonst vor, außer sich selbst zu bemitleiden? Sie konnte bei Arnaud bleiben, sich einen schönen Tag machen und dann ihren Auftritt absolvieren. Wenn sie sang, hob sich ihre Stimmung schließlich immer.

»Hört sich gut an«, sagte Bijou und trank ebenfalls ihren Kaffee aus. »Aber ich binde mein Kletterseil nicht an deinen Abschlepphaken. Ich lege es lieber um den dicken Baum da.«

»Feigling.« Arnaud tat beleidigt. »Ich nehme immer den Abschlepphaken.«

»Ich möchte nicht in das eklige Wasser fallen«, sagte Bijou mit einem leichten Schaudern. »Lach mich ruhig aus, Arnaud, aber ich möchte nicht einen Monat danach stinken, nur um irgendetwas zu beweisen. In der Brühe sind genügend Keime, um ganz Louisiana zu entvölkern.«

»Typisch Frau«, stichelte Arnaud. Dann schlug er sich auf den Arm. »Diese verdammten Mücken. Wieso lassen sie dich eigentlich in Ruhe?«

»Weil ich ein Mädchen bin und kein überheblicher Franzose«, erwiderte Bijou und klappte ihren Stuhl zusammen. Sie hatte keine Ahnung, warum die Mücken sie niemals stachen, doch selbst in ihrer Kindheit hatten sie sich von ihr ferngehalten und sich stattdessen scharenweise auf alle anderen gestürzt.

Sie feixte zufrieden. »Unsere Mücken kennen die Einheimischen und verfolgen nur die Touristen, insbesondere gut aussehende französische Touristen.«

»Wenigstens hältst du mich für gut aussehend«, maulte Arnaud und legte ihren Klappstuhl hinten in seinen gemieteten SUV. »Hoffen wir, dass dein bergsteigerisches Können besser ist als deine Witze.«

Wieder spähte Bijou über den Rand der Böschung. »Ich habe nicht vor, in diesem Wasser zu landen. Ich hole meine Ausrüstung aus dem Auto.«

»Braves Mädchen. Wenn du einen Helm hast, solltest

du ihn vielleicht benutzen. Die Böschung ist nicht ganz stabil, und es gibt da einige Überhänge«, warnte Arnaud sie. »Manchmal fällt einem etwas auf den Kopf.«

Der Wind drehte sich, und eine leichte Brise strich durch die Bäume. Bijou spürte, dass das nun schon vertraute Jucken wieder begann, und atmete tief durch, um den Drang, sich zu kratzen, zu unterdrücken. Plötzlich schnappte sie einen Geruch auf, der gleich wieder verweht war. Doch so flüchtig er auch gewesen war, sie kannte ihn, sie hatte nur nicht genug Zeit gehabt, um ihn zu identifizieren, ehe der unstete Wind wieder umschlug. Ein kalter Schauer rieselte über ihren Rücken, und ihre Nackenhaare sträubten sich.

Schnell drehte sie sich um und spähte in die Runde. »Arnaud, hast du das Gefühl, dass uns jemand beobachtet?«

Ihr Freund lachte sie nicht aus und tat auch nicht so, als sei sie verrückt geworden. Ernst kam er hinter seinem Auto hervor und schaute langsam und bedächtig die Straße entlang, die am Bayou vorüberführte. Bijou rieb sich die juckenden Arme. Dann verschwand der Juckreiz ebenso plötzlich wie das seltsame Gefühl, beobachtet zu werden, und ließ sie peinlich berührt zurück. Was auch mit ihrem Körper vorging, es machte sie launisch und nervös.

»Ich sehe nichts, Bijou«, sagte Arnaud. »Aber wenn du dich fürchtest, können wir auch abbrechen, und ich komme ein anderes Mal wieder.«

»Nein, das wäre dumm, wo wir nun schon da sind«, widersprach Bijou. »Außerdem habe ich mich darauf gefreut, deinen geheimen Schatz zu sehen.« Wachsam sah sie sich noch einmal um und holte tief Luft. Nichts. Sie wusste nicht, was ihren Argwohn geweckt und sie so beunruhigt hatte, aber es gab keinen Hinweis darauf, dass jemand in der Nähe war.

8

Das Seil sollte nicht zu dehnbar sein«, riet Arnaud. »Nimm ein Statikseil, ungefähr zehn bis zwanzig Meter lang. Ich benutze ein halbautomatisches Sicherungsgerät. Es ist leicht zu bedienen, denn bei der Arbeit möchte ich mich nicht mit so was aufhalten. Ich seile mich ab, breche die Steine heraus, die ich haben möchte, packe sie in meine Tasche und benutze eine Steigklemme, um wieder hochzukommen. Ich habe herausgefunden, dass meine Wanderstiefel sich besser dazu eignen als Kletterschuhe.«

Arnaud war ein erfahrener Bergsteiger und fachsimpelte, seit sie ihre Ausrüstung aus den Autos geholt hatten. Nun half er Bijou, ein Nylongurtband um einen dicken Baumstamm zu schlingen. Nahe an der Wurzel legte er den Gurt so um den Stamm, dass beide Enden gleich lang waren, und verknotete ihn fest.

Bijou reichte ihm für jedes Ende einen Schnappkarabiner. Dann suchte er nach der Mitte des Seils, mit dem sie sich herunterlassen wollten, machte mit einigem Abstand zwei Knoten hinein und befestigte sie an den Karabinern am Nylongurt.

»Einen für jeden von uns beiden«, sagte er, als er die Seilenden über die Kante warf. Nun hatten sie zwei sichere Seile zum Abseilen. »Zufrieden?«

»Oh ja, sehr«, sagte Bijou.

Arnaud nahm ihr den Helm aus der Hand und stülpte ihn ihr über den Kopf. »Damit nicht die halbe Böschung auf dich herunterfällt.«

Bijou stieg in ihr Geschirr und lachte, weil Arnaud Mühe hatte, die Hosenbeine seines Anzugs durch die Schlingen zu bekommen. »Tolle Kletterhosen«, neckte sie ihn.

Mit leuchtenden Augen grinste er sie an. »Mach dich nur über mich lustig, vielleicht endest du ja doch noch als Alligatorfutter.«

Kurz hinter den Karabinern, die am Gurt um den Baum hingen, befestigte Bijou das Sicherungsgerät an ihrem Seil und wartete darauf, dass Arnaud das Gleiche tat. Dann machten sie beide das Sicherungsgerät mit einem Schraubkarabiner an der Anseilschlaufe ihres Geschirrs fest und kontrollierten beim anderen, ob alles in Ordnung war.

»Na dann los«, sagte Arnaud aufgeregt.

Bijou war erstaunt, denn er zeigte selten Gefühle. Wenn er lachte, dann nur bei ihr, nicht bei anderen, und selbst bei ihr hatte es sehr lange gedauert, bis er genug Vertrauen gehabt hatte, um sich in ihrer Gegenwart zu entspannen. Er war eher menschenscheu und hob sich tiefergehende Gefühle für die Arbeit auf, was wahrscheinlich erklärte, warum sie sich nicht auch körperlich voneinander angezogen fühlten. Selbst bei den manchmal gefährlichen Sportarten, die er betrieb, wählte er die, bei denen man allein war.

Nachdem sie noch einmal alles überprüft hatten, begannen sie, sich an der Böschung herunterzulassen. Man merkte Arnaud an, dass er das schon öfter gemacht hatte. Bijou seilte sich wesentlich langsamer ab, nahm sich Zeit und schaute immer wieder argwöhnisch auf die über ihrem Kopf hervorragende Kante. Die Erde in der Böschung war definitiv lose und regnete gelegentlich in kleinen Schauern auf sie herab. Arnaud achtete gar nicht darauf und war bereits unten auf dem schmalen Felsvorsprung angekommen.

»Da ist nicht viel Platz«, sagte Bijou von oben und blickte übers Wasser, als erwartete sie, einen Alligator auf den Vorsprung zuschwimmen zu sehen.

»Ich halte mich hier nie besonders lange auf, und bislang habe ich keinen Hinweis darauf entdeckt, dass ein Alligator versucht hätte, hier hochzukrabbeln. Diese Felsplatte ist selbst für einen etwas kleineren zu schmal.« Arnaud wickelte sich das Ende seines Seils fünfmal ums Bein.

Bijou schnitt eine Grimasse und setzte vorsichtig die Füße auf die matschige Oberfläche. Dann wickelte auch sie sich sorgfältig das Seil ums Bein, bis es stramm war.

Nun, da er die Hände frei hatte, zog Arnaud einen kleinen Pinsel aus seinem Gürtel und zeigte ihn ihr. »Den benutze ich, um die Erde wegzuwischen, damit ich die Farbe der Steine sehen kann, ehe ich sie wegnehme. Möchtest du es mal versuchen? Du musst sehr vorsichtig sein, um die Böschung nicht ins Rutschen zu bringen.«

Er hielt ihr den Pinsel hin, doch er hatte zögerlich geklungen. Bijou begriff, dass diese Schatzsuche kein Spaß für ihn war, sondern etwas sehr Wichtiges. Lächelnd schüttelte sie den Kopf. »Ich würde lieber zusehen, wenn es dir nichts ausmacht. Ich liebe es, dich dabei zu beobachten, wie du Kunstwerke schaffst, und dies scheint etwas Ähnliches zu sein.«

Sie hatte das Richtige gesagt, denn Arnaud lächelte geschmeichelt und ging neben ihr in die Hocke.

Bijou musterte die Böschung über ihnen. Kleine Felsen und Wurzelgeflechte schienen das Einzige zu sein, was die bröckelnde Erde zusammenhielt. Einige moosbehangene Wurzeln ragten wie dünne, knochige Arme aus dem Erdreich heraus. Hier und da steckten ein paar größere Felsbrocken in der Wand, aber der größte Teil des Steilufers schien nur aus loser Erde zu bestehen.

Unwillkürlich wurde sie leicht nervös. Hinter ihr im Wasser wimmelte es von Alligatoren, und vor ihr ragte eine hohe Erdwand auf, aus der immer wieder Staub auf Kopf und Schultern rieselte.

Bijou räusperte sich. »Ich muss schon sagen, Arnaud, für deine Kunst nimmst du einiges auf dich. Könntest du das nicht von jemand anders machen lassen?«

Arnaud untersuchte ein Stück Wand einen knappen Meter über dem Boden. Fasziniert hockte Bijou sich neben ihn und starrte ebenfalls auf die Wand, um zu sehen, wonach er Ausschau hielt.

»Keiner kann mir genau das bringen, was ich für meine Projekte brauche. Ich habe sogar extra einen Besuch bei der hiesigen Galerie eingeplant, weil ich einige von den Farben brauche, die ich in dieser kleinen Ader finden kann. Gebänderten Achat kann ich überall bekommen, aber hier ...« Er verstummte und setzte den Pinsel wie ein archäologisches Werkzeug ein, um einige Steine freizulegen. »Hier kann ich mehrere Farbtöne finden, die es woanders kaum gibt.«

»Das wusste ich gar nicht«, gestand Bijou, die den Gedanken faszinierend fand, dass der elegante, feinsinnige Arnaud Lefevre in einem Tausend-Dollar-Anzug in einem gefährlichen, insektenverseuchten Sumpf nach Edelsteinen suchte. Sie hatte ihm bei der Arbeit im Atelier zugesehen und festgestellt, dass er dabei Umgebung, Zeit und auch alles andere vergaß. So war er jetzt auch, ganz auf die Suche nach einem Achat mit genau der richtigen Farbe für eine Skulptur konzentriert.

Geduldig legte er eine kleine Ader frei, in der es hellblaue, aber auch beinahe violette und türkisfarbene Steine gab, und pinselte so lange lockere Erde weg, bis sich noch mehr Farbtöne zeigten.

Bijou verschlug es fast den Atem. »Diese Farben sind wunderschön.«

»Und wenn ich sie verarbeite, werden sie noch schöner«, sagte er geistesabwesend. Dann nahm er eine Art Gabel und begann, vorsichtig einen hellvioletten Stein zu lockern. Dabei achtete er darauf, ihn nicht zu beschädigen, und löste zunächst nur die Erde rings um den kleinen Stein herum.

»Weißt du schon, wofür du ihn verwenden wirst?«, fragte Bijou. »Hast du eine bestimmte Skulptur im Sinn?«

Arnaud nickte. »Zuerst bringe ich meine Ideen zu Papier, dann überlege ich, welche Materialien ich am besten verwende, um sie umzusetzen.«

»Arnaud.« Bijou wartete, bis er den Kopf drehte und sie über die Schulter ansah. »Du weißt, dass du ein Genie bist, nicht? Du bist der größte Künstler auf der Welt.«

Arnaud betrachtete sie nachdenklich. »Keiner außer dir macht mir jemals so schöne Komplimente, Bijou. Schon gar keine ernst gemeinten. Aber du bist ehrlich, ich sehe es dir an den Augen an und höre es an deiner Stimme. Deine Großzügigkeit hat mir immer imponiert. Manchmal, wenn ich in der Boulevardpresse etwas lese, ärgere ich mich, wie sie über dich berichten. Das überrascht mich, denn normalerweise bin ich eher ausgeglichen und nicht sehr emotional, es sei denn, ich arbeite.«

Die Aufrichtigkeit in seiner Stimme war nicht zu überhören, und obwohl das natürlich keine Liebeserklärung gewesen war, konnte sie seinen Worten entnehmen, dass er sie genauso gern hatte wie sie ihn. Dennoch passten sie irgendwie nicht zueinander, jedenfalls nicht als Liebespaar.

»Das ist das Netteste, was je irgendjemand zu mir gesagt hat. Vielen Dank, Arnaud«, sagte sie. »Es scheint wirklich so zu sein, dass die Klatschpresse Spaß daran hat, mein Leben völlig falsch darzustellen. Einer von den Fotografen ist besonders lästig. Er liebt es, mir nachzustellen und unbemerkt Bilder zu schießen, für die er sich dann irgendeine lächerliche Geschichte ausdenkt.« Sie seufzte. »Selbstverständlich hat er sich auch hier in New Orleans an meine Fersen geheftet.«

Arnaud fing wieder an, Erde wegzupinseln. »Kannst du ihn nicht wegen Belästigung verklagen? Es muss doch einen Weg geben, ihn loszuwerden.«

Bijou zuckte die Achseln. »Dann würde ein anderer an seine Stelle rücken. Da wählt man wohl besser das Übel, das man kennt. Er heißt Bob Carson und hat früher bei meinem Vater gewohnt. Er war vierzehn oder fünfzehn, als ich geboren wurde, und ist jeden Tag gekommen, um Bodrie zu besuchen, selbst als er schon ausgezogen war.«

»Also ist er einmal dein Freund gewesen, und nun jagt er dich, um damit Geld zu verdienen?«, fragte Arnaud, während er vorsichtig den kleinen Stein herausbrach.

»Ich würde nicht sagen, dass wir einmal Freunde gewesen sind. Als ich alt genug war, um ihn bewusst wahrzunehmen, machte er sich schon mithilfe von Drogen und Alkohol an Bodries Frauen heran. Außerdem hat er Bodrie auf seinen Reisen begleitet, als persönlicher Fotograf, und sich damit in der Branche einen guten Ruf erworben. Natürlich hat er immer darauf geachtet, dass Bodrie gut dabei rüberkam.«

Bob Carson hatte sie an dem Abend, als Remy sie gerettet hatte, zusammen mit Drogen und Alkohol zu seinen Freunden ins Hotel gebracht. Es war ihr immer noch unangenehm, ihm zu begegnen. Anscheinend hatte Remy nicht erkannt, dass er der junge Mann war, den er damals beinahe totgeschlagen hätte – zumindest hatte Remy nichts dergleichen zu ihr gesagt, nachdem Bob ihn dabei fotografiert hatte, wie er sie küsste.

Arnaud schaute über die Schulter, als könne er ihre Gedanken lesen. »Dieser Mann ist dir unangenehm.« Er steckte den hellvioletten Stein in seine Tasche.

So viel hatte sie ihm gar nicht verraten wollen. »Alle Paparazzi sind mir unangenehm«, sagte sie abwehrend.

Arnaud lachte leise. »Die Sache ist die, Bijou, du bist keine gute Lügnerin. Das ist einer von den vielen Gründen, warum du das Musikgeschäft nicht leiden kannst. Ich merke es, wenn du mir nicht die Wahrheit sagst. Ich bin dein Freund. Du kannst mir ruhig erzählen, was dich beunruhigt, denn es wird nicht in den Klatschblättern erscheinen. Ich behalte deine Sorgen und Geheimnisse für mich. Das habe ich immer getan.«

»Ich weiß. Entschuldige, Arnaud. Ich glaube, ich bin so daran gewöhnt, bei dem, was ich sage, vorsichtig zu sein, dass ich schon gar nicht mehr anders kann.« Bijou schämte sich ein wenig. Sie sah Arnaud nicht sehr häufig, aber wenn sie sich trafen, war er immer derselbe. Ein sehr ruhiger und gelassener Mensch. Offensichtlich war ihm die Freundschaft mit ihr wichtig, und er verlangte nichts als Gegenleistung. Ihr Vater schien ihn nicht zu interessieren und ihr Geld ebenso wenig. Auf ihn war wirklich Verlass. »Ich bin dankbar für unsere Freundschaft.«

»Ich auch.«

Schon war der intime Moment vorüber, und er wandte sich wieder seinen Edelsteinen zu, steckte einen weiteren beinahe liebevoll in die Tasche und richtete seine Aufmerksamkeit auf den nächsten.

Bijou schüttelte den Kopf. Arnaud gab sich Mühe, aber in Wirklichkeit war er gar nicht richtig da. Er war völlig versunken in das, was er tat. Stumm beobachtete sie ihn einige Minuten und bewunderte seine Unbeirrbarkeit, einigermaßen beeindruckt von seiner tiefen Konzentration. Behutsam brach er zwei weitere Steine heraus und packte sie vorsichtig in die Tasche, die an seinem Gürtel hing. Sie hatte das Gefühl, er hätte es nicht einmal bemerkt, wenn ein neugierig gewordener Alligator sich aus dem Wasser auf sie gestürzt hätte.

Plötzlich lief ihr ein Schauer über den Rücken. Das seltsame wellenförmige Jucken unter der Haut setzte wieder ein, und tief in ihr erwachte etwas Animalisches, Wildes, das sie aufschreckte und in Alarmbereitschaft versetzte. Beinahe überzeugt, einen riesigen Alligator auf sich zuschwimmen zu sehen, wandte sie sich dem Wasser zu. Erst dann bemerkte sie die Stille. In den Bayous und Sümpfen war es niemals absolut still. Das Summen der Insekten war eigentlich immer zu hören, doch über ihren Köpfen war es mit einem Mal totenstill geworden.

Sie schaute auf das sacht vibrierende Seil an ihrem Gürtel, berührte es leicht und spürte, dass es sich plötzlich spannte. Instinktiv stellte sie sich schützend vor Arnaud, senkte den Kopf und hielt sich mit den Händen an einer Wurzel fest.

In dem Moment kamen beide Seile nach unten geschlittert und fielen zusammen mit einem kleinen Erdrutsch herunter. Kleine Steine prasselten auf Bijous Schultern und Rücken ein. Sie legte eine Hand auf Arnauds Schulter. Die beiden Seile rutschten von dem engen Felsvorsprung herunter ins trübe Wasser und zerrten mit ihrem Gewicht an ihnen. Bijou hielt sich gut fest und versuchte, sich so klein wie möglich zu machen, während sie Arnaud abschirmte.

Der kleine Erdrutsch war vorüber, und es herrschte wieder Stille. Bijou regte sich nicht, denn sie fürchtete, dass derjenige, der die Seile abgeschnitten und über die Kante geworfen hatte, noch über ihnen stand und bereit war, sie ganz unter Erde zu begraben. Oder sogar bewaffnet war und sie erschießen würde. Arnaud legte den Kopf in den Nacken und sah sie fragend an.

Sie deutete nach oben und legte einen Finger auf die Lippen, dann zählte sie stumm, während sie die Ohren spitzte. Einige Minuten später rieselte Staub am Hang herab, so als ob irgendjemand an die Kante getreten wäre und nach unten schaute. Ihr Mund wurde trocken, und ihr Herz klopfte wie wild. War das da oben der Mörder? Wenn ja, konnte er sie nicht erreichen.

Arnaud legte eine Hand um ihren Knöchel, und diese kleine aufmunternde Geste beruhigte sie ein wenig. Sie waren in Sicherheit. Zwar gefangen auf dem schmalen Felsvorsprung, aber der Unbekannte über ihnen konnte nicht zu ihnen herunterkommen, sie allerdings auch nicht wieder hinauf. Irgendwann würde sicher jemand vorbeifahren, die Autos sehen und erkennen, dass die Fahrer in Schwierigkeiten stecken mussten.

Eine neue Steinlawine löste sich. Bijou hörte ein leises

Murmeln, konnte aber nicht heraushören, ob die Stimme männlich oder weiblich war. Dann knackte ein Ast, und es wurde wieder still. Plötzlich sprang der SUV an, und ihr stockte das Herz. Wozu wurde Arnauds Wagen gestartet? Sie bohrte die Finger in die Schulter ihres Freundes, denn sie wusste, was kommen würde. Hastig beugte sie sich vor und brachte den Mund nah an sein Ohr heran.

»Steh auf, und drück dich eng an den Hang. Er wird den Wagen über den Rand der Böschung fahren lassen.«

Arnaud zögerte keine Sekunde. Sobald sie zurücktrat, um ihm Platz machen, stand er ruhig und gelassen auf. Dann durchschnitt das Aufheulen des Motors die Stille, und sie pressten sich flach an die Wand. Arnaud legte eine Hand auf ihre, während sie sich beide möglichst klein und dünn machten.

Über ihnen bebte die Erde. Steine und Schutt regneten auf sie herab. Ein Baum krachte ins Wasser, und seine Wurzeln rissen ein Loch in die Böschung. Dann schoss der SUV über ihnen hervor und stürzte mit der Haube voran geradeaus in den Bayou. Die Hinterräder verfehlten sie nur um Haaresbreite, schienen fast ihren Rücken zu streifen, berührten sie aber nicht.

Bijou schloss die Augen und versuchte, nicht zu zittern. Arnaud wirkte unbeeindruckt, anscheinend hatte er Nerven aus Stahl. Das hatte sie nicht erwartet. Er war so kreativ, und sie verband Kreativität immer mit Emotionalität – vielleicht weil sie selber so sensibel war. Die meisten Probleme, die sie im Lauf der Jahre in ihrer Branche gehabt hatte, waren darauf zurückzuführen gewesen, dass sie zu empfindlich war. Sie konnte mit Ruhm nicht umgehen. Sie hatte es nie gemocht, im Rampenlicht zu stehen, obwohl sie von Geburt an und später wegen ihrer eigenen Karriere vom Scheinwerferlicht verfolgt worden war.

Schritte über ihnen ließen sie reglos verharren. Bijou presste die Lippen zusammen und wartete ab, während sie stumm darum betete, dass der Unbekannte kein Gewehr bei sich hatte. Ihr Wagen stand noch oben, und sie hatte, genau wie Arnaud, die Schlüssel stecken lassen. Der unsichtbare Irre fluchte erneut und spuckte ins Wasser, während der SUV sich schräg legte und langsam unter der schlammigen Oberfläche versank. Dann kickte der Mann noch mehr Erde über den Rand der Böschung, obwohl er sie offenbar nicht sehen konnte.

Danach wurde es wieder still. Einige Minuten später kündigte das Summen der Insekten die Rückkehr zur Normalität an. Bijou schaute nach oben, doch Arnaud drückte warnend ihre Hand, damit sie noch etwas wartete. Das Gesumme wurde lauter. Nun bewegte sich auch Arnaud, stieß sich von der Wand ab und begann, lässig seinen Anzug abzustauben. Die Geste brachte Bijou zum Lächeln und half ihr, sich zu entspannen. Und wenn die Welt unterginge, Arnaud würde auf sein Äußeres achten.

»Glaubst du, er ist weg?«, fragte sie leise.

»Deinen Wagen hat er offenbar stehen lassen, aber bleib so nah an der Wand, wie du kannst«, riet er ihr.

Bijou stellte fest, dass es ihr ohnehin nicht ganz leichtfiel, sich dazu zu zwingen, von der schützenden Wand abzurücken. Sie sah in die Höhe. »Es ist ein langes Stück bis nach oben, und es sieht nicht sehr stabil aus.«

»Das schaffen wir schon«, versicherte Arnaud. Dann musterte er sie mit einem nachdenklichen Ausdruck auf dem Gesicht. »Warum hast du das getan?«

Verständnislos sah Bijou ihn an. »Was?«

»Mich beschützt. Als du den Kerl bemerkt hast, hast du mich mit deinem Körper abgeschirmt.«

Bijou zuckte die Achseln. »Du bist mein Freund.«

Arnaud schüttelte den Kopf. »Das ist nicht der wahre Grund. Weißt du noch, wie wir uns kennengelernt haben?«

»Natürlich.« Trotz der misslichen Lage, in der sie sich befanden, lächelte sie ihn an. »Es war recht dramatisch.«

»Ich war in deinem Konzert. Ich saß in der ersten Reihe und habe dich einfach nur angesehen. Ich habe dich ununterbrochen *angestarrt* und gar nicht richtig zugehört. Als du nach dem Konzert nach draußen kamst, umgeben von Bodyguards, hast du Autogramme gegeben. Deine Leibwächter wollten nicht, dass du das tust, aber die Fans, die keine Karten bekommen hatten, warteten vor der Tür, und du wolltest sie nicht enttäuschen. Du warst ein paar Meter entfernt ...«

»Und du hast mich angestarrt.«

Arnaud nickte ernst und feierlich. Offenbar war ihm die Erinnerung wichtig. »Ich konnte nicht anders. Du hast den perfektesten Knochenbau, den ich je gesehen habe. Ich habe nur noch daran gedacht, wie schön es wäre, wenn du mir Modell stehen würdest – wie gern ich diese Perfektion in eins meiner Werke einfließen lassen würde. Wie unangenehm das für dich gewesen sein muss, habe ich erst sehr viel später begriffen. Ich war zu sehr darauf konzentriert, mir jedes Detail deines Gesichts einzuprägen.«

»Du hast überhaupt nicht auf den Verkehr geachtet, als du einen Schritt zurückgetreten bist.«

Arnaud nickte. »Ich wollte dein Gesicht aus einem anderen Winkel sehen. Außer dir hat sich keiner gerührt. Nicht einmal einer von deinen Bodyguards. Nur du. Ich weiß noch, wie du auf mich zugerannt kamst und mich zu Boden gerissen hast. Dann habe ich den Luftzug des vorbeifahrenden Autos gespürt. Du hast mir das Leben gerettet, Bijou, und dabei dein eigenes riskiert. Kein anderer ist mir zu Hilfe gekommen. Nur du. Obwohl du mich damals noch gar nicht gekannt hast.«

Ein wenig verlegen, zuckte Bijou die Achseln. Sie war, ohne nachzudenken, losgerannt, als sie das Auto auf ihn zufahren sah. »Ich bin froh, dass ich es getan habe, Arnaud, aus welchem Grund auch immer. Es gibt drei Menschen auf der Welt, die ich meine Freunde nenne, und du bist einer davon.«

Arnaud sah sie lange an. »Ich habe nur einen Freund, und das bist du.«

Bijou blinzelte und lächelte unwillkürlich. »Wir sind ganz schön pathetisch, nicht wahr? Unser Widersacher da oben kann vielleicht nur meinen Gesang nicht leiden oder deine Skulpturen. Sozusagen wählt er seine Art sich auszudrücken.«

»Nein, er hatte einen Wutanfall«, widersprach Arnaud ruhig.

Wieder war Bijou überrascht über seine Gefühllosigkeit. Es schien ihn gar nicht zu berühren, dass sein SUV gerade im Bayou versunken war.

»Schade um dein Auto. War abgesehen von deiner Kletterausrüstung irgendetwas Wichtiges darin?«, fragte sie mitleidig. Sie jedenfalls war wütend genug für sie beide.

Arnaud zuckte die Achseln und schaute wieder an der Böschung hoch. »Nichts, was sich nicht ersetzen ließe. Wir sind beide am Leben. Und unverletzt. Die wahre Frage lautet: Wie können wir an dieser Wand hochklettern, ohne den ganzen Hang ins Rutschen zu bringen.«

Stumm musterte Bijou die äußerst instabile Böschung mit ihrem überhängenden oberen Rand. Das war eine gute Frage, aber sie hatte keine Antwort darauf.

Arnaud seufzte. »Immerhin haben wir unsere Seile.« Damit begann er, sie aus dem Wasser zu ziehen und sie aufzuwickeln.

»An einem rutschigen Seil kann man nicht klettern«, wandte Bijou ein.

»Ich versuche, ohne Seil zu klettern, und es nur zur Absicherung zu benutzen. Du kannst mich von unten sichern«, sagte er. »Wenn ich genug feste Stellen finde, um Anker einzuschlagen, oder mich an einer schönen, dicken Wurzel festhalten kann, schaffe ich es vielleicht bis nach oben. Dann kann ich dich hochziehen.«

»Ich bin leichter, Arnaud«, gab Bijou zögernd zu bedenken. Denn sie war auch kleiner und hatte somit keine so große Spannweite wie er, was beim Klettern entscheidend sein konnte. Arnaud hatte also einen Größenvorteil, aber vielleicht hatte sie durch ihr geringeres Gewicht eine bessere Chance, es über die Felsen und Wurzeln bis nach oben zu schaffen.

Arnaud betrachtete sie einen Moment mit schräg gelegtem Kopf und schüttelte ihn schließlich langsam. »Ich bin der bessere Kletterer, Bijou. Du wirst diese Wand nicht hochsteigen. Sie ist sehr instabil. Ich würde es auch nicht versuchen, wenn ich die Hoffnung hätte, dass jemand vorbeikommt und uns rettet. Aber ich möchte nicht riskieren, dass dieser Verrückte zurückkommt und noch mal versucht, uns umzubringen.«

Plötzlich kam Bijou ein Gedanke. »Sag mal, Arnaud, könnte es nicht sein, dass das der Serienmörder war und wir ihn gestört haben? Dass er keine Zeugen haben wollte? Wenn du dort hochsteigst und er gerade dabei ist, jemanden zu ermorden, *muss* er dich umbringen.«

Arnaud lächelte schwach. »Du bist ein seltsames Mädchen, Bijou. Jemanden wie dich habe ich noch nie getroffen. Ich schätze, mit dir könnte ich diesen Felsvorsprung die ganze Nacht gegen Alligatoren verteidigen.«

Bijou grinste ihn an. »Ich bin in den Bayous aufgewachsen, mein Freund. Wenn sich einer von diesen Alligatoren blicken lässt, mache ich uns ein schönes Abendessen daraus.« Sie wurde wieder ernst. »Lass uns besser noch eine Stunde warten, ehe wir es versuchen.«

Arnaud blickte zum Himmel empor. »Okay. Aber nur eine Stunde. Wenn es dunkel wird, möchte ich hier weg sein.«

Remy schaute auf seine Uhr, zog sein Handy hervor und rief leise fluchend noch einmal bei Bijou an. Er hatte sie in der Pension gesucht, mit Saria und beinahe allen möglichen anderen gesprochen, aber niemand hatte sie gesehen. Ihr Auto war fort, aber ihre Sachen waren noch da.

»Blue«, stieß er zwischen zusammengepressten Zähnen hervor, »wo zum Teufel bist du?«

Am Abend hatte sie einen Auftritt im Club. Sie war zu professionell, um ihn platzen zu lassen. Das würde sie einfach nicht tun, doch sie war nicht zur Probe gekommen, und die Mitglieder ihrer Band hatten den ganzen Tag noch nichts von ihr gehört, was ihren Aussagen nach nicht Bijous Art war.

Remy stand mitten auf der Straße und schaute direkt auf den Club gegenüber. Er hatte die Bandmitglieder, den Barkeeper und die drei Kellnerinnen ausgefragt. Wer könnte sonst etwas wissen? Saria hatte Bijou nicht gesehen und daher auch nicht mit ihr gesprochen. Er hatte seine Schwester zweimal bei Bijou anrufen lassen, nur für den Fall, dass seine Geliebte nicht mit ihm reden wollte, aber sie war nicht ans Telefon gegangen. Ja, er hatte sogar Gage angerufen und ihn gebeten, seine Sheriffs nach ihrem Wagen Ausschau halten zu lassen.

Sein Leopard war genauso nervös wie er und verlangte stürmisch nach Freiheit – vielleicht war das gar keine schlechte Idee. Vielleicht konnte das Tier sie finden, wenn er es – trotz all der Mittel, die ihm zu Verfügung standen – nicht schaffte.

»Geh sofort von der Straße herunter, Remy«, rief Gage.

Hoffnungsvoll drehte sich Remy zu ihm um. »Hast du sie gefunden?« Mit ein paar langen Schritten überquerte er die Straße und eilte auf seinen Bruder zu. Der Drang, Bijou finden zu müssen, wurde immer stärker. Er konnte das Gefühl, dass sie in Gefahr war, einfach nicht abschütteln.

Am Anfang, als er zur Pension gefahren war, um mit ihr zu reden – sie so gut es ging über ihr Erbe aufzuklären, ohne dass ihre Leopardin sich tatsächlich gezeigt hatte –, war er wütend gewesen, dass sie nicht da war. Aus lauter Angst, dass sie geflüchtet sein mochte – doch dann hätte sie wohl kaum Kleidung und Schmuck zurückgelassen. In ihrem Zimmer waren zu viele persönliche Dinge gewesen. Sie hätte Zeit genug gehabt, das Wichtigste zusammenzupacken, wenn sie vorgehabt hätte, für immer zu verschwinden, aber sie hatte es nicht getan.

Als er seinen Bruder erreichte, schüttelte Gage den Kopf. »Alle sind informiert, aber niemand hat ihren Wagen gesehen. Möchtest du, dass ich eine offizielle Suchmeldung herausgebe?«

Remy holte tief Luft. Er spürte, dass irgendetwas nicht stimmte, wollte aber zuerst etwas anderes versuchen. »Noch nicht. Ich fahre zur Pension zurück und setze meinen Leoparden auf sie an. Ich nehme ein Funkgerät mit und melde mich, wenn ich sie finde oder Verstärkung brauche.«

»Aber es ist helllichter Tag.«

Ein ungeduldiger Ausdruck glitt über Remys Gesicht. Seine Hände ballten sich zu Fäusten, und er trat unwillkürlich einen Schritt von seinem Bruder zurück. Er begann, die Beherrschung zu verlieren, und sein Leopard spürte es. Er fürchtete, dass Bijou ihn verlassen hatte, dass er alles vermasselt hatte, weil er sich in der vergangenen Nacht nicht unter Kontrolle gehabt hatte. Er machte sich schreckliche Vorwürfe. Selbst Gage war schockiert gewesen, dass er seine Gefährtin in diesem besonderen Zustand allein gelassen hatte. Das Han Vol Don war brutal für eine Frau, insbesondere wenn sie keine Ahnung davon hatte, was mit ihr geschah.

»Das ist mir scheißegal. Der Leopard wird in Deckung bleiben. Ich muss sie finden.«

Die Arbeit war ihm wichtiger gewesen als sie. Er war so fixiert darauf gewesen, ihren Stalker zu fassen, dass er sich selbst zur Zielscheibe gemacht hatte. Und kaum hatte er erfahren, dass er den Stalker zu einem Fehler verleitet hatte, schon konnte er es nicht abwarten, seine Wohnung zu sehen. Also hatte er sie verlassen, ohne mit ihr darüber zu reden, was zwischen ihnen passiert war. Er kannte sie. Er kannte sie besser als irgendjemand anders, ob sie es glaubte oder nicht. Vielleicht sogar besser als sich selbst. Er hatte gewusst, dass sie beim Aufwachen entsetzt sein würde über ihr eigenes Verhalten. Und dass sie das Ganze auf die Gene ihres Vaters zurückführen würde – und nicht auf die ihrer Mutter.

»Reiß dich zusammen, Remy«, warnte Gage. »Du kannst deinen Leoparden nicht bei Tag frei herumlaufen lassen, nicht im Sumpf. Alle sind auf der Hut. Wenn die Einheimischen eine Raubkatze sehen, werden sie Jagd auf sie machen, und dann haben wir ein echtes Problem.«

Er hatte Bijou enttäuscht, als sie ihn am nötigsten brauchte, und er würde sie ganz sicher nicht noch einmal enttäuschen. Er *wusste*, dass sie in Schwierigkeiten steckte. Er spürte es. Sein Leopard spürte es. Sollte Gage ruhig denken, dass er den Verstand verlor, aber so war es nicht. Sein Leopard war – außergewöhnlich. Schwierig, aber außergewöhnlich. Er würde sie finden.

»Ich finde sie, Gage. Ich fahre zur Pension und nehme ihre Spur auf. Wenn du dir Sorgen machst, kannst du mir ja in einigem Abstand folgen und mir den Rücken freihalten.«

»Hat dir schon mal jemand gesagt, dass du nicht nur ein Angeber, sondern auch ein Sturkopf bist?«, blaffte Gage.

Der kühle Blick, mit dem Remy ihn musterte, sagte alles. »Ich glaube, das hat unser Vater schon lange vor dir getan.«

»Was ist eigentlich mit deinem Gesicht? Hat Bijou dich verhauen?«

Das lenkte Remy kurz ab, denn die Erinnerungen, die auf ihn einströmten, waren so stark und intensiv, dass er einen Augenblick erstarrte. Nachdem er Bijou gezeichnet hatte, war sein Leopard hervorgekommen und hatte die Wände zerkratzt, und als er sich wieder zurückverwandelt hatte, war er mit dem Gesicht heftig gegen eine Lampe gestoßen. Doch im Rausch der Leidenschaft hatte er nicht viel davon bemerkt.

Abrupt machte er auf dem Absatz kehrt und ging zu seinem Auto. Er hörte Gage fluchen und zum Polizeiwagen rennen, doch er konnte die furchtbare Angst, die ihn gepackt hatte, nicht mehr unterdrücken. Angeblich suchten Leoparden jedes Mal, wenn sie wiedergeboren wurden, nach demselben Partner. Manchmal war die Verbindung zwischen den beiden so stark, dass sie ohne Worte miteinander kommunizieren konnten, gewissermaßen telepathisch. Remy hatte keine Ahnung, ob das stimmte, aber er wusste, dass er sich irgendwie mit Bijou verbunden fühlte – und dass diese Verbindung sehr stark war.

Er fuhr sehr schnell. Die Sehkraft und die schnellen Reflexe seines Leoparden verschafften ihm im Verkehr und natürlich auch in anderen Situationen einen Vorteil. Und nun reizte er seine Fähigkeiten voll aus, raste mit Höchstgeschwindigkeit über die schmalen Straßen und ließ seinen Bruder weit hinter sich. Als sein Wagen vor der Pension zum Stehen kam, entdeckte er Saria im Vorgarten.

Remy warf die Schlüssel auf den Sitz und griff nach dem Rucksack, den jeder anständige Leopardenmensch stets griffbereit hatte. Saria kam zu ihm herübergelaufen.

»Ich habe in ihrem Zimmer nachgesehen. Ich schwöre, dass sie nichts mitgenommen hat, Remy. Sie ist nicht fortgelaufen, aber auf meine Anrufe reagiert sie auch nicht.« Ihr Tonfall war besorgt. »Was ist letzte Nacht passiert? War sie wütend auf dich?« Verlegen schlug sie die Augen nieder. »Ich habe die Laken gefunden. Und das Zimmer ist ... ein Chaos.«

Schuldbewusst sah Remy sie an. »Ich richte es wieder her. Mach dir keine Sorgen.«

»Ich mache mir keine Sorgen um das Zimmer, Remy, nur um Bijou. Ist letzte Nacht irgendetwas vorgefallen? Habt ihr euch gestritten? Sie würde doch nicht ...« Sie verstummte und machte ein noch bestürzteres Gesicht.

Entschieden schüttelte Remy den Kopf. »So etwas Dummes würde sie nicht tun. Ich gehe sie suchen. Als Leopard. Der kann sie finden.«

Entsetzt riss Saria die Augen auf. »Die Fotografen sind hinter ihr her, Remy. Das Risiko kannst du nicht eingehen. Sie wissen, dass sie hier wohnt, und es könnte sein, dass sie in den Büschen hocken oder weiter unten an der Straße mit ihren Zoomobjektiven lauern.«

Remy ging um das Haus herum zu dessen Rückseite, die von der Straße nicht einsehbar war. Das Grundstück reichte bis zum See und grenzte auf einer Seite an den Bayou. Saria folgte ihm. Ohne auf sie zu achten, riss Remy sich die Schuhe von den Füßen.

»Meinst du das ernst?«, fragte seine Schwester missbilligend und versuchte noch einmal, ihn zu Verstand zu bringen. »Remy, das ist zu gefährlich. Sie würde nicht wollen, dass du das tust.«

»Ich ziehe mich gerade aus, Schwesterlein, wenn du bei der Stripshow nicht zusehen willst, solltest du vielleicht gehen.«

»Herrgott, bis du stur!« Entnervt warf Saria die Hände in die Luft und drehte ihm den Rücken zu. »Wenn du dich umbringen lässt, kannst du ihr nicht helfen.«

Remy gab keine Antwort. Ganz versessen darauf, die Suche aufzunehmen, drängte der Leopard ungeduldig hervor.

Schon juckte der Pelz unter der Haut unerträglich. Die Knöchel brannten, die Fingerspitzen pochten heiß und die Gelenke knackten so schmerzhaft, dass er nicht mehr stehen konnte und sich hinkauern musste, während er versuchte, die Jeans von der überempfindlichen Haut zu zerren. Seine Sicht begann bereits zu verschwimmen und bunte Hitzebilder zu zeigen, und sein Geruchssinn wurde immer schärfer.

»Lass mich wenigstens nachsehen, ob die Luft rein ist, ehe du losläufst«, sagte Saria verzweifelt. »Ich wünschte, Drake wäre da, um dir ins Gewissen zu reden.«

Aber Drake hätte ihn auch nicht aufhalten können. Niemand konnte das. Der Drang, Bijou zu finden, war zu stark, als dass er ihn hätte unterdrücken können. Remy warf den Rest seiner Kleidung ab und wünschte die Verwandlung herbei, rief den Leoparden und hieß ihn willkommen. Er wechselte seine Gestalt immer sehr schnell, aber diesmal hatte ihn sein Leopard so bedrängt, dass er länger als sonst gebraucht hatte, um sich auszuziehen, und nun kaum noch Zeit fand, den Rucksack und die Schuhe um den Hals zu legen. Er war schon fast ganz zum Tier geworden und schaffte es gerade noch, seine Waffen in den Rucksack zu stopfen und ihn zuzuziehen, ehe seine Hände sich verbogen und Krallen die Haut durchstießen.

Sein muskulöser Körper und seine kräftigen Beine wurden von schwarzem Fell mit tiefen dunklen Rosetten überzogen. Remy zwang den Leoparden, auf Sarias Ruf zu warten, er zählte die Schläge seines Herzens und atmete hörbar, um ihn durch die Konzentration noch etwas zurückzuhalten, während seine Nase bereits Witterung aufnahm und seine Schnurrhaare wie ein Radar arbeiteten.

»Alles klar, Remy«, rief Saria.

Sofort bog Remy um die Ecke und lief um seine Schwester herum zu der Stelle, an der Bijou in der vergangenen Nacht ihr Auto geparkt hatte. Dann blieb er still stehen und sog den Geruch auf, bis er ihn sich fest eingeprägt hatte – bis die einzigartige Mischung aus Lavendel, Öl und Benzin, die Bijous Wagen ausmachte, ihm in Fleisch und Blut übergegangen war. Dann tigerte er hin und her und vergewisserte sich, dass er diesem besonderen Geruch überallhin folgen konnte.

Entschlossen drehte er sich um und rannte die Straße hinunter. Die Hunde in den beiden Häusern in der Nähe der Pension schlugen an, doch ehe sie begriffen hatten, dass eine Raubkatze durch die Nachbarschaft schlich, hatte Remy schon etwas Deckung in den Bäumen an der Straße gefunden. Schnell lief er etwas entfernt von der Straße entlang, wo die Bäume immer dichter standen. Bijou konnte nur diesen Weg genommen haben, deshalb konnte er außer Sicht bleiben, bis die Straße sich teilte.

An der Gabelung hielt er an und versteckte sich in einem Busch, als ein Auto vorüberfuhr. Vorsichtig in alle Richtungen blickend, atmete er tief ein und stellte fest, dass er näher herangehen musste, um herauszufinden, in welche Richtung Bijou gefahren war. Auf leisen Pfoten tappte er auf die Kreuzung hinaus und beschnupperte den Asphalt.

Der Wagen war nach rechts gefahren, in die Bayous und nicht in die Stadt. Er schnaubte und rannte weiter durch das kleine Wäldchen, das die Bäume hier bildeten. Gute fünfzig Meter hinter der Kreuzung ging es in eine Graslandschaft über, doch die Gräser waren nicht besonders hoch. Trotzdem ging Remy das Risiko ein, über die freie Fläche zu laufen, achtete aber auf herannahende Autos, während er der

Straße in die Bayous folgte. Als er tatsächlich ein Auto kommen hörte, duckte er sich beinahe schutzlos und verharrte still. Der Wagen seines Bruders fuhr an ihm vorbei und hielt. Gage stieß die Hintertür auf, und Remy sprang auf den Rücksitz.

»Du bist völlig verrückt«, blaffte Gage. »Ich fahre dich zur nächsten Kreuzung. Hier findest du nicht genug Deckung, um nicht gesehen zu werden.«

Remy legte sich auf den Sitz und zog den Kopf ein, damit man ihn durch die Fenster nicht sah, doch wenn sie einem Laster begegneten, wäre er in Schwierigkeiten – und Gage ebenso – vielleicht sogar das gesamte Rudel. Was er tat, brachte sie alle in Gefahr. Drake würde sicher ein paar Worte mit ihm zu reden haben, wenn er von seinem Besuch zurückkam und von seinen Eskapaden erfuhr.

An der nächsten Kreuzung, wo es viel mehr Deckung für den Leoparden gab, ließ Gage ihn wieder aussteigen, und Remy folgte Bijous Wagen mehrere Meilen, bis er plötzlich weiter vorn Stimmen hörte. Mit klopfendem Herzen kauerte er sich hinter einen Busch und bleckte die Zähne. Die drei Männer am Pick-up stanken nach Alkohol und Marihuana. Er kannte sie alle drei.

Ryan Cooper war mit seinen Freunden im Café gewesen, um ein Autogramm von Bijou zu bekommen, und hatte gleich Ärger gemacht. Brent Underwood und Tom Berlander waren fast ständig mit ihm zusammen. Leider war manchmal auch Robert Lanoux, einer aus dem Rudel, mit von der Partie, diesmal jedoch glücklicherweise nicht. Cooper hatte einen schlechten Ruf. Der Leopard war kaum zu bändigen, er wollte sich an die Männer heranpirschen. Dann krachte plötzlich knapp vor ihm eine Flasche ins Gebüsch.

Remy konnte das Tier stillhalten, obwohl es instinktiv entweder mit Flucht oder Angriff reagiert hätte. Es hätte mit allen drei Männern kurzen Prozess gemacht.

Als Ryan Cooper eine Pistole zog und die Flasche zerschoss, wirbelte der Leopard herum und rannte tiefer ins Gras hinein. Just in dem Augenblick kam ein anderes Auto vorüber, ein Land Cruiser, der nach rechts ausscherte, eine Kehrtwende machte und mitten auf der Straße stehen blieb. Bob Carson, der Fotograf, stieg aus dem Wagen. Mit einer Kamera um den Hals spähte er in das Gebüsch, in dem gerade noch der Leopard gekauert hatte. Remy drückte sich eng an den Boden und schlich sich ganz langsam aus der Gefahrenzone heraus, als plötzlich Gage in seinem Streifenwagen auftauchte.

Cooper und seine Freunde fingen an zu fluchen. Carson blockierte die Straße immer noch, wahrscheinlich auf der Suche nach Remy, der sich so still und heimlich von der Gruppe entfernte, dass er Gages sarkastische Stimme hören konnte.

»Was zum Teufel machst du da, Cooper? Betrinkst du dich etwa wieder mit deinen Freunden? Und dann setzt du dich hinters Steuer und fährst nach Hause?«

»Wir fahren doch gar nicht«, entgegnete Cooper ein wenig lallend, aber streitlustig. »Wir sitzen nur da und kümmern uns um unsere eigenen Angelegenheiten. Sollten Sie auch tun.«

Gage wandte den Kopf und sah Bob Carson an. »Warum blockieren Sie den Verkehr? Haben Sie mit denen hier getrunken?

»Ich glaube, ich habe gerade einen ... Leoparden gesehen. Einen schwarzen Panther.«

Die drei Männer am Pick-up wirkten plötzlich ernüchtert und sahen sich ängstlich um. »Er hat den Rougarou gesehen«, murmelte Cooper ängstlich. »Hier bei uns?«

Carson runzelte die Stirn. »Was ist ein Rougarou?«

»Ein wildes Tier, das dich in Stücke reißt und dir das Blut aussaugt«, sagte Cooper.

»Ein alter Aberglaube hier in der Gegend«, erklärte Gage, während er um den Pick-up herum zur Motorhaube ging und sie öffnete. Dann steckte er den Kopf unter die Haube und machte sich am Motor zu schaffen. »Die meiste Zeit werden wir nur zu normalen Einbrüchen gerufen, aber hin und wieder finden wir tatsächlich auch zerfetzte und ausgeblutete Leichen.« Er klang sehr zufrieden mit sich und hielt eine Handvoll Kabel in die Höhe. »Die kannst du dir bei der Polizei abholen, Coop. Ich lasse dich nicht betrunken fahren.«

»Sie können uns doch nicht einfach vom Rougarou fressen lassen«, protestierte Cooper.

»Vielleicht schafft ihr es ja, diesen Mann« – dabei zeigte Gage mit dem Daumen in Carsons Richtung – »dazu zu bewegen, euch mitzunehmen. Bietet ihm Geld an. Oder soll ich lieber ein Taxi kommen lassen, das euch jämmerliche Figuren einsammelt? Das kostet doch nicht viel, wenn ihr es euch teilt.«

Der leichte Wind drehte sich ein wenig. Eine frische Brise fegte durch die Gräser, wirbelte Blätter auf und legte sich genauso schnell, wie sie gekommen war. Gereizt drehte sich der Leopard um und vergaß beinahe, dass er in Deckung bleiben musste. Er hatte einen Geruch aufgefangen. Einen widerlichen Geruch, den er kannte. Er hatte ihn schon einmal gerochen. Doch wer von den Männern roch so?

Er selbst war nicht nahe genug. Gage dagegen hoffentlich schon, sodass er die individuellen Gerüche der vier auseinanderhalten konnte. Der Leopard fletschte die Zähne und setzte die Suche nach seiner Gefährtin fort.

9

»Arnaud, du wirst dich noch umbringen. Du musst aufhören«, bettelte Bijou. »Die Wurzel wird nicht halten. Du bist die Böschung jetzt schon dreimal hochgeklettert, und jedes Mal ist sie weiter zerbröselt. Du wärst zweimal fast im Bayou gelandet. Bitte komm runter.«

Von der Erde und den Steinen, die immer wieder auf sie einprasselten, wollte sie gar nicht reden. Und auch nicht darüber nachdenken, was passieren würde, wenn Arnaud noch einmal abstürzte. Beim letzten Mal, als er heruntergefallen war, hatte sie es geschafft, ihn auf den schmalen Felsvorsprung herunterzulassen, aber dabei hatte sie sich die Schulter verrenkt und ihn fast nicht mehr halten können. Es war ein Albtraum. Die Sonne war dabei unterzugehen, und niemand war gekommen, um nach ihnen zu suchen. Vielleicht war ihr Wagen gestohlen worden, und es gab keinen Hinweis darauf, dass sie an dieser Stelle festsaßen.

»Keine Sorge«, sagte Arnaud so gelassen wie üblich und ohne jede Angst. »Wir können doch nicht die ganze Nacht hierbleiben. Wir haben ja gewartet, dass jemand vorbeikommt, aber es kommt eben keiner. Ich muss das also machen.« Er klang sehr überzeugt und entschlossen.

Der Mann war einfach kein gewöhnlicher Mensch. Sie war kurz davor, in Panik zu geraten – auch wenn sie dagegen ankämpfte –, hatte aber auch keinen anderen Vorschlag. Offensichtlich war es nicht möglich, nach oben zu klettern, selbst mit dem Seil und der guten Ausrüstung und Arnauds Kletterkünsten. Jeder Halt, den er für Füße und Zehen gefunden hatte, hatte sich irgendwann aufgelöst. Ständig lösten sich kleine Erdrutsche, und wenn er sich bewegte, wurden sie noch stärker. Die Wurzel, an der er seinen Karabiner befestigt hatte, rutschte langsam immer weiter nach vorn, so als ob sie bald herunterfallen würde, samt dem dazugehörigen kleinen Baum, der sich schon gefährlich weit über die Böschung neigte. Der SUV musste ihn beim Sturz gestreift und gelockert haben.

Gerade als Bijou das dachte, kippte der Baum mit einem schrecklichen Knirschen wie in Zeitlupe vornüber, und Erde und Schutt regneten auf sie herab. Dankbar für ihren Helm, legte sie die Arme über den Kopf und versuchte sich klein zu machen und so nah wie möglich an der Böschung zu bleiben. Das Bersten und Knacken über ihr klang furchtbar, dann ächzte der Baum laut auf und begann, mit einem unheilverkündenden Geräusch über den Rand zu fallen. Einen Moment schwankte er noch, dann zog er mit seinem Gewicht die Wurzeln aus der Böschung.

Instinktiv griff Bijou nach ihrer Taschenlampe, machte sie an und steckte sie in den Mund, um die Hände frei zu haben. Dann drehte sie der Wand immer noch gebeugt den Rücken zu und legte die Arme wieder schützend über den Kopf, während noch mehr Steine und Erde herunterrutschten. Arnaud war keine Zeit geblieben, sich von der Wurzel loszumachen. Der Baum zog ihn mit über den Rand des

Felsvorsprungs in das trübe Wasser des Bayous. Bijou hielt das Seil ganz fest und hoffte inständig, dass er schnell wieder auftauchen würde.

Als das nicht geschah und das Seil sich nicht spannte, wusste sie, dass er gefangen war und dass sie nicht viel Zeit hatte. Unwillkürlich sprang sie ihm nach. Das Wasser war kalt und roch widerlich, dennoch nahm sie, als sie merkte, dass man darin nicht stehen konnte, die Taschenlampe aus dem Mund, holte tief Luft und tauchte hinter dem Baum her. Es war schwer, mehr als ein paar Zentimeter weit zu sehen, denn überall um sie herum trieben Geröll und anderes Zeug im Wasser, das sie manchmal auch berührte. Schnell wickelte sie sich das Seil um den Arm, das ihr den Weg zu dem Baum mit dem wirren Geäst wies, an dem Arnaud hing.

Ihr Herz hämmerte so fest, dass sie glaubte, es würde zerspringen. Unter Wasser zu sein und so wenig sehen zu können flößte ihr Angst ein. Alligatoren lauerten überall, und nur Gott wusste, was sich sonst noch in dieser grässlichen Bakterienbrühe verbarg. Als etwas Festes gegen ihren Fuß stieß, wäre sie vor Schreck beinah ohnmächtig geworden. Strampelnd sah sie nach unten. Der knorrige Stamm einer Zypresse ragte vom Grund des Bayous empor, und ein Ast hatte mit gierigen Fingern nach ihr gegriffen.

Bijou zwang sich, weiterzuschwimmen und in dem Unterwasserwald aus zerborstenen Bäumen rechts und links nach Arnaud Ausschau zu halten. Plötzlich spannte sich das Seil, und sie tauchte eilig tiefer, bis sie den in den Ästen verfangenen Abschnitt fand. Sie kämpfte sich durch die Äste und fragte sich, wie um Himmels willen Arnaud *unter* den Baum geraten war. Ihre Lunge begann zu brennen, und sie befürchtete schon, dass sie auftauchen musste, um Atem zu schöpfen, doch dann wäre Arnaud ertrunken.

Plötzlich sah sie ihn. Er kämpfte darum, sich zu befreien. Versuchte, das Geschirr abzulegen, aber das verfangene Seil und ein Ast hielten ihn am matschigen Grund fest und machten es ihm unmöglich, den Karabiner zu lösen. Schnell zog sie sich am Seil zu ihm hin. Sobald sie bei ihm war, riss sie ein Messer aus dem Gürtel und schnitt ihn los. Doch Arnaud kämpfte immer noch. Sein Fuß war unter dem Stamm eingeklemmt.

Bijou sah, dass das Seil sich beim Sturz um den Stamm gewickelt hatte, so war Arnaud, als der Baum sank, auf die untere Seite geraten. Sie gab ihm ein Zeichen, und er hielt still, sah sie mit weit aufgerissenen Augen starr an. Plötzlich ganz ruhig geworden, tauchte Bijou zum Grund und untersuchte das Problem. Ihr blieben nur noch Sekunden, dann musste sie auftauchen, um Luft zu holen. Aber sie würde ihn nicht im Stich lassen. Wenn sie nach oben schwamm, dann mit Arnaud.

Sein Wanderstiefel war in der Gabel eines größeren Astes gefangen. Sofort griff sie danach und versuchte, ihn loszureißen, merkte aber gleich, dass es sinnlos war. Das hatte Arnaud sicher schon die ganze Zeit versucht. Er war kein Mann, der leicht in Panik geriet, er hatte das also bereits versucht. Hastig zerschnitt sie die Schnürbänder und öffnete den Stiefel so weit wie möglich. Sofort zerrte Arnaud den Fuß heraus und stieg eilig nach oben auf.

Ihre Lunge brannte, und sie mochte sich gar nicht vorstellen, wie Arnauds sich anfühlen mussten. Am Rande ihres Gesichtsfeldes überlagerte ein seltsames Rot alles andere. Gierig nach Luft und voller Angst, dass sie es nicht bis an die

Wasseroberfläche schaffen würde, schlug sie so kräftig wie möglich mit den Beinen. Die Vorstellung, im Bayou zu ertrinken und von Alligatoren gefressen zu werden, gab ihr die Kraft der Verzweiflung. Nach Luft schnappend, durchbrach sie die Wasseroberfläche. Nie im Leben hatte sie so lang den Atem angehalten. Hektisch sah sie sich um. Alles schien ein wenig verschwommen zu sein. Sie fühlte sich kraftlos, und in den Adern an ihren Schläfen pochte das Blut.

Als eine Hand ihre Schulter streifte, musste sie einen Schrei unterdrücken. Arnaud schlang einen Arm um sie und brachte den Mund nah an ihr Ohr heran. »Kannst du noch schwimmen?«

Beschämt über den Moment der Schwäche nickte Bijou. Er hatte so viel mehr durchgemacht und trat trotzdem schon wieder ruhig Wasser, auch wenn er noch heftig keuchte. Bijou schwamm zum Felsvorsprung zurück und schaute dabei immer wieder um sich und unter sich, denn sie hatte Angst davor, dass durch den ganzen Aufruhr ein Alligator auf sie aufmerksam geworden sein könnte.

Das Wasser floss so langsam, dass man es kaum bemerkte, und es war definitiv brackig. Sie hatte das Gefühl, dass ihr kleiner Felsvorsprung bei Flut darunter verschwinden würde. Krebse und Krabben fühlten sich in solchen Gewässern wohl, aber man konnte nie wissen, welche Abfälle, Chemikalien oder andere Dinge den Weg in den Kanal gefunden hatten.

Bijou konzentrierte sich darauf, einen Armzug nach dem anderen zu machen, und schwamm erschöpft weiter. Sie wusste, dass Arnaud hinter ihr zurückgeblieben war, um sicherzustellen, dass sie den Felsvorsprung erreichte. Dort angekommen, bohrte sie die Fingernägel in die matschige

Oberfläche und zog sich hoch. Arnaud half nach, indem er ihren Po hochdrückte, und kletterte dann auch auf die schmale Platte. Reglos lagen sie beide da, die Beine noch im Wasser, und rangen nach Luft.

Bijou bewegte sich als Erste. Ohne darauf zu achten, dass sie im Matsch lag, drehte sie sich zur Seite und zog die Beine an. So war sie fürs Erste relativ sicher, solange kein Alligator aus dem Wasser sprang. Sie fror und zitterte. Und sie stank. Widerlich. Wirklich widerlich. Arnaud folgte ihrem Beispiel, rollte sich auf die Seite und zog ebenfalls die Knie an.

»Noch einmal danke, Bijou«. Er wandte den Kopf und sah sie verwirrt an. »Du rettest mir andauernd das Leben.«

»Ja, und ich werde langsam richtig gut darin«, versuchte sie abzuwiegeln. Dann schnaubte sie. »Ich möchte ja nicht zimperlich klingen, aber ich schwöre, dass ich total verseucht bin und kleine Tierchen an mir herumkrabbeln. Selbst in meinen Haaren.« Sie kniff die Augen fest zu. »Ich werde nicht hinsehen, bis ich mich unter eine lange heiße Dusche gestellt habe. Womöglich stundenlang.«

»Ähm, Bijou ...« Arnaud zögerte. »Du bist wirklich zimperlich.«

Bijou konnte nicht anders. Sie musste lachen. Sie waren am Leben. Und in Sicherheit vor den Alligatoren. »Ich stinke, als wäre ich in eine Jauchegrube gefallen, aber bei dir ist es auch nicht anders – was für ein ausgefallenes neues Parfüm. Gott sei Dank kann uns sonst niemand riechen.«

»Vielleicht riechen wir für Alligatoren ja wie ein richtiges Festmahl«, meinte Arnaud.

»Das ist absolut nicht lustig«, sagte Bijou, und verkniff sich dabei das Lachen. Sie hatte Sorge, am Rand eines hysterischen Anfalls zu sein. »Mir ist kalt.«

»Mir auch.« Arnaud blickte zum Himmel auf. »Es wird bald dunkel.«

»*Wehe* du schlägst vor, die Böschung hochzusteigen. Dann schubse ich dich eigenhändig wieder ins Wasser zurück.«

Über ihnen war nichts anderes zu hören als das Summen der Insekten. Kein Erdgeriesel warnte sie. Gar nichts, und dennoch wusste Bijou plötzlich mit absoluter Sicherheit, dass sie nicht allein waren. Sie fasste Arnaud am Handgelenk, um seine Aufmerksamkeit zu erregen, legte einen Finger an die Lippen und deutete nach oben.

Dann lagen sie beide ganz still, und Arnaud versuchte mit gerunzelter Stirn zu erlauschen, was sie aufgeschreckt hatte. Dann flüsterte er ihr leise ins Ohr: »Ich kann bloß die Insekten hören.«

»Irgendjemand ist da oben«, flüsterte Bijou zurück. Sie wusste, dass sie recht hatte. Ihr ganzer Körper war in Alarmbereitschaft, und tief in ihr bewegte sich etwas. Auch das seltsame, wellenförmige Jucken unter der Haut, das verstärkt wieder eingesetzt hatte, war wie eine Warnung.

»Bijou!«

Ihr Herz stockte. Diese arrogante, herrische Stimme hätte sie überall erkannt. Remy Boudreaux war über ihnen. *Natürlich* musste er es sein, der vorbeikam, wenn sie in größter Not war. Sie stöhnte auf, schlug die Hände vors Gesicht und beschmierte sich dabei Wangen und Kinn.

»Antworte, Bijou!« Der gebieterische Befehl ließ keinen Zweifel daran, dass Remy die Böschung nach ihr absuchte.

Arnaud machte Anstalten aufzustehen.

»Untersteh dich«, warnte Bijou ihn panisch und legte eine Hand auf seinen Mund. »Kein Wort. Ich meine es ernst. Ehe ich zulasse, dass er mich so sieht, lasse ich mich lieber von einem Alligator fressen.«

Die Stimme über ihnen wurde lauter. »Verdammt noch mal, Blue. Rühr dich endlich. Melde dich. Wo zum Teufel bist du?«

»Scheint ein Freund von dir zu sein«, nuschelte Arnaud unter ihrer Hand.

»Ich werde ihm nicht die Befriedigung verschaffen, mich in diesem Zustand zu sehen«, zischte Bijou.

Irgendetwas bewegte sich oben auf der Böschung, offenbar auf der Spur des SUV. Dann wurde sehr ausgiebig auf Französisch geflucht.

»Wir müssen hier weg, ehe es dunkel wird«, bemerkte Arnaud auf seine pragmatische Art.

Bijou schwieg einen Augenblick, dann schnippte sie mit den Fingern und rollte sich hastig zu einem Ball zusammen. »Du lässt dich retten und holst mich dann.«

»Du magst diesen Kerl, nicht wahr?« Arnaud klang leicht amüsiert.

»Mach dich nicht über mich lustig«, ermahnte ihn Bijou. »Sonst findest du dich gleich in diesem stinkenden, ekligen Wasser wieder.«

»Blue? Wo zum Teufel bist du? Besser nicht in diesem versunkenen SUV, verdammt.«

Endlich antwortete Arnaud. »Wir sind hier unten und kommen nicht mehr hoch. Ein wenig mitgenommen, aber lebendig.«

»Verräter«, stieß Bijou zwischen zusammengebissenen Zähnen hervor. Dann schlug sie erneut die Hände vors Gesicht und beschmierte sich noch mehr mit Matsch. »Das stehe ich nicht durch.«

»Bijou?« Ein kleines Erdgerinnsel zeigte an, dass Remy direkt über ihnen war.

»Die Böschung fällt in sich zusammen«, warnte Arnaud ihn. »Sie müssen sich davon fernhalten.«

»Und zwar *ganz* weit«, zischte Bijou. »Am besten er fährt zur anderen Seite des Bayous. Warum muss so etwas immer mir passieren?«

»Bijou.« Es gab eine kleine Pause. »Ich muss deine Stimme hören. Geht es dir gut?« Diesmal war Remys Ton nicht mehr so herrisch und ging ihr aus irgendeinem seltsamen Grund zu Herzen.

Mit einem resignierten Seufzer setzte sie sich langsam auf und strich sich das tropfnasse Haar aus dem Gesicht. »Falls man es als gut gehen bezeichnen kann, wenn man nach Jauche riecht und mit Keimen verseucht ist, dann muss ich sagen, ja es geht mir gut.«

»Verdammt noch mal.« Die Erleichterung war Remy anzuhören. »Du hast mich ein paar Jahre meines Lebens gekostet.«

»Du Ärmster«, rief sie zurück. »Gut, dass du in den letzten paar Stunden nicht hier gewesen bist.«

»Es scheint dir wirklich gut zu gehen, wenn du so freche Antworten geben kannst«, stellte Remy fest.

»Du lieber Himmel, Remy, ich bin diejenige von uns, die man umbringen wollte. *Und,* ich bin diejenige, die im Bayou gelandet ist, nicht du.«

»Ich habe mich schon gefragt, was das für ein Geruch ist«, rief Remy.

Bijou stieß einen leisen Fluch aus.

Arnaud grinste sie an, und seine Augen leuchteten kurz auf. »Du magst diesen Mann *wirklich.*«

»Nein, tu ich nicht. Wenigstens nicht in diesem Augenblick.« Dann wurde sie wieder lauter. »Ist mein Wagen noch da, Remy?«

»Kann man so sagen. Aber er wurde verwüstet. Dein Fan muss sehr schlechte Laune gehabt haben.«

Die nun schon vertraute Hitze, die Bijou überkam, sobald sie in Remys Nähe war, durchströmte sie und wärmte sie trotz der nassen Kleider. Sie schloss die Augen und schüttelte den Kopf. Sie stank. Sie befand sich in einer unmöglichen Lage, sah aus wie eine nasse Katze, und trotzdem wurde ihr schon beim Klang seiner Stimme glühend heiß.

Remy legte sich vorsichtig auf den Boden und spähte über den Rand der Böschung. Er musste sich selber davon überzeugen, dass sie gesund und munter war.

»Schau mich an, Blue.«

Er konnte sehen, dass sie zögerte. Er würde ihr nicht sagen, dass sie wunderschön aussah, obwohl sie mit Matsch beschmiert war und ihr dicker Zopf wie ein nasser Schwanz wirkte, aber so war es. Er war dankbar, dass sie am Leben war, auch wenn sie in einer beinahe durchsichtigen Bluse sehr nah neben einem anderen Mann saß – viel zu nah. Er wartete, bis sie die langen Wimpern hob und ihm direkt in die Augen sah. Ihr Blick traf ihn wie ein Schlag in den Magen.

Hastig musterte er sie, um zu sehen, ob ihr etwas fehlte. »Du siehst aus wie eine nasse Katze.« Sie war den Tränen nahe, und wenn er irgendetwas Nettes sagte, würde sie weinen und es ihm niemals verzeihen. Sein abschätzender Blick wanderte zu Arnaud und dann wieder zu Bijou. »Was ist mit deinem Arm passiert?«

Sie schnaubte nur. Er musste sie unbedingt hochholen und in die Arme nehmen. Ihre Selbstbeherrschung hing an einem seidenen Faden – nur ihr Stolz hielt sie noch aufrecht. Ihr war kalt, sie fühlte sich elend und erschöpft, und außerdem war es ihr peinlich, dass er sie in diesem Zustand sah.

Vor Erleichterung, sie lebend gefunden zu haben, war ihm ganz flau geworden. Er war dankbar, dass er in diesem Moment lang ausgestreckt auf dem Bauch lag, damit die Böschung nicht zusammensackte. Das lieferte ihm eine Entschuldigung dafür, nicht aufzustehen, denn im Augenblick war er nicht ganz sicher, ob er es konnte. Es gefiel ihm nicht, dass der andere Mann so nah bei ihr war. Und seinem Leoparden gefiel es noch weniger, er war so wütend wie nie zuvor, und Remy hatte Mühe, ihn zu bändigen.

Bijou musste kurz vor dem Han Vol Don sein, wenn sein Leopard so gereizt war. Außerdem hatten sie beide große Angst um sie gehabt. Als Remy die Spuren des Wagens gesehen hatte, der über die Böschung gestürzt war, die durchschnittenen Seile und die Schäden, die der Stalker an ihrem Wagen angerichtet hatte, war ihm schlecht geworden.

»Ich habe noch mehr Seile im Kofferraum, Remy«, rief Bijou. »Wenn du eins durch den Fixpunkt am Baum ziehst und es genauso verknotest, wie wir es gemacht haben, können wir wieder hochklettern.«

»Kein Problem«, erwiderte Remy und robbte so weit zurück, bis er sicher war, dass er die Böschung nicht zum Einstürzen bringen würde, sobald er aufstand.

In dem Moment kam Gage durch den Zypressenhain gestapft. »Was zum Teufel ist hier los, Remy?«, wollte er wissen. »Ist deine Frau noch am Leben? Alles in Ordnung?«

»Wenn er eine Frau hat, dann jedenfalls nicht hier«, rief Bijou von unten. »Seid ihr etwa alle da, *toute la famille*? Dafür bin ich nicht richtig angezogen.«

»Oh doch, ich habe eine Frau«, stieß Remy zwischen zusammengebissenen Zähnen hervor, »und diese Frau ist extrem schwierig. Du hättest in der Pension bleiben sollen, Blue.« Schnell ging er ein Stück zur Seite, ehe er die Beherrschung verlor. Der Leopard bedrängte ihn so hart, dass er gern auf den Felsvorsprung gesprungen wäre, um sie zu schütteln. Nie im Leben hatte er so große Angst um einen Menschen gehabt. Und sein Leopard auch nicht. Wie immer das auch funktionierte, er und Bijou waren miteinander verbunden, und sie hatte nicht das Recht wegzulaufen, nur weil sie mit ihrem ersten Mal nicht ganz zufrieden war.

»Du musst immer damit rechnen, dass die Familie auftaucht. Wir gehen einander gern auf die Nerven. In dem Fach sind wir Meister«, rief Gage ungerührt zu Bijou hinunter. »Schön, dass es dich noch gibt, meine Liebe. Wen hast du da bei dir?«

Remy hielt mitten im Schritt inne. Jep. Wer war der Kerl? Was zum Teufel hatten die beiden vorgehabt? Und warum ließ ihre Leopardin es zu, dass dieser Mann ihr so nah kam? Anscheinend würde er es mit Bijou Breaux nicht leicht haben.

»Hör auf zu knurren«, riet Gage ihm leise. »Sieht so aus, als wäre sie durch die Hölle gegangen. Dein Leopard ist ja außer Rand und Band, Remy.«

»Arnaud Lefevre ist bei mir«, rief Bijou. »Sein SUV ist von diesem Verrückten über den Rand gestürzt worden, mit allem, was darin war.«

»Wart ihr im Auto?«, fragte Remy, während er den Kofferraum ihres Wagens aufmachte und nach ihren Klettersachen suchte. Bei der Vorstellung, dass der weltgewandte, wohlhabende, weltberühmte Künstler bald neben Bijou hinter ihm auf Gages Rücksitz sitzen würde, bohrten sich Krallen durch seine Fingerspitzen. Er atmete gegen den Schmerz an und zügelte seinen Leoparden.

»Nein, waren wir nicht.« Bijou klang ungeduldig, und ihre Zähne klapperten.

»Wir haben uns wirklich Sorgen um dich gemacht«, schaltete Gage sich mit einem finsteren Blick auf seinen Bruder ein. »Offensichtlich bist du irgendwie im Bayou gelandet, und wir wüssten gern, wie es dazu kam.«

Bijou blinzelte, um die Tränen zurückzuhalten. »Hör *sofort* auf, nett zu mir zu sein«, ermahnte sie Gage. Sie hasste das Beben in ihrer Stimme, und sie wollte sich vor Remy nicht wie ein Kind aufführen. Entschlossen presste sie eine Hand auf den Mund. Sie musste allein sein, nur für ein paar Minuten, damit sie sich wieder fangen konnte. Es würde schon helfen, wenn es ihr gelänge, mit dem Zittern aufzuhören.

Stumm sagte Remy »Siehst du« zu seinem Bruder und sah ihn warnend an. Dass Bijou vor allen Anwesenden in Tränen ausbrach und ihn dann dafür verantwortlich machte, war das Letzte, was er wollte. Er würde nicht ruhig bleiben können, wenn sie weinte, und das würde sie nur noch verlegener machen. Es mochte Gage vielleicht nicht gefallen, wie er die Angelegenheit regelte, aber er kannte Bijou besser, als sie sich selber kannte.

Zögernd berührte Arnaud Bijous Arm. »Wir kriegen dich bestimmt noch rechtzeitig zu deinem Auftritt hier raus.«

Sie hatte gar nicht mehr daran gedacht, dass sie am Abend im Club singen musste. Wie konnte sie das vergessen? Sie hatte sehr hart gearbeitet, um den Club zu einem Erfolg zu machen, aber im Moment wollte sie nur noch ins

Bett kriechen und sich die Decke über den Kopf ziehen – nach einer langen heißen Dusche natürlich.

»Du wirst heute Abend großartig sein, meine Liebe«, versicherte Arnaud ihr, als könne er ihre Gedanken lesen. »Du bist ein absoluter Profi. Du wirst das wunderbar machen.«

Nun blieb ihr wirklich keine andere Wahl mehr, als sich zusammenzureißen und den Profi herauszukehren, was Arnaud wahrscheinlich mit seinen Worten bezweckt hatte. Er wusste, dass sie emotional ein Wrack war, und versuchte, sie aufzubauen. Und er hatte recht. Sie beide hatten trotz aller Gefahren überlebt. Bijou atmete tief ein und wieder aus.

»Ich habe das Seil«, rief Remy zu ihnen herunter, während er das Gurtband musterte, das am Baum angebracht war. Die Schraubkarabiner waren noch an ihrem Platz. Die Seile waren erst dahinter durchschnitten worden. Dankbar für seine Zeit bei der Armee und all die Spezialausbildungen dort, knüpfte er schnell neue Knoten.

Arnaud schickte Bijou als Erste nach oben und folgte ihr dann. Sobald die beiden in Sicherheit waren, blieb Remy reglos stehen und weidete sich, fast ohne zu atmen, an Bijous Anblick. Sie roch wie der Bayou, aber das spielte keine Rolle. Für ihn zählte nur, dass sie lebte. Ohne sich darum zu kümmern, was sie davon halten mochte, riss er sie an sich und hielt sie fest, ließ die Hände über ihren Körper wandern und vergewisserte sich, dass sie unverletzt war. Doch statt sich an ihn zu schmiegen, reagierte sie sehr steif und zurückhaltend. Ja, er würde es nicht leicht mit ihr haben.

Beinahe sofort machte Bijou sich von ihm los. »Ich mach dich doch ganz nass, und dann musst du alles, was du anhast, in den Müll werfen.«

»Glaubst du, das interessiert mich? Du hättest sterben

können. Was hast du dir bloß dabei gedacht? Du hättest in der Pension auf mich warten sollen.«

Bijou schüttelte den Kopf und wurde knallrot bei der Erinnerung daran, wie sie in dem verwüsteten Zimmer aufgewacht war, ohne zu wissen, wohin Remy gegangen war und ob er wiederkommen würde. Außerdem hatte sie Angst davor gehabt, Saria gegenüberzutreten. »Nein, Remy, *du* hättest in der Pension bleiben sollen.«

Dann drehte sie sich auf dem Absatz um und ließ ihn einfach stehen. Den Kopf hoch erhoben, die Schultern gestrafft, marschierte sie zu ihrem Auto. Sie sah königlich aus – trotz der nassen und schmutzigen Kleider. Einfach ... hinreißend.

»Das ging daneben, Brüderchen«, flüsterte Gage seinem Bruder im Vorbeigehen mit einem breiten Grinsen zu. »Mach besser den Mund zu, sonst fliegen noch Mücken rein.«

An ihrem Auto angekommen, blieb Bijou still stehen und betrachtete den Schaden. Als Arnaud zu ihr ging, begann Remy, mit den Zähnen zu knirschen. Sie sah diesen Mann nicht so an, als wollte sie nichts mit ihm zu tun haben.

»Mein Gott«, sagte Arnaud. »Wer würde so etwas tun?«

Remy beobachtete Bijou scharf. Plötzlich atmete sie tief ein und erstarrte. Sie wusste es. Sie hatte den Geruch aufgefangen. Die Leopardin begann, ein Teil von ihr zu werden, und mit der feinen Nase des Tieres konnte sie den Geruch des Mannes, der das getan hatte, wiedererkennen.

»Wer ist es, Blue?«, fragte Remy.

Sie schüttelte nur den Kopf.

»Du weißt es. Er hat heute Morgen mein Apartment verwüstet und ein Foto hinterlassen, auf dem ich dich küsse.

Das war nicht sehr schön, Bijou. Er wird immer gewalttätiger.«

»Aber es ergibt keinen Sinn. Bob Carson ist in Bodries Haus aufgewachsen. Ich kenne ihn schon mein ganzes Leben lang. Er würde so etwas nicht tun.«

Remy suchte den Blick seines Bruders. Gage nickte bestätigend. Auch er war sicher, dass Carson Bijous Stalker war, seit er den Fotografen auf der Straße getroffen hatte.

»Mach dir doch nichts vor, Süße«, sagte Remy. »Erklär mir, warum er ein acht Jahre altes Kind in ein Hotelzimmer voller Männer bringen sollte, um es mit Drogen vollzupumpen. Vielleicht hat er gedacht, wenn er dich loswird, setzt Bodrie ihn als Erben ein.«

»Also *hast* du ihn wiedererkannt. Du hast kein Wort gesagt.«

»Weil ich ein sehr primitives Bedürfnis hatte, als ich ihn gesehen habe – ich hätte ihn gern verprügelt.« Ohne Bijou aus den Augen zu lassen, legte Remy eine kleine Pause ein. »Du hast aber auch nichts gesagt.«

»Er hat keinen Grund, mir wehtun zu wollen.«

»Aber natürlich. Seine Mutter hat mit Bodrie zusammengelebt, bis deine Mutter gekommen ist. Wahrscheinlich glaubt er, er sei Bodries Sohn. Wenn er das beweisen könnte, hätte er es längst öffentlich gemacht. Das heißt also, diese Fantasie ist in seinem Kopf für ihn Realität geworden. Du hast ihm alles genommen, die Villa, die Frauen, die Drogen, den Lebensstil. Also ist er Fotograf geworden, um an Bodries Leben teilhaben zu können und wieder jemand zu sein. Aber er konnte nicht alles haben, weil es dich gibt und du ihm im Wege stehst.«

Bijou schüttelte den Kopf.

»Auf der einen Seite ist es vielleicht so, dass er dich für seine Schwester hält, aber andererseits wünscht er dich zum Teufel, damit er alles bekommen kann.«

Bijou sah ihn finster an. »Ich bin doch nicht naiv, ich habe mein Testament gemacht.«

»Was wohl der einzige Grund ist, warum du noch nicht tot bist. Er hat noch keine Ahnung, wie er dich beerben kann.«

»Ich glaube nicht, dass er es ist«, beharrte Bijou. »Ohne Beweise kannst du ohnehin nichts tun, also lass ihn in Ruhe, Remy. Bitte. Ich muss darüber nachdenken.«

»Du weißt, dass er es ist«, sagte Remy ruhig. »Du bist ein liebes Mädchen, Bijou. Und dieser Mann wird immer gefährlicher, das wissen wir beide. Nur deswegen bist du überhaupt so weit gegangen, mir die Briefe zu zeigen, sonst hättest du kein Wort darüber verloren. Du wusstest, dass es Ärger geben würde.«

»Er muss krank sein«, sagte Bijou. »Um so etwas zu tun, muss man krank sein.«

Sie fasste an die Motorhaube ihres Wagens. Die Reifen waren zerstochen und zerschlitzt. Auch die Sitze waren vollkommen zerfetzt, das Innere herausgerissen und ringsum auf dem Boden verteilt. Außerdem war auf beiden Seiten ein riesiges Auge in die Türen gekratzt. »Ich beobachte dich« stand in groben Druckbuchstaben darunter. Diese Botschaft in genau dieser Schrift hatte sie immer wieder in den Häusern vorgefunden, die ihr gehörten.

Bijou begann zu zittern, und Remy ging zum Streifenwagen, um eine Jacke zu holen. Arnaud stand einfach da und beobachtete die Szene.

Gage räusperte sich und wandte sich an ihn. »Wir lassen Ihr Auto von einem Abschleppwagen hochziehen, aber wahrscheinlich ist es ein Totalschaden. Immerhin wäre es möglich, dass sie noch etwas daraus retten können.«

Arnaud zuckte die Achseln. »Ich hatte nichts dabei, was nicht ersetzbar wäre. Nur meine Kletterausrüstung und Dinge, die ich für meine Skulpturen brauche. Steine, versteinertes Holz und verschiedene andere Sachen, mit denen ich arbeite. Aber ich kann Nachschub besorgen. Es wird nur etwas dauern, bis ich das, was ich brauche, wieder zusammenhabe.« Er klopfte auf die Tasche an seinem Gürtel. »Wenigstens habe ich die Steine nicht verloren, die ich hier sammeln wollte.«

»Tut mir leid wegen deinem Auto und deiner Sachen«, sagte Bijou. »Irgendwie habe ich das Gefühl, dass es meine Schuld ist, dass das alles passiert ist. Ich werde dir den Schaden natürlich ersetzen ...«

Arnaud hob eine Hand. »Unsinn, Bijou. Ich bin nur traurig, dass dieser Mann dich verfolgt.« Er sah auf die Uhr. »Du hast nicht mehr viel Zeit, bis deine Show anfängt. Vielleicht kann uns der Sheriff mit in die Stadt nehmen.«

Remy wickelte die Jacke um ihren zitternden Körper. »Du musst heute Abend nicht auftreten, Blue. Wir sagen der Band einfach, sie soll ohne dich spielen.«

Bijou fand den Vorschlag verlockend. Sie war erschöpft, verwirrt und verängstigt und hätte sich am liebsten in eine Höhle verkrochen, um ihre Wunden zu lecken. Alle warteten auf ihre Entscheidung. Arnaud sah sie einfach nur ausdruckslos an. Remy und Gage schien es lieber zu sein, wenn sie zur Pension zurückkehrte und den Auftritt im Club absagte, insbesondere da Carson noch frei herumlief und, wie sie wusste, in den Club kommen würde. Er kam zu all ihren Auftritten.

Bijou hob das Kinn. Wenn sie an diesem Abend nicht sang, hatte Carson gewonnen. Seine abscheuliche Tat hatte bereits Wirkung bei ihr gezeigt, aber sie gönnte ihm den Triumph nicht, besonders nach dem, was er Arnaud angetan hatte. Ihr ganzes Auto roch nach Bob Carson. Sie wusste nicht, warum ihr Geruchssinn plötzlich so scharf war, aber sie hatte keinen Zweifel daran, dass er derjenige gewesen war, der Arnauds SUV und ihren Wagen zerstört hatte.

»Ich werde heute Abend auftreten, und wenn ich nicht schnell unter eine Dusche komme, muss der Club hinterher ausgeräuchert werden.«

Gage deutete auf seinen Wagen. »Dein Taxi. Meine Leute sind schon unterwegs. Sie werden sich um den Abschleppwagen kümmern und die Spuren an deinem Auto sichern. Also, Arnaud, wenn Sie mitkommen möchten, fahre ich Sie gern zu Ihrem Hotel zurück.«

»Sehr freundlich.«

»Aber ihr müsst beide hinten einsteigen«, fuhr Gage mit einem kleinen Lächeln fort, »die Rückbank lässt sich besser reinigen.«

»Das kann ich dir nicht verübeln«, sagte Bijou. »Ich halte selber so gut es geht die Luft an, damit ich mich nicht riechen muss.«

»Hoffentlich spritzt Saria dich nicht draußen mit dem Schlauch ab, ehe sie dich ins Haus lässt«, witzelte Gage.

Remy schaute immer wieder im Spiegel nach Bijou, die zusammengekauert auf dem Rücksitz saß. Sie sah stumm und starr aus dem Fenster. Sie schien traurig und nachdenklich zu sein. Er war sicher, dass er mit Bob Carson recht hatte – dass der Mann in der Nacht, in der er sie vor so vielen Jahren aus dem Hotel geholt hatte, die Absicht gehabt hatte, sie aus dem Weg zu schaffen. Alles passte zusammen. Wenn Carson glaubte, dass Bijou und ihre Mutter ihn und seine eigene Mutter aus Bodries Leben verdrängt hatten, hatte er sie sicher loswerden wollen.

Remy nahm sich vor zu überprüfen, was mit Carsons Mutter passiert war und wo sie mit ihrem Sohn gelebt hatte, nachdem sie bei Bodrie ausgezogen war. Wieder schaute er in den Rückspiegel. Er hätte Bijou sanfter anfassen sollen. Schließlich hatte sie einiges mitgemacht. Sie schien Ränder unter den Augen zu haben, und als er die schwachen Druckstellen an ihrem Hals sah, schämte er sich ein wenig. Der Kratzer auf ihrem Arm konnte von einer Kralle stammen. Er vermutete, dass sie ihn sich selber beigebracht hatte, ohne es zu bemerken.

Saria war vor dem Haus, als der Streifenwagen vorfuhr. Hastig lief sie zur Hintertür des Autos und riss sie auf. »Was ist dir zugestoßen?«, fragte sie besorgt.

Bijou blinzelte, um die Tränen zurückzuhalten, die ihr unwillkürlich in die Augen stiegen. Offenbar war sie wesentlich dünnhäutiger, als sie gedacht hatte. Sie versuchte es mit einem matten Lächeln. »Remy hat mich in den Bayou gestoßen.«

Böse starrte Saria ihren Bruder an. Remy trat einen Schritt zurück und hob abwehrend die Hände. »Sie ist von sich aus dort schwimmen gegangen. Ihr muss zu heiß geworden sein, als sie an mich gedacht hat«, erwiderte er hastig.

Bijou verdrehte die Augen. »Ja, genau. Tut mir leid wegen des Zimmers, Saria.«

»Daran ist doch mein Bruder schuld und nicht du«, erwiderte ihre Freundin und warf ihrem Bruder einen weiteren bösen Blick zu.

»Was ist denn mit dem Zimmer passiert?«, fragte Gage betont unschuldig.

Bijou spürte, wie sie rot anlief. »Ich muss mich auf meinen Auftritt heute Abend vorbereiten. Wenn ich zurückkomme, putze ich die Dusche. Hast du eine Mülltüte, damit ich meine Sachen wegwerfen kann, Saria?«

»Hau ab, Gage«, befahl Remy. »Und zwar sofort.«

»Danke, dass du Arnaud ins Hotel zurückbringst«, sagte Bijou, während sie auf die Pension zuging.

»Kein Problem, auch wenn ich glaube, dass er noch mehr stinkt als du«, erwiderte Gage und blinzelte ihr zu.

»Er war auch länger unter Wasser. Er hing fest, und ich musste ihn losschneiden«, räumte Bijou ein. »Wir haben Glück gehabt, dass keiner von uns ertrunken ist.«

Finster sah Remy sie an. »Was soll das heißen, ihr wärt fast ertrunken? Was zum Teufel ist passiert? Ich dachte, ihr wärt ins Wasser gesprungen, als der SUV über die Böschung gestürzt ist.«

Saria machte ein entsetztes Gesicht. »Wie schrecklich, Bijou. Ich mache dir schnell einen Tee. Wenn du geduscht hast, ist er fertig.«

»Antworte mir«, beharrte Remy und fasste Bijou am Arm, ehe sie ins Haus gehen konnte.

Niemand bewegte sich. Bijou holte tief Luft. Sich das Ganze noch einmal vorzustellen, machte es nur noch schlimmer. »Zuerst sind unsere Seile durchschnitten worden, sodass wir auf dem winzigen Felsvorsprung festsaßen. Dann schoss der SUV über die Böschung und wäre fast auf uns gestürzt. Danach haben wir lange gewartet, mehrere Stunden sogar, bis Arnaud unbedingt hochklettern wollte, um mich raufzuziehen. Er hat es dreimal versucht, aber die

Böschung ist immer weiter zerbröckelt. Zwischen den Versuchen hat er etwas gewartet, weil ich ziemlich durcheinander war und Angst hatte, dass er umkommen könnte. Aber es wurde schon Nacht, und er war der Meinung, wir hätten keine andere Wahl.«

Bijou hob den Kopf und sah Remy an. Seine Miene war absolut ausdruckslos. Er hätte eine von Arnauds Skulpturen sein können, so reglos und starr war sein Gesicht. Ihr Herz machte einen seltsamen Satz, und in ihrem Magen begannen Millionen von Schmetterlingen zu flattern. Schnell sah sie wieder weg.

»Schließlich hat er sein Seil an einer Wurzel festgebunden, um nicht im Bayou zu landen, falls er noch einmal abstürzen würde. Leider haben wir beide nicht bemerkt, dass der dazugehörige Baum von dem SUV im Fallen gestreift worden war und keinen festen Halt mehr hatte. Kurz gesagt, der Baum kippte ins Wasser und riss Arnaud mit sich. Ich bin ihm vorsichtshalber nachgetaucht, und das war gut so.«

»Habt ihr vielleicht auch mal daran gedacht, dass im Wasser höchstwahrscheinlich Alligatoren sind?«, fragte Remy.

»Natürlich. Und ich hatte große Angst, wenn du es unbedingt wissen willst«, entgegnete Bijou wider Willen etwas aufsässig. »Aber erzähl mir nicht, dass du ihm nicht auch hinterhergesprungen wärst, denn ich weiß, dass du es getan hättest.«

»Das ist nicht dasselbe«, erwiderte Remy barsch.

Saria hielt es für besser dazwischenzugehen. »Was ist passiert, Bijou?«

Dankbar für ihre Gegenwart, konzentrierte Bijou sich auf sie. »Der Baum hat sich beim Sinken gedreht, und Arnaud konnte sich nicht von dem Seil und seinem Geschirr befreien und wurde mitgezogen. Ich habe das Seil durchgeschnitten, aber er hing immer noch fest. Sein Stiefel hatte sich in einer Astgabel verfangen, und ich musste die Schnürsenkel zerschneiden. Ich habe nicht mehr geglaubt, dass einer von uns lebend wieder nach oben kommt.«

»Wie gut, dass du da warst«, sagte Saria und warf ihren Brüdern einen warnenden Blick zu, als sie Anstalten machten zu protestieren. »Arnaud wäre tot, wenn du ihm nicht geholfen hättest. Ich mache jetzt Tee, du gehst unter die Dusche, und danach desinfizieren wir diesen Kratzer an deinem Arm, bevor du in den Club gehst.«

»Vielen Dank, Saria«, sagte Bijou. Dann lief sie ins Haus, ehe einer von den Boudreaux-Brüdern noch etwas zu ihr sagen konnte.

Sobald sie im Bad war, zog sie sich aus und stopfte die ruinierten Kleider in eine Plastiktüte, die sie in einem Abfalleimer gefunden hatte. Mit etwas Mühe passte alles hinein. Das heiße Wasser fühlte sich wunderbar an, und sie ließ es sich über den Kopf laufen, während sie den langen, dicken Zopf löste, um sich das Haar zu waschen.

»Du hättest dabei sterben können.«

Erschrocken schrie Bijou auf und warf die Flasche mit dem Duschgel nach dem Eindringling. So viel zu ihrem Frühwarnsystem. »Ich habe die Tür abgeschlossen. Wie bist du hier hereingekommen?«

Remy zuckte die Achseln. »Die Balkontür war offen, und außerdem kriege ich jedes Schloss auf.«

»*Raus* hier.«

»Wir müssen reden«, sagte Remy und lehnte sich mit der Hüfte an das Waschbecken.

»Wir hätten heute Morgen miteinander reden sollen, du Kretin. Nicht jetzt. Geh sofort raus hier. Ich bin nackt.«

»Ist es nicht ein wenig zu spät, um plötzlich schamhaft zu werden?«

»Es ist ehrlich gesagt keine gute Idee, mich an die letzte Nacht zu erinnern«, erwiderte Bijou schnippisch. »Geh sofort aus meinem Bad. Ich kann bald nicht mehr, und ich habe heute Abend noch einen Auftritt, Remy.«

»Wir müssen reden.«

»Schön. Aber nicht jetzt. Geh weg, und glaub bloß nicht, dass du das Recht hättest, in meine Privatsphäre einzudringen, wann immer dir danach ist. Ich meine es ernst, Remy. Nur weil wir ... äh ... Wie du das auch nennen willst, was gestern Nacht passiert ist, du kannst nicht davon ausgehen, dass das noch mal passieren wird. Geh weg.«

»Aber sicher passiert es noch mal.«

Sie wollte sich nicht ihm streiten. Wenn er da stehen blieb und sie weiter so arrogant und aufreizend ansah, konnte sie für nichts garantieren, deshalb musste er verschwinden. Sofort. Noch in dieser Sekunde. Dieses schreckliche Verlangen machte sich schon wieder bemerkbar. Er musste verschwinden.

»Bitte geh, Remy. Sei so gut.«

Mit einem Seufzer richtete er sich auf. »Na dann reden wir heute Abend nach der Show. Ich weiß, dass du müde sein musst, *Chere*, aber es ist wichtig.«

Statt einer Antwort drehte Bijou ihm aus reinem Selbstschutz den Rücken zu. Ihre Reaktion auf ihn war wirklich problematisch. In seiner Gegenwart schien ihr Körper ihren Verstand zu beherrschen und nicht umgekehrt. Sie musste einen Weg finden, sich nicht mehr nach ihm zu sehnen.

10

Remy lehnte hinten im vollbesetzten Club mit gekreuzten Armen an der Wand und ließ den Blick unruhig über das Publikum schweifen. Seinem Leoparden gefiel es nicht, in einem geschlossenen Raum zu sein, und erst recht nicht zusammen mit so vielen Menschen. Remy war überrascht, dass der Leiter der Feuerwehr, der auch unter den Zuhörern war, dagegen nichts einzuwenden hatte.

An einem Tisch in der ersten Reihe entdeckte er Arnaud, der offenbar ein willkommener Gast war. Schon der Anblick des Mannes war ihm zuwider, und wenn Bijou den Kerl noch ein einziges Mal anlächelte, würde ihm wohl nichts anderes übrigbleiben, als den Bildhauer sofort aus dem Club zu zerren und wieder in den Bayou zu werfen. Was zum Teufel dachte sie sich bloß dabei? Leoparden teilten ihre Gefährtinnen nicht gern. Sie waren sehr eifersüchtig und reizbar, und sein Leopard war einer der schlimmsten. Remy mochte Arnaud aus Prinzip nicht, doch sein Leopard hasste ihn geradezu.

Im Grunde hasste er jeden Mann, der in Bijous Nähe kam, aber ganz besonders die, die sie anlächelte – oder für die sie sang. Remys Blick richtete sich wieder auf seine Frau.

Wenn sie sang, war er immer wieder überrascht. Ihre Stimme war rauchig und sexy zugleich, und dieses heisere, verführerische Timbre machte sie einzigartig. Sie hatte etwas von der Rauheit, für die ihr Vater berühmt gewesen war, und auch den riesigen Stimmumfang, aber die weiche, sinnliche Komponente war ihr eigenes Markenzeichen.

Bijou sah wunderschön aus. Es gab kein anderes Wort dafür. Sie trug ein langes Kleid, das sich eng an ihre phänomenale Figur schmiegte, die schmale Taille betonte und die Rundungen ihrer Brüste und Hüften hervorhob. Remy fand sie atemberaubend, und er hatte das Gefühl, dass eine ganze Anzahl von Männern im Publikum der gleichen Ansicht war.

Jedes neue Lied schien besser als das vorherige anzukommen. Obwohl Bijou gerade Traumatisches erlebt hatte, war sie völlig entspannt, sehr freundlich zu ihren Zuhörern, und ihr Lächeln war echt – wenn sie sang, war sie ganz anders als sonst. Als Bijou war sie scheu und zurückhaltend, als Sängerin dagegen selbstsicher, lässig und unglaublich sexy.

Ihr Gesang faszinierte ihn. Es hörte sich wie ein Klischee an, aber ihm stockte wirklich der Atem, wenn er sie oben auf der Bühne so mühelos ihre gefühlvollen Blues-Balladen singen sah. Ihre saubere Intonation zog das Publikum in ihren Bann und nahm es mit auf eine Reise voller Kummer und Sehnsucht.

Er war ein außergewöhnlich zynischer Mann. Mehr noch, er traute niemandem, nicht bei dem Job, den er hatte. Doch wenn er Bijou ansah, begann sein Herz zu klopfen, sein Mund wurde trocken, und sein Körper erstarrte. Er war ein Mann, der sich stets im Griff hatte, aber Bijou brachte ihn an seine Grenzen, wenn nicht gar dazu, die Beherrschung zu verlieren. Sein Verstand arbeitete immer logisch, und gewöhnlich musste auch alles in seiner privaten Welt vernünftig sein, weil Morde so sinnlos waren. Trotzdem war es höchst unvernünftig von ihm, sich in Bijou Breaux zu verlieben.

Es gab zu viele interessierte Männer, die sie angafften. Er war der eifersüchtige Typ – nun, genau genommen nicht er, sondern sein Leopard – und sie hatte zu viel Geld. So viel, dass er es sich nicht einmal vorstellen konnte. Außerdem musste jemand auf sie aufpassen, aber sie weigerte sich, diesen Vorschlag auch nur zu erwägen. Schlimmer noch, sie behauptete sich gegen ihn. Das war zwar eigentlich genau das, was er brauchte und sich von einer Frau wünschte, aber doch nicht dann, wenn es ihm nicht passte.

Wohl zum zehnten Male fluchte er leise vor sich hin. Auch das war etwas, was ihm nicht gefiel – sie brachte ihn zum Fluchen, obwohl das nicht seine Art war.

Gage stieß ihn in die Seite. »Du tust es schon wieder, Bruder. Du schnappst schon wieder nach Luft wie ein gestrandeter Fisch.« Er grinste, als er Remys finsteres Gesicht sah. »Ich habe noch nie jemanden gesehen, den es so erwischt hat. Nicht einmal Drake ist so gewesen, obwohl er völlig vernarrt war in unsere Schwester. Du kannst ja gar nicht mehr aufhören, sie anzustarren, und dabei machst du ein Gesicht, als würdest du sie dir jeden Augenblick über die Schulter werfen und in eine Höhle schleppen.«

»Keine schlechte Idee«, blaffte Remy unbeeindruckt. »Die Höhlenmenschen hatten es jedenfalls einfacher. Muss sie sich denn so in den Hüften wiegen, wenn sie durchs Publikum geht? Was soll das?«

»Du sollst auf sie aufpassen und nicht immer geiler und unruhiger werden«, bemerkte Gage. »Verlier nicht die Beherrschung, Remy.«

»Das ist etwas schwierig«, gestand sein Bruder und zwang sich, den Blick wieder schweifen zu lassen. Ryan Cooper, Brent Underwood und Tom Berlander saßen zusammen mit Robert Lanoux und zwei Männern, die ihm vage bekannt vorkamen, an einem Tisch nahe an der Bühne. Alle Männer tranken heftig, sogar Robert, obwohl Gestaltwandler ihren Leoparden das normalerweise nicht antaten. Remy gefiel es nicht, wie die Kerle Bijou ansahen. Alle paar Minuten beugten sich die beiden Männer, die er kennen sollte, deren Namen ihm aber nicht einfielen, zu Ryan hinüber und flüsterten ihm etwas ins Ohr, woraufhin er finster zu Bijou hochschaute und vor sich hin grummelte.

Remy stieß Gage an. »Kennst du die beiden Männer bei Ryan Cooper?«

»Das sind Jean und Juste Rousseau, zwei Ganoven, die ich noch nie zu fassen gekriegt habe, aber ich vermute schon seit geraumer Zeit, dass sie hier die Rädelsführer sind. Ich sehe sie manchmal zusammen mit anderen Kleinkriminellen, aber keiner lässt was raus, und wir haben ihnen nie etwas nachweisen können.«

»Jetzt, wo du es sagst, fallen mir die Namen wieder ein. Sie sind mir vor vier Jahren im Zusammenhang mit dem Serienmörder untergekommen. Sie waren mit einem der Opfer befreundet, und ich erinnere mich noch, dass ich sie auf dem Revier verhört habe ... aber sie sehen jetzt ein wenig anders aus.«

Gage nickte. »Ja, sie haben sich die dunklen Haare blond färben lassen. Ich glaube, sie versuchen, als Surfer durchzugehen. Sie waren eine Weile in Kalifornien, zu Besuch bei ihrer Mama, und ich schätze, sie mochten die Vorstellung, wie Surfer auszusehen.« Er kicherte. »Sie waren ein paar Jahre fort. Vielleicht ist ihre Mama es leid geworden, ihren Lebensstil zu finanzieren, und hat sie zu ihrem Daddy zurückgeschickt.«

»Wieso weißt du so viel über sie?«, fragte Remy. »Ich habe sie mal verhört, aber sie schienen nicht ins Bild zu passen und konnten uns auch bei den Ermittlungen nicht weiterhelfen, deshalb habe ich sie aus dem Gedächtnis gestrichen.«

»Du fährst schließlich nicht Streife. Vor ein paar Jahren, ungefähr zu der Zeit der Serienmorde, gab es hier mehrere kleine Einbrüche in Häuser, hauptsächlich bei älteren und armen Menschen, nur dass dabei noch die Bewohner böse zusammengeschlagen wurden. Keiner dieser Vorfälle ereignete sich in New Orleans, sondern eher in der ländlicheren Gegend abseits der Stadt. Es ist zwar niemand zu Tode gekommen, aber insgesamt eine recht hässliche Geschichte.«

»Gab es Verdächtige?« Remys Blick richtete sich kurz wieder auf den Tisch, an dem Cooper und seine Freunde immer lauter wurden.

Er hatte sich immer gefragt, ob nicht zwei Männer die Morde begangen haben könnten, denn im Gegensatz zum völlig chaotischen Tatort war der Altar stets genau hergerichtet, ja sogar peinlich genau. Er hatte nie einen Hinweis finden können, der diese Theorie stützte, aber es war immerhin möglich, dass es sich um ein Team handelte.

»Ich hatte eine Vermutung, aber bei keinem der Einbrüche gab es irgendwelche eindeutigen Beweise.« Gage zuckte die Achseln. »Jetzt, wo sie wieder da sind, hat das mit den Einbrüchen wieder angefangen.«

Remy beobachtete die beiden Männer einige Minuten lang. »Sie flüstern ständig mit Ryan, und sie sind diejenigen, die die Getränke bezahlen. Ich glaube, sie hetzen ihn auf.«

»Das habe ich auch schon bemerkt«, sagte Gage.

Remy hatte von allen seinen Brüdern eine hohe Meinung, und auch Gage hatte er stets respektiert. Er war ein verdammt guter Sheriff und nahm seinen Job sehr ernst. »Hältst du es für möglich, dass die beiden zusammen morden gehen?«

Mit gerunzelter Stirn musterte Gage die beiden Männer. »Du meinst, ob sie dazu fähig wären? Ich würde sagen ja. Ich denke, dass sie früher oder später irgendjemanden umbringen werden, denn bei diesen Einbrüchen ging es definitiv nicht um Geld. Wer auch immer die alten Leute zusammenschlägt, er hat Spaß daran.«

»Hast du keinen Geruch aufnehmen können?«

Remys Puls beschleunigte sich. An den Tatorten des Serienmörders hatte es nie Geruchsspuren gegeben. Jedenfalls keine, die ihm aufgefallen wären, dabei war sein Leopard stets zur Stelle. Das Opfer hatte immer sehr viel Angst gehabt und stark geschwitzt, und der Geruch des Blutes und der Eingeweide hatte alle anderen überlagert und die gute Nase des Leoparden nutzlos gemacht, was nur sehr selten vorkam. Leoparden hatten einen ausgeprägten Geruchssinn, und das war Remy bei seiner Karriere sehr von Nutzen gewesen, dennoch war es seinem Leoparden nie gelungen, den Geruch des Serienmörders herauszufiltern. Wieso hatte Gages Leopard die Fährte dieser gewalttätigen Einbrecher nicht aufnehmen können?

»Doch, sie sind definitiv in den Häusern gewesen, aber das Problem ist, dass sie überall Gelegenheitsarbeiten verrichten, auch an sämtlichen Tatorten. Noch dazu waren sie bei Weitem nicht die einzigen. Solche Jobs sind perfekt, um in die Häuser zu gelangen. Übrigens hat jedes der Opfer die maskierten Eindringlinge anders beschrieben.«

»Es gefällt mir nicht, dass sich Robert mit diesen Leuten herumtreibt«, meinte Remy und runzelte die Stirn.

»Jep, diese Freundschaft hat mir eine Weile große Sorgen gemacht, und ich weiß, dass sein Bruder Dion versucht hat, ihn von den anderen fernzuhalten«, antwortete Gage.

»Könnten die Rousseau-Brüder die Köpfe einer ganzen Bande von Einbrechern sein?«

Gage zuckte die Achseln. »Mittlerweile halte ich alles für möglich. Aber sie müssten sehr schlau sein, um das zu schaffen, ohne überführt zu werden. Warum sollten sie glauben, dass sie nicht verraten werden, wenn einer ihrer Leute gefasst wird?«

»Weil sie tatsächlich schlau sind. Vielleicht sind sie sich sicher, dass man ihnen nichts nachweisen kann.«

»Trotzdem«, erwiderte Gage, »vielleicht möchtest du sie dir im Zusammenhang mit den Serienmorden etwas näher anschauen. Sie sind ungefähr zu der Zeit verschwunden, in der die Morde aufgehört haben, und mittlerweile lange genug zurück, um wieder Fuß gefasst zu haben und von Neuem anzufangen.«

»Du hättest mir von ihnen erzählen sollen«, meinte Remy. Angesichts der beiden Brüder, die sich in Bijous unmittelbarer Nähe aufhielten, verlangte sein Leopard wutschnaubend nach Freiheit.

Gage zuckte die Achseln. »Ich hatte doch keine Ahnung, dass du sie mit den Morden in Verbindung bringst.«

Remy musste ruhig bleiben, auch wenn ihm nicht danach war; am liebsten hätte er die Krallen ausgefahren und die

Wände zerkratzt, um sein Revier zu markieren und potentielle Rivalen abzuschrecken. Er hatte unter den Zuschauern mehrere Leoparden entdeckt, die Bijous Auftritt allesamt sehr konzentriert, ja beinahe gebannt verfolgten. Sie wirkte sehr anziehend und sexy, wenn sie sich in dem hautengen Kleid so lasziv bewegte. Schon hatte sie seine Aufmerksamkeit wieder gefesselt, und er konnte den Blick nicht mehr von ihr lösen.

»Stimmt«, murmelte Remy geistesabwesend.

Bijou ging schon wieder durch die Menge, anstatt bei ihrer Band auf der schmalen Bühne zu bleiben, wo ihre Bodyguards rechtzeitig einschreiten konnten, ehe es Ärger gab. Remy zuckte sichtlich zusammen, als sie graziös einen Schritt zurücktrat und sich mit wiegenden Hüften der Musik hingab, denn dieser Schritt brachte sie ein wenig zu nah an Arnaud heran. Remys Leopard war so wütend, dass seine Haut zu jucken begann und das Fell hervorzubrechen drohte. Schon knackten seine Gelenke, und sein Kiefer schmerzte.

Remy holte tief Luft und setzte seine über Jahre erworbene Disziplin ein, um den Leoparden in Schach zu halten. Er atmete gegen den Schmerz an und mahlte mit den Kiefern, damit die Zähne nicht wuchsen.

Gage stieß ihn in die Seite, um ihn abzulenken. Sie wussten beide, wie gefährlich ein Leopard werden konnte, wenn seine Gefährtin sich zum ersten Mal zeigte. »Sieh dir mal den Mann dort an, dritter Tisch rechts, vierte Reihe. Er war es, der Bijou im Café beobachtet hat. Wir sollten nach ihm Ausschau halten. Sein Name ist Jason Durang, und er arbeitet für Rob Butterfield, Bijous Manager. Und der ist schon länger in der Stadt. Die beiden sind ein paar Tage nach Bijou angekommen. Und seit Durang hier ist, folgt er ihr überallhin und erstattet dann ihrem Manager Bericht.«

Remy runzelte nachdenklich die Stirn. »Aber ihr Stalker ist er nicht. Das ist definitiv Bob Carson. Sein Geruch klebte an ihrem Auto und sogar an den Seilen, die er zerschnitten hat. Er hat auch die besseren Gründe. Wahrscheinlich macht er sie für sein Leben verantwortlich. Ich habe Angelina im Büro angerufen und sie gebeten, Nachforschungen über Carson anzustellen und herauszufinden, was er und seine Mutter in den Jahren nach ihrem Auszug aus Bodries Haus getan haben. Sie war drogenabhängig und hat sich prostituiert, um das Geld für ihre Sucht aufzutreiben. Sie hat ihren Sohn von einer Stadt zur anderen geschleift, weil sie Bodrie überallhin gefolgt ist, aber in seinem Haus haben sie erst wieder leben dürfen, nachdem Bijous Mutter gestorben war.«

»Und wie ist Bijous Mutter gestorben?«, fragte Gage.

»Unter verdächtigen Umständen, was Bodrie nur noch mehr Sympathie einbrachte. Sie hatte gerade Bijou bekommen, und Bodrie war auf einer Tournee. Angeblich war sie mit dem Auto unterwegs, das Baby hatte sie zu Hause gelassen. Der Wagen mit ihrer Leiche wurde in der Nachbargemeinde gefunden, er war gegen einen Baum geprallt und hatte sich darin verkeilt. Unklar blieb, warum sie das Baby zurückgelassen hat. Außerdem haben einige Beamte in ihren Berichten festgehalten, dass sie sie nicht für die Fahrerin hielten.«

»Und du glaubst auch nicht, dass sie gefahren ist, oder?«

»Wenn Carsons Mutter beschlossen hat, Bodries Frau zu beseitigen, und ihren Sohn in einem so empfindsamen Alter dazu gebracht hat, ihr dabei zu helfen, müsste aus ihm ein ziemlich verstörtes Kind geworden sein«, sagte Remy.

»Aber wenn Bijous Mutter eine Artgenossin war …«, protestierte Gage.

»Sie hatte Kopfwunden, und der Gerichtsmediziner konnte nicht feststellen, ob sie schon von vor dem Unfall stammten. Der Fall wurde nie abgeschlossen, weil er es nicht ausschließen konnte.«

»Verdammt noch mal, Bijou steckt wirklich in Schwierigkeiten, was?«

Remy nickte bedächtig. »Außerdem glaube ich nicht, dass ihr Manager unbedingt ihr Bestes im Auge hat. Ich weiß nicht, was genau er vorhat, aber offenbar ist er aus einem bestimmten Grund hier, und das kann nichts Gutes bedeuten. Sie sitzt wohl ganz schön in der Klemme.«

Gage biss die Zähne zusammen. »Bist du sicher, dass sie deine Gefährtin ist?«

»Das fragst du mich immer wieder. Was soll das?«

Gage fluchte leise. »Das bedeutet Krieg, Remy. Sie ist eine von uns, und wenn einer von uns in Gefahr ist, kommen alle anderen ihm zu Hilfe. Ich alarmiere wohl besser die Jungs.«

»Einer soll sich auf ihren Manager konzentrieren und auf diesen Idioten, der sie so anstarrt. Sein Gesichtsausdruck gefällt mir nicht. Das ist keine Bewunderung«, bemerkte Remy.

Gage drehte sich um und musterte Durang und Butterfield. Sie steckten immer wieder flüsternd die Köpfe zusammen, ohne dabei die Augen von Bijou zu lassen. Das Publikum hatte nach ihrem letzten Lied heftig applaudiert und hörte nun hingerissen zu, wie sie eine weitere herzzerreißende Blues-Ballade anstimmte. Etwas an ihrer Stimme ging den Menschen unter die Haut und prägte sich ihnen unauslöschlich ein, denn sie sang so gefühlvoll, dass sie jeden rührte.

Natürlich hatten ihr Manager und Durang ihr schon viele

Male zugehört und waren nicht ganz so begeistert wie der Rest des Publikums. Der hässliche Gesichtsausdruck aber, mit dem Butterfield sie anstarrte, brachte Remys Leoparden in Rage.

»Ich lasse Angelina noch ein wenig im Leben der beiden herumwühlen, um zu sehen, was sie zutage fördert«, sagte Remy. »Butterfield möchte nicht, dass Bijou hier auftritt, aber er kann seine goldene Gans ja nicht schlachten.«

»Schließen Manager für ihre großen Stars eigentlich Versicherungen ab?«, fragte Gage.

Langsam wandte Remy seinem Bruder den Kopf zu und sah ihm in die Augen. Dann fluchte er und ging nach draußen, um zu telefonieren. Diese Information brauchte er sofort. Bijous Leben konnte davon abhängen. Angelina war sehr gut in ihrem Job, und Remy hatte keinen Zweifel daran, dass er innerhalb einer Stunde wesentlich mehr über Bijous Manager und seinen undurchsichtigen Freund wissen würde.

Als er wieder in den Club zurückkehrte, ging die Band gerade zu sinnlicheren, heißeren Rhythmen über. Bijous Stimme verzauberte die Zuschauer so sehr, dass sie fast wie hypnotisiert wirkten. Er hatte das schon einmal erlebt, bei einem Konzert vor einigen Jahren, als er es sich nicht hatte verkneifen können, sich ihren Auftritt anzusehen. Aus reiner Neugier, wie er sich gesagt hatte.

Sie hatte auf der Bühne gestanden und so zauberhaft, so überirdisch schön ausgesehen, dass Remy fast nicht glauben konnte, sie tatsächlich vor sich zu haben. Das dichte, glänzende Haar, das ihr bis zur Taille reichte, hatte alle Männer magisch angezogen. Sie war viel zu verführerisch gewesen, um sie mit dem linkischen Teenager vergleichen zu können, der gelegentlich bei seiner Schwester aufgetaucht war. Am heutigen Abend war sie sogar noch schöner.

Remy wagte nicht, sie anzusehen, denn er musste sie beschützen. Im Raum lag etwas Unterschwelliges, das den Leoparden in ihm nicht ruhen ließ. Die Katze rechnete mit Ärger. Remys Magen verkrampfte sich, und seine Muskeln spannten sich sprungbereit. Er wusste nicht genau, aus welcher Richtung die Bedrohung kommen würde, aber dass etwas Gefährliches passieren würde, war so gut wie sicher.

Mit gerunzelter Stirn registrierte er, dass Drakes Männer sich Bijou näherten. Er war nicht ganz glücklich mit den beiden Männern, die zu Bijous Leibwächtern bestimmt worden waren. Joshua Tregre hatte wirres, sonnengebleichtes Haar, durchdringende türkisfarbene Augen, eine robuste Statur und die für ihre Art typische kräftige Muskulatur – und er war schnell. Blitzschnell. Diese Eigenschaft bewunderte Remy, aber er wusste auch, wie gefährlich der erste Auftritt eines Leopardenweibchens sein konnte, auch für die Männchen in der Nähe.

Elijah Lospostos war ein viel zu attraktiver Mann mit stählernem Blick und dichtem, pechschwarzem Haar, das ihm in die grauen Augen fiel, die von einem Moment zum anderen dunkel wie die Nacht werden konnten. Er war mutig und extrem gefährlich, als Bewacher für Bijou also gut geeignet – aber ebenfalls ein Leopard ohne Gefährtin. Drake hatte die beiden Männer aufgrund ihrer Eigenschaften ausgewählt, um an den Abenden, an denen Bijou im Club auftrat, auf sie zu achten. Doch da hatte der Anführer des Rudels noch nicht gewusst, dass Bijou eine Artgenossin war und ihr Han Vol Don kurz bevorstand.

Remy biss die Zähne zusammen und sah sich aufmerksam

um. Was hatten die beiden Leoparden vorne, nahe bei Bijou, entdeckt, das er von seiner Position weiter hinten nicht gesehen hatte? Langsam ließ er den Blick durch den großen, überfüllten Club wandern. Er kannte alle männlichen Leoparden im Raum, denn das Rudel war klein. Die meisten von ihnen lebten allein, und das trug zu der unterschwellig bedrohlichen Atmosphäre bei, die er wahrnahm.

Als das Lied zu Ende war, applaudierte die Menge wie wild und trampelte mit den Füßen. Während die Band nun flotte Tanzmusik zu spielen begann, bahnte Bijou sich lächelnd und geschmeidig einen Weg zu Arnauds Tisch. Einige Pärchen begaben sich tapfer auf die Tanzfläche, während andere an ihren Getränken nippten und versuchten, den Mut aufzubringen, Bijou um ein Autogramm zu bitten.

Als Arnaud aufstand und einen Stuhl für Bijou zurechtrückte, beobachtete Remy das mit kritischer Miene. Sie sollte sich nicht zu ihm setzen, sie sollte zu ihm kommen – unter seinen Schutz.

»Du knurrst«, ermahnte ihn Gage. »Hier wird es wohl bald gefährlich werden. Hast du mal daran gedacht, sie zu bitten, mit dir woanders hinzugehen?«

Er hatte daran gedacht, sie über die Schulter zu werfen und einfach wegzutragen, ob es ihr gefiel oder nicht, aber damit hätte er sich bei ihr nicht gerade beliebt gemacht. Sie würde bestimmt nicht einfach mitkommen, wenn er ihr sagte, dass er mit ihr reden musste. Das hätte er eben schon am Morgen tun sollen.

»Sie hat nur noch ein paar Lieder zu singen, dann ist sie fertig«, erwiderte Remy. »Wenn wir Glück haben, geht alles so lange gut, dann bringe ich sie von hier fort und rede mit ihr.«

Gage schnaubte. »Ja, das solltest du wohl.«

»Ich muss ihr von ihrer Leopardin erzählen.«

»Und wenn das Tier in ihr sich niemals zeigt?«

Remy holte tief Luft. »Dann wird sie mich für verrückt halten, und ich werde ihr beweisen müssen, dass ich es nicht bin. Aber wie auch immer, sie gehört mir, und ich werde ihr die Wahrheit sagen, über mich und auch über sie.«

Gage schaute zu Bijou hinüber. Sie saß mit dem Profil zu ihm und lachte gerade. Lichter glitten über ihr Gesicht, als sie sich Arnaud zuneigte und irgendetwas zu ihm sagte. »Bist du sicher, dass sie deine Gefährtin ist? Dass es nicht nur um Sex geht? Denn sie ist wunderschön, Remy, und es wäre leicht, die beiden Dinge durcheinanderzubringen.«

»Verdammt noch mal, Gage.« Remy war so sauer, dass er fast auf seinen Bruder losgegangen wäre. »Hör auf damit, mich alle paar Minuten dasselbe zu fragen. Nichts hat sich geändert, denn das ist nicht möglich. Ich habe ihr mein Mal aufgedrückt. Sie gehört mir. Ich habe nur noch das kleine Problem, dass ich ihr alles erklären muss, dann ist es vollbracht. Es ist mir gleich, ob ihre Leopardin sich zeigt oder nicht, sie gehört zu mir, und niemand wird mir in die Quere kommen. Habe ich mich klar genug ausgedrückt?«

Gage zuckte die Achseln, versteckte sein Grinsen und reizte seinen Bruder absichtlich noch ein wenig mehr. »Die Lust auf Sex kann einen Mann ganz schön blind machen, Bruder, aber da du dir so sicher bist und so weiter, verrate ich dir, dass ich eine Nachricht von den Jungs habe. Sie sind unterwegs, also werden wir bald Verstärkung bekommen.«

»Gut. Ich werde das Gefühl nicht los, dass jeden Augenblick etwas Schlimmes passieren wird.« Und wenn sein Bruder nicht aufhörte, ihm immer und immer wieder die gleiche Frage zu stellen, würde es damit anfangen, dass er auf Gage losging. Remy entdeckte Mr. und Mrs. Chambridge, das ältere Paar aus dem Café, in der Menge. Es saß an einem Tisch in der Mitte des Clubs. Auch Emile und Thereze waren da, Emile wirkte völlig fasziniert.

Der Geräuschpegel an Coopers Tisch wurde mit jeder Minute lauter und störender. Sicher hätten die Türsteher die Männer hinausgeworfen, wenn Bijou gerade gesungen hätte, aber sie machte eine Pause, daher beschwerte sich niemand über den Lärm, den sie machten. Zähneknirschend und gereizt klammerte Remy sich an seine eiserne Disziplin und befahl seinem Leoparden, zurückzuweichen und es ihm zu überlassen, die Dinge zu regeln.

Sein Kinn schmerzte mittlerweile ununterbrochen, und all seine Muskeln waren fest angespannt. Fell juckte unter der Haut, und die Finger- und Zehenspitzen brannten. Er versuchte, gegen den brennenden Schmerz anzuatmen, doch je mehr er sich anstrengte, Bijou nicht anzusehen, desto stärker wurde sein Blick von ihr angezogen, obwohl er sich mit aller Kraft dagegen wehrte. Niemals, nie im Leben hatte er eine Frau so heftig begehrt.

Er gehörte zu den Männern, die eine Beziehung jederzeit beenden konnten, wenn sie wollten – ohne den geringsten Schaden zu nehmen. Bis Bijou gekommen war. Nun wusste er, dass die Erzählungen über das Paarungsritual der Leoparden stimmten. Er war völlig auf sie fixiert und reagierte körperlich, sobald er sie roch oder sah. Wenn sie mit anderen Männern zusammen war, war das eine Qual für ihn, doch zu wissen, dass Artgenossen in ihrer Nähe waren, war beinahe unerträglich. Jep, Gage hatte recht gehabt mit der Behauptung, dass es ihn schlimm erwischt hatte.

Sein Handy vibrierte, und er zog es aus der Tasche, um nachzusehen, wer ihn anrief. Nichts hielt die Sinne so gut wach wie eine laufende Ermittlung, doch diesmal wurde das Gefühl, dass es um Minuten ging, immer stärker, und er hatte sich stets auf sein Bauchgefühl verlassen können. Angelina hatte ihm Informationen über Rob Butterfield und Jason Durang geschickt. Noch wusste sie nicht, ob der Manager oder seine Firma eine Versicherung für Bijou abgeschlossen hatten, doch selbst in dieser kurzen Zeit hatte sie eine ganze Menge über die beiden Männer herausgefunden.

Rob Butterfield hatte durch seine Spielsucht im Laufe der Jahre Probleme bekommen. Zweimal war sein Haus verwüstet worden, weil er es nicht geschafft hatte, einen Kredit zurückzuzahlen, den er bei den falschen Leuten aufgenommen hatte. Einmal war er dabei bewusstlos geschlagen worden. Immer wieder bekam er Ärger, weil er vermutlich Geld aus der eigenen Firma unterschlagen hatte.

Butterfields Freund Jason Durang hatte ein langes Vorstrafenregister wegen Körperverletzung. Butterfield hatte ihn im Gefängnis kennengelernt, als er kurze Zeit wegen Unterschlagung einsaß. Sobald Durang aus dem Gefängnis entlassen worden war, hatte Butterfield ihn angeheuert, aber niemand schien zu wissen, was der Mann wirklich für ihn tat. Er stand in dem Ruf, ein guter Geldeintreiber zu sein, und war in den vergangenen vier Jahren fast ständig in Butterfields Nähe gewesen.

Remy reichte seinem Bruder das Handy und ließ ihn lesen, was Angelina zutage gefördert hatte. »Sie sucht weiter, aber ich glaube, wir können davon ausgehen, dass Butterfield Bijou versichert hat.«

Remy holte tief Luft. Er wollte es nicht laut sagen, damit

es nicht wahr wurde, aber für einen Nachahmungstäter wäre dies der ideale Zeitpunkt, um jemanden loszuwerden, der ihm im Wege war. Wenn Bijou daran dachte, Butterfield zu feuern – und falls er sie weiter so drängte, etwas zu tun, das sie nicht tun wollte, musste sie daran gedacht haben –, war es für ihn mit dem Geldregen vorbei, und sie nutzte ihm lebend nichts mehr.

Gage suchte seinen Blick. Remy sah ihm an, dass er dasselbe dachte, und schüttelte den Kopf. Die Lage spitzte sich immer weiter zu. Bijous Leben war selbst nach dem Tod ihres Vaters nicht viel besser geworden. Remy versuchte, nicht wütend zu knurren, als er den Kopf wandte, um nach ihr zu sehen. In dem Moment schaute sie auf, und ihre Blicke trafen sich. Die Wirkung, die ihre wunderbaren Augen auf ihn hatten, war erschreckend. Er hätte sein Leben lang unverwandt in dieses Blau blicken können. Bijou lächelte und nickte ihm zu, und schon stockte ihm der Atem, und das Blut rauschte heiß und lüstern durch seine Adern. Nun erhob sie sich graziös und begann, in ihrem aufreizenden Kleid ihre Runde zu machen, ehe sie wieder auf die Bühne zurückkehrte. An jedem Tisch machte sie Halt und unterhielt sich kurz mit ihren Gästen, hörte sich lächelnd ihre Kommentare und Geschichten an. Sie war liebenswürdig – wie eine Königin, und gab hin und wieder an den Tischen Autogramme, ehe sie weiterging.

»Das muss ich dir lassen, Bruder«, sagte Gage, »die Frau ist umwerfend. Nun kann ich verstehen, warum die Mädchen in der Schule sie nicht mochten. Saria hat mir das mal erzählt, aber ich habe gedacht, es läge am Geld ihres Daddys und ihrem privilegierten Leben.«

»Ja, wirklich sehr privilegiert«, blaffte Remy plötzlich aufbrausend, als er wieder daran denken musste, wie das kleine achtjährige Mädchen mit den ernsten Augen ihm verraten hatte, dass es nicht damit gerechnet hatte, die Nacht zu überleben. Und wie es in ihrem Zuhause ausgesehen hatte, überall nackte Männer und Frauen, hemmungslos mit Drogen und Alkohol vollgepumpt. »Wirklich, Gage, Bijou hatte eine sehr privilegierte Kindheit.«

»Erspar mir deinen Sarkasmus, Bruder«, sagte Gage, indem er ihm sein Handy zurückgab. »Ich bin nicht so dumm, wie du denkst. Natürlich hatte sie keine schöne Kindheit, und sie ist auch nicht die eingebildete Zicke, für die ich sie immer gehalten habe.« Er drehte sich um und betrachtete die Frau, die, wenn Remy seinen Willen bekam, seine Schwägerin werden würde. »Aber sie sieht aus, als wäre sie ... unnahbar. Aus einem Traum oder Märchen, jedenfalls unerreichbar. Und ein wenig hochnäsig. So wirkt sie auf mich, Remy, zurückhaltend, wunderschön und sehr überlegen.«

»Sie täte auch verdammt gut daran, unnahbar und unerreichbar zu sein«, schnauzte Remy.

Gage lachte ihn aus. »Ich habe dich in meinem ganzen Leben noch nie so verwirrt erlebt. Warte nur, bis die Jungs hier sind und dich in diesem Zustand sehen.«

»Ich habe eine Waffe, Gage, und keine Angst davor, sie zu benutzen«, warnte Remy seinen Bruder.

Das Lächeln verschwand aus Gages Gesicht. »Du bist schon mal mit einem Messer auf mich losgegangen. Und ich habe ungefähr eine Million Narben, weil dein Leopard mich beim Raufen für jeden kleinen Fehler heftig bestraft hat. Wehe, du ziehst deine Waffe. Dann werde ich stinksauer.«

»Benimm dich doch nicht wie ein Baby. Das war bloß ein kleiner Schnitt damals. Du hättest besser aufpassen sollen.

Ich habe dir immer wieder gesagt, dass du Entfernungen nicht richtig einschätzt und dich nicht in einen Messerkampf verwickeln lassen solltest, ehe du viel, viel mehr trainiert hast. Aber du hast mir nicht geglaubt, also habe ich's dir bewiesen.« Remy war sich offenbar keiner Schuld bewusst. Er war der ältere Bruder und hatte dem jüngeren nur helfen wollen, am Leben zu bleiben. »Dein Leopard nimmt einfach nichts ernst, nicht mal das Training. Ich habe nur versucht, dir das Leben zu retten, ob es dir passt oder nicht.«

»Aber ich muss deine Methoden nicht gutheißen. Dein Leopard ist ein Tyrann, der absoluten Gehorsam verlangt.« Gage schnitt eine Grimasse. »Nein, warte. Das trifft eher auf sein menschliches Gegenstück zu.«

Bijou hatte die Tische im hinteren Bereich des Clubs erreicht und kam, leise über etwas lachend, das jemand zu ihr gesagt hatte, langsam auf sie zu. »Alles in Ordnung, Remy? Du wirkst ... verärgert.«

Es lag an ihrer Stimme, dieser sinnlichen, verführerischen Stimme – nicht an seinem Leoparden oder an ihm. Später hätte Remy Stein und Bein geschworen, dass es ihre Stimme gewesen war, die ihn dazu gebracht hatte, sich wie ein kompletter Idiot zu benehmen. Jäh schlang er seine große Hand um ihren Hals, zog sie an sich und ergötzte sich an dem Gefühl, sie so dicht bei sich zu haben – und schon kreiste das Blut heiß durch seine Adern. In dem Moment, in dem ihr Busen seinen Brustkorb streifte und ihr berauschender Lavendelduft ihn einhüllte, verschwand die Welt um ihn herum, und er sah nur noch Bijou.

Er schaute ihr in die Augen, bis sie immer schneller atmete und ihre erstaunlichen kornblumenblauen Augen zu glühen begannen. Dann senkte er, ohne den Blickkontakt zu unterbrechen, langsam den Kopf, und ihre langen Wimpern flatterten.

»Remy«, raunte sie.

War das ein Protest? Oder Zustimmung? Immerhin wich sie nicht vor ihm zurück, und als sie sogar die Augen schloss, drückte er den Mund auf ihren. Eine Feuersbrunst raste durch seinen Körper und konzentrierte sich in seinen Lenden. Sein Glied wurde so hart, dass er fürchtete, es würde die Jeans sprengen, und sein Leopard brüllte ungeduldig, um die Gefährtin hervorzulocken.

Bijou schnappte nach Luft und stieß ihn gegen die Brust, ihre Augen glitzerten, und ihr Gesicht war gerötet. Dann schnaubte sie verärgert und trat kopfschüttelnd einen Schritt zurück. Remy sah, dass ihre Leopardin sich dicht unter der Oberfläche bereitmachte. Bijou verstand nicht, was vorging, und hatte Angst bekommen, wahrscheinlich weil sie die ungewohnten Gefühle und Schmerzen mit der heftigen und ziemlich brutalen sexuellen Vereinigung in der vergangenen Nacht in Zusammenhang brachte.

»Komm mit mir«, flüsterte er einschmeichelnd und möglichst verführerisch. Zum Teufel, er hätte alles Mögliche getan, um die Angst in ihrem Blick zu vertreiben. »Ich möchte dir erklären, was mit uns geschieht, *Chere.*«

Wieder schüttelte sie den Kopf, trat noch einen Schritt zurück und legte schützend eine Hand vor die Kehle. »Ich arbeite, Remy. Ich habe keine Zeit.«

»In einer halben Stunde könnte es aber schon zu spät sein«, bat er. Ihre Augen waren definitiv zu Katzenaugen geworden.

Sie fürchtete sich vor ihm – oder vor sich selbst. Jedenfalls zog sie sich zurück, und er konnte es ihr nicht verdenken. Sie hatte genügend Gründe dafür. Ihr Körper schien nicht mehr ihr zu gehören. Sie hatte große Schmerzen und niemanden, dem sie sich anvertrauen konnte. Offenbar hatte er sie tief verunsichert. Er hätte es nicht riskieren sollen, sie allein zu lassen, er hätte ihr alles erklären müssen.

Er fluchte leise, als Bijou sich weiter von ihm entfernte. Jeder männliche Leopard im Raum würde das Weibchen in ihr riechen und merken, dass es kurz vor dem Erscheinen war, und bereit sein, darum zu kämpfen. Sie konnte nicht wissen, was für ein Chaos sie auslösen würde und in welcher Gefahr sie schwebte – weil er es ihr nicht gesagt hatte. Er hatte es ihr nicht erklärt.

»Es ist zu spät«, murmelte Gage, als Bijou sich umdrehte und quer durch den überfüllten Club zur Bühne zurückeilte. »Jetzt können wir nur noch hoffen, dass die anderen deinen Geruch an ihr bemerken, wenn sie in ihre Nähe kommt, und dass das ausreicht, um sie abzuschrecken.«

»Wenigstens wird jeder Leopard hier sie schützen, falls irgendjemand versucht, ihr etwas zu tun.«

Remy verfolgte jeden Schritt, den Bijou machte, und sah, wie den beiden Leibwächtern klar wurde, dass sie eine von ihnen war. Joshua drehte sich abrupt um und sah sie entsetzt an. Elijah machte nach wie vor ein ausdrucksloses Gesicht, doch ein kleines Muskelzucken am Kiefer verriet seine Überraschung. Die beiden Männer sahen sich an.

Remy bekam seinen Raubtierblick. Er nahm jedes noch so kleine Geräusch im Raum wahr, selbst das Klicken, mit dem die Eiswürfel in den Gläsern aneinanderstießen. Die Gerüche waren schwieriger auseinanderzuhalten, aber beherrschend waren die von Lavendel und Angst, vermischt mit dem verlockenden Duft einer rolligen Katze.

»Was ist los?« Lojos Boudreaux, der jüngste seiner Brüder, kam herein, dicht gefolgt von Mahieu und Dash.

Die drei Brüder atmeten tief ein, wandten sich schockiert um und starrten Bijou an. Sie war inzwischen an Ryan Coopers Tisch angelangt und ging schnell daran vorbei, als Cooper sie plötzlich am Handgelenk packte und zurückhielt.

»Wenn du schon Küsse verteilst, du kleine Nutte, würde ich auch gern einen haben.« Dann riss er sie an sich und versuchte, sie auf seinen Schoss zu zerren.

Bob Carson sprang auf, seine Kamera bereit zum Abdrücken.

Jean und Juste Rousseau lachten laut und schossen Fotos mit ihren Handys. Robert Lanoux und Brent Unterwood lehnten sich auf den Stühlen zurück, als wollten sie sich von dem Geschehen distanzieren, während Tom Berlander grinste wie ein Affe.

»Knutsch sie doch, Ryan«, kreischte Juste. »Wir liefern dann den Beweis.«

»Und können den Schnappschuss an eine Zeitschrift verkaufen«, feuerte Jean ihn an. »Das bringt uns Tausende ein.«

Wieder lachten die beiden grölend, während Bijou sich aus Ryans Griff zu befreien versuchte.

Remy sprang über einen Tisch und stürmte nach vorn, doch Joshua und Elijah kamen ihm zuvor. Elijah knallte Ryans Kopf auf den Tisch, während Joshua Bijou an sich riss und mit seinem Körper vor den Unruhestiftern abschirmte.

Alle Leoparden im Raum sprangen auf, liefen nach vorn und bildeten einen losen, schützenden Kreis um das Weibchen, das zu ihnen gehörte. Lojos und Dash stürzten sich von hinten auf Bob Carson und warfen ihn zu Boden, und Lojos hielt ihn dort fest, indem er ihm ein Knie in den

Rücken drückte. Knurrend trat Remy in den Kreis. Die beiden Leoparden, die ihm gegenüberstanden, machten ihm sofort Platz. Ihm fiel auf, dass der einzige Leopard aus dem Rudel, der Bijou nicht verteidigte, Robert war.

Remy packte Bijou an den Handgelenken. »Du kommst mit mir, sofort. Keine Widerrede. Du siehst doch, dass du hier nicht sicher bist.«

Bijou presste die Lippen zusammen. Er konnte spüren, dass sie zitterte, als sie ihm in die Augen sah. Sie nickte zögernd, und er spürte, wie erleichtert er war. Wenigstens dieses eine Mal würde sie sich nicht sträuben. Der Club war ein Pulverfass, das jederzeit explodieren konnte, und die Gestaltwandler schafften es kaum noch, ihre Leoparden zurückzuhalten. Nicht auszudenken, was geschehen würde, wenn es auch nur einem gelang hervorzubrechen.

Remy wusste, dass es für das Publikum im Club so aussehen würde, als hätten Bijous Leute eingegriffen, um sie in Sicherheit zu bringen. »Wir gehen hinten raus, durch den Bühneneingang. Dann müssen wir nicht durch den Club. Die Jungs halten uns den Rücken frei.«

Bijou kaute auf ihrer Unterlippe herum. »Ich glaube, Joshua und Elijah haben das Schlimmste verhindert.«

Remy glaubte zwar nicht, dass Ryan Cooper die schlimmste Bedrohung für sie war, aber er wollte nicht darüber streiten. Er legte einen Arm um ihre Taille, zog sie schützend an sich und griff mit der anderen Hand nach seiner Waffe. Geleitet vom Radar seines Leoparden, der ihm verriet, was sich vor, hinter und neben ihnen abspielte, lief er mit ihr nach draußen.

Bijou hatte Mühe, mit ihm Schritt zu halten. »Remy, wir werden doch nicht verfolgt. Die anderen sind noch im Club.

Niemand würde so dumm sein, es mit all diesen Männern aufzunehmen. Was ist los? Es geht gar nicht um diese betrunkenen Idioten, oder? Es geht um etwas anderes.«

»Ja, aber ich muss dich weit von hier wegbringen, ehe ich es dir erklären kann. Irgendwohin, wo wir sicher sind und allein sein können.«

Bijou schüttelte den Kopf. »Wenn wir allein sind, ist es nirgendwo sicher.« Sie schaute zu ihm auf und suchte seinen Blick. »Hab ich nicht recht?«

Falls sie von ihm eine Bestätigung hören wollte, musste er sie enttäuschen. Er stand bereits in Flammen, und sein Leopard war fast verrückt vor Verlangen nach ihr. Er wusste, dass sie unwillkürlich körperlich auf ihn reagierte, denn ihre Leopardin war ganz nah, und er bezweifelte, dass sie sehr weit kommen würden, ehe die Verwandlung nicht mehr aufzuhalten war. Er hatte nicht viel Zeit, um Bijou in den sicheren Sumpf zu bringen.

»Mein Wagen steht gleich da vorn. Geh weiter.«

»Mir ist schlecht, Remy«, gestand Bijou und presste eine Hand auf den Magen. »Und heiß.« Sie strich sich durchs Haar, und als sie die Hand wieder hervorzog, schimmerte sie feucht. »Ich bin nahe am Verbrennen. Ich glaube, ich hab hohes Fieber.«

»Ich weiß. Steig schnell ein.« Hastig riss er die Beifahrertür auf.

Bijou stieg ein, und er rannte um das Auto herum zur Fahrerseite, sprang hinein und schleuderte die Schuhe von sich. Sie bemerkte es gar nicht. Unbehaglich wand sie sich auf ihrem Sitz, denn ihre Leopardin war sexlüstern, nachdem ihr so viele männliche Leoparden so nah gekommen waren.

Ununterbrochen rieb sich Bijou die Hände und Knöchel. Remy wusste, welche Schmerzen man beim ersten Mal hatte, wenn man diese furchtbare, aber wunderbare Gabe der Verwandlung besaß. Alle Gelenke und die Mundpartie schmerzten, während Finger- und Zehenspitzen brannten wie Feuer. Doch noch schlimmer als alles andere war der überwältigende Drang, Sex haben zu müssen.

»Remy.« Bijou räusperte sich mehrfach, um weitersprechen zu können. »Wieso passiert mir das jedes Mal, wenn ich mit dir zusammen bin?«

»Ich werde dir alles erklären, *Chere*, aber du musst mir vertrauen. Es wird sich wohl anhören wie eine Geschichte aus einem schlechten Film. Aber im Moment ist das einzig Wichtige, dass du dich ausziehst. Und zwar schnell.«

Finster sah sie ihn an. »Glaub bloß nicht, ich wollte Sex im Auto haben, Remy.« Bijou holte tief Luft und senkte den Kopf, als hätte sie Mühe, nicht ohnmächtig zu werden, dann richtete sie sich wieder auf und starrte ihn wütend an, während sie sich an die Brüste fasste, als täten sie ihr weh. »Auf keinen Fall.« Aber sie klang nicht so sicher, wie sie es sich gewünscht hätte.

Remy trat das Gaspedal bis zum Anschlag durch und raste in Richtung Sümpfe. »Zieh deine Sachen aus. Sofort, Bijou«, befahl er mit einer Stimme, die keinen Widerspruch duldete. »Beeil dich. Schuhe aus, und weg mit dem Kleid. Los jetzt.«

11

Bijou streifte die Stöckelschuhe ab und sah durch das Fenster in die Nacht hinaus. Ihr Auto war das einzige auf der schmalen Straße, die zur Pension führte.

»Nun mach schon«, schnauzte Remy. »Zieh das Kleid aus.«

Bijou zuckte zusammen, als er sie so anfuhr, schob dann aber erst den einen, dann den anderen Träger ihres Kleides über die Schultern und hielt ihr Kleid über den Brüsten mit den Händen fest.

»Bijou«, stieß Remy zwischen den Zähnen hervor. Seine Hände zitterten, denn die Krallen waren kurz davor, sich durch die Fingerspitzen zu bohren. »Wir haben nicht mehr viel Zeit. Ich erkläre es dir, während du dich freimachst. Es wird verrückt klingen, aber hör einfach zu, ohne mich zu unterbrechen. Und leg sofort deine Sachen ab, verdammt«, fügte er hinzu. »Auch die Unterwäsche. Atme tief ein und aus.«

Bijou ließ das Kleid los und enthüllte ihren Busen. Remy versuchte, nicht hinzusehen. Er war genauso erregt wie sie, und dass ihre Brüste perfekt waren, ganz genauso wie er es mochte, war nicht gerade hilfreich. Ihre Haut war gerötet, ihr Atem ging schwer, und ihre harten Nippel zogen seine Aufmerksamkeit auf sich, obwohl er sich unbedingt beherrschen musste. Bijou schob das hautenge Kleid bis zur schmalen Taille herunter.

Sie war wunderschön. Ihre Haut schimmerte sogar im dunklen Wagen, der von ihrem betörenden Lavendelduft erfüllt war. Remy biss die Zähne zusammen, um nicht die Kontrolle zu verlieren. Sein Kiefer schmerzte, und es wurde immer schwieriger, das Lenkrad festzuhalten.

»Weißt du, was ein Gestaltwandler ist?«

Erstaunt zog Bijou die Brauen hoch, hörte auf, sich aus dem Kleid zu schälen, und sah ihn an. »Sprichst du vom Rougarou?« Sie verdrehte die Augen. »Natürlich habe ich von ihm gehört. Jedes Kind, das in den Sümpfen und Bayous aufwächst, hat vom Rougarou gehört.« Sie musste sich mehrmals räuspern. Ihr Hals fühlte sich geschwollen an.

Dann hob sie den Po und streifte das enge Kleid über Hüften und Schenkel.

»Nein, nicht vom Rougarou, Blue. Ich spreche von Leoparden. Es gibt ein ganzes Rudel hier im Sumpf. Bodrie war kein Leopardenmensch, aber deine Mutter vielleicht. Über sie ist nicht viel bekannt. Ich glaube, dass sie Gestaltwandlerin war und dir diese Gabe vererbt hat.«

Bijou schnaubte. »Bist du verrückt geworden, Remy?«

Trotzdem zog sie das Kleid ganz aus und begann, die Seidenstrümpfe von den Beinen zu streifen.

»Mag sein, aber wenn ich recht habe, und ich bin mir sicher, ist deine Leopardin kurz davor, sich zu zeigen. Deine Gelenke und deine Kiefer schmerzen, du fühlst dich, als stündest du in Flammen, so als würdest du von innen heraus verbrennen, und du willst unbedingt Sex haben. Sofort.

Selbst wenn es hier im Wagen am Straßenrand sein sollte. Würdest du so etwas wirklich tun, wenn du nicht durch besondere Umstände dazu getrieben würdest?«

Er erklärte das Ganze nicht besonders gut, und Bijou blieb nicht mehr viel Zeit.

»Wenn ich bei dir bin, will ich immer Sex haben, Remy«, gestand sie und warf die Strümpfe auf den Rücksitz. Das Einzige, was sie jetzt noch anhatte, war ein Seidenhöschen, das nicht viel verbarg, aber verlockende Aussichten bot. »Das bedeutet nicht, dass ich eine Leopardin in mir habe, sondern dass ich genauso bin wie mein Vater – völlig hemmungslos und irgendwie sexsüchtig.«

Betroffen von ihrem verächtlichen Tonfall, der ihren Selbsthass verriet, schaute Remy sie an. »Autsch. Du könntest zumindest so tun, als fändest du mich so unglaublich sexy, dass du mir einfach nicht widerstehen kannst.« Er atmete ruhiger und versuchte, sich auf die schmale Straße zu konzentrieren und sicheres Terrain zu erreichen. »Zieh das Höschen aus, Blue.«

Ihre Hände gehorchten kaum noch. Die Knöchel fühlten sich heiß an. Ihr Mund und sogar die Kopfhaut schmerzten. Sie hatte nicht einen Knochen im Leib, der ihr nicht wehtat. Aber am schlimmsten war diese Hitze, dieses verzweifelte Verlangen nach Sex.

Sie hakte die Daumen in das Höschen und zog es aus, ballte es zusammen und hielt es fast wie einen Schutzschild vor sich. Sie hatte keine Ahnung, wie ein winziges Stück Seide sie vor dem Mann schützen sollte, nach dem sie süchtig war wie nach einer Droge, aber wenn er nicht bald anhielt und sie aus dem Auto ließ, würde sie für das, was geschehen würde, keine Verantwortung übernehmen.

»Und jetzt?« Ihre Brüste spannten und fühlten sich geschwollen und empfindlich an. Bijou war sich ihrer Nacktheit und der Wirkung, die sie auf Remy hatte, sehr bewusst, denn auch er glühte vor Hitze. Sie atmete tief durch.

Sie stand nicht gern im Rampenlicht, es sei denn, sie trat auf. Vielleicht verwandelte sie sich in eine andere Frau, wenn sie sang, aber sonst hielt sie sich lieber im Hintergrund und beobachtete die anderen still, anstatt im Mittelpunkt zu stehen – bis zu diesem Abend, als all diese Männer sich im Club schützend vor sie gestellt hatten. Sie hatte jeden einzelnen genauso bewusst wahrgenommen wie gerade ihre Nacktheit, die Hitze und Remy. Und sie verachtete sich dafür.

Bis zu diesem Abend hatte sie sich wenigstens nur für Remy interessiert. Es war schon beschämend genug gewesen, so verrückt nach ihm zu sein, dass sie Dinge tat, die sie nie für möglich gehalten hätte. Doch nun musste sie zugeben, dass sie sich einen irren Moment lang umgeben von all diesen Männern sehr sinnlich und verführerisch gefühlt hatte. Jeder von ihnen hatte einen anderen Geruch gehabt, der sich ihr nicht nur eingeprägt, sondern sie peinlicherweise auch erregt hatte. Und was machte sie nun? Sie saß völlig splitternackt in einem Auto und tat genau das, was Remy ihr sagte, nur um wilden, hemmungslosen, *aggressiven* Sex mit ihm zu haben. Das war alles, woran sie noch denken konnte.

»Zieh mir die Jacke aus.« Als Zugeständnis an Bijous eleganten Club hatte Remy eine Anzugjacke angezogen und war in Jackett, weißem Hemd und Jeans erschienen. Das war das Beste, was er hatte tun können, da er schon beim Anziehen gewusst hatte, dass er die Sachen sicher irgendwann schnell wieder ablegen musste.

Ohne Fragen zu stellen, zog ihm Bijou, als er eine Hand

vom Steuer nahm, einen Ärmel aus. Dann beugte er sich vor, und sie befreite ihn ganz von dem Jackett und warf es auf den Rücksitz, wo es auf ihrem Kleid landete.

Als sie sich wieder gerade hinsetzen wollte, schüttelte Remy den Kopf. »Jetzt das Hemd«, befahl er. »Beeil dich, Blue. In ein paar Minuten ist es zu spät.«

Sie wusste nicht, was er damit meinte, gehorchte aber dennoch und knöpfte ihm das makellose weiße Hemd auf. Als er mit seinem selbstsicheren Gang, den sie so liebte, in den Club gekommen war, hatte er so hübsch ausgesehen, dass sie gedacht hatte, ihr würde das Herz stehenbleiben, doch dann hatte es heftig zu klopfen begonnen. In diesem Moment des Wiedersehens hatte sie gewusst, dass sie verloren war. Remy war ihr Held, und er würde es immer sein. Sie hatte keine Ahnung, warum sie sich körperlich so zu ihm hingezogen fühlte, insbesondere da sie als Teenager und junge Frau nicht ein einziges Mal versucht gewesen war, mit einem Mann Sex zu haben.

Ungeschickt nestelte sie an seinem Hemd herum. Ihre Knöchel schmerzten, ihre Fingerspitzen brannten, und sie bekam kaum noch Luft, doch nach und nach gelang es ihr, die Knöpfe zu öffnen. Immer wenn ihre Hände seine nackte Haut streiften, knisterte es förmlich zwischen ihnen. Bijou schluckte schwer und versuchte, eine Art Kloß im Hals loszuwerden. Das Jucken überlief sie in immer schnelleren Wellen, und ihr Schädel fühlte sich zu eng und irgendwie unförmig an. Endlich gelang es ihr, Remy das Hemd herunterzuzerren, und sie warf es wie alles andere auf den Rücksitz.

»Jetzt meine Jeans.«

Seine raue Stimme ließ sie erschauern und heizte ihr weiter ein. Sie holte tief Luft, leckte sich über die Lippen und griff nach dem Bund seiner tief sitzenden Jeans. Auch sie hatte Knöpfe, die ihr noch größere Mühe bereiteten. Keuchend rang sie nach Luft, während sie sein hartes Glied befreite.

Remy hob den Po, damit sie ihm die Hose bis zu den kräftigen Schenkeln herunterziehen konnte. Ihre Hände waren unbeholfen und viel zu groß, und die Finger verweigerten den Dienst. Ihr war so unerträglich heiß, als würde sie verbrennen. Hastig wandte sie sich um, um das Fenster zu öffnen.

»Zieh mir die Hose ganz aus. Schnell.«

Remys Stimme war heiser geworden, doch sein Tonfall verriet, wie eilig er es hatte. Der Wagen bog gerade auf die Zufahrtsstraße zur Pension ein. Bijou konnte den See, den Sumpf, die Gräser und Pflanzen schon riechen.

»Ich verbrenne«, gestand sie. »Ich bekomme kaum noch Luft.« Das Verlangen raubte ihr den Atem. In dem Augenblick, in dem sie Remys stramme Erektion sah und merkte, wie sehr er sie begehrte, loderte das Feuer zwischen ihren Beinen noch heftiger, und aus dem feuchtheißen Verlangen wurde ein geradezu verzweifeltes Bedürfnis.

»Ich weiß, *Chere*, mir geht es genauso«, stieß Remy zwischen zusammengebissenen Zähnen hervor. »Zieh mir schnell die Jeans runter.«

Um das zu tun, musste Bijou sich vorbeugen, sodass ihre bloßen Brüste seine kräftigen Beine mit den aufreizenden Muskelpaketen streiften. Sie weinte beinah vor Verlangen. Sein maskuliner Duft berauschte sie so sehr, dass sie nicht mehr wusste, wo sein sexuelles Begehren aufhörte und ihres begann. Er war heiß erregt, und seine inzwischen dunkelgrünen Augen glühten geradezu vor Hunger nach ihr.

Entsetzt wurde ihr klar, dass sie von ihm besessen war. Ihr einziger Trost bestand darin, dass es ihm, seinem unheimlich gierigen Blick nach zu urteilen, umgekehrt ganz genauso ging. Remy grub eine Hand in ihr Haar, als wollte er ihren Kopf in seinen Schoß drücken. Bewundernd betrachtete sie seine Bauchmuskeln, als sie ihm die Jeans weiter herunterschob.

Sie spürte, wie der Wagen mit einem Stoß auf den Rasen fuhr, um zur Hinterseite der Pension zu gelangen. Das Haus war dunkel, und Bijou war froh, dass Saria nicht da war. Sie war splitterfasernackt, nahe am Schluchzen und knapp davor, auch den letzten Rest von Verstand und Würde zu verlieren. Sie hätte alles getan, damit Remy sie nahm, und das war einfach Wahnsinn. Irgendwann musste sie aufwachen und sich mit sich selbst und ihrem dummen Benehmen auseinandersetzen. Doch im Moment war ihr nichts anderes wichtig, als all diese seidige Hitze in den Mund zu nehmen.

Mit Nippeln, die so hart waren, dass sie sich in seine Schenkel drückten, beugte sie sich weiter vor. Remy ballte die Hand, die er in ihr Haar gesteckt hatte, und führte sie näher an seine pulsierende Erektion heran. Sie streichelte ihn und berauschte sich an seinem wilden, beinahe animalischen Duft. Dann sah sie ihm ins Gesicht – ganz konzentriert war dessen Ausdruck, so dunkel vor Verlangen.

Ehe der Wagen in den See rollen konnte, trat Remy in die Bremsen und schaltete den Motor ab. Fast hätte Bijou vor Enttäuschung geweint in dem Moment, aber er stieß die Tür auf und zerrte sie an den Haaren hinter sich her aus dem Auto. Dann zog er sie mit einem Arm an sich, riss ihren Kopf zurück und küsste sie hart.

Selbst der Schmerz an der Kopfhaut erregte sie. Der Kuss

machte sie so schwach, dass ihre Knie weich wurden und sie schwankte wie eine Betrunkene. Da fasste ihr Remy mit der freien Hand an den Po und drückte sie an sich.

»Remy.« Keuchend und den Tränen nahe unterbrach Bijou den Kuss. »Ich will dich. Bitte. Sofort. Ich verbrenne, und ich brauche dich jetzt.« Sie fühlte sich so leer und unvollkommen. Und ihr war so heiß, dass sie Angst hatte zu explodieren.

Remy drängte sie gegen den Wagen und hob sie hoch. »Leg die Beine um meine Taille.« Seine Stimme war nun völlig heiser, und der Befehl klang eher wie ein Knurren.

Auch er konnte sich kaum noch zügeln. Er wusste, dass ihre Verwandlung unmittelbar bevorstand, aber er musste sie haben. Er hatte keine Wahl. Er musste in diesen unglaublich engen seidenen Schacht eintauchen und diese wunderbare Reibung spüren, die ihn ins Paradies führte.

Sie reizte ihn so sehr, dass das Verlangen, sie zu nehmen und seinen Anspruch auf sie anzumelden, ihn beinahe um den Verstand brachte. Er hatte ein Leben lang auf diese Frau gewartet – vielleicht sogar länger. Aufstöhnend biss sie ihn in die Schulter, ehe sie gehorchte und die Beine um ihn schlang. Dann verhakte sie die Fersen, ließ sich auf ihn herab und nahm ihn auf in ihr feuchtheißes Feuer.

Remy warf den Kopf zurück, denn er fühlte sich, als hätte sie ihn in Brand gesetzt, als würde er bei lebendigem Leibe verbrennen. Dann drückte er sie fester an den Wagen, um besseren Halt zu haben. Zuerst bestimmte sie den etwas zu schnellen Rhythmus, doch ihre Scheide war so heiß und eng, dass Wellen der Lust ihn überrollten.

Ihre abgerissenen, kleinen Schreie stachelten sein schnell wachsendes Verlangen weiter an. Er legte die Hände auf ihre

Hüften und gab einen härteren, langsameren Rhythmus vor, der ihm Atem und Verstand raubte und nur die Welt der Gefühle übrig ließ. Dann explodierten sie gleichzeitig, alles um sie herum färbte sich rot, und Donner dröhnte in ihren Ohren.

Doch Bijou hörte nicht auf, ihn keuchend und wimmernd immer hektischer zu reiten.

»Nicht aufhören, Remy. Ich verbrenne. Du kannst jetzt nicht aufhören«, flehte sie beinahe weinend.

Remy riss sich zusammen. Nichts auf der Welt wäre ihm lieber gewesen, als in ihr zu bleiben, doch er wusste, dass er sich wie ein selbstsüchtiger Idiot benahm, wenn er sich ausgerechnet in dem Moment, in dem sie ihn am nötigsten brauchte, nicht im Griff hatte. Er atmete mehrmals tief durch und blieb ruhig stehen, während Bijou sich hemmungslos wand, und sie fühlte sich höllisch heiß an, wie sie ihn umklammerte, ihn geradezu strangulierte. Brüllend verlangte sein Leopard nach Freiheit.

»Du musst mir zuhören, Blue. Ich habe dir etwas Wichtiges zu sagen. Du brauchst diese Information, und ich kann sie dir nicht geben, wenn ich ständig abgelenkt werde. Mein Leopard lässt mir keine Ruhe, er will seine Gefährtin unbedingt sehen. Sie wird sich jeden Augenblick zeigen, und wir müssen den beiden erlauben, zusammenzukommen. Tatsächlich gibt es gar keine Möglichkeit, sie davon abzuhalten. Mein Leopard hat deine Leopardin zu seiner Gefährtin erwählt. Er ist genauso verrückt nach ihr wie ich nach dir.«

Bijou verharrte abrupt und dachte mit angehaltenem Atem über seine Worte nach. Offenbar glaubte er wirklich diese Geschichte über die Leoparden.

»Ich hätte es dir besser erklären sollen. Wie das ist mit

dem Gestaltwandeln. Wie man es macht. Es ist nur so, dass ich jedes Mal, wenn ich in deine Nähe komme, unbedingt mit dir schlafen will.«

Bijou befeuchtete die plötzlich trocken gewordenen Lippen, hob langsam den Kopf, der auf Remys Schulter gelegen hatte, und sah ihm in die Augen. Sie leuchteten in einem grellen Grün, wie die einer Katze im Dunkeln. Ihre Sehweise hatte sich seltsam verändert, alles war irgendwie farbig unterlegt, so als würde sie durch eine Wärmebildkamera sehen. »Was soll das heißen, dein Leopard ist verrückt nach meinem? Bist du etwa mit mir zusammen, weil du meinst, dass dein Leopard es so will?«

Das Herz klopfte ihr bis zum Hals. Natürlich war alles zu gut gewesen, um wahr zu sein. Remy liebte sie nicht, er kannte sie ja kaum. Was hatte sie sich nur gedacht? Dass ihr Märchenprinz sie heiraten würde? Und sie beide bis an ihr Lebensende glücklich miteinander sein würden? Dabei ging es ihm nur um Sex, nicht um Liebe. Sie war doch erwachsen und hätte es besser wissen müssen.

»Natürlich«, sagte Remy und runzelte die Stirn, als Bijou langsam die Füße auf den Boden stellte. Dann grinste er sie an und drückte sie, die Hände um ihre Pobacken gelegt, an sich. »Der Wahnsinnssex ist ein zusätzlicher Bonus.«

Sie konnte ihm nicht einmal Vorwürfe machen. Immerhin hatte sie bereitwillig mitgemacht. Mehr noch, sie hatte erst sich und dann ihm die Kleider förmlich vom Leib gerissen. Sie hätte alles getan, damit er sie nahm. Bijou löste sich von ihm und trat einen Schritt zurück. Sein Penis war noch hart gewesen, und nun fühlte sie sich leer und verlassen.

Ehe sie etwas sagen konnte, krampfte ihr Magen, und sie presste die Hände auf den Bauch und krümmte sich.

Schweiß brach aus allen Poren, und sie roch etwas Wildes, Animalisches. Tief in ihr war etwas zum Leben erwacht, das sich anfühlte wie ein Parasit. Nach Luft schnappend fiel sie auf die Knie und beugte sich vornüber.

»Kämpf nicht dagegen an, Blue. Lass sie hervorkommen. Du wirst immer noch da sein, lass es einfach geschehen.«

Undeutlich hörte sie, dass Remy mit ihr redete, aber was er sagte, ergab keinen Sinn. Das konnte nicht wahr sein. Es war unmöglich, aber ihr Gesicht verzerrte sich. Ihre Zähne fühlten sich plötzlich sehr scharf an, und ihr Mund war viel zu voll. Sie wollte schreien. Was war sie denn nur für ein Monster?

»Atme, *Chere*. Hol tief Luft, und versuch, dich zu entspannen. Das ist ein besonderer Moment. Nicht alle weiblichen Leoparden zeigen sich.« Remy klang heiser, aber erfreut. »Dein Zyklus muss mit dem der Leopardin übereinstimmen, und manche Frauen warten ein Leben lang darauf.«

Was sagte er da? Dass sie schwanger werden könnte? Mit einem Leopardenbaby? Jeder Horrorfilm, den sie je gesehen hatte, lief vor ihrem inneren Auge ab. Sie versuchte, sich den Schweiß abzuwischen, der ihr übers Gesicht lief, aber ihre Hände waren nicht mehr menschlich. Ungläubig starrte sie die deformierten, mit Fell überzogenen Tatzen an, aus denen lange, gebogene Krallen ragten. Das konnte doch nicht sein, nicht im wirklichen Leben. Was für ein Monster war ihre Mutter gewesen? Dass ihr Vater eins gewesen war, hatte sie bereits gewusst, doch sie hatte sich ihr Leben lang an die Vorstellung geklammert, dass sie wie ihre Mutter war. Erschrocken wandte sie sich von Remy ab, als er sie beruhigend anfassen wollte.

Diese anderen Männer im Club, waren das auch Leoparden gewesen? Hatten sie alle darauf gewartet, dass ihre Leopardin sich zeigte? Und dann? Was erwartete man von ihr? Dass sie alle an sich heranließ? Hatten Leoparden mehr als eine Gefährtin? Sie wusste es nicht. Ein Schluchzen entfuhr ihr, aber es klang wie ein seltsamer Jammerlaut. Das alles hatte nichts mit ihr zu tun. Weder Remy noch diese Männer waren an ihr interessiert. Es ging nur um das, was in ihr war und gerade darum kämpfte, zum Vorschein zu kommen.

Wieder verkrampfte sich ihr Körper, und ihre Gelenke knackten laut. Schmerz überwältigte sie. Aus reinem Selbstschutz versuchte sie, Remys ferner Stimme zu lauschen. Ihre Lunge brannte, und sie fühlte sich, als würde sie jeden Augenblick aus der Haut platzen. Das Jucken wurde unerträglich, und Fell brach durch die Haut, während ihr Kiefer in die Länge wuchs.

Bijou versuchte wegzukriechen, zu flüchten, vor ihrem eigenen Körper davonzulaufen – ein dummer, verzweifelter Versuch. Doch am allermeisten wünschte sie sich, von Remy wegzukommen. Sie wollte nicht, dass er sah, was mit ihr geschah, und schon gar nicht, dass ihre Leopardin, wenn es sie denn gab, sich mit seinem Leoparden paarte. Sie hatte das Gefühl, einen Albtraum zu durchleben, einen Horrorfilm, aus dem es kein Entrinnen gab.

»Blue.« Remys Stimme durchdrang das Dröhnen in ihren Ohren und die unglaubliche Angst vor der Verwandlung. »Schau mich an. Bitte. Ich kann dir helfen. Du hast Angst, und das ist meine Schuld. Anstatt bei jeder Gelegenheit Sex mit dir zu haben, hätte ich dich auf das, was dir bevorsteht, vorbereiten sollen. Bitte, *Chere*, lass mich dir wenigstens jetzt helfen.«

Bijou klappte zusammen, rollte sich auf die Seite und richtete sich auf Händen und Knien wieder auf, nur dass das nicht mehr ihre Hände und Knie waren. Langsam wandte sie den Kopf und schlug rasend vor Angst und Wut um sich.

Hastig sprang Remy zurück. Nur die Reflexe seines Leoparden bewahrten ihn vor einem hässlichen Kratzer übers Gesicht. Anscheinend war seine Geliebte sehr, sehr böse auf ihn. Etwas in ihren Augen beunruhigte ihn. Sie versuchte in der Tat, vor ihm wegzulaufen, und das war schrecklich gefährlich, insbesondere in dieser Situation.

Noch einmal krümmte Bijou sich und stieß einen stummen Schrei aus, dann war die Verwandlung beendet. Die Leopardin stand vorsichtig auf und betrachtete ihn misstrauisch. Sie war sehr gereizt und sehr weiblich. Ehe Remy sich rühren konnte, hatte sie sich bereits umgedreht und lief in den Sumpf. Schneller als je zuvor verwandelte er sich im Sprung, denn er wollte sie nicht verlieren, nicht gerade in dem Augenblick, in dem er kurz davor war, seinen Anspruch geltend zu machen.

Über umgestürzte Baumstämme setzend, folgte sein Leopard ihrem Duft in den Sumpf, wo er endlich die ersehnte Freiheit in der Wildnis genießen konnte. Das war seine wahre Welt, eine, die er kannte und brauchte, und diese Tatsache war ein Teil der Gefahr, wenn man Gestaltwandler war, besonders beim ersten Mal. Man konnte anderen nicht richtig erklären, wie unglaublich frei man sich in der Tiergestalt fühlte und wie groß die Versuchung war, sie nicht mehr abzulegen.

Bijou war verängstigt, denn anscheinend hatte er alles falsch gemacht, daher würde die Versuchung, in der Gestalt der Raubkatze zu bleiben, wohl doppelt so groß sein. Remy versuchte, einen kühlen Kopf zu bewahren und logisch zu denken, während er der Fährte folgte und seinen Verstand gebrauchte, obwohl er das Denken lieber eingestellt hätte. Wenn er frei herumstreunte, unterdrückte er seine menschliche Seite gewöhnlich mindestens eine Stunde lang. Er war dann ganz Tier, doch im Moment konnte er es sich nicht erlauben, einen Fehler zu machen.

Bijous Leopardin war klein und schlank und hatte ein helles, beinahe weißes Fell mit etwas dunkleren Rosetten. Remy war groß für einen Leoparden, selbst für einen männlichen, und hatte einen seltenen schwarzen Pelz mit noch dunkleren Rosetten, die kaum zu erkennen waren. Er war ein kräftiger Panther und dank seiner Muskelpakete auch enorm stark und trug viele Narben aus zahlreichen Kämpfen, aus denen er stets als Sieger hervorgegangen war. Keins der anderen Männchen wagte es, sich mit ihm anzulegen, aber das konnte sich ändern – wenn es um eine rollige Katze ging. Remy wollte keinen Freund töten müssen, weil er Bijou so schlecht vorbereitet hatte.

Es war ihm bewusst, dass er als Leopard extrem gefährlich war. Das Tier in ihm war sehr aggressiv und listig, ein Jäger am Ende der Nahrungskette, der oft gereizt und schlecht gelaunt war. Dass seine Gefährtin vor ihm weglief, machte ihn noch schwieriger, und Remy betete stumm darum, dass kein Fischer oder Jäger im Sumpf war.

Plötzlich sah er die Leopardin am Ufer entlanglaufen, über kleine, heruntergefallene Zypressenäste springen und spielerisch mit ihren zierlichen Tatzen aufs Wasser einschlagen. Bijou hatte dem Tier freien Lauf gelassen, und es genoss offenbar seine Freiheit, duckte sich unter manchen Zweigen hindurch und setzte über andere mühelos hinweg. Auch wenn sie leichtfüßig auf tiefere Äste sprang und Baumstämme hochkletterte, zeigte sie Wendigkeit und Grazie.

Jede ihrer Bewegungen war geschmeidig und anmutig. Sie wand sich, drehte sich hierhin und dorthin, probierte offenbar ihr biegsames Rückgrat aus, bog sich fast im Halbkreis nach hinten, sprang dann plötzlich in die Höhe und wechselte in der Luft mit einer schnellen Hüftdrehung die Richtung. Sie sah wunderschön aus, während sie sich mit so lockerer Eleganz an ihre neue Gestalt gewöhnte. Sie schien sich zu amüsieren, obwohl sie gleichzeitig das Verhalten einer brünstigen Katze zeigte.

Hin und wieder stieß sie einen jammernden Schrei aus, der weit durch die Nacht hallte und jedes Männchen in Hörweite anlocken sollte. Dann rieb sie sich an Baumstämmen und hinterließ ihre aufreizenden Duftmarken, rollte sich verführerisch auf dem Boden, streckte sich der Länge nach darauf aus, sprang abrupt wieder auf und lief tiefer in den Sumpf hinein.

Vorsichtig pirschte Remy sich so nahe wie möglich an sie heran, ohne sich selbst in Gefahr zu bringen, damit er sie beschützen und Konkurrenten verjagen konnte. Ein Weibchen, das von einem Männchen nichts wissen wollte, konnte sehr gefährlich werden. Er machte sich mit einem leisen Schnauben bemerkbar, damit die Leopardin wusste, dass sie nicht allein war und dass er ihr folgte.

Die Ohren flach an den Kopf gelegt, wirbelte das Weibchen herum und fauchte ihn warnend an. Remy blieb in respektvoller Entfernung. Bijou war sehr wütend auf ihn, und ihre Leopardin beschützte sie, verjagte sogar ihren Gefährten. Remy verfluchte sich selbst. Er war immer direkt aufs Ziel zugesteuert, wenn er irgendetwas gewollt hatte. Raffinesse hatte er niemals nötig gehabt. Er war intelligent und genauso listig, stark und mürrisch wie sein Leopard. Doch er besaß genug Selbstbeherrschung und Disziplin, um diese eher negativen Seiten auszugleichen.

Wieder schnaubte er, um der Leopardin mitzuteilen, wie schön und anziehend er sie fand. Und wieder fauchte die Leopardin ihn an und schlug mit der Tatze auf den Boden, dass heruntergefallene Blätter durch die Luft wirbelten. Dann drehte sie sich um und rannte weiter in den Sumpf hinein.

Der große Leopard folgte ihr in immer der gleichen sicheren Entfernung und wartete darauf, dass sie ihm ein Zeichen gab, wenn sie für seine Avancen bereit war. So liefen sie mehrere Meilen durch einen leichten Regen. Die Blätter an den Bäumen schützten sie vor den Tropfen, die sie weder bemerkten noch kümmerten. Da die Leopardin sich in gerader Linie von der Pension entfernte, schlug der Leopard einen Bogen und schnitt ihr den Weg ab, um sie zu einem Richtungswechsel zu bewegen.

Das kleine Weibchen bleckte die Zähne und fauchte ihn wütend an, doch es wurde langsam müde, und allmählich verdrängte der Sexualtrieb die Wut. Daher ließ die Leopardin sich von ihrem Kurs abbringen, und Remy versuchte vorsichtig, sich ihr anzunähern. Sie rieb sich an mehreren Bäumen und einem kleinen Felsbrocken und rollte sich dann im Gras. Als sie sich schließlich hinhockte, ging er auf sie zu, doch sie sprang sofort auf, fuhr die Krallen aus und fletschte gereizt die Zähne.

Dann lief sie plötzlich wieder davon. Ein Leopard musste Geduld haben, und da das kleine Weibchen schon durch die Verwandlung verstört und verängstigt war, musste er in diesem Fall noch mehr als üblich davon aufbringen. Wieder folgte er ihr durch den Sumpf.

Ein kleines Rinnsal wurde zu einem breiten Bach, der

das sumpfige Land durchschnitt, und die Leopardin tappte durch zentimeterhohes, flaches Wasser, ließ es spielerisch aufspritzen und sprang wieder auf festeren Grund zurück. In dem Augenblick stürzte der schwarze Panther sich von der Seite auf sie und drängte sie von einer dichten Baumreihe ab. Gleich darauf brach ein goldfarbener Leopard aus dem Unterholz und umkreiste die Leopardin. Als er Remys Leoparden entdeckte, blieb er abrupt stehen, brüllte herausfordernd und kreuzte den Blick mit ihm.

Remy hatte Robert Lanoux gleich erkannt. Er gehörte zum Rudel, war Junggeselle und hatte mehr als einmal Ärger gemacht. Außerdem stand er in dem Ruf, nicht fair zu kämpfen, und war gewöhnlich mit seinem Bruder Dion unterwegs. Remy wartete nicht darauf, dass sein Herausforderer den ersten Schritt machte, sondern stürzte sich sofort auf ihn und rempelte ihn so kräftig an, dass er ihn von den Beinen holte.

Der goldene Leopard rollte sich schnell ab, um dem größeren Rivalen auszuweichen, doch Remy war gnadenlos, denn er wollte den Kampf schnell beenden, ohne einen Artgenossen zu töten. Deshalb nutzte er seinen Vorteil, um einen strafenden Prankenhieb anzubringen, und riss seinem Gegner die Flanke auf. Sofort war dessen Fell von Blut verklebt. Robert rollte sich immer weiter und verschwand in einer engen Öffnung im Unterholz.

Rücksichtslos warf Remys Panther sich mit seinem großen Gewicht ins Gebüsch, landete auf dem goldenen Leoparden und drückte ihn zu Boden. Dann drehte er den Rivalen auf den Rücken und packte ihn an der Kehle. Jäh wurde es still im Sumpf, und nur das keuchende, erregte Atmen der Kämpfenden war noch zu hören.

Die beiden Leoparden starrten sich an. Remy gab keinen Millimeter nach. Es wäre leicht für ihn gewesen zuzubeißen und das kleinere Männchen zu ersticken, sobald es eine falsche Bewegung machte. Sein Leopard wehrte sich dagegen, zurückgehalten zu werden, denn er raste vor Zorn, weil der Eindringling ihm die Gefährtin streitig machen wollte, obwohl sie sein Mal trug und sein Geruch an ihr klebte. Es gab einen Ehrenkodex im Rudel, und Robert hatte sich nicht daran gehalten. Remy hätte das Recht gehabt, den Herausforderer zu töten.

Eine Bewegung zu seiner Linken veranlasste ihn, warnend etwas fester zuzubeißen. Er hatte Roberts Bruder Dion nicht gerochen, doch die beiden waren fast immer zusammen, auch wenn Remy in letzter Zeit bemerkt hatte, dass Dion sich immer öfter über das unangenehme Auftreten seines Bruders ärgerte. Er ließ seinen Gegner einen Moment aus den Augen. Das kleine Weibchen kauerte am Boden und sah ihnen interessiert zu. Bijou war näher an die Oberfläche gekommen, er roch ihre Angst, aber auch die Erregung, mit der das Weibchen den Kampf ihrer Verehrer beobachtete. Es zitterte, und sein Fell war feucht.

Solange Bijou in der Tiergestalt blieb, gab es keine Möglichkeit, sie zu beruhigen. Robert vor ihren Augen zu töten würde es ihr nicht einfacher machen, ihm zu trauen. Mit einem Mal gab der Leopard unter ihm nach und unterwarf sich. Remy hielt seine Kehle noch ein wenig länger umklammert, um ihn davor zu warnen, eine Dummheit zu machen. Er musste all seine Kraft aufbieten, um seinen Leoparden daran zu hindern, den Gegner zu töten.

Angewidert ließ er den goldenen Leoparden schließlich los und zog sich fauchend zurück. Zweimal noch stürzte er sich brüllend auf den kleineren Herausforderer und wirbelte mit seinen riesigen Pranken Gräser und Blätter auf. Das Tier brauchte ein paar Minuten, um sich so weit zu beruhigen, dass Robert vorsichtig aufstehen, sich ins Gehölz schleichen und davonlaufen konnte.

Sobald er fort war, verschwand die Leopardin in die andere Richtung, als liefe sie um ihr Leben – und vielleicht glaubte sie das ja auch. Remy konnte sich nicht vorstellen, wie es für Bijou sein musste, so spät im Leben festzustellen, dass sie eine andere Gestalt annehmen konnte. Sie wusste nicht, wie man von der einen in die andere wechselte, wie sie das Tier in sich kontrollieren und somit vermeiden konnte, dass dessen Gefühle sie zu sehr bestimmten. Und ihre Leopardin war wahrscheinlich genauso verwirrt und verängstigt wie sie.

Wieder war Bijou von der Pension weggelaufen, und noch einmal schnitt Remy ihr den Weg ab, um sie zurückzutreiben. Als er vor ihr auftauchte, blieb sie abrupt stehen und zeigte ihr Missfallen, indem sie die Zähne bleckte und die Ohren flach an den Kopf legte. Vorsichtig näherte er sich ihr, während sie auf Blätter und Zweige einhieb. Dann stürzte er sich auf sie, drängte sie mit der Schulter wieder in die Richtung, die zur Pension zurückführte, und sprang zurück, ehe sie sich zur Wehr setzen konnte.

Das Weibchen drehte sich fauchend im Kreis, um an ihm vorbeizukommen, doch er schnitt ihm jeden Weg ab, bis sie den einzigen nahm, der ihr blieb, und dem vom Männchen gewünschten Kurs folgte. Diesmal lief sie nicht vor ihm weg. Offenbar war sie es bereits leid, das Unmögliche zu versuchen und dem Sex- und Paarungstrieb zu trotzen.

Wieder hielt Remy sich vorsichtig in sicherer Entfernung,

doch diesmal lief er neben ihr her und hielt immer wieder die Nase in den Wind, um sich zu vergewissern, dass sie wieder allein waren. Hin und wieder rieb das Weibchen sich genüsslich an Bäumen. Dann tat sie das immer häufiger und rollte sich anschließend einladend und beinahe unterwürfig auf dem Boden, doch als sie sich zum ersten Mal aufreizend hinhockte und er sich ihr näherte, fauchte sie ihn drohend an und sprang wieder auf.

Remy zog sich etwas weiter zurück, um dem Weibchen mehr Freiraum zu lassen. Es schien keine anderen Leoparden – oder Menschen – in der Gegend zu geben, und anscheinend hatte Bijou sich wieder zurückzogen, damit ihre Leopardin sich vergnügen konnte. Das helle Fell mit den dunklen Rosetten ließ sie manchmal fast mit der Umgebung verschmelzen, wenn sie auf leisen Tatzen an Bäumen und Sträuchern vorüberlief. Alle paar Schritte blieb sie stehen und hockte sich hin, aber sobald er ihr zu nah kam, verjagte sie ihn.

Mit der Zeit jedoch wurden die Abfuhren immer halbherziger und das Benehmen der Leopardin immer koketter. Mit verführerischen chemischen Botschaften, sehnsüchtigen Rufen, sinnlichem Wälzen und Strecken lockte sie den großen schwarzen Panther wieder an. Und als sie sich endlich erneut hinkauerte, warf das aggressiv und ungeduldig gewordene Männchen sich von hinten auf sie und biss sie in den Nacken, um sie ruhigzuhalten.

Stunden später lösten die beiden Katzen sich ausgelaugt voneinander, und die kleine Leopardin zog sich in den Schatten der Bäume zurück, während der Morgen dämmerte. Das Männchen legte sich dicht neben sie, um über sie zu wachen und ein paar Minuten zu ruhen, dann stand es wieder auf und stupste sie an, damit sie es ihm nachtat. Zögernd gehorchte die Leopardin, zu müde, um sich gegen sein Drängen zu wehren.

Dann zog der Leopard sich so weit zurück, dass Remy wieder logisch denken konnte. Er war todmüde, und Bijou musste es ebenso gehen. Die beiden Leoparden hatten sich, wie es ihre Art war, über Stunden weg immer wieder gepaart, und jetzt mussten sie noch zur Pension zurückkehren, ehe es allzu hell wurde.

Sie brauchten nur ein paar Minuten, um den Rand des Sumpfs zu erreichen und um den See herum zur Hinterseite der Pension zu gelangen. Remy sorgte dafür, dass sie so lange wie möglich im nahen Wäldchen blieben, und hielt die Nase in die Luft, um zu erfahren, ob Menschen in der Nähe waren, ehe sie über die Rasenfläche zum Haus liefen.

Dann sprang er in die Äste des Baumes, der am nächsten an Bijous Balkon stand, um ihr zu zeigen, wie sie in ihr Zimmer zurückkehren konnte. Der zweite Sprung brachte ihn auf das Geländer und der nächste auf den Boden des Balkons. Die zierliche Leopardin folgte ihm schwer atmend und mit gesenktem Kopf. Sie schaffte es kaum über das Geländer und ließ sich auf dem Balkon angekommen gleich auf die Seite fallen.

Remy wurde wieder zum Menschen, öffnete die Balkontüren und trat einen Schritt zurück, um der kleinen Leopardin den Vortritt zu lassen. »Verwandle dich, Blue«, spornte er sie an. »Lass das Tier gehen, und werd wieder zum Menschen.«

Die Katze sah ihm in die Augen. Etwas an ihrem Blick beunruhigte ihn. Doch er konnte sich schnell genug zurückverwandeln, um sich zu schützen, falls sie ihn angriff.

Schließlich musste sie erschöpft sein – sie waren beide erschöpft, verdammt. Bijou würde sich kaum noch bewegen können, wenn sie ihre menschliche Gestalt wieder hatte. Die erste Verwandlung war immer eine großartige Erfahrung, aber auch sehr kräftezehrend. Immerhin stürzte die kleine Leopardin sich nicht auf ihn, sondern tappte nur mit hoch erhobenem Kopf an ihm vorbei in Richtung Bad. Nie hatte er ein Tier gesehen, das so hochmütig, majestätisch und würdevoll wirkte.

Die Tür zum Bad schlug hinter ihr zu. Remy ließ langsam den Atem entweichen, den er offenbar unbewusst angehalten hatte. Dann nahm er ein Handtuch, wickelte es um die Hüften und ließ sich in einen bequemen Sessel vor den Fenstertüren fallen. Jeder einzelne Muskel in seinem Körper schmerzte vom Kampf mit dem Rivalen und den langen, ruppigen Paarungen. Als Leopard spürte man den Muskelkater nicht so sehr, doch als Mensch war das anders.

Remy schaute zur Badezimmertür. Dahinter war es schon so lange still, dass er kurz davor war aufzustehen, um nach Bijou zu sehen, doch dann begann plötzlich das Wasser der Dusche zu laufen. Er lehnte sich zurück und presste die Finger auf die Augen. Er brauchte Schlaf – einen sehr langen Schlaf, aber er durfte sich keinen gönnen, ehe er nicht mit Bijou geredet hatte und wusste, warum sie so böse auf ihn war.

Das Wasser schien schon ewig zu rauschen. Remy seufzte. Auch er brauchte eine Dusche. Seine Muskeln würden steif werden, wenn er einfach so dasaß; er musste sich bewegen. Er stand auf, streckte sich und ging zu den Fenstertüren, um die Vorhänge zuzuziehen. Eine Hand an der Zugschnur, hielt er abrupt inne, weil er eine Bewegung bemerkt hatte.

Im Gebüsch am Rande des Sumpfes regte sich etwas, gerade genug, um die Blätter in die falsche Richtung zu lenken.

Da er nicht entdeckt werden wollte, zog er sich zeitlupenhaft langsam wie ein Raubtier weit genug zurück, um im Schatten zu sein, aber durch die Fenster sehen zu können. Dann wartete er still und geduldig, alle Müdigkeit wie weggeblasen, und schickte ein stummes Gebet zum Himmel, dass Bijou sich nicht ausgerechnet diesen Moment aussuchen würde, um ins Zimmer zu kommen.

Plötzlich steckte ein goldener Leopard den Kopf durchs Gebüsch und schaute zur Pension hinüber. Eine lange Weile stand er so da und starrte einfach nur witternd das Haus an. Dann trat er sehr vorsichtig ins Freie, was keiner von ihnen je tat, wenn es nicht unbedingt notwendig war – so wie bei Remy, als er Bijou gesucht hatte. Robert Lanoux heckte irgendetwas aus, und es konnte nichts Gutes sein.

Remy hatte sich schon öfter gefragt, ob der Mörder Gestaltwandler sein könnte. Er wusste, dass es möglich war, Gerüche zu verbergen, auch vor einem Leoparden. Wie man das machte, hatte eine Artgenossin schon zuvor herausgefunden, und alle im Rudel wussten von den grausamen Morden in diesem Zusammenhang. Jeder Gestaltwandler konnte als Leopard jagen und als Mensch töten – oder umgekehrt. Remy sah zu, wie der goldene Leopard sich auf die Hinterpfoten stellte und einen Baum in der Nähe der Pension zerkratzte. Dann hinterließ er seine Duftmarke an verschiedenen anderen Bäumen, drehte sich um und verschwand im sicheren Sumpf.

Remy runzelte die Stirn. Wenn Drake zu Hause gewesen wäre, hätte er angenommen, dass Robert ihm die Führung streitig machen wollte. Sich auf Drakes Grundstück zu schleichen und Duftmarken und Kratzspuren an Bäumen zu hinterlassen hätte zu einer schnellen Bestrafung durch den Anführer des Rudels geführt – und Robert hatte schon einmal gegen Drake gekämpft und verloren. Es war ganz offensichtlich gewesen, dass Drake ihn leicht hätte töten können. Also warum ging Robert ein solches Risiko ein? Nichts an dem, was er an diesem Abend getan hatte, ergab einen Sinn. Denn Robert wusste auch, dass Remy ihn umbringen konnte – und zwar in jeder Gestalt.

Plötzlich hörte das Wasserrauschen auf. Remy zog die Vorhänge zu und hüllte den Raum in Dunkelheit. Er war sicher, dass Robert nach Hause gegangen war, wollte aber kein Risiko eingehen. Als Bijou ins Zimmer kam, drehte er sich um. Sie hatte ein Handtuch ums Haar geschlungen und einen Bademantel angezogen. Unter ihren Augen waren dunkle Ringe und an ihrem Hals blaue Flecken und Narben, doch das spielte keine Rolle. Selbst wenn sie einen Müllsack getragen hätte, hätte er sofort wieder Lust auf sie gehabt – obwohl er hundemüde war. Er konnte es weder verhindern noch verbergen.

Er sah, wie ihre Augen aufleuchteten vor Verlangen, ehe sie hastig die langen Wimpern senkte und den Kopf schüttelte. »Hast du kein eigenes Bett?«

Remy schaute zu ihrem hinüber.

Bijou seufzte. »Denk nicht mal dran, Remy. Ich muss unbedingt schlafen, und im Moment bin ich nicht sehr gut auf dich zu sprechen.«

»Warum? Was zum Teufel habe ich falsch gemacht?«

Sein Ton ließ sie kurz zurückschrecken, doch dann reckte sie trotzig das Kinn. »Überleg mal. In der Zwischenzeit werde ich ins Bett kriechen und schlafen, also hau endlich ab.«

»Oh nein, Blue«, entgegnete er. »Ich bleibe bei dir.«

»Du kannst mir nicht erzählen, dass Saria nicht woanders einen Platz für dich zum Schlafen hat.« Steif ging Bijou quer durchs Zimmer zum Bett, riss die Decke herunter und warf den Bademantel beiseite.

Ehe sie sie verbergen konnte, sah Remy die Blutergüsse an ihrem Körper. Sie bewegte sich ein wenig hölzern, so als wäre ihr Muskelkater ebenso groß wie seiner. Schnell fing er die Decke auf und hielt sie für sie hoch, damit sie ins Bett kriechen konnte.

»Ich gehe schnell unter die Dusche, dann lege ich mich zu dir«, warnte er sie.

Bijou schlüpfte unter die Decke, drehte sich auf die Seite und schmiegte sich an die weichen Laken auf der Matratze. »Mach, was du willst. Ich bin zu müde, um mich mit dir zu streiten, Remy. Aber weck mich bloß nicht auf, denn ich will keinen Sex mehr.«

»Vielleicht überlegst du es dir ja noch mal, Kätzchen«, erwiderte er.

Bijou sah ihn nicht einmal an, und da ihre Wimpern die Augen verdeckten, konnte er ihren Ausdruck nicht sehen. Aber das spielte keine Rolle. Er wusste es auch so. Sie war ebenso verrückt nach ihm wie er nach ihr.

Er stellte sich unter die Dusche, ließ das heiße Wasser lange über seine müden Muskeln laufen, wusch sich das Haar und ging in Gedanken alles, was zwischen ihm und Bijou geschehen war, noch einmal durch. Ob sie ihm immer noch böse war, weil er sie am Morgen allein gelassen hatte? Das war das Wahrscheinlichste, auch wenn es eine Weile so ausgesehen hatte, als hätte sie ihm vergeben.

Remy seufzte und kehrte ins Schlafzimmer zurück. Bijou

war offenbar eingeschlafen. Das Handtuch, das sie ums Haar gewickelt hatte, hatte sich gelöst, und nun lagen ihre langen, feuchten Strähnen ausgebreitet da. Sie sah so jung aus, zu jung für die Dinge, die er mit ihr angestellt hatte.

Remy kroch ins Bett, legte einen Arm um ihre Taille und zog sie schützend an sich. Sie war so warm und weich. Er drückte den Kopf an ihre Schulter und küsste die Bisswunden an ihrem Hals. Dann legte er den Kopf aufs Kissen und genoss es, einfach bei ihr zu sein, ganz nah, sein Glied zwischen ihren festen Pobacken und eine Hand auf ihrer Brust. Eingehüllt von ihrem Lavendelduft, schlief er zufrieden ein.

12

Lautes Klopfen an der Tür weckte Remy. Er hielt die Augen noch einen Moment geschlossen und drückte Bijou an sich, erfreute sich an ihrer Wärme und Weichheit. Mit einem leisen protestierenden Stöhnen regte sie sich.

»Remy! Dein Handy ist aus. Du musst sofort an die Arbeit«, rief Saria. »Es gibt noch einen Mord.«

Remy legte den Kopf auf Bijous Schulter und fluchte leise. »Nicht schon wieder. Das kann doch nicht schon wieder losgehen.«

Das Klopfen hörte nicht auf.

»Ich hab's gehört, Saria. Ich kümmere mich drum, danke«, antwortete er widerwillig.

Bijou rollte sich auf seinen Arm und sah ihn an. Ihre Augen waren von einem so reinen, tiefen Blau, dass er sich sein Leben lang wünschen würde, darin zu versinken.

»Tut mir leid, Blue, aber ich muss schon wieder gehen. Ich weiß, dass wir reden müssen …«

Sie setzte sich auf und schob sich die wilde Haarmähne aus dem Gesicht. »Es geht mir wunderbar, Remy. Irgendwie bin ich zwar ein Ungeheuer, aber es geht mir gut. Wir haben keine Beziehung, dafür großartigen Sex, und kaum zu glauben, aber auch damit geht es mir gut. Ich bin mittlerweile erwachsen und bin für das, was passiert, sobald wir uns treffen, genauso verantwortlich wie du. Diese seltsame Verwandlung in ein Tier werde ich einfach ignorieren, bis ich meinen Kaffee getrunken habe. Dann denke ich vielleicht mal darüber nach.«

Remy strich ihr mit einer Hand über den Rücken, weil er den Kontakt brauchte. »Keine Beziehung, dafür großartigen Sex? Über diese seltsame Vorstellung müssen wir uns noch unterhalten. Das ist ja lachhaft. Du hast wohl morgens schlechte Laune, was?«

»Nur wenn ich in der wunderschönen Pension meiner einzigen Freundin durch – sagen wir – animalischen Sex ein ganzes Zimmer ruiniert habe und mich danach in ein Tier verwandle und wie eine sexhungrige Katze im Sumpf herumlaufe. Sonst habe ich morgens meist gute Laune.«

Remy beugte sich vor, küsste sie sanft auf die Schläfe und ließ die Lippen auf ihrer Haut ruhen. »Nun bist du ja nicht mehr sexhungrig. Dafür haben wir gesorgt«, raunte er.

»Glaubst du?«, fragte Bijou. »Überschätz dich nur nicht. *So* gut bist du nun auch wieder nicht, Remy Boudreaux.«

Er küsste sich an ihrer Wange zu ihrem Mund hinunter. »Oh doch, du kannst mir nichts vormachen. Wehe, du gehst heute wieder in den Sumpf.«

»Sag mir nicht, was ich tun soll. Wir können ja gern hin und wieder Sex haben, aber kommandier mich *niemals* herum.«

Bijou schaffte es, eine hochmütige Miene aufzusetzen, obwohl Remys Mund mittlerweile über ihren Hals zu ihren Brüsten wanderte. Sie schnappte hörbar nach Luft, schob ihn aber plötzlich weg. »Nun geh endlich. Du musst den Mörder fangen, wer immer er ist.«

»Wirst du diesmal hier auf mich warten?« Remy kniff die Augen zusammen und sah sie durchdringend an. Normalerweise wirkte das einschüchternd, doch Bijou schnaubte nur leise. »Ich meine es ernst, Blue. Ich möchte nicht die ganze Polizeiwache auf dich ansetzen müssen. Wenn es so weit kommt, lasse ich dich in Handschellen zurückbringen, das kannst du mir glauben, *mon pitit.*«

»Wie aufregend«, erwiderte Bijou mit vor Sarkasmus triefender Stimme. »Und nenn mich nicht *mon pitit.*«

»Ich nenne dich so, wie es mir passt.« Remy beugte sich noch weiter herunter und leckte über einen hart gewordenen Nippel.

Erschauernd schlang sie einen Arm um seinen Hals, zog ihn aber nicht weg, sondern sah ruhig auf ihn herab.

Remy legte den Mund um den verführerischen Nippel und saugte kräftig daran. Dann hob er den Kopf und drückte die Stirn an ihre. »Es ist schwer, dich zu verlassen.«

»Nicht schwerer, als einen Mörder zu jagen. Nun geh endlich.« Sie grub die Finger in sein Haar und zog seinen Kopf zurück.

Remy hielt das Gesicht ganz nah an ihres und sah ihr tief in die Augen, damit sie wusste, dass er es ernst meinte. »Wehe, du gehst allein aus dem Haus. Bleib hier bei Saria, bis ich wiederkomme.«

Bijou musterte ihn nachdenklich. »Glaubst du, ich bin in Gefahr?«

»Ich glaube es nicht, ich weiß es.«

»Dann hör auf, mir Befehle zu geben, und bitte mich einfach nett, so wie ein normaler Mensch es machen würde.«

Remy wollte etwas erwidern, biss die Zähne zusammen

und sagte schließlich gepresst: »Bitte tu mir den Gefallen, und bleib bei meiner Schwester, damit du in Sicherheit bist, während ich versuche, den Mörder zu schnappen.«

»Aber gern«, erwiderte Bijou. »Ich habe nichts dagegen, mich ein wenig auszuruhen. Ich muss über vieles nachdenken.«

Erleichtert atmete Remy auf, dann fasste er sie am Nacken und küsste sie hart. Bijou versuchte, sich zu sträuben, doch er ließ sie nicht los, sondern vertiefte den Kuss, bis sie schließlich mit einem resignierten Seufzer nachgab und stillhielt, während er sie so lange reizte, bis sie den Kuss endlich erwiderte. Er brauchte all seine Disziplin, um wieder aufzuhören, obwohl er nur eines wollte: sich an ihr weiden und mit ihr vereinen.

Wieder drückte er die Stirn an ihre. »Das ist eine gute Idee. Ruh dich nur richtig aus. Aber denk nicht zu viel nach. Warte auf mich, dann reden wir über alles. Ich weiß, dass es ein Schock für dich war herauszufinden, dass du Gestaltwandlerin bist, aber es gibt mehr von unserer Art als du denkst. Bei uns herrschen Regeln, die befolgt werden müssen. Saria ist eine Artgenossin, sie kann dir in der Zwischenzeit alle Fragen beantworten. Die normalen Menschen wissen nichts von uns, denn mit Außenstehenden reden wir natürlich nicht darüber.«

»Weil man euch alle ins Irrenhaus sperren würde«, bemerkte Bijou und löste sich von ihm. Dann griff sie nach der Bettdecke und zog sie plötzlich verlegen geworden über ihre Brüste.

»Weil man uns jagen und töten würde«, korrigierte Remy sie, damit sie verstand, wie wichtig absolute Geheimhaltung war. Besitzergreifend fasste er trotz der Decke nach ihren

Brüsten und stellte befriedigt fest, dass die Spitzen noch hart waren.

Bijou zuckte zurück, nur ein winziges Stück, das kaum als Zurückweichen zu erkennen war, doch Remy empfand es wie einen Stich ins Herz. Er legte sogar unwillkürlich eine Hand auf die Brust, um den Schmerz zu lindern. Sie beide hatten noch einen langen Weg vor sich, denn obwohl sie ihm früher rückhaltlos vertraut hatte, schien es nun zwischen ihnen eine Distanz zu geben, die er nicht überbrücken konnte. Körperlich fühlte sie sich definitiv nach wie vor zu ihm hingezogen, aber emotional hatte sie sich von ihm entfernt, und er wollte sie zurückhaben.

Seufzend rutschte er aus dem Bett. »Ich weiß, dass du verstört bist, und der Leopard ...«

Abwehrend hob Bijou eine Hand und schüttelte den Kopf. »Ich will noch nicht darüber nachdenken. Ich tu einfach so, als hättest du mich gebissen und mit einer seltsamen Krankheit angesteckt, die bald wieder weggehen wird.«

Remy musste lächeln. Kein Wunder, dass sie verstört war, aber selbst wenn sie ängstlich oder ärgerlich war, verlor sie ihren Sinn für Humor nicht.

»Rede mit Saria, wenn du irgendwelche Fragen hast, bevor ich zurückkomme, *Chere.* Ich werde wohl länger weg sein.«

»Das macht mir nichts aus. Nimm dir so viel Zeit, wie du brauchst.«

Das hatte sie nicht lustig gemeint, sondern ernst. Sie wollte, dass er ging, und hatte es schon gewollt, als sie aus dem Sumpf zurückgekehrt waren. Remy ging ins Bad und wusch sich so schnell wie möglich, putzte die Zähne und untersuchte die Kratzspuren am Oberkörper. Er hatte ein paar schlimme Prellungen, wie es nach einem Kampf zwischen zwei kräftigen Raubtieren zu erwarten war. Aber Robert würde noch viel schlimmer aussehen.

Als er vollständig angezogen ins Schlafzimmer zurückkehrte, saß Bijou in ihren Bademantel eingewickelt im Sessel vor den offenen Vorhängen. »Ich habe dich nicht mit einer seltsamen Krankheit angesteckt, Blue. Das weißt du doch, oder? Deine Mutter muss eine von uns gewesen sein.«

Mit einem Arm deutete Bijou auf die Tür. »Geh.« Das klang nicht ganz so herrisch, wie sie es sich gewünscht hatte. Sie hörte, wie sich die Tür hinter Remy schloss.

Ihr verräterisches Herz schmolz einfach dahin, sobald sie ihn ansah. Sie musste über diese kindische Heldenverehrung hinwegkommen. Dass sie so dumm gewesen war zu glauben, dass er echte Gefühle für sie hegte, bewies doch, wie jung und unerfahren sie war. Ihm ging es nur um Sex, das hatte er zugegeben. Sie konnte nicht einmal behaupten, dass er sich von ihr angezogen fühlte, es ging nur darum, dass sein Leopard wild auf ihre Leopardin war – und das machte die gesamte Affäre irgendwie noch schäbiger.

Sie sah sich um und betrachtete die Risse und die langen Kratzer in der Wand. Nun ergab das alles einen Sinn. Sie wusste genau, wie diese Kratzer dort hingekommen waren. Aufstöhnend vergrub sie das Gesicht in den Händen.

Remy war ganz einfach ein erstaunlicher Mann. Er war intelligent, humorvoll, liebte und beschützte seine Familie und sorgte dafür, dass sie sich geliebt und geborgen fühlte. Er wusste, dass ihr Leben nicht so märchenhaft gewesen war, wie alle dachten. Sie war so glücklich gewesen, als er so getan hatte, als interessiere er sich für sie und sie schließlich geküsst hatte ... Von da an hatte es kein Zurück mehr gegeben.

Zögernd klopfte es an der Tür, dann war Sarias Stimme zu hören. »Hast du Hunger? Ich habe Frühstück gemacht. Komm etwas essen.«

Lieber wäre sie wieder ins Bett gekrochen und hätte sich die Decke über den Kopf gezogen, aber sie wollte nicht feige sein. Schließlich konnte sie Remy nicht für ihr Benehmen verantwortlich machen und auch nicht so tun, als hätte sie nicht wilden, verrückten Sex mit ihm gehabt. Denn Saria wusste es schon. Wahrscheinlich wusste sie sogar von ihrem unglaublichen Ausflug in den Sumpf.

»In fünf Minuten bin ich unten«, rief Bijou zurück.

Sie holte tief Luft und drückte die Hände an die erhitzten Wangen, um sie zu kühlen, dann stand sie resigniert auf und ging zur Kommode, in der ihre sauber gefalteten Kleider lagen. Wenigstens dieses Möbelstück war einigermaßen heil, auch wenn sie bei der Erinnerung daran errötete, wie Remy sie darauf gesetzt und mit Mund und Händen verwöhnt hatte.

»Vielleicht liegt es am Zimmer«, sagte sie laut und sah sich verstohlen um. »Vielleicht wird jeder, der hier wohnt, mit einem seltsamen Cajun-Fluch belegt und verwandelt sich in den Rougarou. Wie könnte man es sonst erklären?«

Sie sah an sich herunter. Ein paar blaue Flecken, aber kein Fell. Und als sie im Spiegel ihre Zähne betrachtete, sahen sie völlig normal aus. Sie seufzte und fuhr mit der Bürste durch ihre Löwenmähne. Das hatte sie davon, dass sie mit nassem Haar ins Bett gegangen war. Sie würde es nicht bändigen können, aber Gott sei Dank war es nur Haar und kein Fell. Schwarz und ohne Rosetten.

Ein wenig befangen, ging Bijou die Treppe hinunter. Sie hatte so viele Fragen, aber wichtiger war, dass sie sich bei ihrer Freundin entschuldigte und ihr anbot zu gehen, falls sie unabsichtlich mit Drake geflirtet hatte. Was Saria auch verärgert haben mochte, es musste ihr Fehler gewesen sein, und sie wollte die Sache unbedingt klären. Sie hatte nicht viele echte Freunde und wollte Saria auf keinen Fall verprellen.

Als sie die Küchentür öffnete, kam ihr Kaffeeduft entgegen. Sie ging direkt zur Kanne und schenkte sich eine Tasse ein, denn Saria war gerade dabei, den kleinen Tisch zu decken. Bijou saß sehr gern in der Küche, denn dort war es viel gemütlicher als im Esszimmer, doch da sie wusste, dass sie sich entschuldigen musste, war sie noch schüchterner als sonst.

Langsam wandte sie sich zu Saria um und lehnte sich an den Küchenschrank.

Ihre Freundin lächelte ihr aufmunternd zu. »Ich hole das Essen aus dem Speisewärmer.«

»Vorher möchte ich dir schnell noch sagen, wie leid es mir tut. Ich weiß, dass du dich über mich geärgert hast, aber ich habe nicht bemerkt, wie kokett und gemein ich war – ehrlich, ich *schwöre* es, Saria. Normalerweise bin ich nicht so, ich hatte keine Ahnung, dass ich dich und Drake gegen mich aufgebracht habe.«

Erstaunt zog Saria die Augenbrauen hoch. »Wovon redest du?«

»Du bist doch böse auf mich. Streit es nicht ab. Aber das ist nicht deine Art, also muss ich irgendetwas getan haben, das dich gestört hat.« Bijou senkte den Kopf. »Mein Vater war wohl süchtig nach Sex, und das hat mein ganzes Leben beeinflusst. Ich wollte nicht wie er sein, deshalb habe ich mich von Männern ferngehalten. Wegen Bodrie ist mir Sex immer schäbig vorgekommen. Und dann bin ich hierhergekommen und ...« Sie schüttelte den Kopf, denn ihre Augen brannten, und der Kloß in ihrem Hals war so groß geworden, dass sie nicht mehr weiterreden konnte.

»Sei doch nicht dumm, Bijou. Du bist ganz und gar nicht wie Bodrie. Wie kommst du nur darauf?«

Bijou holte tief Luft, um sich am Weinen zu hindern. »Du hast mich nicht mit Remy gesehen. Ich war völlig hemmungslos. Schlimmer als Bodrie jemals war. Und da dachte ich, dass ich vielleicht vor deinen Augen mit Drake geflirtet habe, aber wenn dem so war, hab ich's nicht bemerkt, und es war auch nicht meine Absicht.«

»Du hast nichts dergleichen getan, wirklich, meine Liebe. Ich war so, weil ich schwanger bin. Ich habe es Drake heute Morgen gesagt, und er ist auf dem Weg nach Hause.« Sarias freundliche Stimme wurde ernster. »Aber es stimmt, ich war eifersüchtig, du bist so wunderschön. Ich hatte keine Ahnung, dass ich schwanger bin, aber meine Leopardin hat verrückt gespielt, weil deine ausgerechnet jetzt rollig wird, deshalb habe ich mich so benommen.« Sie redete immer schneller. »Ich wusste nicht, dass du eine von uns bist, sonst hätte ich wohl zwei und zwei zusammengezählt, doch stattdessen habe ich die Eifersüchtige gemimt. *Ich* bin diejenige, die sich entschuldigen muss, Bijou. Ich hoffe, du kannst mir verzeihen. Als du mich am meisten gebraucht hast, habe ich dich im Stich gelassen.«

Bijou atmete auf. »Du bist schwanger? Das ist ja großartig.«

Saria lächelte. »Ja, nicht wahr? Aber ich muss mich noch an die Neuigkeit gewöhnen.«

Bijou trug ihre Tasse zum Tisch und stellte sie ab, um weiter aufzudecken, während Saria das Essen holte. Die Erleichterung darüber, dass zwischen ihr und ihrer Freundin alles wieder in Ordnung war, war riesig. Sorgfältig arrangierte sie das Besteck und legte Servietten dazu, ehe sie sich hinsetzte, um ihren Kaffee auszutrinken.

»Ich habe mich wie ein sexgieriges Luder benommen, und das ist viel schlimmer, als eifersüchtig zu sein«, gestand sie. »Es war schrecklich. Außerdem haben wir das ganze Zimmer ruiniert. Ich komme natürlich für die Reparaturen auf.«

Saria lachte laut. »Nein, das ist Remys Sache. Er bringt das zusammen mit Drake in Ordnung. Schließlich war sein Leopard der Übeltäter, er hat die Wände zerkratzt.«

»Das stimmt nicht ganz.« Bijou fühlte sich verpflichtet, ganz ehrlich zu sein. »Ich habe sicher auch Schuld daran, aber mit Leoparden hatte es nichts zu tun.«

»Doch, hat es«, bemerkte Saria. »Ich weiß, dass es schwer ist ...«

Finster sah Bijou sie an. »Schwer?« Sie zögerte. »Eher verrückt. Und völlig unglaublich. Ich versuche, nicht mehr daran zu denken und mir einzureden, dass auf dem Zimmer da oben ein Fluch liegt oder dass dein Bruder mich gebissen und statt zu einem Werwolf zu einem Leoparden gemacht hat.«

»Als ich klein war, bin ich meinen Brüdern in den Sumpf gefolgt und habe gesehen, wie sie sich in Leoparden verwandelt haben. Ich habe sie heimlich beobachtet. Es war schrecklich, denn zuerst haben sie sich ausgezogen, und wer möchte seine Brüder schon nackt sehen? Ich wusste, dass mich dieses Trauma ein Leben lang verfolgen würde!«

Bijou häufte flockiges Rührei mit Krabbenfleisch und Reis auf die Gabel. »Erzähl mir nichts von Traumata, da bin ich schließlich Expertin. Du weißt ja, mein Vater und seine

Bandmitglieder und Groupies haben gedacht, Gruppensex im Wohnzimmer wäre völlig normal.«

»Ich schätze, dagegen komm ich nicht an«, bestätigte Saria mit einem leichten Grinsen, »*trotzdem* war ich *schrecklich* traumatisiert.«

Bijou schnitt eine Grimasse. »Das wäre ich wohl auch gewesen.«

Saria lachte. »Lügnerin. Du hättest doch nur Augen für Remy gehabt.«

Bijous Lächeln verschwand. »Ich weiß. Er ist der einzige Mann, der mir je gefallen hat, und schau, was ich davon habe. Wenn ich gesehen hätte, wie er sich in einen Leoparden verwandelt, wäre ich vielleicht weit weg gelaufen und nie wiedergekommen. Wie ging es dir denn damals mit der ganzen Leopardensache?«

»Ich war eifersüchtig. Ich wollte so sein wie sie. Einfach dazugehören, weißt du. Sie waren so vertraut miteinander, und ich habe mich immer ein wenig wie eine Außenseiterin gefühlt«, gestand Saria. »Wir haben öfter darüber geredet, weißt du noch?«

Bijou schüttelte den Kopf. »Aber du hast zu deinen Brüdern aufgeschaut. Du dachtest, sie könnten wahre Wunder vollbringen, und hast dich nie über sie beschwert.«

»Nicht?«, fragte Saria, während sie ein Stück gebratene Forelle auf ihren Teller legte.

Bijou nahm sich ein warmes Beignet. »Das Erste, was ich getan habe, als ich wieder zu Hause war, war ins Café Du Monde zu gehen und einen Kaffee mit Beignets zu bestellen. Das habe ich furchtbar vermisst.« Sie biss ein Stück ab. »Die sind wunderbar, Saria. Du bist immer schon eine gute Köchin gewesen. In der Hinsicht war es wohl einmal hilfreich, dass du für deinen Vater gekocht hast. Ich kann das längst nicht so gut. Wir hatten immer eine Köchin – nun ja, mehrere. Und glaub mir, die Damen wollten mich nicht in ihrer Küche haben.«

»Aber es war doch *deine* Küche«, empörte sich Saria an Bijous Stelle.

Die zuckte mit den Achseln. »Ich habe mich damit getröstet zu wissen, dass sie nicht lange bleiben würden. Bodrie wurde die Frauen immer schnell leid, sobald sie zu klammern anfingen. Dann feuerte er sie und stellte das nächste hübsche Gesicht ein.« Auch sie nahm sich ein Stück gebratene Forelle. »Ich habe mal einen Kochkurs gemacht, aber das war ein Desaster. Ich muss unbedingt ein paar von deinen Rezepten ausprobieren, wenn ich in meine Wohnung gezogen bin.«

Erstaunt sah sie, wie Saria die Lippen zusammenpresste und offenbar überlegte, wie sie den nächsten Satz formulieren sollte. »Dir ist sicher klar, dass mein Bruder dich nicht mehr aus den Augen lassen wird. Er meint sicher, dass entweder du bei ihm einziehst oder aber er bei dir.«

Bijou zwang sich, lässig zu wirken. »Dann sind wir offenbar nicht der gleichen Meinung. Wilder Sex mag ja Spaß machen, aber das reicht mir nicht, Saria. Ich möchte einen Mann, der mich so ansieht und liebt wie Drake dich. Darauf habe ich lange gewartet. Ich kann nichts dafür, dass Remys Leopard hinter meiner Leopardin her ist und er sich nur deshalb zu mir hingezogen fühlt.«

Saria runzelte die Stirn und hielt mit einer Gabel voll Rührei inne. »Aber er fühlt sich doch nicht deshalb zu dir hingezogen. Wie kommst du nur auf eine so komische Idee?«

»Weil er es mir gesagt hat«, erwiderte Bijou. Sie musste sich zwingen, die Wahrheit zu sagen, und versuchte, nicht an den Worten zu ersticken. Schnell griff sie nach ihrer Tasse Kaffee und trank einen Schluck, damit sie Zeit hatte, die Tränen zu unterdrücken, die hinter den Lidern brannten. Remy sollte in der Hölle schmoren, weil er eine Heulsuse aus ihr gemacht hatte.

»Das kann nicht sein!«

Bijou nickte langsam. »Doch, letzte Nacht hat er mir gesagt, dass das alles nur wegen unserer Leoparden geschieht und dass der hemmungslose, wilde Sex nur ein zusätzlicher Bonus ist.« Sie zwinkerte hastig und schaute in ihre Tasse. Glücklicherweise machte Saria starken Kaffee. Am Nachmittag trank Bijou lieber Tee, doch nach dem Aufstehen ging nichts über eine Tasse Cajun-Kaffee.

»Dann ist mein Bruder ein Idiot. Ich liebe ihn, und in den meisten Fällen hat er recht, aber was Frauen angeht, stellt er sich leider so dumm an, dass man ihn ohrfeigen müsste.«

Bijou schaffte es, wieder in einer lässigen Geste die Achseln zu zucken. »Er kann doch nichts für seine Gefühle. Und ich genauso wenig. Unsere Leoparden müssen einfach darüber hinwegkommen.«

»Nein, meine Süße, das ist nicht möglich. Sie sind über den Tod hinaus miteinander verbunden und suchen in jedem neuen Leben nacheinander. Wenn du glaubst, dass Remy dich widerstandslos gehen lässt, hast du dich getäuscht.«

»Das ist mir egal«, sagte Bijou und reckte störrisch das Kinn. »Ich bin kein Spielzeug. Soll er sich doch mit jemand anders vergnügen.«

»Willst du damit sagen, dass du ihn nicht magst?«, fragte Saria interessiert nach.

»Nein, er ist der Mann meiner Träume. Schon seit meiner Kindheit. Vielleicht bin ich sogar zurückgekommen, um zu sehen, ob er wirklich so ist, wie ich immer geglaubt habe. Niemand hat ihm je das Wasser reichen können, aber das spielt keine Rolle. Jedenfalls nicht mehr. Ich werde nicht neben einer Leopardin die zweite Geige spielen.«

»So ist es nicht«, meinte Saria.

»Nicht bei dir, weil dein Mann dich wirklich liebt. Ich habe mir etwas vorgemacht, als ich dachte, ein Mann wie Remy könnte sich in mich verlieben.«

»Und warum sollte das nicht möglich sein?«

»Remy weiß genau, wer er ist und was er will«, erklärte Bijou. »Ich dagegen finde das, ehrlich gesagt, für mich gerade erst heraus. Ich habe lange gebraucht, ehe ich erkannt habe, dass ich aufhören möchte, auf Tourneen zu gehen und große Konzerte zu geben. Ich möchte kein Leben führen, in dem ich kein Heim und keine Familie haben kann. Und bevor ich herkam, habe ich nicht einmal gewusst, dass meine Heimat hier ist.«

»Du hast selber gesagt, dass du Remy bewunderst und respektierst – dass er alles hat, was du bei einem Mann suchst, und dass kein anderer an ihn heranreicht.«

Bijou widersprach nicht, denn sie glaubte selbst nicht, dass sie noch einmal einen wie ihn finden würde. Sie hielt ihn für den schönsten Mann, der ihr je begegnet war. Und sein Charakter gefiel ihr genauso gut wie sein Äußeres.

»Ich bin sehr viel jünger als er, deshalb sieht er in mir trotz allem noch das Kind. Und ich kann es ihm nicht verübeln. Schließlich war es nicht unbedingt ein Zeichen von Reife, gleich mit ihm ins Bett zu gehen. So wie wahrscheinlich alle Frauen, die er haben will. Ich bin nichts Besonderes für ihn.« Bijou gelang es zu lächeln. »Ich kann ihm doch nicht vorwerfen, dass er sich nicht in mich verliebt hat.«

»Also, das siehst du falsch. Du bist eine von uns, Bijou ...« Saria verstummte, als sie begriff, dass sie gerade genau das Falsche gesagt hatte.

Bijou nickte. »Das ist mir leider nur zu bewusst. Glaubst du wirklich, dass meine Mutter Gestaltwandlerin war? Wo kann Bodrie sie denn gefunden haben?«

»Bodrie hatte Fans auf der ganzen Welt, und er ist sehr viel unterwegs gewesen. Wir sind nicht das einzige Rudel, Bijou«, erklärte Saria. »Die meisten leben im Regenwald. Drake kommt aus Borneo, aber es gibt auch noch anderswo welche. Alle Menschen lieben Musik, und Bodrie war ein guter Musiker, egal, was man sonst von ihm hält. Wahrscheinlich war sie bei einem Konzert und ist ihm irgendwie aufgefallen.«

»Das ist sogar sehr wahrscheinlich, denn Bodrie konnte eine schöne Frau schon von Weitem entdecken. Und meine Mutter war sehr schön«, räumte Bijou ein. »Ich habe mal ein Foto von ihr gesehen. Bodrie hatte es in seinem Zimmer, neben seinem Bett. Ich habe es gefunden, als ich hineingegangen bin, um mir Geld fürs Essen zu holen. Seine Freundinnen hat er nie mit ins Schlafzimmer genommen, und er war echt wütend, als er mich dort entdeckt hat.«

»Bist du noch mal hineingegangen?«

»Natürlich. Aber das Foto war nicht mehr da. Vielleicht ist es bei den Sachen, die in der Villa geblieben sind. Ich bin nur noch nicht da gewesen. Ich hatte gehofft, du würdest mich dorthin begleiten, wenn ich endlich genug Mut dazu aufbringe.«

»Selbstverständlich komme ich mit. Ich tue alles, was du willst«, sagte Saria ehrlich.

Bijou holte tief Luft. Sie hatte sich um das Thema herumgedrückt, aber nun musste sie sich der Wahrheit stellen. »Erzähl mir mehr über die Leopardenmenschen.«

»Das können Drake und Remy besser, aber eins kann ich dir sagen, Bijou, dazuzugehören ist einfach großartig. Mir ist aufgefallen, dass wir uns alle lieber in der Natur aufhalten als in Städten. Das ist wahrscheinlich einer der Gründe, warum du das Gefühl hattest, du müsstest mit dem Reisen aufhören.« Abrupt drehte Saria den Kopf zur Tür, die zum Esszimmer führte, und hob eine Hand, um Bijou zu bedeuten, dass sie still sein sollte. »Da ist irgendjemand.«

Bijou atmete tief ein und versuchte einen Geruch aufzufangen, der Saria verraten haben könnte, dass jemand in der Nähe war. Doch ihre Leopardin schien tief und fest zu schlafen und war ihr keine Hilfe, jedenfalls nicht, bevor die Tür zur Küche geöffnet wurde. Sofort sprang Bijou auf und stellte sich instinktiv vor Saria.

Der Mann kam ihr nicht bekannt vor – obwohl die Einheimischen sich in den Jahren, in denen sie fort gewesen war, sehr verändert hatten, kannte sie die meisten –, doch mit seinem *Geruch* war es anders. Er roch fast so wie der goldene Leopard, der sie in der vergangenen Nacht verfolgt hatte.

»Dion«, sagte Saria misstrauisch und stand auf. »Du kommst unangekündigt, was ist los?« Statt den Mann anzusehen, der vor ihr stand, schaute sie an ihm vorbei zur Tür. »Wo ist dein Bruder? Wo ist Robert?«

Die Spannung im Raum wurde so groß, dass Bijou das Gefühl hatte zu ersticken. Saria wirkte sehr ruhig, aber ihre Hände hatten sich fast wie Krallen verbogen, und ihre dunkelbraunen Augen glitzerten golden.

Bijou begriff, dass nicht Dion die Bedrohung war, sondern der unsichtbare Mann. Der goldene Leopard war im Haus, in ihrer Nähe. Vorsichtig ging sie weg von Dion und um den Tisch herum zu dem Messerblock, den Saria auf dem Küchentresen stehen hatte.

»Robert ist auch hier, Saria. Wir sind gekommen, um dich um Hilfe zu bitten. Wir möchten mit Drake reden.«

»Warum habt ihr nicht vorher angerufen?«, fragte Saria. »Das wäre höflicher gewesen. Ihr könnt doch nicht einfach hier hereinspazieren und erwarten, dass wir euch willkommen heißen.«

»Dazu hatten wir keine Zeit«, erwiderte Dion brüsk. »Wo ist Drake?«

Hinter dem Rücken griff Bijou nach einem Messer, zog es aber nicht aus dem Block heraus, sondern wartete und spitzte die Ohren, um etwas von dem anderen Mann zu hören.

»Verzieh dich, Dion, sonst rufe ich meine Brüder.«

Die Spannung stieg immer mehr. Saria war schwanger, und das machte sie empfindlich. Bijou war nicht auf die Idee gekommen, Hilfe zu rufen, denn sie hatte ja keine Familie. Sie hätte nach ihrem Handy greifen sollen statt nach einem Messer. Stumm verfluchte sie sich wegen ihrer eigenen Dummheit, dann atmete sie leise aus und ließ das Messer los.

»Ich bin Bijou Breaux«, stellte sie sich vor. »Ich glaube, wir kennen uns noch nicht, es sei denn, wir wären zusammen in der Schule gewesen.«

Dion sah sie kühl an. »Oh doch, wir kennen uns, aber du warst zu hochnäsig, um meinen Bruder oder mich zu bemerken.«

»Das reicht«, fauchte Saria. »Raus hier, Dion. Und zwar

sofort. Du wirst nicht ungebeten in mein Haus kommen und meine Gäste beleidigen. Geh. Raus.«

»Wir sind schon sehr lange befreundet, Saria«, entgegnete Dion, »und ich komme, weil wir deine Hilfe brauchen.«

»Dann benimm dich auch so, Dion«, erwiderte Saria unbeeindruckt. »Schlechtes Benehmen erwarte ich eher von Robert als von dir. Einer von euch muss doch vernünftig sein, und du weißt, dass dein Bruder es nicht ist. Also sag ihm, entweder er kommt hier herein, setzt sich an meinen Tisch und erklärt mir, was los ist, oder ihr zwei wartet draußen auf meinen Mann.«

Sarias Stimme klang so gebieterisch, dass Bijou sie am liebsten umarmt hätte. Ihre Freundin strahlte dieselbe Autorität und Selbstsicherheit aus wie alle Boudreaux. Sie ließ sich offensichtlich weder von Dion noch von seinem Bruder einschüchtern.

»Sein Bruder ist mir gestern Nacht im Sumpf nachgelaufen, Saria«, sagte sie zu ihrer Freundin. »Und dann hat er mit Remy gekämpft.«

Dions Augen begannen zu funkeln. »Robert hat ziemlich was abgekriegt«, bestätigte er. »Er war betrunken und hat Dinge getan, die er nicht hätte tun sollen. Wir müssen mit Drake reden, Saria, sonst steckt Robert in echten Schwierigkeiten. Manchmal macht er Unsinn, aber er hat ein gutes Herz. Ich bitte dich als dein Freund, uns zu helfen.«

Saria sah zu Bijou hinüber. »Hat Remy ihm einen Denkzettel verpasst? War es schlimm? Du musst schreckliche Angst gehabt haben.«

»Das hatte ich«, gab Bijou offen zu. »So etwas habe ich noch nie im Leben gesehen. Oder für möglich gehalten.«

»Remy hatte Bijou schon gezeichnet«, sagte Saria. »Also

durfte keiner mehr Anspruch auf sie erheben. Du kennst die Regeln genauso gut wie dein Bruder. Remy hätte letzte Nacht das Recht gehabt, Robert umzubringen, aber er hat es nicht getan. Wenn ihr hergekommen seid, um euch zu beschweren …«

Dion schüttelte den Kopf. »Kann ich eine Tasse Kaffee haben?«

»Wenn du dafür sorgst, dass dein dummer Bruder sich wie ein normaler Mensch benimmt und hereinkommt«, sagte Saria. »Bijou wird ihn schon nicht beißen, wenn es das ist, wovor er Angst hat.«

Dion hob die Stimme. »Komm her, Robert, sofort. Wenn du armer Trottel nicht ins Gefängnis willst, solltest du besser versuchen, Saria zu überzeugen.« Dann zog er einen Stuhl hervor, ließ sich darauf fallen und stützte den Kopf auf die Hand.

»Remy wird Robert nicht ins Gefängnis stecken, weil er es gewagt hat, ihm Bijou streitig zu machen. Es war ein Kampf zwischen Leoparden, nicht zwischen Menschen«, sagte Saria. Dann ging sie zum Schrank, holte zwei weitere Tassen heraus und reichte sie Bijou, die näher an der Kaffeekanne stand.

Langsam öffnete sich die Küchentür, und Robert schlich sich herein. Er ging leicht gekrümmt und sehr vorsichtig, und sein Gesicht war geschwollen und voller blauer Flecken. Außerdem hielt er die Arme dicht am Körper, so als wollte er auf diese Weise seine gebrochenen Rippen schützen. Ohne die Frauen anzusehen, setzte er sich dankbar auf den Stuhl, den sein Bruder ihm mit dem Fuß heranzog.

»Milch und Zucker?«, fragte Bijou, die sich nun etwas besser fühlte, weil sie sah, dass Robert keine echte Bedrohung darstellte. Remys Leopard hatte ihn tatsächlich ganz schön erwischt.

Beide Männer schüttelten den Kopf. Selbst als Bijou den Kaffee vor sie hinstellte, sah Robert nicht zu ihr auf, sondern machte ein noch jämmerlicheres Gesicht als zuvor.

»Wir müssen wirklich mit Drake sprechen, Saria. Er ist der Einzige, der Remy davon abhalten kann, Robert zu verhaften«, sagte Dion. »Wir möchten ihn darum bitten, den Richter zu spielen.«

»Er ist auf dem Weg nach Hause«, sagte Saria, »aber es wird noch etwas dauern. Wenn ihr also Hilfe wollt, habt ihr nur mich und sonst niemanden. Esst etwas, und hört auf, so ein Drama zu machen. Erzählt mir, was passiert ist, dann schauen wir, was wir tun können. Ich kann Drake auch anrufen und ihm das Problem schildern, dann kann er auf dem Nachhauseweg darüber nachdenken.«

Robert bewegte sich stöhnend und versuchte, mit geschwollenen Lippen zu trinken. Dann räusperte er sich mehrmals und sah ängstlich zu seinem Bruder hinüber.

Dion musterte ihn finster. »Spuck's aus, Robert. Ich seh doch, dass du etwas sagen willst.«

»Da wär noch was, das ich nicht erwähnt habe. Aber du solltest es wissen, ehe Drake nach Hause kommt.« Roberts schuldbewusster Blick schweifte kurz zu Saria, dann schlug er die Augen schnell wieder nieder.

Dion versteifte sich. »Was zum Teufel hast du noch angestellt?«, fragte er barsch.

Robert sackte noch mehr in sich zusammen. »Ich war betrunken, Dion.«

Er klang weinerlich. Bijou setzte sich auf den Stuhl, der dem Messerblock am nächsten war. Sie hatte die Entfernung abgeschätzt und in Gedanken so lange das Messer gezogen, bis sie sicher war, dass sie es schnell genug zur Hand haben würde. Saria hatte offenbar keine Angst und schien beide Männer sehr gut zu kennen – jedenfalls sprach sie in einem Ton mit ihnen, den man für enge Freunde reservierte, solchen, denen man auch die Meinung sagen durfte –, aber sie selbst traute niemandem. Saria war schwanger, und Bijou hatte nicht vergessen, dass die zwei Männer nicht gegangen waren, als ihre Freundin sie dazu aufgefordert hatte. Sie würde still zuhören, aber jede Sekunde wachsam sein.

»Ich war letzte Nacht hier«, platzte Robert heraus. »Ich war stinksauer auf Remy. Er hatte mich verletzt, aber ich habe nicht viel gespürt, weil ich getrunken hatte …«

»Du weißt, dass wir nicht trinken sollen«, unterbrach Dion ihn mit zunehmender Wut in den Augen. »Hier wohnt *Drake* mit seiner Frau. Er ist der Anführer des Rudels. Was hast du dir dabei gedacht? Hättest du Drake herausgefordert, wenn er hier gewesen wäre? Er hätte dich fertiggemacht. Du warst schon von Remy bestraft worden und hast verdammtes Glück gehabt, dass er dich nicht umgebracht hat, aber sich mit Drake anzulegen ist ganz einfach dumm, insbesondere nach den Prügeln, die du schon bezogen hattest.«

Saria beugte sich vor, als wollte sie etwas sagen, doch Dion konnte seinen Zorn nicht mehr zügeln. Er knallte die Kaffeetasse auf den Tisch und rückte mit Augen, die zu Katzenaugen geworden waren, nah an seinen Bruder heran.

»Ich werde mein Leben nicht wegen dir aufs Spiel setzen, Robert. Drake ist ein Segen für dieses Rudel. Er hat uns alle gerettet, und ich habe genug von deiner Trinkerei, deinen lausigen Freunden und dem Ärger, den du andauernd machst. Wenn du glaubst, dass ich mich gegen Drake stelle oder dich vor ihm beschütze, bist du schiefgewickelt.«

Robert hielt den Kopf gesenkt wie ein reuiger Sünder, doch Bijou kaufte ihm den Sinneswandel nicht ab. Offenbar fiel es ihm leicht, seinen Bruder zu manipulieren. Dion fühlte sich verantwortlich für ihn, und Robert betrachtete seinen Ausbruch nur als eine weitere Strafpredigt und nicht als ernst gemeinte Drohung.

Saria schob Robert den Korb mit den warmen Beignets hin. »Was hast du letzte Nacht hier gemacht, Robert? Vielleicht können wir eine Lösung finden, wenn du uns einfach erzählst, was passiert ist.«

»Ich bin letzte Nacht in *ihrem* Club gewesen«, jammerte Robert anklagend und deutete mit dem Daumen auf Bijou, sah sie aber immer noch nicht an. »Sie ist genauso eingebildet wie früher. Sie ist einfach an mir vorbeigegangen, ohne ein Wort zu sagen.«

Bijou schnaubte leise. »Genau, so bin ich.«

Saria hustete und hielt die Hand vor den Mund. Dion schaute kurz zu Bijou hinüber, dann leicht errötend wieder weg. Bijou wusste nicht, was sie davon halten sollte. Erst beleidigte er sie, und nun hatte er nicht den Mut, sie länger als ein oder zwei Sekunden anzusehen. Und jedes Mal, wenn er es tat, wirkte er unsicher und beschämt.

Robert dagegen starrte sie nun finster an. »Ich habe meinen Freunden erzählt, dass ich dich kenne, weil du hier aufgewachsen bist, aber sie haben mir nicht geglaubt. Deshalb haben sie mit mir gewettet.«

»Was waren denn das für Freunde?«, fragte Saria. »Wir kennen uns doch alle untereinander ...«

»Sie gehören nicht zum Rudel«, blaffte Robert. »Ich bin

nicht nur mit Leopardenmenschen zusammen, so wie ihr. Ich führe mein eigenes Leben und habe viele andere Freunde.«

Dion schnaubte abfällig. »Menschen, die dich ständig in Schwierigkeiten bringen, sind keine Freunde, Robert. Erst machen sie dich betrunken, und dann verleiten sie dich zu allem Möglichen.«

»Du bist nur eifersüchtig, weil ich Freunde habe«, erwiderte Robert. »Du hältst dich für etwas Besonderes, Dion, dabei rackerst du dich nur Tag für Tag in deinem dummen Büro ab und bist neidisch, weil ich das nicht nötig habe.«

»Du arbeitest nicht, hast aber immer Geld, nicht wahr, Robert?«, sagte Dion vorwurfsvoll. »Wo es herkommt, wirst du uns sicher nicht verraten, das heißt, du schämst dich für die Art und Weise, wie du es bekommen hast, denn du weißt verdammt gut, dass du das, was du machst, besser lassen solltest.«

»Das geht dich nichts an«, knurrte Robert. »Ich brauche dir nicht zu sagen, wie ich mein Geld verdiene.«

Saria stieß einen sehr lauten Seufzer aus. »Reiß dich zusammen, Robert. Ich muss wissen, was du letzte Nacht hier gemacht hast.«

Hastig zog Robert den Kopf wieder ein und senkte den trotzigen Blick. »Es war Remys Schuld.« Er schaute wieder auf und starrte Bijou böse an. »Und *ihre*. Sie haben meinen Leoparden so sehr gereizt, dass ich ihn nicht mehr im Zaum halten konnte. Erst ist er ihr nachgelaufen, und als Remy verrückt geworden ist und sich von hinten auf mich gestürzt hat, obwohl ich gar nichts getan hatte, war mein Leopard einfach nicht mehr zu bändigen.«

»Verstehe. Du bist also völlig unschuldig an dem, was passiert ist«, sagte Saria.

Robert schien den Sarkasmus in ihrer Stimme nicht zu bemerken. »Ja genau. Weißt du, ich habe zusammen mit den Jungs ein paar Drogen genommen. Nichts Schlimmes wie Heroin, aber ich war etwas durcheinander. Und nachdem dieses eingebildete Weib dafür gesorgt hat, dass ich die Wette und eine Menge Geld verloren habe, habe ich auch noch etwas getrunken, deshalb war es schwierig, meinen Leoparden unter Kontrolle zu halten. Sie hätte mich ja nur grüßen müssen«, beschwerte er sich. »Das ist doch nicht zu viel verlangt, oder?«

»Ich höre viele Entschuldigungen, Robert, aber ich weiß immer noch nicht, was passiert ist«, beharrte Saria.

»Mein Leopard wollte sich letzte Nacht nicht mehr beruhigen. Er ist hierhergelaufen und hat Bäume zerkratzt und Duftmarken hinterlassen, das ist alles«, gestand er eilig.

Eine lange Pause trat ein. Saria war offenbar entsetzt. Bijou verstand nicht ganz, was an Roberts Verhalten so schrecklich war, deshalb wartete sie still ab.

»Du hast Drake die Führung streitig gemacht?«, fragte Saria ungläubig. »Bist du verrückt geworden?«

Schnell schüttelte Robert den Kopf. »Nein, bestimmt nicht. Ich habe dir doch gesagt, dass mein Leopard durchgedreht ist, als er das hitzige Weibchen gerochen hat. Es hat ihn angelockt. Ich kann nichts dafür. Das musst du Drake sagen. Du musst ihm erklären, dass Remy einfach auf mich losgegangen ist.«

»Aber das stimmt nicht«, zischte Bijou unwillkürlich. »Du bist auf ihn losgegangen. Ich war dabei. Du kannst doch nicht behaupten, du wärst unschuldig, wenn es Augenzeugen gibt.«

Robert würdigte sie keines Blickes, sondern sah seinen

Bruder an. »Sie würde für Remy lügen. Sie würde alles für ihn tun. Sie ist eine Hure ...«

Saria verpasste ihm eine Ohrfeige. »Raus aus meinem Haus. Dion, schaff ihn weg, ehe ich Drake anrufe und ihm die ganze traurige Geschichte erzähle.«

Robert heulte auf und legte eine Hand auf sein bereits lädiertes Gesicht. »Du kannst mich nicht rauswerfen. Remy hasst mich jetzt schon, und wenn du mich vor die Tür setzt, kommt er und klagt mich des Mordes an. Wegen gestern Nacht. Ich war da. Er wird herausfinden, dass ich da war, und mich verhaften, nur um mich aus dem Weg zu schaffen.« Erregt starrte er seinen Bruder an. »Ich habe Dion alles erzählt, und er hat mich verraten. Er hat es anonym gemeldet und jetzt werden alle erfahren, dass ich da war.«

13

Remy sah zu dem Toten hinüber, der ein Stück entfernt an einem Baum im Sumpf hing. Der Baum stand nahe an Sarias Haus, genau an der Stelle, an der er und Bijou letzte Nacht gewesen waren. Anscheinend war der Mord, knapp eine Stunde nachdem sie gegangen waren, begangen worden, wenn nicht eher. Während er sich dem Tatort näherte, versuchte er, sich zu erinnern, ob er irgendetwas Ungewöhnliches gehört oder gesehen hatte. Doch sein Leopard hatte nur auf eines geachtet – das rollige Weibchen. Alles andere hatte ihn nicht interessiert.

Nach zwei weiteren Schritten erkannte Remy den Toten. Ryan Cooper hatte einen furchtbaren Tod erlitten. Er war bei lebendigem Leib aufgeschlitzt worden, die Schlinge um seinen Hals hatte ihm zwar das Atmen schwer gemacht, ihn aber nicht getötet, bevor der Knochensammler ans Werk gegangen war. Remy hatte Cooper nicht gemocht, aber niemand hatte es verdient, so zu sterben.

Es kam ihm etwas unwirklich vor, dass er erst vor einigen Stunden wütend auf den Kerl gewesen war, weil er Bijou beleidigt und betatscht hatte. Nun aber war Cooper nicht nur umgebracht worden, sondern die Tat war hier in der Gegend geschehen, in der sie als Leoparden unterwegs gewesen waren. Ob das wirklich ein Zufall sein konnte?

»Das ist schlimm«, sagte Gage. »Wirklich schlimm. Cooper hat noch eine Weile gelebt.«

»Der Altar ist wie immer makellos, aber rundherum ist alles voll Blut.« Es war in Bächen und Strömen über den Boden gelaufen und hatte das Gras dunkelrot gefärbt, ehe es eingesickert war. Der Anblick war bizarr, ein grauenhafter Albtraum von blutbespritzten Blättern und dunklen, verdrehten Ästen.

Remy hockte sich hin und musterte den Boden. Irgendetwas stimmte nicht. Vor Jahren war er an vier ähnlichen Leichenfundorten gewesen, und erst vor ein paar Tagen war Pete Morgan auf diese Weise ermordet worden. Jedes Mal war der Mörder auf die gleiche Weise vorgegangen – bis auf den seltsamen Strick mit den sieben Knoten, den sie in der Schale mit Petes Blut gefunden hatten. Und jedes Mal war der Tatort völlig frei von Spuren gewesen, keine einzige Fußspur, kein Haar, keine Faser. Keine Fingerabdrücke auf irgendetwas, weder auf den Steinen um den Altar noch sonst wo. Dennoch ...

Remy erstarrte. »Gage.« Er schaute zu seinem Bruder hinüber, wartete, bis er zu ihm gekommen war, und deutete dann verstohlen auf einen verwischten, halb von Blättern verdeckten Abdruck.

Entsetzt schloss Gage die Augen. »Ein Leopard«, sagte er stumm.

Remy nickte und deutete mit dem Kinn auf ein paar blutige Haare, die an einem Zypressenstamm klebten. »Von einem von uns, und ich denke, ich weiß auch, von wem«, sagte er leise. »Verflucht soll er sein. Das wird für große Aufregung sorgen. Jeder, der gern schon immer mal auf eine Raubkatze schießen wollte, wird umgehend hier anrücken.«

»Und jedes verschwundene Tier, jeden unerklärlichen Todesfall werden sie dem Rougarou zuschreiben. Dazu jede Nacht Anrufe von ängstlichen Betrunkenen und Alleinstehenden, die möchten, dass wir ihr Haus durchsuchen. Wer war das?«

»Letzte Nacht hatte Robert Lanoux es auf Bijou abgesehen. Mein Leopard hat seinen in die Flucht geschlagen, und ich habe dafür gesorgt, dass er sich noch ein oder zwei Wochen an diese Lektion erinnert, aber das hat ihn anscheinend nicht abgeschreckt. Später ist er bei der Pension aufgetaucht und hat Drake herausgefordert.«

»Hat er den Verstand verloren?«, fragte Gage ungläubig. »Gegen Drake kommt Robert doch nicht an. Er war nie ein guter Kämpfer. Ich glaube, Drake hat Robert sogar vorgeschlagen, nach Borneo zu gehen, um etwas dazuzulernen.«

»Er hat sich seinerzeit geweigert«, sagte Remy. »Und Drake hat ihn weiter nicht dazu gedrängt, weil es keine Beweise dafür gab, dass er irgendetwas täte, was das Rudel in Gefahr bringen könnte.«

»Könnte er unser Mörder sein?«, fragte Gage. »Er war recht eng befreundet mit Cooper. Sie haben oft zusammen getrunken, und Dion hat vermutet, dass sie vielleicht mit Drogen handeln oder irgendetwas anderes Illegales tun, denn Robert hat jede Menge Geld, aber keine Arbeit. Er hat seinen Bruder deswegen zur Rede gestellt, aber Robert ist ihm ausgewichen. Dion macht sich ziemliche Sorgen, dass Robert vielleicht in Schwierigkeiten steckt.«

»Nein, unmöglich, Robert ist zu so etwas nicht imstande«, widersprach Remy. »Ihm würde dabei übel werden. Er ist noch ein Kind, und zwar ein ziemlich dummes, das es sich gern leicht macht. Aber er bringt es nicht fertig, einen Menschen zu töten. Nicht auf diese Weise. Wer immer das auch tut, er handelt eiskalt. Robert dagegen ist ein Hitzkopf. Er würde nicht vorausplanen, seine Ausrüstung dabeihaben und keinen einzigen Beweis hinterlassen – so wie der Killer. Ich glaube nicht eine Sekunde, dass Robert das war, aber es würde mir nichts ausmachen, diesen erbärmlichen Wicht zu verhaften und ihn eine hübsche Weile im Gefängnis schmoren zu lassen.«

»Leoparden vertragen es nicht gut, eingesperrt zu sein«, gab Gage zu bedenken.

»Das ist genau das, was dem kleinen Bastard guttun würde, ein kleiner Vorgeschmack darauf, was ihn erwartet, wenn er so weitermacht.« Remy seufzte und schaute noch einmal auf den Boden und den Abdruck – den Beweis, dass ein Leopard am Tatort gewesen war. »Es beunruhigt mich, dass wir keine Witterung aufnehmen können. Der Mörder müsste doch eigentlich schwitzen.«

»Der Angstgeruch überdeckt alles andere«, bemerkte Gage.

»Das könnte sein«, gab Remy zögernd zu, »aber eigentlich ist es nicht möglich, einen Geruch ganz vor einem Leoparden zu verbergen. Wenn der Mörder kein Gestaltwandler ist, und ich sehe keinen Hinweis darauf ...«

»Bis jetzt. Wir können nicht ausschließen, dass es Robert war«, sagte Gage. »Wenn du falschliegst, haben wir einen Killer im Rudel. Unsere Leoparden sind definitiv gefährlich, und wenn einer vom rechten Weg abkommt, kann das böse Folgen haben.«

»Iris Mercier hat dafür gesorgt, dass es an den Mordschauplätzen nicht nach ihr roch«, sagte Remy. »Jeder Leopard im Rudel hat nach ihrem Tod davon gehört. Aber unsere Morde machen nicht den Eindruck, als wären sie von einem Gestaltwandler begangen worden, nicht einmal dieser. Allerdings arbeitet Charisse immer noch an dem Geruchskiller. Sie hat mir erzählt, dass sie viel vorsichtiger ist, seit ihre Mutter ihre Erfindung benutzt hat, um nicht überführt zu werden, aber es ist immerhin möglich, dass es irgendjemandem gelungen ist, sich ihrer Experimente zu bedienen.«

Gage musterte Remys Gesicht. »Dein Bauchgefühl sagt dir also, dass das kein Leopard war.«

»Ich glaube nicht, aber Robert hat es immer geschafft, mich zweifeln zu lassen. Ich muss Drake anrufen und ihn bitten, sofort zurückzukommen. Wir werden ihn brauchen, wenn die Gerichtsmediziner das da als Leopardenhaare identifiziert haben.«

»Die der Mörder offensichtlich übersehen hat«, meinte Gage. »Wer rechnet hier schon mit Leoparden?«

»Drake wird alle dazu verdonnern, sich eine Weile nicht zu verwandeln. Wir dürfen es nicht dazu kommen lassen, dass die Einheimischen denken, der Rougarou mache den Sumpf unsicher. Beim letzten Mal haben zwei Männer ihre Nachbarn erschossen, weil sie dachten, es wären Gestaltwandler.«

Langsam richtete Remy sich auf und sah sich um. »Anscheinend hat es da drüben eine Party gegeben.« Er ging um den Tatort herum zu einer ebenen Stelle, auf der Bierdosen, eine leere Flasche Tequila und eine ebenfalls leere Flasche Jack Daniel's lagen.

»Ryan muss mit Freunden hergekommen sein.«

Remy und Gage wechselten einen vielsagenden Blick.

»Jean und Juste Rousseau«, murmelte Gage.

»Und Robert Lanoux«, fügte Remy hinzu. »Er hat hier mit den Rousseau-Brüdern und anderen Freunden gefeiert. Es waren noch mindestens drei weitere Männer dabei, wahrscheinlich dieselben, die im Club bei ihm am Tisch gesessen haben.

»Komisch, dass die Rousseau-Brüder immer wieder auftauchen«, überlegte Gage. »Nicht nur wegen der Einbrüche.«

»Sie haben definitiv öfter mit Alan Potier herumgehangen. Er war vor vier Jahren das dritte Opfer. Die Brüder haben sich hinter der Schule auf dem Fußballplatz mit ihm getroffen und unter der Zuschauertribüne mit ihm getrunken. Potier wurde dann an einem Baum gleich hinter dem Fußballfeld gefunden, er hing in einer riesigen Eiche. Die Rousseau-Brüder haben behauptet, sie wären eingeschlafen, und als sie wieder wach wurden, wäre Potier weg gewesen. Dann seien sie nach Hause gegangen und hätten Potier nie wieder lebend gesehen.«

»Hast du nicht gerochen, dass sie lügen?«

Remy schüttelte den Kopf. »Sie waren nervös, aber das sind die meisten Menschen, wenn sie in einem Mordfall befragt werden. Ich habe sie eine Weile beobachtet, also war ich wohl von ihrer Unschuld nicht völlig überzeugt – es kam mir etwas seltsam vor, dass sie den Toten im Baum nicht bemerkt haben, auch wenn der Baum ein Stück entfernt war. Würdest du nicht nach einem Freund suchen, der beim Einschlafen noch da war und beim Aufwachen verschwunden ist? Dich zumindest ein wenig umsehen?«

Gage zuckte die Achseln. »Wir würden das tun, Remy, aber wir reden von den Rousseaus. Ich glaube nicht, dass sie je im Leben für irgendetwas Verantwortung übernommen haben. Es gefällt ihnen, Unruhe zu stiften. Aber unterschätze sie bloß nicht, sie haben eigentlich einen hohen IQ. Ich bin ganz sicher, dass sie einen kleinen Diebesring aufgebaut haben und sich die Häuser raussuchen, zu denen sie dann ihre Leute schicken, um die Einbrüche zu begehen.«

»Und was ist mit den Prügeleien?«, fragte Remy.

»Das machen sie selbst. So wie du weißt, dass unser Mörder kein Gestaltwandler ist, weiß ich, dass die Gebrüder Rousseau hinter den Einbrüchen stecken.« Mit starrem Gesicht musterte Gage den Toten. Offensichtlich rang er um Fassung. Noch am Tag zuvor hatte er mit Ryan Cooper geredet, als er ihn beim Trinken erwischt hatte. Da waren die Rousseau-Brüder nicht bei ihm gewesen, aber seine beiden Saufkumpane hatten im Club mit Robert und den Brüdern an einem Tisch gesessen.

»Robert hat sicher große Angst, dass er von Drake oder mir zur Rechenschaft gezogen wird. Er wird unserem Anführer alles sagen, was wir wissen möchten, auch über die Einbrüche, wenn er damit zu tun hat, worauf ich wetten möchte«, sagte Remy in dem Bemühen, seinen Bruder abzulenken. »Wenn du die Rousseau-Brüder wegen Diebstahls verhaften kannst und sie etwas mit den Morden zu tun haben, verschafft uns das ein wenig Zeit, um Beweise gegen sie zu finden.«

»Robert ist vieles, aber kein Denunziant. Seinen Freunden gegenüber ist er loyal.«

»Wie schade, dass er dem Rudel gegenüber nicht genauso loyal ist«, erwiderte Remy. »Jedenfalls werde ich ihn mir vorknöpfen, wenn er Drake nichts verrät, und dann schicke ich ihn nach Borneo. Dort wird man ihm ein paar Sachen beibringen, die er unbedingt lernen muss.«

»Manchmal bist du richtig blutrünstig, Remy«, sagte Gage. Dann schaute er betreten zu Boden. »Das hätte ich nicht sagen sollen. Nicht hier.«

Remy zwang sich, Ryan Coopers baumelnde Leiche anzusehen. Sie sah fast genauso aus wie die anderen. Dann richtete er seine Aufmerksamkeit auf den Altar. Die Steine waren so akkurat ausgelegt worden, wie er es erwartet hatte. Blätter, Schmucksteine und Muscheln waren zu Mustern angeordnet worden, und der seltsame Strick mit den sieben Knoten lag in einer Schale mit Coopers Blut. Das Herz war da, wo es immer war. Auch dieser Altar war absolut perfekt. Und dennoch ...

Irgendetwas stimmte nicht. Und es hatte nichts mit dem halben Tatzenabdruck und den Fellhaaren zu tun. Es war irgendetwas am Tatort selbst. Aber was? Mit gerunzelter Stirn ging Remy hin und her und betrachtete den Ort des Verbrechens aus allen Blickwinkeln. Dann verlangte er mit erhobener Hand nach Ruhe. Die anderen hielten inne und hörten auf zu reden. Selbst der Gerichtsmediziner trat einen Schritt zurück. Alle kannten ihn und vertrauten ihm. Das war zwar ein gutes Gefühl für ihn, aber manchmal, so wie in dieser Situation, auch eine zusätzliche Last.

Er wusste einfach, dass etwas nicht stimmte. Er atmete tief ein und versuchte, nicht an dem schrecklichen Geruch von blanker Angst und dem unerträglichen Gestank von Blut und Verwesung zu ersticken. Immer wieder schweifte sein Blick zur Leiche zurück. Es war da. Er übersah etwas Wichtiges, und zwar an Ryan Coopers geschundenem Körper.

Er trat ein paar Schritte zurück und ging um den Leichnam herum wieder zum Ausgangspunkt. Jedes Mal, wenn er sich daran gemacht hatte, den Altar zu untersuchen, war seine Aufmerksamkeit wieder auf das Opfer gezogen worden. Es war da. Es musste so sein, aber ... Remy trat näher an den Leichnam heran und musterte die Wunden genauer.

»Schau dir seinen Hals an, und sag mir, was du siehst, Gage. Hat er die Knochen diesmal nicht sehr sorgfältig entfernt? Versuch, nicht an Cooper zu denken, sondern nur an die Art, wie er umgebracht wurde.«

Gage schüttelte den Kopf, kam aber näher. Auch der Gerichtsmediziner Dr. Louis LeBrun trat an die Leiche heran.

»Endlich hat er einen Fehler gemacht«, sagte Remy. »Er ist etwas leichtsinnig geworden.«

Verständnislos sahen LeBrun und Gage sich an.

»Der Mörder ist nicht leichtsinnig, sondern peinlich genau«, widersprach LeBrun. »Er entfernt die Knochen mit der Präzision eines Chirurgen.«

»Ja, aber normalerweise schneidet er seine Opfer einfach auf, so als wären sie gar keine Menschen. Es interessiert ihn nicht, was sie umbringt. Er bemerkt es nicht einmal. Bislang sind sie nichts als Knochenlieferanten für ihn gewesen. Ich hatte nie den Eindruck, dass er seine Opfer gekannt oder daran gedacht hat, dass er sie vielleicht aus einer Familie herausreißt. Die Morde waren blutig und chaotisch. Für den Killer war nur wichtig, dass er die Knochen bekam, auf die er es abgesehen hatte. Und ich bezweifle, dass er früher darauf geachtet hat, ob oder wann seine Opfer starben.«

Der Gerichtsmediziner wandte sich wieder der Leiche zu und betrachtete sie. »Diesmal hat der Mörder am Anfang viel mehr darauf geachtet, keine größere Arterie zu treffen. Er hat sein Opfer nicht einfach brutal aufgeschlitzt, wie er es sonst immer tut. Schaut euch den Hals an. Da sind zahlreiche Abschürfungen, so als ob der Mörder das Seil gerade genug gestrafft hätte, um den Mann stillzuhalten, um dann, kurz bevor er erstickt wäre, wieder locker zu lassen.«

Remy nickte. »Das war eine persönliche Sache. Der Mörder kannte Ryan Cooper.«

»Ich lasse die Rousseau-Brüder zur Hauptwache bringen, dann kannst du sie verhören, Remy.«

»Sorg dafür, dass sie gut behandelt werden«, sagte sein Bruder. »Wir wollen doch nicht, dass sie glauben, sie seien Verdächtige in einem Mordfall. Sie sollen denken, dass wir ihnen nur ein paar Fragen stellen wollen, weil sie zu den Letzten gehören, die Cooper lebend gesehen haben.«

»Und Robert?«

Remy schüttelte den Kopf. »Wir warten auf Drake, dann befragen wir ihn. Bring auch Tom Berlander und Brent Underwood auf die Wache, aber lass sie nicht alle im selben Raum warten. Ich möchte nicht von jedem die gleiche Geschichte hören. Ich wette, dass sie sich vergangene Nacht mit Cooper und den Rousseau-Brüdern im Sumpf herumgetrieben haben.«

»Und du kümmerst dich um Robert?«, fragte Gage.

Remy nickte. »Ich pass auf ihn auf, bis Drake wieder da ist. Ich will nicht, dass er versucht zu verschwinden, weil er am Tatort war und es nicht gemeldet hat.«

»Wir bemühen uns herauszufinden, wer der anonyme Anrufer war«, sagte Gage.

»Wahrscheinlich Dion. Bestimmt ist Robert zu seinem Bruder gelaufen, damit er ihm aus der Patsche hilft. Das macht er doch immer.«

»Seit Saria geheiratet hat, ist es mit ihm schlimmer geworden«, bemerkte Gage. »Wahrscheinlich hat er gedacht, dass sie eines Tages seine Frau werden würde.«

Beinahe reflexartig griff Remy nach seiner Pistole und bemerkte es erst, als er den vertrauten Griff in der Hand spürte. »Nur über meine Leiche. Dieser Junge muss noch sehr viel lernen, ehe eine von unseren Frauen sich mit ihm abgibt.«

Gage zögerte, doch dann platzte es aus ihm heraus. »Du solltest dich vergewissern, dass diese Morde nichts mit Bijou zu tun haben.«

Finster sah Remy seinen Bruder an. »Was zum Teufel meinst du damit? Bijou war letzte Nacht mit mir zusammen. Es ist völlig unmöglich ...«

Gage hob eine Hand, um einen Wutanfall seines Bruders zu verhindern. »Verdammt, Remy, manchmal bist du einfach zu hitzköpfig. Ich glaube doch nicht, dass Bijou jemanden umgebracht hat, aber sie war mit Saria am ersten Tatort und ist jetzt auch nicht sehr weit von diesem. Du musst sicherstellen, dass es keine Verbindung gibt.«

»Bei den vier Morden vor vier Jahren gab es jedenfalls keine Verbindung zu ihr«, blaffte Remy.

»Reiß mir doch nicht gleich den Kopf ab, Remy. Immerhin war sie vor vier Jahren in New Orleans. Sie ist zum Begräbnis ihres Vaters gekommen. Ich will damit nur sagen, dass du ihr ziemlich nah stehst und die Möglichkeit deshalb nicht einmal entfernt in Betracht ziehst. Frag sie, nur um sicher zu sein. Vielleicht kannte sie die anderen Opfer.«

Remy seufzte. Er musste widerwillig zugeben, dass Gage recht hatte. Denn er durfte keine Möglichkeit außer Acht lassen, so verrückt diese Vermutung auch klang. »Ja vielleicht, aber dann hätte sie mir doch bestimmt etwas davon gesagt.«

»Vor vier Jahren hat sie womöglich gar nichts von den Morden mitbekommen, Remy. Sie ist gleich wieder abgereist, nachdem ihr Vater beerdigt war. Vielleicht hat sie von den Morden damals nicht einmal etwas mitbekommen.«

Remy nickte, aber er mochte Bijou nicht wegen der Morde oder der Opfer befragen. Er hatte schon so viele Fehler gemacht, dass er Angst hatte, sie könnte bei seinem nächsten für immer verschwinden. Sie hatte genug Geld, um sich überall auf der Welt ein Zuhause zu schaffen, und wenn sie nicht gefunden werden wollte, konnte sie das sicher bewerkstelligen.

»Es ist weit hergeholt, aber ich werde sie fragen. Trotzdem sollten wir uns im Moment lieber auf die Rousseau-Brüder und ihre Freunde konzentrieren. Außerdem würde ich gerne wissen, wo Rob Butterfield, ihr Manager, und sein Handlanger Jason Durang vergangene Nacht gewesen sind. Wenn die zwei kein gutes Alibi haben, möchte ich auch mit ihnen reden. Und, Gage ...« Remy wartete, bis sein Bruder sich zu ihm umgedreht hatte. »Wenn sie sich gegenseitig ein Alibi geben, das niemand bestätigen kann, reicht mir das nicht.«

Gage seufzte. »Ich hatte gehofft, das würde nie wieder vorkommen. Schon gar nicht in unserem Revier.«

»Ich auch«, gestand Remy. »Dieser Kerl ist so krank. Ich fand das alles schon schlimm genug, als seine Opfer nur seelenloses Fleisch für ihn waren, aber auch als er Cooper bei lebendigem Leib ausgeweidet hat, ist er eiskalt geblieben. Nichts hat sich geändert. Ihm haben nicht einmal die Hände gezittert. Obwohl er Cooper gekannt und für irgendetwas bestraft hat.«

»Könnte auch sein, dass Cooper beschlossen hat, bei den Einbrüchen nicht mehr mitzumachen. Vielleicht hatte er genug und wollte mit uns reden«, mutmaßte Gage.

»Oder er war betrunken und hat seinen Mörder gereizt«, meinte Remy. »Das ist wahrscheinlicher. Wenn du die Rousseau-Brüder richtig beurteilst, würden sie sich das nicht gefallen lassen.«

»Oder ihn aus reinem Spaß töten«, sagte Gage.

LeBrun schüttelte den Kopf. »Das war kein Spaß. Wer auch immer diese Knochen herausschneidet, er geht methodisch vor.«

»Könnte es sein, dass wir es mit zwei Mördern zu tun haben?«, fragte Remy den Gerichtsmediziner, denn er respektierte Louis LeBrun. Er war zwar kein Artgenosse, aber er machte seine Arbeit sehr gut und übersah nur höchst selten etwas.

»Natürlich«, sagte LeBrun, »aber der Knochensammler ist ein Experte. Das ist mit Sicherheit immer derselbe. Einer könnte das Opfer zwar aufknüpfen, während der andere die Knochen herausschneidet, aber der, der das tut, ist immer derselbe, glaub mir, Remy. Seine Handschrift ist unverkennbar.«

»Die Morde selbst sind völlig chaotisch«, überlegte Remy, »dennoch ist der Mörder penibel. Wenn man sich diesen Altar anschaut und davon ausgeht, dass der Mörder ihn hergerichtet hat, sieht man, dass er großen Wert auf die Details legt. Abgesehen von der Schale ist nie auch nur ein Tropfen Blut auf dem Altar, und selbst die Schale ist, wie man sieht, fein säuberlich damit gefüllt worden.«

LeBrun nickte. »Ich habe keine Ahnung, wie du diesen Fall lösen willst, Remy.« Mit einer Hand deutete er auf die Leiche. »Bei all dem Durcheinander sollte man meinen, dass irgendwann eine Spur zurückbleibt, aber trotz des Blutes überall ist der Tatort sozusagen rein.«

Remy weigerte sich standhaft, zu dem verwischten Tatzenabdruck hinüberzuschauen. Natürlich würde die Spurensicherung ihn und die Haare bald finden, aber er wollte nicht auch noch dabei behilflich sein. Er und Drake brauchten Zeit, um das Rudel zu warnen und den Schaden zu begrenzen, ehe sich die Neuigkeit herumsprach. Dann würde er verlauten lassen, dass der Abdruck und die Haare absichtlich am Tatort hinterlassen worden waren und dass das Verbrechen ganz sicher nicht von einem Tier verübt worden war, auch nicht vom legendären Rougarou.

»Ruf mich an, sobald du etwas für mich hast«, bat Remy den Gerichtsmediziner. »Ich fahre zur Polizeistation zurück.«

Sobald LeBrun nickte, wandte sich Remy abrupt ab. Gage ging neben ihm her zum Polizeiboot, und als es wieder ein Handynetz gab, rief er Drake an und erzählte ihm alles.

»Er ist schon auf dem Rückweg. Robert und Dion sind in der Pension bei Saria und Bijou«, informierte er Gage. »Das gefällt mir gar nicht. Ich kann jetzt nicht dorthin, um Bijou zu beschützen, und du auch nicht.«

Gage grinste ihn an. »Hab schon verstanden. Die Lanoux-Jungs bekommen es mit Lojos, Dash und Mahieu zu tun. Unsere Brüder werden gut auf die Frauen aufpassen, solange wir an der Arbeit sind.«

»Du weißt, dass das Saria nicht gefallen wird«, sagte Remy.

»Deswegen lässt du ja mich anrufen«, sagte Gage. »Aber das ist schon in Ordnung. Ich schätze, ein Mann sollte sich nicht gleichzeitig mit zwei Frauen anlegen. So wie du den Kopf hängen lässt, würde ich sagen, dass deine Auserwählte ernsthaft böse auf dich ist. Und wahrscheinlich aus gutem Grund.«

»Wie kommst du darauf?«, wollte Remy wissen.

»Weil du zu Frauen, die dir nichts bedeuten, nett bist, und zu denen, die du magst, ziemlich ekelhaft.«

Finster starrte Remy seinen Bruder an, obwohl ihm schwante, dass Gage mit seiner Bemerkung nicht ganz unrecht hatte. »Ich bin immer nett zu Frauen.«

Sein Bruder schnaubte verächtlich. »Bei aller Liebe, aber was Frauen angeht, bist du einfach ein Idiot.« Mit einer dramatischen Geste legte er eine Hand aufs Herz und sah seinen Bruder amüsiert an.

»Ich habe eine Waffe«, fing Remy wieder an. »Und du hast nichts Besseres zu tun, als meinen Leoparden zu einem Wutanfall zu treiben.«

»Du schiebst immer alles auf diesen armen Leoparden. Dabei bist du der Reizbare. Geht es darum? Hast du die Beherrschung verloren und die arme Frau angebrüllt?«

»Nein, das habe ich nicht. Auch wenn ich es gern getan hätte. Diese Frau könnte selbst Mutter Teresa zur Weißglut bringen.«

Wieder schnaubte Gage. »Du bist so dämlich, Bruderherz. Wirklich. Das schönste Mädchen der Welt verliebt sich in dich, und du bringst es fertig, alles zu vermasseln.«

»Du bist doch derjenige, der prophezeit hat, dass sie mich verlassen wird.« Schon der Gedanke daran tat so weh, dass Remy die Worte kaum herausbrachte. Dabei wusste er, dass Gage ihn nur aufzog, weil er bei Frauen nie Schwierigkeiten gehabt hatte, Bijou aber nicht ganz so leicht zu erobern war, wie er es sich gedacht hatte. Außerdem hatte er nicht damit gerechnet, dass er sich so nach ihr sehnen würde. Er konnte gar nicht mehr aufhören, an sie zu denken, hatte sie bei jedem Atemzug im Sinn, und sobald er Lavendel roch, packte ihn dieses drängende, heiße Verlangen.

»Ihre Leopardin wird es nicht zulassen, dass sie zu weit weg läuft, das weißt du doch. Vielleicht versucht sie es, und wenn sie schlau ist, lässt sie dich ein wenig zappeln ...«

»Das reicht. Sonst musst du dir im Krankenhaus eine Kugel aus dem Hintern herausoperieren lassen.«

Gage lachte schallend. »Du willst mich in den Hintern schießen?«

»Nun, das ist der einzige Ort, an dem eine Kugel nicht viel Schaden anrichten kann, und es könnte etwas peinlich für dich werden, wenn eine hübsche Krankenschwester dabei ist, was mir, wie ich zugebe, besonders gut gefallen würde.«

»Ich glaube, du bist der gemeinste Bruder auf der Welt«, sagte Gage vorwurfsvoll.

Remy versuchte, noch finsterer dreinzuschauen, um seinen jüngeren Bruder einzuschüchtern. Seit Bijous Rückkehr hatte Gage viel zu viel Spaß daran, über ihn zu frotzeln.

»Sorg einfach dafür, dass die Jungs schnell zur Pension fahren«, sagte Remy. Sonst würde er sich nicht auf die Verhöre mit den Rousseau-Brüdern, mit Bijous Manager und dessen Assistenten konzentrieren können. Er musste aufhören, permanent an dieses Mädchen zu denken, und sich sagen, dass sie bei Saria und seinen Brüdern in Sicherheit war.

Sie wirkte so zerbrechlich auf ihn. Saria war zwar klein, wusste sich aber in jeder Situation zu behaupten. Bijou dagegen war ... schutzbedürftig. Er musste sie nur noch davon überzeugen.

Remy fuhr zur Polizeistation zurück und weigerte sich, der Versuchung nachzugeben, sie anzurufen. Nur um ihre Stimme zu hören und zu erfahren, ob es ihr gut ging. Und noch standhafter weigerte er sich, sich einzugestehen, dass er ihre Stimme hören *wollte.* Lieber redete er sich ein, dass sie vielleicht Angst hatte, weil Robert in der Pension war, und sie gern *seine* Stimme gehört hätte. Vielleicht sollte er sie anrufen, um ihr zu sagen, dass seine Brüder unterwegs waren. Sie würde sich sicherer und ruhiger fühlen, wenn sie wusste, dass er an sie dachte und dafür sorgte, dass sie beschützt wurde, solange er fortbleiben musste.

Überzeugt davon, dass Bijou es war, die von ihm hören musste, und nicht andersherum, parkte Remy vor der Polizeistation und holte sein Handy hervor. Ihre Nummer war unter *Blue* gespeichert, und das brachte ihn völlig grundlos zum Lächeln. Unwillkürlich strich er mit dem Daumen über ihren Namen. Dann sah er sich hastig um, um sich zu vergewissern, dass niemand diese unbewusste, alberne Geste gesehen hatte, die fast an ein Streicheln erinnerte. Wenn Gage oder einer seiner Brüder diesen unfassbar lächerlichen Augenblick miterlebt hätten, hätten sie ihn sein Leben lang gehänselt.

Bijou ging nicht an ihr Handy. Remy hinterließ drei Sprachnachrichten und drei SMS, aber es nutzte nichts. Leise fluchend, ging er quer durch die Wache direkt in sein Büro. Alle, die sein Gesicht sahen, schauten schnell weg, ohne ihn anzusprechen. Im Büro angekommen, griff er zum Telefon und rief in der Pension an.

Saria nahm ab.

»Wo zum Teufel ist Bijou? Und warum geht sie nicht ans Telefon?«, fragte er wütend und besorgt und mehr als nur ein wenig geneigt, schnurstracks zur Pension zu fahren und sämtliche Verhöre abzusagen, um mit dieser störrischen Frau zu reden. »Was zum Teufel ist bei euch los? Was ist so schwer daran, an das blöde Handy zu gehen?« Seine leise

Stimme klang gereizt und rau, ein Zeichen dafür, dass sein Leopard wütend wurde.

»Sie sitzt direkt vor mir, Remy«, sagte Saria beruhigend. »Wahrscheinlich hat sie ihr Handy oben gelassen. Was ist denn los?«

Nun stand er tatsächlich wie ein Idiot da. Er hatte nicht daran gedacht, dass sie ihr Handy nicht dabeihaben könnte. Warum eigentlich nicht? »Wozu in Dreiteufelsnamen ist ein Handy nutze, wenn man es nicht dabeihat? Diese Frau ist so verdammt schwierig.«

»Wirklich?« Sarias amüsierter Tonfall machte ihn nur noch wütender.

»Ich habe mir Sorgen um sie gemacht. Ich weiß, dass Robert bei euch ist. Er hat sie letzte Nacht verfolgt, und danach hat er Drake herausgefordert. Er ist ein kompletter Idiot, und man darf ihm nicht vertrauen. Sie ist ein so zartes kleines Ding und hat sicher große Angst.«

»Zart?«, prustete Saria heraus. »Du hättest sehen sollen, wie sie nach dem Fleischermesser gegriffen hat, als Dion sich weigerte zu gehen und Robert sich nicht zeigen wollte. Sie ist sogar aufgesprungen und hat sich zwischen Dion und mich gestellt, um mich zu beschützen.«

Remy spürte, wie sich sein Magen zusammenkrampfte. »Hat sie den Verstand verloren?« Seine Stimme war so leise geworden, dass sie furchteinflößend wirkte. Er bekam selbst immer ein wenig Angst, wenn er in diesem Ton sprach, ein Vorbote, dass gleich etwas passieren würde – er wusste nur nie genau was. Robert und Dion Lanoux würden jedenfalls in der Nacht noch Besuch von ihm bekommen, bei dem er ihnen Manieren beibringen würde. Niemand bedrohte ungestraft seine Gefährtin oder seine Schwester. Noch dazu auf ihrem eigenem Grund und Boden. Die beiden Brüder konnten sich glücklich schätzen, wenn sie die kommende Nacht überlebten.

»Ich hatte ihr gerade erzählt, dass ich schwanger bin, Remy. Du wärst stolz auf sie gewesen. Ich weiß, dass du wahrscheinlich sehr böse auf Dion und Robert bist, aber ...«

»*Wehe*, du verteidigst die beiden«, unterbrach Remy sie barsch. Saria hatte immer ein Faible für die zwei Brüder gehabt. »Sie müssen sich an die Regeln halten, genau wie der Rest des Rudels. Sie dürfen nicht einfach in ein Haus marschieren, die Bewohner einschüchtern und bedrohen und bleiben, wenn man sie auffordert zu gehen.«

»Ich weiß«, sagte Saria ganz sachlich, was Remy nur noch mehr auf die Palme brachte. »Aber die Umstände waren schon besondere.«

»Trotzdem, Saria. Robert ist am Tatort gewesen und hat dummerweise einen halben Tatzenabdruck und sogar etwas Fell hinterlassen. Die Spurensicherung wird beides finden, und was glaubst du, was dann mit uns allen passiert? Man wird uns jagen. Keiner wird seinen Leoparden mehr frei laufen lassen können, und du weißt, was geschieht, wenn wir uns nicht verwandeln dürfen und die Leoparden eingesperrt sind. Robert ist ein Mann. Er muss endlich Verantwortung übernehmen, anstatt sich bei seinem Bruder oder bei dir auszuweinen.«

Er hätte Robert Lanoux wirklich gern zwischen die Finger gekriegt. Im Rudel würde ein Chaos ausbrechen, dabei hatte Drake so hart dran gearbeitet, um alle unter Kontrolle zu bekommen. Alle, die im Sumpf oder den Bayous lebten und arbeiteten, würden von ihren Nachbarn genau beobachtet werden.

»Sie warten hier auf Drake. Robert weiß, dass er in Schwierigkeiten ist, und ehrlich gesagt, glaube ich, dass Dion es leid ist mit ihm. Ich habe die beiden ins Wohnzimmer verfrachtet.«

»Sind die Jungs da?«

»Vor ein paar Minuten gekommen.«

An ihrem Tonfall konnte Remy hören, dass Saria halb sauer und halb belustigt klang. »Ich glaube, Robert ist richtig eingeschüchtert, und ich hoffe für dich, dass du sie deshalb geschickt hast, denn ich kann auf mich selbst aufpassen, und Bijou kann das ebenfalls.«

Remy ging nicht darauf ein. Jedes weitere Wort konnte ihm Ärger mit seiner unabhängigen, empfindlichen Schwester bescheren. Selbstverständlich waren seine Brüder da, um die beiden Frauen zu beschützen. Immerhin war Saria schwanger, oder? Doch insgeheim musste er sich eingestehen, dass er die Jungs auch geschickt hätte, wenn es nicht so gewesen wäre. »Bitte gib mir Bijou.« Endlich erinnerte er sich wieder an seine Manieren. Saria konnte schnell störrisch werden, deshalb wollte er kein Risiko eingehen.

Nach einer kleinen Pause meldete sich Bijou. »Hallo?«

Sein Herz machte einen seltsamen, völlig unsinnigen Satz, der ihn beunruhigte. Vielleicht war es Zeit, sich mal beim Arzt durchchecken zu lassen. Aber noch schlimmer war, dass ihm ihre sinnliche Stimme direkt unter die Haut ging und ihn elektrisierte. »Alles in Ordnung?«

»Ja, bis deine Brüder aufgetaucht sind. Sie starren mich die ganze Zeit an und grinsen wie Idioten.«

Ihr amüsierter Tonfall ließ Remy aufatmen. »Das kenn ich, das machen sie mit mir auch«, gestand er. »Robert hat dir doch nichts getan, oder?«

»Nein, natürlich nicht.«

»Es tut mir leid, dass ich nicht bei dir sein kann, um ihn aus dem Haus zu jagen.«

»Ich glaube, was du bei der Arbeit tust, ist wesentlich wichtiger als das, was du hier tun könntest. Deine Brüder werden schon mit ihm fertig, falls er uns mit irgendwelchen Drohungen kommt.« Sie zögerte kurz, dann gab sie einen undefinierbaren Laut von sich. »Hm, Remy ...« Sie unterbrach sich, zögerte und sprach dann sehr leise weiter.

Es gefiel ihm, dass sie so vertraulich mit ihm redete, ob es bewusst geschah oder nicht. »Was ist los, Blue?«, hakte er nach.

»Als Robert in die Küche gekommen ist, habe ich sie gespürt. Du weißt schon. *Sie.* Es war ein wenig verwirrend.«

Remy konnte sich kaum davon abhalten, mit den Zähnen zu knirschen. »Hat sie sich gefreut, ihn zu sehen? Was meinst du?« Er würde Robert Lanoux umbringen, wenn ihre Leopardin es wagen sollte, auch nur daran zu denken, sich mit diesem Idioten einzulassen. Aber er konnte es sich nicht vorstellen. Schließlich hatte sie sich mit seinem Leoparden gepaart. Doch Bijou war sehr durcheinander, und vielleicht ging es dem Tier in ihr ebenso.

»Nein, sie war alles andere als erfreut. Und ich hatte Mühe, die Oberhand zu behalten. Ist das normal? Ehrlich gesagt, hatte ich ein wenig Angst, dass ich nicht imstande sein würde, sie zu zügeln. Aber ich glaube, keiner hat es bemerkt.«

»Das ist gut, *Chere,* und ganz normal.« Remy versuchte, nicht allzu erleichtert zu klingen und seine Stimme neutral und sachlich zu halten. Doch tief im Innern jubelte er. »Deine Leopardin hat sich mit meinem Leoparden vereint und wird kein anderes interessiertes Männchen akzeptieren. Ich weiß, dass ich dir noch viel mehr erklären muss, aber um es kurz zu machen: Es ist so, dass wir in jedem Leben wieder auf die Suche nach unseren Gefährten gehen. Zumindest sollte es so sein. Unsere beiden Leoparden haben sich jedenfalls erkannt, selbst wenn dies der erste Lebenszyklus sein sollte. Ich verspreche, dass wir weiter darüber reden werden, wenn ich wiederkomme.«

Remy schaute auf die Uhr. »Leider weiß ich nicht, wie lange das noch dauern wird, aber wenn Drake da ist, ruft er mich an. Dann komme ich zu euch raus und rede mit Robert und Dion.«

»Remy«, flüsterte Bijou. »Du würdest ihn doch nicht wirklich umbringen, oder? Er tut immer so, als würdest du ihn töten wollen.«

Remy seufzte und sagte sich, dass er sie nicht belügen wollte. Niemals. Wegen nichts. Aber warum zum Teufel musste sie so komplizierte Fragen stellen? »Mein Leopard würde seinen definitiv töten, wenn er nicht aufhört, dir nachzustellen. Also ja, er würde mit dem Tode bestraft.« Er war der Frage ausgewichen und hatte seinem Leoparden die Schuld gegeben, aber er hatte die Wahrheit gesagt. Sein Leopard würde Roberts sofort töten, falls er den goldenen Rivalen noch einmal in Bijous Nähe erwischte.

»Das macht mir ein wenig Angst.«

»Ich weiß, Blue. Ich weiß, dass das alles nicht nur insgesamt ein Schock ist. Es muss beängstigend für dich sein. Ich muss zwar diesen Mörder jagen, aber ich habe geschworen, dass ich dir beistehen werde, und ich halte mein Wort. Nur bleib bitte in der Pension. Geh nicht allein weg. Außerdem muss ich dir ein paar Fragen stellen, die mit dem Mord zu tun haben, einfach nur weil das Opfer in deinem Club war und dich belästigt hat.«

»Würde es helfen, wenn ich zu dir komme?«, fragte Bijou. »Ich hätte nichts gegen einen kleinen Ausflug. Wenn du nicht willst, dass ich allein losfahre, kann ich einen deiner Brüder bitten, mich zu bringen. Mein Wagen ist sowieso ein Wrack.«

»Das ist vielleicht eine gute Idee«, sagte Remy wohl wissend, dass dem nicht so war bei all den Verdächtigen im Haus und der Arbeit, die noch auf ihn wartete, aber er wollte sie sehen. Und das war definitiv mehr ein Wunsch als eine Notwendigkeit. Doch er hätte niemals zugegeben, dass er sie sehen musste. Sein Leopard war sehr mürrisch, weil er sich Sorgen machte, das war alles. »Mahieu soll dich fahren. Er ist besonnen und fährt nicht so halsbrecherisch.«

»Ich komme, so schnell es geht«, sagte Bijou.

Sie klang erleichtert. War sie froh, von Robert und Dion wegzukommen, oder freute sie sich auf ihn?

»Warte einfach in meinem Büro auf mich. Ich komme, sobald ich kann.«

»Hört sich gut an. Ich habe ein paar SMS von meinem Manager bekommen. Er will sich mit mir treffen und über Geschäftliches reden. Ich habe ihn ein paar Wochen hingehalten, aber nun muss ich endlich mit ihm sprechen.«

»Noch nicht, auf keinen Fall«, blaffte Remy. Es hörte sich wie ein Befehl an.

Eine kleine Pause entstand. »Remy, wenn du irgendetwas über meinen Manager weißt, und so, wie du reagierst, hört es sich ganz danach an, dann sag es mir bitte.«

Wütend auf sich selbst, fluchte Remy leise und erregt auf Französisch. »Hör mir zu, *Chere*, ich bin noch dabei, ihn zu überprüfen, aber ich habe einige Dinge entdeckt, die mir Sorgen machen. Ich wollte warten, bis ich alle Informationen zusammenhabe, bevor ich dir irgendetwas erzähle, was auch immer dabei herauskommt.« Er zögerte. »Die Sache ist die, Bijou. Ich weiß, dass du Rob Butterfield magst. Und ich möchte dich nicht schon wieder verletzen.«

»Irgendwie bin ich mit ihm aufgewachsen. Er ist der Neffe von Bodries Manager. Ich kenne ihn schon mein ganzes Leben.«

Aus irgendeinem Grund machte diese Information – und ihr enttäuschter Tonfall – Remy noch wütender. Jeder, der jemals mit ihrem Vater zu tun gehabt hatte, dachte nur an sich und benutzte sie, um das eigene Bankkonto zu füllen. Waren all diese Leute so an leicht verdientes Geld gewöhnt, dass sie, um die Versicherungssumme zu kassieren, einen Mörder auf Bijou angesetzt hätten? Oder einen Unfall vortäuschen würden? Gab es einen besseren Weg sie loszuwerden, als die Tat einem Serienmörder in die Schuhe zu schieben, der die Stadt unsicher machte?

Vielleicht war er paranoid – sein Beruf hatte ihn so weit gebracht, dass er jeden für einen potentiellen Mörder hielt –, aber vor allem traute er keinem einzigen Menschen, der mit Bijou zu tun hatte. Und da der Killer noch auf freiem Fuß war, mochte er sie nicht aus den Augen lassen.

»Ich freue mich, dass du herkommst, Blue. Ich besorge die Informationen über deinen Manager so schnell ich kann. Ich weiß, dass es dir so vorkommen muss, als hätte einfach jeder Mensch, den du je im Leben gekannt hast, dich betrogen.«

Eine Pause entstand. »Das ist der Grund, warum ich niemandem traue, Remy.«

Er verstand sie und wusste, was sie zu sagen versuchte. Eigentlich hatte er es schon die ganze Zeit gewusst, er hatte nur geglaubt, bei ihm hätte sie eine Ausnahme gemacht.

»Ich weiß, *Chere.* Wir schaffen das schon.«

14

Bijou hatte keine Ahnung, wie die seltsame Beziehung zu Remy weitergehen sollte. Ihr passte gar nicht, dass die Aussicht, ihn wiederzusehen, sie so freudig erregte. Sie wäre lieber distanziert geblieben. Welche Frau wollte schon einen Mann, der sie nur begehrte, weil das Tier in ihm ihn dazu drängte? Sie fühlte sich fast so, als wäre sie in einem Fantasy- oder Science-Fiction-Film. Sie sollte eine Leopardenfrau sein? Bijou starrte auf ihre Hände. Sie sahen völlig normal aus.

»Alles in Ordnung?«, fragte Mahieu. »Du bist so still.« Er löste den Blick von der Straße und sah kurz zu ihr hinüber.

Bijou nickte. »Ja, ich muss mir über einiges klar werden. Dabei habe ich geglaubt, wenn ich nach Hause komme, würde ich meinen Frieden finden.«

»In den Sümpfen und Bayous ist es wirklich sehr friedlich«, versicherte Mahieu. »Und das ist gut für uns. Du bist nicht mehr allein, Bijou. Du hast jetzt uns. Und das Rudel. Drake wird dich bei einer offiziellen Feier allen vorstellen, dann wirst du merken, dass du Teil einer großen und eng verbundenen Gemeinschaft bist.«

Bijou zog eine Augenbraue hoch. »Ich habe heute Robert und Dion Lanoux kennengelernt.«

»Ich leugne ja nicht, dass wir große Probleme haben. Bis Drake zu uns gestoßen ist, waren wir von anderen Rudeln abgeschnitten. Wir wussten nicht mal von deren Existenz. Und wir wussten auch nicht viel über unsere Geschichte und die Regeln, nach denen solche Gemeinschaften leben. Das alles hat Drake uns beigebracht. Aber langsam raufen wir uns zusammen.

Remy wird diesen Killer fangen. Er macht seine Arbeit verdammt gut. Ich weiß, dass du eine recht schwierige Phase durchmachst, aber du musst durchhalten. Die Menschen werden sich daran gewöhnen, dass du in deinem Club auftrittst, und irgendwann werden sie aufhören, dich zu verfolgen. Wir werden dich alle beschützen.«

Bijou lächelte matt. »Ich bin Bodrie Breaux' Tochter, und ich habe Karriere gemacht, indem ich Rocksongs gesungen habe, genau wie er. Nun habe ich dieser Musik den Rücken gekehrt und singe das, was ich schon immer singen wollte. Ich gehe nicht mehr auf Tourneen und habe alle Welt enttäuscht, weil ich nicht in die Fußstapfen meines Vaters getreten bin. Du solltest mal die gehässigen Mails sehen, die ich bekomme. Die meisten Menschen gehen in den Club, um Bodries Musik zu hören.«

Mahieu stieß einen leisen Pfiff aus. »Du weißt wirklich nicht, wie gut du bist, oder?«

Bijou zuckte die Achseln und schenkte ihm ein kleines Lächeln. »Das ist das Netteste, was man mir seit Langem gesagt hat.« Sie verschränkte die Finger im Schoß. »Ich habe sehr viel Zeit damit verbracht, so zu sein, wie ich dachte, dass die Menschen mich haben wollten, anstatt ich selber zu sein. Ich war ein Rocker, wie Bodrie, und alle haben mich so akzeptiert. Ich habe viel Geld verdient, aber mein Leben war nicht so, wie ich es mir gewünscht habe – oder wie es hätte sein sollen.«

»Man braucht Mut, um sich vom Erfolg abzuwenden«, bemerkte Mahieu.

Unwillkürlich grinste Bijou ein wenig. »Ich hatte auch schreckliche Angst. Alle waren wütend auf mich und haben mir gesagt, dass ich einen furchtbaren Fehler mache. Aber ich wusste, dass ich so nicht mehr leben konnte. Es ging einfach nicht mehr. Die Drogen und das Trinken erinnerten mich zu sehr an die Art, wie ich aufgewachsen bin.«

Sie sah aus dem Fenster. Sie liebte den Bayou, die Bucht, den Sumpf und alles darum herum. Und das French Quarter in New Orleans. Es kam ihr so vor, als könnte sie endlich einen Platz im Leben finden, nicht als Bodries Tochter, sondern als Bijou Breaux. Sie wollte ein ruhiges Leben führen, und wenn ihr danach war, in ihrem Club auftreten.

Sie schaute Mahieu an. »Ich bin recht gut darin, junge, aufstrebende Jazz- und Blues-Sänger und Bands zu entdecken. Außerdem kenne ich einige gute Köche und Barkeeper. Ich glaube, dass ich mit dem Club Erfolg haben kann. Und ich liebe die Vorstellung, in der Wohnung darüber zu leben. Sie hat sehr schöne Balkone mit tollem Ausblick.«

Mahieu lächelte. »Das wird deiner Leopardin nicht gut gefallen. Sie möchte öfter im Sumpf herumlaufen. Aber Remy hat dort ein Haus, also brauchst du dir keine Sorgen zu machen.«

»Glaubt eigentlich jeder, dass ich mit Remy zusammenleben werde? Das habe ich nämlich nicht vor.«

Mahieus Lächeln wurde zu einem breiten Grinsen. »Nicht? Na, das ist ja interessant. Hast du es Remy schon mitgeteilt?«

»Ich glaube nicht, dass das nötig ist.«

Mahieus Augen funkelten belustigt. »Bitte lass mich dabei sein, wenn du es ihm sagst. Ich halte mich auch im Hintergrund. Aber das Theater möchte ich mir nicht entgehen lassen.«

»Ihr scheint falsche Vorstellungen davon zu haben, was Remy für mich empfindet«, konstatierte Bijou in ihrem hochnäsigsten Ton und streckte das Kinn dabei vor.

Mahieu grinste völlig unbeeindruckt weiter. Langsam glaubte sie, dass es für die Boudreaux-Brüder der größte Spaß im Leben war, sich gegenseitig zu hänseln. Fast hätte sie wider Willen gelacht, weil Mahieu sich so köstlich über ihre Dummheit amüsierte.

»Ich glaube, Sie haben keine Ahnung, wovon Sie reden, Miss Breaux, aber das ist völlig in Ordnung. Wir finden es großartig, wie Sie unseren großen Bruder nach Ihrer Pfeife tanzen lassen. Bitte machen Sie so weiter.«

Bijou schnaubte leise. Mahieus Lachen war ansteckend, aber sie weigerte sich, ihm die Befriedigung zu verschaffen mitzulachen. »Ich habe keine Ahnung, wovon du redest. Remy lässt sich nichts sagen, er tut nur, was er will, und das weißt du.«

»Das haben wir immer *gedacht*«, sagte Mahieu. »Aber die Zeiten haben sich geändert. Und das liegt an Bijou Breaux.«

Bijou versuchte nicht zuzulassen, wie sehr sie das innerlich freute. Mahieu gab ihr die Hoffnung zurück, die Remy ihr geraubt hatte. Trotzdem wollte sie nicht wegen ihrer Leopardin begehrt werden. Sie war nach New Orleans zurückgekommen, um ihr Leben auf ihre Weise zu leben. Sie wollte um ihretwillen geliebt werden. Nicht weil sie Bodries Tochter war. Oder weil sie Geld hatte. Und ganz sicher nicht, weil eine Leopardin in ihr steckte. Vielleicht verlangte sie das Unmögliche, aber sie wollte lieber allein bleiben, als aus den falschen Gründen mit irgendjemandem zusammenzuleben. Und Remy begehrte sie aus den falschen Gründen, aber seine Familie schien das nicht zu begreifen.

Sie schüttelte den Kopf. Drake dagegen schien Saria sehr zu lieben, und sie liebte ihn offenbar ebenso. Die beiden waren nicht wegen ihrer Leoparden zusammen.

Bijou schwieg, bis Mahieu den Wagen vor der Polizeistation parkte, und blieb noch einen Moment sitzen, um ihr plötzlich wild klopfendes Herz zu beruhigen. Sie hasste es, dass die Aussicht, Remy zu sehen, sie so in Aufregung versetzte. Sie konnte sich zwar eingestehen, dass er ihr Traummann war, der Held ihrer Kindheit, der alle anderen Männer in den Schatten stellte, aber sie wollte nicht wahrhaben, dass sie dabei war, sich in ihn zu verlieben. Nicht gerade jetzt. Nicht nachdem sie erfahren hatte, dass nur ihre Leoparden und der Sex sie verbanden. Man hatte immer eine Wahl. Und sie hatte sich dafür entschieden, sich nicht in einen Mann zu verlieben, der sie nicht liebte.

Mahieu ging um den Wagen herum und öffnete ihr die Tür. »Ich habe Remy eine SMS geschickt, damit er weiß, dass wir da sind. Er ist gerade in einem Verhör, aber er kommt, sobald er fertig ist.« Er begleitete sie zur Tür der Polizeistation und hielt sie für sie auf.

»Kein Problem. Du brauchst nicht mit mir zu warten«, versicherte Bijou ihm.

Mahieu grinste frech. »Keine Chance, Bijou. Remy möchte nicht, dass du ohne Eskorte irgendwo hingehst. Der Übergriff auf dich, Roberts schändliches Benehmen und die Morde haben ihn völlig paranoid gemacht. Du musst etwas

Geduld mit ihm haben, bis er den Fall gelöst hat. Was dich angeht, hat er einen ausgeprägten Beschützerinstinkt.«

»Ich würde mich ja gerne geehrt fühlen, Mahieu, aber die Wahrheit ist, dass Remy jeden beschützen möchte. Deshalb ist er ja Polizist geworden.«

Bijou ging durch die Tür und blieb stehen, um Mahieu vorangehen zu lassen. Sie wusste, dass alle sie anstarren würden, und wollte sich hinter ihm verstecken. Er war nicht nur groß und kräftig wie sein Bruder, er hatte auch den gleichen geschmeidigen Gang und strahlte, wie alle Boudreaux, großes Selbstvertrauen aus. Sie wäre gern selbst so gewesen und hatte sich vorgenommen, an ihrem Selbstbewusstsein in den nächsten Monaten zu arbeiten. Sie hatte viel zu lange versucht, jemand zu sein, der sie nicht war, und am Ende hatte sie es einfach nicht mehr ausgehalten.

Sie folgte Mahieu durch das Großraumbüro um eine Ecke herum zur Mordkommission. Remys Büro befand sich in einer Ecke, vor der einige Tische standen. Mahieu deutete auf einen Stuhl, doch mehrere Polizisten beobachteten sie, manche sogar mit einem Grinsen im Gesicht, und sie mochte nicht wie auf dem Präsentierteller vor ihnen sitzen. Also wanderte sie, als Mahieu einen Bekannten begrüßte, im Raum herum und versuchte, ein Gefühl für Remys Arbeit zu bekommen.

In der Mitte der größten Wand hing eine riesige weiße Pinnwand mit Fotos von Pete Morgan und dem Altar am Tatort. Daneben hingen Bilder von Ryan Cooper und dem Altar, der bei ihm gefunden worden war. Die Fotos zeigten jedes schreckliche, grausame Detail. Andere an ihrer Stelle hätten sicher ihre Schaulust befriedigt, doch ihr gelang es, den Blick abzuwenden.

Rechts und links von den furchtbaren Tatortbildern hingen Fotos von mehreren Männern. Unter anderem von ihrem Manager, Rob Butterfield, und seinem Freund Jason Durang. Auch eins von Bob Carson war dabei. Außerdem erkannte sie die Gesichter der Männer, die sie in ihrem Club belästigt hatten. Sie hatte keine Ahnung, warum ausgerechnet diese Männer als Verdächtige betrachtet wurden.

Eine Karte über den Fotos fiel ihr ins Auge. Sie zeigte die Vereinigen Staaten und Europa. In einigen Städten steckten rote Nadeln. Bijou trat näher heran und studierte die Karte. Sie brauchte ein oder zwei Augenblicke, ehe ihr aufging, was das zu bedeuten hatte. Entsetzt biss sie sich auf die Unterlippe, denn mit einem Mal hatte sie große Angst.

»Komm weg da«, sagte Remy.

Überrascht drehte sie sich zu ihm um und legte eine Hand schützend an ihre Kehle. Sie spürte, wie die Farbe aus ihrem Gesicht wich. »Was ist das, Remy?«

»Schau es dir nicht an, Blue«, warnte er sie. »Komm in mein Büro. Du solltest das nicht sehen.« Er griff nach ihrer Hand und wollte sie mit sich ziehen.

»Nein, ich muss es wissen. Was ist das?«

Remy seufzte und strich mit dem Daumen über ihren Handrücken. »Das ist eine Art Puzzle. Es hilft mir, alle Fakten im Auge zu behalten. Wenn ich sämtliche Informationen dort aufhänge, kann ich die Teile beliebig hin und her schieben, bis am Ende alles zusammenpasst.«

»Aber da hängt auch Rob Butterfield. Und sogar Bob.«

»Diese Männer sind nicht verdächtig, aber von besonderem Interesse, denn sie waren auch vor vier Jahren hier, als es in New Orleans die erste Mordserie gab. Alle. Ich muss sie als Verdächtige nach und nach ausschließen und habe es noch nicht ganz geschafft. Aber bald ist es so weit. Ich rede gerade mit ihnen. Natürlich einzeln. Ich halte die Leute, die ich verhöre, gern getrennt, damit sie mir nicht alle dieselbe Geschichte auftischen.«

»Aber wieso verdächtigst du diese Männer?« Sie kaufte ihm die Geschichte mit dem »besonderen Interesse« nicht ab.

»Sie waren zur falschen Zeit am falschen Ort und haben kein richtiges Alibi.« Lässig zuckte er die Achseln. »Jetzt komm mit.«

Doch Bijou ließ sich nicht abwimmeln. »Warum stecken in all diesen Städten rote Nadeln?«

Remy hielt inne, denn Bijous Verhalten kam ihm plötzlich seltsam vor. »Willst du das wirklich wissen?«

»Sonst würde ich wohl nicht fragen«, erwiderte sie. Ihr Herz klopfte heftig, und ihr Mund war trocken geworden. Sie spürte, dass ihre Leopardin dicht unter der Oberfläche lauerte, so als wollte sie sie beschützen.

»Das sind die Tatorte der letzten vier Jahre. Der erste Mord nach dem üblichen Muster geschah in New York City.«

Bijou schloss ganz kurz die Augen. »Und die Datumsangaben über jeder Nadel stehen für den *Tag* des Mordes?«

Remy nickte grimmig. »Vier Morde in jeder Stadt. Selbst in Europa, aber dort sind uns nur drei Tatorte bekannt.«

Sie *musste* es ihm sagen. Ihr war ganz schlecht. »Ich muss mich hinsetzen, Remy. Könnte ich vielleicht ein Glas Wasser haben?«

Remy sah sie mit seinen klugen Augen scharf und durchdringend an. Bijou wusste, dass sie blass geworden war. Außerdem war ihr der Schweiß ausgebrochen, und es gab keine Möglichkeit, das vor ihm zu verbergen, denn er hielt ihre

Hand und fuhr mit dem Daumen wie zufällig über die Stelle, an der ihr Puls pochte. Er wusste genau, dass irgendetwas Schlimmes passiert sein musste, dass sie keine Mimose war und dass ihr Schwächeanfall nichts mit den schrecklich detailgenauen Fotos zu tun haben konnte.

Ohne weitere Fragen führte er sie in sein Büro, setzte sie auf einen Stuhl und ging ein Glas Wasser holen. Bijou schlug die Hände vors Gesicht. Das konnte doch nicht sein.

Remy kehrte zurück und schloss sorgfältig die Tür. »Trink das, *Chere*, und dann sag mir, was los ist.«

In der Hoffnung, dass es ihr helfen würde, trank Bijou einen großen, kühlen Schluck. In ihrem Kopf jagten sich die Gedanken. »Diese Städte auf der Karte, Remy, ich bin in all diesen Städten aufgetreten. Auch in denen in Europa.«

Die Hüfte an den Tisch gelehnt, stand Remy ruhig da und hielt ihren Blick fest. Sie hätte nicht wegsehen können, selbst wenn sie es gewollt hätte.

»An genau denselben Tagen. Das heißt, jedes Mal, wenn ich in einer Stadt ein Konzert gegeben habe, war der Killer auch da. Das kann doch kein Zufall sein.«

Sie verschränkte die Finger, damit ihre Hände nicht zitterten. »Und bei der ersten Mordserie in New Orleans war ich auch hier, zu Bodries Beerdigung.« Sie schaute zu ihm auf. »Was schließt du daraus?«

»Das bedeutet, dass dein Manager, sein mysteriöser Freund und dein Stalker gerade ganz oben auf die Liste der Verdächtigen gerückt sind.« Mit dem Fuß zog Remy einen Stuhl heran, stellte ihn vor Bijou, setzte sich rittlings darauf und sah ihr ins Gesicht, damit ihm keine Regung entging. »Hattest du vor dem Mord an Pete von den anderen Morden gehört?«

»Nachdem ich die Stadt gleich nach Bodries Beerdigung verlassen hatte, habe ich von den Serienmorden im Garden District gelesen. Auch in den Fernsehnachrichten wurde darüber berichtet. Aber von den anderen Morden wusste ich nichts. Tourneen haben mich immer sehr viel Kraft gekostet. Die meiste Zeit bin ich von einer Stadt zur anderen gereist, also habe ich mich entspannt, sobald ich die Gelegenheit dazu hatte.«

Bijou senkte den Blick auf ihre verschränkten Hände. Sie hasste es, Remy das zu beichten und wie eine Versagerin zu wirken. Diese Jahre waren strapaziös für sie gewesen. Am Ende hatte sie nicht nur das Vertrauen in sich selbst verloren, sondern auch das in andere Menschen. Sie hatte nicht mehr gewusst, wer sie war. »Ich bin sehr zurückhaltend, Remy. Ich habe die Menschen beobachtet, die um Bodrie herum waren. Das waren keine Freunde. Sie haben ihn nur benutzt.«

Remy beugte sich vor und legte seine Hand auf ihre beiden Hände. »Nein, das waren keine echten Freunde. Aber du kennst den Unterschied, *Chere.*«

»Meist bin ich allein im Hotel geblieben und habe gelesen. Ich lese sehr gern. Ich schätze, so entspanne ich mich. Nicht mit Drogen oder Alkohol, sondern mit Büchern. Ich gehe ganz darin auf, und damals habe ich das sehr gebraucht. Ich habe nicht ferngesehen und auch keine Zeitschriften gelesen, weil ich Angst hatte, etwas über mich selber zu sehen oder zu hören. Ich weiß, dass das eitel klingt, aber ich habe einfach nicht den richtigen Charakter, um im Rampenlicht zu stehen. Mir war klar geworden, dass ich den falschen Beruf ergriffen hatte, aber ich wusste nicht, wie ich aus dem Karussell aussteigen sollte.«

»Eine öffentliche Person zu sein bedeutet nicht unbedingt, dass man seine Privatsphäre aufgeben muss.«

»Das ist naiv, Remy, und ich glaube, das weißt du. Jeder, der im Blickpunkt der Öffentlichkeit steht, ist Freiwild. Als Bodries Tochter war ich das schon seit meiner Geburt. Und dann habe ich dummerweise versucht, mir und anderen etwas zu beweisen ...«

»Was, Bijou? Was musstest du anderen und sogar dir selber beweisen?«, fragte Remy, während sein Daumen sanft über ihre Hände strich.

Bijou senkte erneut den Kopf. »Dass ich gut genug bin. Alle wollten, dass ich ihm nacheifere, trotzdem haben die Leute, als ich anfing zu singen, Dinge gesagt wie ›Was bildet sie sich ein? Sie hat doch kein Talent‹. Man hat mich ständig mit ihm verglichen, und natürlich war ich niemals so gut wie er.«

»Bist du verrückt geworden? Dein großer Erfolg ist auf deine eigene Begabung zurückzuführen. Die halbe Welt ist verliebt in dich und deine Stimme.«

Bijou zuckte die Achseln. »Am Anfang war es noch nicht so, doch als ich mir schließlich einen Namen gemacht hatte, habe ich festgestellt, dass das nicht meine Welt ist – dass ich das gar nicht gewollt habe. Kannst du dir vorstellen, wie ich mich da gefühlt habe? Ich hatte Erfolg, und die Menschen liebten meine Musik, aber ich kam mir genauso vor wie das undankbare Gör, für das die Klatschblätter und Bodries Fans mich hielten. Ich hatte alles, was ich wollte, alles, was ich mir je erträumt hatte, und war immer noch nicht glücklich.« Verständnissuchend sah sie Remy in die Augen. »Ich fühlte mich so elend, dass ich es kaum schaffte, aus dem Zimmer zu gehen, trotzdem bin ich fast jeden Abend aufgetreten. Aber ich war so erschöpft und unglücklich, dass ich mich nicht mehr im Spiegel ansehen konnte.«

Sie holte tief Luft. »Ich schätze, ich versuche nur, dir zu erklären, warum ich keine Nachrichten verfolgt habe. Auf Tour habe ich mich vor allen versteckt, und als ich die Entscheidung gefällt hatte aufzuhören, habe ich mich vor meinem Manager versteckt, weil er so böse auf mich war. Ich brauchte Zeit, um herauszufinden, was ich wirklich tun will.«

Sie war sichtlich beschämt darüber, ihm erzählen zu müssen, dass sie ihr Leben nicht im Griff gehabt hatte, nicht einmal in ihrer Jugend. Sie wollte, dass er nur ihre guten Seiten sah, nicht all die Zweifel und Ängste, die sie gequält hatten, ehe ihr klar geworden war, was sie brauchte – und welches Leben sie führen wollte. Trotz all der schlimmen Dinge, die um sie herum geschahen, wusste sie, dass es richtig gewesen war, nach Hause zurückzukehren. Sie liebte ihren Club, seine intime Atmosphäre und die Tatsache, dass sie selber darüber bestimmen konnte, wann und wie oft sie dort auftrat. Sie war sicher, dass sie sich mit der Zeit einleben würde, dass die Paparazzi das Interesse verlieren und schließlich Ruhe geben würden.

Sie wollte nicht, dass Remy dachte, sie hätte wie ein Häufchen Elend in ihrem Hotelzimmer gesessen, sich selbst bemitleidet und nicht einmal die Nachrichten geschaut, während er sich so große Mühe gegeben hatte zu verhindern, dass andere Menschen litten oder starben.

»Ich bin froh, dass du nach Hause gekommen bist. Butterfield regt sich doch nur auf, weil er seine Geldquelle verloren hat.«

»Er sagt, ich lasse meine Fans im Stich«, erwiderte Bijou. »Und ich schätze, er hat recht.«

»Wenn es echte Fans sind, werden sie das mögen, was du magst, Blue. Auch wenn du keine Rockmusik mehr machst, bleibt deine Stimme doch dieselbe.«

Bijou lächelte ihn an. Sie konnte nicht anders. Wenn er diesen samtweichen Ton anschlug und sie mit seinen durchdringenden, *erstaunlichen* Augen ansah, zog sich ihr Magen zusammen, das Herz klopfte schneller und der Mund wurde trocken. Er hatte einfach zu viel Charisma, eine geradezu magnetische Anziehungskraft, der sie anscheinend nicht widerstehen konnte. Sie hätte seinem Charme nicht erliegen dürfen – schließlich hatte er offen zugegeben, dass es ihm nicht in erster Linie um sie ging –, und dennoch fiel es ihr schwer, nicht auf ihn zu reagieren.

»Danke, Remy. Ich hoffe, du hast recht, aber wenn nicht, ist es trotzdem so, dass ich diesen Club behalten möchte.«

»Gutes Mädchen. Ich glaube auch, dass der Club zu dir passt, aber noch wichtiger ist, dass du tust, was dir Spaß macht.«

»Ich hatte nichts mit diesen Morden zu tun, Remy«, sagte Bijou und sah ihm dabei fest in die Augen.

»Das weiß ich. Ich kann mir nicht vorstellen, dass du einen ausgewachsenen Mann an einem Baum aufknüpfst, geschweige denn, dass du ihn aufschneidest. Ich habe nicht einen Moment geglaubt, dass du etwas mit den Morden zu tun hast, Bijou. Aber es ist möglich, dass du den Mörder kennst.«

Sie wollte protestieren, doch dann richtete sich ihr Blick durch das Fenster auf die Karte an der Wand. Sie konnte nicht abstreiten, dass sie bei jedem einzelnen Mord vor Ort gewesen war. »Ich habe ein paar sehr treue Fans«, gab sie zu. »Sie folgen mir von einem Konzert zum andern. Einige haben mich sogar bei meiner Welttournee begleitet. Es gibt auch einen Fanclub, und die Mitglieder dieses Clubs sind die Ersten, die Karten und Backstagepässe bekommen können.«

»Können wir eine Namensliste haben? Kennst du diese Fans persönlich?«

»Ich würde die wiedererkennen, die regelmäßig hinter die Bühne kommen, aber die, die das nicht tun, und das sind einige, kenne ich natürlich nicht. Allerdings kann ich nicht sagen, wer auf welchem Konzert war, Remy.«

Remy drückte ihre Hände. Sie war tief erschüttert, riss sich aber zusammen. Er spürte, wie groß ihre innere Anspannung war, denn ihre Hände zitterten. Die Vorstellung, dass sie einen Serienmörder kannte, der vielleicht zu ihren Konzerten kam und dann jedes Mal jemanden tötete, setzte ihr zu.

»Könnte ich etwas getan haben, das ihn zum Morden treibt? Habe ich etwas Falsches gesungen? Irgendjemanden ignoriert? Es sind immer so viele Menschen da, und ich bemühe mich wirklich sehr, möglichst viele Autogramme zu geben und mit jedem, den ich treffe, ein paar Worte zu wechseln, aber nach den Konzerten bin ich meist so erschöpft, und vielleicht habe ich mir nicht genug Zeit genommen.« Bijou folgte ihren Gedanken in einer Art voreiligem Geständnis.

Remy schüttelte den Kopf. »Ich weiß nicht, was den Mann dazu gebracht hat, den ersten Mord zu begehen, und ob es überhaupt etwas mit deinen Konzerten zu tun hat. Aber mit *dir* hat es sicher nichts zu tun. Ich habe schon viele Killer gejagt, aber niemand ist je so eiskalt gewesen. Glaub mir, *Chere*, der Mann wurde schon als Psychopath geboren.«

Bijou schauderte. »Wieso folgt er mir überallhin?«

»Wenn er es auf dich abgesehen hätte, wärst du längst tot«, erklärte Remy ganz offen. »Schließlich scheint er keine Schwierigkeiten zu haben, an seine Opfer heranzukommen. Aber du hast mir wirklich geholfen, indem du mir diese Information gegeben hast, Blue. Jetzt kann ich die richtigen Fragen stellen.«

Er setzte sich wieder gerader hin und sah sie ruhig an. »Hat dein Manager eine Versicherung für dich abgeschlossen?«

»Ja, schon vor Jahren, als er mich unter Vertrag genommen hat.«

»Wusstest du, dass er im Gefängnis gewesen ist und dort Jason Durang kennengelernt hat?«

»Natürlich wusste ich das. Rob hat mir erzählt, dass er Ärger mit dem Finanzamt hatte und eine Strafe absitzen musste. Er hatte seine Steuern nicht richtig gezahlt, aber er kannte Bodrie und hatte einen guten Ruf in der Branche.«

»Er ist ein Spieler.«

Sie nickte. »Aber er spielt nicht mehr. Er ist deswegen in einer Selbsthilfegruppe.«

»Hat er dir das erzählt?«

Bijou schluckte schwer. »Wenn du mir etwas sagen musst, Remy, dann tu's einfach.«

Er schüttelte den Kopf. Er hatte keine Beweise. Und er konnte sich ihren nervenschwachen Manager nicht als kaltblütigen Killer vorstellen. Der Kerl hatte sich übergeben, als Remy ihm die Fotos vom Tatort gezeigt hatte, ganz anders als Jason Durang. Der hatte weder den Blick abgewendet noch irgendeine andere Reaktion gezeigt. Genau wie die Rousseau-Brüder. Dennoch glaubte Remy nach wie vor, dass Rob Butterfield und Jason Durang eine Gefahr für Bijou darstellten.

»Was ist mit Durang?«

»Ich habe ihn ein paar Mal zusammen mit Butterfield gesehen, aber nie mit ihm gesprochen. Er ist mir immer aus dem Weg gegangen. Ich weiß nicht, was er für Rob macht.«

»Ich werde dich nach Hause bringen. Drake hat mich angerufen. Er möchte, dass ich zur Pension komme und mit ihm zusammen mit Robert und Dion spreche.«

»Das brauchst du nicht. Ich würde gern zum Apartment gehen und sehen, wie weit die Arbeiten gediehen sind. Ich hoffe, dass ich bald einziehen kann.«

Sie klang ganz unschuldig, ihr Blick war fest, und sie schien es ernst zu meinen. Am liebsten hätte Remy sie bei den Schultern gepackt und geschüttelt, damit sie Vernunft annahm. Was hatte er nur verbrochen, dass sie ihm nicht verzieh? Sie war in sein Büro gekommen, um den Lanoux-Brüdern in der Pension zu entfliehen. Sie hatte sich gefreut, ihn zu sehen, und auch nicht versucht, es zu verbergen, aber offenbar war sie von irgendwelchen Heiratsplänen meilenweit entfernt.

Remy wusste nicht, ob er verletzt oder verärgert sein sollte – oder einfach beides. »Du könntest schwanger sein«, sagte er unverblümt. »Empfängnisverhütung funktioniert bei Leoparden nicht besonders gut.« Sogar für seine eigenen Ohren hörte sich das zu selbstzufrieden an.

Bijou schlug die Augen nieder und machte einen kleinen Schmollmund. Doch was sie fühlte, war weniger an ihrem Gesicht als an den Händen abzulesen. Zuerst ballte sie sie zu Fäusten, öffnete sie dann aber gleich wieder und legte sie sittsam gefaltet in den Schoß.

»Nun, das werden wir ja sehen, oder? Als du zum ersten Mal davon gesprochen hast, hat die Vorstellung mir große

Angst eingejagt, aber mittlerweile hatte ich Zeit, darüber nachzudenken, und ich bin zu dem Schluss gekommen, dass ich es schaffe, ein Kind großzuziehen.«

Sie klang geradezu überheblich, so als hätte er nicht das Geringste damit zu tun. Remy beugte sich vor und sah ihr in die Augen. »Wir würden es *gemeinsam* großziehen, Blue. Es gibt kein ›Ich‹ mehr. Wenn du glaubst, du könntest mich verlassen, hast du dich schwer getäuscht. Setz einfach das verdammte Hochzeitsdatum fest, und wir bringen es hinter uns. Rede mit deinen dämlichen Anwälten, ich unterschreibe jeden Ehevertrag, den sie mir vorlegen, aber lass uns nicht zu lange warten. Und wenn ich sage, nicht zu lange, meine ich, nicht mehr als ein paar Wochen.«

Bijou stand auf, stemmte die Hände in die Hüften und sah ihn mit hochgezogenen Brauen verächtlich an. Dann marschierte sie zur Tür, riss sie auf und drehte sich noch einmal zu ihm um. »Du hast *überhaupt* keinen Sinn für Romantik. Ich werde alles, was du gerade gesagt hast, ignorieren und will auch in Zukunft nichts mehr davon hören. Im Grunde wäre es am besten, wenn du ganz einfach den Mund hieltest, Remy Boudreaux.«

Alle im Büro, einschließlich Mahieu, sahen sich nach ihnen um, doch nur Remys Bruder traute sich zu grinsen.

»Blue ...«, fing Remy an.

Sie unterbrach ihn. »Wehe, du sagst noch *ein* Wort zu mir.« Sie hob eine Hand, um ihre Forderung zu unterstreichen. »Und zu deiner Information, gutes Aussehen und Charme reichen eben manchmal nicht aus. Attraktiv zu sein gibt einem nicht das Recht, sich aufzuführen wie ein ... ein ...«

»Trampel«, schlug Mahieu freundlich vor.

Bijou nickte. »Danke, Mahieu. Das trifft es genau.«

Mehrere Polizisten husteten heftig und drehten ihrem Chef den Rücken zu, während Mahieu sich verneigte. Auch Bijou wandte Remy den Rücken und ging auf seinen Bruder zu. Wie sie sich beim Gehen in den Hüften wiegte, war wirklich aufreizend.

»Würde es dir etwas ausmachen, mich zur Pension zurückzubringen, Mahieu?«

Das reichte. »Wenn dir dein Leben lieb ist und du nicht willst, dass ich den Rest meiner Tage hinter Gittern verbringe, solltest du jetzt höflich ablehnen, Mahieu«, warnte Remy seinen kleinen Bruder. Er hatte das Jackett schon in der Hand und streifte es im Laufen über, während er Bijou nacheilte.

Mit erhobenen Händen kapitulierte Mahieu. »Wenn er so ist, ist es am besten, ihm seinen Willen zu lassen, Bijou.«

Sie schnaubte leise, sah sich aber nicht um und widersprach auch nicht. Demonstrativ legte Remy eine Hand besitzergreifend auf ihren Rücken. Sie warf ihm nur einen Schulterblick zu und ging weiter. Kaum dass sie draußen waren, hörte Remy das Gelächter, das hinter ihnen losbrach.

»Das hast du absichtlich getan, nicht wahr?«, fragte er, während er einen Arm um Bijous Taille legte und sie an sich zog.

»Könnte sein«, gestand sie leicht amüsiert. »Aber du hast es nicht besser verdient.« Sie wurde wieder ernst. »Red nie wieder so mit mir. Ich mag es nicht, wenn man mich rumkommandiert. Selbst wenn ich schwanger sein sollte, heißt das nicht, dass ich den erstbesten Mann heirate, nur weil der Sex mit ihm so gut ist.«

»Das wenigstens gibst du zu«, knurrte Remy.

Offenbar fand sie ihn nicht nur attraktiv, sondern sogar amüsant, und trotzdem gab sie keinen Millimeter nach. Dieses Mädchen war nicht so leicht zu umgarnen, wie er zunächst gedacht hatte. Er war zwar älter und erfahrener, und Bijou sah zweifellos zu ihm auf, blieb aber dennoch auf Abstand. Immer wenn er glaubte, sie eingefangen zu haben, fand sie einen Weg, ihm zu entkommen. Das machte ihn schier wahnsinnig.

Ohne ein weiteres Wort folgte Bijou ihm zu seinem Wagen, ließ sich die Tür aufhalten und stieg ein. Remys Herz begann heftig zu klopfen, als er sie so dasitzen sah. So ruhig und schön. *Seine* Frau. Er hatte nie ernsthaft geglaubt, dass er *genau* die Richtige finden würde. Die kleine Nase hoch erhoben, sah sie stur geradeaus. Verdammt noch mal, selbst das gefiel ihm. Er würde es Gage niemals sagen, aber vielleicht hatte »es« ihn wirklich schwer erwischt. Er wollte nur nicht definieren, was »es« war, jedenfalls noch nicht. Nicht in diesem Augenblick. Erst musste er nachdenken.

Zum Beispiel darüber, was zum Teufel er mit ihr machen sollte, wenn sie keinen Sex hatten. Vielleicht sollte er sie irgendwo einschließen, wo sie in Sicherheit war, denn im Moment hatte er den Eindruck, dass jeder Mensch, den er traf, ihr irgendetwas Böses wollte.

Als er um das Auto herum zur Fahrertür ging, sah er Bob Carson weiter unten mit der Kamera auf der Straße stehen. Offenbar benutzte er ein Teleobjektiv, um eine Nahaufnahme von Bijou zu bekommen. Remy überlegte, wie viele Jahre Gefängnis er wohl absitzen musste, wenn er diesen Stalker »versehentlich« überfuhr, und knallte unnötig heftig die Tür zu, was ihm einen fragenden Blick von Bijou einbrachte.

Er startete den Motor und deutete mit dem Kinn auf Carson. »Du brauchst wirklich Schutz, ob du es glaubst oder nicht.«

Bijou schnitt eine Grimasse. »Ich bin nicht feige, Remy, egal, was du denkst.«

»Ich denke, halb New Orleans versucht, dich umzubringen, und die andere Hälfte möchte mit dir ins Bett gehen.«

Bijou hielt sich rasch die Hand vor den Mund, bevor sie noch losprustete, und hüstelte stattdessen. Dann räusperte sie sich mehrmals.

Wütend sah Remy sie an. »Wehe, du lachst mich aus.«

»Nur ein wenig. Ich glaube, du nimmst deinen Job viel zu ernst. Die Arbeit in der Mordkommission scheint dich etwas paranoid gemacht zu haben. Es stimmt ja, dass diese Morde furchtbar sind, aber du hast selbst gesagt, dass ich längst tot wäre, wenn der Killer es auf mich abgesehen hätte.«

Remy knurrte warnend. Normalerweise war das mehr als ausreichend, um seine Geschwister oder Kollegen zum Schweigen zu bringen. Doch Bijou hob nur die Augenbrauen und machte keinen besonders eingeschüchterten Eindruck.

»Der Serienmörder ist wahrscheinlich der einzige Mensch, der *nicht* hinter dir her ist«, murrte Remy.

»Hört sich so an, als gefiele dir das nicht«, sagte Bijou.

Er nahm ihre Hand und verschränkte die Finger mit ihren. Es kam ihm wie ein kleiner Sieg vor, dass sie nicht vor dieser Berührung zurückscheute. Daher wagte er sich noch einen Schritt weiter vor und legte ihre Hand auf sein Herz. »Denkst du das wirklich, Blue? Dass es mir nur um Sex geht?«

Sie zuckte zusammen, als hätte er sie geschlagen, dann wandte sie den Kopf und sah ihn an. Der Blick ihrer erstaunlich blauen Augen traf ihn wie ein elektrischer Schlag. Schließlich blinzelte sie, und er bewunderte ihre unglaublich langen Wimpern. Ehe er noch direkt in den Bayou fuhr, zwang er sich, die Augen wieder auf die Straße zu richten.

»Du springst von einem Thema zum andern, Remy. Es fällt mir schwer, dir zu folgen.«

»Nein, tut es nicht. Du hältst mich nur hin. Ich habe dir schon vor langer Zeit gesagt, dass du alles andere als feige bist, *Chere*, und es wird Zeit, dass du mir verrätst, was dich so stört. Ich habe allmählich das Gefühl, dass du denkst, in unserer Beziehung ginge es nur um Sex.«

Wieder schaute er zu ihr hinüber, und ehe sie die Augen hinter den langen Wimpern verstecken konnte, sah er den Schmerz darin. Es kam ihm so vor, als griffe eine riesige Hand nach seinem Herzen und drücke es fest zusammen. Sie zu verärgern war eine Sache, aber ihr echte Schmerzen zuzufügen war etwas anderes. Das wollte er auf keinen Fall. Sie hatte in ihrem Leben schon genug gelitten, und er hätte seinen letzten Dollar darauf verwettet, dass ihr noch mehr Leid bevorstand.

Er war sicher, dass ihr Agent und sein schäbiger Freund nichts Gutes im Schilde führten. Genau wie Bob Carson. Der Mann fotografierte sie in jeder Lebenslage und sorgte dafür, dass sie keinerlei Privatsphäre mehr hatte. Es gab noch keine Beweise dafür, dass Carson der Stalker war, der ihr Angst einjagte, aber es würde nicht mehr lange dauern. Sie kannte alle drei Männer, zwei schon seit vielen Jahren, und es würde ihr wehtun zu erfahren, dass sie ihnen völlig gleichgültig war ...

Kaum war ihm dieser Gedanke gekommen, verfluchte Remy sich selbst. Natürlich. Wie dumm er gewesen war. Seine Brüder hatten recht. Bijou war nicht nur ihrem Vater, sondern auch den Kindermädchen gleichgültig gewesen. Sie war niemals geliebt worden. Wahrscheinlich wusste sie gar nicht, wie es sich anfühlte, von irgendjemandem geliebt zu werden. Und er hatte über kaum etwas anderes als Sex geredet.

»Ich denke, in unserer Beziehung geht es um unsere Leoparden und um Sex«, erklärte Bijou. »Und ich denke das, weil du es mir gesagt hast. Sogar mehrmals.«

Remy schloss die Finger fester um ihre Hand und drückte sie an sein Herz. »Wenn ich das wirklich getan habe, war ich ein Idiot.« Doch als er zurückdachte, wurde ihm klar, dass sie recht hatte. Er schüttelte den Kopf.

Bijou zuckte die Achseln und biss sich auf die zitternde Unterlippe. »Ist schon in Ordnung, Remy. Ich verlange nichts von dir. Ich bin erwachsen und habe es genauso gewollt wie du. Ich wollte mit dir schlafen. Es ist ja nicht so, als ob du mich dazu gezwungen hättest. Mir ist durchaus klar, dass viele Menschen andauernd unverbindlichen Sex haben.«

»Aber wir *hatten* keinen unverbindlichen Sex. Glaub mir, *Chere*, wenn du etwas mehr Erfahrung hättest, würdest du nie darauf kommen, unsere Beziehung als *unverbindlich* zu bezeichnen.«

»Remy, ich muss immer daran denken, dass wir beide uns eigentlich kaum kennen. Ich bin keine, die sofort mit jedem ins Bett springt ...«

»Das weiß ich. Ich habe es mitbekommen, erinnerst du dich nicht mehr? Ich hätte viel vorsichtiger mit dir sein müssen bei deinem ersten Mal«, gestand Remy.

»Das meine ich nicht. Ich wollte nur sagen, dass du mich auch nicht besser kennst als ich dich.«

»Du wärst überrascht, wenn du wüsstest, wie gut ich dich kenne, Bijou. Ich habe dich über die Jahre nie aus den Augen verloren. Und ich bin Polizist.«

Sie sah ihn kühl an, doch in ihren Augen war wieder dieses amüsierte Funkeln. »Du hast Nachforschungen angestellt?«

»Natürlich. Hast du das nicht erwartet?«

»Nein, ich glaube nicht. Aber das heißt nicht, dass du mich kennst, Remy. Und ich kenne dich auch nicht. Ich habe nicht einmal das mit den Leoparden gewusst.« Bei dem Wort *Leoparden* senkte sie die Stimme, so als ob die Vorstellung, eine Gestaltwandlerin zu sein, ihr immer noch nicht behagte.

Remy zog ihre Hand an den Mund und fuhr mit den Lippen über ihre Knöchel. »Ich bin nicht gut im Reden. Das weiß ich. Schon gar nicht bei Leuten, die ich mag, aber uns verbindet verdammt viel mehr als unsere Leoparden – und der großartige Sex –, egal, was ich einmal gesagt haben mag.«

»Siehst du, ich kenne dich nicht gut genug, sonst wüsste ich, ob du das nur sagst, damit ich mich besser fühle und deinen Leoparden nicht enttäusche, oder ob du es ehrlich meinst.«

»Ich habe dich noch nie angelogen. Es stimmt, dass wir tollen Sex haben und dass mein Leopard hinter deiner Leopardin her ist. Und dass ich wohl nicht darüber gesprochen habe, was ich fühle, aber nur, weil ich ehrlich gesagt noch nie so für eine Frau empfunden habe. Für mich ist das auch neu, Blue. Gib mir einfach Zeit. Wir werden alle zwei Minuten unterbrochen, und ich muss diesen Mörder finden. Aber ich denke an dich, jede Minute, bei jedem Atemzug.«

Bijou lächelte ein wenig ungläubig, doch die Freude stand ihr ins Gesicht geschrieben. »Dabei bin ich offensichtlich nicht gerade der liebenswerteste Mensch auf der Welt.«

»Das ist doch Unsinn.«

»Du hast selbst gesagt, dass halb New Orleans mich umbringen will.«

»Stimmt, das habe ich, und deswegen wirst du auch in der Nähe der Pension bleiben, wenn ich nicht da bin. Meine

Brüder werden auf dich aufpassen, wenn ich arbeite. Hast du in den nächsten Tagen irgendetwas Wichtiges vor?«

»Arnaud hat mich gebeten, zur Eröffnung seiner Ausstellung in die Galerie zu kommen. Das ist morgen Abend.« Bijous Lächeln wurde noch breiter. »Das gibt mir Gelegenheit, mich hübsch anzuziehen.«

»Hör mir bloß auf, von diesem Franzosen zu reden«, knurrte Remy. »Hübsch anziehen! Er ist hinter dir her.«

»Nein, ist er nicht. Wir sind nur gute Freunde, und ich mache mir Sorgen um ihn. Er achtet nicht auf die Nachrichten und auf das, was um ihn herum passiert. Die Hälfte seiner Zeit verbringt er mit Zeichnen und die andere mit der Arbeit an seinen Skulpturen. Es kommt nicht oft vor, dass er sich in Galerien blicken lässt und tatsächlich mit den Menschen redet, die seine Werke kaufen wollen. Ich möchte nicht, dass er ein leichtes Opfer für den Mörder wird.«

»Du machst dir Sorgen, dass der Killer als Nächstes ihn ins Visier nimmt, wenn er sich mit dir zeigt.«

Bijou presste die Lippen zusammen und nickte. »Und um dich mache ich mir die gleichen Sorgen, Remy.«

Remy bleckte die Zähne und zeigte sein furchteinflößendes Raubtiergrinsen. »Kümmer dich lieber um den anderen, *Chere.*«

15

Remy sah aus dem Fenster des Lafont Inn und erstarrte. »Welcher Idiot hat ihn da rausgehen lassen, noch *bevor* er mit Robert gesprochen hat?« Wütend drehte er sich um und starrte seine Brüder an.

»Du weißt doch, wie Drake ist. Wenn er diesen speziellen Ausdruck im Gesicht hat, lässt man ihn besser gewähren.«

Saria trat an Remys Seite und sah ebenfalls zu ihrem Mann hinaus. Erschrocken schnappte sie nach Luft und legte unwillkürlich eine Hand an die Kehle. »Kannst du ihn aufhalten, sollte er versuchen, Robert umzubringen?«

»Was soll das heißen, *versuchen*?«, fragte Remy. »Robert hat keine Chance gegen Drake. Nicht einmal, wenn Dion dumm genug wäre, ihm zu Hilfe zu eilen. Robert hat Drake herausgefordert, und du bist schwanger. Was glaubst du, was sein Leopard tun wird?«

»Niemand hat mir etwas davon gesagt, dass Saria schwanger ist«, bemerkte Lojos mit unschuldiger Miene.

»Weißt du nicht, wie schlimm das alles ist, Saria?«, fragte Remy besorgt. »Zwei Männer aus seinem Rudel sind ungebeten in sein Haus eingedrungen, haben es, obwohl seine schwangere Frau sie mehrmals dazu aufgefordert hat, nicht verlassen, und einer von den beiden hat ihm noch dazu auf seinem eigenen Grund und Boden die Führerschaft streitig gemacht. Drake hat seinen Leoparden immer unter Kontrolle, aber das ist zu viel. Meiner hätte die beiden längst getötet.«

Bijou schob eine Hand in die hintere Tasche an seiner Hose. Remy schaute über die Schulter. Sie sah blass aus.

»Für Leoparden gelten die üblichen Gesetze nicht. Wir sind nicht gerade das, was man zivilisiert nennt«, erklärte Remy sanft, um sie zu beruhigen.

»Nein, bei euch ist jeder Verstoß offenbar absolut tödlich«, sagte sie leise.

»Ja, tut mir leid, aber so ist es. Robert weiß das und hat sich *trotzdem* so benommen.« Remys Blick wanderte zurück zu dem großen Leoparden, der wütend die Bäume zerkratzte. Drake galt nicht als Hitzkopf, sondern vielmehr als die Stimme der Vernunft. Wenn es einen Mann gab, der seinen Leoparden stets im Griff hatte, war es zweifellos Drake. Doch im Moment sah das etwas anders aus.

»Ich hätte nicht so ins Detail gehen sollen, als er mich ausgefragt hat«, flüsterte Saria und sah ihren Bruder an. »Wenn ich nichts davon gesagt hätte, dass Robert und Dion einfach hereingekommen sind, würde er vielleicht ...«

Remy legte einen Finger auf ihre Lippen. »Leoparden lügen sich nicht an. Und Gefährten schon gar nicht. Du musstest es Drake erzählen, und Robert und Dion wussten, was sie riskieren, als sie hergekommen sind.« Wieder sah er aus dem Fenster. »Du musst einfach darauf vertrauen, dass dein Mann, der Anführer unseres Rudels, weiß, wie man diese Sache regelt.«

Er trat vom Fenster zurück und drehte sich zu den beiden Männern um, die kerzengerade auf ihren Lehnstühlen saßen. Dion wirkte resigniert, doch Robert sah aus, als würde er jeden Moment Reißaus nehmen.

»Ehe Drake hereinkommt, möchte ich dir eins sagen, Saria«, fing Dion an. »Ich wusste nicht, dass du schwanger bist, und wenn ich es gewusst hätte, wäre ich mit dieser Sache niemals zu dir gekommen. Mir ist klar, dass das jetzt nicht mehr wichtig ist, aber ich möchte, dass du weißt, dass es mir leidtut, dass wir dich erschreckt haben.«

Remy fasste nach hinten und nahm Bijous Hand. Er konnte ihr kein normales Leben bieten. Sein Leben war anders als das der anderen und würde es auch immer sein. Auch sie hatte nie ein normales Leben geführt, und von nun an konnte sie es erst recht nicht mehr. Bijou war ein sanfter und hilfsbereiter Mensch. Er wusste von all den Stiftungen, die sie gegründet hatte, und dass sie sich sehr um die Menschen sorgte, die länger bei ihr beschäftigt waren. Kein Wunder, dass Rob Butterfield seine Einnahmequelle nicht versiegen lassen wollte.

»Du musst nicht dabei sein«, sagte Remy. »Du kannst in dein Zimmer gehen. Aber was du auch vorhast, du brauchst keine Angst zu haben. Drake würde dir nie etwas tun, nicht einmal wenn sein Leopard einen Wutanfall hat.«

In dem Augenblick sprang die Tür auf, und Drake Donovon marschierte herein. Er schaute weder nach rechts noch nach links, sondern nahm gleich Robert ins Visier. Er war barfuß, die Jeans saß tief auf seinen Hüften, und das offene Hemd enthüllte eine muskulöse Brust mit vielen Narben.

»Dion, verschwinde aus meinem Haus, *sofort*, ehe ich zu dem Schluss komme, dass du eine Tracht Prügel verdient hast. Keine Widerrede. Beeil dich. Geh einfach, solange du noch kannst.«

Drakes Augen waren grüngolden, das dichte Haar fiel ihm wirr ins Gesicht, und die dunklen Rosetten in den blonden Strähnen verrieten, dass er sich gerade erst verwandelt hatte.

Rein vorsorglich, schob Remy Bijou hinter sich und schirmte sie mit seinem Körper ab. Drake hatte seine Wut zwar bezähmt, doch unter der Oberfläche brodelte sie noch, und das war in ihren Kreisen kein gutes Zeichen. Remys Leopard reagierte, indem er zähnefletschend aufsprang und sich bereitmachte, ihn und seine Gefährtin zu verteidigen.

Die Spannung im Raum steigerte sich, als Dion langsam aufstand. Robert fuhr zusammen und packte seinen Bruder beim Hemd. »Du kannst mich nicht allein lassen. Du weißt, dass er mich umbringt.«

Das Gesicht starr vor Trauer, schüttelte Dion den Kopf. »Ich weiß nicht, was in dich gefahren ist, Robert. Aber du hast dich falsch benommen und musst die Konsequenzen tragen. Ich kann nicht dauernd hinter dir aufräumen. Ich habe mein Bestes getan, um dich von dem Weg abzubringen, auf den du dich begeben hast, aber du hast ja keine Hilfe annehmen wollen. Du hast erst Remy und dann Drake herausgefordert. Du bist mein Bruder, und ich liebe dich, aber diesmal kann ich nichts mehr für dich tun.«

Er sah Saria an. »Ich entschuldige mich noch einmal dafür, dass ich dich da hineingezogen habe.«

Dann drehte er sich um und ging mit erhobenem Kopf aus dem Zimmer, ohne sich noch einmal nach Robert umzusehen. Remy war stolz auf ihn. Er wusste nicht, ob er auch den Mut aufgebracht hätte, einen Bruder allein zu lassen, der mit dem Zorn ihres Anführers konfrontiert war. Nach ihren Gesetzen hatte Drake das Recht, Robert dazu zu zwingen, als Leopard mit ihm zu kämpfen – und ihn zu töten.

Die Stille dehnte sich aus, und die Spannung wuchs. Mit Augen, die mittlerweile fast golden geworden waren, starrte Drake seinen Herausforderer an, ohne mit der Wimper zu zucken, mit jeder Faser seines Körpers auf den Mann konzentriert, der zusammengesackt vor ihm saß. Robert wirkte mürrisch und ein wenig trotzig, obwohl die Angst, die ihm aus jeder Pore drang, deutlich zu riechen war.

»Ich muss wissen, ob du noch zum Rudel stehst«, sagte Drake mit einer Stimme, die wie ein Peitschenschlag klang. »Bist du noch loyal? Sag's mir, Robert.«

Robert blinzelte heftig. Remy spürte, wie Bijous Finger sich am Rücken in sein Hemd vergruben. Sanft legte er eine Hand auf ihre Hüfte. Sie zitterte. Er hätte sie gern beruhigt, doch im Moment war er Drakes Stellvertreter und Beschützer, auch wenn der Mann keinen Beschützer brauchte – so waren nun mal die Regeln.

»Ja, ich stehe zum Rudel«, murmelte Robert. »Ich war betrunken, Drake. Sonst hätte ich dich doch nie herausgefordert. Nie im Leben. Mein Leopard war wie im Rausch, weil ein Weibchen da war ...«

»Gib nicht deinem Leoparden die Schuld. Es ist mein Job, jeden Leoparden im Rudel zu kennen, mitsamt seinen Stärken und Schwächen. Und dein Leopard ist nicht besonders schwierig. Remys ist ein Kämpfer, der ständig versucht, die Oberhand zu gewinnen, aber er hat seinen Leoparden immer unter Kontrolle – genau wie ich. Wenn du dich nur etwas beherrschen würdest und ein wenig Disziplin aufbringen könntest, hättest du nie ein Problem. *Du* bist schuld. Du bist jederzeit für das Benehmen deines Leoparden verantwortlich.«

»Nein, *sie* ist schuld.« Robert zeigte mit dem Finger auf Bijou. »Ihre Leopardin hat sich zu aufreizend benommen.«

Ein gefährliches Knurren drang aus Remys Kehle, doch er fletschte nur die Zähne und rührte sich nicht. Drake war der Anführer und folgte dem Plan, den sie besprochen hatten. Robert sollte zunächst erklären, auf welcher Seite er stand, damit er später keinen Rückzieher machen konnte.

»Du willst also sagen, dass du nicht imstande bist, deinen Leoparden zu kontrollieren, ganz egal, worum es geht?«

Drakes Stimme war so leise geworden, dass Remy ein kalter Schauer über den Rücken lief. Und wenn er schon bei diesem Tonfall Angst bekam, mochte er nicht wissen, wie es in Robert aussah. Vor dieser Frage fürchtete sich jeder Gestaltwandler. Denn wenn man das Tier in sich nicht kontrollieren konnte, war das ein Todesurteil. Ein Artgenosse, der von einem launischen und leicht reizbaren Raubtier beherrscht wurde, durfte nicht mit Menschen zusammen sein.

Robert schüttelte den Kopf. »Nein. Nein, ich habe meinen Leoparden im Griff. Aber in diesem Fall ...«

»Was soll das?«, schnitt Drake ihm das Wort ab. »Entweder du hast ihn im Griff oder nicht. Was denn nun?«

»*Ich* bin derjenige, der bestimmt«, sagte Robert hastig. Er war in eine Falle getappt, und er wusste es. Es ging um Leben und Tod, und es gab kein Entrinnen mehr.

»Du warst also betrunken und hast deinem Leoparden ein paar Freiheiten erlaubt, weil du nicht ganz auf der Höhe warst«, führte Drake die Anklage. »Aber du bist verantwortlich für diesen Schlamassel, nicht Bijou oder Remy und schon gar nicht dein Leopard. *Du* hast mich herausgefordert und ein Weibchen verfolgt, das schon vergeben war. Egal, ob die Leopardin sich schon mit ihrem Gefährten gepaart hatte oder nicht, sie war tabu und hätte unter deinem Schutz stehen sollen.«

Während Drake seine Anklagepunkte vorbrachte, saß Robert stumm und starr vor Angst auf seinem Stuhl.

»Letzte Nacht im Club wurde eine Leopardin aus unserem Rudel bedroht, und alle anwesenden Artgenossen außer dir haben sie sofort verteidigt. Eins unserer heiligsten Gesetze ist es, unsere Frauen und Kinder zu beschützen. Ich warte auf eine Erklärung.« Drakes Stimme klang noch leiser und gefährlicher als zuvor.

Stumm klappte Robert mehrmals den Mund auf und zu, sodass er aussah wie ein Fisch auf dem Trocknen. Schweißperlen standen auf seiner Stirn. »Ich war mit meinen Freunden zusammen …«

»Nur um das klarzustellen«, unterbrach Drake ihn wieder, »das waren die Männer, die eine unserer Frauen belästigt haben.«

»Ich wusste nicht, dass sie eine von uns war«, log Robert.

Drakes Brüllen ließ den ganzen Raum erzittern. Blitzschnell sprang er vor und schlug Robert mit der offenen Hand ins Gesicht, nur dass diese Hand eine große Tatze war, deren rasiermesserscharfe Krallen Roberts Wange aufrissen und vier tiefe, blutende Kratzer hinterließen.

Robert schrie auf und duckte sich. Bijou drückte das Gesicht an Remys Rücken. Er spürte, dass ihr Zittern stärker geworden war. Sie hatte sich auf einiges gefasst gemacht und war im Zimmer geblieben, um so viel wie möglich über die Regeln der Leopardenmenschen zu lernen. Sie hatte wirklich Mut.

Sacht legte Saria eine Hand auf Bijous Schulter, um ihr zu bedeuten, dass sie mit ihr fühlte und dass sie Drake vertrauen konnte. Dankbar dafür, dass sie Bijous Gefühlslage so gut verstand, wechselte Remy einen Blick mit seiner Schwester. Drake jagte Robert absichtlich eine Heidenangst ein, und es gab keinen Zweifel, dass Robert, wenn er weiter log, umgehend schmerzhaft bestraft werden würde – so wollte es das Gesetz.

Bijou hatte keine Brüder. Sie war in einer anderen Umgebung aufgewachsen als Saria. Aber mit Verantwortungslosigkeit und ausschweifendem Leben kannte sie sich aus. Sie wusste, was Alkohol und Drogen einem Mann antun konnten, war jedoch nie echter Gewalt ausgesetzt gewesen, wie sie unter Leoparden vorkam. Remy ließ Drake nicht aus den Augen. Sein Leopard war bereit. Falls Drake ihn aus irgendeinem Grunde brauchen sollte, musste er sofort zur Stelle sein, und das hieß, dass er Bijou nicht beruhigen konnte, so gerne er es auch getan hätte.

»Ja, ich habe gelogen«, gestand Robert, während er eine Hand an die Wange presste. Blut rann durch seine Finger und lief den Arm hinunter. »Ich wusste, dass sie eine von uns ist. Irgendwann war das allen klar. Aber ich wollte nicht, dass Jean und Juste glaubten, ich würde mich gegen sie stellen.«

Geschafft – genau das hatte Drake von ihm hören wollen. Wenn Robert sich vom Rudel losgesagt hätte, hätte Drake ihn zu einem Leopardenkampf aufgefordert, bei dem Robert wohl gestorben wäre. So aber *musste* er die Fragen beantworten, die ihm gestellt wurden, ob es ihm passte oder nicht. Drake hatte darauf geachtet, dass jede Frage einen Bezug zum Rudel hatte. Das war es, was Remy am meisten an Drake bewunderte. Sein Leopard mochte wütend sein, aber er blieb immer besonnen und konnte selbst in einer Krise klar denken. Dieser Charakterzug war es, der ihn zu einem so guten Anführer machte.

»Verstehe«, sagte Drake und legte eine derart lange Pause ein, dass Robert begann, unruhig auf seinem Stuhl herumzurutschen. »Ich werde dir noch eine Chance geben, deinen Fehler gutzumachen. Wir wissen von den Einbrüchen, Robert. Ich will, dass du Remy alles darüber erzählst, ihm jedes Beweisstück gibst, das du hast, einfach alles tust, was ihm helfen kann, diese Männer hinter Gitter zu bringen.«

Robert wurde kreidebleich. Dann setzte er an etwas zu erwidern, doch Drake hob eine Hand, um ihn am Sprechen zu hindern.

»Eine letzte Chance, Robert. Ich merke, wenn du lügst. Und Remy auch. Du hast den Tod verdient, und nichts, was die Rousseau-Brüder dir angedroht haben, kann so schlimm sein wie das, was ich dann mit dir anstelle. Nun rede.«

Robert leckte sich über die plötzlich trocken gewordenen Lippen. Sofort ging Saria aus dem Zimmer, um ihm etwas Wasser zu holen. Er schluckte mehrmals. »Sie werden mich umbringen. Das macht ihnen Spaß. Sie nennen sich *Bokor*, nach den Voodoo-Priestern, die schwarze Magie betreiben. Ich habe keine Ahnung, ob sie tatsächlich wissen, was sie tun, aber sie halten in den Sümpfen regelmäßig Zeremonien ab, bei denen sie Tiere töten. Sie lieben es, Hühnern den Kopf abzuschneiden und mit ihrem Blut herumzuspritzen. Dann rufen sie Dämonen an. Sie haben sogar einen Menschenschädel, den sie bei diesen Ritualen benutzen.«

Nach seinem hastigen Geständnis griff Robert dankbar nach dem Glas Wasser, das Saria ihm reichte, und leerte es beinahe in einem Zug. Er hatte so geklungen, als wäre er fast erleichtert, jemandem von diesen Dingen erzählen zu können. »Sie sind verrückt, aber clever. Wirklich clever. Und ihre Augen und Ohren sind überall.« Er schauderte. »Vielleicht sind sie wirklich mit Dämonen im Bunde, denn sie sind wahre Teufel auf Erden, das schwöre ich.«

»Sie stecken also hinter den Einbrüchen bei den alten Leuten und den Prügeleien«, stellte Remy fest.

Robert nickte. »Wir mussten alle mitmachen. Als ich dazugekommen bin, wusste ich nicht, worauf ich mich einlasse. Am Anfang hat das Aufnahmeritual mit dem Drumherum wie eine Party gewirkt. Sie haben mir viel Geld und Spaß versprochen. Und Ryan Cooper und Brent Underwood haben mir erzählt, dass ich einen Haufen verdienen würde. Also bin ich mitgegangen.«

»Wohin?«, hakte Remy nach.

»Zu dem Ort im Sumpf, an dem sie ihre Zeremonien abhalten.« Robert zitterte am ganzen Körper und führte das Glas an die Lippen, ohne zu bemerken, dass es leer war. »Beim ersten Mal haben sie mich mit verbundenen Augen dorthin gebracht. Wir haben alle viel getrunken, dann haben Jean und Juste sich bis auf einen Lendenschurz ausgezogen und irgendwelche komplizierten Symbole in die Erde gekratzt. Erst habe ich gelacht, weil ich dachte, das gehörte zur Party, aber dann habe ich gemerkt, dass außer mir niemand lachte und dass die anderen ängstlich dreinschauten.«

Robert schüttelte den Kopf und fuhr sich mit der Hand übers Gesicht, als wollte er die Erinnerung fortwischen. »Sie haben einem Schwein die Kehle durchgeschnitten und zugesehen, wie es ausblutete, dabei sind sie darum herumgetanzt und haben einen Dämon angerufen, und dann haben sie uns mit dem Schweineblut bemalt.« Angeekelt sah er Remy an. »Wenn man einmal dabei ist, kann man nicht mehr zurück.«

»Wollte Ryan Cooper aussteigen?«, fragte Remy.

»Coop hat immer davon geredet, dass er nicht mehr mitmachen würde, wenn Jean und Juste ihm keinen größeren Anteil geben, aber das war nur Geschwätz. Er hat sich ebenso wenig getraut, die beiden zu reizen, wie der Rest von uns. Er wollte nicht, dass kein Geld mehr fließt, er dachte nur, er hätte mehr als die anderen verdient, weil er sich oft an den Prügeleien beteiligt hat. Brent und ich haben uns dabei meist zurückgehalten. Juste und Jean mögen es, Menschen wehzutun, und jedes Mal schien es schlimmer zu werden. Ich hatte Angst, dass sie irgendwann jemanden töten. Es war fast so, als wollte einer den anderen übertrumpfen.«

»Dein Leopard könnte die beiden in der Luft zerreißen«, bemerkte Drake.

Robert schüttelte den Kopf. »Sie sind Dämonen. Teufel. Keiner kann sie aufhalten. Ich habe sie Dinge tun sehen, die außer ihnen keiner tun kann.«

»Wie kommt es, dass wir in den Häusern, in denen eingebrochen worden ist, nur die Rousseau-Brüder riechen können?«, fragte Remy.

Robert senkte den Kopf und wich seinem Blick aus.

»Du hast ihnen von Charisse Merciers Experimenten mit dem Geruchskiller erzählt und ihnen etwas davon besorgt, nicht wahr?«, riet Remy.

»Irgendetwas musste ich beisteuern«, platzte Robert heraus. »Ich *musste.* Ich wollte keine alten Leute schlagen. Sie haben gesagt, sie würden Dion etwas tun, wenn ich ihnen nicht irgendwie helfe.« Er schaute zu seinem Anführer auf. »Das ist die reine Wahrheit. Ich habe schon zu tief dringesteckt.«

»Du hättest zu mir kommen sollen«, erklärte Drake. »Du hast nicht nur gegenüber deinem Bruder eine Verantwortung, sondern auch gegenüber dem Rudel und der Gemeinschaft.« Seine Stimme verriet, dass er weder Sympathie noch Mitleid hatte. »Die Rousseau-Brüder sind offensichtlich eine Gefahr für alle. Es gibt keine Entschuldigung dafür, dass du nichts gesagt hast.«

Robert presste die Hand an die Stirn. »Du kennst sie nicht.« Seine Stimme klang angewidert und verzweifelt. »Sie hätten Dion und mich umgebracht. Sie hätten ihren Voodoo-Zauber benutzt, um uns beide zu töten.«

»Habt ihr die gestohlenen Gegenstände irgendwo gelagert?«, fragte Remy.

»Im Sumpf, da, wo die Zeremonien abgehalten werden«, sagte Robert. »Aber du kannst sie nicht aufhalten, Remy. Sie haben wirklich einen Pakt mit den Dämonen geschlossen und werden von ihnen geschützt. Sie können alles tun, was sie wollen.«

»Sind sie mal in Europa gewesen?«

Robert blinzelte mehrmals und runzelte die Stirn. »Wieso? Was hat das damit zu tun?«

»Antworte einfach«, blaffte Drake.

»Sie haben mal davon erzählt, dass sie in Europa gewesen sind«, gab Robert hastig zu.

»Sind sie Fans von Bijou? Hören sie oft ihre Musik?«, fragte Remy.

Robert nickte. »Sie sind geradezu besessen von ihr. Sie lassen dauernd ihre Musik laufen.« Wieder senkte er den Kopf, um Blickkontakt zu vermeiden. »Sie haben versucht, eine Stelle bei der Baufirma zu bekommen, die ihr Apartment renoviert. Um Kameras zu installieren oder vielleicht eine Möglichkeit zu finden, heimlich hineinzugelangen.«

Remy wandte sich ab, damit er sich nicht auf Robert stürzte. Der Mann war ein Artgenosse und hatte gewusst, dass Bijou zu ihnen gehörte, das war allen im Club klar geworden. Dennoch hatte er nicht sofort Bescheid gegeben, dass eine ihrer Frauen in Gefahr schwebte. Remys Fingerspitzen brannten, und sein Kiefer schmerzte. Sein herrischer, aber auch sehr fürsorglicher Leopard war sehr nah, viel zu nah. Sein ganzes Leben lang war es schwer gewesen, ihn in Schach zu halten, und Robert machte es noch schwerer. Eine Gefahr für Bijou konnte nicht toleriert werden.

Remy holte mehrmals tief Luft, um die Wut wegzuatmen und die Kontrolle zu behalten. »Und, sind sie eingestellt worden?« Es half, dass Bijou ihm beruhigend über den Rücken strich. Als er spürte, dass sie weiter gleichmäßig atmete, wurde ihm klar, dass sie an so etwas gewöhnt war. Sie wurde praktisch täglich bedroht. Deshalb war sie nicht zur Polizei gegangen, selbst als das Verhalten ihres Stalkers immer gefährlicher wurde. Sie war einfach zu sehr an solche Dinge gewöhnt.

»Noch nicht«, erwiderte Robert. »Aber sie waren dabei, einen Unfall zu arrangieren, damit es der Baufirma an Arbeitern fehlte. Tom und Ryan sollten ihnen dabei helfen.«

»Tom Berlander?«, fragte Remy. Berlander lungerte öfter in den Kreisen herum, daher war das nicht schwer zu erraten, aber Remy wollte, dass Robert den Namen ganz klar bestätigte.

Robert nickte. »Er und Ryan sind ziemlich gewalttätig geworden. Brent hält sich so weit wie möglich zurück und hat einmal sogar behauptet, er wäre krank, als wir irgendwo einbrechen sollten.« Seufzend schüttelte er den Kopf und sackte noch etwas mehr in sich zusammen. »Ich weiß nicht, wie ihr Jean und Juste fangen wollt. Das ist unmöglich. Sie suchen sich Arbeiten in den Häusern, und die Bewohner mögen sie. Die würden die beiden niemals verdächtigen. Und ihre Fingerabdrücke hinterlassen sie absichtlich. Wenn die alten Herrschaften vor Gericht gehört würden, würden sie sagen, dass sie die beiden toll finden. Jean und Juste kaufen für sie ein, besorgen ihnen ihre Medikamente und sind immer lustig, weil sie wissen, dass sie sie bald ausrauben und verprügeln werden.«

Remy spürte, wie sein Magen rebellierte. Je mehr er hörte, desto größer wurde die Lust, den Rousseau-Brüdern einmal im Sumpf zu begegnen.

»Weißt du, ob die beiden etwas mit den Morden zu tun haben?«, fragte Remy.

Stumm dachte Robert eine Weile lang nach. Schließlich zuckte er die Achseln. »Ich weiß nicht, aber draußen im Sumpf haben sie menschliche Knochen. Ich habe sie gesehen.« Er sah Remy direkt ins Gesicht, sein Gesichtsausdruck und seine Stimme wirkten ehrlich. »Aber falls sie die Killer sind, empfinden sie bestimmt keine Reue. Es macht ihnen Spaß, Tiere zu quälen und ihnen dabei zuzusehen, wie sie langsam sterben. Und es gefällt ihnen, alte Leute zu schlagen, die ihnen vertraut haben. Sie werden wirklich von Dämonen beschützt, genau wie sie sagen, und wenn man einmal einen Pakt mit ihnen geschlossen hat, selbst wenn man betrunken war und es nicht so gemeint hat, wird man sie nie wieder los.«

»Trinkst du deshalb so viel, Robert? Nimmst du deshalb Drogen? Um mit dem, was du getan hast, leben zu können? Weil du weißt, dass es falsch war?«, fragte Remy.

Robert nickte, presste die Finger auf die Augen und schüttelte den Kopf. »Ich habe zu tief dringesteckt, Remy. Und ich wusste nicht, an wen ich mich wenden sollte.«

»Das ist dummes Zeug«, fauchte Drake und begann hin und her zu tigern. »Du gehörst zum Rudel, und es gibt keine Entschuldigung dafür, dass du mich nicht darüber informiert hast, was in unserem Revier vorgeht. Du sagst, die beiden haben deinen Bruder bedroht. Auch er gehört zum Rudel und steht unter meinem Schutz. Du weißt, dass du zu mir hättest kommen sollen. Wenn ich noch eine Lüge von dir höre, reiße ich dir den Kopf ab, verdammt noch mal.«

Das Gesicht starr vor Angst, drückte sich Robert in seinen Stuhl. »Ich konnte jederzeit Drogen bekommen. Drogen, Alkohol und sogar Frauen. Ryan und die Rousseau-Brüder haben das Striplokal, in dem er arbeitet, fest im Griff. Die Frauen dort tun, was sie sagen. Ich hatte Geld und so ziemlich alles, was ich mir wünschte, und habe mir einfach eingeredet, dass ich Dion beschütze.«

»Willst du damit sagen, dass die Gebrüder Rousseau auch noch mit Prostitution zu tun haben?«, fragte Remy.

»Nein, nein.« Robert schüttelte den Kopf. »Niemand bezahlt sie. Das sind Stripperinnen. Sie tun eben, was Jean und Juste ihnen sagen.«

»Aus Angst? Drohen die Brüder den Frauen?«

Robert wand sich unbehaglich. »Ich möchte nicht darüber reden. Das sind nur Stripperinnen. Ich habe jedenfalls nie etwas für den Sex bezahlt. Sie machen einfach die Beine breit, wenn man es ihnen sagt.«

Saria schnappte empört nach Luft und knurrte leise. Ihre dunkelbraunen Augen waren beinahe golden geworden, was ein schlechtes Zeichen war.

Bijous Finger gruben sich wieder in Remys Rücken. Er spürte, dass sie immer noch zitterte, aber nicht mehr aus Angst, sondern vor lauter Wut. Ihr heißer Atem streifte seinen Nacken, und einen kurzen Moment lang spürte er sogar ihr Fell auf der bloßen Haut. Dann atmete Bijou tief ein und drängte ihre Leopardin so weit zurück, dass sie unter Kontrolle war.

Remy war stolz auf sie. Dass Saria ihre Leopardin im Zaum halten konnte, wusste er, doch Bijou war neu in der Welt der Leoparden, und dennoch hatte sie instinktiv das wilde Tier in sich gezügelt. Die Spannung im Raum war beinah greifbar. Die männlichen Leoparden lauerten dicht unter der Oberfläche der Menschen, voller Zorn auf den wehleidigen Artgenossen, der so tat, als sei es völlig in Ordnung, eine Frau dazu zu zwingen, ihm zu Willen zu sein, nur weil sie als Nachtclubtänzerin arbeitete.

»Darüber reden wir noch«, knurrte Remy mit ungewöhnlich kehliger Stimme. »Ob es dir passt oder nicht. Frauen, die in Clubs arbeiten, verkehren nicht einfach mit Männern, nur weil die es gern möchten. Sie haben das Recht, Nein zu sagen. Wie kommst du dazu, etwas anderes zu denken?«

Erregt lief Drake im Zimmer auf und ab und starrte Robert mit seinen fast goldenen Augen wütend an. »Wehe, du lügst, Robert. Ich habe keine Geduld mehr mit dir.«

Robert schrak zurück und wurde bleich. »Es ist ja nicht so, als ob wir hier viele Frauen hätten, und die, die es gibt, sind vergeben. Diese Stripperinnen erwarten nichts anderes. Das gehört einfach zu ihrem Job.«

»Wie haben sie die Mädels dazu bekommen, das mitzumachen?«, beharrte Remy.

»Ein Mädchen namens Candy Jacobson hat sich geweigert, als Ryan versucht hat, sie draußen ranzunehmen. Sie hat ihn sogar ins Gesicht geschlagen. Juste hat sie nach Strich und Faden verprügelt. Er wollte, dass die anderen Mädchen sehen, was passieren würde, wenn sie Nein sagen. Er hat dafür gesorgt, dass alle sie nachher zu Gesicht bekamen. Er hat die anderen in ihr Zimmer gebracht, und danach ist sie verschwunden. Sie haben gesagt, dass sie die Stadt verlassen hat, aber ...« Robert verstummte kopfschüttelnd und sah ängstlich zu Remy auf.

»Du glaubst, sie ist tot«, vermutete Remy.

Robert nickte. »Am Tag, an dem sie verschwunden ist, sind Brent und ich frühmorgens in den Sumpf gegangen. Jean und Juste haben da ihren Drogenvorrat, und wir brauchten beide Nachschub. Am Abend sollten wir wieder arbeiten. Keiner von uns wollte das, und wir dachten, wenn wir uns zudröhnen, würde es einfacher sein.«

»Und?«, fragte Remy mit zusammengebissenen Zähnen.

»Die Brüder hatten irgendetwas mit einem Gewicht im Wasser versenkt. Wir haben beide etwas Rotes treiben sehen. Candy hatte ein rotes Nachthemd an, als Juste und Jean die anderen Mädchen in ihr Zimmer gerufen haben, damit sie sie sehen.«

»Du wusstest also, dass sie diese Frau getötet haben, und hast immer noch nichts gesagt?«, fragte Remy.

»Du bist tatsächlich ein wertloser Mensch und ein noch schlimmerer Leopard«, blaffte Drake.

»Ich war mir nicht sicher«, verteidigte Robert, dass er nichts unternommen hatte. »Ich habe mich nicht getraut, das, was die Rousseaus ins Wasser geworfen hatten, wieder herauszuholen.«

Remy spürte, wie Bijou das Gesicht an seinen Rücken drückte. Ihr Ärger war verflogen und von etwas anderem ersetzt worden. Angst hatte einen ganz besonderen Geruch, und es schien so, als hätte sie wieder Angst bekommen.

Seine Welt war düster und brutal, und er sah meist nur ihre Schattenseiten. Er musste Mörder jagen und sehr viel Zeit an Leichenschauplätzen verbringen. Bijou lebte ganz anders, eher abgeschottet und gewissermaßen vor der Welt draußen geschützt. Und wenn sie auf Tournee gewesen war, hatten sie mehrere Bodyguards abgeschirmt.

Es war nur natürlich, dass sie als Neuankömmling in der Welt der Leoparden ein wenig verstört war. Robert war kein gutes Beispiel für ihre Spezies, das war ihr sicher klar, doch die kaum bezähmbare Wut in Remy und Drake musste ihr Angst einjagen oder sie zumindest dazu bringen, darüber nachzudenken, ob sie wirklich in einer Welt leben wollte, in der das Prinzip »Töten oder getötet werden« herrschte. Machte man einen Fehler, galt das Gesetz des Dschungels. Robert war im Ernstfall mit der Todesstrafe konfrontiert. Je mehr er von seinen Verbrechen und seiner Einstellung dazu erzählte, desto schlimmer wurde es für ihn. Leopardenmenschen hielten es nicht lange aus, eingesperrt zu sein. Die Folgen waren katastrophal. Daher musste zum Erhalt des Rudels und der Art ein fauler Apfel sofort und endgültig beseitigt werden.

Remy hätte Bijou gern getröstet, aber das war nicht möglich. Er sah zu seiner Schwester hinüber. Sie hatte Tränen in den Augen. Sie wusste, dass Robert sich in große Schwierigkeiten gebracht hatte. Er und Dion waren von Kindesbeinen an ihre Freunde gewesen. Wahrscheinlich fragte sie sich, wie man so schnell so tief sinken konnte.

Für Leopardenmenschen waren Drogen und Alkohol tabu. Meistens hatten Gestaltwandler auch kein Interesse daran, denn man musste seinen Leoparden unterdrücken, um die Wirkung zu spüren, und dazu brauchte es eine ganze

Menge. Robert hatte sich offensichtlich für Drogen und Alkohol und gegen seinen Leoparden entschieden – eine weitere große Sünde in ihrer Welt.

»Robert«, sagte Remy leise und schwer atmend, um seinen Leoparden im Zaum zu halten. Das Tier war selbst in den besten Zeiten schwierig, aber im Augenblick war es kaum davon abzuhalten, sich auf den Mann zu stürzen, den es als Verräter seines Volkes ansah. »Du wirst mich zu diesem Ort führen. Ich möchte nicht darüber diskutieren, also spar dir deine Einwände. Du hast selbst gesagt, dass die Rousseau-Brüder Mörder sein könnten. Glaubst du, dass Jean und Juste Pete Morgan umgebracht haben?«, fragte Remy grimmig.

»Ich weiß nicht. Ich habe darüber nachgedacht und das sogar mit Brent besprochen. Wir sollten uns in jener Nacht mit ihnen treffen, aber sie sind nicht aufgetaucht. Juste hatte ein paar Tage zuvor Streit mit Pete gehabt. Er hatte gehört, dass Bijou nach einem Führer durch die Sümpfe suchte und irgendjemand ihr Pete Morgan empfohlen hatte. Juste hat Pete deswegen zur Rede gestellt, weil er seiner Meinung nach nicht dafür geeignet war. Pete war Krabbenfischer, und sie wollten nicht, dass ...«

Blitzschnell sprang Drake an Remy vorbei und zerkratzte Robert die andere Hälfte des Gesichts. Er konnte nicht fassen, dass der Kerl damit nicht zu ihm gekommen war, obwohl er wusste, dass Saria und allen anderen Touristenführern Gefahr von den Rousseau-Brüdern drohte. Als Robert sich duckte und versuchte, dem Schlag auszuweichen, war es bereits viel zu spät. Nun rann auch von der anderen Wange das Blut in vier kleinen Strömen auf sein Hemd herab.

Bijou schauderte und klammerte sich mit einem gequälten Aufstöhnen an Remys Hemd. Gern hätte er sie fest in die Arme genommen und beschützt. Er fasste nach hinten und strich ihr beruhigend über den Arm. Das war das Beste, was er unter den gegebenen Umständen tun konnte.

»Sie wollten ihre Geschäfte ausdehnen und Geld von den Touristenführern erpressen. Pete hat sie ausgelacht und sich geweigert zu zahlen«, heulte Robert. »Das war nicht meine Idee. Ich habe ihnen gesagt, dass niemand, der in den Bayous lebt und arbeitet, ihnen Geld zahlen würde, aber sie wollten nicht auf mich hören. Sie meinten, sie müssten nur ein Exempel statuieren, dann würde es schon klappen.«

»Das alles hast du also gewusst, aber kein Wort davon gesagt. Saria führt auch manchmal Touristen durch die Sümpfe«, betonte Remy. »Meine Schwester. Die Frau des Rudelführers. Mit der du seit deiner Kindheit befreundet bist.«

»Sie haben sie nicht bedroht«, beteuerte Robert. »Wirklich nicht.«

»Du wirst das alles aufschreiben und uns dann zu dem Ort führen, an dem ihr diese Zeremonien abhaltet«, sagte Remy. »Lass das Kopfschütteln, Robert. Du hast praktisch alle Gesetze gebrochen, die wir haben. Ich werde diese feinen Herren einsperren, und du wirst mir dabei helfen. Ich werde sie für die Einbrüche und die Übergriffe bestrafen. Selbst wenn ich nicht beweisen kann, dass sie Pete Morgan und Ryan Cooper ermordet haben, bringe ich sie hinter Gitter, damit ich mehr Zeit habe, Beweise zu finden, falls sie diese Morde tatsächlich begangen haben.«

»Wir gehen, sobald es dunkel wird«, sagte Drake. »Alle drei. Dann sehen wir uns um und sichern Beweise. Währenddessen sollen deine Brüder hier Wache halten, Remy. Wir müssen Dion zurückholen und ihn in Schutzhaft nehmen – hier. Dann ist er in Sicherheit. Es wird ihm nicht gefallen, aber darauf kann ich keine Rücksicht nehmen.«

»Du weißt, dass ich Robert verhaften muss«, sagte Remy.

»Nein!« Robert sprang fast vom Stuhl. »Leopardenmenschen dürfen nicht eingesperrt werden. Das wisst ihr doch. Und selbst dann würden Juste und Jean einen Weg finden, mich umzubringen«, fügte er hinzu.

»Ich kann dir das nicht durchgehen lassen«, erwiderte Remy. »Du hast bei einer Gang mitgemacht, die alte Leute ausraubt und schlägt. Der Staatsanwalt wird dir einen Deal anbieten, aber du musst deine Strafe absitzen. Ich werde mein Bestes tun, damit du so schnell wie möglich aus dem Gefängnis herauskommst, und solange du da bist, kriegst du eine Einzelzelle.«

»Das kannst du doch nicht zulassen«, flehte Robert Drake an. »Die Rousseau-Brüder werden mich bestrafen, wenn sie erfahren, dass ich sie verraten habe.«

»Du hast selbst gesagt, dass sie in jedem Fall an dich herankommen«, erinnerte ihn Drake. »Weil sie mit irgendwelchen Dämonen im Bunde sind. Also dann kann man dir sowieso nicht helfen. Du bist selbst schuld, Robert. Du hättest die ganze Zeit etwas tun können, aber du hast es dir leicht gemacht. Steh auf. Wir kümmern uns jetzt um die Sache und sorgen dafür, dass der Schaden möglichst gering bleibt.«

»Gage«, sagte Remy. »Lass Brent Underwood und Tom Berlander überwachen. Und zwar ohne dass sie es merken. Wir wollen doch nicht, dass sie vorgewarnt sind, oder schlimmer noch, dass die Rousseau-Brüder Verdacht schöpfen.

»Kein Problem«, sagte Gage. »Wird erledigt.«

»Wir lassen die Brüder erst mal in Ruhe«, beschloss

Remy. »Wahrscheinlich geben sie damit an, dass sie mich im Verhör an der Nase herumgeführt haben. Sie glauben, dass sie wieder einmal schlauer als die Polizei gewesen sind. Ich will, dass sie sich gut fühlen und sehr zufrieden mit sich sind. Wir möchten ja nicht, dass sie abhauen.«

»Und wenn sie in den Sumpf gehen, während ihr dort seid?«, fragte Gage.

»Dann bekommen sie es mit zwei Leoparden zu tun, und das wird ihnen nicht gefallen«, erwiderte Remy ungerührt.

Bijou ließ die Arme sinken und ging auf Distanz. Er drehte sich zu ihr um. Sie wirkte verstört und fast ein wenig krank. »Das hört sich so an, als ob diese Männer gefährlich wären«, flüsterte sie.

Remy griff nach ihrer Hand und zog sie an sich, legte einen Arm um sie und führte sie aus dem Raum – weg von Robert und den schrecklichen Dingen, die er erzählt hatte. Es war nicht nötig, dass sie die schlechte Seite der Leopardenmenschen zu sehen bekam, kaum dass sie von ihrem Erbe erfahren hatte. Denn wie bei allem gab es auch bei ihnen gute und schlechte Seiten.

Vor Robert und den anderen wollte er nicht mit ihr sprechen, denn was er zu sagen hatte, war sehr privat. Außerdem hätte sie nicht gewollt, dass er sie tröstete, wenn andere zusahen. Deshalb führte er sie in die Küche. Sobald er die Tür zugemacht hatte, drehte er sich um und hob ihr Kinn an, damit er ihr in die Augen sehen konnte.

»Es tut mir leid.«

Stumm presste sie die Lippen zusammen. Dann nickte sie endlich. »Ich habe nie darüber nachgedacht, was du bei deiner Arbeit zu sehen bekommst. Oder mit wem du dich abgeben musst.«

Ein wenig verwundert darüber, dass sie eher an ihn als an sich dachte, legte Remy sanft eine Hand in ihren Nacken. »Ich glaube, diese Menschen sind nicht sehr viel anders als die, mit denen du es in deiner Kindheit zu tun hattest, Bijou.«

»Diese Leute waren hemmungslos und haben ein ausschweifendes Leben geführt, aber sie hätten es nicht gut geheißen, Frauen zu verletzen oder zu vergewaltigen, und sie haben auch nicht gemordet«, widersprach sie. »Und ich war zwar vernachlässigt und angewidert von ihrem Benehmen, aber ich habe niemals so grässliche, schreckliche Dinge zu sehen bekommen wie du.«

»Es tut mir leid«, wiederholte Remy und strich mit dem Daumen über ihre Wange. »Ich weiß, dass wir über vieles reden müssen, Blue, und dass ich dich immer wieder bitte zu warten, aber du musst das verstehen. Ich kann diese Männer nicht frei herumlaufen lassen, selbst wenn sie Pete Morgan und Ryan Cooper nicht ermordet haben. Sie sind gefährlich, und ich muss sie von der Straße holen.«

»Natürlich. Das muss sein«, meinte Bijou mit gerunzelter Stirn.

»Das heißt, dass ich die ganze Nacht und wahrscheinlich auch morgen arbeiten muss.«

»Das habe ich mir schon gedacht. Ich bin kein Kind mehr, und ich brauche auch nicht ständig Gesellschaft. Ich weiß, was du tust. Ich hatte bisher keine Ahnung davon, wie schrecklich das für dich sein muss, aber es ist ja nicht so, als hätte ich nicht gewusst, dass du bei der Mordkommission bist. Jedenfalls werde ich nicht zusammenbrechen, weil du arbeiten musst.«

Sie zögerte kurz, doch dann legte sie eine Hand an seine

Wange. »Vielleicht habe ich manchmal Angst um dich. Das habe ich nicht unter Kontrolle, aber ich fange an zu verstehen, dass du ein gefährlicher Mann bist und wahrscheinlich selbst auf dich aufpassen kannst.«

Remy neigte den Kopf und küsste sie, denn er konnte nicht anders. Er musste sich vergewissern, dass sie sich ihm nicht entziehen würde. Er hätte nie gedacht, dass er eine Frau jemals so brauchen würde, wie er Bijou brauchte. Er rief sich immer wieder in Erinnerung, dass sie noch gar nicht so lange da war und dass er sie kaum kannte, aber irgendwie hatte sie sich in sein Herz und seine Seele geschlichen. Er hatte sich einreden wollen, dass das alles nur wegen seines Leoparden passiert war, doch mittlerweile fürchtete er, dass sein Leopard wenig damit zu tun hatte.

Bijou schmiegte sich an ihn, schlang die Arme um seinen Hals und küsste ihn zurück. Eigentlich hatte er ihr nur einen sanften Kuss geben wollen, doch als sie so leidenschaftlich reagierte, ließ er sich von ihrem Feuer anstecken. Es gab kein Denken oder Halten mehr, nur diese Frau, die sich an ihn drückte und ihm so einheizte, dass er alles andere vergaß.

»Wirst du auf mich warten?«, fragte er sie.

»Habe ich doch gesagt«, murmelte sie an seinen Lippen.

Wieder küsste er sie innig, weil ihr zärtliches Flüstern so unwiderstehlich war. »Ich möchte nicht, dass du glaubst, du könntest etwas mit diesem Franzosen anfangen«, fügte er hinzu und bedeckte ihr Gesicht mit Küssen.

»Welchem Franzosen?«, fragte sie matt.

Remy hob den Kopf und grinste. »So ist es recht. Vergiss diesen stinkreichen, weltgewandten, so wahnsinnig talentierten Künstler. Was kann der schon haben, das ich nicht habe?«

»Keine Ahnung«, sagte Bijou und lächelte ihn an.

Aber ihm fiel auf, dass sie kein Angebot machte, die Ausstellung in der Galerie besser nicht zu besuchen, falls er nicht rechtzeitig zurück sein würde oder auch in der kommenden Nacht arbeiten musste.

16

Sorgfältig kleidete Bijou sich für Arnaud Lefevres Ausstellung an. Ihr Freund trug stets sehr elegante, gut geschnittene Anzüge und hatte tadellose Manieren. Er bewegte sich in einer völlig anderen Welt als Remy. Sie hatte so lange wie Arnaud gelebt, dass es ihr zur zweiten Natur geworden war, sich schick anzuziehen. Rote Teppiche, Kameras und die richtige Kleidung gehörten einfach zu ihrem Leben.

Sie mochte zwar auch ihre Jeans und lässigen Sachen, doch es hatte schon etwas Faszinierendes, eine Designerrobe überzustreifen, die Rücken und Arme bedeckte, sodass alle verräterischen Hinweise auf ihre verrückten Nächte mit Remy verborgen blieben. Dann steckte sie das Haar zu einer eleganten Frisur auf und schminkte sich bedächtig. Hohe Riemchenschuhe und lange Saphirohrringe komplettierten das Outfit, in dem sie sich sehr weiblich fühlte.

Remy. Seufzend betrachtete sie sich im Spiegel. Anscheinend hatten die Männer den Sumpf nach Beweisen durchkämmt und die ganze Nacht sowie einen Großteil des Tages für die Suche gebraucht. Dabei hatten sie im Wasser versenkt die Überreste dreier Leichen gefunden – ausschließlich Frauen. Eine davon war die Tänzerin, von der Robert erzählt hatte.

Remy hatte müde geklungen, als sie am Telefon mit ihm geredet hatte. Sie konnte sich nicht vorstellen, wie es ihm gehen musste, wenn er diese grässlichen Dinge sah, mit denen er so oft zu tun hatte. Er hatte sehr leise gesprochen, fast zu leise, um ihn verstehen zu können, dennoch war das Mitleid mit den Frauen herauszuhören gewesen. Das Mitleid und auch die Selbstvorwürfe. Diese Frauen hatten in der Stadt gewohnt, in der er arbeitete, und er hatte nichts von ihnen gewusst – und sie nicht beschützt.

Die Spurensicherung hatte menschliche Knochen und einen menschlichen Schädel gefunden, dazu verschiedene Dinge, die aus den Einbrüchen bei den alten Leuten stammten. Remy war sicher, dass die gefundenen Fingerabdrücke und Blutspuren den Rousseau-Brüdern zugeordnet werden konnten. Und er hoffte, dass die menschlichen Knochen sie auch mit den Morden an Pete Morgan und Ryan Cooper in Verbindung bringen würden. Er hatte definitiv genug Beweise, um sie wegen Einbruch und schwerer Körperverletzung zu verhaften. Außerdem war er sicher, dass er Brent Underwood dazu bringen konnte, gegen die beiden auszusagen. Zusammen mit Roberts Geständnis würde das seiner Meinung nach ausreichen zu verhindern, dass die Brüder gegen Kaution wieder freikamen. Und das würde ihm mehr Zeit verschaffen, Beweise zu finden, die sie mit den Morden in Zusammenhang brachten.

Bijou fasste nach einem Ohrring und strich sanft über den funkelnden Edelstein. Sie hätte Remy gerne gesehen, ihn in die Arme genommen und ein wenig aufgemuntert. Doch er würde die ganze Nacht arbeiten, und sie wollte sich ablenken, indem sie zu Arnauds Ausstellung ging. Vielleicht fand sie in der Galerie ein besonderes Geschenk für Remy.

»Bist du fertig, Bijou?«, fragte Saria und steckte den Kopf durch die offene Tür.

Bijou lächelte sie an. »Du siehst wunderschön aus. Ich wusste, dass dieses Kleid wie für dich gemacht ist, Saria. Hat Drake sich auch schön gemacht?«

Saria nickte. »Ja, das hat er. Wenn der mal beschließt, sich herauszuputzen, raubt er mir jedes Mal den Atem.«

Bijou lachte schallend. »Drake raubt dir immer den Atem, und ich wette, wenn er *nichts* anhat, ist es noch schlimmer.«

Saria errötete. »Okay, ich gebe zu, dass du recht hast, aber verrat es ihm nicht. Ernsthaft, er weiß auch so, dass ich verrückt nach ihm bin.« Doch das schien sie nicht im Geringsten zu stören, im Gegenteil, sie wirkte sehr glücklich. »Du siehst hinreißend aus, Bijou«, fuhr Saria fort. »Jedes Mal, wenn ich dich sehe, ob in einer Jeans oder in einer Abendrobe, staune ich wieder über deine Schönheit.«

»Vielen Dank, meine Liebe.« Bijou verneigte sich leicht. »Du machst mir immer Mut. Bist du schon mal bei einer von Arnauds Ausstellungen gewesen? Da sind immer eine Menge Presseleute. Er ist sehr berühmt, und die Kritiker und wohlhabenden Käufer kommen in Scharen.« Sie wusste, dass sie stolz klang – aber sie konnte nichts dafür. »Was seine Arbeit angeht, ist er wirklich ein Genie. Einige seiner Werke stehen sogar im Louvre. So erfolgreich ist er.«

»Der arme Remy«, sagte Saria mit einem frechen Grinsen im Gesicht. »Sobald er dich in diesem Kleid am Arm dieses attraktiven Franzosen sieht, wird er völlig durchdrehen.«

»Nein, wird er nicht«, widersprach Bijou. »Ich habe ihm

gesagt, dass ich hingehe, und er hatte nichts dagegen. Er weiß, dass Arnaud nur ein Freund ist.«

»Es zu wissen ist das eine, aber ob es ihm gefällt das andere«, bemerkte Saria. »Remy achtet sehr darauf, dass dir niemand zu nahe tritt. Er hat dich schon immer verteidigt. Niemand durfte ein Wort gegen dich sagen, selbst als du noch ein Teenager warst, sonst bekam er es mit Remy zu tun.«

Bijous Herz machte einen Satz. »Ähm, meine Süße, ich liebe dich, wirklich, aber als wir Teenager waren, war Remy die meiste Zeit nicht da.«

»Stimmt, aber hin und wieder ist er zu Besuch gekommen, und dann hat er sich immer nach dir erkundigt. Gage und die anderen Jungs haben dich für ein wenig hochnäsig gehalten, und das hat Remy nicht gefallen.«

»Alle haben gedacht, ich wäre hochnäsig, nur du nicht«, erwiderte Bijou.

Es war seltsam, dass die Erinnerung an jene Zeit immer noch wehtat, denn sie wusste, dass sie an dem Eindruck, den sie erweckt hatte, nicht ganz unschuldig gewesen war. Sie hatte nicht gewollt, dass irgendjemand erfuhr, wie schrecklich ihr Vater und dessen Umfeld in Wahrheit waren. Sie hatte sich für sein Benehmen geschämt und keine Freundinnen und auch keine Lehrerin mehr mit nach Hause gebracht, weil sie Angst hatte, dass Bodrie sie vernaschen würde – was er schon mehr als einmal getan hatte. Und wenn er danach den Kontakt abbrach, hatte man immer ihr die Schuld gegeben – nicht Bodrie.

»Remy hat dich nie für arrogant gehalten«, widersprach Saria. »Er schien dein treuester Anhänger zu sein.«

Bijou versuchte, nicht auf Sarias Enthüllungen zu reagieren, aber es war schön zu wissen, dass Remy selbst in ihrer Teenagerzeit an sie gedacht hatte. Damals hatte sie sich sehr einsam gefühlt. Nur mit Saria war sie wirklich befreundet gewesen. Die hatte nie den Wunsch gehabt, Bodrie kennenzulernen, und sie wusste, was es hieß, allein groß zu werden. Ihre Brüder waren erwachsen und fast alle aus dem Haus, und ihr Vater war die meiste Zeit betrunken. Es war nicht verwunderlich, dass die beiden Mädchen sich zueinander hingezogen fühlten.

Zum ersten Mal im Leben hatte Bijou wahre Freundschaft kennengelernt. Zuerst war sie argwöhnisch gewesen, weil sie Sarias Motiven nicht traute, doch ihre neue Freundin hatte das lässig genommen, war immer wieder tagelang im Sumpf verschwunden und hatte nie versucht, sich ihr aufzudrängen. Das hatte Bijou sehr gemocht an dem Mädchen, das völlig anders als sie zu sein schien. Saria war ein wildes Kind gewesen, trotzig und unabhängig. Bijou dagegen hatte immer versucht, sich anzupassen und nicht bemerkt zu werden. Saria war völlig egal, was andere über sie dachten, während Bijou von Dingen, die Klassenkameraden, Lehrer oder die Presse über sie sagten, schnell verletzt war.

»Seid ihr beide fertig?«, fragte Drake und stieß dann einen bewundernden Pfiff aus. »Anscheinend gehe ich heute mit den zwei schönsten Frauen von New Orleans aus.«

Saria strahlte ihn an und schob eine Hand in seine Armbeuge. »Du siehst auch gut aus, Drake Donovon.«

Bijou hakte sich auf der anderen Seite ein. »Ich muss Saria recht geben. Du siehst großartig aus.«

Drake warf ihr ein Lächeln zu. Im Anzug wirkte er ganz anders als der Mann, der gestern so zornig herumgetigert war und Robert das Gesicht zerkratzt hatte. Niemand, der ihn so sah, wäre darauf gekommen, dass er etwas anderes als ein Gentleman sein könnte. Und wenn er Saria anschaute, wurden seine Züge weich und seine Augen leuchteten so liebevoll, dass von dem gefährlichen Raubtier in ihm keine Spur mehr zu sehen war.

Fasziniert betrachtete Bijou ihn. Bei Drake war ihr dieser Ausdruck schon öfter aufgefallen, also warum hatte sie ihn bei Remy nicht bemerkt? Sie stellte sich sein Gesicht mit dem markanten Kinn und dem dichten dunklen Haar vor, das ihm immer wieder in die erstaunlich grünen Augen fiel. Manchmal hatte sie schon allein bei seinem Anblick das Gefühl, als ob sie im freien Fall von einer Klippe stürzte und nicht mehr zu retten war.

Aber genau den Ausdruck, den sie auf Drakes Gesicht sah, diesen konzentrierten Blick, mit dem er Saria anschaute, hatte auch Remy, wenn er sie ansah. Bei dieser Erkenntnis stockte ihr der Atem, und sie verharrte wie erstarrt, unfähig, sich zu bewegen und völlig schockiert über das Wunder, das sich schon die ganze Zeit vor ihren Augen ereignete.

»Bijou?«, sagte Saria von sehr weit her. »Alles in Ordnung?«

Remy befand sich wirklich auf einem neuen Terrain, von dem er nicht mehr Ahnung hatte als sie – auch wenn das nicht ganz richtig war. Er hatte offenbar *sehr* viel mehr Erfahrung auf Gebieten, auf denen sie sich nicht auskannte, aber diese Gefühle waren für ihn ebenso neu wie für sie.

»Alles ist gut«, sagte sie. Ihr Herz fühlte sich so leicht an wie schon seit Jahren nicht mehr.

»Wird Remy versuchen, heute Abend noch nachzukommen?«, fragte Drake.

Seine Stimme klang leicht amüsiert, so als wollte er sie

aufziehen. Bijou tat ihr Bestes, um ernst zu bleiben. »Das bezweifle ich. Er steckt bis zum Hals in Arbeit und hat seit mehr als vierundzwanzig Stunden nicht mehr geschlafen. Wenn er etwas Zeit hat, wird er sich wohl hinlegen.«

Drake stupste Saria. »Meinst du, Remy legt sich schlafen, während Bijou in einem sehr schmeichelhaften hautengen Kleid am Arm eines anderen Mannes hängt? Nur aus Neugier, würdest du eine kleine Wette darauf abschließen?«

Bijou lachte. »Ich werde kein Geld darauf verwetten, was er wohl tun wird oder nicht. Er ist unberechenbar.«

Drake führte die zwei Frauen die geschwungene Treppe hinunter zum Wagen. »Wenn es eins gibt, was ich über Remy weiß, dann, dass er sehr berechenbar ist, wenn es um dich geht, Bijou. Mach dir doch nichts vor. Er wird dich nicht mit einem anderen Mann allein lassen.«

»Aber er weiß, dass Arnaud nur ein Freund ist.«

Drake stöhnte und hielt ihr die Autotür auf. »Warum sagen Frauen das bloß immer wieder?«

So würdevoll wie möglich nahm Bijou Platz. »Weil Frauen sich weiterentwickelt haben und mit Männern befreundet sein können, ohne dass sie etwas mit ihnen haben wollen.«

Drake schnaubte abfällig und hielt Saria die Tür auf. »Erstens reden wir von Leopardenmenschen, die ausgesprochen eifersüchtig sind, und zweitens haben Männer sich diesbezüglich tatsächlich nicht weiterentwickelt und werden es wohl auch niemals tun.«

Saria und Bijou kicherten, als Drake mit seinem lässigen, geschmeidigen Gang, der eher an ein Raubtier als an einen Menschen erinnerte, um den Wagen herumging. Und als er die Tür zuschlug und den Wagen startete, kicherten sie noch lauter.

»Ich hoffe, die Behauptung, dass Männer und Frauen Freunde sein können, bringt Remy nicht so in Rage wie dich«, sagte Bijou.

Drake sah sie im Rückspiegel an. »Du Ärmste. Du hast keine Ahnung, wie der Typ tickt, oder? Vielleicht glaubst du sogar, er wäre nett.«

»Er ist nett«, behauptete Bijou.

»Keiner in unserem Rudel hat einen Leoparden, der so mürrisch ist wie Remys. Und was dich angeht, heißt das für ihn, es gibt keine Männer, die mit dir befreundet sind. Nur Rivalen.«

Bijou schüttelte den Kopf. »Ich glaube, ihr beide gebt für jeden Unsinn euren Leoparden die Schuld.«

Saria lachte schallend und knuffte ihren Mann in die Seite. »In der Hinsicht hat sie recht. Remy gibt gern seinem Leoparden die Schuld, wenn er schlechte Laune hat.«

Drake zuckte die Achseln. »Macht nur so weiter, ihr zwei, aber ich stelle fest, dass keine von euch gegen mich wetten will. Remy wird heute auftauchen.«

Die Lichter der Galerie funkelten im Nieselregen, als der Wagen vorfuhr. Musik und Lachen drang bis nach draußen. Bijou freute sich, dass die Ausstellung wie erwartet gut besucht war. Arnaud war weltberühmt, und seine Skulpturen zählten zu den schönsten der modernen Welt.

Bijou entdeckte ihren Manager und jenen Mann, der irgendwie zu seinem Schatten geworden war, in der Menge, dazu einige der Männer, die sie im Club beschützt hatten. Nun wusste sie, dass es sich dabei um Leopardenmenschen handelte. Joshua Tregre und Elijah Lospostos waren offenbar von Drake oder Remy zu ihren Leibwächtern an diesem Abend bestimmt worden. Und zu allem Überfluss sah sie noch zwei von Remys Brüdern in feinen Anzügen, die so taten, als würden sie etwas trinken und sich unter die Menschen mischen. Immerhin langten sie beim Essen kräftig zu, wie Bijou mit einem kleinen Lächeln registrierte.

Arnaud stand etwas abseits, einen Drink in der Hand. Er trug einen schwarzen Anzug und ein weißes Hemd und sah noch eleganter aus als sonst. Als sie hereinkam, drehte er sich um, hob grüßend sein Glas und brachte beim Näherkommen sogar ein Lächeln zustande.

Er beugte sich vor und küsste sie auf die Wange. »Danke, dass du gekommen bist, meine Liebe. Du weißt, wie ungern ich Small Talk mache.« Er nahm ihre Hand und legte sie in seine Armbeuge. »Du hast mich gerettet.« Sobald er Bijou fest an der Seite hatte, lächelte er Drake und Saria an. »Danke, dass Sie sie hergebracht haben. Ich bin nicht gut im Umgang mit Menschen, nur bei meiner Kunst, und diese Ausstellungen können mitunter sehr anstrengend sein.«

Drake nickte, doch als Arnaud sein Glas wegstellte und seine Hand über Bijous legte, runzelte er leicht die Stirn. »Verstehe. Ich bleibe lieber im Hintergrund.«

Arnaud wandte sich ihm zu, als ob er ihn zum ersten Mal richtig sähe. »Sie sind wohl mit Bijous Freundin verheiratet«, sagte er und streckte eine Hand aus.

»Drake Donovon«, stellte Drake sich vor. »Und das ist meine Frau, Saria.«

»Entschuldige, Arnaud. Wir sind schon so lange befreundet, dass ich nicht daran gedacht habe, dass du Drake und Saria nicht kennst«, sagte Bijou. »Anscheinend habe ich meine Manieren vergessen.«

»Ich verzeihe dir, wenn du für den Rest des Abends die Konversation übernimmst und nur Gutes über mich erzählst«, erwiderte Arnaud und legte erneut seine Hand über ihre. »Ich hoffe, es wird Ihnen hier gefallen. Wir beide müssen nun die Runde machen.«

Ohne auf eine Antwort zu warten, da er seine neuen Bekannten wie üblich gleich wieder vergaß, führte er Bijou zu seinem neuesten Werk, einem anderthalb Meter hohen, atemberaubenden Wasserfall aus Farben und Formen. »Was hältst du davon? Es wird niemals so, wie ich es mir vorgestellt habe, denn während der Arbeit entwickeln die Dinge ein Eigenleben.«

Der Titel des Werks lautete »Hingabe«. Die Kritiker, die es gesehen hatten, hatten sich vor Begeisterung überschlagen, und einige hatten gemeint, es zeige, »wie es sich anfühlt, sich zu verlieben«.

Bijou betrachtete den Wasserfall aus allen Blickwinkeln, denn Arnaud zog es vor, wenn sie sich mit ihrer Antwort Zeit ließ. Es war ihm tatsächlich gelungen, dass man einzelne Wassertropfen ausmachen konnte, während insgesamt der Eindruck von Wasser, das sich über eine Klippe ergoss, entstand. Doch bei näherem Hinsehen entdeckte sie noch mehr als nur Wasser. Hinter dem Wasserfall kamen Bilder zum Vorschein.

Fasziniert trat Bijou näher. Die Bilder veränderten sich je nach Lichteinfall und Standpunkt des Betrachters. Sie ließ sich Zeit, sie zu studieren, denn sie wusste, dass Arnaud es schätzte, wenn sie alles genau anschaute, ehe sie ein Urteil abgab. Er sah still zu, wie sie vor- und zurückging und versuchte, jeden Aspekt zu berücksichtigen.

Es schien unmöglich zu sein, alles zu entdecken, was sich hinter dem Wasser befand. Jedes Mal, wenn sie dachte, es sei ihr gelungen, zeigte sich bei der nächsten Bewegung etwas anderes. »Das ist erstaunlich, Arnaud. Unglaublich. Ich habe keine Ahnung, wie du das fertiggebracht hast. Es gehört zu den schönsten Dingen, die ich je gesehen habe. Und das Komische ist, je länger ich es mir anschaue, desto schöner wird es.«

»Was glaubst du, was ich damit sagen will?«

Das war immer der schwierigste Augenblick. Arnaud wollte mit seinen Arbeiten etwas ausdrücken. Es machte ihm nichts aus, wenn die Kritiker seine Intention nicht richtig verstanden, doch dass sie erkannte, was er gemeint hatte, war ihm wichtig, denn sie zählte er zum kleinen Kreis seiner Freunde. Bijou umkreiste die Skulptur noch einmal.

»Es geht nicht darum, wie es ist, sich zu verlieben«, sagte sie und schaute ihn an. »Zumindest ist das meine Meinung. Die Tropfen stürzen einzeln herab und vereinen sich erst auf halbem Wege zu dem Wasserfall, hinter dem all die Gesichter sind, um sich schließlich unten zu sammeln. So wie ich es sehe, geht es um das Leben im Universum – wie jedes einzelne Leben sich im freien Fall auf eine Reise macht, bis schließlich alles wieder zusammenkommt ...« Sie biss sich auf die Lippe. »Ich drücke mich nicht sehr gut aus, Arnaud, aber für mich erzählt es etwas über Leben und Tod im Universum. Das ist es, was ich sehe, wenn ich dieses Kunstwerk anschaue.«

Ein Lächeln, das aber schnell wieder verschwand, ließ Arnauds Gesicht aufleuchten. »Du verstehst mich einfach immer, Bijou. Ich glaube, wir fallen alle in die Welt, und dann nimmt das Universum uns auf die eine oder andere Art wieder auf, und wir geben uns ihm hin.«

»Egal, was andere davon halten, Arnaud, und das ist ja das wahrhaft Schöne an der Kunst, dass jeder darin sehen kann, was er will, diese Skulptur ist wunderschön, ehrlich.«

»Es ist mein Lieblingsstück.«

»Und die Art, wie du diese Gesichter darstellst, ist auch sehr ungewöhnlich«, bemerkte sie. Ein Haaransatz, ein wunderschöner Mund zwischen Details von Tieren und Pflanzen – alles, was lebte, war in diesem Werk abgebildet.

»Wir Menschen teilen den Planeten mit Millionen von anderen Lebensformen«, sagte Arnaud. »Und am Ende werden wir alle wieder zu Staub und gliedern uns wieder in den Kreislauf ein.«

»Ich weiß nicht, ob das schön oder erschreckend ist«, gestand Bijou.

»Das ist natürlich schön. Unser Leben ist sehr schön, aber nicht alle Menschen sind schön. Du gehörst zu den wenigen Ausnahmen, Bijou.« Arnaud ließ den Blick durch den Raum wandern und betrachtete die vielen Menschen, die ins Gespräch versunken teuren Wein und Champagner tranken und die Hors d'œuvres aßen, die von Kellnern auf Tabletts herumgereicht wurden. »Sieht so aus, als hättest du ein paar Freunde gefunden, die dir sehr ähnlich sind.«

Arnaud unterbrach sich, zwang sich zu einem Lächeln und winkte einigen Menschen zu, die ihn grüßten. Sofort übernahm Bijou die Konversation für ihn und bezog ihn gelegentlich locker mit ein. Dabei lag ihre Hand stets in seiner Armbeuge, ein heimlicher Code, mit dem sie sich verständigten. Immer wenn Arnaud sich von den Menschen um sie herum bedrängt fühlte, legte er seine Hand sanft auf ihre, dann erfand sie eine Entschuldigung, ging freundlich weiter und verschaffte ihm eine Atempause.

Die nächsten zwei Stunden verbrachten sie damit, mit Paaren, Gruppen und besonderen Fans über Arnauds Werk zu sprechen. Alle waren ganz versessen darauf, eine seiner berühmten Skulpturen oder ein kleineres Stück aus seiner ausgefallenen Schmuckkollektion zu erwerben, Zusammen arbeiteten sie sich durch den Raum, wobei Bijou darauf achtete, dass niemand sich übersehen fühlte. Alle Anwesenden waren potentielle Käufer, darunter auch kunstbegeisterte Millionäre oder Milliardäre, und viele besaßen bereits etwas von Arnaud. Nun bekamen sie nicht nur die Gelegenheit, sich mit dem Künstler zu unterhalten, sondern waren auch mehr als erfreut, mit der Berühmtheit an seiner Seite zu plaudern.

Die Musik wurde langsamer, die kleine Tanzfläche füllte sich mit Männern im Smoking und Frauen in langen, glitzernden Kleidern. Bijou erhaschte einen Blick auf Saria und Drake, die perfekt im Rhythmus miteinander tanzten.

»Ist Drake dein Leibwächter?«, fragte Arnaud, als sie die letzte Gruppe Bewunderer hinter sich ließen.

»Nein, wie kommst du darauf?«

»Er verhält sich wie ein Leibwächter und hat dich und alle anderen im Raum stets im Blick. Aber da ist er nicht der Einzige«, fügte Arnaud hinzu.

Bijou hatte vergessen, wie genau er als Künstler hinsah. Er war sehr aufmerksam, wenn auch nicht sehr gesellig. Sie senkte den Kopf, denn sie bewunderte ihn zu sehr, um ihn anzulügen. »Remy befürchtet, dass irgendjemand mir etwas tun möchte. Und wie du weißt, musste ich schon von klein auf Leibwächter haben. Ich versuche, so zu leben, dass das nicht nötig ist, aber noch ist es mir nicht gelungen.«

»Du schaffst das schon«, versicherte er ihr. »Obwohl es mir gefällt, dass jemand auf dich aufpasst. Ist diese Sache mit Remy ernst?«

»Ich habe ihn schon immer gemocht«, gestand Bijou.

Irgendwie war sie erleichtert, dass sie es nun laut sagen konnte. »Er hat mir geholfen, als ich ganz allein war. Er hat mich verteidigt und dafür seinen Job riskiert. Für mich ist er immer ein Held gewesen.« Sie zuckte die Achseln. »Wahrscheinlich bin ich sogar nach Hause gekommen, um herauszufinden, ob er in echt genauso oder sogar besser ist als in meiner Erinnerung.«

»Das hoffe ich für dich. Du verdienst es, glücklich zu werden, Bijou. Ich hoffe, er lässt dich noch lange von Leibwächtern schützen.« Dabei nahm er ihre Hand, zog sie geistesabwesend an die Lippen und verneigte sich, ganz Kavalier.

Plötzlich zuckten Blitzlichter auf, und Bijou wandte den Kopf. Bob Carson schoss nur ein paar Schritte entfernt eine Reihe von Fotos. Unwillkürlich klammerte sie sich leicht erschrocken fester an Arnauds Arm. Nach dem Vorfall im Sumpf hatte sie nicht mehr damit gerechnet, Carson wiederzusehen, aber ihn am Geruch identifizieren zu können und offiziell zu beweisen, dass er dort gewesen war, waren zwei verschiedenen Dinge.

Arnaud hob eine Hand, um sie vor der Kamera abzuschirmen, und zog sie fort. Während sie sich entfernten, schaute er über die Schulter zurück. »Du hast definitiv Bodyguards, die dich beschützen; sie bringen ihn gerade hinaus. Das muss der Mann sein, der meinen Wagen zerstört und deinen verschmiert hat. Dein Stalker.«

»Es gibt keine Beweise, aber er macht mir ein wenig Angst«, gab Bijou zu. »Wer bringt ihn nach draußen? Ich kann mir nicht vorstellen, dass er widerstandslos mitgeht.«

Sie unterbrach sich und sah zu, wie Drake auf Carson zuging, der von Gage und Remy festgehalten wurde, und ihm die Kamera abnahm. Als der Fotograf zu protestieren begann, flüsterte ihm Remy etwas ins Ohr, woraufhin Carson kreidebleich wurde und kapitulierend beide Hände hob. Dann gab Drake ihm seine Kamera zurück, und Gage brachte ihn nach draußen. Remy sah sich suchend nach ihr um.

Ihre Blicke trafen sich, und als Bijou in seine leuchtenden, tiefgrünen Augen sah, machte ihr Herz einen Satz und begann, heftig zu klopfen. Er trug einen schwarzen Anzug mit Krawatte und sah sehr attraktiv aus. Seine Schuhe waren etwas verschrammt, und seine Krawatte hing schon ein wenig lose, doch das Jackett betonte seine breiten Schultern. Für sie war er der schönste Mann der Welt.

»Ist dir schon einmal aufgefallen, dass er Katzenaugen hat«, fragte Arnaud. »Sehr ungewöhnlich. Dazu dieser intensive Blick. Ohne Lidschlag. Und er bewegt sich auch wie eine Katze. So fließend und geschmeidig. Ich wünschte, ich könnte diesen besonderen Gesichtsausdruck einfangen.«

Schon an seinem Tonfall erkannte Bijou entsetzt, dass er sich wieder in einem Zustand befand, den sie an ihm nur zu gut kannte. Die Muse hatte ihn geküsst und den Künstler in ihm geweckt. Dann vergaß er von einer Sekunde zur andern, wo er war oder was von ihm erwartet wurde. Wie gebannt sah er zu, wie Remy sich einen Weg durch die Menge bahnte und quer durch den Raum auf sie zukam.

Sie würde ihn nicht ablenken können, das wusste Bijou. Er war ebenso fokussiert auf Remy wie Remy auf ihn, denn auch der ließ den Künstler nicht mehr aus den Augen, seit er gesehen hatte, dass ihre Hand so vertraut in Arnauds Armbeuge ruhte. Bijou errötete leicht. Arnaud schenkte ihr keinerlei Beachtung, sein ganzes Interesse galt nur Remy.

»Ich habe mal einen ganzen Tag auf einer Bank vor einem Raubtiergehege gesessen und die verschiedenen Katzen studiert. Sieh mal, wie der Mann sich bewegt. Die Menge teilt sich vor ihm. Er geht nicht um die andern herum, sondern sie machen ihm beinahe instinktiv Platz, so als könnte er sie alle mit einem Schlag vernichten.«

»Das liegt wahrscheinlich daran, dass er Polizist ist«, sagte Bijou ein wenig überrascht darüber, wie hellsichtig Arnaud war. Sie hätte wissen müssen, dass ein Künstler seines Kalibers Dinge bemerken würde, die anderen entgingen. »Und beim Militär war er auch. Vielleicht merkt man ihm das an«, versuchte sie zu erklären.

Doch Arnaud redete weiter, als hätte sie nichts gesagt. »Eins der interessantesten Dinge, die mir an den großen Katzen aufgefallen sind, war ihr Starren. Manchmal wurden sie plötzlich zu lauernden Jägern, und wenn sie einmal etwas fixiert hatten, schauten sie es unverwandt an.«

Remy war schon fast bei ihnen. Bijou konnte seinen wilden, maskulinen Duft bereits wittern. Er sah so gut aus, dass sie sich am liebsten in seine Arme geworfen hätte, doch er sah nicht sie an, sondern Arnaud. Nicht, dass Arnaud in irgendeiner Weise eingeschüchtert zu sein schien. Offenbar bezog er das Bedrohliche in Remys Blick nicht auf sich, er hatte nur ein künstlerisches Interesse daran.

Die Spannung steigerte sich, als Remy sie erreichte, ohne Arnaud aus den Augen zu lassen. Bijou wusste nicht, was sie gegen die Feindseligkeit, die von ihm ausging, tun sollte. Nur wenige Menschen konnten Arnauds Besessenheit verstehen. Als Künstler war er offensichtlich ein Genie, sonst jedoch interessierte ihn nicht viel.

»Sieh nur seine Augen, Bijou. Sie sind perfekt.« Außerdem war Arnaud gar nicht bewusst, dass er mit seinen Bemerkungen womöglich andere verletzte. Er tat gerade so, als könnte Remy ihn nicht hören, als führte er eine private Unterhaltung mit Bijou. »Sind es die Augen eines Tigers? Was meinst du? Eines Leoparden oder Löwen? Nein, nicht die eines Löwen. Faszinierend. Und sein Körperbau ist beinahe so perfekt wie deiner, nur der eines Mannes natürlich.« Arnaud sprudelte fast über vor Begeisterung. »Ich weiß nicht, wie ich das übersehen konnte, als er uns gerettet hat.« Etwas hilflos sah er sich um. »Ich brauche Papier und Bleistift.« Dann zog er ein finsteres Gesicht. »Es sind so viele Leute hier, Bijou. Kannst du sie nicht wegschicken? Ich muss ihn zeichnen.«

Bijou fasste Arnaud fest an den Schultern. Sie hatte ihn schon öfter so gesehen und wusste, dass es einiges brauchte, um ihn aus diesem entrückten Zustand zu holen. »Arnaud. Schau mich an. Sieh mir in die Augen.«

Er zog die Brauen zusammen und brauchte einen Moment, um sie zu erkennen. Dann blinzelte er mehrmals und sah sich um, als wäre er aus einer Trance erwacht.

»Wir werden jetzt tanzen und uns dann mit noch ein paar Leuten unterhalten. Danach bringe ich dich hier raus«, versprach Bijou. »Du kannst irgendwann später eine Skizze von Remys Gesicht machen, wenn du es dann immer noch willst.«

In der Hoffnung, dass Remy sie verstehen und mitspielen würde, warf sie ihm unter ihren langen Wimpern hinweg einen schnellen Blick zu. Arnaud konnte nicht von seiner eigenen Vernissage verschwinden. Es wäre den Kunden gegenüber nicht freundlich gewesen, sich einfach zurückzuziehen, um wieder in die Welt der Kunst einzutauchen. Er besaß die Fähigkeit, die Welt um sich herum schlicht zu vergessen und sich nur seinem Schaffensdrang und seinen Werken zu widmen. Solche Vernissagen waren wichtig für seine Karriere, aber sie verlangten ihm sehr viel ab.

»Ich werde mir etwas zu trinken holen«, sagte Remy. »Und ehe wir nach Hause gehen, tanzen wir noch, Blue. Nett, Sie wiederzusehen, Mr. Lefevre.«

Arnaud, der immer noch ein wenig verstört war, neigte den Kopf, als Bijou ihn auf die Tanzfläche führte. Er war ein wunderbarer Tänzer. Er war in allem, was er tat, sehr gut, wenn er feststellte, dass es ihm Spaß machte. Leicht amüsiert über seinen absolut korrekten Tanzstil, nahm Bijou ihre Position ein. Er war wie ein Turniertänzer, die Haltung stets perfekt und zog sie nie so nah an sich, dass sie Körperkontakt hatten. Er tanzte großartig und führte sie so sicher über die Tanzfläche, dass die anderen zurücktraten, um ihnen zuzusehen. Es kam ihr immer so vor, als schwebe sie auf Wolken, wenn er leichtfüßig mit ihr dahinglitt. Er redete nur selten, gab ihr aber immer das Gefühl, eine Prinzessin in einem Märchen zu sein.

Als der Tanz vorüber war, begannen mehrere Menschen zu applaudieren, und Arnaud verneigte sich mit einem kleinen Lächeln. Dann richtete er sich wieder auf und brachte den Mund an ihr Ohr. »Ich muss hier raus. Ich muss arbeiten. In ein paar Tagen fahre ich nach New York, also habe ich keine Zeit mehr für Dinge, die mich aufhalten. Das hier ist reine Zeitverschwendung.«

»Noch ein paar Minuten, dann verschaffe ich dir einen guten Abgang«, versprach Bijou. Es war ihr schon öfter gelungen, ihn früh aus einer Vernissage herauszuholen. »Und das hier ist keine Zeitverschwendung. Diese Menschen lieben deine Kunst und kaufen sie, und deshalb kannst du weiterarbeiten. Sieh es doch mal so.«

»Vielen Dank.« Arnaud ließ sich von ihr zu zwei Männern in Anzügen führen. Beide wurden von sehr jungen Schauspielerinnen begleitet. »Sag mir noch einmal ihre Namen. Ich vergesse sie immer.«

Bijou lachte und tat ihm den Gefallen. Arnaud machte sich selten die Mühe, sich einen Namen zu merken, auch wenn er einen sehr guten Geschäftssinn hatte. Er war eine Mischung aus einem verträumten Kind, einem besessenen, aber genialen Künstler und einem Einsiedler, der sich zwar nicht für die Menschen interessierte, mit denen er umgehen musste, aber trotzdem sicher im Auftreten war.

Die nächste Viertelstunde verbrachten sie damit, sich mit den zwei Kunden zu unterhalten, die zu Arnauds glühendsten Bewunderern zählten und mehrere seiner teuersten und größten Skulpturen gekauft hatten. Bijou bestritt einen Großteil der Unterhaltung, doch die Herren waren geschmeichelt, sie kennenlernen zu dürfen und flirteten heftig mit ihr. Schließlich sah sie demonstrativ auf ihre Uhr.

»Es tut mir leid, aber wenn du das richtige Licht für deine Arbeit haben willst, musst du sofort gehen, Arnaud. Wenn du diese Gelegenheit versäumst, musst du einen ganzen Monat warten, ehe der Mond wieder in der richtigen Position steht.«

Diese absurde Entschuldigung hatte sie schon dreimal benutzt, und es hatte jedes Mal funktioniert. Falls irgendjemand sie schon einmal gehört hatte, nun, ein geniales Werk brauchte Zeit, und wenn Arnaud nur arbeiten konnte, wenn der Mond in einem besonderen Winkel stand, wuchs das Interesse an seinem nächsten Werk, daher beschwerte sich niemand über sein seltsames Verhalten.

Arnaud küsste sie leicht auf die Wange, winkte der Menge kurz zu und verschwand eilig durch die Hintertür.

Sofort nahm Remy Bijou bei der Hand und führte sie auf die Tanzfläche. »Es wird immer schwerer, dir auf der Spur zu bleiben. Mittlerweile brauche ich eine ganze Armee dafür.«

Bijou schenkte ihm ihr schönstes Lächeln und sah ihm die Augen. Er wirkte müde, beinahe erschöpft, aber hübscher als je zuvor – und er hatte diesen Blick, mit dem er nur sie ansah. »Du musstest nicht kommen«, sagte sie leise an seiner Schulter. »Ich weiß, wie müde du bist. Du brauchst Schlaf.«

Anders als Arnaud zog Remy sie eng an sich, ließ eine Hand an ihrem Rücken heruntergleiten und legte sie auf ihre Hüfte.

»Ich wollte bei dir sein, und du warst hier, also bin ich hergekommen.« Sanft küsste er sich von ihrem Augenwinkel zum Mundwinkel hinunter. »Ich wollte es nicht verpassen, dich so zu sehen. Du siehst wunderschön aus, Bijou. Absolut umwerfend. Als ich dich quer durch den Raum zum ersten Mal gesehen habe, hat es mir den Atem verschlagen.«

Ihr wurde ganz warm vor Freude, denn sie hatte sich nur für ihn schön gemacht. Gerührt schmiegte sie sich an ihn. Ihre Liebe war so groß und ihre Gefühle so stark, dass sie völlig überwältigt war. »Ich habe dich vermisst«, gestand sie. »Danke, dass du heute Abend gekommen bist.«

»Du passt auf Arnaud auf wie ein Kind, nicht wahr? Zwischen euch ist wirklich nicht mehr als Freundschaft.«

»Das habe ich dir doch gesagt.«

»Das heißt nicht, dass es stimmt.«

Er tanzte erstaunlich gut, mit derselben lässigen Eleganz und Energie, mit der er alles tat, führte er sie geschickt über die überfüllte Tanzfläche. Nun, da sie sich nicht mehr um Arnaud kümmern musste, fiel ihr öfter auf, wie die Leute tuschelten und sie mit ihren Handys fotografierten, wenn sie an ihnen vorbeikam. Sie barg das Gesicht an Remys Schulter.

Er senkte den Kopf und küsste sie zart aufs Ohr. »Ich würde dich gerne nach Hause bringen und mit dir schlafen, ganz lange und genüsslich langsam.«

Bijou schlang die Arme um seinen Hals. »Ich glaube, es gibt nichts, was mir lieber wäre.«

Das war die reine Wahrheit. Sie wollte allein mit ihm sein. Sie schloss die Augen und überließ sich dem Sog der Musik und der Vorfreude. Mit jeder Minute wuchs das körperliche Verlangen, doch es war die Sehnsucht in ihrem Herzen, die so groß war, dass es schmerzte. Erfreut spürte sie, wie seine pralle Erektion sich warm an ihren Bauch drückte. Es war schön zu wissen, dass er sie ebenso sehr begehrte wie sie ihn.

Je länger sie in seinen Armen lag, desto sicherer fühlte sie sich. Die Welt um sie herum verschwand nach und nach, bis es nur noch sie beide gab – und dieses köstliche Brennen im Schritt, das immer heißer wurde. Sie spürte, dass sie bereits feucht wurde vor Verlangen, doch anders als bei den anderen Zusammentreffen mit Remy baute die Spannung sich diesmal viel langsamer auf.

»Na komm, *Chere*, ehe ich mich blamiere«, flüsterte er an ihrem Ohr. »Du hast deine Arbeit getan und Lefevre durch den Abend geholfen. Den Rest können die Galeriebesitzer erledigen. Komm mit nach Hause.«

Völlig verzaubert hob Bijou den Kopf und nickte gehorsam. Mit ihm würde sie überall hingehen, sie wollte immer bei Remy sein, immer. Er fasste sie um die Taille und führte sie von der Tanzfläche. Sie hielt die Augen gesenkt, um niemanden ansehen zu müssen, es war ihr gleichgültig, ob man sie für rüde oder hochnäsig hielt. Sie wollte einfach nur nach Hause.

»Ist das seine neueste Skulptur?«, fragte Remy.

Bijou blinzelte mehrmals, um sich aus seinem Bann zu befreien und ihre Stimme wiederzufinden. Dann sah sie sich hastig um. Er war stehen geblieben, um nicht in eine große Gruppe von Menschen hineinzulaufen, die offenbar Kameras bereithielten und sie bitten wollten, sich mit ihnen ablichten zu lassen.

Remy schob sich zwischen sie und die Leute. Bijou tat so, als betrachte sie das Kunstwerk hingerissen. Es kostete sie nicht einmal besondere Mühe, ein entzücktes Gesicht zu machen, denn sie bewunderte Arnauds Werke wirklich.

»Es ist wunderschön, nicht? Er nennt es ›Hingabe‹, und für ihn geht es dabei um Lebensformen, die zur Erde zurückkehren und wieder ein Teil davon werden. Es zeigt gewissermaßen seine Sicht auf das Universum, wie es funktioniert und wie wir alle in irgendeiner Form miteinander verbunden sind«, erklärte sie.

Remy umkreiste die Skulptur genauso, wie sie es früher am Abend getan hatte. Die Lichter in der Galerie waren so ausgerichtet worden, dass das Kunstwerk von jedem Standpunkt aus ins Auge fiel. »Ich wette, der Preis ist heftig«, murmelte Remy, während er die Bilder hinter dem Wasserfall betrachtete.

»Sechsstellig«, gab Bijou zu.

Remy schüttelte den Kopf. »Du bewegst dich in sehr exklusiven Kreisen, Blue.«

Sie legte eine Hand an seine Wange. »Aber *leben* werde ich in deiner Welt. Nur darauf kommt es an, nicht?«

Er nahm ihre Hand und zog sie an sich. »Wirst du glücklich mit mir werden, Bijou? Wird dir unser Leben auch noch gefallen, wenn wir älter sind und ruhiger werden?«

Zum ersten Mal klang er nicht so selbstsicher, wie er im Allgemeinen wirkte. »Ja, ich werde glücklich sein in einem ruhigen Leben, aber ich fürchte, es wird noch sehr lange dauern, bis es so weit ist.«

Remy grinste frech. »Ja, ich habe vor, dafür zu sorgen, dass du ständig schwanger bist und sieben Jungs bekommst, einer schwieriger als der andere.«

»Vielen Dank.« Sie riskierte einen Blick unter seiner Achsel durch auf eine Gruppe von Leuten, die schon an der Tür warteten. »Sie werden nicht aufgeben, Remy. Sollen wir durch die Hintertür gehen? Das ist eigentlich nicht gern gesehen, aber ich glaube nicht, dass der Besitzer etwas dagegen hat. Ich kenne den Weg; ich bin ein paar Mal mit Arnaud im hinteren Bereich gewesen und habe zufällig eine dunkle Kammer entdeckt, die genau die richtige Größe ...«

Remy stöhnte. »Nein, bitte reiz mich nicht.«

Dann flüchteten sie gemeinsam nach hinten und schlängelten sich lachend wie schuldbewusste Kinder zwischen Regalen, Schränken und Tischen zur Hintertür durch. Draußen angekommen, legte Remy eine Hand um ihren Hals und küsste sie leidenschaftlich.

»Schnell ins Auto, sonst wird es nichts mit dem langen, langsamen Sex, den ich dir versprochen habe«, wies er sie an.

Bijou lachte leise und völlig unbeeindruckt. »Das stört mich nicht, Remy«, sagte sie, während sie mit einer Hand den Saum ihres Kleides anhob und in ihren hochhackigen Schuhen so schnell wie möglich zum Auto lief. »Zufällig kenne ich dein Stehvermögen, also kann ich mich darauf verlassen, dass du dein Versprechen hältst.«

Hastig riss Remy ihr die Tür auf. »Was soll das heißen?«

Seine Stimme war eine Oktave tiefer geworden und ließ sie vor Vorfreude erschauern. Sie wartete, bis er zur Fahrerseite gegangen war und den Wagen gestartet hatte.

»Das heißt, dass ich gut darin bin, mich im Auto auszuziehen, und wahrscheinlich sind wir schon auf der Straße zum Bayou, wenn ich anfange, *dich* auszuziehen. Aber wenn du nicht *in* den Bayou fahren willst, und das kann ich nicht empfehlen, nachdem ich selbst einmal drin war, solltest du vielleicht vorher rechts ranfahren. Und zu Hause können wir uns dann langsam lieben.«

Remy atmete tief durch und fuhr so schnell er konnte, ohne sie beide in Gefahr zu bringen, während Bijou unter ihren Arm fasste und langsam den Reißverschluss ihres Kleides herunterzog. Er riskierte einen Seitenblick auf ihre halbnackte Brust. Bijou streifte die langen Ärmel von den Armen und hielt das Kleid über den Brüsten fest, als die letzte Ampel am Stadtrand rot wurde.

»Eines Tages wird Gage uns wohl anhalten und dich splitterfasernackt vorfinden.«

Die Ampel wurde grün, und Remy raste los, um Abstand zu den Lichtern der Stadt zu gewinnen. Bijou lachte über seine gut gemeinte Mahnung. Gage würde sich hüten, das wusste sie. Sie schälte sich aus dem Kleid und zog es über die Hüften. Sie trug Strapse und Strümpfe, hohe Schuhe und sonst gar nichts. »Nur für dich. Falls du zur Vernissage kommen würdest. Ein Dankeschön.«

»Mach die Beine breit.«

»Achte lieber auf die Straße.«

»Erst machst du die Beine breit.«

»Du musst immer deinen Willen bekommen, ja?«, bemerkte Bijou. Dann öffnete sie die Beine und rückte so nah an ihn heran, wie der Sicherheitsgurt es ihr erlaubte.

»Schön, dass du das endlich merkst«, sagte Remy ohne jede Reue. »Ich habe eigentlich nie Lust gehabt, einer Frau Handschellen anzulegen, aber vielleicht sollte ich es bei dir mal versuchen. Nur zum Spaß.«

»Und wer wird den bitte schön haben?«

Er schob einen Finger in sie hinein. »Wir beide«, versicherte er. »Du bist unglaublich eng.« Er schob einen zweiten Finger in sie hinein. »Und so schlüpfrig und heiß.«

»Wir sind fast am Bayou«, warnte ihn Bijou. »Dann schnalle ich mich ab und hole mir, was ich haben möchte. Du bist nicht der Einzige, der seinen Willen bekommen will.«

»Wehe, du fasst mich an, ehe der Wagen steht. Ich übernehme keine Verantwortung für das, was dann passiert.«

Sein missmutiges Knurren brachte in ihrem Bauch unzählige Schmetterlinge zum Flattern. Sie liebte es, ihn aufzuziehen, selbst wenn seine Finger sie gerade um den Verstand brachten.

Sie konnte nicht mehr stillsitzen, egal, wie sehr sie es versuchte. Unwillkürlich folgten ihre Hüften dem schnellen Rhythmus, den er vorgab, und ihre Erregung wurde immer größer. Sie konnte nicht mehr warten. Er spannte sie absichtlich auf die Folter. Er war schon auf der Straße zum Bayou und hielt dennoch nicht an, um sie zu erlösen. Jedes Mal, wenn sie kurz davor war, zum Höhepunkt zu kommen, ließ er die Spannung wieder abflauen.

Nun war sie es, die missmutig knurrte. Doch Remy lachte nur. Empört löste Bijou ihren Sicherheitsgurt, zog den Reißverschluss seiner Hose herunter und befreite sein erigiertes Glied. Ohne darauf zu achten, dass ihr nackter Po durchs Fenster zu sehen sein könnte, nahm sie es in den Mund und leckte es gierig.

Damit hatte sie seine volle Aufmerksamkeit. Er fuhr bei nächster Gelegenheit von der Straße und fand einen verdeckten Platz zwischen mehreren Bäumen, wo er halten konnte. Entschlossen, ihn genauso wild zu machen, wie sie es war, nahm sie ihn in den Mund und saugte heftig. Remy fasste mit beiden Händen in ihr Haar und drückte ihren Kopf etwas tiefer, sodass sie kurz in Panik geriet und sich sträubte.

Mit einer Hand klatschte er ihr auf den Po. »Verdammt noch mal. Glaubst du, ich würde dir wehtun?«

Der heiße Schmerz war erotischer, als sie gedacht hatte, und schien sich wellenförmig nach innen auszubreiten. Remy zog ihren Kopf hoch, damit sie Luft holen konnte, dann drückte er ihn wieder nach unten und bestimmte Rhythmus und Winkel. Erst danach nahm er eine Hand aus ihrem Haar und rieb über ihren Po.

Kurz darauf begann er zu zittern, und sein Glied schwoll an. Jäh riss er ihren Kopf zurück.

»Nein«, heulte sie. »Remy. Ich brauche das jetzt.«

Leise fluchend stieß Remy die Tür auf und zerrte sie mit einiger Mühe aus dem Auto. Dann stand sie in High Heels und Strapsen vor ihm. Das Haar fiel ihr wirr ums Gesicht, ihr wunderschöner Mund war geschwollen und ihr Lippenstift ein wenig verschmiert. Remy drehte sie um, legte ihre Hände auf den Kotflügel, drückte ihren Oberkörper herunter und zog ihre Hüften an sich.

»Halt still«, knurrte er, als sie nicht aufhörte, sich aufreizend zu bewegen.

»Beeil dich. Ich muss dich haben, und du lässt dir alle

Zeit der Welt. Ich verbrenne. Ich schwöre dir, ich brauche dich jetzt«, bettelte sie.

Wieder patschte Remy ihr mit der flachen Hand auf den Po, was ihr nur noch mehr einheizte – er merkte es an dem plötzlich stärker werdenden Lavendelduft. Schnell drang er tief in sie ein, mit einem brutalen, heftigen Stoß, dem sie ungeduldig entgegenkam. Dann schlossen ihre Muskeln sich um ihn und umklammerten ihn wie eine Faust. Bijou weinte vor Freude.

Remy behielt den schnellen Takt bei und stieß wieder und wieder zu, während er abwechselnd ihren Po knetete und klapste. Und jedes Mal, wenn er das tat, wurde er in köstlichem, warmem Lavendelhonig gebadet. Er liebte es, ihre heftige Erregung nicht nur zu spüren, sondern auch zu riechen. Er liebte ihren schlüpfrigen, engen Kanal. Und er liebte es, dass es ihr gleich war, wie rau er wurde, sie feuerte ihn noch an.

Er hielt aus, solange er konnte, ignorierte ihr Betteln und Flehen und führte sie beide weiter, als sie je gegangen waren. Dann zog sie ihre Muskeln so fest zusammen, dass die Reibung zu stark wurde und er explodierte, Stoß um Stoß seinen heißen Samen in sie hineinspritzte. Sie molk ihn, bis er keinen Tropfen mehr in sich hatte, und schreckte mit ihren Schreien die Alligatoren im Bayou auf.

Nach Atem ringend, drückte Remy sie einen langen Moment an sich, ehe er sich widerwillig zurückzog. Sanft half er ihr, sich wieder aufzurichten. »Wenn wir zu Hause sind, *Chere*, werde ich dich schön langsam lieben und dir zeigen, wie es man richtig macht.«

Bijou war so unsicher auf den Beinen, dass sie sich an ihn lehnen musste. Seinen Samen an ihren Schenkeln herunterlaufen zu sehen war so aufreizend, dass er sie schon wieder begehrte. Er würde nie genug von ihr bekommen.

»Du hast deine Sachen noch an«, sagte sie, als er sie um den Wagen herumführte. »Und ich bin ganz klebrig.«

Er küsste sie ganz fest. »Ich mag es, wenn du so bist. Und ich mag auch deine Schuhe und die Strapse. Lass uns nach Hause fahren. Ich möchte in einem Bett mit dir Liebe machen.«

17

Remy legte das Telefon weg, schüttelte den Kopf und widerstand dem Drang, die Faust gegen die Wand zu schlagen. Was half es, Verbrecher ins Gefängnis zu stecken, wenn ein korrupter Richter sie wieder freiließ? Er sank auf der Bettkante zusammen und stützte den Kopf in seine Hände.

Wie sollte er Mörder aufhalten, wenn er nicht wusste, wann und wo sie als Nächstes zuschlagen würden?

Bijou regte sich und setzte sich auf, zog die Bettdecke um sich und strich ihm sanft mit den Fingern durchs Haar. Das fühlte sich himmlisch an. Er hatte sich nie eingestanden, wie einsam er sich oft fühlte, wenn er mitten in einer Morduntersuchung immer wieder in Sackgassen geriet und das Gefühl hatte, die Last der Welt auf den Schultern zu tragen. Er nahm seinen Eid ernst, und es war ihm ein inneres Bedürfnis, seine Mitbürger zu beschützen.

»Was ist denn los? Ist wieder ein Mord geschehen?«

»Noch nicht«, sagte er und wandte sich Bijou zu. Sie wirkte viel zu schön und unschuldig, um sich um sechs Uhr morgens über so ein Thema zu unterhalten. Er konnte immer noch nicht glauben, dass sie ihm gehörte. Sie war ein Wunder, gerade in diesem Augenblick, in dem er Mühe hatte, nicht zu verzweifeln.

»Richter Thomasson hat Jean und Juste Rousseau gegen Kaution freigelassen. Er hat eine erneute Anhörung anberaumt, von der mir niemand erzählt hat. Auch der Staatsanwalt hat erst in letzter Minute davon erfahren und konnte so nicht rechtzeitig einschreiten, was offenbar Absicht war, also kannst du darauf wetten, dass es weitere Morde geben wird. Es geht nur noch um die Frage, wann wir das nächste Opfer finden.«

Sein Bauchgefühl sagte ihm, dass die Rousseau-Brüder nicht abhauen würden, ohne vorher ein paar Dinge zu regeln – oder sich zu rächen. Sie waren arrogant und glaubten, über dem Gesetz zu stehen. Nachdem sie es geschafft hatten, einen Richter dazu zu bekommen, seine Karriere für sie zu riskieren, fühlten sie sich sicher stärker denn je.

»Ist das denn legal?«, fragte Bijou. »Darf ein Richter so etwas?«

»Nein, aber er hat es trotzdem getan, und es muss einen Grund dafür geben. Vielleicht haben sie ihm gedroht, ich weiß es nicht, und es spielt jetzt auch keine Rolle mehr. Sie sind da draußen, und entweder sie flüchten oder sie morden weiter. An Robert, Brent und Tom kommen sie nicht heran, also muss ich versuchen herauszufinden, wem sie nachstellen werden.«

»Dir, Remy. Du und Gage – ihr seid diejenigen, die ihnen auf die Schliche gekommen sind. Ihr habt die Beweise gegen sie gesammelt«, bemerkte Bijou besorgt.

Remy hatte zwar gehofft, dass sie nicht zu diesem Schluss kommen würde, hätte aber wissen müssen, dass das ihr erster Gedanke sein würde. »Ich bezweifle, dass sie so dumm sind. Gage und ich sind immer bewaffnet, also nicht leicht zu erwischen. Nein, sie haben jemand anders im Sinn«, mutmaßte er, um sie abzulenken.

»Die Tänzerinnen aus dem Striplokal, die sich bereiterklärt haben, gegen sie auszusagen? Du hast einige dazu gebracht, sich zu trauen, aber sie hatten große Angst«, sagte Bijou. Sie versuchte, ihn zu besänftigen, indem sie ihm mit einer Hand den Rücken massierte. »Bist du sicher, dass Robert, Brent und Tom in Sicherheit sind? Oder können die Brüder auch an sie herankommen, wenn sie im Gefängnis sind? Denn wenn die Zeugen verschwinden ...« Sie verstummte. »Das hast du die ganze Zeit befürchtet, nicht?«

»Es gibt viele Voodoo-Zauberer in der Stadt und den Vororten. Wenn allgemein bekannt wird, dass Jean und Juste schwarze Magie betreiben, werden viele Leute Angst bekommen, dass sie sich mit Zaubereien oder Gewalttaten rächen.« Wieder fuhr sich Remy mit den Fingern durchs Haar. »Aber weißt du, was das Schlimmste ist, Blue? Ich glaube nicht, dass sie die Knochensammler sind.«

»Ich dachte, in ihrem Lager im Sumpf hättet ihr menschliche Knochen gefunden.«

Remy drehte sich um und nahm sie in den Arm, denn er wollte sie dicht bei sich haben. Sich daran erfreuen, dass all diese Wärme und Weichheit ihm gehörte. Ohne zu zögern, schmiegte sie sich an ihn, knabberte an seinem Hals und kitzelte ihn mit ihrem Atem.

»Sie haben diese Frauen getötet, das weiß ich, aber die Knochen stammen nicht von den Frauen. Sie waren zu alt. Die Brüder müssen Gräber ausgeraubt haben. Schau dir doch an, was sie tun. Sie schüchtern Menschen mit Voodoo-Zaubern ein und rauben alte Leute aus. Die meisten Tänzerinnen haben niemanden, der sie beschützt, also sind sie leichte Beute. Tom hat etwas Hinterhältiges an sich. Er war schon immer so eine Art Mitläufer. Ryan war genauso. Deshalb haben die beiden sich natürlich von den Rousseau-Brüdern angezogen gefühlt. Robert und Brent dagegen sind schwache, suchtgefährdete Menschen.«

»Willst du damit sagen, dass die Rousseau-Brüder nicht den passenden Charakter haben, um die Art von Morden zu begehen, wie der Knochensammler sie verübt hat? Was ist mit dem Versuch, den Touristenführern Schutzgeld abzupressen?«

Remy fasste ihr mit beiden Händen ins Haar. Er liebte ihr Haar, es war weich und voll und dicht wie Leopardenfell, und wenn es über seine Haut strich, fühlte es sich wie Seide an. Er hielt sich die langen Strähnen, die er um die Faust gewickelt hatte, unter die Nase und sog den Lavendelduft ein, der ein Teil von Bijou zu sein schien.

»Ich glaube, dass sie immer mutiger werden und wie die Gangster in alten Filmen versuchen, ihre Geschäfte auszuweiten, aber im Grunde sind sie Feiglinge, die nur Schwache ausplündern. Und dabei ist ihnen eine jahrhundertealte Religion behilflich. Sie sind intelligent und entschlossen und glauben, sie könnten alle an der Nase herumführen. Mit jedem Erfolg ist ihr Selbstvertrauen gewachsen, aber sie entwickeln sich noch. Der Knochensammler dagegen hat seine Methode bereits perfektioniert. Er tötet schon seit Jahren.«

»Daran habe ich nicht gedacht«, sagte Bijou und lehnte sich an ihn. »Aber du hast recht. Und weißt du was, Remy? Jedes Mal, wenn du über diesen Killer redest, sagst du *er*. Nicht *sie*.«

Die Bettdecke rutschte gerade weit genug herunter, um

die obere Hälfte ihrer Brüste zu enthüllen und die Spitzen hervorlugen zu lassen. Und wie immer gelüstete es Remy trotz aller Probleme sofort nach mehr.

»Mag sein«, überlegte er. »Aber das heißt nicht, dass ich mich nicht täusche. Die Rousseau-Brüder sind definitiv Psychopathen, und sie haben drei Frauen getötet, was sie sowieso zu Serienmördern macht. Sie sind sicher fähig, brutale Morde zu begehen, aber wenn sie einem Ritual folgen, bei dem den Opfern Knochen entnommen werden, warum haben sie die Stripperinnen dann totgeprügelt? Ein Serienmörder ändert seine Methode nur sehr selten. Außerdem hat der Knochensammler immer nur Männer getötet.«

Bijou rieb auf sehr katzenhafte Weise den Hinterkopf an seiner Brust. »Vielleicht haben sie von den Frauen keine Knochen haben wollen, weil die nicht die richtige Dichte aufweisen oder so. Vielleicht bringen uns die Knochen auf eine Spur und nicht die Opfer. Wenn die Rousseau-Brüder die Frauen umbringen wollten, aber ihre Knochen nicht brauchen konnten, hätten sie dann anders gemordet?«

Remy küsste sie auf den Kopf. Das war ein kluger Denkanstoß, und er war dankbar dafür. Er hatte verschiedene Theorien darüber, warum der Knochensammler nur Männer umbrachte. Alter oder Rasse schienen ihm egal zu sein. Und zwischen den Opfern war keine Verbindung entdeckt worden, bis Bijou bemerkt hatte, dass sie allesamt in den Städten gefunden worden waren, in denen sie aufgetreten war. Selbst das hieß nicht unbedingt, dass diese Menschen in ihren Konzerten gewesen waren. Aber vielleicht hatte sie recht, und dem Killer ging es um ganz bestimmte Knochen.

»Üblicherweise entnimmt er den vier Opfern jeweils andere Knochen, dann hört das Morden auf«, sagte Remy in der Hoffnung, dass sie weiter mit ihm überlegen würde. Sie hatte eindeutig eine Begabung, Zusammenhänge und Muster zu erkennen. »In jeder Stadt folgt er dem gleichen Schema, in der gleichen Reihenfolge.«

»Das heißt, er entnimmt Opfer eins bis vier nach einem festgelegten Plan immer genau die gleichen Knochen?«, fragte Bijou und setzte sich auf.

»Ja, und er ist recht schnell dabei. Die Morde passieren innerhalb von zwei Wochen. Vier Tote in dieser Zeitspanne sind eine Menge. Zweimal hat es etwas länger gedauert, in New York und Chicago. In Paris war er noch schneller, da hat er nur knapp eine Woche gebraucht. Ansonsten folgt er einer Art Plan, den nur er kennt. Und warum wartet er zwischen den Morden so lang? Er macht sich nicht die Mühe, die Toten zu verstecken. Also wüssten wir sicherlich, wenn es mehr gäbe, oder?«

Bijou kniete sich hinter ihn, legte die Hände auf seine Schultern und begann, seine angespannten Muskeln zu massieren. »Du wirst ihn oder sie finden, Remy.« Sie schien absolut sicher zu sein. »Ich weiß es. Du kommst ihm immer näher.«

»Ich habe alles getan, um möglichst viele Menschen zu schützen, denen meiner Meinung nach von den Rousseau-Brüdern Gefahr droht, aber ich kann nicht jeden bewachen.«

Er spürte, wie Bijous Brustspitzen seinen Rücken streiften. In der brutalen Welt, in der er lebte, kam sie ihm wie ein Wunder vor. Er hatte sie gefragt, ob sie sich langweilen würde, wenn irgendwann ihr Leben in gesetzteren Bahnen verlief. Er hätte sie besser fragen sollen, wie lange sie es mit jemandem aushalten konnte, der tagtäglich mit Morden zu tun hatte. Nur wenige Frauen schafften es, länger mit einem

Mann zu leben, der so ehrgeizig und besessen war wie er. Seine Arbeit hatte ihm immer sehr viel bedeutet, und das würde sich bestimmt nicht ändern.

»Du wirst ihn fangen«, versicherte Bijou ihm noch einmal.

Sie war wie die Ruhe im Auge des Sturms. Ihr Haar fiel über seine Schulter, und er fasste es mit einer Hand zusammen. Er hatte die Liebe entdeckt, als er es am wenigsten erwartet hatte, und diese Liebe war so stark und lebendig, dass sie alle Schatten vertrieb. Bijou schien selbst in den dunkelsten Stunden seine Welt heller machen zu können.

Sie küsste ihn auf den Kopf, rutschte zur Bettkante und erhob sich so graziös, dass Remy der Atem stockte. Sie war wirklich wunderschön. Es war kaum zu glauben, dass sie bei ihm war und sich mit ihm über Morde unterhielt, denn sie sah aus, als gehörte sie in ein Märchenschloss. Ihr langes Haar war zerzaust und hing bis auf ihren süßen Hintern herab. Er liebte es, mit seinen Händen hineinzufassen, und jedes Mal, wenn sie es aufgesteckt oder geflochten hatte, konnte er es kaum erwarten, es wieder herunterzulassen und sich das Vergnügen zu gönnen. Er hatte sie letzte Nacht noch geliebt – wie oft, konnte er nicht mehr sagen –, aber er wollte sie schon wieder. Sofort. Vielleicht zum Trost – verdammt, er wusste es nicht. Vielleicht auch damit er das Gefühl bekam, dass es etwas gab, wofür es sich zu kämpfen lohnte.

Er nahm ihre Hand. »Blue.« Er sagte nur ihren Namen. Das war alles.

Sie drehte den Kopf und sah ihm in die Augen. Er wusste nicht, ob er nach dem Thema, das sie diskutiert hatten, mit Ablehnung oder Protest rechnete, jedenfalls hielt er abwartend den Atem an. Sicher war sie müde und wund. Schließlich hatte er sie hart genommen und ihr keine Ruhe gegönnt.

Sie fuhr ihm mit der Hand durch das dichte Haar und trat so nah an ihn heran, dass er ihre beiden vermischten Körperdüfte an ihr riechen konnte. Er hatte sie überall gezeichnet. Da er, wenn sie sich liebten, gelegentlich eher Leopard als Mensch war, konnte es ruppig zugehen. Er beugte sich vor und küsste einen blauen Fleck auf der Innenseite ihres Schenkels. Bijou erschauerte. Dann fuhr er mit der Zunge über das Mal und schob eine Hand zwischen ihre Beine.

Sofort legte sich der wilde Drang in ihm ein wenig. »Du bist feucht, du freust dich auf mich.«

»Das tu ich immer. Ich werde schon feucht, wenn ich dich nur sehe«, gestand sie. »Das ist nicht gut für meine Höschen.«

»Dann spar dir die verdammten Dinger«, meinte er und presste den Mund auf ihren Schoß. Er liebte diesen wilden Honiggeschmack. Er zog sie näher an sich und schwelgte in diesem köstlichen Geschmack so früh am Morgen.

Bijou stützte sich an seinen Schultern ab und schrie unwillkürlich leise auf vor Freude. Diese leisen Schreie waren wie Musik für ihn und gehörten ebenfalls zu den Dingen, die er an ihr liebte. Bijou legte den Kopf in den Nacken, während er sich an ihr weidete. Neckisch ließ er die Zunge kreisen und saugte an ihrer kleinen Perle, bis ihre Beine zu zittern begannen und ihr Stöhnen fordernder wurde. Plötzlich packte sie ihn am Haar und zog seinen Kopf zurück.

Er grinste sie an. »Möchtest du etwas, *Chere*?«

»Dich, Remy«, erwiderte sie keuchend. Dann legte sie eine Hand auf seine Brust und drückte ihn aufs Bett. »Hier und jetzt.«

»Hat dir schon einmal jemand gesagt, dass du unersättlich bist?«

»Du hast damit angefangen«, bemerkte Bijou und kniete sich über ihn. »Ich habe nur vor, es zu Ende zu bringen.«

Langsam ließ sie sich auf sein pralles Glied herab, mit einer atemberaubenden, spiralförmigen Bewegung, die ihn schlagartig hellwach machte. Kleine elektrische Stöße durchzuckten ihn und bündelten sich in seiner Leistengegend.

Mit ihren Katzenaugen und dem dichten schwarzen Haar, das ihr wie ein seidener Mantel um die bloßen Schultern fiel, wirkte sie sehr exotisch und schön. Jede Bewegung, die sie machte, lenkte seinen Blick auf ihre vollen Brüste, die im Takt ihres Auf und Ab vor seinen Augen hüpften. Und jedes Mal, wenn sie sich an seinem steifen Glied herunterschraubte, gab sie jenes aufreizende Stöhnen von sich, das ihn so erregte.

Er legte die Hände um ihre Brüste und strich mit den Daumen über die harten Spitzen. Diese kleinen Kreise, die ihre Hüften beschrieben, während ihre Muskeln ihn fest umschlossen, trieben ihn in den Wahnsinn. Er revanchierte sich, indem er an ihren Nippeln zog und sie zwischen Daumen und Zeigefinger rollte. Erstaunt sah sie ihm in die Augen, dann warf sie den Kopf zurück und ritt ihn härter, aber immer noch unerträglich langsam, und ein Schuss Lavendelhonig umgab ihn mit feuchter Hitze.

Remy legte die Hände auf ihre Hüften. Dieses langsame, laszive Auf und Ab sollte ihn verrückt machen, und das tat es auch.

»Was ist los, Katerchen?«, zog Bijou ihn auf. »Wird es dir zu viel? Hältst du es nicht aus?«

»Du wirst gleich Ärger bekommen«, warnte Remy sie und grub die Finger tiefer in ihre Hüften. Wenn sie sich noch einmal auf diese Weise nach unten bohrte und dabei wieder so heiß an ihm rieb, würde er womöglich wirklich den Verstand verlieren.

»Ich denke, ich habe bewiesen, dass ich alles ertragen kann, was du mir zumutest«, erwiderte sie und erhob sich, um sich erneut langsam auf ihn niederzulassen.

»Ich möchte, dass du dich daran erinnerst, wenn wir das nächste Mal viel Zeit haben und an einem Ort sind, an dem keiner hören kann, wie du mich anflehst«, warnte er sie mit zusammengebissenen Zähnen, während ihre Muskeln sich wie von selbst bewegten und eine samtene Faust ihn mit festem Griff umklammerte.

Wieder erhob sich Bijou mit einem kleinen, aufreizenden Lächeln auf dem Gesicht. Remy wartete, bis sie mit der langsamen Abwärtsspirale begonnen hatte, dann steckte er einen Finger in sie hinein, fand den sensiblen Punkt und ahmte ihr Kreisen nach, ehe er weiter mit ihr spielte.

Bijou stöhnte auf und belohnte ihn mit einem neuen Schuss Honig. Remy leckte ihn sich von den Fingern, und als sie das nächste Mal nach unten gleiten wollte, kam er ihr plötzlich entgegen und presste sie an sich. Sie schrie laut auf, beugte sich aber seiner Kraft.

Schnell warf er sie auf den Rücken, kniete sich hin und drückte ihre Beine bis zu den Schultern hoch, damit er so tief wie möglich in sie eindringen konnte. Manchmal hatte er fast das Bedürfnis, ganz in sie hineinzukriechen und in ihre Haut zu schlüpfen. Er liebte es, wenn ihre leisen Schreie lauter wurden und sie ihn fast im Würgegriff hielt. Und er musste wissen, ob sie ihn genauso liebte.

Bijou gab ihm alles, was er wollte, freizügig und ohne jede Angst. Sie stellte nur selten eigene Ansprüche und machte ihre anfängliche Unerfahrenheit durch die Entschlossenheit wett, ihm zu gefallen – ihm alles zu geben, was er brauchte und verlangte. Remy schloss die Augen und ließ sich von der Woge davontragen, die ihn schüttelte.

Nur seine am ganzen Körper zitternde Geliebte nahm er mit. Danach lag sie still unter ihm, schwer atmend, die Augen leicht verschleiert, das Haar in wirren, seidigen Strähnen auf dem Bett ausgebreitet. Remy war auf ihr zusammengebrochen und bedeckte sie der Länge nach. Unfähig, sich zu bewegen, drückte er sich an sie, als könnte er sich auf diese Weise in ihre Haut einbrennen.

Bijou nahm ihn in die Arme und drückte ihn fest an sich. Er spürte ihren Herzschlag, als wäre es seiner, jedes Auf und Ab ihrer Brüste beim Atmen, und bemerkte, wie sich dabei alle düsteren Erinnerungen verflüchtigten.

Remy küsste sie mehrmals, ehe er sich auf die Ellbogen stützte, um sie nicht zu erdrücken. Zögernd glitt er aus ihr heraus, hielt sie aber immer noch mit einem Bein nieder und sah ihr in die Augen. Dann nahm er ihr Gesicht in beide Hände. »Weißt du überhaupt, was ich für dich fühle?«

»Kann sein. Aber nur ansatzweise. Du redest nicht viel darüber«, erwiderte Bijou.

»Ich habe noch nie zu einer Frau gesagt, dass ich sie liebe. Niemals. Nicht einmal. Und dann bist du gekommen, Blue.« Er schüttelte den Kopf.

»Du musst nicht …«

Er legte einen Finger auf ihre Lippe, diese wunderbare, traumhafte Unterlippe, der er nicht widerstehen konnte. »Lass mich das jetzt sagen. Es muss sein. Selbst wenn es bei diesem einen Mal bleiben sollte. Du solltest es wissen.«

Bijou nickte, umkreiste seinen Finger mit der Zunge und

nahm ihn in ihren warmen Mund. Remys Glied schwoll sofort wieder an.

»Alles an dir ist verflucht anziehend, Blue. Einfach alles. Ich habe versucht, unseren Leoparden die Schuld daran zu geben. Und dann dem Sex. Aber ich kann keine Vorwände mehr finden. Ich hatte keine Ahnung, was Liebe ist. Bevor du kamst, habe ich nie welche empfunden. Ich brauchte Zeit, um mir darüber klar zu werden. Ich wusste nicht, dass es so sein würde. So heftig und überwältigend. Ich komme mir ein bisschen so vor wie ein Tier, das geblendet im Scheinwerferlicht steht.«

Spielerisch fuhr er mit dem Finger über ihre Lippen, ehe er den Kopf senkte und sie küsste. »Was ich auf meine umständliche Art zu sagen versuche, ist, dass ich dich von ganzem Herzen liebe.«

Bijous lange, fedrige Wimpern flatterten leicht, und einen Augenblick hatte Remy den Eindruck, dass ihre Augen in Tränen schwammen. Doch dann blinzelte sie, und danach waren ihre Augen wieder klar und glänzend und sahen ihn mit einem Blick an, der nichts zu wünschen übrig ließ.

»Los, sag's mir«, drängte er sie.

»Ich habe längst nicht so viel Selbstvertrauen, wie du denkst, Remy. Wenn ich singe, bin ich eine andere. Aber wenn ich ich bin, habe ich nicht einmal eine konkrete Vorstellung davon, wie man eine Beziehung führt, und erst recht nicht davon, wie man jemanden ehrlich liebt. Du gehst ein großes Risiko ein.«

Remy strich ihr das Haar aus dem Gesicht. »Ich habe dir von Anfang an gesagt, dass du mir vertrauen sollst. Ich helfe dir. Wir werden unseren Weg finden, Blue. Aber wenn dir das alles zu schnell geht, solltest du es mir sagen.«

Bijou lachte leise. »Du bist wirklich verrückt.« Sie strich mit dem Finger über seine lächelnden Lippen. »*Natürlich* liebe ich dich. Ich bin nur wegen dir nach New Orleans zurückgekommen. Ich wollte immer nur dich.«

Höchst befriedigt küsste Remy sie noch ein letztes Mal. »Komm, Süße, es riecht nach Kaffee und Frühstück.« Er stieg aus dem Bett und zog sie mit sich.

Dann duschten sie lange und genüsslich, wobei Bijou ihn zärtlich einseifte und wusch, was zu einem weiteren, wesentlich kürzeren Dankeschön seinerseits führte. Als sie schließlich zum Frühstück hinuntergingen, fühlte Remy sich entspannt und zur Arbeit bereit. Er war wenig überrascht, dass Gage auf ihn wartete. Das grimmige Gesicht, das sein Bruder dabei machte, erinnerte ihn sehr an sein eigenes. Doch das war bevor Bijou bei ihm Wunder bewirkt hatte.

»Du brauchst eine Frau«, begrüßte Remy ihn und goss sich eine Tasse von Sarias exzellentem Kaffee ein. »In letzter Zeit verbringst du zu viel Zeit mit den ganzen Morden.« Das war nur halb scherzhaft gemeint. Gage wirkte wie um Jahre gealtert. Er war immer eine Art Witzbold gewesen, doch davon war nicht mehr viel übrig. Remy gefiel es nicht festzustellen, dass sein Bruder denselben Weg ging wie er, aber offenbar war es zu spät.

»Wer braucht das nicht«, erwiderte Gage und lächelte Bijou zu. »Guten Morgen. Wie lange muss ich noch warten, bis du meine Schwester wirst? Das wird mein Ansehen bei den Wählern und bei meinen Männern sehr heben.«

Bijou lachte. »Freut mich, wenn ich dir helfen kann.« Genüsslich stellte sie fest, dass es nach frisch gebackenen Beignets duftete. Sie nahm die Kaffeetasse, die er ihr anbot, und ließ sich auf einen Stuhl fallen. »Ich weiß, dass dieser Morgen schrecklich für dich sein muss, Gage. Es tut mir leid.«

»Hast du neue Informationen?«, fragte Remy. »Sind die Rousseau-Brüder gesichtet worden?«

»Bis jetzt nicht, aber Richter Thomasson ist heute Morgen gefunden worden. Er hat sich in den Kopf geschossen.«

Jäh schaute Remy auf. »Bist du sicher, dass es Selbstmord war?«

Gage nickte. »Er hat eine Nachricht hinterlassen, die besagt, dass er Stimmen gehört hat, die ihn aufgefordert haben, sich umzubringen. Er glaubte, er sei besessen. Er dachte, er müsste die Rousseau-Brüder freilassen, weil sie ihm sonst Dämonen schicken würden, die ihm die Seele rauben. Er sollte die Anklage ganz fallen lassen, aber das konnte er nicht, also haben sie ihn trotz seiner Hilfe in den Tod getrieben.«

»Voodoo.« Remy sprach das Wort leise aus. »Er hat daran geglaubt.«

»Geht ins Speisezimmer, und esst etwas«, sagte Saria. »Alle beide. Und du auch, Bijou.«

Remy ging hinter seinem Bruder her und setzte sich an den reichverzierten Esstisch. Natürlich hatte Saria ein großes Frühstück für sie gemacht. Sie achtete immer darauf, dass die Männer in ihrem Haus Essen bekamen, eine alte Angewohnheit aus der Zeit, in der sie für ihren Vater gesorgt hatte. Aber vielleicht machte es ihr auch Freude, für ihre Familie zu kochen.

»Ja, er hat an Voodoo geglaubt, aber er wäre besser zu Eulalie oder zur Polizei gegangen. Wir haben hinter einem Belüftungsgitter einen Rekorder gefunden, der jedes Mal aktiviert wurde, sobald er sich bewegte. Darauf waren flüsternde

Stimmen zu hören, die ihm einredeten, er müsse sich umbringen«, sagte Gage. »Die Rousseau-Brüder haben ein bisschen nachgeholfen, um sicherzugehen, dass ihr Ansehen bei den Voodoo-Gläubigen wächst.« Er setzte sich Remy gegenüber an den Tisch und nahm sich hungrig ein Stück Forelle.

»Dann sind sie wohl noch in der Gegend. Wir müssen überlegen, wo sie sein könnten, bevor sie die Stadt verlassen und anderen das Leben zur Hölle machen«, meinte Remy. Auch er nahm etwas von der Forelle und dazu noch pochierte Eier und Sauce hollandaise aus den silbernen Speisewärmern auf dem Tisch.

»Frisch gepresster Orangensaft«, verkündete Saria und stellte zwei gefüllte Weingläser vor ihren Brüdern ab. »Trinkt. Ihr bekommt beide nicht genug Schlaf, und wenn ihr alle Verbrecher fangen wollt, die im Bayou lauern, solltet ihr besser bei Kräften bleiben.«

»Ja, Ma'am«, sagte Gage und trank seinen Orangensaft gehorsam in einem langen Zug aus. »Wo ist denn unser geschätzter Anführer?«

Saria presste die Lippen zusammen und wich seinem Blick aus.

»Saria?« Remys Stimme bekam jenen drohenden Unterton, der unweigerlich alle gehorchen ließ.

Saria holte tief Luft und schenkte sich selbst ein Glas Orangensaft ein. Offensichtlich versuchte sie, Zeit zu gewinnen. »Als Gage heute Morgen anrief und sagte, dass die Rousseau-Brüder freigelassen worden sind, ist er in den Sumpf gegangen, um sie aufzustöbern«, gestand sie, achtete aber darauf, keinem ihrer Brüder dabei ins Gesicht sehen zu müssen.

»Und er hat es nicht für nötig gehalten, Verstärkung mitzunehmen?«, blaffte Remy. Er hielt mit der Gabel in der Luft inne, kurz vor seinem Mund.

»Natürlich hat er Verstärkung mitgenommen. Er meinte, die Spurensicherung habe bisher noch nichts über irgendwelche Fell- oder Tatzenspuren verlauten lassen, also könnten sie, wenn sie vorsichtig sind, vielleicht in einer Stunde etwas für dich haben.«

Remy hob eine Augenbraue. »Ich nehme an, er hat Lojos und Mahieu mitgenommen?«

Saria nickte. »Er hat gesagt, ihr beide sollt ein paar Stunden schlafen, so lange würde das Rudel aushelfen. Die anderen sollten die Augen offenhalten, aber nicht selbst auf die Jagd gehen.«

»Und Dash? Was macht der?«, fragte Remy misstrauisch. »Trink nicht nur Kaffee, Bijou. Iss etwas«, fügte er hinzu und häufte Forelle und Eier auf einen der vorgewärmten Teller.

Bijou, die gemütlich auf ihrem Stuhl hockte und ihren Kaffee schlürfte, wirkte aufgeschreckt. »Ich habe keinen Hunger.«

»Trotzdem«, sagte er. »Saria? Was zum Teufel hat dein Mann Dash aufgetragen?«

»Er soll Wache halten«, sagte sie. »Bijou, dein Hals ist voller blauer Flecken.«

Remy konnte sich nicht davon abhalten, wieder zu Bijou hinüberzusehen, auch wenn er wusste, dass seine Schwester nur versuchte, ihn abzulenken. Bijou war leicht errötet. Sie sah aus wie eine sehr zufriedene Katze. Das Haar, das ihr in einer blauschwarzen Wolke über den Rücken fiel, wurde im Nacken lose von einer Spange zusammengehalten. Sie trug enge, hüfthohe Jeans und dazu ein hellrosa Baumwolltop, das nicht wirklich rosa war, sondern wahrscheinlich einen

Modenamen wie *mauve* hatte und perfekt zu ihrem Teint passte, und hielt die Kaffeetasse mit beiden Händen vor sich wie einen Schutzschild.

»Wir müssen dir bald einen Ring kaufen, Blue«, erklärte Remy. Mit einem blauen Stein. Einem Saphir oder einem blauen Diamanten. Er hatte viel Geld gespart. Das konnte er für etwas Passendes ausgeben.

Bijou errötete noch tiefer. »Ich dachte, hier ginge es darum, was dein Bruder tut, nicht um uns.«

Remy grinste sie an und reichte ihr eine Gabel. »Da, für den Fall, dass du schwanger bist und für zwei essen musst. Du sollst einfach wissen, dass ich ständig an dich denke.«

Bijou nahm die angebotene Gabel, aber Remy wusste, dass sie es eher tat, um der allgemeinen Aufmerksamkeit zu entgehen, und nicht vorhatte, ausgiebig zu frühstücken. Gage, der wie ein Affe von einem Ohr zum anderen grinste, war auch keine Hilfe. Selbst Saria feixte hinter vorgehaltener Hand.

»Mach nur so weiter, Gage«, fauchte Bijou. »Du bist nah genug, dass ich dich mit dieser Gabel erwische.«

»Ich lache dich nicht aus, meine Liebe. Es ist nur so, dass es meinen Bruder wirklich *schlimm* erwischt hat. Im Moment benimmt er sich wie ein Verrückter, und das ist echt lustig für mich. Ganz zu schweigen davon, dass er vergisst, uns herumzukommandieren, solange er mit dir beschäftigt ist.«

Remy beschloss, seine Würde zu wahren und nicht darauf einzugehen. Es war die einzige Möglichkeit, die ihm blieb, da sein Bruder wahrscheinlich die Wahrheit sagte. Er nahm ein paar Löffel *couche-couche*, ein Cajun-Gericht aus gebratenem Maismehl, das Saria genauso machte, wie er es mochte, und achtete gar nicht auf seinen Bruder.

»Also, wo ist Dash im Moment?«, fragte Remy seine

Schwester, nachdem er einen Bissen Forelle gegessen hatte. »Passt er auf dich auf, solange Drake weg ist?«

»So was Ähnliches«, erwiderte Saria fast neckisch.

Remy richtete sich kerzengerade auf. »Hat Drake ihn etwa hiergelassen, damit er *mich* beschützt?«

Saria nickte und wurde wieder ernst. »Er befürchtet, dass die Rousseau-Brüder dir und Gage nachstellen könnten, und, Remy, ehe du wütend wirst, das ist nachzuvollziehen. Ihr beide seid gnadenlos, wenn ihr hinter jemandem her seid. Alle wissen das. Ihr seid diejenigen, die ihnen alles verdorben haben. Sie halten sich für unglaublich schlau, und sie dachten, dass sie unbesiegbar wären und keiner gegen sie aussagen würde. Ihr beide habt sie zur Strecke gebracht, und sie gehören nicht zu den Typen, die still das Weite suchen.«

Bijou gab einen besorgten Laut von sich und neigte sich Remy zu. »Ich habe es dir doch gesagt.«

Er nahm ihre Hand, legte sie unter dem Tisch auf seinen Oberschenkel und streichelte sie beruhigend mit dem Daumen. Er wollte nicht, dass sie sich aufregte oder ängstigte. Er hatte geglaubt, dem Thema aus dem Weg gehen zu können, nachdem er ihr versichert hatte, dass sie sich keine Sorgen zu machen brauchte.

»Hast du Drake das eingeredet?«, fragte Remy. Seine Schwester war intelligent und dachte wie ein Polizist.

»Kann sein, dass ich davon angefangen habe«, sagte Saria ohne jede Reue.

Bijou drückte Remys Hand, damit er mit dem Streicheln aufhörte. Er spürte, dass sie zitterte, doch als er sie ansah, stellte er fest, dass sie das Kinn hoch hielt.

»Ich halte es für unwahrscheinlich, dass sie so dumm sind. Das habe ich dir schon gesagt, Blue. Die Jungs stammen aus der Gegend und kennen unseren Ruf. Sie werden wohl kaum ihr Leben und ihre Freiheit aufs Spiel setzen, indem sie in unsere Nähe kommen.«

Bijou war eine Leopardenfrau. Vor einem Leoparden, der einen kannte, konnte man nichts verbergen, und Bijou kannte ihn mittlerweile sehr gut.

»Du glaubst auch, dass sie dich suchen werden«, sagte sie. »Lüg mich nicht an, das hast du mir versprochen.«

Remy schüttelte den Kopf. »Nein, *Chere*, ich glaube wirklich nicht, dass sie so dumm sind. Ich will nicht sagen, dass mir der Gedanke nicht durch den Kopf gegangen ist, und vielleicht ist es auch nur ein frommer Wunsch, aber nach allem, was ich von ihnen weiß, sind sie kluge Burschen. Sie werden sich nicht mit uns anlegen.«

Bijou entspannte sich ein wenig und atmete tief durch. »Aber sei vorsichtig, Remy. Ich könnte es nicht ertragen, wenn dir etwas zustoßen würde.«

»Und was ist mit mir? Zähle ich denn gar nicht?«, beschwerte sich Gage.

Saria lachte. »Nicht doch, Bruderherz. Du bist das Superhirn, das die Rousseaus ins Gefängnis gebracht hat.«

»In meinem Revier werden keine alten Leute geschlagen«, blaffte Gage, mit einem Mal wieder ernst geworden.

Rasch sah Remy weg. Er war stolz auf Gage, sogar mehr als stolz auf das, was aus seinem Bruder geworden war. Die Gemeindemitglieder hatten ihm nicht ohne Grund ihr Vertrauen ausgesprochen. »So ist es, Bruder«, sagte er leise und führte die Kaffeetasse an die Lippen.

In diesem Augenblick erschütterte das Brüllen eines Raubtiers das Haus. Sofort stürzte Remy sich auf Bijou und riss sie zu Boden. Gage machte das Gleiche mit Saria. Dann flog eine Kugel durchs Speisezimmerfenster und schlug in das Bild an der gegenüberliegenden Wand ein, während Glasscherben auf sie herabregneten.

»Das war eine Warnung von Dash«, zischte Remy. »Los, kriecht zur Küche, aber bleibt eng am Boden. Saria, in deiner Wohnung ist es sicherer. Nimm Bijou mit, und haltet euch bereit zum Verwandeln, falls es nötig sein sollte. Hast du irgendwo Gewehre?«

Seine Schwester nickte. »Aber mein Messer ist mir lieber.«

»Das nützt aber nicht viel, wenn der Gegner eine Schusswaffe hat«, bemerkte Gage. »Dash soll hierbleiben und auf euch aufpassen. Hoffen wir, dass Drake und die anderen schon auf dem Rückweg sind.«

Remy drückte Bijous Po nach unten, als sie hinter Saria herkroch. »Robb dich mit Ellbogen und Zehen voran.«

Als Gage die Speisezimmertür für die Frauen aufstieß, schlugen zwei weitere Kugeln darin ein.

»Wo geht ihr hin?«, fragte Bijou, während sie sich durch die Tür schlängelte.

»Jagen«, erwiderte Remy grimmig. »Darin bin ich unschlagbar.« Er legte eine Hand auf ihren Po und schob sie weiter. »Nicht anhalten. Versteckt euch in Sarias Wohnung.«

»Du kannst nicht als Leopard jagen gehen«, protestierte Saria. »Der Mann hat ein Gewehr.«

»Ein Scharfschützengewehr, um genau zu sein«, sagte Remy. »Aber um mich solltest du dir keine Sorgen machen, eher um ihn. Er hätte dich oder Bijou treffen können. Und ein Mann duldet es nicht, wenn man seine Familie bedroht.«

Die beiden Frauen krochen durch die Küche zu Sarias Seite des Hauses. Sie wohnte in einem bequemen Anbau mit drei Schlafzimmern. An der Wand im Flur stand ein kleiner Schrank. Gage und Remy standen auf, rückten den Schrank rasch zur Seite und legten den Eingang zu einem Verbindungsgang frei, in den Saria und Bijou schnell hineinschlüpften.

Remy packte Bijou am Oberteil und zog sie an sich. »Bitte tu dieses eine Mal, was Saria sagt – für mich. Sie kennt den Sumpf wie ihre Westentasche. Sie kann dich sicher hier rausbringen. Versuch nicht, uns zu helfen. Gage und ich werden uns um das Problem kümmern. Die anderen haben Dash sicher auch gehört und kommen schon zurück, um uns zu helfen. Folge einfach nur Sarias Anweisungen.«

Bijou nickte ernst, die Augen riesengroß. Dann beugte sie sich vor und küsste ihn sanft. Es gab kein Weinen. Keine Hysterie. Kein Betteln. Nur ihre ruhige Akzeptanz – und ihr Vertrauen in ihn. Glaube und Vertrauen waren kostbare Geschenke. Er würde sie nicht enttäuschen.

»Pass auf dich auf«, flüsterte sie an seinem Mund.

Remy küsste sie noch einmal, dann ging er in der anderen Richtung den Gang hinunter, wieder ganz in seinem Job. Im Gehen zog er sich das Hemd aus, nahm die Pistole aus dem Halfter, legte sie in den Rucksack, den jeder Leopard bei sich hatte, und packte noch einige Magazine dazu, damit er, wenn nötig, genug Munition für einen Schusswechsel hatte. Seine Schuhe und seine Jeans würde er am Rande des Sumpfes zurücklassen.

Der Verbindungsgang war fast vollständig von Pflanzen und Bäumen verdeckt, und nur wenige außerhalb der Familie wussten von seiner Existenz, daher war Remy ziemlich sicher, dass niemand ihn draußen erwartete. Er verwandelte sich und erlaubte es dem großen schwarzen Panther, die Führung zu übernehmen. Sein Geruchssinn war schärfer und würde ihn schnell ans Ziel führen.

Gage war direkt hinter ihm, und als sie im feuchten Sumpf aus dem Gang herauskamen, ließ er seinem Bruder Raum und wandte sich nach links, um Remys Flanke zu schützen. Beinahe augenblicklich witterte der Leopard den Heckenschützen im Schießpulvergestank. Fauchend duckte sich die Katze und pirschte auf dicken, weichen Tatzen lautlos an seine Beute heran. Nichts im Sumpf deutete darauf hin, dass ein schwarzer Panther auf der Jagd war.

Remy schaute zur Seite und sah, dass Gage sich ebenfalls geduckt hatte. Ihre Beute war über ihnen, in der Gabelung einer Zypresse, aber es gab noch einen zweiten Mann, der wahrscheinlich als Späher für den ersten fungierte. Der üble Geruch der Rousseau-Brüder stieg der Raubkatze in die Nase und ließ sie die Zähne fletschen, ehe sie sich zeitlupenartig ihrem Opfer näherte.

»Ich kann sie nicht sehen«, berichtete Juste. »Wir sollten verschwinden.«

»Aber sie stecken in der Falle«, widersprach sein Bruder heftig.

»Sie können doch vorn aus dem Haus und haben sicher Verstärkung gerufen. Bald wird man mit Hubschraubern nach uns suchen«, wandte Juste ein.

»Ich sage, wir gehen in dieses Haus und schießen ihnen eine Kugel in den Kopf. Ich will diese verfluchten Brüder tot sehen. Sie sollen vom Erdboden verschwinden. Und dann nehme ich mir die Frauen vor und prügele sie windelweich. Es ist schon zu lange her, dass ich dieses Vergnügen hatte«, sagte Jean und wischte sich den Mund, als ob er ihm schon beim Gedanken daran vor lauter Vorfreude wässrig würde.

»Du bist echt krank, du Mistkerl«, sagte Juste amüsiert, doch sein Stimme hatte einen angespannten Unterton. »Jean, wir müssen gehen, solange wir noch können. Wir kommen wieder und töten sie, aber nicht jetzt.«

Der Panther schlängelte sich durchs Gebüsch, bis er nahe genug war. Sein starrer Blick sprühte vor Scharfsinn. Er hatte sein Ziel erreicht. Er würde den Mann im Baum angreifen und Gages Leopard, der sich ebenfalls gerade in Position brachte, würde sich auf den Mann stürzen, der am Boden war.

Es war unmöglich, die Leoparden zu sehen. Gages Flecken halfen ihm, mit der Vegetation um ihn herum zu verschmelzen, und Remys Leopard hatte sich so eng an den Boden gedrückt und bewegte sich so unglaublich langsam, dass man es selbst dann nicht merkte, wenn er teilweise unverdeckt war. Geduldig und stockend schlichen die Leoparden voran, ganz auf ihre ahnungslose Beute konzentriert.

Zentimeter um Zentimeter schoben sie sich auf der Jagd nach den Jägern weiter und erstarrten, den Bauch an den Boden gepresst, von Neuem. Gage war so nah an Juste, dass er ihn hätte berühren können. Er wartete nur noch darauf, dass Remy sprungbereit war. Jean lag im Baum, in einer Astgabel, das auf die Pension gerichtete Scharfschützengewehr fest im Anschlag. Remy würde ihn mit dem Aufprall seines schweren Raubtierkörpers aus dem Baum holen müssen, weg von der Waffe.

Störrisch sah Jean seinen Bruder an. »Das ist doch Blödsinn, Juste, sie haben nur Glück gehabt.« Trotzdem schien er sein Gewehr von dem Ast nehmen zu wollen, auf dem er es in Stellung gebracht hatte.

Der Leopard rammte ihn mit der Kraft eines Güterzugs

und stieß ihn rücklings aus dem Baum. Beim Aufschlag auf dem Boden brach Jean sich die Knochen, und als die Raubkatze auf ihm landete und die Zähne in seinen Hals grub, streifte ihn der heiße Atem des Todes.

Mitleidlose grüngoldene Augen bohrten sich in seine entsetzten braunen. Jean schlug wild um sich und versuchte vergebens, sich von der Kreatur zu befreien, die ihn so mühelos festhielt, während der Leopard ihm weiter gnadenlos die Kehle zuschnürte.

Weiter hinten, am Rande seines Gesichtsfelds, hatte der gefleckte Leopard sich mit der gleichen Wucht und Präzision, mit der der schwarze Panther ihn attackiert hatte, von der Seite auf seinen Bruder gestürzt und hielt ihn nun im selben erstickenden Griff fest. Jean sah noch zu Juste hinüber, doch seine Augen brachen bereits.

Die beiden Leoparden hielten ihre Beute so lange nieder, bis die Lebenskraft erloschen war. In dem Augenblick, in dem die beiden Brüder tot waren, übernahmen die Menschen wieder die Kontrolle und zwangen die Katzen, von ihren Opfern abzulassen. Gleichzeitig brachen Lojos und Drake in Menschengestalt durch das Unterholz. Beide hatten Waffen dabei.

Remy verwandelte sich und fing die Jeans auf, die Drake ihm zuwarf. Gage wurde ebenfalls wieder zum Menschen und zog sich die Jeans über, die sein Bruder Lojos ihm mitgebracht hatte.

»Wir müssen die Leichen schnell loswerden, ehe noch jemand vorbeikommt«, sagte Remy. »Bringt sie dahin, wo dieser riesige Alligator haust. Niemand wagt es, ihn zu stören, und er wird keinen Hinweis auf Leopardenbisse übrig lassen. Nehmt das Gewehr auseinander, und werft es hinterher. Wenn wir Glück haben, bleibt es unser Leben lang unentdeckt.«

»Wird erledigt«, sagte Lojos. »Wir kümmern uns drum.«

»Wie ihr ja schon wisst, haben wir die Brüder nicht gefunden«, fügte Drake hinzu. »Aber dafür einen weiteren Toten.« Er zögerte und seufzte leicht. »Leider kennst du ihn, und Bijou auch.«

18

Remy ging so nah wie möglich an Bob Carsons blutigen Überresten in die Hocke und betrachtete sie sorgfältig. Den Gedanken, dass der Leichnam, der so brutal gequält und seines Lebens und seiner Würde beraubt worden war, einmal ein Mensch gewesen war, musste er beiseiteschieben. Nun war er nicht mehr als ein Kadaver, der in einem Baum hing wie ein Tier, das wegen seines Fleisches getötet worden war. Nur dass Carson wegen seiner Knochen umgebracht worden war.

Remy hatte den Mann nicht gemocht. Der Fotograf hatte Bijou jahrelang verfolgt – und wahrscheinlich vorgehabt, sie loszuwerden, als sie acht war, weil er sich eine Chance ausrechnete, Bodrie Breaux' Vermögen zu erben. Er hatte Bijou gequält, indem er die Boulevardpresse immer wieder mit falschen Geschichten und Fotoüberschriften fütterte, die er so manipuliert hatte, dass sie möglichst schlimme Lügen über sie erzählten. Und das nur um Geld zu bekommen – und um Bijou zu beschämen.

Trotzdem sollte niemand so qualvoll und elend sterben. Außer den Alligatoren hatte niemand sein Flehen um Gnade gehört. Noch vor ein paar Stunden war Carson in der

Galerie gewesen, und Remy hatte dabei geholfen, ihn vor die Tür zu setzen.

»Der Mann hatte immer eine Kamera dabei«, sagte Remy. »Findet sie. Und wo ist sein Wagen? Wie ist er hergekommen? Ich kann mir nicht vorstellen, dass er in den feinen Schuhen, die er trägt, nachts in den Sumpf gegangen ist. Er hat sich auch nicht umgezogen, also ist er deswegen wohl nicht ins Hotel zurückgegangen, ehe er ermordet wurde.«

Carson kam nicht aus der Gegend. Er wäre nicht einfach zum Fischen hinausgefahren oder um Nutria für die Familie zu beschaffen. Er hatte keinen Grund im Sumpf zu sein. Und wenn er versucht haben sollte, sich von hinten an die Pension anzuschleichen, wäre er über den See gekommen. Der Tatort lag nicht weit entfernt von Bodries Hütte. War Carson dahin unterwegs gewesen, als der Killer ihn angriff?

Drake und Remys Brüder hatten gewusst, dass sie den Tatort nicht betreten durften, und sich von der Leiche ferngehalten. Mahieu war geblieben, um sie zu bewachen und die Alligatoren zu verscheuchen, während Drake und Lojos Remy und Gage herbeiholten. Nichts war angerührt worden, und dennoch war irgendetwas anders, nicht ganz so, wie es sein sollte.

Remy schritt den äußeren Rand des Tatorts ab und betrachtete ihn aus allen Blickwinkeln. Das Blutbad war schlimmer als gewöhnlich, das hieß, dass Carson noch lange am Leben geblieben war, doch auch einige andere Opfer hatten länger ausgehalten, als man es unter den Umständen erwartet hätte. Der Altar war perfekt wie immer, ohne einen Tropfen Blut außer dem halben Liter in der Schale vor dem Herzen. Die linke Hand des Toten war eingeölt, an die Finger waren Kerzen gebunden worden, und die Randsteine waren mit äußerster Sorgfalt im üblichen Rechteck ausgelegt.

Mit gerunzelter Stirn stand Remy ein Stück entfernt und betrachtete die Szenerie. Gage trat an seine Seite. Die Spurensicherung war noch nicht eingetroffen, und der Sumpf wirkte recht friedlich, auch wenn dort natürlich eigene Gesetze herrschten, wie das beständige Summen der Insekten zeigte, die den Leichnam umschwirrten und sich an den Resten weideten.

»Das könnten die Rousseau-Brüder gewesen sein, Gage. Sie sind sicher im Sumpf gewesen, und zwar nicht weit von hier.«

»Jep. Das könnte sein.« Neugierig beobachtete Gage seinen Bruder, registrierte jede Veränderung an seinem Gesichtsausdruck und seinem scharfen Blick.

»Aber Carson? Das ergibt keinen Sinn. Er wäre nachts nicht allein in den Sumpf gegangen, nicht in diesem Aufzug. Er muss hergebracht worden sein. Er ist ihnen nicht zufällig hier begegnet.«

»Außerdem hätten sie eine große Auswahl an potentiellen Opfern gehabt, Leute, auf die sie wirklich sauer waren«, stimmte Gage ihm zu. Dann wartete er ab. Remy war ein Meister im Kombinieren, und von ihm zu lernen, würde ihm in seinem Job weiterhelfen.

Remys Blick kehrte immer wieder zu der Leiche zurück. Der Altar war perfekt. Der weggeworfene Plastikanzug lag genauso, wie er liegen sollte, aber irgendetwas stimmte nicht, nur dass er nicht darauf kam.

»Wenn die Rousseau-Brüder das getan haben, und ich wünschte, es wäre so, kann ich mir nicht erklären, warum ihre Wahl auf Carson gefallen ist.« Vorsichtig trat Remy wieder näher an das Opfer heran. Er wollte den Hals sehen, um herauszufinden, ob der Mörder mit Carson das Gleiche gemacht hatte wie mit Cooper.

»Carson könnte zufällig etwas fotografiert haben, das die Rousseau-Brüder geheim halten wollten«, mutmaßte Gage.

»Wir müssen die Kamera finden«, sagte Remy über die Schulter.

»Ich hab sie!« Triumphierend hielt Drake einen kostspieligen Fotoapparat in die Höhe, der in einer Tasche steckte. »Er lag neben der Straße, dort, wo der Mörder seinen Wagen geparkt hat. Von da aus ist er in den Sumpf gegangen. Man sieht es am niedergetretenen Gras. Er hat Carson getragen, also ist er sehr stark. Ich konnte keinen anständigen Schuhabdruck finden, aber er ist definitiv von der Straße gekommen, und das ist ein weiter Weg, wenn man einen ausgewachsenen Mann trägt.«

»Waren sie vielleicht zu zweit?«, fragte Remy.

Drake schüttelte den Kopf. »Das glaube ich nicht. Du kannst es dir selber anschauen, aber es sieht so aus, als hätte ein Mann eine sehr schwere Last getragen. Falls Carson bewusstlos war, ist er besonders schwer gewesen. Und das ist wahrscheinlich, denn sonst hätte er sich sicher gewehrt, und die Spur wäre nicht so geradlinig und gleichmäßig.«

»Außerdem muss der Mörder auch die Tasche mit seinen Instrumenten dabeigehabt haben«, überlegte Remy. »Ich bezweifle, dass er den Weg zweimal gemacht hat. Jeder, der vorbeifuhr, konnte sein Auto an der Straße stehen sehen, und wenn er sein Opfer allein gelassen hätte, hätte alles Mögliche passieren können. Vielleicht hätte ein Wilderer auf der Jagd ihn entdeckt, oder er wäre wieder zu sich kommen und weggelaufen. Der Mörder ist sehr stark. So wie wir.«

»Robert ist in Haft«, bemerkte Drake ganz sachlich.

»Jason Durang war mal im Gefängnis«, gab Gage zu bedenken. »Und wie die meisten Gefangenen hat er dort seine Muskeln gestählt, also ist er ein außergewöhnlich kräftiger – und gefährlicher – Mann. Er hätte einen nicht besonders großen Mann wie Carson leicht überwältigen können.«

Remy musterte weiter die Leiche, während Gage sich die Fotos auf der Kamera ansah.

»Hier ist die letzte Nacht wunderbar dokumentiert, Remy«, verkündete er. »Carson hat einen Haufen Fotos gemacht.«

In der Ferne konnten sie das Boot des Sheriffs hören, das mit dem Team der Spurensicherung übers Wasser kam. Bald würde sich in den Bayous die Nachricht verbreiten, dass in ihrem Revier wieder ein Mord geschehen war.

Remy blieb mit seinem Blick auf die Leiche konzentriert. Carson hatte lange gebraucht, um zu sterben, hauptsächlich weil der Killer keine Arterie durchtrennt hatte, als er ihn aufschnitt. Und dennoch waren am Hals keinerlei Anzeichen für wiederholtes Strangulieren zu sehen. Seufzend fuhr er sich mit einer Hand über den Nacken. Es war direkt vor seiner Nase, aber er konnte es nicht finden.

»Remy, du musst dir die Fotos ansehen, die Carson gemacht hat«, fing Gage wieder an und ging mit der Kamera zu seinem Bruder. »Ab hier. Da ist eine ganze Serie, die in der Galerie anfängt, ehe wir ihn hinausgeworfen haben. Erst hat er Bilder von den Kunstwerken geknipst und dann die berühmteren und reicheren Jetsetter, die gekommen sind, um sich darum zu schlagen, eine von Lefevres neuesten

Arbeiten zu erstehen. Außerdem gibt es zahlreiche Fotos von Arnaud und Bijou. Er ist offenbar auf sie fixiert.«

»Das ist nichts Neues.«

»Nach seinem Rauswurf hat Carson mit dem Zoomobjektiv von der anderen Straßenseite aus weiterfotografiert, aber die Fenster sind aus Glas, und die Galerie war so hell erleuchtet wie ein Christbaum. Diese Bilder und die Notizen für die Überschriften und Artikel geben uns zumindest einen Überblick darüber, wo er direkt vor dem Mord gewesen ist.«

»Mit etwas Glück hat er vielleicht seinen eigenen Mörder bei der Tat erwischt?«, fragte Remy halb im Scherz. Denn natürlich hätte der Mörder die Kamera ins Wasser geworfen, wenn er damit geknipst worden wäre. So dumm war niemand.

»Sieh es dir an, Remy«, drängte Gage ihn. »Es gibt verdammt viele Fotos, und manche davon sind sehr aufschlussreich. Aber ich möchte keine voreiligen Schlüsse ziehen oder dich in irgendeiner Weise beeinflussen. Sieh es dir selbst an.«

Remy nahm die Kamera in die behandschuhten Hände und sah sich das Foto an, das Gage aufgerufen hatte. Bijou, wunderschön und viel zu elegant, sah Arnaud über seinen Drink hinweg lachend in die Augen. Das nächste Bild zeigte die beiden, wie sie sein neuestes Werk betrachteten, Bijou mit einem faszinierten Ausdruck auf dem Gesicht. Arnaud dagegen schien ganz auf Bijou konzentriert zu sein, sein Blick galt allein ihr. Wenn man nur diese Fotoserie sah und nichts über das Verhältnis zwischen Bijou und Arnaud wusste, würde man glauben, dass es sich bei den beiden um ein Liebespaar handelte.

Remy sah sich die nächsten Fotos an. Sie waren von draußen aufgenommen worden und zeigten, wie Bijou und Arnaud tanzten und wie Arnaud immer wieder wie gebannt Remys Gesicht anstarrte. Der Künstler wirkte geradezu verzückt und definitiv nun auf Remy fixiert, nicht mehr auf Bijou.

»Ist ja interessant, was man alles in ein Foto hineininterpretieren kann«, murmelte Remy. »Ich kann mir gut vorstellen, was Carson damit vorhatte.«

Dann kamen einige Fotos von Remy und Bijou, auf denen sie sehr verliebt aussahen und so eng tanzten, dass sie praktisch miteinander verschlungen waren. Eines zeigte, wie Bijou zu ihm aufschaute, und als Remy ihren Blick sah, zog sein Herz sich heftig zusammen. Die Liebe zu ihm stand ihr ins Gesicht geschrieben und machte sie schön, wunderschön. Dieser Moment zwischen ihnen hätte privat sein sollen, doch Carson hatte ihn in der Presse breittreten wollen, garniert mit Fotos von Lefevre und der Überschrift »Liebesverwirrungen im Dreieck«.

Als er die nächste Fotoserie sah, erstarrte Remy. Er spürte, dass Gage ihn beobachtete. Auf den Fotos sah man Rob Butterfield, der sich, eine Hand auf dem offenen Deckel, über den Kofferraum seines Wagens beugte und mit Jason Durang redete. Die beiden wirkten, als hätten sie etwas zu verbergen, was wohl Carsons Aufmerksamkeit erregt hatte.

Durangs Auto, ein Jeep mit Allradantrieb, stand sehr dicht an Butterfields Mercedes. Die folgenden Fotos zeigten, wie Butterfield in den Kofferraum griff, um eine große Plastikplane und mehrere gefaltete Plastikfolien herauszuholen. Remys Mund wurde trocken. Er sah seinen Bruder an. Gage zog ein grimmiges Gesicht.

»Mach weiter«, riet er.

Auf dem nächsten Foto hatte Butterfield auf der Motorhaube seines Wagens eine lederne Kassette geöffnet, in die beide Männer hineinsahen. Carsons Zoomobjektiv hatte darin eine Anzahl chirurgischer Instrumente erfasst.

Remys Puls schnellte in die Höhe, und sein Leopard schnaubte vor Wut. Sie hatten einen Mord geplant, aber an wem? An Bijou? Hatten sie vorgehabt, sie zu töten und es so aussehen zu lassen, als wäre sie dem Knochensammler zum Opfer gefallen? Das hatte Remy schon eine ganze Weile befürchtet. Hatte Carson die beiden auf frischer Tat ertappt und war dann dabei selber erwischt worden?

»Besorg dir einen Haftbefehl, Gage. Und lass beide Fahrzeuge durchsuchen. Mit diesen Fotos dürfte das kein Problem sein.«

Remy schaute sich die nächsten Fotos an, die Carson in der vergangenen Nacht aufgenommen hatte. Vom Parkplatz war er zu dem kleinen Atelier gegangen, das Lefevre angemietet hatte, um dort zu arbeiten. Damit es möglichst hell war, war der Raum auf drei Seiten fast vollständig verglast. Wieder gab es eine Serie von Fotos, die allesamt zeigten, wie der Franzose in seine Arbeit vertieft eifrig Skizzen machte. Manchmal wirkte er dabei wie getrieben, geradezu besessen von seinem Schöpferdrang. Es gab Dutzende Skizzen von Remys Augen. Remys Gesicht. Und seinem Mund.

Remy wurde klar, wie Carson diese Fotos so hätte einsetzen können, dass sie etwas völlig anderes zeigten als künstlerisches Interesse an einem bestimmten Gesichtsausdruck. Er hätte all diese Fotos tatsächlich so zusammenstellen können, dass man an eine Dreiecksbeziehung glauben konnte, in der Arnaud an Remy interessiert war. Carson hatte vorgehabt, Bijou eine *Ménage à trois* anzudichten. Die Überschrift, die er im Sinn gehabt hatte, lautete »Bijous Männer verliebt ineinander«.

Arnaud war offensichtlich ganz in seiner Arbeit aufgegangen. Remy bezweifelte, dass der Mann es bemerkt hätte, wenn Carson tatsächlich im Raum gewesen wäre, als er die Fotos machte. Doch der Fotograf hatte die Skizzen, so wie die chirurgischen Instrumente auf dem Parkplatz, mit dem Zoomobjektiv aufgenommen. Arnaud hatte immer und immer wieder Remys Augen gezeichnet, die Skizzen aber frustriert weggeworfen, weil er unbedingt genau den Blick einfangen wollte, den er in der Galerie an Remy gesehen hatte. Was ihm aber offenbar nicht gelungen war.

Die nächste Fotoserie zeigte zwei Männer im Schatten, die Arnaud durch die Atelierfenster zu beobachten schienen. Sie standen weiter hinten auf der Straße, und Carson musste sie zufällig abgelichtet haben. Auf dem zweiten Foto sah es so aus, als würden sie sich streiten.

Remy fiel auf, dass man Arnaud seinen Reichtum ansehen konnte. Er saß allein in einem hell erleuchteten Raum, wo jeder, der kein Geld hatte und welches stehlen wollte, ihn ohne Weiteres sehen konnte. Ein Mann, der so auf seine Arbeit konzentriert war, dass er Eindringlinge wohl erst bemerken würde, wenn es schon zu spät war, musste wie das perfekte Opfer wirken.

»Die Gesichter kann man nicht erkennen«, beklagte sich Remy. »Aber es sieht so aus, als könnten es Jean und Juste Rousseau sein. Was meinst du?« Er gab seinem Bruder die Kamera zurück und wandte sich um, um sich noch einmal die Leiche genau anzuschauen.

Das Team der Spurensicherung war angekommen, und

der Fotograf war bereits dabei, Carson aus jedem Winkel abzulichten. Das Sonnenlicht schien durch die Zypressen auf die Szene. Aufmerksam umkreiste Remy die Leiche und ging immer wieder in die Hocke. Es war da. Direkt vor seiner Nase. Vor Enttäuschung grummelte er leise.

»Denken Sie daran, ein paar gute Bilder vom Altar zu machen – zum Vergleich«, forderte er den Fotografen barsch auf.

Der Mann sah ihn finster an, sagte aber nichts. Er verstand schließlich sein Handwerk und wunderte sich über Remys Verhalten.

Doch Remy achtete gar nicht auf ihn, er war ganz auf den Leichnam konzentriert. Dann stand er langsam auf. Endlich war ihm die Erleuchtung gekommen, die Puzzleteile passten, und er wusste *genau*, was anders war.

»Gage.« Er wartete, bis sein Bruder ihn ansah. »Das ist falsch. Alles ist falsch.«

»Was?« Mit gerunzelter Stirn kam Gage näher und versuchte zu sehen, was sein Bruder gesehen hatte.

LeBrun, der Gerichtsmediziner, hörte auf zu arbeiten. Selbst der Fotograf legte eine Pause ein. Remy war gut in seinem Job und entdeckte Unstimmigkeiten meist vor allen anderen. Er hatte einen Blick für Details und die unheimliche Gabe, Mordfälle schnell lösen zu können.

»Er macht es sonst anders.«

»Nein, er macht es immer genau so«, widersprach Gage finster.

Remy schüttelte den Kopf. »Nein, Gage.« Mit einer Handbewegung deutete er auf den offenen Brustkorb. »Das ist falsch. Er folgt immer einem bestimmten Plan, und diesmal hat er sich nicht daran gehalten.«

»Das verstehe ich nicht.«

»Es geht um die Knochen. Diese Knochen hatte er schon dem ersten Opfer entnommen. Diesmal hätte er Knochen aus den Beinen nehmen müssen, aber er hat es nicht getan. Er folgt einem Muster und hat sonst niemals die gleichen Knochen noch einmal haben wollen«, sagte Remy.

LeBrun nickte. »Das war auch vor vier Jahren so. Aber vielleicht weicht er ja manchmal von seinem Plan ab.«

Wieder schüttelte Remy den Kopf. »Ich habe jeden Mord studiert, den er über die Jahre begangen hat. Er tötet immer vier Männer und entnimmt die Knochen in einer bestimmten Reihenfolge. Von diesem Muster ist er niemals abgewichen.«

»Vielleicht war es ein Nachahmungstäter«, meinte Gage.

LeBrun schnaubte. »Diese Technik kann man nicht nachahmen. Das war mit Sicherheit derselbe Mann, der die anderen ausgeweidet hat. Seine Handschrift ist unverkennbar.«

Remy nickte. »Also gibt es einen bestimmten Grund für die Abweichung. Das heißt, er ist zweimal vom gewohnten Ritual abgewichen. Der Mord an Cooper hatte persönliche Gründe, und nun hat er die Reihenfolge der Knochenentnahme verändert. Er ist eiskalt und viel zu methodisch, um in Panik einen Fehler zu machen. Dass er Opfer Nummer drei die gleichen Knochen entnommen hat wie Opfer Nummer eins, geschah mit Absicht, genauso wie er Cooper so lange wie möglich am Leben gehalten hat.«

»Ich kann auch keine Anzeichen für Panik entdecken«, erwiderte LeBrun. »Dieser Mann könnte als Hirnchirurg auf einem Schlachtfeld arbeiten, ohne ins Schwitzen zu geraten.«

Remy sah den Gerichtsmediziner an. »Er ist unglaublich stark, Doc. Ich fange an zu glauben, dass er einer von Jean und Justes Dämonen ist.«

»Sag das besser nicht laut«, riet Gage. »Die Hälfte meiner Leute glaubt an den Rougarou und die andere Hälfte an Voodoo. Wir sind ein abergläubisches Völkchen, Remy, und dieser Fall trägt hier in der Gegend nur zur Legendenbildung bei.«

Remy wandte sich wieder an den Gerichtsmediziner. »Ich würde die Rousseau-Brüder als Täter gern ausschließen, wenn das möglich ist. Die Spuren deuten darauf hin, dass nur ein Mann mit Carson hergekommen ist, aber ich möchte sichergehen. Butterfield und Durang schnappen wir uns, sobald wir die Haftbefehle haben. Mit etwas Glück sind die chirurgischen Instrumente dann noch in einem der Fahrzeuge. Ich würde gern hören, wie sie mir die erklären wollen.«

Er deutete auf die Leiche. »Wenn dir an der Art, wie die Knochen entnommen worden sind, irgendetwas auffällt, oder wenn du beim Vergleich von Carsons und Petes Knochen einen Grund dafür findest, warum er diesmal die gleichen genommen hat, ruf mich bitte sofort an, Doc.«

»Wird gemacht«, versprach LeBrun. »Aber, Remy, Pete war kerngesund. Seine Knochen waren stark und kräftig, und soweit ich das sehen kann, ist es bei diesem Mann genauso.«

Remy seufzte. »Gage, ich fahre jetzt in die Stadt. Ich möchte diese Bilder so schnell wie möglich auf meinem Schreibtisch haben.«

»Wir kümmern uns drum.«

»Ich weiß, dass die Antwort hier ist. Ich bekomme sie nur nicht recht zu fassen«, sagte Remy und seufzte.

»Durang ist doch ein aussichtsreicher Kandidat«, meinte Gage. »Er hat ein langes Vorstrafenregister wegen besonders brutaler Gewalttaten. Er wäre mit Sicherheit zu so etwas fähig.«

Remy zuckte die Achseln. »Ich wünschte, ich könnte das glauben, Gage. Ich wünschte, es wäre Durang, ehrlich, aber mein Bauch sagt mir, dass ich etwas übersehe. Außerdem war Durang bei einigen Morden im Gefängnis, und wir konnten keinen Hinweis darauf finden, dass er einen Pass beantragt hätte. Er wurde zweimal als Verbrecher verurteilt, daher sind die Chancen, dass er in Europa war, gering.«

»Dann war es Butterfield«, sagte Gage.

»Vielleicht. Aber ich glaube es nicht. Er würde jemanden dafür bezahlen, es zu tun, aber er würde sich niemals selber die Hände schmutzig machen. Ich schätze, er wollte, dass Durang Bijou umbringt, um an das Geld von der Versicherung zu kommen, aber dann wollte Durang sich ebenfalls absichern. Wahrscheinlich hat er darauf bestanden, dass Butterfield die notwendigen Werkzeuge und Utensilien besorgt, damit er, falls Durang gefasst worden wäre, als Mittäter angeklagt würde. Er mag ja nicht besonders clever sein, aber er ist hinterlistig. Er würde sich nicht für Butterfield opfern.«

»Ich hoffe auch, dass du falschliegst«, sagte Gage.

Doch an seinem Tonfall konnte Remy erkennen, dass sein Bruder seine Schlussfolgerungen für richtig hielt – was sie meistens ja auch waren. Remy warf einen letzten Blick auf die Leiche, die einmal Bob Carson gewesen war. So etwas wollte er nie wieder sehen. Das sollte das letzte Mordopfer sein. Er musste den Fall lösen. Ein Teil von ihm hoffte, dass Arnaud etwas Licht in die Sache bringen konnte – vielleicht hatte er gesehen, wie die Rousseau-Brüder Carson verschleppt hatten –, aber irgendwie ahnte er, dass die beiden es nicht gewesen waren. Jean und Juste waren Sadisten und Mörder, doch sie hatten weder Morgan noch Cooper noch Carson umgebracht – dessen war er sich sicher.

Er fuhr über die schmalen Straßen nach New Orleans zurück und versuchte, in Gedanken das Rätsel zu lösen. Er hatte alle nötigen Informationen. Warum passten sie nicht zusammen? Mittlerweile hätte er ein Ergebnis liefern sollen, und wenn ihm das nicht gelang, mussten noch mehr Menschen sterben. Er hielt am Straßenrand an und saß lange Zeit still im Auto.

Er musste Bijou sehen. Nur einen Moment. Vielleicht war das dumm, aber sie war warm und lebendig und brachte Licht in eine wahnsinnig gewordene Welt. Wie düster seine Welt war, hatte er erst bemerkt, als er sie gefunden hatte. Sein Drang, Unrecht wiedergutzumachen, war wahrscheinlich auf den Moment zurückzuführen, als er ein achtjähriges Kind im Stich gelassen hatte. Damals hatte er sich geschworen, dass das nie wieder vorkommen durfte. Seltsam, wie sich seine Welt immer um Bijou drehte.

Remy zog das Handy aus der Tasche und schickte ihr eine Nachricht, um zu erfahren, wo sie sich befand. Ihre Antwort überraschte ihn. Sie war mit Saria in Bodries Villa. Klugerweise hatte sie dazugeschrieben, dass Dash sie begleitet hatte. Remy sollte sich keine Sorgen machen.

Die Hände fest um das Lenkrad geschlossen, blieb er noch einen Moment sitzen und zügelte sein Temperament. Dass die Rousseau-Brüder aus dem Spiel waren, hieß noch lange nicht, dass Bijou außer Gefahr war – erst mussten Rob Butterfield und Jason Durang hinter Gittern sein. Über Funk erkundigte er sich nach ihnen. Bestürzt musste er erfahren, dass keiner von beiden im Hotel gewesen war, als die Polizei nach ihnen gesucht hatte, und bislang keins der Autos gesichtet worden war.

Sofort fuhr Remy auf die Straße zurück und raste los,

setzte bei Bedarf sogar die Sirene ein, damit vorausfahrende Autos ihm Platz machten. Bodries Villa stand auf der anderen Seite von New Orleans. Er schickte Dash eine Nachricht, dass er wachsam sein sollte, widerstand aber dem Drang, seine Leute loszuschicken, um Bijou zu beschützen. Er wollte nicht überreagieren, doch wahrscheinlich fuhr er ohnehin schon schneller als gut war.

Eilig rauschte er durch die weit offenen verzierten Torflügel über die lange, gebogene Zufahrt zu dem riesigen Gebäude. Die Außenanlagen erschienen gut gepflegt. Offensichtlich beschäftige Bijou Leute, die sich um das Anwesen kümmerten. Schon auf dem Weg zur Haustür wurde ihm ein wenig übel. Er konnte sich nicht vorstellen, was Bijou fühlte, aber er verstand, warum sie es vorgezogen hätte, wenn das Haus abgebrannt wäre.

Er machte sich nicht die Mühe zu klopfen. Die Villa gehörte Bijou, und wer immer dort angestellt war, musste lernen, dass er nun zu ihrem Leben gehörte. Remy betrat den Eingangsbereich mit dem glänzenden weißen Marmorfußboden und der überhohen Decke. Es war still im Haus. Zu still für seinen Geschmack. Er holte tief Luft, um zu schnuppern. Er roch einen schwachen Hauch von Lavendel und den angenehmen Duft von Gewürzen und frischem Brot, der stets an seiner Schwester hing. Dash dagegen roch wie kalter Kaffee. Doch außerdem roch er auch Blut. Er löste den Gurt an seinem Pistolenhalfter.

Die zweistöckige, langgestreckte Villa war sehr groß und hatte zahlreiche Zimmer. Er war bisher nur in dem großen Raum gewesen, in dem Bijous Vater sich anscheinend meistens aufgehalten hatte. Dorthin ging Remy zuerst. Sofort fühlte er sich in die Vergangenheit zurückversetzt, denn der

Raum sah genauso aus wie bei seinem letzten Besuch, damals, als Bijou acht gewesen war. Es war fast so, als wollte irgendjemand das Haus als Gedenkstätte an Bodrie bewahren.

Wieder wurde ihm übel. Alles, wofür Bodrie Breaux stand, war Remy zuwider. Wenn der Mann nie geheiratet und kein Kind gezeugt hätte, wäre ihm sein Lebenswandel egal gewesen. Selbst wenn Bodrie es anderen überlassen hätte, sich um Bijou zu kümmern, hätte Remy vielleicht noch ein wenig Respekt für ihn aufbringen können, aber Bodrie war zu selbstsüchtig gewesen. Die Idee, sich als Witwer zu präsentieren, der sich bemühte sein Kind allein großzuziehen, hatte ihm gefallen. Das machte sich gut in der Presse und verschaffte ihm größere Aufmerksamkeit.

Remy wollte dieses leere Mausoleum nicht Zimmer für Zimmer nach Bijou und Saria durchsuchen. Schließlich konnte seine Nase ihn zu ihnen führen, doch unter diesen Umständen war es einfacher, das Handy zu benutzen. Er wollte sich keine Sekunde länger als nötig in diesem Haus aufhalten. Sein Leopard, der nervös dicht unter der Oberfläche lauerte, verabscheute die Villa und machte keinen Hehl daraus.

Remy schrieb Bijou eine Nachricht. Sie aber antwortete nicht. Die Verbindung zum Netz war gut, und vorhin hatte sie sich noch bei ihm gemeldet, daher wusste er, dass sie ihr Handy dabeihatte. Mit gerunzelter Stirn versuchte er es noch einmal. Vergebens. Nun sprang die Nervosität seines Leoparden auf ihn über. Er zog die Pistole aus dem Halfter und ließ sich von seinen Raubtiersinnen leiten.

Um eine Ecke herum gelangte er in einen langen Flur, in dem es stärker nach Blut roch. Die Tür, die ihm am nächsten war, stand offen, und er sah mit gezogener Waffe hindurch. Dash lag auf dem Boden des Zimmers, einen Queue neben sich. Offenbar hatte er sich von Remys Warnung nicht beeindrucken lassen und Billard gespielt.

Mit klopfendem Herzen bückte Remy sich und tastete nach dem Puls seines jüngeren Bruders. Dashs Herz klopfte stark und regelmäßig, aber seine Haut fühlte sich heiß an. Er hatte Fieber. In dem Augenblick begann Dash, sich stöhnend zu regen, und als Remy ihm den Mund zuhielt, damit kein Laut mehr herauskam, riss er die Augen auf.

Dash sah beschämt aus. Bleich und beschämt. Remy hielt einen Finger an die Lippen. Dash nickte und setzte sich mühsam auf. Dann fasste er sich mit zusammengebissenen Zähnen an den Hinterkopf. Als er die Hand wieder zurückzog, war sie blutverschmiert.

Remy beugte sich zu ihm herab. »Wo sind die Mädchen?«, fragte er sehr leise, denn er wusste, dass Dashs Leopard ihn verstehen würde.

»Sie wollten ins Elternschlafzimmer, um nach einer Kiste zu suchen, die Bijous Vater dort aufbewahrt hat. Bijou hat gesagt, die wäre ihr wichtig, deshalb wollte sie herfahren. Sie hat mir gesagt, ich soll ein paar Runden Billard spielen. Ich dachte, sie wollte allein sein.« Dash betrachtete das Blut an seinen Fingern. »Ich hätte bei den Frauen bleiben sollen, Remy. Es tut mir leid.«

»Wer hat dich niedergeschlagen?«

»Ich habe nichts gesehen oder gehört. Meine Ohren sind verstopft und meine Nase auch. Ich bin furchtbar erkältet. Als mein Leopard plötzlich hervordrängte, habe ich Dummkopf nicht begriffen, dass er versucht hat, mich zu beschützen.« Dash machte ein betretenes und schuldbewusstes

Gesicht. »Ich war zu sehr ins Spiel vertieft. Du weißt, wie begeistert ich davon bin, und dieser Tisch ist einfach großartig.«

Remy ließ seinem Leoparden genug Raum, um die Luft im Raum zu testen. Er war nahe genug an Jason Durang gewesen, um seinen Geruch wiederzuerkennen. »Schon gut, Dash«, sagte Remy grimmig. »Ich weiß, wer es war.«

Remy griff seinem Bruder unter die Arme und half ihm auf die Füße. Dann sah er sich um. Sie waren umgeben von Bodries Trophäen. An allen vier Wänden hingen Glaskästen mit Schallplatten aus Gold und Platin.

Dash schwankte leicht, fing sich aber wieder. Dann zog er eine Pistole aus seinem Stiefel und zeigte sie Remy. »Ich komme mit dir. Sie sind in diese Richtung gegangen.« Er deutete den Flur hinunter auf eine von zwei Doppeltüren, die offen stand.

An den Wänden des hohen, breiten Flurs hingen unbezahlbare Gitarren. Jede für sich schien ein Vermögen wert zu sein, doch da Bodrie der Vorbesitzer gewesen war, würde wohl jede einzelne mehr Geld einbringen, als er im Jahr verdiente – und es gab hier Dutzende davon.

Bijou wusste es vielleicht nicht, aber ihre Angestellten waren loyal. Sie hatten sie nicht bestohlen, obwohl die Versuchung groß sein musste. Dennoch konnte Remy gut verstehen, warum sie so lange nicht mehr in der Villa ihres Vaters gewesen war. Wo um Himmels willen sollte man da mit dem Aussortieren anfangen?

Er sog die Luft ein. Seine Geliebte war weiter vorn, und Saria war bei ihr. Die beiden waren allein. Der widerliche Geruch, den sein Leopard als Durangs identifiziert hatte, war mittlerweile so schwach, dass der Kerl nicht mehr in der

Nähe sein konnte – aber er war da gewesen. Blut war ebenfalls nicht mehr zu riechen, doch bei dem Gedanken, dass Durang den beiden Frauen so nah gekommen war, stieg sein Puls. Hatten Bijou und Saria das gewusst? Es musste so sein, denn Bijou hatte es nicht gewagt, auf seine Nachricht zu antworten. Er gab Dash ein Zeichen, woraufhin sein Bruder sich an die linke Wand drückte, während Remy an der rechten entlangschlich. Mit vorgehaltenen Waffen stürmten sie das Zimmer, das wohl Bodries Schlafzimmer gewesen war, und überprüften es sorgfältig.

Es war leer. Und ganz anders, als Remy es erwartet hätte, gab es dort kein rundes Massagebett und auch keine Bilder von nackten Frauen. Absolut nichts, was darauf hingedeutet hätte, dass eine Rocklegende darin geschlafen hätte – oder überhaupt jemals im Zimmer gewesen wäre.

Sich mit Zeichen verständigend, steuerten Remy und Dash lautlos auf eine weitere Doppeltür zu. Dash drückte sich an einen der Türflügel, griff nach dem Knauf des anderen und riss ihn auf, während Remy vorpreschte. Dahinter war ein riesiges Bad mit einem eingelassenen Whirlpool und einem gesonderten Toilettenbereich, das größer war als seine gesamte Mietwohnung. Die Brüder vergewisserten sich, dass sich weder in der gläsernen Duschkabine noch in dem riesigen goldenen Whirlpool oder hinter der Toilettentrennwand irgendjemand verbarg. Nichts ließ vermuten, dass die Frauen sich im Ankleidebereich oder in der Nähe der großen Schminkspiegel aufgehalten hätten.

Dash schüttelte den Kopf und zeigte auf den Schrank im Schlafzimmer. Als Remy darauf zuging, bemerkte er, dass der Lavendelduft immer stärker wurde. Anscheinend hatte sich Bijou darin versteckt.

Der gut ausgeprägte Gehör- und Geruchssinn des Leoparden verriet Remy, dass Durang noch im Haus war, auch wenn es nur noch sehr schwach nach ihm roch. Der Verbrecher war eine der marmornen Wendeltreppen hinaufgestiegen und suchte einen Raum nach dem anderen ab. Aber wo waren Bijou und Saria?

Remy folgte der Nase seiner Katze. Die Spur führte ihn zur Wand hinter dem Schrank. Dash hob die Augenbrauen. Remy strich mit der Hand über die Wand, bis er auf einen kleinen Knopf stieß, der zu einer Gegensprechanlage gehörte. Er beugte sich vor.

»Bijou? Saria? Alles in Ordnung?«

Einen Moment herrschte überraschte Stille. »Wieso fragst du«, antwortete Bijou mit tränenerstickter Stimme. »Komm rein.«

Knackend öffnete sich eine Tür in der Wand. Der Schutzraum war recht groß und bequem eingerichtet. Die beiden Frauen saßen auf dem Boden und hatten eine Kiste vor sich stehen, in der sich Briefe, einige Fotos und ein Buch befanden, das wie ein Tagebuch aussah. Bijou schien geweint zu haben. Selbst Saria blinzelte hastig ein paar Tränen weg, als ihre Brüder hereinkamen.

»Was wollt ihr hier?«, fragte Bijou.

»Ich suche dich mal wieder«, erwiderte Remy.

In dem Augenblick bemerkten die beiden Frauen den Blutgeruch. Besorgt sprang Saria auf. »Dash? Was ist passiert?«

»Jemand ist ins Haus eingedrungen«, sagte Remy, ohne Bijou aus den Augen zu lassen. »Anscheinend verstehst du die Bedeutung des Wörtchens *Gefahr* nicht.«

Bijou schnitt ein Gesicht. »Oh doch, die verstehe ich gut.

Aber die Rousseau-Brüder können uns nichts mehr tun. Wer ist hier eingedrungen? Bist du verletzt, Dash?«

Als auch Bijou aufsprang, um sich die Wunde am Hinterkopf anzusehen, die seine Schwester bereits hastig versorgte, schämte sich Dash noch mehr.

»Er hat sich an mich herangeschlichen. Ich war so ins Spiel vertieft, dass ich nicht auf die Warnung meines Leoparden geachtet habe.«

»Wen meinst du mit *er*?«, fragte Saria.

»Jason Durang«, erklärte Remy grimmig. »Ich reiße mich wirklich zusammen, Bijou. Aber ich würde dich liebend gern schütteln, bis du Vernunft annimmst, falls das überhaupt möglich ist.«

»Jason Durang ist im Haus?«, fragte Saria. »Wir waren hier im Schutzraum, und wenn die Gegensprechanlage nicht an ist, kann man darin nichts hören. Der Raum ist schalldicht. Bijou hat vermutet, dass Bodrie die Sachen ihrer Mutter dort verwahrt.« Sie runzelte die Stirn. »Wer ist Jason Durang, und wieso kommt er in dieses Haus und schlägt Dash hinterrücks nieder?«

»Kannst du ihn nicht verhaften, Remy?«, fragte Bijou mit einer Mischung aus Herausforderung und Trotz in der Stimme.

Remy fasste sie am Arm und zog sie an sich, denn er brauchte den körperlichen Kontakt, und zwar mehr, als er zugeben wollte. Die Erleichterung, sie unversehrt gefunden zu haben, verdrängte offenbar den Ärger darüber, dass sie nicht vorsichtiger gewesen war – wenigstens ein kleines bisschen.

»Am liebsten würde ich *dich* verhaften«, zischte er ihr zu. »Wenn du so weitermachst, bekomme ich deinetwegen noch graue Haare. Du wusstest doch, dass Durang noch frei herumläuft.«

»Ehrlich gesagt, habe ich nicht mehr daran gedacht«, sagte Bijou. »Es tut mir leid, Remy, ich hätte Saria nicht in Gefahr bringen dürfen, aber ich war so aufgeregt bei dem Gedanken, etwas über meine Mutter herauszufinden.«

»Ich habe sie darauf gebracht«, gestand Saria. »Ich dachte, die Gefahr wäre vorüber, und es schien mir ein guter Zeitpunkt zu sein, um nach den Sachen ihrer Mutter zu suchen. Wer ist Jason Durang, und was will er von Bijou?«

Remy hasste es, dass Bijous leise Entschuldigung ihm ans Herz ging und dass sein Ärger sofort verflog, sobald sie ihn mit ihren blauen Augen ansah. »Jason Durang erledigt die Drecksarbeit für ihren Manager. In diesem Fall hat er, glaube ich, geplant, Bijou umzubringen, um Geld von der Versicherung zu bekommen. Es sollte so aussehen, als hätte der Knochensammler sie getötet.«

Saria schnappte nach Luft. »Bist du dir sicher?«

»Wir haben Bob Carsons Kamera gefunden. Er hat Butterfield und Durang dabei fotografiert, wie sie Plastikfolien und chirurgische Instrumente in Durangs Wagen gepackt haben. Die beiden sind zur Fahndung ausgeschrieben, und kurz danach stellte ich mit Entsetzen fest, dass Durang Bijou hierher gefolgt ist.« Er wusste, dass es gemein war, den Frauen Angst einzujagen, aber so etwas wie in den letzten Minuten wollte er nie wieder erleben.

»Moment mal.« Bijou war sehr nachdenklich geworden. »Was soll das heißen, ihr habt Bobs Kamera gefunden? Bob trennt sich nie von seiner Kamera.«

Nun schämte sich auch Remy. Dennoch spitzte er die ganze Zeit die Ohren, um zu hören, ob Durang die Treppe herunterkam. Der Mann durchsuchte ein Zimmer nach dem anderen, wahrscheinlich weil er dachte, dass die Frauen sich vor ihm versteckten.

Trotz seiner Wut auf Bijou legte er tröstend einen Arm um sie. »Bob Carson ist letzte Nacht umgebracht worden. Der Knochensammler hat ihn im Sumpf getötet.«

Entsetzt starrte Bijou ihn an. »Bob ist tot?«

Remy nickte und fuhr sanft mit dem Finger über ihre Wange, obwohl ein Teil von ihm sie immer noch gern geschüttelt hätte, weil sie sich in Gefahr gebracht hatte.

»Und du glaubst, Jason Durang hat ihn ermordet? Für Rob? Warum sollte mein Manager Bob ermorden lassen? Ich hatte öfter den Eindruck, dass er Bob Carson darüber informiert hat, wo ich hingehe, damit wieder Berichte über mich erscheinen.«

»Ich glaube, dass Durang vorhatte, die Morde des Knochensammlers nachzuahmen, um nicht verdächtigt zu werden. Und ich werde Durang glauben lassen, dass ich ihn für diese Morde verantwortlich mache, aber es würde mich überraschen, wenn er es wirklich gewesen wäre«, gab Remy ehrlich zu.

Nun schnappten beide Frauen erschrocken nach Luft und sahen erst einander, dann Remy an.

»Glaubst du wirklich, dass mein Manager mich umbringen lassen wollte, Remy?«, fragte Bijou leise.

Zum ersten Mal wünschte er sich, er könnte sie anlügen, damit sie sich besser fühlte. Sie wirkte ... erschüttert. Und er konnte es verstehen. Sie war in Bodries Haus und erfuhr, dass wahrscheinlich jeder korrupt war, der jemals mit ihrem Vater zu tun gehabt hatte.

»Es tut mir leid, Blue, aber ja, das glaube ich. Ich glaube, er hat Spielschulden und wollte verhindern, dass seine Geldquelle versiegt. Und als du den Hahn zugedreht hast, war er verzweifelt. Dass der Knochensammler zur gleichen Zeit wie du nach New Orleans zurückgekehrt ist, hat ihm eine Gelegenheit verschafft.« Remy sah auf seine Uhr. »Gleich müsste Verstärkung da sein. Ich habe meinen Leuten gesagt, sie sollen ohne Sirenen kommen. Wenn ich dich jetzt auffordere, dich nicht vom Fleck zu rühren, tust du es bitte, Bijou. Dash, du bleibst bei den beiden, und wehe, du bewachst sie nicht richtig. Wenn du dich ein zweites Mal ablenken lässt, ziehe ich dir das Fell über die Ohren, das kannst du mir glauben.«

»Das werde ich nicht«, versprach Dash.

»Geht zurück in diesen Schutzraum und kommt nicht heraus, bis ich euch sage, dass alles in Ordnung ist«, befahl Remy, brachte es aber nicht fertig, Bijou loszulassen. Sie sah traurig aus und presste die Lippen aufeinander. Er schaute auf ihre Hände hinunter. Sie drückte ein Foto ans Herz. Er streckte eine Hand danach aus. »Zeig es mir, Blue. Ist es von deiner Mutter?«

Sie nickte und reichte ihm das Bild. Die Frau sah genauso aus wie sie. Auf dem Foto musste sie ungefähr im gleichen Alter sein wie Bijou. Sanft fuhr Remy mit einem Finger über das Foto. »Sie ist wunderschön, Bijou, und du bist ihr wie aus dem Gesicht geschnitten. In ein paar Minuten bin ich zurück, dann helfe ich dir, alles, was du gefunden hast, zur Pension zu bringen.« Er wandte sich ihr zu und gab ihr einen zärtlichen Kuss auf den Mund, er konnte einfach nicht anders. »Es ist bald vorbei, *Chere.* Warte da drin auf mich.«

»Ich werde nicht mehr weglaufen«, versicherte sie ihm. Als Remy sich von ihr abwandte, hielt sie ihn am Arm fest. »Vielleicht solltest du Dash mitnehmen.«

Remy liebte seinen jüngeren, sehr sensiblen Bruder. Dash war ein verdammt guter Kämpfer, aber im Grunde für feinere Dinge gemacht, und Remy hatte nicht vor, ihn in Gefahr zu bringen, schon gar nicht, wenn er verletzt war.

Durang hatte viel zu verlieren, und Remy wusste, dass er die Plastikfolien und die chirurgischen Instrumente im Wagen hatte. Das wollte er gegen den Mann verwenden und ihm weismachen, dass er ihm die Serienmorde anhängen würde. So hoffte er, ihn dazu zu bringen, das geringere Verbrechen zu gestehen, nämlich den Plan, Bijou zu ermorden. Doch Remy wollte auch Rob Butterfield hinter Gitter bringen, und er würde alles tun, was in seiner Macht stand, damit Durang Rob Butterfield belastete. Der Mann, der geplant hatte, Bijou zu ermorden, sollte nicht davonkommen.

»Ich bekomme Verstärkung. Es wird nicht lang dauern.« Er zwinkerte Bijou zu und ging davon.

Er konnte Durang kommen hören und eilte durch den Flur zur Wendeltreppe. Dann suchte er sich ein Versteck, an dem Durang vorbeigehen musste. Bodries Vorliebe für nackte Statuen erwies sich dabei als sehr nützlich. Durang sollte ihn erst sehen, wenn es zu spät war, damit es nicht zu einem Schusswechsel kam. Remy wollte es nicht riskieren, dass Butterfield unbestraft blieb, deshalb musste Durang gegen ihn aussagen.

Vorsichtig kam Jason Durang die Treppe hinunter. Er war sicher, dass Bijou irgendwo im Haus war. Er musste sie nur finden und jeden, der ihn daran hindern wollte, aus dem Weg schaffen. Remy ließ ihn einen Schritt vorbeigehen, trat vor und drückte ihm den Lauf seiner Pistole an den Kopf.

»Sie sind verhaftet. Werfen Sie Ihre Waffe weg, und hören Sie gut zu, während ich Ihnen Ihre Rechte verlese.«

19

Tut mir leid, Remy«, sagte LeBrun. »Ich habe nichts Neues für dich. Ich kann zwischen Pete Morgans und Bob Carsons Knochen keinen erkennbaren Unterschied feststellen. Aber ich kann dir sagen, dass wir bei Bob Carson Spuren von Ketamin gefunden haben. Und in seinem Nacken war eine kleine Einstichstelle von einer Nadel.«

Remy runzelte die Stirn. »Im Drogenvorrat der Rousseau-Brüder war auch Ketamin, und Carson hatte welches im Hotelzimmer. Dieser Fall wird immer undurchsichtiger.«

»Nun, du weißt sicher, dass es Dummköpfe gibt, die Ketamin als Partydroge nehmen. Vielleicht hat Carson es von den Rousseau-Brüdern gekauft«, vermutete LeBrun.

»Das denke ich auch. Robert hat gesagt, dass Bob Carson ein alter Kunde der Rousseau-Brüder war und dass er verschiedene Drogen genommen hat, einschließlich Ketamin. Aber er hätte es sich doch nicht in den Nacken gespritzt.«

»Das wäre gefährlich«, stimmte LeBrun zu. »Ketamin zu spritzen ist ohnehin sehr gefährlich, denn es wirkt sehr schnell. Ehe man die Nadel aus dem Arm ziehen kann, wäre man schon weg.«

»Also hat wohl jemand anders die Droge dazu benutzt,

Carson zu betäuben, damit er ihn in den Sumpf bringen konnte. Habt ihr in Morgans und Coopers Leichen auch Ketamin gefunden?«

LeBrun runzelte kritisch die Stirn. »Wenn wir auch nur eine leichte Spur davon gefunden hätten, hätte ich es in meinem Bericht erwähnt.«

Das hatte Remy gewusst. »Entschuldige, ich wollte deine Arbeit nicht kritisieren. Ich bin nur wieder am Nullpunkt angelangt. Ich habe gerade Durang in der Mangel. Ich will, dass er Butterfield belastet, aber die chirurgischen Instrumente in seinem Auto wurden nicht für die Morde an unseren Opfern verwendet. Nicht einmal die Plastikfolien passen dazu. Und was heißt das für uns?«

»Dass wir wieder bei den Rousseau-Brüdern sind?«

»Vielleicht, aber falls ich mich täusche, falls ich das nur annehme, weil es so einfach ist ...«

LeBrun schüttelte den Kopf und schlug mit der flachen Hand auf Remys Schreibtisch. »Nicht weil es so einfach ist, sondern weil es passt. Alles deutet direkt auf Jean und Juste Rousseau hin. Die Opfer, der Sumpf, die Drogen. Du bist zu nah an dem Fall dran, Remy. Du meinst, dass mehr dahinterstecken muss, weil es so aussieht, als würde dir die Lösung zu sehr auf einem Silbertablett präsentiert. Aber manchmal passiert das wirklich.«

Remy wollte den Fall gern abschließen. Alle anderen hielten ihn bereits für gelöst – aber für ihn fühlte sich das nicht richtig an. »Du hast doch selbst gesagt, dass du nicht glaubst, dass es zwei Täter waren, Doc.«

»Nein, ich habe gesagt, dass der, der die Knochen entnommen hat, meiner Meinung nach auch den Altar gemacht hat. Eigentlich«, fügte LeBrun hinzu, »warst auch du der Überzeugung, dass der Knochensammler identisch ist mit dem Altarbauer, nur dass der Mord an sich nicht dazu passt.«

Remy konnte nicht abstreiten, dass er oft überlegt hatte, ob er es mit zwei Mördern zu tun hatte. »Es gab nur eine Fußspur, die von der Straße in den Sumpf geführt hat. Also muss ein Mann allein Carson getragen haben«, gab er zu bedenken. »Der Fotograf war zwar groß und schlank, aber er hat einiges gewogen. Wenn die Mörder zu zweit waren, warum haben sie ihn dann nicht zusammen in den Sumpf getragen, um ihn zu töten?«

»Ich weiß es nicht, Remy, aber ich bin müde, und ich fange an zu glauben, dass die Rousseau-Brüder das alles getan haben und dass wir sie irgendwann schnappen. Sie können ja nicht ewig im Sumpf bleiben. Aber ich habe meine Familie ewig nicht mehr gesehen, deshalb gehe ich jetzt nach Hause. Und ich schlage vor, dass du dasselbe tust.«

»Vielleicht hast du recht.« Doch Remy hatte nicht die Absicht, nach Hause zu gehen. Er rieb sich den verspannten Nacken. Er wusste, dass die Rousseau-Brüder tot waren, trotzdem hörte sein Bauch nicht auf zu grummeln, und das war ein sehr schlechtes Zeichen.

»Warte ein oder zwei Tage, Remy«, meinte LeBrun aufmunternd. »Tritt etwas kürzer, und denk an etwas anderes. Du beschäftigst dich nun schon seit mehreren Wochen Tag und Nacht mit dem Fall und musstest daneben noch andere Dinge erledigen. Geh mit deiner Freundin aus, und denk nicht mehr an die Morde.«

Remy verabschiedete ihn mit einem lässigen Winken und sah ihm nach, als er ging. Es war spät. Fast alle waren schon nach Hause gegangen. Er hatte Bijou versprochen, mit ihr essen zu gehen. Er sah auf die Uhr. Ihm blieb noch etwas Zeit, in der er versuchen konnte, ein klareres Bild zu bekommen. Er schlenderte zur Pinnwand hinüber und betrachtete die Fotos der Verdächtigen. Jean und Juste Rousseau führten die Liste an.

»Wenn es nur so einfach wäre«, murmelte Remy. »Ihr zwei wolltet euch ein eigenes kleines Imperium aufbauen. Ich habt gern Gangsterfilme gesehen und gedacht, ihr könntet die Unterweltbosse von New Orleans werden.«

Im Haus der Rousseaus hatte er Hunderte von DVDs gefunden, meist Mafia- und Gangsterfilme. Jean und Juste hatten zweifellos vorgehabt, ein Netzwerk aufzuziehen, eine große kriminelle Organisation aufzubauen. Sie hatten mindestens drei Frauen getötet und andere gezwungen, Sex mit ihnen und ihren Freunden zu haben. Sie hatten alte Menschen ausgeraubt und geschlagen, und sie hatten Drogen verkauft. Es gab wirklich nicht viel, was die Brüder nicht getan hatten – also warum hielt er sie nicht für fähig, die Morde des Knochensammlers zu begehen?

»Er ist kalt«, sagte Remy laut. »Eiskalt. Er kennt kein Zögern und keine Zweifel.« Er starrte auf die Pinnwand. »Du bist mir unheimlich, Mann. Wer bist du? Du kommst nicht mal ins Schwitzen, wenn du Menschen aufschneidest.«

»Remy?« Angelina war hinter ihm hereingekommen.

Er roch, dass sie ihm eine Tasse Kaffee mitgebracht hatte. Dankbar lächelnd, drehte er sich zu ihr um. Sie war Ende vierzig, mit einem Kollegen verheiratet und hatte drei Kinder. Oft bezeichnete er sie als seine Geheimwaffe, denn wenn sie genug Zeit hatte, konnte sie alles über einen Menschen herausfinden. Mit fliegenden Fingern entlockte sie dem Computer jede gewünschte Information.

»Ich habe den Versicherungsvertrag gefunden. Er wurde

bei ›Forbes and Regency‹ abgeschlossen und bringt eine große Summe ein, wenn Bijou stirbt. Dreißig Millionen Dollar, Remy.« Sie klang besorgt. »Zweifellos ein Betrag, für den Menschen töten würden.«

»Du bist ein Engel, Angelina« sagte Remy. »Das gibt mir alles, was ich brauche, um Durang zu knacken. Er wird Butterfield nicht länger decken.«

Angelina wandte sich ab, zögerte dann und drehte sich wieder um. »Ich arbeite schon lange mit dir, Remy. Deine Instinkte sind gut. Wenn du nicht zufrieden bist, hör nicht auf das, was die anderen sagen.« Sie schaute auf die Pinnwand und musterte die Fotos von Juste und Jean Rousseau. »Wenn dein Bauch dir sagt, dass sie es nicht waren, wette ich, dass du recht hast. Auf die eine oder andere Art wirst du herausfinden, wer es wirklich gewesen ist.«

»Danke, Angelina. Ich freue mich, dass du Vertrauen in mich hast. Leg mir den Bericht auf den Schreibtisch. Ich denke, ich habe gerade noch genug Zeit, um zur Galerie hinüberzugehen und mit Lefevre zu sprechen, ehe ich mich mit Bijou treffe. Sie kommt hierher. Würde es dir etwas ausmachen, noch zu bleiben und auf sie zu warten? Es dauert nur ein paar Minuten.«

»Glaubst du, er hat in der Mordnacht irgendetwas gesehen?«, fragte Angelina. »Er scheint sich für nichts anderes zu interessieren als für seine Kunst – die übrigens großartig ist, aber so weit jenseits meiner Gehaltsklasse, dass ich nur davon träumen kann.«

»In Wahrheit ist er ein recht guter Beobachter. Er achtet sehr auf Details. Sowohl Carson als auch die Rousseau-Brüder waren in der Nacht, in der Carson ermordet wurde, in der Nähe seines Ateliers. Es ist ziemlich unwahrscheinlich, dass er etwas gesehen hat, das Licht auf den Mordfall werfen könnte, aber man kann nie wissen. Im Moment würde ich alles versuchen, so unwahrscheinlich es auch sein mag«, sagte Remy. Dann presste er die Fingerspitzen an die Schläfen, um die pochenden Kopfschmerzen zu unterdrücken.

Er konnte sich nicht vorstellen, dass dieser berühmte – wie besessene – Bildhauer irgendetwas Nützliches beobachtet hatte. Nicht, nachdem er gesehen hatte, dass der Mann die ganze Nacht wie wild Skizzen von seinem Gesicht gemacht hatte, aber vielleicht hatte er Glück. Manchmal löste man einen Fall nur mit Glück.

»Selbstverständlich macht es mir nichts aus, auf Bijou Breaux zu warten«, willigte Angelina ein. »Ich habe jede Platte, die sie je aufgenommen hat, und kenne all ihre Lieder auswendig. Ich spreche sie nie an, weil ich nicht wie diese aufdringlichen, verrückten Fans wirken möchte, aber jedes Mal, wenn ich sie sehe, schreie ich innerlich vor Begeisterung.«

Amüsiert, dass ein nüchterner Profi wie Angelina ein solches Geständnis machte, drehte Remy sich mit hochgezogener Braue zu ihr um. »Wirklich? Du schreist? Das glaube ich nicht.«

»Nur innerlich, Remy.« Als Angelina seinen erheiterten Blick bemerkte, hob sie eine Hand und schüttelte den Kopf hin und her wie ein Schulmädchen. »Aber bei ihren Konzerten kreische ich so laut wie alle andern. Einmal brachte ich hinterher zwei Tage lang keinen Ton raus.«

Remy lachte laut. »Du bist unbezahlbar, Angelina. Rede nur mit ihr, wenn sie kommt. In Wahrheit ist sie recht schüchtern. Wenn man sie singen sieht, würde man es nicht glauben, aber sie ist wirklich scheu. Ich bin gleich wieder da, ich versprech's.«

Remy griff nach seiner Jacke und streifte sie im Gehen hastig über. Irgendetwas trieb ihn plötzlich zur Eile, und das bedeutete gewöhnlich, dass er kurz vor der Lösung eines Falles stand. Er hätte gleich daran denken sollen, mit Lefevre zu reden. Der Künstler hatte wirklich einen Blick für Details und eine außergewöhnlich gute Beobachtungsgabe. Vielleicht war ihm sogar schon vorher etwas aufgefallen, bei der Vernissage.

Den kurzen Weg zur Galerie, in der Lefevre ausstellte, ging Remy zu Fuß. Er war nicht überrascht, dass sie bereits geschlossen war, doch das Licht war noch an, und er konnte sehen, dass der Künstler darin saß, über ein großes Skizzenbuch gebeugt. Mehrere Entwürfe, die ihm nicht gefallen hatten, lagen zu seinen Füßen verstreut, und er sah aus, als hätte er seit der Ausstellungseröffnung nicht mehr geschlafen. Remy hatte sogar den Eindruck, dass er noch denselben Anzug trug.

Die Tür war unverschlossen. Remy nahm an, dass der Besitzer der Galerie später vorbeikommen würde, um nachzusehen, ob Lefevre daran gedacht hatte, sie abzuschließen. Offenbar hatte er dem Künstler angeboten, zwischenzeitlich auch in der Galerie zu arbeiten, wohl wissend, dass ihm das bei den Kunden noch mehr Ansehen verschaffen würde.

Arnaud schaute nicht einmal auf, als Remy eintrat, sondern arbeitete mit zwei tiefen Falten zwischen den Augenbrauen konzentriert und grimmig weiter.

»Mr. Lefevre?«, fragte Remy, um ihn nicht zu erschrecken.

Die Falten vertieften sich, und ein unwilliger Ausdruck glitt über das Gesicht des Franzosen. Ohne die Augen von seiner Skizze zu lösen, deutete er mit der Hand auf die Tür. »Gehen Sie weg. Ich habe zu tun.«

»Entschuldigen Sie, wenn ich störe, aber ich hatte gehofft, Sie könnten mir bei einer laufenden Ermittlung helfen. Ich werde nur ein paar Minuten Ihrer Zeit beanspruchen.«

Mit einem zischenden Laut sah er widerstrebend und verärgert auf. »Was ist?« Doch schon bei der Frage wurde sein Gesicht freundlicher.

Remy trat näher. »Erinnern Sie sich noch an mich? Ich bin Bijous Freund, Remy Boudreaux.« Er zeigte seine Marke, nur für den Fall, dass er dem Künstler Angst gemacht hatte. »Ich arbeite im Morddezernat, und gestern Nacht hat es einen Mord gegeben. Würde es Ihnen etwas ausmachen, wenn ich Ihnen ein paar Fragen stelle?«

Arnauds Stimmung hatte sich schlagartig geändert. Wie gebannt sah er Remy an. Dann warf er sein Skizzenbuch beiseite und sprang lächelnd auf. »Natürlich erinnere ich mich an Sie. Ihre Augen sind außergewöhnlich. Ich habe versucht, Ihren Blick einzufangen, aber es ist mir nicht gelungen.« Er deutete auf die vielen weggeworfenen Zeichnungen auf dem Boden. »Ich dachte, wenn ich hierherkomme, statt im Atelier zu bleiben, würde ich mich besser erinnern und die durchdringende Intelligenz und Gefährlichkeit in diesem Blick erfassen können.« Er seufzte frustriert. »Vielleicht kann ich Ihr Gesicht zeichnen, während wir uns unterhalten?«, fragte er hoffnungsvoll.

Lefevre trug tatsächlich noch denselben Anzug wie am vergangenen Abend. Nach Remys Ansicht hätte er etwas zerknitterter sein müssen, nachdem Arnaud ihn die ganze Nacht getragen hatte. Aber der Mann wirkte immer noch elegant, obwohl er offenbar nicht geschlafen hatte. Selbst sein Haar schien von sich aus richtig zu liegen.

Dankbar dafür, dass Bijou sich von Lefevre nicht körperlich angezogen fühlte, atmete Remy erleichtert auf. Mit dem wohlhabenden, talentierten Künstler hätte er nicht konkurrieren können. Sein Leopard hatte diesen Mann vom ersten Augenblick an gehasst. Wenn er dem Tier nur begreiflich machen könnte, dass Bijou an Arnaud nicht interessiert war, wäre der Umgang mit ihm vielleicht leichter.

»Sicher.« Er sah auf seine Uhr. »Ich habe nicht viel Zeit, aber ich kann wiederkommen, falls Sie das, was Sie möchten, nicht gleich hinbekommen.«

Arnaud zeigte auf einen Stuhl, wo das Licht direkt auf Remys Gesicht fallen würde. »Setzen Sie sich dahin. Können Sie mich einfach so ansehen wie letzte Nacht, als sie hereingekommen sind?«

»Ich versuch's«, sagte Remy. »Aber ich bin mir nicht sicher, wie ich Sie angesehen habe.«

»Als ob ich eine Beute wäre. Sehr konzentriert. Woran haben Sie gedacht? Vielleicht würde das helfen«, schlug Arnaud vor, während er Zeichenblock und Stifte holte. Dann setzte er sich auf einen Stuhl gegenüber.

Remy hatte daran gedacht, den Künstler in kleine Stücke zu reißen, weil Bijou ihn so bewundernd angelächelt hatte. Doch das konnte er ihm nicht gut sagen. »Letzte Nacht ist jemand ermordet worden. Ein Fotograf namens Bob Carson. Das ist der Mann, der Bijou verfolgt hat.«

»Ja, ja natürlich. Er hat meinen Mietwagen in den Bayou stürzen lassen. Meine Anwälte beschäftigen sich gerade damit«, sagte Arnaud mit einer wegwerfenden Geste der Hand. »Drehen Sie Ihren Kopf ein wenig nach rechts.«

Remy gehorchte. »Er war gestern Nacht hier in der Ausstellung. Er hat viele Fotos von dem Ereignis und den Besuchern gemacht.«

»Ja, ich erinnere mich«, sagte Arnaud beinahe geistesabwesend, so als ob seine Aufmerksamkeit abschweifte und er sich schon wieder in der Kunst verlöre.

Remy biss die Zähne zusammen. Seine Brüder würden brüllen vor Lachen, wenn sie ihn wie einen Trottel dasitzen sähen, während Arnaud Lefevre sein Gesicht zeichnete oder genauer – seine Augen.

»Ist Ihnen gestern Abend in der Galerie irgendetwas Ungewöhnliches aufgefallen? Irgendjemand, der Bob Carson vielleicht beobachtet hat? Oder dass er mit jemandem gesprochen hat?«

Arnaud machte ein finsteres Gesicht, riss das Blatt Papier, an dem er gearbeitet hatte, ab und warf es auf den Boden. Dann begann er wieder von vorn. »Ich habe gesehen, dass er mit Bijous Manager gesprochen hat. Butterfield hat ihm irgendetwas zugesteckt. Aber das ist nicht unbedingt ungewöhnlich.«

Immer wieder zu Remy aufschauend, zeichnete Arnaud weiter. Er schien eher auf seine Arbeit als auf Remys Fragen konzentriert zu sein.

»Das ist nicht ungewöhnlich?«, hakte Remy nach und biss erneut die Zähne zusammen. Er hasste es, dazusitzen wie ein Idiot. Sein Leopard fauchte und tobte und machte es ihm sehr schwer, die Ruhe zu bewahren, obwohl er wusste, dass Arnaud schwierig war, wenn er arbeitete. Dann bemutterte Bijou ihn ja immer geradezu.

»Ja, sie hatten oft heimliche Treffen, von denen niemand erfahren sollte, und dabei hat Butterfield Carson immer etwas gegeben. Sie haben sich wirklich kindisch benommen.«

Wahrscheinlich hatte Butterfield Bob Carson dafür

bezahlt, dass er die Boulevardpresse fütterte. Er konnte ja nicht wissen, dass Carson es in jedem Fall getan hätte.

»Als Sie in Ihr Atelier gegangen sind, um zu arbeiten, war Ihnen da bewusst, dass Carson Ihnen gefolgt ist?«

Das schien die Aufmerksamkeit des Franzosen für fast zwei Sekunden zu fesseln. Aber vielleicht sah er auch nur ärgerlich auf, weil Remy ihm nicht diesen besonderen Blick lieferte, auf den er so versessen war.

»Nein. Warum sollte er? Ich habe nur gearbeitet. Die ganze Nacht. Aber es war völlig umsonst.« Arnaud seufzte frustriert.

»Er hat einen Artikel über Bijous Dreiecksbeziehung geschrieben.«

»Sie hat keine Dreiecksbeziehung«, widersprach Arnaud. »Drehen Sie den Kopf noch ein wenig weiter nach rechts. Halt. Bleiben Sie genau so. Ich glaube, das ist es.« Er riss ein weiteres Blatt Papier ab und fing wieder an zu zeichnen.

»Sie sollte von Ihnen, Bijou und mir handeln«, fuhr Remy fort. »Haben Sie ihn nicht vor dem Atelier herumlungern sehen? Oder jemanden, der ihm gefolgt ist, vielleicht auf der anderen Straßenseite?«

Zum ersten Mal senkte Arnaud seinen Stift und schaute Remy richtig an. Überraschenderweise schien er plötzlich mehr für ihn zu sein als ein Paar Katzenaugen, das er zeichnen wollte.

»Das ist völlig absurd.«

»Natürlich, aber Carson war auf reißerische Überschriften spezialisiert. Er hat mit dem Zoomobjektiv Fotos von Ihren Arbeiten gemacht und wollte sie veröffentlichen, weil sie angeblich zeigen, dass Sie in mich verliebt sind und Bijou in uns beide.«

»Das kann er nicht tun. Eine nicht gelungene, unvollendete Skizze von mir zu veröffentlichen ist undenkbar«, protestierte Arnaud. »Ich habe einen Ruf zu verlieren, und außerdem zeige ich nur meine besten Werke – Arbeiten, auf die ich stolz bin. Diese Skizzen letzte Nacht waren allesamt misslungen.«

»Er ist tot, Arnaud«, sagte Remy so sanft, wie es durch zusammengebissene Zähne möglich war. »Er wird keine Fotos mehr veröffentlichen. Ich suche nach dem Mann oder den Männern, die ihn verschleppt, in den Sumpf gebracht und dort getötet haben.«

»Wenigstens gibt er damit dem Planeten etwas zurück und tut etwas Konstruktives, anstatt Leute wie Bijou zu verletzen«, sagte Arnaud pragmatisch. »Er war kein besonders guter Mensch, oder?«

Remy seufzte. »Wahrscheinlich nicht. Doch selbst Menschen, die nicht viel wert sind, brauchen jemanden, der für sie eintritt.«

»So geht das nicht. Probieren wir etwas anderes«, erwiderte Arnaud, ohne auf Remys Bemerkung einzugehen, falls er sie überhaupt gehört hatte. »Darf ich Ihren Kopf so drehen, wie es für mich am besten ist?«

»Ich habe nicht mehr viel Zeit«, erwiderte Remy mit einem erneuten Blick auf die Uhr.

»Geben Sie mir nur noch ein paar Minuten«, bat Arnaud. »Ich weiß, dass ich es kann.« Geschmeidig sprang er auf. Anscheinend war er ein Mann, der in allen Lebenslagen überaus elegant wirkte, selbst wenn er hochgradig frustriert war.

Eilig trat Arnaud hinter Remy, fasste ihn beinahe sanft am Kinn und drehte seinen Kopf. Sobald Arnaud ihn berührte, sprang Remys Leopard wutschnaubend auf, sodass

Remy tief einatmen musste, um ihn zu bändigen. Dabei sah er zu Boden, auf Arnauds makellos glänzende Anzugschuhe, und entdeckte, dass Grashalme und Matsch an seinem Hosensaum klebten. Doch als er sich erschrocken umdrehen wollte, um sich der Gefahr zu stellen, spürte er einen Stich im Nacken.

Sein Leopard versuchte noch, ihn zu schützen, und drängte so heftig hervor, dass Fell gegen die Haut drückte, doch das Ketamin setzte sie beide schnell außer Gefecht.

Bijou stand mit Saria vor der Pension und bewunderte den Vollmond. »Es ist wirklich wunderschön hier, Saria. Was für ein wunderbares Hochzeitsgeschenk Miss Pauline dir gemacht hat. Der Standort ist einfach ideal.«

»Insbesondere für Leopardenmenschen«, stimmte Saria ihr zu. »Miss Pauline ist ihr Leben lang in Amos Jeanmard verliebt gewesen. Als seine Frau gestorben ist, hat er Miss Pauline geheiratet, und sie hat mir die Pension überlassen.«

»Ich kann mich noch an ihn erinnern. Wir haben uns immer vor ihm versteckt, wenn wir uns nachts in den Sumpf geschlichen haben.«

»Er ist ein Artgenosse und war der Anführer des Rudels. Aber er hat behauptet, er sei zu alt und zu müde dazu. Miss Paulines Leopardin hat sich nie gezeigt, deshalb hat er sie nicht geheiratet, als sie jung waren. Weil er dachte, es wäre am besten für das Rudel, wenn Leopardenmenschen nur untereinander heiraten. Ich glaube, der wahre Grund, warum er die Führung aufgegeben hat, ist, dass er sich danach frei fühlte, Miss Pauline zu heiraten.«

Bijou lehnte sich an Sarias Auto. Ihres würde eine gründliche Überholung brauchen, ehe sie es wieder benutzen konnte – falls sie es überhaupt schaffte, jemals wieder einzusteigen, nach allem, was Carson damit gemacht hatte. »Glaubst du, Remy hätte mich verlassen, wenn meine Leopardin sich nicht gezeigt hätte?«

Überrascht sah Saria sie an. »Ich vergesse immer, wie wenig Selbstvertrauen du hast. Aber im Hinblick auf meinen Bruder ist das völlig verrückt. Er ist bis über beide Ohren in dich verliebt. Glaub mir, ich habe noch nie erlebt, dass er sich so vorführen lässt.«

»Remy lässt sich nicht vorführen.« Bijou schaute wieder zum Sternenhimmel auf. »Ich hatte vergessen, wie es ist, glücklich zu sein, bis ich wieder nach Hause gekommen bin. Obwohl sich das ziemlich schlimm anhört bei all den Morden, die hier geschehen. Ich weiß nicht, wie Remy das jeden Tag aushält.«

»Er ist gut in seinem Job, und er liebt ihn. Remy geht immer an seine Grenzen. Aber jetzt, wo er dich hat, mache ich mir nicht mehr so viele Sorgen um ihn«, sagte Saria. »Er kann so ernst sein, und sein Leopard ist sehr schwierig.«

»Hast du Angst vor deiner Leopardin?«, fragte Bijou und kreuzte die Arme vor der Brust. »Ich muss zugeben, dass ich die Vorstellung, die Gestalt wechseln zu können, sehr beängstigend finde. Was ist, wenn ich die Leopardin nicht unter Kontrolle habe, sobald sie frei ist?«

»Am Anfang ging es mir genauso«, gab Saria zu. »Aber du hast Remy, und er wird dir helfen. Es gibt sieben große Familien, die in den Sümpfen und Bayous leben und von den ersten Siedlern abstammen. Sie haben sich mit anderen Familien vermischt, die nicht zu uns gehören, aber wenn du auf einen der sieben Nachnamen triffst, kannst du fast darauf wetten, dass du es mit einem Artgenossen zu tun hast. Die

Sache ist die, Bijou, wir sind eine kleine Gemeinschaft, und deshalb halten wir fest zusammen. Es geht nicht anders.«

»So wie bei Robert?«

»Ich weiß nicht, was mit Robert passiert ist. Früher war er ein sehr netter Junge. Drake will ihn nach Borneo schicken, zu ein paar Freunden. Entweder Robert macht das, oder er muss mit Drake kämpfen, weil er ihm die Führung streitig gemacht hat, und das wird er nicht überleben. Drake gibt ihm eine Chance, aber wenn Robert sich weigert, sie zu ergreifen, wird er wohl brutal bestraft. Das muss leider sein.« Saria beobachtete das Gesicht ihrer Freundin.

»Ich weiß, dass ihr alle mit Robert aufgewachsen seid, aber glaubst du nicht, dass er nach allem, was er getan hat, nach all den Menschen, die er verletzt hat, obwohl er es hätte verhindern können, mindestens für eine Weile ins Gefängnis müsste?«

»Ein Leopard kann nicht lange eingesperrt sein, Bijou«, erklärte ihr Saria.

»Trotzdem kommt es mir so vor, als ob alle anderen bestraft werden, während er Urlaub in Borneo macht. Wie soll er da etwas lernen?«

»Drake stammt aus Borneo«, sagte Saria. »Die Männer dort befreien entführte Geiseln. Das ist eine gefährliche und harte Arbeit. Wir leben hier in der Zivilisation. Die Leute dort aber leben im Regenwald und dulden keine Fehler. Falsches Verhalten zieht umgehend eine drakonische Strafe nach sich. Glaub mir, das wird kein Spaziergang für Robert. Entweder er wird erwachsen und kommt als anständiger Mann zurück, oder er überlebt das nicht.«

Bijou schüttelte den Kopf. »Ich weiß nicht, wie es dir gelungen ist, all das so leicht zu akzeptieren, Saria. Ich tue mich schwer damit. Manchmal denke ich, das alles ist nur ein Traum oder dass ich vielleicht verrückt geworden bin.«

»Nein, du bist eine Artgenossin, Bijou, und du gehörst in unsere Welt. Verstehst du? Du kannst nicht vor dir selber davonlaufen.«

»Deine Brüder denken, dass ich irgendwann Langeweile oder Angst bekomme und von hier weggehe, nicht?«, fragte Bijou.

»Ich weiß nicht, was sie denken. Aber ich weiß es besser«, sagte Saria. »Wir sind jetzt deine Familie. Du hast nie eine gehabt, obwohl du dir immer eine gewünscht hast. Ich denke, dass du loyaler und fürsorglicher sein wirst als alle anderen.« Sie lachte leise. »Abgesehen von Remy. Niemand könnte fürsorglicher sein als mein großer Bruder.«

Bijou sah auf ihre Uhr. »Da wir gerade von ihm reden, wenn ich nicht bald losfahre, komme ich zu spät zum Essen. Er wollte mir etwas Wichtiges sagen.«

»Ich hätte wissen müssen, dass du eine Verabredung mit ihm hast. Du siehst so ... strahlend aus.«

Bijou warf ihr ein Lächeln zu. »Tja, ich mag ihn eben sehr.«

»Was du nicht sagst. Ich schätze, Remy hat so ungefähr jeden eingesperrt, der dir seiner Meinung nach gefährlich werden könnte, also müsste es einigermaßen sicher für dich sein.«

»Genau das hat er gesagt. Ich treffe ihn auf der Wache. Aber wahrscheinlich kommen wir früh nach Hause. Er muss mal ins Bett.« Bijou bemerkte, dass sie rot wurde, als Saria laut loslachte.

Dann wurde ihre Freundin wieder ernst. »Remy ist und bleibt Polizist, das ist dir doch klar, oder?«

»Ich weiß. Aber Hauptsache, er gehört mir.«

Saria biss sich auf die Unterlippe. »Viele Frauen finden es am Anfang toll, mit einem Polizisten verheiratet zu sein, aber nach einer Weile holt die Realität dieser Welt sie ein. Glaubst du, du kannst das auf lange Sicht aushalten? Remy ist sehr gut in seinem Job, obwohl er, wenn du wirklich darauf bestehst, wohl damit aufhören würde. Aber dann wäre er nicht glücklich.«

»Ich bin stolz auf das, was er ist und was er tut. Und ich habe vor, mit meinem Club Erfolg zu haben und dafür zu sorgen, dass er auf mich genauso stolz sein kann.« Bijou sah ihrer Freundin in die Augen. »Dein Bruder ist bei mir in guten Händen.«

Saria lächelte gutmütig. »Das weiß ich, ich wollte nur sichergehen, dass dir das alles klar ist. Amüsiert euch gut heute Abend. Obwohl«, fügte sie spitzbübisch hinzu, »ich gewöhnlich in Schwierigkeiten war, wenn mein großer Bruder mit mir über etwas reden wollte.«

Lachend und winkend eilte Bijou zum Wagen. Saria und ihre Brüder hatten definitiv Spaß daran, sich gegenseitig aufzuziehen, und sie hatten bereits begonnen, sie in den Kreis der Familie aufzunehmen. Sie war nach Hause gekommen, um nach ihrem weißen Ritter zu suchen, und sie hatte ihn gefunden. Remy hatte alles, was sie sich erträumt hatte und noch mehr.

Nie würde sie das Gesicht vergessen, das er gemacht hatte, als er sie aus dem Hotelzimmer gezerrt und wie eine Stoffpuppe geschüttelt hatte. Er war besorgt gewesen. Und alarmiert. Erst in dem Moment war ihr aufgegangen, dass in diesem Zimmer sehr viel mehr als nur eine simple Überdosis auf sie gewartet hatte. Sie hatte es an seinen Augen gesehen.

An seinem Gesichtsausdruck. Dem Schock und der Wut darin. Diese Augen würde sie ihr Leben lang nicht vergessen.

Ihr gefiel alles an Remy, sogar seine berüchtigte Reizbarkeit. Er würde seinen Job nie aufgeben, aber er würde ihr gehören, und deshalb konnte sie damit leben. Sie würde ein Heim und eine Familie haben, und beides hatte sie Remy zu verdanken. Es war unmöglich, jemand anderem zu beschreiben, wie sehr sie ihn liebte. Die Heftigkeit der Gefühle, die sie überkam, wenn sie ihn nur sah, erstaunte sie selber gelegentlich.

Sie fuhr Sarias Wagen mit großer Vorsicht. Dabei liebte sie schnelle Autos und probierte sie öfter auf Rennstrecken aus. Dieses kleine Geheimnis und die Tatsache, dass sie mehr als einen PS-starken Wagen besaß, hatte sie Remy gegenüber nie erwähnt. Er hatte nicht viel über ihr Leben wissen wollen und würde ein paar Überraschungen erleben. Sie lebte gern einfach, doch das hieß nicht, dass sie keine schönen Dinge mochte – oder schnelle Autos.

Laut lachend über das bestürzte Gesicht, das er machen würde, wenn sie es ihm erzählte, hielt sie vor der Polizeistation an. Nachts wirkte das Gebäude ganz anders. Düster und beinahe gespenstisch. Tagsüber gingen dort viele Menschen ein und aus, doch bei Nacht wirkte es verlassen, und nur eine einzige tapfere Lampe über der Eingangstür spendete ein wenig Licht.

Als Bijou die Treppe zur Tür hinaufstieg, sah sie sich unbehaglich um. Es war Nacht geworden, und Nebel wehte heran. Die Lichter auf den Straßen und in den Geschäften verbreiteten einen trüben gelben Schein, der den zunehmenden Nebel nicht durchdringen konnte. Erschauernd rieb sie sich die Arme. Das Tier in ihr war rastlos, und seine

Stimmung wirkte ansteckend, doch sie sagte sich, dass sie zu viel Fantasie hatte und dass der Nebel und die menschenleeren Straßen sie nervös machten.

Schon wesentlich ruhiger ging sie in Richtung von Remys Büro. Die wenigen Menschen, die noch arbeiteten, schauten auf und winkten ihr zu. Mit einer Hand grüßte sie zurück, während sie durch die Zimmer im Morddezernat ging. Remy schien nicht in seinem Büro zu sein. Sie schaute auf ihre Uhr. Sie hatte sich ein wenig verspätet. Hatte er sie sitzengelassen? Vergessen? Das sah ihm nicht ähnlich.

Ihr Mund fühlte sich trocken an, und ihr Herz klopfte zu schnell. Das Tier in ihr verlangte dringend nach Freiheit. Bijou war noch zu unerfahren, um zu wissen, was sie tun musste, um es zu beruhigen. Sie holte mehrmals tief Luft und betete, dass Remy nicht mehr lange auf sich warten ließ.

Plötzlich kam eine Frau um die Ecke. Beide Hände um eine dampfende Tasse Kaffee geschlungen, lächelte sie Bijou an. »Remy hat mich gebeten, Ihnen zu sagen, dass er ein paar Minuten weg ist. Er kommt gleich zurück. Er ist nur kurz zur Galerie gegangen. Ich bin Angelina, der Computerfreak.«

Erleichtert lächelte Bijou. Remy würde bald da sein und wissen, was zu tun war. »Ich bin Bijou Breaux.«

»Remys Frau«, sagte Angelina. »Sie haben ihn sehr glücklich gemacht.«

Bijou mochte Angelina auf Anhieb. »Das hoffe ich, denn er macht mich auch sehr glücklich.«

»Möchten Sie eine Tasse Kaffee, während Sie warten?«, fragte Angelina.

»Ja gern«, erwiderte Bijou.

Dann sah sie sich in dem Büro um, betrachtete die Schreibtische und Computer und fragte sich, wie die Männer und Frauen, die daran arbeiteten, wohl all die Morde und Verbrechen aufklärten. Ihr Weg führte sie fast direkt zur Pinnwand mit den Fotos. Sie versuchte, nicht hinzusehen, doch es war unmöglich, die schrecklichen Fotos der grausam Ermordeten nicht anzuschauen.

»Sie sollten sich das nicht ansehen«, sagte Angelina. »Sonst bekommen Sie noch Albträume.«

»Es ist so wie bei einem Unfall, bei dem man nicht weggucken kann, nicht?«, fragte Bijou, als sie den Kaffee annahm. Dann schaute sie wieder auf die Pinnwand. »Es ist beinahe faszinierend. Wie kann ein Mensch einem anderen Menschen nur so etwas antun?«

»Leider habe ich durch meine Arbeit gelernt, dass Menschen sehr grausam sein können. Und ich habe vor vielen Jahren aufgehört, darüber schockiert zu sein – bis dieser Killer gekommen ist.«

Bijou betrachtete den Altar. Er war so bizarr. »Ist das da wirklich eine Schale mit Blut und das eine menschliche Hand? Ein Herz? Das sieht aus, als wäre es aus einem Horrorfilm, nicht aus dem realen Leben ...« Sie verstummte und sah genauer hin.

Dann schnappte sie nach Luft und ließ voller Entsetzen die Kaffeetasse fallen. »Angelina«, sagte sie, ohne sich umzudrehen. »Was haben Sie gesagt? Wo ist Remy hingegangen?«

»Zur Galerie. Ist alles in Ordnung?«

»Nein. Nichts ist in Ordnung. Trommeln Sie alle zusammen. Sofort. Und schicken Sie sie zur Galerie.« Hastig zerrte sie ihr Handy aus der Tasche und wählte im Laufen die einzige Nummer, die sie neben Remys im Kurzwahlspeicher hatte.

Schon während Bijou aus dem Gebäude stürzte, meldete Saria sich.

»Remy ist in Gefahr. Schick Gage und alle anderen zur Galerie neben der Wache. Da ist er hingegangen«, schrie sie ins Telefon, während sie über die Straße zur Galerie lief. Die hochhackigen Schuhe behinderten sie, deshalb schleuderte sie sie fort und rannte auf Strümpfen weiter.

»Wieso?«

»Der Stein. Auf dem Altar. Er hat Arnaud gehört. Remy ist zur Galerie gegangen, um mit ihm zu sprechen. Vielleicht bin ich verrückt, aber dieser Stein ist unverkennbar.« Sie atmete zu schwer, um weiterreden zu können, daher lief sie einfach keuchend weiter.

Ihre Leopardin hatte versucht, sie zu warnen, weil sie gespürt hatte, dass etwas nicht stimmte. Doch Bijou hatte sich noch nicht daran gewöhnt, ihrer animalischen Seite zu trauen. Trotzdem hatte sie keinen Zweifel daran, dass Remy in Gefahr schwebte. Alles in ihr trieb sie, ihm zu Hilfe zu eilen. Jedes einzelne Haar an ihrem Körper hatte sich aufgerichtet, und an den Armen bekam sie Gänsehaut.

»Gage sagt, du sollst auf Hilfe warten«, schrie Saria ins Telefon.

Sie hatte vergessen aufzulegen. Aber sie würde nicht warten. War Gage verrückt geworden? Vielleicht glaubte er ihr nicht, doch für sie passte alles zusammen. Die Hinweise waren direkt vor ihrer Nase gewesen.

Arnaud konnte nicht mit anderen Menschen umgehen. Er betrachtete sie nicht einmal als menschliche Wesen. Selbst bei seiner Skulptur ging es nur um Lebensformen, nicht um menschliche Wesen. Durch das viele Klettern in den letzten Jahren war er sehr kräftig. Er reiste durch die ganze Welt, besuchte fast alle Konzerte, die sie gab, und konnte sehr gut mit Schneidwerkzeugen umgehen.

Remy hatte sich gefragt, warum der Knochensammler beim letzten Mord die gleichen Knochen entnommen hatte wie beim ersten. Weil er die Knochen vom ersten Mord offenbar verloren hatte. Sie mussten im SUV gewesen sein, der in den Bayou gestürzt war. Arnaud hatte nur ersetzt, was ihm abhandengekommen war. Er hatte ihr sogar gesagt, dass in dem Auto nichts gewesen sei, was nicht ersetzt werden könnte. Und dass er hinter seinem Terminplan herhinke. Dazu diese Skulptur ... Oh Gott, warum hatte sie nichts bemerkt? Warum war ihr nichts aufgefallen? All diese Gesichter. Von Toten, die der Erde etwas zurückgaben.

»Bitte, bitte, bitte«, flehte sie. »Lass mich nicht zu spät kommen.«

Sie riss die Tür zur Galerie auf und rannte, ohne zu zögern, hinein. Als sie Licht unter der Tür zum Hinterzimmer sah, bremste sie strauchelnd ab. Dann ging sie mit klopfendem Herzen barfuß auf die Tür zu. Ihr Mund war trocken, das Tier in ihr tobte, und ihr Puls raste.

Sie holte tief Atem und öffnete die Tür. Arnaud stand über Remys reglosem Körper und betrachtete mit einem Ausdruck, der an Liebe grenzte, dessen Gesicht. Remy lag auf einem langen Tisch, daneben eine geöffnete Ledertasche. Das Licht, das auf sein Gesicht fiel, beschien auch die Auswahl an Messern, die Arnaud neben ihm ausgelegt hatte.

»Arnaud?«, rief Bijou.

Der Künstler sah auf und lächelte sie an. »Er ist perfekt, meine Liebe. Einfach perfekt.«

»Ja, das ist er.« Ängstlich trat Bijou näher, um zu sehen, ob

Remy noch lebte. »Wir wollten heute Abend essen gehen. Er hat sich verspätet.«

»Wir arbeiten«, erklärte Arnaud. »Ich habe versucht, seine Augen zu zeichnen, aber er konnte mir diesen besonderen Blick nicht mehr zeigen. Gestern Nacht war er noch da, und nun ist er weg.«

»Ja, ich kann mich erinnern.« Bijou versuchte, enthusiastisch zu klingen. Sie hielt immer noch das Handy umklammert und war mit Saria verbunden. Sie ging weiter. Sie hatte den halben Weg zum Tisch fast schon hinter sich. »Er war eifersüchtig auf dich und hat seinen Raubtierblick gehabt.«

Arnaud riss den Kopf hoch. »Genau. Genauso war es, Bijou. Du triffst es immer. Er hat ausgesehen wie eine große Raubkatze, die sich jeden Augenblick auf ihre Beute stürzen wird.« Er runzelte die Stirn. »Du kannst nicht bleiben. Ich habe zu tun.«

»Ich weiß«, sagte Bijou möglichst beruhigend und kam noch näher heran. »Warum bewegt er sich nicht? Er sieht aus, als würde er schlafen, aber seine Augen sind offen.«

Arnaud zuckte die Achseln. »Ich habe ihm ein bisschen Ketamin gegeben. Er kann sich nicht bewegen. Er muss stillhalten, aber ich brauche seine Augen, um diesen durchdringenden Blick zu sehen.«

»Lebt er noch?«

»Aber natürlich.« Arnaud scheuchte sie fort. »Ich muss wirklich arbeiten, Bijou.«

»Ich habe nur eine kleine Frage zu den Knochen.«

»Den Knochen?«, wiederholte Arnaud, der schon wieder abdriftete und an die auf dem Tisch ausgebreiteten Instrumente herantrat. Eine Hand war nur Zentimeter von einem Skalpell entfernt.

»Ja. Du hast Knochen gesammelt, und ein paar davon sind verlorengegangen, als Bob Carson den SUV in den Bayou gefahren hat. Was war so wichtig an diesen Knochen? Ich weiß, dass du sie ersetzen musstest.«

Ihr Herz klopfte so wild, dass sie Angst hatte, Arnaud könnte es hören. Sie stand nun am Tisch, direkt neben Remys Kopf, und er richtete seine Augen auf sie, diese wunderschönen grünen Augen. Er war bei Bewusstsein und wusste, was sie vorhatte.

Bijou rief ihre Leopardin, damit sie ihr im Notfall beistehen konnte. Dann atmete sie tief ein, um sich nicht zu verwandeln, und legte eine Hand schützend auf Remys Brust, direkt über sein Herz. Da sie nun in Position war, war sie etwas ruhiger.

»Ich brauche sie für meine Arbeit.« Arnaud klang ungeduldig und abweisend. Sie hatte diesen Tonfall schon öfter gehört und sich dann immer gehorsam entfernt, sich aus dem Atelier geschlichen und ihn seiner Arbeit überlassen.

»Wofür genau?« Wo blieb nur die Polizei? Sie hatte Angelina doch angewiesen, alle zusammenzutrommeln. Selbst die Sprengstoffexperten sollten anrücken. Wie viel Zeit war vergangen? Sie kannte Arnaud besser als alle anderen. Wenn es um seine Arbeit ging, konnte er nicht lange abgelenkt werden.

Bijou plante jede Bewegung im Voraus. Sie wusste genau, was sie tun würde, sollte Arnaud nach einem Messer greifen. Remy versuchte, ihr mit Blicken zu sagen, dass sie fliehen sollte, aber sie würde ihn nicht verlassen. Sie lächelte den Künstler an und bestand auf einer Antwort. »Ich muss es wissen, Arnaud.«

Er seufzte. »Ich trockne die Knochen und zermahle sie zu

feinem Puder, das ich auf die Oberfläche meiner Werke auftrage. Das bringt sie zum Leben.«

Bijou sah ihm an, dass er wünschte, sie würde gehen. Sie war dabei, ihn an seine Kunst zu verlieren. »Was ist mit dem Altar? Was ist so wichtig an dem Altar?«

»Ich habe mal einen in Haiti gesehen, der nicht perfekt war. Er war wunderschön, aber nicht perfekt. Ich wollte einen machen, der besser ist, deshalb habe ich viel darüber gelesen und mein Werk damit gekennzeichnet. Das war meine Signatur. Wie konntest du das übersehen? Nun geh. Ich muss arbeiten.« Er wedelte mit der Hand und schien dann, wie üblich, zu vergessen, dass sie existierte.

Als Arnaud nach einem grässlich aussehenden, rasiermesserscharfen Skalpell griff, stürzte Bijou sich mit der Kraft ihrer Leopardin über den Tisch hinweg auf ihn, warf ihn rücklings zu Boden und drückte die Hand mit dem Messer nieder.

»Bijou.« Überrascht sah Arnaud sie an, ohne zu kämpfen oder Widerstand zu leisten. Trotz seiner großen Kraft spannte er nicht einmal die Muskeln an. »Deine Augen sind katzenhaft, genau wie seine. Sie glühen und haben die Farbe gewechselt. Außerdem hast du diesen Blick. Diesen starren Raubtierblick.«

Bijou hörte ein Geräusch hinter sich. »Weil ich ein Raubtier bin«, fauchte sie. »Genau wie Remy. Aber nur du hast es gesehen.«

»Wir haben ihn jetzt«, sagte Gage. »Lass ihn los. Der Notarzt ist auch schon da. Lass ihn einfach los, Bijou.«

»Gib mir das Messer, Arnaud«, sagte sie so sanft wie möglich. Dann warf sie Gage einen warnenden Blick zu. »Seid nicht zu rau mit ihm. Er weiß nicht, was er getan hat.«

»Geh jetzt von ihm runter«, befahl Gage.

Arnaud legte das Messer in Bijous ausgestreckte Hand und streichelte ihr Handgelenk. »Ich verstehe, meine Liebe. Aber das ist nicht so wichtig, nicht so, wie ihr alle denkt.«

Gage bückte sich und zog Bijou auf die Füße. Als sie sich umschaute, bemerkte sie, dass der Raum von Polizisten wimmelte, die alle ihre Waffe gezogen hatten. Arnaud ließ sich widerstandslos festnehmen. Er lächelte sie sogar an. Ganz ruhig und nachsichtig.

Tränen strömten über Bijous Wangen, als sie Remys schlaffe Hand nahm und an ihr Herz drückte, während sie darauf wartete, dass die Polizisten den Notarzt hereinriefen. Als seine grünen Augen ihre trafen, hatte sie das Gefühl hineinzufallen. Genau dahin, wo sie hingehörte.

»Guck nicht so rührselig«, warnte Gage sie leise. »Er wird dir eine *Menge* zu sagen haben, wenn er wieder reden kann.«

20

Die Hochzeit sollte klein und einfach sein. Doch Bijou sah ein, dass das bei Cajuns nicht möglich war. Jedenfalls nicht bei denen mit den großen, lauten Familien, die in den Sümpfen wohnten und sich in Leoparden verwandeln konnten. Wenigstens gab es keine Reporter, obwohl alle wie wild fotografierten.

Umgeben von Lachen und dem Klirren der Eiswürfel in den Gläsern, schwebte Bijou in Remys Armen über die Tanzfläche. Sie sah zu ihm auf. *Remy.* Es hatte nie einen anderen gegeben, und es würde nie einen anderen geben.

»Du weißt hoffentlich, dass das nichts ändert«, sagte er plötzlich und senkte den Kopf, um sie sehr besitzergreifend zu küssen. Etwas, das er oft tat, seit er aus dem Krankenhaus war.

Ohne auf seine Brüder zu achten, die sie bei der nächstbesten Gelegenheit gnadenlos aufziehen würden, küsste Bijou ihn leidenschaftlich zurück. Dann klimperte sie ein wenig mit den Wimpern und spielte die verwirrte Unschuld. »Willst du damit sagen, dass wir nicht richtig verheiratet sind? Ich verstehe nicht ganz.«

»Ich habe dir *gesagt,* du sollst weglaufen.« Remys Augen

waren gletscherblau geworden, was immer ein schlechtes Zeichen war. »Er hätte dich umbringen können. Ich weiß, dass du mich verstanden hast. Auch wenn ich es nicht laut sagen konnte, aber du wusstest, dass ich dich nicht dahaben wollte, oder?«

»Ja«, gestand Bijou sehr zufrieden mit sich und schmiegte sich enger an ihn.

»Gage hat dir gesagt, du sollst draußen bleiben und auf Verstärkung warten, nicht wahr?«, beharrte Remy. »Und du hast ihn verstanden.«

Bijou hob den Kopf und schaute in seine wunderschönen Katzenaugen. »Ja, das habe ich.« Sie zeigte keinerlei Anzeichen von Reue.

»Und du hast nicht auf uns gehört.«

Sie lächelte ihn an. »Natürlich nicht. Hast du wirklich geglaubt, dass ich dich allein lassen würde? Arnaud ist ein Genie, ein begnadeter Künstler, aber er ist völlig unzurechnungsfähig. Jetzt beschäftigt sich das FBI mit ihm. Dann kommt er in eine geschlossene Psychiatrie.«

»Du hattest keine Waffe, Bijou. Nicht einmal eine Pistole.«

»Er hätte dir die Augen herausgeschnitten, nur um einen Weg zu finden, den Ausdruck zu reproduzieren. Vielleicht hätte er dich auch gefoltert, damit du wieder diesen Raubtierblick bekommst. Was immer er auch vorhatte, Remy, ich hätte dich nie mit ihm allein gelassen.«

»Du bist ein großes Risiko eingegangen. Er hätte dich töten können.«

Bijou hatte nicht vor, klein beizugeben oder sich zu entschuldigen, sie würde ihm nicht einmal versprechen, dass so etwas nie wieder vorkommen würde. Sie liebte Remy. Und nun gehörte er ihr. Er war ihre Familie. Sie würde ihn ebenso entschlossen verteidigen, wie er alle anderen verteidigte. Ihr war bewusst, dass es für einen Mann wie ihn – einen Mann der Tat, ein Alphatier – schwierig gewesen sein musste, hilflos dazuliegen und zuzusehen, wie seine Gefährtin sich seinetwegen in Gefahr brachte. Aber er musste ihre Beweggründe begreifen und verstehen.

»Ich bin wahrscheinlich der einzige Mensch auf der Welt, dem er nichts getan hätte. Ich war für ihn eine reale Person, nicht eine seiner Lebensformen.«

»Darum geht es nicht.«

»Stimmt. Aber selbst wenn ich gewusst hätte, dass er versuchen würde, mich zu töten, hätte ich dich gesucht. Und ich hätte genau das Gleiche getan. Ihn hingehalten. Dann hätte ich eine gute Angriffsposition gewählt und sie genutzt, falls er dir etwas tun will.«

Remy schnaubte. »Sobald ich dich für mich allein habe, zeige ich dir, was ich davon halte.«

Bijou lachte leise und glücklich. »Das zeigst du mir schon, seit du aus dem Krankenhaus heraus bist. Und deine ... äh ... Strafe ist ziemlich erotisch.«

Remys Reaktion ließ nicht auf sich warten. Er zog sie fester an sich und drückte leise stöhnend sein erigiertes Glied an sie. »Sag das nicht. Wir müssen erst die Feier hinter uns bringen und uns noch eine Weile benehmen.«

»Du hast damit angefangen.«

Remy brachte den Kopf ein wenig näher an ihren bloßen Hals heran. Sie hatte das Haar zu einer komplizierten Frisur aufgesteckt, die sie sehr elegant aussehen ließ, unnahbar und damenhaft. Er konnte es kaum erwarten, die Nadeln herauszuziehen und die seidene Fülle herabfallen zu lassen.

Neckisch knabberte er an der empfindlichen Stelle zwischen Hals und Schulter.

»Nur zur Warnung, Bijou. Heute werde ich dich wohl etwas härter bestrafen müssen, damit du auf mich hörst.«

Lachend schlang sie die Arme um seinen Hals und drückte sich an ihn. »Ich höre doch auf dich. Ich höre immer auf dich, Remy Boudreaux. Weil ich völlig verrückt nach dir bin.«

»Ich weiß«, sagte er zufrieden.

Bijou bohrte ihm die Finger in die Rippen, und er zuckte lachend zusammen.

»Ich *weiß*? Ist das deine Antwort auf die romantische Erklärung, dass ich unsterblich in dich verliebt bin?«

»Aber ich weiß es wirklich.« Seine Augen funkelten amüsiert.

»Deine Qualitäten als Liebhaber sind ja durchaus befriedigend, aber an deinem Sinn für Romantik müssen wir wohl noch arbeiten«, erklärte Bijou.

»Durchaus befriedigend? Hast du gerade gesagt *befriedigend*? Du suchst anscheinend wirklich Ärger. Meine Qualitäten in diesem Bereich sind *außergewöhnlich*.« Er tanzte mit ihr nach draußen, um die Hausecke herum und über den abschüssigen Rasen zum Wäldchen. »Wir sehen jetzt zu, dass wir hier wegkommen, damit ich es dir beweisen kann.«

»Wir können doch nicht von unserer eigenen Hochzeitsfeier weglaufen«, protestierte Bijou, ohne sich zu wehren.

Remy zog sie hinter sich her. »Zufällig weiß ich, dass du sehr gut darin bist, dich auszuziehen, Blue. Versuch mal, es im Laufen zu tun.«

Er streifte Jackett und Krawatte ab und warf beides hinter sich.

»Oh mein Gott, du meinst es ernst«, rief Bijou halb amüsiert, halb schockiert. »Aber ich habe ein Hochzeitskleid an.«

Noch während Remy sie durch die Bäume Richtung Sumpf führte, riss er ihr die Nadeln aus dem Haar. »Und es ist wunderschön, aber mir persönlich gefällst du nackt am besten. Und unseren Leoparden geht es genauso. Na los, Bluc, lass uns unartig sein.«

»Ich glaube, das Kleid hat eine Million Knöpfe.«

Remy blieb stehen. »Ist das ein Nein?«

»Machst du Witze? Mach sie sofort auf, Remy. Und beeil dich.«

»Ich bin völlig verrückt nach dir«, gestand er, während er hastig die kleinen runden Knöpfe durch die Schlaufen schob.

»Ich weiß«, sagte Bijou, die ungeduldig darauf wartete, dass das Hochzeitskleid zu Boden sank.

Danksagung

Wie immer, wenn ich ein Buch geschrieben habe, gibt es einige Menschen, denen ich danken möchte. Melisa Long für die Informationen über die Bayous und die Cajuns, die dort leben. Vielen Dank, dass Sie sich die Zeit genommen haben, mit mir zu sprechen. Brian Feehan, der stets alles stehen und liegen lässt, um die harten Kampfszenen auszuarbeiten, verschiedene Szenarien mit mir zu besprechen und mich aufzumuntern, wenn ich es am dringendsten brauche. Domini, Du hast das Buch wie immer wesentlich besser gemacht! Ich schätze Euch alle so sehr!

Werkverzeichnis der im Heyne-Verlag von Christine Feehan erschienenen Titel

> Bonusmaterial

Über die Autorin

Wissenswertes über
Christine Feehan

Werkverzeichnis

1. Die Drake-Schwestern
2. Die Sea-Haven-Saga
3. Die Schattengänger
4. Die Leopardenmenschen

HEYNE <

Die Autorin

Christine Feehan ist Vollblutautorin. Sie kann sich ein Leben ohne Schreiben nicht vorstellen. Sie lebt in Kalifornien und ist mit einem romantischen Mann verheiratet, der sie immer wieder inspiriert. Sie haben insgesamt elf Kinder: ihre, seine und einige gemeinsame. Neben dem Schreiben, Lesen und dem Recherchieren für neue Bücher liebt sie Wandern, Camping, Rafting und Kampfsportarten (Karate, Selbstverteidigung).
Da Christine Feehan selbst in einer großen Familie mit zehn Schwestern und drei Brüdern aufgewachsen ist, wollte sie unbedingt über die Magie von Schwestern schreiben; das höchst lesenswerte Ergebnis ist die *Drake-Schwestern-Serie* mit sechs Romanen über die faszinierenden Drake-Schwestern und ihre übernatürlichen Gaben. Inzwischen gibt es auch die Fortsetzung dazu: die *Sea-Haven-Saga* um die sechs »Schwestern des Herzens«.
Christine Feehan hat aber auch eine Reihe von Dark Romances und Mystery-Romanen geschrieben; ihre neuesten Serien sind den *Schattengängern* und den *Leopardenmenschen* gewidmet.
In ihrer Jugend hat sie ihre Schwestern gezwungen, jedes ihrer Worte zu lesen, nun helfen ihr ihre Töchter, ihre Romane zu lesen und herauszugeben.
Christine Feehan ist seit Jahren auf allen großen amerikanischen Bestsellerlisten vertreten. Ihre Bücher wurden in viele Sprachen übersetzt, und sie bekam in den USA unzählige Preise und Auszeichnungen als Autorin.
Mehr über die Autorin und ihr Werk erfahren Sie unter:
www.christinefeehan.com

Werkverzeichnis

1. Die Drake-Schwestern

Die sieben Schwestern stammen aus der uralten und magischen Drake-Familie. Sarah, Kate, Abigail, Libby, Hannah, Joley und Elle stehen sich sehr nahe und helfen sich mit ihren übersinnlichen Kräften aus jeder Gefahr. Nach einer alten Prophezeiung muss jedoch erst die älteste Schwester den Mann ihres Lebens finden, bevor auch die anderen sich verlieben können.

Dämmerung des Herzens

(Magic in the Wind/The Twilight before Christmas)

Als Sarah den menschenscheuen Damon trifft, fühlt sie sich auf seltsame Weise zu ihm hingezogen. Doch er wird von schwer bewaffneten Männern verfolgt. Sarah kann zwar die Zukunft voraussehen, sie ist aber auf die magische Hilfe von Kate und ihren anderen Schwestern angewiesen, um die schattenhaften Wesen abzuwehren, die sie und ihre Familie bedrohen. Als Kate und ihr Jugendfreund Matt die alte Mühle von Sea Haven betreten, öffnet sich eine gefährliche Kluft im Erdboden.

Zauber der Wellen

(Oceans of Fire)

Abbey ist die dritte der sieben zauberkräftigen Drake-Schwestern. Sie kann die Menschen dazu bringen, die Wahrheit zu sagen. Abbey hatte Aleksandr, ihre große Liebe, vor Jahren verlassen, da sie sich von ihm verraten fühlte. Jetzt bittet er sie erneut um ihre Hilfe. Widerstrebend arbeitet sie mit ihm zusammen und gerät dabei in höchste Gefahr. Aleksandr kämpft um ihr Leben und um ihre Liebe.

Gezeiten der Sehnsucht

(Dangerous Tides)

Libby, die Heilerin unter den magischen Drake-Schwestern, schenkt dem reichen und unnahbaren Tyson nach einem Unglück das Leben wieder. Als er sich in seine Retterin verliebt, geraten die beiden immer wieder in lebensbedrohliche Situationen. Libby kann zwar einen schweren Unfall mit Hilfe ihrer Schwestern verhindern, aber dann kommt es zu einem offenen Mordanschlag. Wer steckt hinter diesen Angriffen auf Libby und Tyson?

Magie des Windes

(Safe Harbour)

Endlich scheint auch für Hannah, das schöne und erfolgreiche Model, das private Glück zum Greifen nah zu sein. Doch jetzt muss sie um ihr Leben fürchten: Bei einer Modenschau wird sie von einem Unbekannten mit einem Messer attackiert und schwer verletzt. Wenig später kommt es zu einem zweiten Mordversuch. Können die Schwestern Hannahs Leben retten?

Gesang des Meeres

(Turbulent Sea)

Die betörende Joley besitzt die magische Gabe, Menschen durch Gesang in ihren Bann zu ziehen. So wurde sie über Nacht zu einer der begehrtesten Rock-Sängerinnen des Showbusiness. Doch der Erfolg schafft ihr auch viele Feinde: Plötzlich muss sie um ihr Leben bangen und nur der geheimnisvolle Bodyguard Ilja Prakenskij kann sie retten. Joley verfällt dem bedrohlich attraktiven Mann – doch ist sie in seinen Armen wirklich sicher?

Sturm der Gefühle

(Hidden Currents)

Elle, die jüngste und geheimnisvollste der Drake-Schwestern, vereint in sich die magischen Gaben aller sieben Frauen, um sie wiederum an ihre sieben Töchter weiterzugeben. Allerdings verlässt ihr Traummann Jackson sie, da er sich dieser Aufgabe nicht gewachsen fühlt. Doch dann wird Elle von dem attraktiven, intelligenten und telepathisch begabten Milliardär Stavros gekidnappt. Stavros hat sich immer genommen, was er haben wollte. Wird er Elle wieder freigeben?

2. Die Sea-Haven-Saga

Gebieterin des Wassers

(Water Bound)

Lev Prakenskij hat die Erinnerung an sein bisheriges Leben verloren, als er von der Taucherin Rikki aus dem stürmischen Ozean gerettet wird. Die Herkunft seiner unzähligen Narben gibt Rätsel auf. Aber auch Rikki hat ein Geheimnis - und sie muss sich bald eine wachsende Zuneigung zu dem Unbekannten eingestehen. Doch die Liebenden werden sehr schnell von ihrer Vergangenheit eingeholt.

Hüterin der Seele

(Spirit Bound)

Seit Jahren wartet Judith, die Künstlerin unter den »Schwestern im Herzen«, auf den Mann, dem sie sich durch geheimnisvolle Bande verbunden weiß. Als Stefan Prakenskij nach Sea Haven kommt, fühlt sie ein Feuer in sich wie nie zuvor. Stefan ist gefährlich und leidenschaftlich, aber da taucht ein weiterer Mann auf, den Judith nicht abweisen kann. Nur einer der beiden wird den Kampf um ihre Liebe überleben.

Herrin des Windes

(Air Bound)

Airiana wurde als Kind in ein geheimes Trainingscamp gesteckt, weil die US-Regierung ihre übersinnlichen Fähigkeiten für eigene Zwecke einsetzen wollte. Jahre später kann sie fliehen, gerät jedoch kurz darauf in die Fänge einer Verbrecherclique und wird auf ein Schiff auf hoher See verschleppt. Ihre einzige Chance zu entkommen ist Maxim Prakenskij, der seine Gründe hat, Airiana zu helfen. Er ist jedoch nicht bereit, sich ihr zu öffnen, auch nicht, als die Leidenschaft zwischen ihnen immer heftiger wird.

3. Die Schattengänger

Sie sind die Schattengänger, eine Gruppe herausragender Kämpfer mit übersinnlichen Kräften, deren Begabungen von dem brillanten Wissenschaftler Dr. Peter Whitney verstärkt wurden. Sie wurden geschaffen, um geheime Missionen für die Regierung auszuführen, und das sind ihre atemberaubend übersinnlichen Abenteuer:

Jägerin der Dunkelheit

(Shadow Game)

Dr. Whitney soll aus den Schattengängern eine Truppe Elitesoldaten machen, doch das geheime Experiment gerät außer Kontrolle und etliche der Männer kommen auf mysteriöse Weise ums Leben. Ihr Anführer, Captain Ryland Miller, ahnt, dass er das nächste Opfer sein wird. Als Dr. Whitney ermordet wird, ist Millers letzte Hoffnung dessen junge, geniale Tochter Lily. Von der ersten Sekunde an sind sie wie voneinander gebannt – was keiner weiß: Auch Lily trägt übersinnliche Fähigkeiten in sich.

Spiel der Dämmerung

(Mind Game)

Fast ihr ganzes Leben hat die übersinnlich begabte Dahlia Le Blanc in der Abgeschiedenheit der Sümpfe Louisianas verbracht, doch als eines Tage bei einem ihrer Geheimeinsätze etwas schiefläuft, ist es damit vorbei, denn jetzt ist ihr ein Killerkommando auf den Fersen. Retten kann sie nur noch der geheimnisvolle Schattengänger Nicolas Trevane. Gemeinsam machen sie sich an die Verfolgung ihrer Feinde und entdecken dabei eine feurige Leidenschaft.

Tänzerin der Nacht

(Night Game)

Raoul »Gator« Fontenot, Mitglied der Schattengänger, kehrt zurück in seine Heimatstadt, um Iris »Flame« Johnson zu finden, die einst von Dr. Whitney zu Versuchen auserwählt wurde. Als Teenager entkam sie dem wahnsinnigen Wissenschaftler und ist seitdem auf der Flucht. Als Gator Flame zufällig trifft, folgt er ihr und rettet sie aus einer gefährlichen Lage. Zusammen mit ihren vereinten übersinnlichen Fähigkeiten machen sie sich schließlich auf, das mysteriöse Verschwinden einer jungen Sängerin aufzuklären.

Schattenschwestern

(Conspiracy Game)

Die junge Briony Jenkins ist nicht nur eine äußerst begabte Trapezkünstlerin, sie hat außerdem starke übersinnliche Fähigkeiten: Sie kann die Gefühle ihrer Mitmenschen spüren. Auf der Tournee ihrer Trapeztruppe in Afrika läuft sie dem Schattengänger Jack Norton in die Arme, der sie, selbst gerade erst einem Gefangenenlager entkommen, vor einer Rebellentruppe rettet. Die übersinnliche Anziehungskraft zwischen den beiden hat weitreichende Folgen und bringt nicht nur Briony in große Gefahr.

Düstere Sehnsucht

(Deadly Game)

Von klein auf wurde die übersinnlich begabte Mari Smith in Dr. Whitneys Labor festgehalten und zur Elitesoldatin ausgebildet. Dabei hat sie die Methoden des wahnsinnigen Wissenschaftlers nie infrage gestellt. Als sie bei einem Einsatz dem charismatischen Schattengänger Ken Norton in die Hände fällt, wird sie von ihrer Leidenschaft überwältigt. Mari beginnt zu begreifen, dass es auch ein Leben außerhalb der Kaserne gibt. Doch zuvor muss sie ihre Leidensgenossinnen aus Dr. Whitneys Klauen befreien.

Fesseln der Nacht

(Predatory Game)

Als der ehemalige Navy Offizier Jess Calhoun, an Körper und Seele von seiner dunklen Vergangenheit als Schattengänger gezeichnet, die geheimnisvolle Saber Wynter bei sich aufnimmt, steht sein Leben plötzlich Kopf: nicht nur, dass er sich der erotischen Ausstrahlung der jungen Frau nicht entziehen kann, sie schwebt auch noch in großer Gefahr. Während Saber den Kampf gegen die Dämonen ihrer Vergangenheit zu verlieren droht, muss Jess alles daransetzen, die Frau zu retten, die er liebt.

Magisches Spiel

(Murder Game)

Der Schattengänger Kaden Montague wird mit einer heiklen Mission betraut: Zwei gegnerische Gruppen liefern sich ein makaberes Wettrennen quer durch das ganze Land und hinterlassen dabei eine Spur von Leichen. Die Täter: angeblich Schattengänger. Nur Kaden ist in der Lage, die Wahrheit herauszufinden und dem mörderischen Spiel ein Ende zu bereiten, doch dazu benötigt er die Hilfe des talentierten Mediums Tansy Meadows, deren erotischer Ausstrahlung Kaden vom ersten Augenblick an verfällt …

Schicksalsbund

(Street Game)

Bei einem Routineeinsatz hat der kampferprobte Mack McKinley plötzlich ein schlechtes Gefühl. Sein Sonderkommando scheint in einen Hinterhalt geraten zu sein. Dann steht Mack unerwartet Jamie gegenüber, der Frau, der einst seine ganze Leidenschaft galt. Schon ein Blick aus Jamies Augen kann die Welt eines Mannes in ihren Grundfesten erschüttern. Vor Jahren hatten sie und Mack eine Beziehung, die so flüchtig wie elektrisierend war. Von einem auf den anderen Tag verschwand sie spurlos.

Im Bann des Jägers

(Ruthless Game)

Rose Patterson ist auf der Flucht vor einem Wahnsinnigen, der all ihre Gedanken und Alpträume beherrscht. Und schlimmer noch: Er will nicht nur sie, sondern auch das ungeborene Kind, das sie unter ihrem Herzen trägt. In ihrer Verzweiflung weiß Rose kaum noch, wem sie trauen kann. Bis sie Kane Cannon wiedertrifft, ihr einstiger Schattengänger-Gefährte – und der Vater ihres Kindes. Die Leidenschaft, die sie miteinander verband, entflammt rasch wieder. Kane würde für Rose alles opfern, sogar sein Leben.

Spiel der Finsternis

(Samurai Game)

Als ein gefährlicher Diktator die Macht an sich reißen will, sehen sich die in alle Winde zerstreuten Schattengänger mit ihrer bislang schwierigsten Aufgabe konfrontiert: Sie müssen ihn ausschalten und erwählen zwei aus ihrer Mitte, die gleichermaßen von Leidenschaft und Rachegelüsten getrieben sind. Zwei, die nichts mehr zu verlieren haben – außer ihrem Leben und ihrer Liebe zueinander …

4. Die Leopardenmenschen

Wilde Magie

(Fever)

Die schöne Rachael Lospostros ist auf der Flucht vor ihrer eigenen Vergangenheit und hofft, in den grünen Tiefen des Dschungels Schutz zu finden. Dort stößt sie auf Rio Santana, einen wilden Eingeborenen, der sie jedoch für einen Feind hält. Im Kampf wird Rachael schwer verletzt, aber anstatt sie zu töten, pflegt Rio die sinnliche Fremde hingebungsvoll gesund. In der langen Zeit von Rachaels Heilung verfestigt sich die innige Beziehung der beiden, und sie ahnen, dass sie eine ganz besondere Gabe eint …

Magisches Feuer

(Burning Wild)

Der Milliardär Jake Bannaconni hat eine schwere Kindheit hinter sich: Nachdem er die Erwartungen seiner Eltern, seine magischen Fähigkeiten zu nutzen, nicht erfüllen kann, vereinsamt er zunehmend. Was seine Eltern jedoch nicht wissen: Jake verbirgt seine Gabe bewusst vor ihnen. Mit seiner Volljährigkeit tritt er das Erbe seines Urgroßvaters an und wird zu einem skrupellosen Geschäftsmann. Als es zu einem dramatischen Autounfall kommt und er der schönen Emma begegnet, verfällt er der jungen Witwe und öffnet zum ersten Mal einer anderen Person sein Herz …

Wildes Begehren

(Wild Fire)

Der charismatische Leopardenmensch Conner Vega kehrt in den Regenwald Panamas zurück, um der skrupellosen Drogenbaronin Imelda Cortez das Handwerk zu legen. Doch die verführerische Verbrecherin ist nicht die einzige Herausforderung, die im Dickicht des Dschungels wartet, denn Conner trifft Isabeau Chandler wieder – die Frau, die er einst schmählich betrog.

Feuer der Wildnis

(Savage Nature)

Ein düsteres Geheimnis liegt über Sarias Familie: Ihre Brüder durchstreifen nachts als »Geisterkatzen« die Sümpfe von Louisiana. Und auch Sarias eigene Verwandlung steht kurz bevor – doch davon will Saria nichts wissen. Erst als sie dem charismatischen Drake begegnet, kann sie ihr Erbe nicht mehr länger leugnen. Denn er erkennt sofort die Gestaltwandlerin in ihr – und die ihm bestimmte Gefährtin.

Dunkle Liebe

(Leopard's Prey)

Der Cop Remy Boudreaux liebt seinen Job, noch mehr liebt Remy allerdings die Bayous, die üppig wuchernde Sumpflandschaft rund um New Orleans. Nur hier kann er dem Leoparden in sich ungehindert freien Lauf lassen. Während einer Ermittlung begegnet er eines Abends geheimnisvollen Jazzsängerin Bijou, einer Frau von geradezu betörender Sinnlichkeit. Remy erkennt sofort die Gestaltwandlerin in ihr – und seine Seelenverwandte. Doch Bijou hat keine Ahnung von der Leopardin, die sich in ihr verbirgt …